문학과 문학의 비교

이 도서의 국립중앙도서관 출판시도서목록(CIP)은
e-CIP 홈페이지(http://www.nl.go.kr/cip.php)에서 이용하실 수 있습니다.
(CIP제어번호 : CIP2008002490)

현대시 100년과 비교문학

문학과 문학의 비교

한국 현대시에 반영된 외국시의 영향과 수용

윤호병

Comparative Studies of Literature and Literature
Influence and Reception of Foreign Poetry
Reflected into Modern Korean Poetry

푸른사상

다시 원점(原點)으로 돌아와 '비교문학'이라는 밀림의 숲을 헤쳐 나가면서

"주 예수님, 제 영을 받아 주십시오."
— 사도행전, 7장 59절

"내가 지상에서 소리친다 하더라도, 천사의 계열 중에서 어느 천
사가 내게 귀를 기울일 것인가?"
— 릴케, 『두이노의 비가』의 첫 번째 소네트의 첫 행

비교문학─그 매력적인 연구 분야에 심취하여 이 길을 걸어온 지 벌써 30여 년이 훌쩍 넘어 버렸지만, 가슴 두근거리며 마주쳤던 맨 처음의 '조응' 만큼이나 여전히 어렵기는 마찬가지인 것 같다. 처음엔 그저 단순하고 소박하게 한국 현대문학의 초기과정에 반영되어 있는 외국문학의 영향과 수용에 관심을 기울였지만, 시간이 지나면서 '비교문학'이라는 밀림의 숲을 헤쳐 나가는 일이 그렇게 만만하지 않다는 사실을 점점 더 절실하게 깨닫고는 한다. 그것이 만만하지도 않고 점점 더 어려워지기도 하는 것은 비교문학에 대한 기존의 연구자들의 연구결과가 상당한 성과를 거두고 있어서 새로운 자료의 발굴이 용이하지 않기 때문이기도 하고, 최근의 국내외 비교문학계의 연구동향이 본래의 비교문학과는 사뭇 다른 방향으로 진행되고 있기 때문이기도 하고, 비교문학은 이제 문학과 문학의 영향과 수용을 비교하는 가장 기본적인 연구에서 벗어나 문학이론의 창출과 계발, 자국문학과 문화의 세계화는 물론 문학 외적인 분야에 해당하는 그림, 음악, 영화, 연극, 건축, 도시, 사진 등의 영역으로까지 비교의 영역을 확장시키고 있기 때문이기도 하다. 이렇게 볼 때에 비교문학을 연구한다는 것은 다양한 외국어의 구사능력이 우선적으로 선행되어야 하는 것은 물론

문학 이외의 분야에 대한 어느 정도의 지식과 소양을 필요로 한다. 따라서 이제 비교문학을 연구한다는 것은 학문의 종합으로서의 연구를 하는 것에 해당한다고 볼 수 있다.

올해로 '현대시 100년'이 되어 이 분야에 관계되는 연구자들과 문학단체에서 의미 있는 행사를 주최하고 있을 뿐만 아니라 방송매체나 신문지상에서도 현대시의 의미와 역사를 새롭게 조명하고 있는 시점에서, 비교문학은 한국 현대시와 어떤 상관성을 가지고 있으며 한국 현대시가 발전하는 데 있어서 비교문학이 기여한 점은 무엇인지를 살펴보기 위해서 이 책을 집필하게 되었다. 따라서 이 책은 그동안 필자가 관심을 가지고 진행하고 있는 비교문학, 문학이론, 현장비평 등의 하나에 해당하는 비교문학의 가장 기본적인 연구에 해당한다고 볼 수 있다. 이렇게 말할 수 있는 까닭은 비교문학 연구의 총론이라고 볼 수 있는 『비교문학』(1994), 문예사조와 문화연구를 살펴본 『문학의 파르마콘』(1998)―이 책의 내용을 전체적으로 수정ㆍ보완하여 『문학이라는 파르마콘』(2006)으로 개정판을 내었다―시와 종교를 비교한 『문학과 종교의 비교』(2007), 시와 그림을 비교한 『문학과 그림의 비교』(2007) 등의 일환으로 이 책을 집필했기 때문이다. 이 책에서 필자는 최남선, 김억, 김소월, 정지용, 김기진, 김영랑, 박용철, 김기림, 서정주, 백석, 박목월, 윤동주, 김춘수, 김수영, 박인환, 민재식, 송욱, 박양균 등의 시에 반영되어 있는 바이런, 테니슨, 베를렌, 메테를링크, 투르게네프, 보들레르, 예이츠, 키츠, 트럼블 스티크니, 이시카와 타쿠보쿠, T. S. 엘리엇, 호세-마리아 드 에레디아, 스테펜 스펜더, 릴케 등의 시의 영향과 수용의 관계를 살펴보았다. 이들의 시세계를 비교하는 데 있어서 일대일의 비교보다는 '방사선적인 비교'에 역점을 두었으며, 외국어로 된 원문(原文)과 한국어로 된 번역문을 대등하게 수록하여 필요한 경우 원문을 참고할 수 있도록 하였다. 그럼에도 '발신자'로서의 외국시인의 시세계와 '수신자'로서의 한국시인의 시세계를 비교하는 데 있어서 해당 시인의 시세계의 비교에 대한 선행(先行) 연구자들의 기존의 연구를 이 책에서 일일이 밝히지 않은 것은 그러한 연구가 이미 너무 잘 알려져 있어서 기정사실로 수용되어 있기 때문이기도 하고, 그러한 연구 중에서 어느 것을 취사선택할 수 없을 정도로 그 성과 또한 하나의 전형으로 자리 잡고 있기 때문이기도 하다. 아울러 해당 외국문학의 연구자들에게는 이미 익숙한 내용이겠지만, 이 책에서 외국시인들의 생애와 작품세계를 개관한 까닭은 그들의 삶과 문학에 대해서 충분하지는 않지만 어느 정도 필요한 만큼의 이해가 있어야 영향과 수용의 관계를 좀 더 설득력 있게 살펴볼 수 있다고 생각했기 때문이다. 또한 본문에서 해당시인의 생몰연대를 표기함으로써, 그들의 활동시기가 언제이며 동시대 다른 시인들과의 상호연관성은 어떠한 것인지를 모색할 수 있도록 하였다.

한 권의 책을 집필하기 위해서는 많은 자료의 수집과 정리가 필요하고, 남모르는 지난(至難)한 시간을 혼자 끌고 가야하는 어려움이 누구에게나 있게 마련이다. 더구나 풍요로운 물질문명의 발달, 국내외 여행의 급증, 여가선용을 위한 나들이와 운동 등 자신을 유혹하는 주변상황과는 무관하게 글자 하나하나에 매달리면서 글을 쓴다는 것은 시대의 흐름과 유행에 역행하는 참으로 바보스럽고 어리석은 일처럼 보이기도 한다. 그러나 바로 그 바보스럽고 어리석어 보이는 일―그것 말고는 할 줄 아는 것이 아무것도 없는 필자에게는 그러한 일을 하는 것 바로 그 자체가 즐거움이고 자신을 지탱시키는 유일한 힘에 해당한다. 일상으로부터 벗어날 수 있는 이런 저런 유혹으로부터 '나'를 차단시킨 채, 잠마저 어느 먼 외국으로 장기간 여행을 떠난 듯이 뒤돌아보지도 않고 달아나 버린 밤에 그저 읽고 쓰는 일에 매달리는 '나' 자신이 때로는 한심스럽게 보이기도 하지만, 버릇으로 굳어버린 쓸쓸한 이 길을 혼자 걷는 것에 대해서 후회하지도 않고 후회하기에는 이제 너무 늦은 나이가 되었다고 스스로 생각하고는 한다.

이 책을 집필하는 데 있어서 되도록이면 원본(原本)을 확인하려고 노력했지만, 그것이 불가능한 경우에는 사본(寫本)과 재판본을 참고했으며, 필요한 경우 책의 본문에서 밝히기는 했지만 일일이 언급하지 못한 부분은 http://en. wikipedia.org, *The Columbia Encyclopedia*(1956), *The Oxford Companion to English Literature* (1967), *The Oxford Companion to American Literature*(1965), 『두산세계대백과사전』 등을 참고했음을 밝혀둔다. 이러한 점에 대해서는 독자의 양해를 바란다.

인터넷의 발달과 보급으로 인해서 정보의 공유가 보편화되어 있어서 전문서

적을 구매하는 독자층이 점점 감소하고 있는 출판계의 어려운 상황에도 불구하고 매번 필자의 책을 기꺼이 출판해주고는 하는 '푸른사상'의 한봉숙 사장님과 편집부의 여러분께 감사의 말씀을 전한다. 그리고 늘 그렇듯이 그저 연구실과 서재에만 밤낮을 모르고 틀어박혀 있는 필자를 아무 불평 없이 지켜보면서 뒷바라지 해주고 있는 아내에게 '미안하다, 사랑한다'는 말을 다시 또 전한다. 올해 대학 신입생이 된 외동딸 지현이가 인생에서 가장 아름다운 시절을 가장 보람 있게 보낼 수 있기를 바라는 마음으로 하루를 시작하고 마칠 때마다 주님과 성모님께 기도하고는 한다는 말을 전하고 싶다.

자정이 훨씬 넘어버려 새벽으로 치닫는 이 시간에도 달아나 버린 잠은 돌아와 줄 기미를 보이지 않는 밤, 그동안 가까이로는 일본에서부터 멀리로는 남아프리카공화국까지 '국제비교문학회'와 '문학이론위원회'에 참가하여 발표했던 논문을 정리한 *Comparative Literature in Korea : Theory and Practice*, 2009년이면 '한국비교문학회' 창립 50주년이 되어 그것을 '나' 혼자만이라도 기념해보려고 자료를 정리한 '한국비교문학사,' 정지용, 구상, 유경환 등 가톨릭관계 시인들의 시세계를 조명하기 위해서 정리한 '한국 현대시와 가톨릭시즘,' 번역이 완료되어 출판사에 넘겼지만 아직도 기획 중에 있는 '문학이론과 텍스트성 : 해석학에서 해체주의까지,' 현장비평에서 발표했던 현대시 관계 문학이론과 평론 등의 원고를 컴퓨터 앞에 앉아 뒤적거려 보면서 한 점 등불을 밝혀들고 여전히 까마득하게 느껴지는 '비교문학'이라는 밀림의 숲을 조심스럽게 헤쳐 나가는 밤, "주 예수님, 제 영을 받아 주십시오"라는 가톨릭 최초의 순교자 스테파노의 말이 귓가에 맴도는 이 밤에, "내가 지상에서 소리친다 하더라도, 천사의 계열 중에서 어느 천사가 내게 귀를 기울일 것인가?"라는 릴케의 반향 없는 절규를 아무도 없이 혼자 외쳐보는 그런 밤이 또 깊어가고 있다.

2008. 6. 15.
한강이 내려다보이는 온지헌(溫知軒)에서
윤 호 병

차례

제1장 바이런과 테니슨의 영향과 수용
최남선의 시 「해(海)에게서 소년(少年)에게」를 중심으로

제2장 폴 베를렌의 영향과 수용
김억과 김영랑의 경우를 중심으로

제3장 모리스 메테를링크의 영향과 수용
김소월과 박목월의 경우를 중심으로

제4장 투르게네프의 영향과 수용
김억, 경재, 윤동주의 경우를 중심으로

제5장 보들레르의 영향과 수용
황석우, 박영희, 서정주, 김동명의 경우를 중심으로

제8장 존 키츠의 영향과 수용
김영랑의 시 「두견(杜鵑)」을 중심으로

제9장 이시카와 타쿠보쿠(石川啄木)의 영향과 수용
김기진, 정지용, 백석의 경우를 중심으로

제10장 T. S. 엘리엇의 영향과 수용
김기림, 박인환, 민재식, 송욱의 경우를 중심으로

제11장 스테펜 스펜더와 호세-마리아 드 에레디아의 영향과 수용
김기림의 시 「바다와 나비」를 중심으로

제12장 라이너 마리아 릴케의 영향과 수용
박용철, 김춘수, 김수영, 박양균의 경우를 중심으로

비교문학의 새로운 발전을 위하여 : 결론을 대신하여

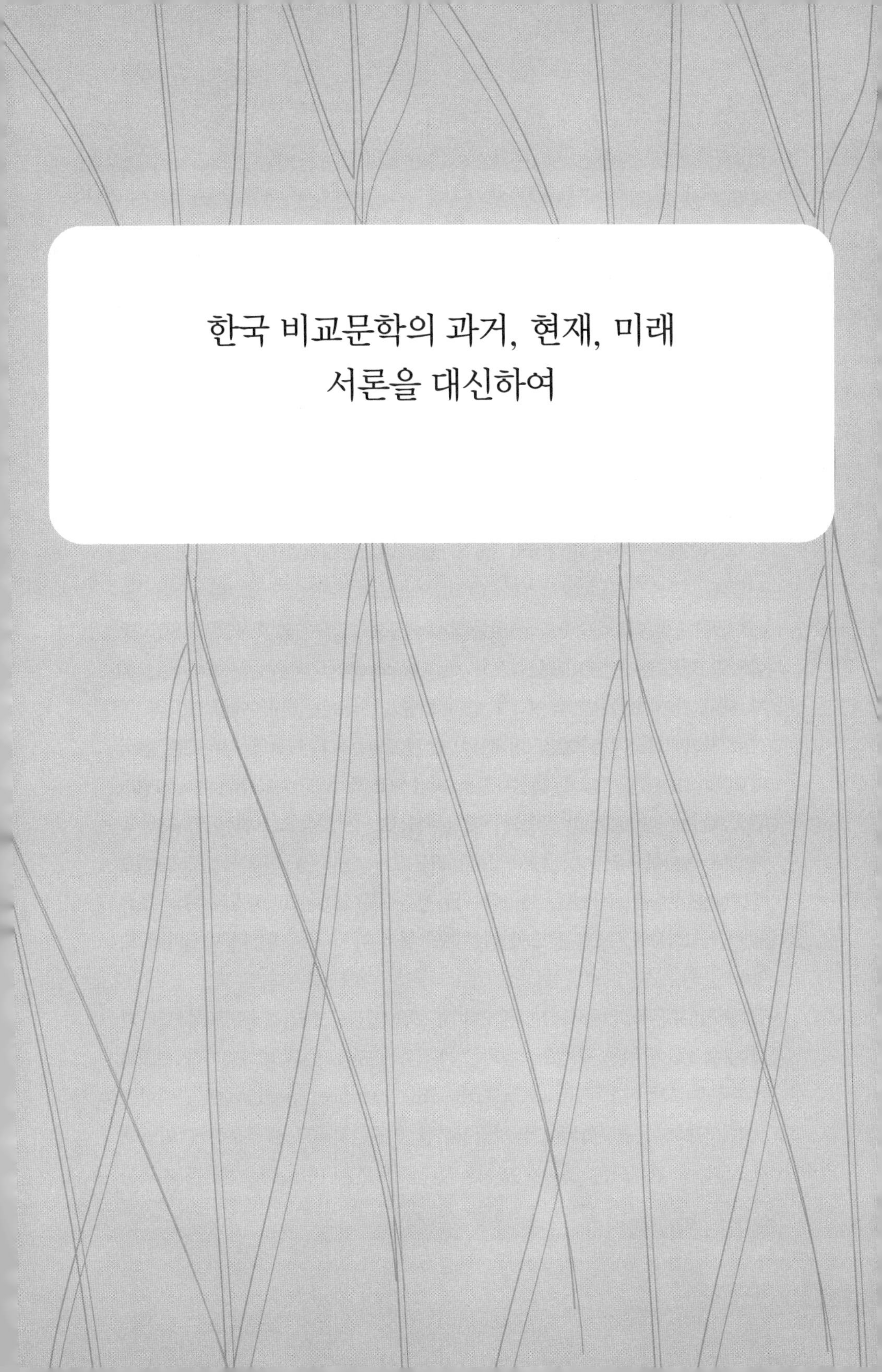

한국 비교문학의 과거, 현재, 미래
서론을 대신하여

1. 한국 비교문학의 역사적 개관

1959년 6월 이양하(1904~1963)를 초대회장으로 하여 30여 명의 회원을 중심으로 창립 된 '한국비교문학회'(Korea Comparative Literature Association)는 50여 년이 가까워지는 현재 800여 명의 회원을 거느린 국내외에서 중요한 학회로 자리매김하게 되었다. 비교문학에 관계되는 그 이전의 경우로는 한국 비교문학의 '여명기'라고 할 수 있는 최남선(1890~1957), 이광수(1892~1950), 주요한(1900~1979) 등의 활동과 『태서문예신보』를 중심으로 하는 백대진, 김억(1896~?), 황석우(1895~1960) 등의 활동에서 한국문학과 외국문학의 비교 가능성을 찾아볼 수 있다. 이러한 가능성은 『동아일보』(1929)에 수록된 조윤제(1904~1976)의 「조선 문학과 한문과의 관계」에서 구체적으로 발전하게 되었다.

'한국비교문학회'에서는 매년 2회에 걸친 전국규모의 학술발표대회와 거의 매년 1회에 걸친 국제학술대회를 개최하는 것은 물론 매 3년마다 개최되는 '국제비교문학회'(International Comparative Literature Association)에 참가함으로써 국내외 비교문학계에서 명실상부한 비교문학회로 발돋움하게 되었다. 비교문학에 관계되는 연구에 있어서 우선적으로는 비교문학 연구는 자국문학 중심이어야 한다는 점을 들 수 있다. 이 말은 외국문학이 한국문학에 끼친 영향과 수용의 관계를 연구하는 데 있어서 자국문학으로서의 한국문학의 발전에 비교문학이 기여해야한다는 점을 의미한다. 이러한 점은 초창기부터 현재까지 지속적으로 관심을 가지고 연구하고 있는 점에서도 확인할 수 있다. 다음은 비교문학 연구가 국경을 뛰어 넘는 두 개 이상의 문학을 비교해야 한다는 점을 들 수 있다. 이 경우에는 한국문학과 한국문학의 비교연구를 강조하기보다는 한국문학과 외국문학의 비교연구를 강조하는 것을 의미하며, 그것은 더 나아가 두 나라 이상의 문학을 비교하는 것을 강조한다. 세 번째로는 비교문학 연구가 문학과 예술분야를 비교해야 한다는 점을 들 수 있다. 최근 국내외 비교문학계에서 많은 관심을 보이고 있는 연구영역에 해당하는 이러한 비교연구는 문학을 중심으로 하여 미술, 음악, 건축, 조각, 연극 등을 비교하는 것을 물론 문학과 대중예술, 텔레비전 드라마, 매스미디어 등의 관계를 비교하는 것을 의미한다. 끝으로 비교문학 연구는 새로운 문학이론을 창출하고 계발하는 것은 물론 문학이론과 이론을 비교해야 한다는 점을 들 수 있으며, 그것은 국제비교문학계에서 주목하는 분야로서 기존의 문학이론과 영향을 성찰하고 시대의 흐름에 부응하는 새로운 문학이론을 창출하는 것에 관계된다.

1.1 태동기

한국 비교문학은 크게 비교문학의 인식시대라고 할 수 있는 태동기, 비교문학의 개척시대에 해당하는 초창기, 비교문학에 대한 본격적인 탐구의 시대인 발전기, 비교문학에 대한 열정으로 충만했던 성숙기, 비교문학에 대한 확고부동한 신념과 확신의 시대였던 확장기, 그리고 비교문학의 새로운 도약을 위해서 국내외 교류의 활성화를 모색했던 성찰기 등으로 나누어 볼 수 있다. 이러한 분류는 필자기 임의적으로 구분한 것이며, 구분의 기준은 '한국비교문학회'가 창립되었던 1959년 6월을 기준으로 하여 10년 단위로 정리한 것이다. 필자는 개인적으로 1959년 이전을 한국 비교문학의 선사시대와 태동기로 파악하였으며, 1910년 이전 고전문학을 포함하는 한국문학에서 비교문학적 요소를 찾아볼 수 있는 경우를 '선사시대'로 파악하였고, 1910년 이후부터 '한국비교문학회'가 창립된 1959년까지에서 비교문학적 요소가 구체적으로 제시되는 시기를 '태동기'로 파악하였다. 그러나 한국 비교문학사에 대한 이러한 시대구분에 대해서 필자는 앞으로 더 많은 연구를 하고자 한다.

이 책에서 필자가 중점적으로 살펴본 태동기의 경우로는 최남선의 시에 끼친 바이런과 테니슨의 시세계, 폴 베를렌과 김억, 김소월, 김영랑의 시세계, 보들레르와 황석우, 박영희, 서정주, 김동명의 시세계, 투르게네프와 김억, 경재, 윤동주의 시세계, 모리스 메테를링크와 김소월 및 박목월의 시세계, W. B. 예이츠와 김소월 및 박목월의 시세계, 트럼블 스티크니의 시 「기억의 여신」과 정지용의 시 「향수」의 관계, 키츠의 시 「나이팅게일에게 보내는 송가(頌歌)」와 김영랑의 시 「두견(杜鵑)」의 관계, 이시카와 타쿠보쿠(石川啄木)와 김기진, 정지용, 백석의 시세계, T. S. 엘리엇과 김기림, 박인환, 민재식, 송욱의 시세계, 스테펜 스펜더의 「바다풍경」과 호세-마리아 드 에레디아의 시 「꽃핀 바다」와 김기림의 시 「바다와 나비」, 라이너 마리아 릴케와 박용철, 김춘수, 김수영, 박양균의 시세계 등을 들 수 있다.

한국 비교문학의 가능성을 마련함으로써 비교문학적으로 중요한 시기에 해당하는 태동기의 이상과 같은 직접적인 영향과 수용 외에도 이 시기에는 비교문학에 관계되는 언급이나 저술활동이 활발했던 시기이기도 하다. 이러한 점은 조윤제, 함대훈(1906~1949), 김동욱(1922~1990), 박성의, 손우성(1904~2006), 이가원(1917~2000), 이경선 등의 활동을 들 수 있다. 예를 들면, 비교문학에 대한 최초의 지상논의(紙上論議)라고 할 수 있는 『중대신문(中大新聞』(1955. 5. 20)에 게재된 김동욱의 「새로운 문학연구의 지향」, 『사상계』(1955. 9)에 게재되었으며 프랑스의 비교문학적 방법론을 소개한 이경선의 「비교문학 서설」 등은 이 시기의 비교문학연구를 종합하는 것이라고 볼 수 있다. 정한모(1923~1991)의 「효석(孝石)과 에로티시즘」(1956) 역시 이 시기의 비교문학 연구에서 중요한 연구에 해당한다.

1957년경에는 일간신문과 '국제펜클럽' 한국본부를 중심으로 하여 비교문학적 연구를 독려하게 되었고, '국어국문학회'에서도 비교문학에 관련되는 방법론을 광범위하게 논의하기 시작하였다. 이종은, 이재수(1912~1974), 진용수 등도 한국 비교문학의 태동기에 중요한 역할을 하였다. 아울러 1957년부터는 '비교문학'이라는 용어를 학문적으로 확립한 시기에 해당하며, 이러한 점은 『조선일보』(1957. 3)에 게재된 김동욱의 「비교와 대비」, 『한국일보』(1957. 1)에 발표된 백철(1908~1985)의 「비교문학의 방향」 및 한국 비교문학사에서 최초의 비교문학 연구서에 해당하는 이경선의 『비교문학』(1957)을 비롯하여, 이하윤, 주요섭, 정인섭(1905~1983) 등의 활동을 주목할 필요가 있다. 특히 정인섭은 이 시기에 「비교문학과 동서문화교류」, 「비교문학과 국문학」, 「비교문학의 영역」 등 세 편의 비교문학 관계 논문을 연이어 발표함으로써, 한국 비교문학의 기틀을 마련하였다. 또한 김학용의 「신소설에 대한 고찰」(1958)과 정규복의 「한국고대군담소설고」(1959)는 한국 비교문학의 발전에서 중요한 역할을 하였다.

비교문학에 관련되는 현대문학 중심의 이상과 같은 비교연구의 태동기의 경우를 고전문학 중심의 비교연구에서 찾아보면 비교문학의 '여명기'라고 할 수 있는 고려말과 조선조의 '시화(詩話)'에서 한국시와 중국시의 유사성을 부단하게 논의한 시점으로까지 거슬러 올라간다. 이러한 점은 『대동야승(大東野乘)』에서 「금오신화(金鰲新話)」와 「전등신화(剪燈新話)」의 유사성을 언급한 김안로(1481~1537), 『홍길동전』과 『수호지』의 연관성을 제기한 이식(1584~1647) 등의 견해에서 찾아볼 수 있다. 아울러 고전문학에서의 태동기는 최남선의 「금오신화해제(金鰲新話解題)」(1927)와 김태준의 『조선소설사』(1927)에서도 한국의 '고소설(古小說)'과 중국의 소설과의 관계를 언급하고 있다는 점에서 한국문학과 중국문학의 비교가능성을 열어놓았다고 볼 수 있다.

한국 고전문학에서의 이와 같은 비교가능성과 서구의 비교문학 이론의 도입으로 1950년대 중반부터 비교문학에 관련되는 연구가 활성화되었다고 볼 수 있다. 대표적인 경우로는 박성의의 「한국소설에 끼친 중국소설의 영향」(1955), 「한국시가(韓國詩歌)와 한시문(漢詩文)」(1956), 「비교문학적 견지에서 본 금오신화와 전등신화」(1958)를 비롯하여 이재수의 「한국소설 발달단계에 있어서의 중국소설의 영향」(1956), 이경선의 「송강가사의 비교문학적 요소」(1958), 「용궁부연록(龍宮赴宴錄)과 수궁경회록(水宮慶會錄)」(1958), 이능우(1920~2006)의 「한중율문(韓中律文)의 비교」(1959) 등을 들 수 있다.

1.2 초창기

한국 비교문학의 개척시대라고 할 수 있는 초창기(1959~1970)는 이양하를 초대회장으로 하여 30여 명의 회원이 중심으로 '한국비교문학회'가 창립(1959. 6)되었던 시기를 출발점으로 하여 1960년에서 1968년까지 2대부터 4대 회장을 역임한 이하윤(1906~1974)의 활동기간에 해당한다. 이 시기에 '한국비교문학회'에서는 비교문학의 연구기반을 확립하는 것은 물론 '국제비교문학회' 가입(1959. 11)과 제1회 전국학술대회 개최(1959. 11), 제3차 '국제비교문학회' 참가(1960, 8), '일본비교문학회' 참가(1966. 9), '대만비교문학회' 참가(1969. 7) 등 국제학회에 참가하기 시작하였으며, 비교문학관계 '회보 1호'(1959. 11)를 발간하기 시작하여 회보를 통해 회원 상호간의 활동을 지속적으로 독려하기 시작하였다. 이 기간에 가장 주목할 만한 비교문학 번역서로는 방 티겜의 저서를 번역한 김동욱의 『비교문학』(1959)을 들 수 있다. 비교문학 연구에 있어서 '일반문학'을 강조한 방 티겜의 견해를 중심으로 하는 이 역서는 그 이후에 한국 비교문학 연구에 있어서 많은 영향을 끼치게 되었다. 그러나 그것이 부분적이면서도 미숙한 번역이라는 점에 대해서는 일종의 '금기'처럼 되어 왔으며, 최근에 방 티겜의 원본을 토대로 하여 번역한 김종원의 완역본 『비교문학』(1991)이 출간된 바 있다. 또한 오스틴 워렌과 르네 웰렉이 공저한『문학의 이론』(1947)을 백철과 김병철이 1959년에 공역(共譯)함으로써, 프랑스적인 비교문학 연구방법을 지양하고 미국적인 '일반문학'으로서의 비교문학을 지향할 수 있는 가능성을 한국 비교문학계에 소개하게 되었다. 이와 같은 연구방법론의 소개로 한국에서의 비교문학 연구는 탄력을 받게 되었다.

그 외에도 전규태, 정규복, 이병한 등이 한국문학과 외국문학의 관계를 조명함으로써, 한국 비교문학의 연구영역을 넓히게 되었다. 비교문학에 대한 이와 같은 열정과 집념으로 점철되던 이 시기를 '초창기'라고 파악할 수 있는 까닭은 이 시기에 비교문학의 기반확립을 위한 저변확대가 이루어졌기 때문이고, 더 나아가 비교문학에 관련되는 이경선의 저서와 김동욱의 번역서가 비교문학 연구를 활성화하는 데 기여했기 때문이다. 아울러 김동욱의『국문학개설』(1962)과 백철의『문학개론』(1963)에서도 부분적으로 비교문학의 중요성을 강조하였으며, 김열규의『한국 근대시의 일반문학적 고찰』(1962)과 송욱의『시학평전』(1963)에서는 비교문학 연구를 구체화하였다. 대부분의 경우 일반문학적인 차원에서 대비의 방법을 활용하여 비교문학에 접근했던 것과 달리 송욱의 경우는 동서문학(東西文學)의 배경을 비교하여 그 차이점과 대조되는 점을 규명하였다. 또한 서강대학교 '인문과학연구소'에서 간행한 김열규 · 이재선 · 김학동 · 김용직 등의『한국근대문학연구』(1969)는 '일반문학적 시고(試考)'라는 부제(副題)에 암시되어 있는 바와 같이 시 · 소설 · 평론 · 문장론 등에 대한 사례(事例)를 중심으로 원천과 영향의 관계를 실증적인 차원에서 취급했다는 점에서 이 시기의 비교문학 연구를 대표한다고 볼 수 있다.

이 시기에 발표된 한국 고전문학의 비교문학적 연구로는 조승관의「한국문학상의 소동파」(1964), 서수생의「용비어천가에 미친 시경(詩經)의 영향」(1965), 이능우의「중국소설류(中國小說類)의 한래기사(韓來記事)」(1968), 조재억의「한국시가(韓國詩歌)에 끼친 도연명의 영향」(1969) 등을 들 수 있다.

1.3 발전기

한국 비교문학의 탐구시대에 해당하는 발전기(1971~1980)에는 1970년을 전후하여 '한국비교문학회'의 활동과는 무관하게 비교문학 연구에 관심을 가지고 있던 연구자들에 의해서 개별적인 연구가 수행된 시기이다. 이러한 점은 '문예사연구회'에서 '문예사조' 제2집으로 간행한 『비교문학』(1973. 9)에서 찾아볼 수 있으며, 백철을 비롯하여 김동욱, 김기동, 이하윤, 이경선, 전규태, 이재호, 정한모, 정규복, 신일희 등이 집필한 비교문학에 관련되는 방법론과 논문이 수록되어 있다. 특히 이재호의 「영(英)·불시(佛詩)가 한국 시가(詩歌)에 미친 영향고(影響考)」는 필자가 김소월과 예이츠 및 메테를링크의 관계, 김기림과 스테펜 스펜더 및 호세-마리아 드 에레디아의 관계를 집필하는 데 많은 도움이 되었다는 점을 밝혀둔다.

이와 같은 활동에 자극받아 '한국비교문학회'에서도 학회운영에 대한 전반적인 재개편을 해야 한다는 견해가 대두되었다. 그 결과 1975년 9월 김동욱 회장과 임원진들을 중심으로 하여 한국문학 중심의 비교문학을 지양하고 외국문학과 다른 분야까지를 포함함으로써, 문학과 문화, 예술 등 모든 분야를 비교문학의 영역에 포함시켜 영역을 확대하였다. 이러한 점은 "저희들 비교문학회는 작년 9월 재건총회를 열고 그 회칙에서 '국문학과 비교연구'라는 조항을 삭제했습니다. 그러므로 모든 외국문학 연구가 문학과 언어·신화·민속·미술·회화·사상 등 모든 문화 일반, 즉 비교문화에 관심을 가지시는 여러분의 대화의 광장으로 이용해주시기 바랍니다"라고 선언한 점에서도 확인할 수 있다. 이처럼 활성화된 '한국비교문학회'의 탐구시대에 해당하는 발전기에서는 학회지 제1집 『비교문학 및 비교문화』(1977. 10)가 발간되어 비로소 학회활동의 구심점을 찾게 되었다. 이 시기에 '한국비교문학회' 제6대와 제7대의 회장을 연임한 전광용(1919~1988)은 비교문학회원의 확대 및 발표자와 발표주제의 다양성을 적극적으로 모색함으로써, '한국비교문학회'가 양적으로나 질적으로 발전할 수 있는 기반을 마련하였다.

이 시기에 발표된 비교문학관계 논문과 발표자를 개괄하면, 「타고르와 한국 현대시」 및 「E. A. 포와 한국 현대시」(1971)를 비교한 김용직, 「비교문학의 한국적 양상과 문제점」(1971)을 정리한 김학동, 「중국문학이 한국문학에 끼친 영향」(1972)을 연구한 전규태, 「서유기와 한국고전소설」(1972)을 비교한 정규복, 「효석문학에 끼친 외국문학의 영향」(1973)을 연구한 정한모, 「프랑스문학과 한국문학의 관계」(1973)를 비교한 김동욱, 「한일문학의 관련양상」(1974)을 비교한 김윤식, 「조선문학과 도연명」(1974)을 비교한 이창룡, 「춘원의 비교문학적 고찰」(1975)을 연구한 이선영, 「30년대 한국시의 서구수용」(1975)을 연구한 이동순 등을 들 수 있으며, 1980년대까지 비교문학에 관련되는 대표적인 논문은 대략 80여 편 정도 된다.

아울러 이 시기에는 비교문학 관계 단행본 출판이 다양하게 이루어졌으며, 이러한 점은 프랑스 비교문학의 방법을 바탕으로 하여 한국 근대문학사에 나타나는 외국의 문예사조와 작가 및 작품의 번역과 소개 등을 실증적으로 고찰한 김학동의 『한국문학의 비교문학적 연구』(1972), 전규태가 편한 『비교문학』(1973), 일반문학적인 입장에서 연구대상이 되는 국가의 문학을 한국문학과 비교·대비하는 것은 물론 민족문학의 특수성을 규명한 윤영춘의 『19세기 동서문학』(1973)과 김윤식의 『한일문학의 관련양상』(1974), 한국 현대시에 끼친 서구문학의 영향관계를 규명한 정한모의 『한국 현대시문학사』(1974), 서구문학의 이입과정에서 매개체로서의 역할을 한 번역 작품을 통시적으로 종합한 김병철의 『한국근대번역문학사 연구』(1975), 한국 근대문학에 끼친 독일문학의 영향을 고찰한 김학동·이재선·이유영의 『한독문학비교연구·I』(1976), 김현용의 『한중소설 설화 비교연구』(1976), 1895년부터 1945년까지 50여 년간의 서양문학의 번역과 논저를 연대별로 정리한 김병철의 『서양문학번역논저연표』(1978), 김동욱·설성경의 『춘향전의 비교연구』(1979), 조동일이 편한 『비교문학총서·1』(1979), 해방이후의 한국과 미국의 문화교류에 역점을 두어 문학과 언어현상을 중심으로 외래문화의 수용과 전통문화의 변화과정을 살펴본 김학동·이재선·김용권·김승욱·김태옥의 『한미문화(韓美文化)의 교류』(1979), 전규태의 『동서문화의 교류』(1980), 김병철의 『서양문학이입사 연구 I』(1980), 이혜순이 편한 『비교문학 II』(1980) 등이 있으며 M. F. 귀야르의 원저를 번역한 전규태의 『비교문학』(1974)이 출판되었으며, 귀야르의 이 저서를 정기수는 『비교문학』(1986)으로 다시 번역하여 출판하였다. 특히 계명대학교 '동서문화연구소'를 중심으로 『비교문학사전』을 편찬하기 위해 1976년 여름 '문학장르론'을 주제로 심포지엄을 개최하였으며, 총 5권으로 이루어진 『비교문학총서』(1979)를 처음으로 간행하였다. 이 총서는 세계문학적인 입장을 근간으로 하여 동양과 서양의 문학을 비교하여 종합했다는 점에서 그 의의를 찾을 수 있다. 또한 22개의 항목을 중심으로 유사한 분야를 묶어 제1권에서는 문학의 개념, 장르, 문학사의 시대구분, 문학사, 각국의 문학적 특징을, 제2권에서는 문학비평, 문학연구방법론, 비교문학을, 제3권에서는 문예사조, 종교와 문학, 사회와 문학, 자연과 문학을, 제4권에서는 신화, 서사시, 소설, 희곡을, 제5권에서는 문체론, 수사학, 정형시, 자유시, 운문, 산문, 에세이, 수필 등을 종합하였으며, 여섯 개 국가의 '문학용어대조표'와 '세계문학연표'를 수록하였다.

한국 비교문학의 태동기와 초창기 및 발전기에서 활동했던 대부분의 비교문학자들은 자신들의 전공에 해당하는 영문학, 불문학, 독문학 등의 서구문학과 중국문학, 일본문학 등 동양문학을 바탕으로 하여 한국에서의 비교문학을 연구하였다고 볼 수 있으며, 전광용 회장을 중심으로 하여 1980년 6월 '한국비교문학회'의 임원진이 학회지의 제호(題號)를 '비교문학'으로 변경하였다. 한국 비교문학에 대한 이들의 이러한 열정적이면서도 학문적인 연구에 힘입어 이 시기에는 비교문학에 관련되는 논저의 간행과 번역이 그 어느 때보다는 활성화되었다. 이혜순이 편역한 『비교문학 II』(1980), 이유영이 번역한 『비교문학론』(1981) 등은 방 티겜이나 귀야르 및 르네 웰렉 등의 비교문학 방법론에 의존해 왔던 한국 비교문학 연구에서 그 방법론의 적용을 심화·확대시키는 계기가 되었다. 이혜순이 편역한 『비교문학 Ⅱ』는 발당스베르제, 방 티겜, 에티앙블, 레마크, 블록, 바이스슈타인 등의 논문을 정리한 것이며, 이유영이 번역한 『비교문학론』은 영향연구와 대비연구에 역점을 둔 바이스슈타인의 저서를 번역한 것이다.

이 시기에 발표된 한국 고전문학에서의 비교문학적 연구의 특징은 중국문학과의 관계를 집중적으로 취급했다는 점을 들 수 있다. 이러한 경우로는 정규복의 「구운몽의 비교문학적 연구」(1970), 이경선의 「삼국지연의(三國志演義)의 한국전래(韓國傳來)와 정착」(1971), 차주환의 「시가(詩歌)를 통해 본 한중문학사상」(1973), 김학주의 「당악정재(唐樂呈才) 및 판소리와 중국의 가무극 및 강창(講唱)」(1973), 이창룡의 「고려시인(高麗詩人)과 도연명」(1973), 이혜순의 「중국소설이 한국소설에 미친 영향」(1975), 이경선의 『삼국지연의의 비교문학적 연구』(1971), 한영환의 『전등신화와 금오신화의 구성 비교연구』(1975), 김현룡의 『한중소설설화비교연구』(1976), 김열규의 「바리데기」(1977), 이상일의 「거리굿 형식으로서의 길놀이와 슈필수트라세」(1978) 등을 들 수 있다.

이상에서 살펴본 바와 같이, 한국 비교문학의 '발전기'에 해당하는 이 시기에는 비교문학 연구에서 가장 기본적인 단계라고 할 수 있는 발신자, 전신자, 수신자 등 세 가지 요소를 철저하게 검토하여 한국문학에 끼친 외국문학의 영향과 수용의 관계를 조명했다고 볼 수 있다. 또한 보통 '영어'라고 통칭되는 미국영어의 영향으로 한국어의 변화과정에 대해서도 비교문학적으로 주목했던 시기에 해당한다.

1.4 성숙기

한국 비교문학의 열정시대라고 할 수 있는 성숙기(1981~1990)는 제9대와 제10대 '한국비교문학회' 회장을 역임한 정한모(1923~1991)에 의해 비교문학이 활성화된 시기에 관계된다. 이러한 활성화에 있어서 그 구심점의 역할을 했던 정한모는 그동안 발표일정을 1일로 한정하던 '한국 비교문학회 발표대회'의 규모를 확장하여 이틀간에 걸쳐 발표대회를 주관했을 뿐만 아니라 진정한 의미의 전국규모대회가 될 수 있도록 경향각지에서 활동하고 있는 비교문학자들을 독려하여 발표대회가 참가하도록 하였다. 아울러 그는 전임회장 전광용과 함께 제10차 '국제비교문학회' 뉴욕대회(1982. 8)와 제12차 '국제비교문학회' 뮌헨대회(1988. 8) 및 '일본비교문학회'(1989. 6) 등에 참가하여 한국 비교문학의 위상을 국제 비교문학계에 전파하였고, 그동안 미진했던 학회지 『비교문학』에 수록되는 연구논문의 질과 논문심사를 강화함으로써 진정한 의미의 학회지로 거듭날 수 있도록 노력하였다. 회장단의 이러한 노력과 격려에 힘입어 이 시기에는 대부분의 비교문학자는 물론 비교문학에 관심 있는 학자와 대학원생들이 대거 참가함으로써 '한국비교문학회'는 가장 활발한 전성기를 구가하게 되었다고 볼 수 있다. 그러나 정한모는 1991년 8월 일본에서 개최하기로 되어 있던 제13차 '국제비교문학회' 일본 동경대회(1991)에 참가하기 위해서 '일본비교문학회'의 하가도루 회장과 긴밀한 협조관계를 진행하던 중 1991년 2월 갑자기 타계하였다.

정한모가 회장으로 활동했던 이 시기에 한국 비교문학계에서는 외국에서 비교문학을 연구한 신진학자들이 귀국하면서 그동안 부분적으로 혹은 점진적으로 연구되던 한국 비교문학 연구에 활기를 모색하게 되었다. 이러한 점은 그 이전에 대만과 미국에서 비교문학을 연구한 이혜순의 『비교문학 1』(1981)이 자리 잡고 있으며, 미국에서 비교문학을 연구한 김성곤, 윤호병, 정정호 등의 연구 활동과 발표논문을 들 수 있다. 컬럼비아대학교에서 에드워드 사이드의 지도를 받은 김성곤의 문화연구와 포스트모더니즘이론, 뉴욕주립대학교 스토니 브룩에서 휴 J. 실버만의 지도를 받은 윤호병의 해체비평이론 및 포스트모더니즘이론, 위스콘신대학교에서 이합 하산의 지도를 받은 정정호의 포스트모더니즘 이론 등은 이 시기에 한국 비교문학이 문학중심의 비교를 뛰어넘어 문학과 문화이론의 영향과 수용 및 문학이론의 비교라는 새로운 영역을 개척하는 계기를 마련하게 되었다.

이 시기에 발표된 저서와 논문을 개관하면 다음과 같다. 김학동의『한국 근대시의 비교문학적 연구』(1981), 전규태의『동서문화의 조류』(1980)와『비교문학』(1981), 이혜순의『비교문학』(1981), 조동일이 편한『비교문학 총서·2』(1981)와『비교문학 총서·4』(1982), 김병철의『서양문학이입사연구 Ⅰ·Ⅱ』(1982), 김태준의『홍대용과 그의 시대』(1982), 이상익의『한중소설의 비교문학적 연구』(1983), 이항재의「투르게네프의 <처녀지>와 심훈의 <상록수>의 비교문학적 연구」(1983), 김학동의『한국근대시의 비교문학적 연구』(1981)와『비교문학론』(1984), 이창룡의「한중시(韓中詩)의 비교문학적 연구」(1984), 전규태의『비교문학과 비교문화』(1984), 김효중의『박용철의 하이네시 번역과 수용에 관한 연구』(1987), 정규복의「한중 비교문학의 연구사」(1985), 김창룡의「한중 가전문학(韓中假傳文學)의 연구」(1985), 홍종만의「고려 시화집의 비교문학적 연구」(1985), 한영환의「한중일소설(韓中日小說)의 비교연구」(1985), 정규복의『한중문학 비교연구』(1987), 김정배의『한국에서의 로렌스의 수용 : 서지학적 연구 1930~1987』(1988), 민용태의「동서문학의 비교문학적 연구방법」(1988), 전규태의「한국고전의 비교문학적 고찰」(1988), 이영걸의『신동집과 영미시』(1989), 강인숙의『자연주의 문학론 1·2』, '문학사연구회' 편『구미현대문학과 비교문학』(1989), 이보영의「오스카 와일드와 염상섭」(1989), 이창룡의『비교문학의 이론』(1990) 등을 들 수 있다.

이 시기에는 비교문학에서의 비교대상을 제3세계문학까지 확대해야 한다는 주장이 처음으로 제기되었다. 이러한 점은 조동일의「비교문학의 방향전환을 위한 제언」(1987)에서 찾아 볼 수 있으며, 그는『제3세계 문학연구입문』(1991)에서 이러한 점을 구체화하였다. 아울러 최박광은 조선조 후기 '통신사문학'에 대한 새로운 조명과 접근을 연구하였다. 또한 김병민은 자신의『북학파문학과 청대문학의 관계연구』(1992)에서 관련지역을 실제로 답사했을 뿐만 아니라 관련사실까지도 추적했으며, 그의 이러한 연구방법은 현대문학과 서구중심의 비교문학 연구에서 하나의 전환점을 마련하였다. 또한 각 대학교에서 그동안 부분적으로 강의되던 '비교문학'을 하나의 전공분야로 창과(創科)하기 위해서 정부의 해당관계 부서에 제안하자는 의견이 대두된 것도 이 시기에 해당한다.

1.5 확장기

한국 비교문학의 팽창의 시대라고 할 수 있는 확장기(1991~2000)는 그동안 10여 년간 '한국비교문학회'를 이끌다가 갑작스럽게 타계한 정한모 회장의 유고로 비롯된 한국 비교문학의 공백을 극복할 수 있는 계기를 마련하였다. 이 시기가 한국 비교문학의 성숙기라고 언급할 수 있는 까닭은 정한모 회장이 한국 측 비교문학 연구자들의 발표자 명단과 발표제목을 비롯하여 참가비 지원 등을 확정한 제13차 '국제비교문학회' 일본 동경대회에 15명이 참가하여 각 분과에서 비중 있는 논문을 발표함으로써 국제비교문학계에 한국 비교문학의 위상과 역할을 알리는 계기를 마련하였기 때문이다. 다른 하나는 이 시기에 미국을 비롯한 서유럽에서 비교문학을 연구하고 귀국한 김순신, 김환희, 김춘희, 고부응, 이승렬, 송덕호 등과 일본과 중국 및 국내에서 비교문학을 전공한 신진 학자들이 한국 비교문학계에 새로운 활력소로 작용하였기 때문이다. 또 다른 하나는 이 시기에 그동안 한국 비교문학계의 오랜 숙원이었던 '비교문학 전공'이 대학원 과정에 개설되었다는 점을 들 수 있다. 물론 그 이전에도 비교문학으로 학위논문을 제출할 수는 있었지만, 비교문학 전공과정이 공식적으로 대학원 과정에 개설되었다는 점은 커다란 의미를 지닌다. 현재까지 서울대학교, 연세대학교, 고려대학교, 성균관대학교, 한국외국어대학교 등의 대학원 석·박사 과정 혹은 박사과정에 비교문학 전공과정이 개설되어 있다. 아울러 이 시기에는 또 비교문학 관계 학회가 여러 분야에 걸쳐 창립되었다는 점을 간과할 수 없으며, 그러한 사실은 그동안 '한국비교문학회'를 구심점으로 하던 비교문학 연구가 다양해졌다고 파악할 수 있다. '세계문학비교학회,' '국제비교한국학회,' '한국동서비교문학회,' '한국문학과 종교학회,' '영미문화학회,' '한국번역학회,' '한일비교문학연구회' 등의 창립 및 발표대회 개최와 연구활동은 한국 비교문학의 발전에 있어서 상당히 고무적인 현상에 해당한다.

제11대 회장 문상득에서부터 김용직, 주종연, 이상옥을 거쳐 제15대 김상태까지 이어지는 이 시기의 회장단의 선도적인 활동에 힘입어 제13차 '일본 동경대회'(1991), 제14차 '캐나다 앨버타대회'(1994), 제15차 '네덜란드 라이덴 대회'(1997), 제16차 '남아프리카공화국 프레토리아대회'(2000), 제17차 '홍콩 공과대학대회'(2004) 등에 한국 측에서 많은 비교문학자들이 참가하여 비중 있는 발표와 토론 및 각 분과에서 좌장을 맡아 진행함으로써, 한국 비교문학은 국제비교문학계에서 그 역할의 중요성을 인정받게 되었다. 이러한 점은 '국제비교문학회' 산하 '문학이론 위원회'에서 위원으로 1994년부터 2000년까지 활동한 윤호병, '번역분과 위원회'에서 위원으로 1997년부터 2000년까지 활동한 조성원 등의 역할을 들 수 있으며, '국제비교문학회' 상임이사(1997~2000)를 역임한 후에 부회장으로 활동한 바 있는 김우창 등의 활동에서 확인할 수 있다. 또한 외국에서 개최되는 국제대회에서의 활동뿐만 아니라 국내에서도 정기적으로 국제대회를 개최하였다는 점은 '한국비교문학사'에서 중요한 의미를 지닌다.

한국 비교문학의 이와 같은 확장기에 출간된 비교문학 관계 단행본으로는 한국문학과 제3세계 문학을 대비시킴으로써 보편적인 의미의 '일반문학론'을 강조하는 한편, 다른 한편으로는 서양문학중심의 '세계문학' 개념을 비판한 조동일의 『한국문학과 세계문학』(1991)과 『동아시아 문학사 비교론』(1993) 및 『세계문학사의 허실』(1996), 김학동과 장사선이 공편한 『한국문학사조론』(1992), 김장호의 『한국시의 비교문학』(1993), 국내외 비교문학의 역사와 방법론을 요약하였으며 문학과 문학의 비교는 물론 문학과 철학·정치·음악·미술·건축 등의 비교 및 문학비평용어를 정리한 윤호병의 『비교문학』(1994),

정인문의『한일 근대문학 비교연구』(1996), 김효중의『한국 비교문학의 현장』
(1996), 김학동의『한국문학의 비교문학적 연구』(1997), 최동규의『투르게네프
비교문학 비평연구』1998), 김순전의 『한일 근대소설의 비교문학적 연구』
(1998), 송현호의『비교문학론』(1999), 김효중의『한국 현대시의 비교문학적
연구』(2000) 등과 번역서로는 석준이 번역한 삐에르 브뤼넬의『비교문학이
란 무엇인가』(1993) 등을 들 수 있다. 물론 이 시기에 간행된 비교문학 관계
신간 외에도 그 이전에 출간된 것을 복간했거나 수정하여 출간한 단행본들
과 비중 있는 논문들이 발표되었다.

　이상과 같은 연구서와 번역서의 출간으로 인해서 한국 비교문학은 그동안
'문학중심의 비교문학 연구'에서 벗어나 문학과 예술분야의 비교연구, 다·학
문적인 혹은 학제간의 연구 및 문학이론의 연구에 역점을 두게 되었으며, 그
러한 경향은 '국제비교문학회'의 연구동향, 특히 제17차 '국제비교문학회' 네
덜란드 라이덴대회(1997. 8)의 대회주제와 일맥상통하는 것이었다. 또한 고전
문학 분야에서도 한국문학과 중국문학을 비교하는데 있어서 중국 고전의 장
편소설 중심의 비교연구에서 벗어나 명대(明代)의 단편소설이나 만청소설(晩淸
小說)과 한국 고전문학을 비교하기 시작하였다.

1.6 성찰기

　한국 비교문학의 도약시대에 해당하는 이 시기를 '성찰기'(2001~2005)라
고 파악하고자 하는 까닭은 그동안의 서구문학 중심의 비교문학 연구에서
벗어나 한국 비교문학 연구의 정체성을 확인하고자 하는 노력과 새로운 각
성을 이 시기에서 찾아 볼 수 있을 뿐만 아니라 한국 비교문학이 새롭게 발
전할 수 있는 계기를 마련했기 때문이다. 제16대 최박광을 거쳐 제17대 안삼
환이 학회를 이끌었던 이 시기의 '한국비교문학회'는 그동안 양적으로나 질
적으로 많은 발전을 거듭하여 회원수 800여 명이 활동하고 있는 거대조직으
로 거듭나게 되었으며, 그러한 결과의 하나는 거의 매 년마다 국내에서 개최

되는 '국제학술대회'를 들 수 있다. 그러한 국제학술대회를 개최함으로써, 한중일 3국의 비교문학자들이 한 자리에 모여 동양에서의 비교문학 연구의 문제점을 점검할 수 있고 상호 교류할 수 있는 만남의 장을 마련하는 것은 물론 서구중심의 비교문학 연구에서 벗어날 수 있는 저변의 확대를 들 수 있다. 다른 하나는 서구 발표자들을 초청하여 한국에서 비교문학 연구의 위상을 서방세계에 전파할 수 있는 여건을 마련하는 데 있다.

국내에서의 '국제대회' 개최는 2001년 10월(이화여자대학교), 2002년 11월(성균관대학교), 2003년 11월(성균관대학교), 2005년 11월(세종대학교) 등을 들 수 있다. 이 시기에는 또 1년에 두 번 간행되던 학회지 '비교문학'을 1년에 세 번 간행함으로써, 연구자들에게 발표기회와 연구의욕을 고취할 수 있게 되었다. 아울러 이 시기에 '한국비교문학회'에서는 2003년 8월에 개최예정이었으나 '사스'로 인해서 순연된 제17차 '국제비교문학회' 홍콩대회에 15명가량 참가하여 각 분과에서 발표와 토론 및 좌장을 맡았으며, '한국비교문학회' 명예회장인 김우창이 '국제비교문학회' 부회장으로 선임되어 한국 비교문학의 위상을 국제사회에 알리는 계기가 되기도 하였다. 이 시기에는 또 프랑스에서 비교문학을 연구한 오강석과 미국에서 비교문학을 연구한 이형진이 귀국하여 비교문학의 새로운 이론과 방법론을 소개하기도 하였다.

이처럼 새로운 도약과 발전을 모색하고 있는 한국 비교문학의 성찰기에 간행된 단행본으로는 윤호병의 『아이콘의 언어』(2001), 이혜순이 편한 『비교문학의 새로운 조명』(2002), 조진기의 『비교문학의 이론과 실천』(2002), 동국대 '한국문학연구소'가 편한 『동아시아 비교문학적 전망』(2003), 윤석우가 편한 『한국 근대문학의 비교문학적 연구』(2004), 박경일의 『동서 비교문학, 왜 학문공동체인가?』(2004), '한일비교문학연구회'가 편한 『비교문학자가 본 일본 일본인』(2005) 등이 있고, 번역서로는 김정란이 번역한 프랑시 클로동의 『비교문학개요』(2001), 박성창이 번역한 이브 슈브렐의 『비교문학, 어떻게 할 것인가?』(2002) 등이 있다. 또한 한국문학과 일본문학의 비교연구로는 신근재의 『한일근대문학의 비교연구』(1995)와 『日韓近代小說の比較研究』(2006)를 들 수 있으며, 특히 후자는 일본의 明治書院에서 출판됨으로써 한국 비교문학의 활동을 일본 비교문학계에 알리는 중요한 계기를 마련하였다. 안삼환 이후로는 강동엽 등이 회장을 역임하였고 현재는 이응수가 회장으로 있으면서 2010년 제19차 '국제비교문학회' 대구대회를 준비하고 있다.

2. 외국문학의 영향과 수용의 역사

'서양문학의 영향과 수용'에는 서유럽문학의 영향과 수용, 러시아문학의 영향과 수용, 미국문학의 영향과 수용 등이 포함된다. 서유럽문학의 영향과 수용에는 한국문학에 끼친 영국문학, 프랑스문학, 독일문학, 스페인문학, 이탈리아문학 등을 들 수 있다. 영국문학의 경우는 워즈워스, 콜리지, 키츠 등과 한국 현대시의 관계에 대한 그동안의 비교문학 연구자들의 활동을 들 수 있다. 프랑스문학 분야에 대해서는 한국 비교문학 태동기의 김억과 '해외문학파'의 번역과 활동 및 그 이후에 프랑스에서 비교문학을 연구하고 귀국한 학자들의 활동을 들 수 있다. 독일문학의 경우는 괴테와 릴케 및 하이네 등의 영향과 수용을 들 수 있으며, 특히 김효중의 박용철 연구에서 확인할 수 있다. 릴케의 경우는 박용철의 시론과 김춘수 및 윤동주 등의 시에서 찾아볼 수 있다. 이탈리아의 문학은 한형곤, 한상철, 박상진 등의 활동에서 확인할 수 있으며, 러시아문학의 경우는 톨스토이, 도스토예프스키, 푸시킨, 고골리 등의 작품번역과 그것이 한국문학의 형성에 끼친 영향을 작가별 비교연구를 들 수 있으며, 특히 김남주의 시세계에 영향을 끼친 것으로 알려진 마야코프스키의 작품세계를 들 수 있다. 미국문학의 경우는 휘트먼과 같은 시인들의 영향 및 신비평과 포스트모더니즘비평이 한국 문학비평에 끼친 과정과 그 영향을 들 수 있다.

동양문학의 영향과 수용은 무엇보다도 일본문학과의 관계를 들 수 있으며, 신근재, 김춘미, 최박광, 최재철 등의 활동에서 찾아볼 수 있다. 아울러 중국문학의 경우는 박노춘, 정규복, 이상익 등의 연구에 반영되어 있는 한국 고전문학과 중국문학의 관계를 시대별로 정리한 경우가 있으며, 더 나아가 중국 현대문학과 한국 현대문학과의 비교에서도 찾아볼 수 있다. 인도문학의 경우는 한용운과 타고르에 대한 비교문학적 연구사를 정리한 김영호의 연구와 현재 '인도문화연구소'를 이끌고 있는 임근동의 활동을 들 수 있다.

제3세계문학의 영향과 수용은 크게 중남미문학의 영향과 수용, 아프리카문학의 영향과 수용, 중동문학의 영향과 수용으로 나뉘며, 한국문학에 끼친 이러한 문학의 영향과 수용사를 개관하면 다음과 같다. 한국문학에 끼친 중남미문학의 영향은 멕시코문학에서부터 아르헨티나문학과 칠레문학까지 다양하며 그것은 이 지역에서 여러 번의 '노벨문학상 수상자'를 배출한 데에서도 찾아볼 수 있다. 콜롬비아의 마르케스, 칠레의 파블로 네루다, 멕시코의 옥타비오 파스 등의 문학작품과 문학이론이 다양한 경로를 통해서 한국문학에 영향을 끼치고 있으며 특히 마르케스의 『백 년 동안의 고독』, 보르헤스의 『허구들』, 네루다의 시편, 옥타비오 파스의 문학이론 등은 김남주 등과 같은 시인 및 모더니즘과 문화론 관계 연구자들에게 영향을 끼쳤으며, 이러한 영향과 수용은 김홍근을 비롯한 스페인문학 전공자들에 의해서 중남미문학이 본격적으로 소개되었다. 그러한 점을 우리는 김홍근이 완역한 파스의 '전집'에서 확인할 수 있다. 이러한 사실은 식민제국과 군부독재로 이어지는 중남미의 정치현실과 한국의 정치현실의 유사성과 무관하지 않으며, 특히 이들 대부분의 중남미 작가들이 '노벨문학상 수상자'라는 점에서 한국에 폭넓은 독자층을 형성하게 되었기 때문이다.

아프리카문학이 한국문학에 끼친 영향과 수용은 무엇보다도 '노벨문학상'

을 수상한 올레 소잉카(1986), 나딘 고디머(1991), 존 맥스웰 쿠체(2003) 등의 수상작품에 대한 국내번역과 밀접하게 관계된다. 특히 아프리카 흑인 작가로는 처음으로 '노벨문학상'을 수상한 소잉카는 정치권력을 비판하는 작품을 발표해 오랫동안 수감생활을 하기도 했으며 현재 미국과 나이지리아를 오가며 활동하고 있는 작가이다. 제9회 '만해상(萬海賞)'(2005) 문학부문 대상 수상자로 선정되어 한국을 방문한 바 있으며 그는 신라호텔에서 열린 '시와 평화' 심포지엄(2005. 8. 14)에서 '창의성과 평화'라는 제목의 기조강연과 회견을 통해 문학과 인류의 평화에 대한 소신을 피력함으로써 한국의 작가들에게 많은 감동을 주기도 하였다. 『동아일보』(2005. 8. 15)에 수록된 소잉카의 강연 발췌문은 다음과 같다.

평화가 살아남기 위해선 전쟁을 수행하는 법을 배워야만 합니다. 그것은 무지(無知)라 불리는 적에 대항하는 전쟁을 의미합니다. 권력은 무지나 제한된 지식을 먹고 사니까요. 아프리카는 인간의 존엄성 회복을 위해 오랫동안 시련의 길을 걸어왔다는 점에서 한국과는 큰 가족이라고 생각합니다. 인간을 존중하는 시와 시의 정신을 바탕으로 한국과 아프리카뿐 아니라 인류의 휴머니티를 추구해야 합니다. 평화는 포기를 요구합니다. 여기서 포기란 권력을 향한 욕심을 포기하는 것입니다. 창의성과 새로운 발견은 서로를 구분 짓는 경계의 벽을 무너뜨리는 것입니다. 경계가 사라진 곳에 자유의 가능성을 채워 넣는 것입니다. 그러나 권력은 경계 짓기를 사랑합니다. 휴머니티의 지평을 확장하는 인간의 노력에 필요한 것이 바로 시적 감수성이며 시는 인간정신의 창조에 존엄성을 부여하는 진액입니다.

소잉카는 문학이 자유와 평화 그리고 창의적인 정신의 바탕이 되어야 한다는 점을 강조하는 한편, 다른 한편으로는 문학적인 비유와 상징을 동원하여 평화의 메시지를 전달해야 한다는 점을 강조하였다. 영국의 '부커상'을 사상 처음으로 두 차례(1983, 1999)나 수상하면서 '탈식민주의 문학운동'의 기수로 평가받고 있는 존 쿠체는 지적인 힘과 균형 잡힌 스타일, 역사적 비전과 윤리적 통찰력을 독특한 방식으로 통합시키고 있는 작가에 해당한다. 왕은철의 번역으로 국내에 소개된 그의 작품으로는 『야만인을 기다리며』, 『추락』, 『페테르부르크의 대가』 등이 있다. 짧은 분량, 사유의 한 방식, 문체의 난해성, 작가 자신의 은둔성과 문학상의 상업성 거부 등으로 잘 알려진 쿠체에 대해서 왕은철은 "식민주의와 피-식민주의자간의 갈등을 통해 폭력과 억압의 사슬이 특정한 시대와 장소에 국한된 게 아니라 보편적인 것임을 잘 보여 준다"라고 평가하였다. 쿠체의 작품세계는 억압받는 현실세계를 있는 그대로 보여주기보다는 이데올로기의 실체와 허상을 포스트모더니즘 방식으로 해체한다는 평가를 받고 있다. 그의 작품세계의 특징은 제국주의자와 원주민, 가해자와 피해자, 식민주의자와 피-식민주의자 등과 같은 이분법에 의존하지 않고 체제에 순응하기를 거부하는 진보적인 인물을 내세워 체제화되어 있는 이데올로기의 허구성을 폭로한다는 점을 들 수 있다.

다른 하나는 한국외국어대학교의 '아프리카학과'를 중심으로 하는 국내외 연구활동과 학회활동을 들 수 있으며, 그러한 예로는 1986년에 창립된 '한국아프리카학회'와 이 학회에서 간행되는 학회지와 연구 활동을 들 수 있다. 다음은 한신대학교에서 개최한 '제1회 한국-아프리카 국제 심포지엄'(2005. 5. 30~5. 31)을 들 수 있으며, 콜레 오모토소, 졸라 마세코, 주킬레 자마 등 15명의 아프리카 학자들과 김형수, 김재용, 고갑희 등 20여 명의 한국 학자들이 참가하여 주제발표와 토론을 하였다. 특히 소설가이자 평론가이며 영화제작자이기도 한 콜레 오모토소는 '나이지리아문학과 세계화'라는 발제를 통해서 '문학에서의 토속어 사용의 중요성'을 강조하였다. 그는 "북미와 유럽인은 특히 남미문학과 아프리카문학을 알리는 것에 대해서 부정적인 태도를 보이고 있다는 점과 아프리카가 경험한 식민주의와 탈식민주의 경험을 모두 공유할 필요가 있다는 점"을 강조하면서 아프리카문학이 왜 세계화되어야만 하는지를 역설하였다. 말하자면, "아프리카인 80%가 영어와 프랑스어를 못하는데 영어와 프랑스어로 문학을 한다는 것은 어불성설이다. 자국의 언어에 해당하는 토속어로 글을 쓴다는 것은 곧 토속어를 연구하고 개발하게 됨으로 오히려 세계화에 기여하게 된다"라는 점을 강조하였다. 그의 이러한 주장은 누구나 한국어를 읽고 쓸 줄 아는 한국인들에게 하나의 충격파를 던지게 되었으며, 이 심포지엄에 참가한 대부분의 참가자들이 그의 주장에 공감하였다.

아프리카문화가 한국문화에 끼친 영향과 수용에 대해서는 이석호의 역할을 간과할 수 없다. '아프리카문화연구소'에 소개되어 있는 내용을 참고하여 정리하면 다음과 같다. '(사)아프리카문화연구소'는 1999년 12월 15일에 창립되어 외교통상부 산하 문화협력과에 사단법인으로 등록되어 있다. 연극·영화·문학·민속 등을 포함하여 전반적인 아프리카의 문화를 공식적으로 연구·소개하는 한국 최초의 민간연구소인 '(사)아프리카문화연구소'에는 이석호 소장을 비롯하여 이사 5명, 정회원 20명, 임시 회원 10명 등이 활동하고 있으며, 현재 활동 중인 연구 분과로는 소설분과, 희곡분과, 영화분과, 이론분과 등이 있다. 지나치게 구미 중심적인 한국의 학문적·지적 불균형, 그로 인한 한국 인문학의 대외종속을 견제할 뿐만 아니라 지금까지 소외된 제3세계의 문화 전반에 대한 연구를 하고 있다

중동문학의 영향과 수용은 아랍어문학 전공자가 주축이 되어 활동하고 있는 '한국중동학회,' '한국이슬람학회,' '한국아랍어아랍문학회' 등의 활동에서 찾아볼 수 있다. '한국중동학회'는 1979년 6월 15일 창립되었으며 현재까지 아랍, 이슬람, 북아프리카, 서남아시아 등의 문학연구와 지역연구에 역점을 두고 있으며, 아랍어 교육의 중요성과 멀티미디어를 활용한 언어교육에 중점을 두고 있다. 1989년에 창립된 '한국이슬람학회'는 중동을 비롯한 동남아시아와 아프리카 지역 등 이슬람문화에 대한 연구에 중점을 두고 있다. 이들 세 개의 학회 외에도 다양한 연구 활동을 찾아볼 수 있으며, 이들 연구자들은 문학 분야뿐만 아니라 문화·정치·경제·사회·종교 등 전반에 걸친 연구에 역점을 두고 있다.

3. 한국 비교문학의 연구영역에 대한 역사적 고찰

'한국비교문학사'는 크게 문학중심의 비교연구와 영역에 대한 사적 고찰, 다·학문중심의 비교연구와 영역에 대한 사적 고찰, 문화연구 중심의 비교연구와 영역에 대한 사적 고찰 등으로 나눌 수 있다.

3.1 문학중심의 비교연구의 역사

문학중심의 비교연구와 영역에 대한 사적 고찰은 한국문학 중심의 비교연구사, 외국문학 중심의 비교연구사, 문예사상 중심의 비교연구사로 나누어서 파악할 수 있으며, 그것은 한국비교문학사에서 초창기와 발전기 전반부까지의 비교연구에 해당한다고 볼 수 있다. 다시 말하면 태동기의 비교문학 연구는 아직 정확하게 '비교문학'이라는 용어를 사용하지는 않았지만, 그 당시 서구문학의 소개와 번역 및 서구문학을 모방한 작품의 발표 등은 다분히 한국 현대문학의 형성에 영향을 끼쳤으며, 그 중심적인 역할은 물론 해방이전의 문학자들, 가령 최남선, 이광수, 주요한, 김억, 한용운, 김영랑, 박용철 등에 의해 소개되었을 뿐만 아니라 그러한 내용이 한국문학에 적용된 경우에 해당한다. 이러한 활동에 대한 비교문학적 연구는 그동안 한국 비교문학사의 초창기에 끼친 영향과 수용에 대한 정확한 자료와 고증 및 검증을 바탕으로 하여 연구되었으며, 그것은 오늘의 한국 비교문학을 가능하게 한 원동력으로 작용하였다. 그러한 비교문학 연구자로는 초창기의 김동욱, 이경선, 전광용, 정규복, 박성의, 정한모 등을 비롯하여 발전기의 김용직 등의 연구를 들 수 있다.

다음은 외국문학 중심의 비교연구를 들 수 있으며, 그것은 외국문학과 외국문학의 비교를 통해서 한국 비교문학이 나아가야 할 방향을 제시한 경우에 해당한다. 말하자면, 해당 외국문학을 중심으로 하여 그것과 한국문학과의 관계를 연구하는 데 있어서 적게는 두 나라의 문학, 많게는 세 나라 이상의 문학을 비교함으로써, 비교문학 연구의 다양성을 모색하였다는 점에서 한국 비교문학이 발전할 수 있는 계기를 마련하였다. 이 분야의 연구자로는 무엇보다도 일본문학에 관심을 가지고 있는 연구자들을 들 수 있으며 이들은 서구문학이 일본문학에 끼친 영향과 수용 및 그러한 일본문학이 한국문학에 접목되기까지의 과정을 비교·연구하였다. 이러한 비교문학 연구자로는 김윤식, 이창룡, 김장호 등을 들 수 있다. 아울러 중국문학 연구자들은 중국문학에 끼친 외국문학의 영향과 수용 및 그러한 중국문학이 한국문학에 접목되기까지의 과정을 비교·연구하였다. 이러한 비교문학 연구자로는 정규복, 박성의, 이병한 등을 들 수 있다. 영문학의 경우로는 이양하, 이하윤, 송욱, 이상옥 등을 들 수 있고, 이탈리아문학의 경우는 단테의『신곡』에 대한 한형곤의 연구와 박상진의 연구, 움베르토 에코의『장미의 이름』을 한국적 배경과 주인공으로 전이시킨 이인화의『영원한 제국』등을 들 수 있다.

문예사상 중심의 비교연구는 서구문예사조가 한국문학 형성에 끼친 사상사와 이입의 역사에 관계된다. 그러한 자료로는 그동안 한국에 소개된 문예사조에 관계되는 단행본과 논문에서 찾아볼 수 있다. 다시 말하면, 낭만주의, 사실주의와 리얼리즘, 상징주의, 초현실주의, 이미지즘, 아방가르드, 모더니즘, 포스트모더니즘 등의 영향과 수용관계를 들 수 있다. 비교문학 초창기와 발전기보다는 확장기에 이와 같은 연구가 진행되었음을 알 수 있으며, 그 선도적인 역할은 전규태의 비교문학 연구에서 찾아볼 수 있다. 모더니즘과 포스트모더니즘 및 해체비평에 대한 비교연구로는 김성곤, 정정호, 김욱동, 권택영, 윤호병, 서준섭 등의 연구를 들 수 있다.

3.2 다 학문중심의 비교연구의 역사

다 학문중심의 비교연구와 영역에 대한 역사적 고찰은 문학과 비문학 중심의 비교연구사, 문학과 예술중심의 비교연구사, 문학과 문학이론 중심의 비교연구사 등으로 분류할 수 있다. 문학과 비문학 중심의 비교연구에서 가장 주목할 만한 것은 심훈의 「그날이 오면」과 식민지현실에 대한 연구일 것이다. 심훈의 이 시는 피터 H. 리가 영역(英譯)함으로써 서구세계에 알려지게 되었으며 그것을 C. M. 바우러는 자신의 『시와 정치』에서 논의하였다. 그 결과 심훈의 이 시에 대한 비교문학적 연구가 국내에서 활기를 찾게 되어, 정한모, 김용직, 홍사중, 이어령 등이 이 시와 정치현실의 관계를 비교문학적으로 연구하였다. 물론 한국문학에 대한 대부분의 연구, 특히 일제강점기의 현실, 해방공간의 이데올로기의 대립, 한국전쟁과 월남전 참전, 4·19와 5·16, 신군부의 등장과 광주민주화 항쟁 등 한국 근현대의 역사·정치와 문학작품과의 관계에 대한 연구는 비교문학 연구에서 언제나 비중 있게 연구되어 왔다.

문학과 예술중심의 비교연구는 문학과 미술, 음악, 건축, 조각 등에 대한 비교연구를 들 수 있다. 문학작품에 반영된 예술작품에 대한 비교연구에 해당하는 이 분야는 크게 예술작품을 문학작품으로 전이시킨 경우와 문학작품의 내용을 예술분야로 전이시킨 경우로 나뉜다. 전자는 반 고흐, 샤갈, 뭉크, 자코메티, 피카소, 로댕, 르네 마그리트, 르느아르, 모딜리아니 등 외국화가들의 그림 및 김정희, 이중섭, 박수근, 김환기 등의 국내화가들의 그림을 문학작품에 반영한 경우이다. 그것을 우리는 정진규, 박희진, 이승훈, 이건청, 이 승하, 최승호, 함성호, 최명숙 등의 시와 김영하, 성석제 등의 소설에서 찾아 볼 수 있다. 여기서 주목할 점은 김정희의 그림 「세한도」는 한국 현대 시인 들이 시적 대상으로 선호하는 그림이라는 점이다. 「세한도」를 한국 현대시로 전이시킨 경우로는 대략 100여 편에 이르며, 이에 대한 비교문학적 연구 역 시 10여 편에 이른다는 점을 밝혀 둔다. 후자, 즉 문학작품의 내용을 그림으 로 전이시키고 있는 경우로는 '녹색갤러리'의 정상명 관장이 정기적으로 전 시하고 있는 '시와 그림의 만남'을 들 수 있다.

이처럼 문학작품으로 전이된 그림의 세계 혹은 그림으로 전이된 문학작품 의 세계에 대한 비교문학 연구로는 김미정, 양왕용, 윤호병, 김효중, 성현자 등의 연구 활동을 들 수 있으며, 이들의 이러한 연구는 문학과 예술중심의 비교연구에서 선도적인 역할을 하고 있다고 볼 수 있다. 그 외에도 이들은 문학과 건축, 문학과 오페라, 문학과 조각 등에 대한 비교연구로 연구영역을 넓혀 나가고 있다. 이러한 점은 함성호의 시와 을지로 및 퇴계로 등의 건축 물의 비교, 김소월, 김동환 등의 시와 한국가곡 및 가요의 비교, 김영태의 시 와 음악 및 발레의 비교, 춘향전과 오페라의 비교 등에서 찾아볼 수 있다.

문학과 문학이론 중심의 비교연구사에는 문학이론의 영향과 수용, 실천비 평의 영역 그리고 문학이론과 이론의 비교영역으로 나뉜다. 문학이론의 영향 과 수용에서 가장 주목할 분야는 물론 리얼리즘 비평과 신비평이라고 볼 수 있다. 리얼리즘 비평은 주로 소설 분야에서, 신비평은 주로 시 분야에서 해 당 문학작품을 분석하고 평가하고 해석할 때에 활용되어 왔으며, 그것은 실 천비평의 영역으로 확대되었다. 그러한 점을 우리는 한국소설에 대한 리얼리 즘 비평을 선도해 왔던 김윤식의 연구활동과 한국시에 대한 신비평을 선도 해 왔던 김용직의 연구활동에서 찾아볼 수 있다. 그리고 1960년대에 주목을 끌었던 실존주의 비평을 들 수 있으며 그것은 주로 오상원의 소설과 김춘수 의 시를 해석하는 데 적용되기도 하였다. 구조주의 비평은 소재영, 김현, 곽

광수 등 프랑스문학 전공자들에 의해서 체계적으로 소개되었으며, 해체주의 비평은 이승훈, 김형효, 윤호병 등에 의해 소개되어 한국시단에 '해체시'라는 용어를 탄생시키기도 하였다. 포스트모더니즘 비평은 이승훈, 김성곤, 정정호, 김욱동, 권택영, 윤호병 등에 의해서 소개되었으며, 그것은 다시 해체비평과 결합하여 미학중심의 비평으로 나아가기도 하였고 대중문화이론 중심으로 나아가기도 하였다. 미학중심의 포스트모더니즘 이론과 비평의 경우를 예로 들면, 그것은 문학뿐만 아니라 건축, 음악, 미술, 조각, 연극 등 다양한 분야에 접목되어 한국문학과 문화 전반에 걸쳐 많은 영향을 끼쳤다고 볼 수 있다.

문학이론과 이론의 비교연구는 주로 서구이론서의 국내번역과 무관하지 않으며, 여기에는 앞에서 언급한 김성곤, 정정호, 김욱동, 권택영, 윤호병 등의 지속적인 번역과 연구 활동에 관계된다. 이와 같은 번역을 통해서 한국에서의 문학이론 비교와 비평에 대한 연구는 역사주의와 신역사주의 비평, 신비평과 형식주의 비평, 실존주의와 현상학 비평, 수용미학과 독자지향주의 비평, 구조주의와 후기구조주의 비평, 모더니즘과 포스트모더니즘 비평 등에 대한 이론을 체계적으로 비교하게 되었다. 아울러 페미니즘 이론과 비평은 한국 비교문학계에서 그것이 단순히 서구중심적인 이론이 아니라 한국의 전통사회에서의 여성의 사회적인 역할과 여성으로서의 특징이 무엇이었는지를 체계화하는 계기를 마련하게 되었다.

3.3 문화연구 중심의 비교연구의 역사

문화연구 중심의 비교연구와 영역에 대한 역사적 고찰을 정리하면 다음과 같다. 우선 이 분야에 관련되는 단행본으로는 방학봉의 『발해문화연구』(1991), '일상문화연구회'에서 편한 『한국인의 일상문화』(1996)와 『일상속의 한국문화』(1998), 김성례가 편한 『한국종교문화연구 100년』(1999), '한국정신문화연구원'에서 편한 『세종시대의 문화』(2001), 이동연의 『대중문화연구와 문화비평』

(2002), 김성곤의 『문화연구와 인문학의 미래』(2003), ‘일본문화연구회’에서 편한 『일본과 일본문화』(2003), 최몽룡이 편한 『한국청동기시대의 문화연구』(2004), 김옥랑이 편한 『문화예술공간과 문화연구』(2004), 정철현의 『문화연구와 문화정책』(2005), 윤선희의 『영상산업과 문화연구』(2005) 등이 있다. 이상과 같은 문화연구에서 파악할 수 있는 바와 같이 그동안의 문화연구에서는 주로 한국문화의 근원과 정체성이 무엇인지를 규명하고자 하였다. 다음은 서구의 문화론에 대한 번역을 들 수 있으며 그것을 우리는 김연종이 옮긴 그레엄 터너의 『문화연구입문』(1995), 박모가 번역한 존 스토리의 『문화연구와 문화이론』(1999), 백선기가 옮긴 존 스토리의 『문화연구란 무엇인가』(000), 이영아가 옮긴 지아우딘 사르다르의 『문화연구』(2002), 박만준이 옮긴 존 스토리의 『대중문화와 문화연구』(2004) 등에서 확인할 수 있다.

이상과 같은 연구서와 번역서를 통해서 한국 비교문학계에서는 그동안 ‘문화주의’에 관련되는 전국대회를 개최하였으며, 그것은 캐나다에서 개최된 제14차 ‘국제비교문학회’에서부터 제기되어 네덜란드에서 개최된 제15차 대회와 남아프리카공화국에서 개최된 제16차 대회의 주제에 해당하는 ‘문화주의’와 ‘다문화주의’ 등과 무관하지 않다. 그럼에도 문화연구와 비교문학에 대한 한국 비교문학계에서의 관심은 미진하다고 볼 수 있으며, 이러한 점을 극복하기 위해서는 ‘한국비교문학회’에서 지속적인 관심을 가지고 문화연구와 그 중요성을 인식하는 것이 필요하다. 예를 들면, 문화주의 중심의 비교연구사, 다문화주의 중심의 비교연구사, 문화-글로컬리즘 중심의 비교연구사 등에 대한 강조를 들 수 있다. 문화주의 중심의 비교연구는 자국문학의 우수성과 특수성에 대한 강조에 역점을 두게 되며, 그것은 다분히 강대국의 지배문화와 약소국의 피지배문화라는 논리를 근간으로 한다. 따라서 ‘문화주의’에서 표면적으로 나타나는 문화평등주의에도 불구하고, 선진문화/원시문화, 서구문화/비-서구문화, 기독교문화/비-기독교문화, 남성문화/여성문화 등의 이항대립의 짝에서 왼쪽의 항은 항상 긍정적인 문화로, 오른쪽의 항은 항상 부정적인 문화로 간주되어 왔다. 이러한 점을 극복하기 위한 방법이 바로 제2차 세계대전의 종전과 더불어 시작된 민족주의의 대두이며 여기에서부터 다-문화주의가 비롯되었다. 식민지주의에 대한 성찰과 더불어 강대국 중심의 식민지주의가 얼마나 많은 세계문화를 소멸시켰는지에 대한 반성에서 비롯된 것이 바로 다-문화주의라고 볼 수 있다.

따라서 다-문화주의에서는 다-인종과 다-언어의 중요성과 필요성을 강조하게 되었으며 여기에서부터 서구중심의 문화확장주의 혹은 문화지배주의를 배격하게 되었다. 말하자면, 제2차 세계대전 이전에는 영토확장중심의 식민지주의에 치중하였다면, 그 이후에는 문화확장중심의 신-식민지주의에 치중하게 되었던 것이다. 이러한 점에서 비롯된 다-문화주의가 '문화주의'의 한계를 극복할 수 있는 계기를 마련하기는 했지만, 그것 역시 언제나 서구중심주의 문화와 비-서구중심주의 문화에서 후자보다는 전자를 더 많이 강조하게 되었다. 다시 말하면, 서구문화가 모든 문화의 기준이 될 수 없다는 점과 모든 자국문화는 그 나름대로의 전통과 가치가 있다는 점을 문화연구자들은 자각하게 되었다. 여기에서는 물론 고급문화와 대중문화, 기성문화와 신세대문화, 백인문화와 유색인문화 등의 차이점을 극복하고 그동안 무차별적으로 수용되고는 하던 서구중심, 백인중심, 기독교중심 등의 문화에 대한 반성과 비판을 바탕으로 하여 비-서구중심, 유색인중심, 비-기독교중심 등의 문화에 대한 자각과 평가를 하게 되었다. 그것이 바로 '문화-글로컬리즘' 혹은 '문화-세방주의(世邦主義)'이다. 톰 오설리번이 이 용어를 처음 제안한 이래, 우리나라에서는 이어령이 일본문화와 한국문화를 비교하면서 이 용어를 사용하였으며, 윤호병은 『아이콘의 언어』(2001)에서 그러한 점을 체계적으로 정리한 바 있다.

이상과 같은 연구를 종합하면, '문화-글로컬리즘'에서는 자국에서의 외국문화 영향과 수용 및 외국에서의 자국문화 영향과 수용을 조화롭게 균형을 유지할 것을 강조한다고 볼 수 있다.

4. 외국 비교문학계와의 교류의 역사

한국 비교문학계와 외국 비교문학계의 교류의 역사는 외국 비교문학계에 대한 동경과 갈망에 관계되는 초창기의 '원심력 중심의 시대,' 외국 비교문학계에서의 한국 비교문학의 위상과 지위확립을 위한 발전기와 확장기의 '정체성 확립의 시대,' 외국 비교문학계에서의 중추적 역할에 대한 모색에 관계되는 성숙기와 성찰기의 '구심력 중심의 시대'로 나뉜다.

'한국비교문학사'에서 외국 비교문학계에 대한 동경과 갈망의 시대라고 집약할 수 있는 '원심력 중심의 교류사'는 태동기와 초창기의 활동에서 찾아볼 수 있다. 이 시대에는 한국문학에 끼친 외국문학의 영향과 수용의 관계를 심도 있게 연구하고 그것을 바탕으로 한국 비교문학 발전의 초석을 다지려고 했던 시기였다. 나아가 그러한 활동은 국내에만 국한되지 않고 외국비교문학 학회에 적극적으로 참가함으로써, 한국 비교문학 연구의 새로운 전기를 마련하고자 했던 시기이다. 이 시기에는 주로 일본과 대만에서 개최되는 비교문학 학회에 참가했을 뿐만 아니라 서구에서 개최되는 '국제비교문학회'에 참가함으로써, 한국에서의 비교문학 연구를 활성화 할 수 있는 방법이 무엇인지를 모색하였다. 이하윤, 이향하, 전광용, 정한모, 이경선, 김동욱, 정규복,

박성의 등을 비롯하여 김윤식, 이병한, 한형곤 등이 이 시기의 활동을 선도하였다.

외국 비교문학계에서의 한국 비교문학의 위상과 지위확립의 시대로 요약될 뿐만 아니라 한국 비교문학의 발전기와 확장기에 해당하는 ‘정체성 확립의 교류사’는 한국 비교문학의 발전기에 해당하며, 조동일은 자신의 연구를 통해서 이 시기에 가장 중심적인 역할을 하였다고 볼 수 있다. 그는 강대국과 서구중심의 비교문학 연구를 벗어나 제3세계 중심의 비교문학 연구를 강조하였으며 그러한 연구는 그의 연구논문과 단행본에서 확인할 수 있다. 말하자면, 한국문학과 세계문학의 관계, 한국문학과 북유럽문학의 비교, 한국문학과 몽골문학의 비교, ‘시’라는 용어에 대한 한국문학 중심의 재해석, ‘소설’이라는 용어에 대한 극동지역과 동남아지역에서의 비교연구, 서사문학에 대한 새로운 해석과 전망 등을 통해서 조동일은 한국문학 중심의 비교연구를 하였다. 그는 자신의 이러한 연구 활동과 국내외 비교문학 학회에서의 발표와 토론을 통해서 한국 비교문학의 정체성을 확립하고 외국문학 중심의 비교문학을 지양할 것을 강조하였다.

아울러 신근재, 김장호, 강동엽, 최박광 등을 중심으로 하는 일본문학과 한국문학의 비교연구 또한 이 시기의 한국 비교문학의 정체성을 확립할 수 있는 기반을 마련하였다. 이들 일본문학 연구자들은 한국 비교문학의 태동기의 연구, 즉 일본을 통한 서구문학의 한국적 수용이라는 그동안의 연구방법과는 다른 시각과 연구방법에 의해서 한국문학이 어떻게 발전하게 되었는지를 철저한 고증과 정확한 자료제시, 가령 한국작가들이 언제, 어떻게, 어디서 외국작가들을 만났고 그들을 통해 무엇을, 어떻게 자신들의 작품에 반영하게 되었는지를 규명하였고, 문학의 영역뿐만 아니라 문화의 영역까지도 비교함으로써 한국 비교문학의 연구영역을 확장시켰다.

이 시기에는 또 서구문학과 한국문학을 외국에서 비교연구한 신진학자들이 귀국함으로써, 한국 비교문학 연구를 활성화시키는 촉매작용을 하기도 하였다. 미국과 영국 등 영어권, 독일과 오스트리아 등 독일어권, 프랑스와 아프리카 등 프랑스어권, 스페인과 중남미 등 스페인어권, 이탈리아어권, 러시아어권, 헝가리와 루마니아 등 동구어권, 터키와 파키스탄 등 아랍어권 등에서 비교문학을 전공한 신진학자들이 귀국하여 연구함으로써, 비교문학의 연구영역을 확대시키는 것은 물론 방법론의 확대를 모색하게 되었고, 비교문학 전공과정을 각 대학의 대학원에 개설할 수 있게 되었다. 아울러 연구 분야 역시 '시'와 '소설' 중심의 문학과 문학의 비교뿐만 아니라 문학과 연극, 문학과 신화, 문학과 문화, 문학과 언어, 문학과 사상, 문학과 동화 등으로 확대되었다. 이러한 점을 우리는 김영호, 윤호병, 조성원, 김환희, 김순식, 고부응, 이승열 등 영어권에서의 비교연구, 한승억, 김춘희 등 프랑스어권에서의 비교연구, 한성철, 박상진, 윤경숙, 장지연 등 이탈리아어권에서의 비교연구, 김은중, 신정환 등의 스페인어권에서의 비교연구, 문현미, 이정재 등 독일어권에서의 비교연구, 정규호, 송필환 등의 포르투칼어권에서의 비교연구, 김상렬 등의 스칸디나비아어권에서의 비교연구 등에서 확인할 수 있다.

외국 비교문학계에서의 중추적 역할을 모색하는 시대에 관계될 뿐만 아니라 성숙기와 성찰기에 해당하는 '구심력 중심의 교류사'는 한국비교문학사에서 비교문학의 절정기와 새로운 도약기로 압축된다. 우선은 한국비교문학사에서 '정체성 확립의 시대'에 개설되었던 각 대학의 대학원에서의 협동과정으로서의 '비교문학 전공과정'에서 석사와 박사를 배출함으로써 한국 비교문학이 학문연구로서의 바탕을 형성하게 되었다는 점을 들 수 있다. 그것은 이제 비교문학 연구가 부전공이 아닌 전공으로서의 위상을 확립하게 되었다는 점과 더 나아가 학부과정에서도 비교문학 전공을 개설할 수 있는 기반을 확립하게 되었기 때문이다. 이와 같은 과정을 통해서 한국 비교문학계에서는 이제 외국문학 중심의 비교문학 연구가 아니라 자국문학 중심의 비교문학 연구를 강조할 수 있게 되었다. 또한 '세계문학비교학회,' '국제비교한국학회,' '한국동서비교문학회,' '한국문학과 종교학회,' '영미문화학회,' '한국번역학회,’ ‘한일비교문학연구회,’ ‘국제비교민속학회,’ ‘한국동유럽발칸학회’ 등 비교문학에 관계되는 다양한 학회가 창립되어 그동안 ‘한국비교문학회’ 중심의 연구활동을 지양하고 다양한 분야에 걸쳐 비교연구를 활성화할 수 있게 되었다.

한국 비교문학의 절정기와 새로운 도약기에 해당하는 이 시기의 활동을 개관하면, ‘국제비교문학회’ 부회장으로 위촉되어 한국 비교문학의 위상을 재정립하는 계기를 마련한 김우창, ‘국제비교문학회’ 산하 ‘문학이론위원회’에서 활동하였고 ‘국제현대어문학총연합회’(FILLM)에서 활동하고 있는 윤호병, ‘국제비교문학회’ 산하 ‘번역위원회’에서 활동하였고 ‘미국비교문학회’에서 활동하고 있는 조성원, ‘유럽한국학회’와 ‘아시아북아프리카국제학회’에서 활동하고 있는 한승억, ‘미국이탈리아학회’와 ‘국제기호학회’에서 활동하고 있는 박상진, ‘국제극예술협회’에서 활동하고 있는 이응수 등의 국제 활동에서 확인할 수 있다. 이들의 이러한 활동에 의해서 이제 한국 비교문학은 연구 분야, 국제 활동, 연구 발표 등에서 아시아를 뛰어넘어 세계 전역으로 그 영역과 위상을 전파하게 되었으며, 국제사회에서 ‘한국 비교문학’의 중요성을 재인식할 수 있는 계기를 마련하였다.

이상에서 간략하게 개관한 바와 같이 현재 한국 비교문학은 다방면에 걸쳐 국내외적으로 절정기에 달해 있음은 물론 새로운 도약을 할 수 있는 전환점에 서 있으며, 그것은 그동안 일본(1991)과 홍콩(2004) 등 아시아에서 개최되었던 ‘국제비교문학대회’의 개최에 힘입어 제19차 ‘국제비교문학대회’(2010)를 대구에서 개최하기로 한 것은 큰 성과에 해당할 뿐만 아니라 한국 비교문학의 위상을 국제적으로 확립할 수 있는 계기를 마련하였다고 볼 수 있다.

제1장

바이런과 테니슨의 영향과 수용

최남선의 시 「해海에게서 소년少年에게」를 중심으로

1. 최남선의 시 「해(海)에게서 소년(少年)에게」와 바이런의 시 『차일드 해럴드의 순례』의 관계

1.1 바이런의 생애와 작품세계

1.1.1 생애

바이런(1788~1824)은 키츠 및 셸리와 함께 영국의 후기 낭만주의 시인이자 풍자가로서 『차일드 해럴드의 순례』(1812~1818), 『돈 주안』(1819~1824) 등으로 잘 알려져 있으며, 그리스의 독립을 위해 전투에 참여했다가 열병과 출혈로 세상을 떠난 시인이다. 그는 태어날 때부터 다리가 휘어 있었으며 자신이 절름발이라는 사실로 인해 나이보다 훨씬 더 조숙하게 행동하고는 했다. 케임브리지 트리니티대학에서 한 학기를 보냈으며, 첫 시집 『한가로운 시간』(1806)을 자비로 출판했고 상원위원(1809)에 당선되기도 했다. 존 호브하우스(1786~1869)와 함께 여행길에 올라 리스본, 스페인, 지브롤터, 몰타, 그리스의 프레베자, 자니나, 알리 파샤, 알바니아의 테펠레네까지 여행했으며, 돌아오는 길에 자니나에서 집필하기 시작한 자전적인 시 『차일드 해럴드의 순례』는 귀국한 후에 존 머리에 의해 1812년 3월 초판 되어 많은 사람들의 찬사를 받았다. 그의 이 시는 이국정서의 생생한 표현과 시적 형상화, 프랑스혁명 후 나폴레옹 통치기간의 우울과 환멸 등 당대의 문학적 분위기와는 사뭇 다르게 솔직하면서도 낭만적인 이상과 현실의 차이점을 표현했다는 평가를 받았다.

바이런의 낭만적 열정은 그가 그리스의 독립전쟁에 자원해서 참전했다는 점에서도 찾아볼 수 있다. 1823년 4월 런던의 '그리스위원회'로부터 투르크에 대항해서 독립전쟁을 하고 있는 그리스인들을 도와주는 요원으로 활동해 달라는 요청을 받아들여 바이런은 7월 16일 전세 선박을 타고 제노바를 떠나 8월 2일 이오니아 제도의 케팔로니아 섬에 도착해서 메타사타에 자리를 잡았을 뿐만 아니라 그리스 군함을 마련하기 위해 4,000파운드를 보내기도 했다. 12월 29일 서부 그리스 부대의 지도자인 알렉산드로스 마브로코르다토스 왕자와 합류하려고 메솔롱기온으로 갔으며, 투르크가 장악하고 있던 레판토 요새를 공격하는 계획을 세우는 데 열성적으로 참여했다. 포병대에 발사 전문가를 고용하였고 그리스에서 가장 용감한 솔리옷 병사들을 직접 통솔했으며 그 비용도 댔지만, 1824년 2월 15일 질병과 통상적인 사혈요법(瀉血療法)으로 병이 더욱 악화되어 곧바로 세상을 떠났다. 그가 세상을 떠나자 그리스 전체가 그의 죽음을 애도했으며, 사사로운 욕심이 없이 한 나라를 위기에서 구하고자 노력한 개인적인 상징이자 그리스의 국가적 영웅이 되었다. 영국으로 옮겨진 그의 시신은 웨스트민스터 사원에 안치하려고 했지만, 여러 가지 사정으로 안치가 거부되어 뉴스테드 근처에 있는 그의 집안 납골당에 안치되었다. 그럼에도 그의 사후 145년이 지난 1969년 그의 기념비가 웨스트민스터 사원에 세워졌다.

1.1.2 작품세계

정치·사회·문화 등 전반에 걸쳐 있는 바이런의 방대한 활동 중에서 시에 관련되는 작품을 중심으로 하여 그의 작품세계를 살펴보면 다음과 같다. 그는 자신의 초기시의 작품들을 모아 1806년에 출판한 바 있으며, 이러한 작품들을 다시 정리하여 『한가로운 시간』(1807)이라는 제목으로 출판하였다. 그러나 정치적으로 '휘그당' 편이었던 『에든버러 평론』으로부터 신랄한 비판을 받게 되자, 바이런은 곧바로 『영국 음유시인과 스코틀랜드 평론가』(1809)를 발표하여 많은 호평을 받았을 뿐만 아니라 5판까지 출판하기도 했다. 또한 영국의 해군제독이자 '악천후의 사나이'라는 별명으로 불리고는 했던 자신의 할아버지 존 바이런(1723~1786)[1]─바이런의 아버지 역시 '광인(狂人) 잭'으로 알려진 존 바이런이다─의 경험담을 자신의 이복여동생인 오거스타 라이(1783~1851)를 위해서 전부 열여섯 개 연으로 이루어진 자신의 시 「오거스타에게 보내는 편지」(1816)에서 이러한 점을 활용하기도 했다. 바이런이 자신의 이 시에서 할아버지의 경험담을 활용하고 있는 제2연의 원문과 번역문을 정리하면 다음과 같다.

Byron
"Epistle to Augusta"(second stanza)

The first were nothing—had I still the last,
It were the haven of my happiness;
But other claims and other ties thou hast,
And mine is not the wish to make them less.
A strange doom is thy father's sons's, and past
Recalling, as it lies beyond redress;
Reversed for him our grandsire's fate of yore,
He had no rest at sea, nor I on shore.

윤호병 옮김
『오거스타에게 보내는 편지』 제2연

처음은 아무것도 아니었네─내겐 아직 마지막이 있으니까
그건 내 행복의 천국이었네
그러나 그대 가진 것을 다른 이들은 주장하고 묶어버리고
내 것은 그런 주장을 덜 만족시키는 소원이 아니네,
기묘한 운명은 그대 아버지의 아들의 것으로 되었고
치료할 수 없게 되었네, 어찌할 수 없게 되어
먼 옛날 우리들의 할아버지의 운명이 되돌아 왔느니─
그는 바다에서 안식하지 못했지만 나는 해변에서 그러하네.

---

1) 존 바이런은 바이런 남작 4세의 차남으로 조지 앤슨이 세계 일주를 하기 위해 타고 가던 '웨이저 호'가 1741년 남미의 칠레 해안 부근에서 좌초되었을 때 수습해군사관의 신분으로 그 배에 동승하고 있었다. 그 후 스페인의 감옥에 투옥되었다가 1745년 본국으로 송환되었다. 1764년 프리깃 함 '돌핀호'의 함장으로 임명되었으며 가상(假想)의 남부 대륙을 찾아내라는 임무를 받고 태평양으로 파견되었지만 아무런 소득이 없이 22개월간에 걸친 항해만을 했다. 1769년 뉴펀들랜드 총독으로 임명되었고 1775년 해군 장성으로 승진하였으며 1778년 부제독이 되었다. 1779년 아메리카 주둔 영국군을 위한 증원군을 실은 함대를 이끌고 가다가 '악천후의 사나이'라는 별명에 어울리게 대서양에서 사상 최악의 태풍을 만났다. 그는 1779년 서인도제도 총사령관으로서 그라나다 근해에서 에스탱 백작과 백중지세의 전투를 벌였다.

앞에 인용된 부분에서 "기묘한 운명은 그대 아버지의 아들의 것으로 되었고," "먼 옛날 우리들의 할아버지의 운명이 되돌아 왔느니-," "그는 바다에서 안식하지 못했지만 나는 해변에서 그러하네" 등은 할아버지부터 아버지를 거쳐 손자인 바이런에게 끼치는 작게는 가족사적인 문제이자 크게는 모험과 경험의 문제로 확대된다.

바이런이 외국여행에서 돌아온 후에 집필한 『차일드 해럴드의 순례』의 제1편과 제2편이 1812년 출판됨으로써 그는 시인으로서의 위치를 확고부동하게 할 수 있었다. 이러한 점은 "어느 날 아침 깨어보니 유명인사가 되어 있었다"라는 그 자신의 언급에서 확인할 수 있다. 이어서 그는 제3편과 제4편을 완성하였고, 동양의 이야기를 주제로 하는 『이단자』, 『아비도스의 신부』, 『해적선』, 『라라』 등을 발표함으로써, 자신의 작품에서 '바이런적인 영웅'을 확립하였다. 아울러 『단테의 예언』, 『돈 주안』, 시극(詩劇) 『마리노 팔리에로』, 『사르다나팔로스 왕』, 『포스카리』, 『카인』 등을 1821년에 발표했고 후기에는 『청동시대』와 『섬』 등을 발표했다. 이와 같은 바이런의 작품 중에서 가장 잘 알려진 것은 『돈 주안』과 『차일드 해럴드의 순례』이다. 밀턴(1608~1674)의 『실낙원』(1667) 이후 영국에서 출판된 가장 중요한 장시(長詩)라는 평가를 받고 있으며 전부 17개의 '부분'으로 구성된 『돈 주안』은 초기 빅토리아시대의 관점으로 보면 충격적이기는 하지만 정치·사회·문화·이데올로기 등 모든 면에 있어서 심오한 문학적 전통을 바탕으로 하고 있다.

『차일드 해럴드의 순례』는 바이런이 영국 남서부의 킨샴에서 집필한 서사시이며, 이 시에서 그는 세상에 대한 번민과 염세주의 그리고 인생의 쾌락과 환락에 대한 염증으로 외국에 대한 동경과 허상에 사로잡혀 있는 한 젊은이의 여행과 성찰의 세계를 묘사했다. 이러한 점은 프랑스혁명 이후의 전쟁과 나폴레옹의 통치에 염증을 느낀 시대적 우울과 허상의 세계에도 관련된다. 이 시의 제목에 차용된 '차일드'2)는 기사(騎士)가 되고자 했던 중세의 한 젊

---

2) '차일드'(Childe)는 아직 기사(騎士)가 되지 못했거나 출세하지 못한 중세의 한 귀족의 맏아들을 의미한다. 이러한 명칭이 진부한 것이기는 하지만 바이런의 시 *Childe Harold's Pilgrimage*와 로버트 브라우

은이에 해당한다. 앞에서 언급한 바와 같이 바이런의 자서전적인 요소가 많이 반영되어 있는 이 시의 전반부는 바이런 자신이 1809년부터 1811까지 2년 여 동안 지중해를 거쳐 에게 해까지 여행했던 경험을 바탕으로 하고 있다. 바이런이 자신의 이 시를 그렇게 훌륭한 시라고 생각하지 않았던 까닭은 이 시에서 자기 자신을 너무 많이 드러냈다고 느꼈기 때문이다.[3] 그럼에도 그의 이 시는 '존 머레이' 출판사에서 출판되자마자 즉각적인 호응을 얻게 되었으며, 특히 영국의 여성 독자층은 주인공 차일드 해럴드의 성격, 그의 예견행위, 그의 다양한 목소리 등에 매료되었다. 이로 인해서 바이런은 당대의 영향력 있는 상류계층과 귀족계층의 여성들로부터 많은 관심을 받게 되었으며, 이들 여성들은 바이런에게서 '차일드 해럴드'의 진정한 참모습을 발견하고자 노력하였다. 이러한 영향력에서 비롯된 '바이런적인 영웅'은 오늘날에도 소설, 영화, 연극 등에서 빈번하게 활용되고는 한다. 따라서 '바이런적인 영웅'은 '국외자'로 묘사될 뿐만 아니라, 때로는 잔혹하고 때로는 친절하며, 열심히 하기는 하지만 신뢰감이 없고, 결코 만족하지는 못하지만 새로운 것을 끊임없이 추구하는 '모순된 성격'으로 묘사되기도 한다.

전부 네 편으로 구성된 『차일드 해럴드의 순례』에는 '스펜서식의 연'[4]이

닝(1821~1889)의 시 *Childe Roland to the Dark Tower Came* 등에서 새롭게 활용되기도 했다. 이 명칭의 의미를 다르게 사용하고는 있지만, 역할극, 비디오, 카드 및 보드게임 등을 만든 마크 라인-하겐의 '뱀파이어'에도 '차일드'가 등장하며, 이때의 차일드는 뱀파이어의 '후손'에 해당한다. 따라서 '조상'이라는 의미로 변형되기도 한다. 스테펜 킹의 시리즈 『어두운 첨탑』에 등장하는 롤랑 데스체인은 '차일드'에 대해서 "암중모색 중인 기사이거나 총잡이 악당을 의미하며, 형식적이면서도 중세적인 어휘에 해당한다. 오늘날 우리들이 이 말을 절대로 사용하지 않는 까닭은 '카'에 의해서 선별된 신성한 존재이기 때문이다. 따라서 우리들은 이 말과 관련지어 우리 자신을 생각하고자 하지 않으며, 나 또한 그렇게 생각한다"라고 설명했다. 고돈 R. 딕슨(1923~2001)의 소설에서 '차일드'라는 말은 인간의 진화에서 기대할 수 있는 '다음 단계'를 암시하기도 한다.

3) Fiona MacCarthy, *Byron : Life and Legend* (John Murray, 2002), p. 139.

4) 영국의 시인 에드먼드 스펜서(1552?~1599)가 자신의 시 「요정 여왕」(1590)에서 처음으로 사용한 시형의 명칭으로, 1연이 9행으로 형성되어 있으며 'ababbcbcc'의 압운형식(押韻形式)을 유지하지만, 처음 8행은 형식의 통일성을 효과적으로 나타내기 위해서 모두 '약강5보격'―'알렉산더격'이라고도 한다―을 지키지만 마지막 1행은 '약강6보격(弱强六步格)'을 지키는 것을 특징으로 한다. 이러한 형식은 바로 앞 연의 마지막 행에서 그 의미를 정리하고 그 다음 연으로 옮겨가는 장편시에 적합한 형식이다. 이러한 시형식은 고대 프랑스에서 사용하던 'ababbcbc'의 압운형식을 사용하는 8행의 민요, 이탈리아에서 사용하던 'abababcc'의 압운형식을 취하는 '약강5보격'의 8행시, 초서(1342/43~

사용되고 있다. 바이런이 「캔토 3」(1816)의 '서문'에서 이 시의 '주인공'은 자기 자신을 확장시킨 것이라고 언급한 바와 같이, 이 시는 바로 바이런 자신의 신념과 아이디어를 나타내는 매개체가 되었다.[5] 이러한 점에 대해서 제롬 맥간은 바이런이 문학적 산물의 배후에 자리함으로써, "인간의 가장 위대한 비극은 그가 자신이 성취할 수 없는 완벽성을 성취할 수 있다고 생각하는 데 있다"[6]는 점을 강조했다.

1.2 「해(海)에게서 소년(少年)에게」에 반영된 『차일드 해럴드의 순례』의 영향과 수용

1.2.1 최남선과 『소년(少年)』

최남선(1890~1957)의 시 「해(海)에게서 소년(少年)에게」는 그가 창간한 『소년(少年)』[7](1908)에 수록되어 있으며, '한국문인협회'에서 펴낸 『신문학60년대

1400)가 「수도승 이야기」에서 사용했던 압운형식이 'ababbcbc'인 8행시의 형식에 기원을 두고 있다. 혁신적이었던 '스펜서식의 연'은 17세기까지 전혀 쓰이지 않았지만 18세기에 낭만주의 시인들에 의해 부활되었으며, 바이런의 『차일드 해럴드의 순례』, 키츠의 「성 아그네스 전야」, 셸리의 「아도나이스」 등에서 다시 사용하게 되었다

5) 바이런은 『차일드 해럴드의 순례』에 대한 '서문'을 세 번 썼다. 첫 번째 서문(1812. 2)은 제1부와 제2부가 완성되었을 때 런던에서 쓴 것이고, 두 번째 서문(1813)은 역시 런던에서 쓴 '서문에 대한 부언'에 해당하며, 세 번째 서문(1818. 1. 2)은 제4부가 완성되었을 때 자신의 친구인 호브하우스에게 보내는 편지형식으로 베니스에서 쓴 것이다.

6) Jerome McGann, ed., *Byron : The Complete Poetical Works*, ed. with Introduction, Apparatus, and Commentaries. 7 vols. (Clarendon Press, The Oxford English Texts series, 1980~1993).

7) 한국 최초의 잡지로 평가되는 『소년(少年)』(1908)은 월간 계몽잡지로 최남선이 1908년 11월 창간하였고 편집인 겸 발행인은 최창선(崔昌善)으로 신문관(新文館)에서 발행되었으며, 1911년 5월 통권 23호로 종간되었다. 이 잡지를 발행하게 된 동기는 다음과 같다. 최남선이 1906년 일본에 다시 유학하여 와세다대학(早稻田大學) 지력과(地歷科)에서 수학하고 있을 때에 '학생모의국회'에서의 토의가 문제되어 조선인 학생 70여 명이 동맹 퇴학하는 사건이 발생하였다. 이때 당시 19세였던 최남선은 남아 있는 학비로 인쇄 기구를 구입하게 되었고 귀국한 후에 이 잡지를 간행하였지만, 독자의 호응은 미온적이었다. 이러한 점은 창간호 6명, 2호 14명, 8·9호 30명 등 잡지 창간 후 1년이 지난 후에도 구독자가 200여 명을 넘지 못한 점에서도 확인할 수 있다. 그럼에도 3권 2호부터 최남선은 개인적인 활동에서 벗어나 이광수와 홍명희 등의 글을 수록함으로써 집필진을 확대하게 되었지만, 8호부터 발매금지와 정간을 당하였다. 3개월 후 해금(解禁)되어 1910년 12월 3권 9호로 속간되어 4권 1호 (1911. 1), 4권 2호 (1911. 5)를 발행하였지만, 4권 2호(통권 23호)를 끝으로 1911년 5월 종간되었다.

표작전집』제1권 '시·시조' 편에 재수록 되어 있다.8) 최남선의 이 시를 이해하기 위해서는 그가 창간한 한국 최초의 잡지 『소년(少年)』의 다음과 같은 발간취지를 살펴볼 필요가 있다.

> 금(今)에아(我)제국(帝國)은우리소년(少年)의지력(智力)을자(資)하야아국역사(我國歷史)에대광채(大光彩)를첨(添)하고세계문화(世界文化)에대공헌(大貢獻)을위(爲)코려하나니그임(任)은중(重)하고그책(責)은대(大)한디라본지(本誌)는차책임(此責任)을극당(克當)할만한활동적(活動的)진취적(進取的)발명적(發明的)대국민(大國民)을양성(養成)하기위(爲)하야출래(出來)한명성(明星)이라신대한(新大韓)의소년(少年)은수유(須臾)라도가리(可離)티못할디라.9)

대한제국의 장래와 희망을 민족과 국가라는 당면과제에서 찾기보다는 '소년'이라는 인간적인 측면에서 찾고 있다는 점, 즉 세계열강과의 경쟁에서 승리할 수 있는 기반을 '소년'에서 찾고 있다는 점 등 최남선의 시대의식을 찾아볼 수 있는 이러한 점은 「편집실통기(編輯室通寄)」에 나타나 있는 그의 다음과 같은 언급에서도 확인할 수 있다.

> 우리대한(大韓)으로하여금소년(少年)의나라로하라.그리하랴하면능(能)히이책임(責任)을감당(勘當)하도록그를교도(敎導)하여라… [중략] …본지(本誌)는어디까지든지우리소년(少年)에게강건(剛健)하고견실(堅實)하고궁통(窮通)한인물(人物)이되기를바라는고(故)로결코연약(軟弱)·나태(懶怠)·의지(依持)·허위(虛威)의마음을자극(刺戟)할듯한문자(文字)는조금도내지아니할터이오그러나미적사상(美的思想)과심신훈도(心神薰陶)에유조(有助)할것이면경뢰(輕賴)한것이라도조금조금게재(揭載)하겠소.10)

여기서 중요한 점은 '소년'을 '궁통(窮通)한 인물'이 되게 하는 일이며, 그것은 '성질이 침착하여 깊이 생각하는 일'에 관계된다. 이상과 같은 원대한 목표와 이념을 바탕으로 하여 최남선이 창간한 『소년』은 '소년'이라는 젊은 계층

---

8) 한국문인협회 편, 『신문학60년대표작전집』 제1권 (정음사, 1968), pp. 21~22.
9) 최남선, 『소년(少年)』 (신문관, 1908), 제1년 제1권 (1908. 11), 표지.
10) 최남선, 「편집실통기(編輯室通寄)」, 『소년(少年)』 (신문관, 1908), 제1년 제1권 (1908. 11), p. 82.

을 독자층으로 하였다는 점과 종합적인 교양지로서의 면모를 모색하였다는 점에서 당대의 다른 매체와는 차별된다고 볼 수 있다. 그러한 점은 동서양의 위인전을 비롯한 교훈적인 글의 소개, 역사·지리·자연과학의 중요성에 대한 강조, 외국문학에 대한 번역과 국내의 창작물 게재, '소년논단(少年論壇)'과 같은 논설문 수록 등 다양한 편집방침에서도 찾아볼 수 있다. 『소년』의 이러한 점에 대해서 정한모는 다음과 같이 언급하였다.

> 단편적(斷片的)이나마 톨스토이, 바이런, 테니슨 등의 작품을 비롯한 서구문학(西歐文學)을 소개함으로써 이 방면의 선구적 역할을 하였고, 서구문화를 광범하게 도입하여 청소년의 교양계몽에 이바지한 점은 『소년(少年)』지(誌)의 특기할 만한 공헌이었거니와 이 밖에도 언문일치(言文一致)의 문장을 지향한 과도적(過渡的) 노력과 또한 시가의 보급과 새로운 형태를 위한 모색은 충분히 문학사적(文學史的) 평가의 대상이 될 수 있다.11)

1.2.2 「해(海)에게서 소년(少年)에게」와 『차일드 해럴드의 순례』의 비교

이처럼 '소년'이 당시 대한제국의 장래에 밀접하게 관계된다는 점을 파악한 최남선의 시 「해(海)에게서 소년(少年)에게」의 전문을 인용하면 다음과 같다.

1

> 텨……르썩, 텨……르썩, 텩, 쏴……아.
> 싸린다, 부순다, 문허바린다,
> 태산(泰山)갓흔 놉흔뫼, 딥태갓흔 바위ㅅ돌이나,
> 요것이무어야, 요게무어야,
> 나의큰힘, 아나냐, 모르나냐, 호통까디하면서,
> 싸린다, 부순다, 문허바린다,
> 텨……르썩, 텨……르썩, 텩, 튜르릉, 콱.

---

11) 정한모, 『한국 현대시문학사』 (일지사, 1974), p. 127.

2

텨……르썩, 텨……르썩, 텩, 쏴……아.
내게는, 아모것, 두려움업서,
육상(陸上)에서, 아모런, 힘과권(權)을 부리던자(者)라도,
내압헤와서는 꼼싹못하고,
아모리큰, 물건도 내게는 행세하디못하네,
내게는 내게는 나의압헤는,
텨……르썩, 텨……르썩, 텩, 튜르릉, 콱.

3

텨……르썩, 텨……르썩, 텩, 쏴……아.
나에게, 멸하디, 아니한자(者)가,
지금(只今)까디, 업거던,, 통긔하고 나서보아라.
진시황(秦始皇), 나팔륜, 너의들이냐,
누구누구누구냐 너의역시(亦是) 내게는 굽히도다.
나허구 겨르리 잇건오나라.
텨……르썩, 텨……르썩, 텩, 튜르릉, 콱.

4

텨……르썩, 텨……르썩, 텩, 쏴……아.
됴고만 산(山)모를 의지(依支)하거나,
됴ㅅ쌀갓흔 덕은섬, 손ㅅ벽만한 짱을가디고,
고속에 잇서서 영악한톄를,
부리면서, 나혼댜 거룩하다하난자(者),
이리듐 오나라, 나를보아라,
텨……르썩, 텨……르썩, 텩, 튜르릉, 콱.

5

텨……르썩, 텨……르썩, 텩, 쏴……아.
나의 짝될이는 한아잇도다,
크고길고, 너르게 뒤덥흔바 더푸른하날.

뎌것은 우리와 틀님이업서,

뎍은시비(是非) 뎍은쌈 온갓모든 더러운것업도다.

됴싸위 세상(世上)에 됴사람텨럼.

텨……ㄹ썩, 텨……ㄹ썩, 텩, 튜르릉, 콱.

6

텨……ㄹ썩, 텨……ㄹ썩, 텩, 쏴……아.

뎌세상(世上) 뎌사람 모다미우나,

그중(中)에서 쏙한아 사랑하난 일이잇스니,

담(膽)크고 순정(純精)한 소년배(少年輩)들이,

재롱(才弄)텨럼, 귀(貴)엽게 나의품에 와서안김이로다.

오나라 소년배(少年輩) 입맛텨듀마,

텨……ㄹ썩, 텨……ㄹ썩, 텩, 튜르릉, 콱.12)

— 최남선, 「해(海)에게서 소년(少年)에게」 전문

위에 그 전문이 인용된 최남선의 이 시는 바이런의 시 『차일드 해럴드의 순례』와 테니슨의 시 「부서져라, 부서져라, 부서져라」에서 영향을 받은 것으로 알려져 있다. 우선 최남선의 시 「해(海)에게서 소년(少年)에게」에 수용된 것을 알려진 바이런의 시 『차일드 해럴드의 순례』는 「란테에게」, 「캔토 1」(1812), 「캔토 2」(1812), 「캔토 3」(1816), 「캔토 4」(1818) 등으로 이루어져 있다. 바이런의 '시선집(詩選集)'에 독립된 시로 수록되어 있으며 일반적으로 「대양(大洋)」으로 알려져 있는 바이런의 이 시는 원래 『차일드 해럴드의 순례』의 「캔토 4」 중에서 제79연에서 제84연까지이며, 이 시의 원문과 번역시는 다음과 같다.

---

12) 최남선, 「해(海)에게서 소년(少年)에게」, 『소년(少年)』(신문관, 1908), 제1년 제1권 (1908. 11), p. 82. pp. 2~4.

13) 이 부분의 번역에서 79번, 80번, 84번은 이재호의 번역을 참고하였고, 81번, 82번, 83번은 필자가 번역했음을 밝혀둔다.

The Ocean

79

Roll on, thou deep and dark blue Ocean—roll!
Ten thousand fleets sweep over thee in vain;
Man marks the earth with ruin— his control
Stops with the shore; upon the watery plain
The wrecks are all thy deed, nor doth remain
A shadow of man's ravage, save his own,
When, for a moment, like a drop of rain,
He sinks into thy depths with bubbling groan,
Without a grave, unknell'd, uncoffin'd, and
unknown.

80

His steps are not upon thy paths,—thy fields
Are not a spoil for him—thou dost arise
And shake him from thee; the vile strength he wields
For earth's destruction thou dost all despise,
Spurning him from thy bosom to the skies,
And send'st him shivering in thy playful spray
And howling, to his Gods, where haply lies
His petty hope in some near port or bay,
And dashest him again to earth:—there let him lay.

81

The armaments which thunderstrike the walls
Of rock-built cities. bidding nations quake,
And monarchs tremble in their capitals,
The oak leviathons, whose huge ribs make
Their clay creator the vain title take
Of lord of thee, and arbiter of war—
These are thy toys, and, as the snowy flake,
They melt into thy yeast of waves, which mar Alike
the Armada's pride or spoils of Trafalgar.

82

Thy shores are empires, changed in all save thee—
Assyria, Greece, Rome, Carthage, what are they?
Thy waters wash'd them power while they were free,
And many a tyrant since; their shores obey
The stranger, slave, or savage; their decay

대양(大洋)13)

79

계속 굴러라, 너 깊고 검푸른 대양(大洋)아—굴러라!
만척(萬隻)의 배들이 네 위를 헛되이 휩쓸어 지나간다.
인간은 대지(大地)에 멸망(滅亡)의 자국 남기고—그의 지배는
해양(海洋)에서 그친다. 망망한 해원(海原) 위에
난파(難破)는 모두 너의 행위, 인간의 파괴(破壞)의 그림자는
하나도 안 남는다. 자기 자신의 것 이외(以外)엔,
잠시 동안, 빗방울처럼, 네 심연(深淵) 속으로 거품내며 신
음하며 가라앉을 때,
무덤도 없이, 조종(弔鐘)도 없이, 관(棺)도 없이 아무도 아는
이 없이.

80

인간(人間)의 발자국은 네 길위에 없다—네 들판은
인간에게 약탈품이 못된다—너는 일어나
그를 흔들어 뿌리쳐 버린다; 대지(大地)를 파괴하려
인간이 휘두르는 더러운 힘을 모두 멸시한다,
그를 네 가슴으로부터 하늘로 치올리며,
네 희롱하는 물보라 속에서 덜덜 떨며
고함지르는 그를 하느님께 보낸다,
그리고 그를 다시 대지(大地)로 팽개쳐 거기에
눕힌다.

81

무기는 천둥처럼 무너뜨리네.
암벽도시의 벽을. 군림하던 국가들은 무너지고,
왕국들은 수도에서 떨고 있어라,
참나무 거선(巨船)의 거대한 늑골(肋骨)은 진흙의 창조주를
네 하느님의 헛된 명분만을 만들어
전쟁의 중재자로 만드나니—
모든 것은 네 장난감, 그리고 눈송이처럼,
그것들은 네 부푼 파도에 녹아들어, 스페인함대(艦隊)의 자
부심처럼 또는 트라팔가의 전리품처럼 망쳐놓는다.

82

네 해변은 제국이네, 모두 너를 구원하며 변모하는—
아시리아, 그리스, 로마, 카르타고, 이들은 무엇인가?
네 물살은 이들 국가가 자유로운 때 권력을 씻겨내고
그 후에도 수많은 폭군들도; 이들 나라의 해변은
이방인, 노예, 또는 야민인들에게 굴복했네; 파멸은

Has dried up realms to deserts: —not so thou; —
Unchangeable, save to thy wild waves' play,
Time writes no wrinkle on thine azure brow: Such as
creation's dawn beheld, thou rollest now.

영토를 말려 사막으로 만들었네—너는 아니지;—
변함없는, 네 거친 파도의 장난을 구원하였네,
세월은 네 푸른 이마에 주름을 만들지 않았네: 창조의 새
벽처럼, 이제 힘껏 굴러라.

83

Thou glorious mirror, where the Almighty's form
Glasses itself in tempests; in all time,—
Calm or convulsed, in breeze, or gale, or storm,
Icing the pole, or in the torrid clime
Dark-heaving—boundless, endless, and sublime,
The image of eternity, the throne
Of the Invisible; even from out thy slime
The monsters of the deep are made; each zone Obeys
thee; thou goest forth, dread, fathomless, alone.

83

네 장엄한 거울, 거기엔 전지전능한 모습이
템페스트 속에 그대로 비추이고, 언제까지나,—
잠잠하거나 폭풍우치거나, 산들바람, 폭풍, 태풍이거나,
빙하의 극지(極地)이나, 염열(炎熱)의 나라
암흑이 치솟고—무한하게, 끊임없이, 장엄하게,
영원의 이미지, 보이지 않는 왕관,
네 진흙더미 속에서조차
심연의 괴물이 만들어지네, 모든 영역은 네게 복종하네; 앞
서 가거라, 무섭게, 형체 없이, 혼자서.

84

And I have loved thee, Ocean' and my joy
Of youthful sports was on thy breast to be
Borne, like thy bubbles, onward: from a boy
I wanton'd with thy breakers—they to me
Were a delight; and if the freshening sea
Made them a terror— 'twas a pleasing fear,
For I was as it were a child of thee,
And trusted to thy billows far and near, And laid my
hand upon thy mane—as I do here.

84

대양(大洋)아! 나는 너를 사랑했었다. 젊은 날의
내 스포츠의 기쁨은 너의 거품처럼 네 가슴위로 실려가는 것,
앞으로: 소년(少年)일 적부터
나는 네 파도와 놀았고—파도는 내겐
환희(歡喜)였다; 비록 상킴한 바다가
파도의 공포(恐怖)로 만들지라도—그것은 즐거운 두려움이었다.
왜냐하면 나는 에 아들 같았기에,
그리하여 멀고 가까운 네 파도에 맡겨졌었고,
네 내 손을 갈기 위에 얹었었기에—지금 내가 여기 없고 있듯이.

바이런은 자신의 『차일드 해럴드의 순례』의 「캔토 1」과 「캔토 2」에 대한 첫 번째 '서문'(1812)과 또 다른 '서문'(1813)에서 이 시의 주인공 '차일드 해럴드'는 가상적인 인물이며 자신의 친구의 제안을 받아들여 그렇게 했다는 점, '차일드'가 '차일드 워터스,' '차일드 칠더스'처럼 알파벳 자음 'C'를 음운구조로 활용했다는 점, 월터 스콧(1771~1832), 스펜서(1552~1599) 및 장-밥티스트 드 라 쿠르느 드 생-팔레이(1697~1781) 등도 활용했다는 점을 밝혀놓았다. 최재서는 바이런을 다음과 같이 소개하였다.

Lord Byron(1788~1824) 영국출신(英國出身)으로서 바이론만큼 대륙(大陸)에 인기(人氣)를 갖인시인(詩人)도 드물었다. 그는 열정(熱情)의선풍(旋風)으로써 일조(一朝)에 대륙(大陸)을풍비(風靡)하야 '바이로니즘'이라는 유행(流行)을 맨드러냈다. 그는 실(實)로 '문학(文學)의 나폴레옹'이였다. 그리고 바이론열(熱)이 동양(東洋)에까지 밎어 도처(到處)에 새로운 문학적정신(文學的精神)을 고취(鼓吹)하였음을 우리가 목격(目擊)한바이다.

그는 남작(男爵)의아들로 태여나 홀어머니의 손에서 자랐고, 그의 불기분방(不羈奔放)한성격(性格)은 그의모친(母親)의 영향(影響)이라한다. 켐부릿지를졸업(卒業)한후(後) 처처(處處)에방랑(放浪)했으며, 『챠일드·하를드의순례(巡禮)』(1813~1819), 『쟈우아』(1813), 『아바이도스의신부(新婦)』(1813), 『콜세아』(1814), 『라라』(1814), 기타(其他) 허다(許多)한 가료담(歌謠譚)은 이때의산물(産物)이다. 『챠일드·하를드』와병립(竝立)하야 널리알려진 『돈·쥬앙』은 1819~1824년(年)의작(作)이다.

그의 혁명적정신(革命的精神)은 드디여 그를 희랍전쟁(希臘戰爭)에 의용군(義勇軍)으로 출정(出征)케 했으며 그는 결국(結局) 여기서 낙명(落命)하였다. 그의 시(詩)는 섬세우염(纖細優艶)한 맛은 없으나 그대신(代身) 대양(大洋)과같은 기상(氣象)과 폭포(瀑布)와같은 정열(情熱)로써 읽는사람가슴에 언제나 청춘(靑春)을 소생(蘇生)시킨다.[14]

이상과 같은 점을 고려해 보면, 최남선의 시 「해(海)에게서 소년(少年)에게」는 포괄적으로 바이런의 시 『차일드 해럴드의 순례』에서 영향을 받았다기보다는 그의 이 시 중에서 「캔토 4」의 제79연에서 제84연까지, 일반적으로 「대양(大洋)」으로 알려진 부분에서 영향을 받았다는 점을 알 수 있다. 이렇게 볼 때에 최남선의 시에서 가장 대표적인 시어에 해당하는 '바다'와 '소년'은 바이런의 시에서 '대양'과 '소년'─'차일드 해럴드'─에 대응된다. 또한 그 의미의 확장과 심화에 있어서 최남선의 시가 바이런의 시에 버금가지는 않지만, 당대 조선의 시에 있어서 커다란 울림을 주게 되었다고 볼 수 있다.

아울러 바이런의 시 『차일드 해럴드의 순례』 중에서 한국의 독자들에게 가장 많이 알려져 있는 「고별(告別)의 노래」에 대한 번역을 살펴보는 것도 바이런의 시세계를 이해하는 데 있어서 도움이 될 것이라고 생각된다. 김상용(1902~1951)은 최재서가 편(編)한 『해외서정시집』에 바이런의 시 『차일드 해

---

14) 최재서 편, 『해외서정시집』 (인문사, 1938), p. 24.

럴드의 순례』의 「캔토 1」에서 '캔토 13'과 '14' 사이의 부분을 「고별(告別)의 노래」[15]라고 번역하여 수록하였으며, 이 시의 원문과 김상용의 번역시를 정리하면 다음과 같다.

<table>
<tr><td align="center">Byron
Canto XIII과 XIV 사이에 삽입된 시</td><td align="center">김상용 역
「고별(告別)의 노래」</td></tr>
<tr><td align="center">1</td><td align="center">1</td></tr>
<tr><td>Adieu, adieu! my native shore
Fades o'er the waters blue ;
The night-winds sigh, the breakers roar,
And shrieks the wild sea-mew.
Yon sun that sets upon the sea
We follow in his flight ;
Farewell awhile to him and thee,
My native Land—Good Night!</td><td>잘있거라 나의 고국강산(故國江山)은
창명(蒼溟) 저편에 사라지도다.
밤바람 한숨 짓고, 파도(波濤)의 포효(咆哮),
갈매기의 사나운 우지즘이여!
바다 넘어 져가는 해를
딸아 내 방랑(放浪)의 길이 있나니
태양(太陽)아, 고국(故國)아, 잠시(暫時) 떠나자
잘자거라, 그리운 나의 강산(江山)아,</td></tr>
<tr><td align="center">2</td><td align="center">2</td></tr>
<tr><td>A few short hours and he will rise
To give the morrow birth ;
And I shall hail the main and skies,
But not my mother earth.
Deserted is my own good hall,
Its hearth is desolate ;
Wild weeds are gathering on the wall,
My dog howls at the gate.</td><td>짜른 몇시(時)가 지나
해가 떠 새 아츰이 되면,
보이나니 이국(異國)의 바다,
고국(故國) 하늘은 거기없으리——
좋은 누각(樓閣)도 황폐(荒廢)해
적료(寂蓼) 내 옛터를 싸고,
잡초(雜草)만 장원(墻垣)을 덮은체,
개는 문(門)
앞에 짖으리로다.</td></tr>
<tr><td align="center">3</td><td></td></tr>
<tr><td>'Come hither, hither, my little page :
Why dost thou weep and wail?
Or dost thou dread the billow's rage,
Or tremble at the gale?
But dash the tear-drop from thine eye;
Our ship is swift and strong ;
Our fleetest falcon scarce can fly
More merrily along.'</td><td>'아희야 이리 오라,
무엇을 슬퍼하고 눈물 짓는가,
물결의 성냄을 두려워 함인가,폭풍(暴風)을 겁냄인가
눈물을 거두라,
배는 든든하고 빠르다,
신속(迅速)을 자랑하는 매(鷹)의 날음도
이 보다 질거울 길 없지않느냐'</td></tr>
<tr><td align="center">4</td><td align="center">3</td></tr>
<tr><td>'Let winds be shrill, let waves roll high,</td><td>'바람의 아우성, 물결의 높음,</td></tr>
</table>

---

15) 최재서 편, 『해외서정시집』, pp. 27~35.

I fear not wave nor wind ;
Yet marvel not, Sir Childe, that I
Am sorrowful in mind ;
For I have from my father gone,
A mother whom I love,
And have no friend, save these alone,
But thee—and one above.

5

'My father blessed me fervently,
Yet did not much complain ;
But sorely will my mother sigh
Till I come back again.'—
'Enough, enough, my little lad!
Such tears become thine eye ;
If I thy guileless bosom had,
Mine own would not be dry.

6

'Come hither, hither, my staunch yeoman,
Why dost thou look so pale?
Or dost thou dread a French foeman?
Or shiver at the gale?'—
'Deem'st thou I tremble for my life?
Sir Childe, I'm not so weak ;
But thinking on an absent wife
Will blanch a faithful cheek.

7

'My spouse and boys dwell near thy hall,
Along the bordering lake ;
And when they on their father call,
What answer shall she make?'—
'Enough, enough, my yeoman good,
Thy grief let none gainsay ;
But I, who am of lighter mood,
Will laugh to flee away.'

8

For who would trust the seeming sighs
Of wife or paramour?

설마 그만 것을 겁내리까,
그러나 저의 설어함을
해괴타 마소서,
사랑하는 양친(兩親)을 떠난
외로운 자식의 몸,
오즉 귀옹(貴公)과 하나님이
지금 제게 가깝습니다.'

4

'진정(眞情)으로 복(福)을 비러준
아버님 그리 서러워하지 않으나
다시 도라 오기전(前)
어머니의 애통(哀痛)이 오작하리까'
'아희야 그만두라,
눈물 흘림이 네게 당연(當然)타.
내게도 너의 순진(純眞)한 마음이 있다면
나역(亦) 아니 울길이 있었으랴?

5

'이리 오라, 충실(忠實)한 나의 아희야,
그대 안색(顔色) 어이그리 창백(蒼白)하뇨,
불국(佛國)의 적(敵)을 두려워 함인가
폭풍(暴風)을 겁냄인가?'
'제 목숨위해 떠는줄 마소서,
그처럼 심약(心弱)하진 않으나,
충성(忠誠)한 두 볼의 혈색(血色)을 잃은
뒤에 남은 안해가 그립습니다.'

6

'귀저(貴邸) 가까이 호수(湖水)를 곁해
처자(妻子) 그곳에 남았으니
'아비를 불러 어린 것이 찾을 때,
그 어미 무어라 답(答)하리까'
'그만 두라 착한 아희야
그대 비애(悲哀) 부인(否認)할자(者) 없으나
내 마음 더 가벼워
웃으며 길을 달리리로다.

'안해나 정부(情婦)의 외식(外飾)의 한숨, 그를 뉘 믿
으랴,

Fresh feeres will dry the bright blue eyes
We late saw streaming o'er.
For pleasures past I do not grieve,
Nor perils gathering near ;
My greatest grief is that I leave
No thing that claims a tear.

9

And now I'm in the world alone,
Upon the wide, wide sea ;
But why should I for others groan,
When none will sigh for me?
Perchance my dog will whine in vain,
Till fed by stranger hands ;
But long ere I come back again
He'd tear me where he stands.

10

With thee, my bark, I'll swiftly go
Athwart the foaming brine ;
Nor care what land thou bear'st me to,
So not again to mine.
Welcome, welcome, ye dark-blue waves!
And when you fail my sight,
Welcome, ye deserts, and ye caves!
My native Land—Good Night!

별리(別離)의 눈물이 방타(滂沱)턴 밝은 동자(瞳子)를
새 정남(情男) 다시 빛나게 하나니,
지난날의 쾌락(快樂) 내 서러않고,
오는 위험(危險)은 웃어 보랸다.
위해 내 눈물 흘릴 아모런것을
못 남김만이 가장 큰 한(恨) 이로다'

7

넓고 넓은 바다에 떠,
세상에 오즉 이몸이 외롭고나……
날위해 한숨질이 없는 것을
누구위해 내 구지 슬퍼하랴,
주인(主人)을 찾아 을든 애견(愛犬)도
마츰내 다른 손에 길려,
세환성이(歲換星移), 도라온 몸을
그 자리에 찢으리로다.

8

배야, 어서 가자,
물결 치는 바다를 넘어 나는 가랸다.
내 고토(故土)만이 아닐진댄
어느 천애(天涯)의 땅이면 어떠랴,
검푸른 물결아 너도 좋고
사막(砂漠)아, 동혈(洞穴)아, 너도 반갑다,
잘자거라 나의 고국강산(故國江山)아.

    최남선의 「해에게서 소년에게」의 발표연대가 김상용의 번역보다 훨씬 먼저 이루어졌음에도 최재서의 번역을 인용한 까닭은 필자가 수집한 자료 중에서 최재서의 번역이 가장 오래되었기 때문이다. 황동규가 번역한 『순례』(1974)에 수록되어 있는 바이런의 시 『차일드 해럴드의 순례』의 「캔토 1」의 1번, '13번'과 '14번' 사이에 삽입된 시의 '1'—황동규는 「순례에 나서다」로 번역하였다—은 다음과 같다.16)

---

16) 황동규 옮김(바이런). 『순례』 (민음사, 1974), pp. 27~35.

Byron, "Canto 1, I"

Oh, thou! in Hellas deem'd of heavenly birth,
Muse! form'd or fabled at the minstrel's will!
Since shamed full oft by later lyres on earth,
Mine dares not call thee from thy sacred hill:
Yet there I've wander'd by thy vaunted rill:
Yes! sigh'd o'er Delphi's long deserted shrine,
Where save that feeble fountain, all is still;
Nor mote my shell awake the weary Nine
To grace so plain a tale—this lowly lay of mine!

황동규 옮김, 「캔토 1」의 '1번'

오오 그대, 그리스에서 신의 피를 타고났다는
음유시인들이 멋대로 만들어 노래한 그대 뮤즈여,
오늘날 시인들의 리라에 의해서 창피당한 그대를
그대의 신성한 언덕에서 내 리라는 감히 불러낼 수 없네.
허나 그대의 이름난 시냇가에서 내 방황했네.
그렇다, 오래 인적 끊긴 델포이 신전에서 한숨도 쉬었네.
소리 죽인 샘물 빼고는 모든 것이 고요한 곳,
이 평범한 이야기 이 천한 노래에 빛을 주라고
내 리라는 싫증난 아홉 여신을 깨울 수 없네.

Byron
Canto XIII과 XIV 사이에 삽입된 시 "1"

Adieu, adieu! my native shore
Fades o'er the waters blue; The night-winds sigh,
the breakers roar,
And shrieks the wild sea-mew. Yon sun that sets
upon the sea
We follow in his flight; Farewell awhile to him
and thee,
My native Land—Good Night!

황동규 옮김, 「순례에 나서다」

"잘 있어, 잘 있거라, 내 고향의 해변은
푸른 물결 저편으로 사라져 간다.
밤바람은 한숨짓고 파도는 우짖는다.
그리고 날카로운 소리로 우는 갈매기
저편 바다에 지는 저 해를
좇아 우리는 간다.
잠시 잘 있거라 지는 해여,
나의 고향이여, 잘 있거라.

이상에서 살펴본 바와 같이 바이런의 시 『차일드 해럴드의 순례』는 최남선의 시 「해에게서 소년에게」에 반영되어 있을 뿐만 아니라 그의 시 「고별(告別)의 노래」와 「순례에 나서다」 역시 여전히 많은 관심을 받고 있다고 볼 수 있다.

2. 최남선의 시 「해에게서 소년에게」와 테니슨의 시 「부서져라, 부서져라, 부서져라」의 관계

2.1 테니슨의 생애와 작품세계

2.1.1 생애

영국의 계관시인인 테니슨(1809~1892)은 링컨셔의 섬머스비의 교구목사였던 아버지 조지 클레이턴 테니슨(1778~1831)과 어머니 엘리자베스 피치(1781~1865)의 열 두 명의 자녀 중 네 번째로 태어났다. 1816년부터 1820년까지 라우스 그래머스쿨, 엥글필드 그린의 스케이트클리프스쿨과 라우스의 킹 에드워드 4세 그래머스쿨을 거쳐 케임브리지 트리니티 칼리지에 입학했다. 거기에서 테니슨은 '캠브리지사도들'이라는 비밀단체에 가입했다. 이 단체는 주로 철학적인 문제와 그 밖의 문제를 토론하고는 했던 학부생 중심의 클럽으로 테니슨의 절친한 친구가 된 아서 헨리 핼럼(1811~1833), 제임스 스페딩(1808~1881), 나중에 테니슨의 여동생 세실리아와 결혼하게 된 에드워드 루싱턴, 리처드 M. 밀스(1809~1885) 등과 교류하게 되었다.

그는 첫 번째 시집 『두 형제의 시』(1827)를 발표했으며, 아울러 "스무 살의 젊은이가 총장상 금메달을 받게 된 것은 그렇게 작은 명예가 아니라고 생각되었다"17)라는 평가처럼 1829년 「팀벅투」18)라는 시로 명예로운 '총장상'을 받았다. '총장상'을 수상하게 된 「팀벅투」에서 테니슨은 오늘날의 서아프리카 말리의 도시지역인 '팀벅투'19)를 취급했다. 이어서 『서정시집』(1830)을 출간했던 시기에 그는 페르디난드 7세의 통치에 대항하는 스페인혁명을 지원하기 위해 핼럼을 비롯한 '사도회'의 다른 회원들과 함께 스페인으로 갔지만 혁명은 실패로 끝나게 되었다. 이러한 시기에 핼럼은 테니슨의 여동생 에밀리에게 사랑을 느끼기 시작했지만 그녀의 아버지는 1년 동안 편지왕래조차 금지했다.

1831년 아버지의 죽음과 부채 및 할아버지로부터의 학비와 생계비 지원 등으로 인해서 테니슨은 결국 학위를 포기하고 케임브리지를 중도에 그만두어야 했다. 1833년에는 자신의 여동생 에밀리와 약혼예정이었던 친구 핼럼이 비엔나 여행 중에 갑자기 세상을 떠나게 되었다. 그럼에도 핼럼은 생전에 『잉글리시맨스 매거진』에 테니슨의 시를 찬양하는 평론을 썼으며, 테니슨도 지속적으로 「시름을 잊은 사람들」, 「예술의 궁전」, 「샬롯의 부인」 등과 같은 시를 발표했다. 1836년 자신의 형 찰스와 루이자 셀우드의 결혼식에서 루이자의 여동생 에밀리를 사랑하게 되었지만, 그녀의 아버지는 테니슨의 방랑벽, 음주벽, 흡연중독, 진보적 종교관 등으로 인해서 못마땅해 했으며 급기야는 1840년 편지왕래마저도 금지시켰다. 그럼에도 다시 편지왕래를 시작하여

---

17) Eugene Parsons, "Introduction," *Poems of Alfred Lord Tennyson* (New York : Thomas Y. Crowell Company, 1900).

18) "대학에서 아무것도 하지 않는 것보다는 적어도 영시상(英詩賞)이라도 수상할 수 있도록 노력하는 편이 낫다"라는 자신의 아버지의 질책을 받은 테니슨은 「아마겟돈」 ― 테니슨은 이 시를 열다섯 살에 완성한 바 있다 ― 을 재집필하기 시작했다. 그는 자신의 이 시에서 먼 미래의 인간의 비전, 외부 세계에 대한 열망, 활력 없는 대지의 비전, 선과 악의 정신적 투쟁 등을 취급했다. "거칠고 무질서한 퍼포먼스에 지나지 않는다"라고 스스로 평가했던 이 시를 테니슨은 평생 동안 출간하기를 꺼려했다. 그럼에도 「팀벅투」에는 공상과 환상이 인간의 발전을 어떻게 가능하게 할 수 있는지가 암시되어 있으며, 인간의 지혜와 선과 과학을 비롯한 학문의 발전이 궁극적으로 승리하게 된다는 테니슨 자신의 낙관주의가 드러나 있다.

19) 아프리카 내륙에 대한 서유럽의 식민통치가 시작되었던 유럽의 근대화시기에 스코틀랜드의 탐험가 A. G. 레잉(1793~1826)이 1826년 처음으로 팀벅투 지역을 탐험하여 유럽사회에 알려지게 되었지만, 그는 곧바로 살해되었다.

1850년 약혼을 허락받아 결혼했다. 테니슨의 일가는 섬머스비에서 런던근교로 이사했지만, 경제적 사정은 그렇게 좋은 편이 못되었다. 이 시기에 테니슨은 당시 영국 총리였던 로버트 필(1788~1850)로부터 경제적 도움을 받기도 했고, 윌리엄 E. 글래드스턴(1809~1898), 역사학자 토머스 칼라일(1795~1881), 시인 월터 새비지 랜더(1775~1864) 등과 교류하기도 했다. 벌목사업의 투자와 실패, 재정적인 파탄 등으로 인한 정신적 불안과 건강의 악화를 겪었지만 당시 유행하던 '수료법(水療法)' 치료로 건강을 회복했다.

테니슨은 생전에 시 외에도 1874년부터 희곡을 집필하려고 노력했지만, 그렇게 많은 성공을 거두지는 못했다.『메리여왕』(1875)을 요약하여 1874년 라이시움에서 공연했으며,『해럴드』(1876)를 1877년 공연했다. 이어서『베케트』(1884), 시골의 비극을 취급한『5월의 약속』등을 집필했지만, 1882년 글로브에서의 공연은 실패하게 되었다. 그럼에도『5월의 약속』에서 테니슨은 당대의 종교적이고 도덕적이며 정치적 성향에 대한 자신의 절망과 분노를 보여주었다는 평가를 받고 있다. 여든 세 살의 나이로 1892년 세상을 떠나기 전까지 80대의 나이에도 불구하고 의욕적으로 창작을 계속했던 테니슨의 유해는 웨스트민스터 사원의 '시인 묘역'에 안장되었다.

그의 아들 핼럼은 1897년 자신의 아버지의 전기를 출판했다. 테니슨은 자신의 작품에 미묘한 반미국적 분위기가 있다는 점을 결코 부정하지 않았다. 그가 남긴 명언으로는 "자연, 이빨과 발톱이 빨간," "사랑을 하고 실연하는 편이 낫다," "내가 십대의 힘을 가지고 있는 까닭은/ 내 마음이 순수하기 때문이다" 등을 들 수 있으며, 테니슨은『옥스퍼드사전』에서 셰익스피어(1564~1616)의 이름 다음으로 가장 많이 빈번하게 인용되는 시인이 되었다.

2.1.2 작품세계

앞에서 간략하게 살펴본 바와 같이, 테니슨의 초기의 시세계를 대표하는 첫 시집『서정시집』(1830)에는 감정의 과잉이 지나치게 많이 나타나 있다는 비판을 받기도 한다. 그럼에도 그의 시는 곧바로 독자들에게 알려지게 되었고, 이로 인해서 그는 당대뿐만 아니라 오늘날에도 영국을 대표하는 시인 S. T. 콜리지(1772~1834)의 관심을 받게 되었다. 아울러 두 권의 『시집』(1842)을 출간했으며, 한 권은 그 이전에 발간했던 것을 개정한 '시선집'이고 다른 한 권은 새로운 시를 수록한 '신간시집'에 해당한다. 이 신간시집에는 「아서 왕의 죽음」, 「두 목소리」, 「록슬리 홀」, 「죄의 비전」, 「5월의 여왕」, 「클라라 베르 드 베르」, 「벌리 경」 등이 수록되어 있지만, 그에 대한 당대 영국문단의 평가는 좋은 것이 아니었다. 아울러 그의 최초의 장시(長詩)이자 몽상적인 시로 반여성주의적인 내용을 담고 있는 『공주』(1847)를 출간했다.

자신의 가장 절친한 친구인 핼럼의 죽음을 애도한 테니슨의 시 『인 메모리엄 A. H. H.』(1849)에는 핼럼이 1833년 비엔나에서 갑작스럽게 세상을 떠나고 난 후에 테니슨이 17년 동안 써두었던 시편이 수록되어 있다. 이 시는 한 편의 비가(悲歌)라기보다는 세상을 떠난 자신의 친구에 대한 그리움과 회한이 떠오를 때마다 영감을 받아 집필한 일련의 연작시에 해당한다. 테니슨이 이 시의 원래의 제목을 '영혼의 길'이라고 했던 바와 같이, 이 연작시에는 더할 수 없는 상실감의 현존, 세상을 떠난 사람에 대한 회한과 그리움의 변화, '살아 있었으면' 하고 바라는 허상으로서의 모습 등이 '정신적 교감'에 의해 전개되고 있을 뿐만 아니라 절대신의 사랑과 인간애가 자리 잡고 있다. 그럼에도 이 연작시의 '에필로그'는 테니슨의 여동생 세실리아가 에드워드 러싱턴과 결혼하게 되었을 때 부르는 '결혼축가'로 끝맺음함으로써 전체적으로 '즐거운 분위기'가 포함되어 있다.

일반적으로 19세기 영시(英詩)에서 가장 위대한 시 중의 하나로 평가받고 있는 『인 메모리엄』에서 테니슨은 당대 빅토리아 사회에 대한 성찰과 문제점을 제기했을 뿐만 아니라 고도의 음악성과 시적 경험까지도 완벽하게 표현하였다. 앨버트 왕자(1819~1861)가 세상을 떠난 후에 테니슨의 이 시에서 일종의 위로를 받게 된 빅토리아 여왕(1810~1901)은 "'성서' 다음으로 '인

메모리엄'은 나에게 위로가 된다"라고까지 말했으며, 1862년 여왕은 테니슨과의 만남을 지시하기도 했다. 이 시의 원래의 제목 '영혼의 길'에 암시되어 있는 바와 같이, 『인 메모리엄』에는 절친한 친구가 세상을 떠난 후 17년이라는 오랜 기간 동안 자신의 비탄과 맞서야만 했던 테니슨의 개인적인 생각과 감정을 설명하는 것은 물론 그의 시대의 학문적이고 철학적인 좀 더 큰 문제까지도 드러내었다. 이러한 이유로 인해서 오늘날의 독자들은 여전히 이 시에 대한 남다른 애정을 가지고 읽고는 한다. 그럼에도 긴 길이와 불규칙한 호흡 등으로 볼 때에 이 시는 엄격한 의미에서 비가(悲歌)이거나 만가(挽歌)에 해당하는 것은 아니라는 견해가 지배적이다.

『인 메모리엄』에서 가장 많이 인용되는 '칸토 27'의 일부분은 다음과 같다.

> 진실이라고 생각한다네, 무슨 일이 일어나든,
> 가장 슬플 때에 느끼고는 한다네,
> '전혀 사랑하지 않았던 것보다
> 사랑했다 실연하는 것이 더 낫다는 것을.'

위에 인용된 부분에서 마지막 두 행은 사랑하던 친구 핼럼의 죽음에 직접적으로 관련되지만, 이와 같은 콘텍스트와는 무관하게 로맨틱한 관계가 와해되었을 때에 일종의 충고로 활용되기도 한다. 아울러 '칸토 54'의 일부분을 인용하면 다음과 같다.

> 그렇게 내 꿈은 흘러왔지만, 난 무엇인가?
> 갓난아기는 밤에 울고
> 갓난아기는 빛을 찾아 울고
> 말없이 울기만 하네.

자주 인용되고는 하는 또 다른 구절은 "자연, 이빨과 발톱이 빨간"이며, 이 구절이 포함되어 있는 '칸토 56'은 '사람이 신체'에게 관계된다.

> 절대신을 신뢰했던 사람은 정말로 사랑이었고

사랑 창조의 마지막 법칙이었네
자연, 이빨과 발톱이 빨간
골짜기와 함께, 절대신의 교의(敎義)에 소리쳤네.

미네소타대학교 역사학 교수인 조셉 L. 앨솔즈는 테니슨의 시에 반영되어 있는 '자연적인 창조'와 '절대신의 창조'를 진화론에 관련지었으며, 그의 견해를 요약하면 다음과 같다. 시를 쓰는데 있어서 테니슨은 로버트 체임버스(1802~1871)의 『자연사적인 창조의 흔적』(1844)에 제시되어 있는 진화의 아이디에서 영향을 받았으며, 신성(神聖)의 직접적인 중재가 없는 비인간적인 자연의 기능에 대한 신학적인 암시에 대해서 반대하는 입장을 나타내었다. 성서의 문자적인 해석에서 야기된 진리의 현현에 대해서 무조건적인 믿음을 강조하는 복음주의의 아이디어는 이미 과학의 발견과 많은 갈등을 빚고 있었으며, 테니슨은 '결코 입증할 수 없는 진리'에 대한 믿음을 제기했던 진화론의 어려움을 자신의 시에서 표현했다.[20]

그런 다음 절대신과 대자연은 투쟁하고 있는가?
대자연은 이처럼 나쁜 꿈을 빌려준다고
대자연의 모습은 그렇게도 조심스러운 것 같고,
단 하나의 목숨은 그렇게도 조심성이 없는 것 같네.

나는, 모든 곳을 고려하면서
대자연의 행위에 나타나는 비밀스러운 의미를,
그리고 오십 개의 씨앗 중에서 발견하네,
대자연은 종종 단 하나에서 열매 맺는다는 것을,

확실하게 밟고 가는 곳에서 난 넘어지고,
내 근심의 무게로 넘어지면서
위대한 세계의 제단-계단 위로
어둠을 통해 절대신께로 비탈져 있는,

불구의 믿음의 손을 뻗어 더듬거려,

---

20) Josef L. Altholz, "The Warfare of Conscience with Theology," *The Mind and Art of Victorian England* (1976).

먼지와 하찮은 것을 모으며, 부르네,
내가 느끼는 것은 모두 주님이라고,
좀 더 큰 기대를 어렴풋이 믿게 된다고

위에 인용된 테니슨의 시의 일부분은 찰스 다윈(1809~1882)이 자신의 '진화론'(1859)을 선언하기 이전에 발표되었지만, '칸토 56'에 나타나 있는 "자연, 이빨과 발톱이 빨간"은 이 구절이 '자연의 선택'의 과정을 환기하는 것에 해당한다는 점에 대해서 진화론을 반대하는 측이나 찬성하는 측이나 똑같이 인용하고는 하였다.

빅토리아 왕조를 묘사한 걸작으로 평가받고 있는 테니슨의 『국왕목가(國王牧歌)』(1863~1885)는 전부 12권으로 이루어져 있으며, 대부분 무운시(無韻詩) 형식―마지막 부분에는 알렉산더 형식이 사용되었다―을 취하고 있다. 1만여 행이 넘는 이 시에서 「제렌트의 결혼」, 「제렌트와 이너드」, 「비비안」, 「에레인」, 「귀네비에」는 1859년에, 「아서의 출현」, 「성배(聖杯)」, 「메리아스와 에타」, 「아서의 죽음」 등은 1869년에, 「최후의 무술시합」은 1871년에, 「가레스와 리네트」와 「베이린과 베이란」은 1885년에 각각 출판되었다. 중세 아서왕의 전설을 소재로 하는 테니슨의 이 서사시에는 인간의 정신을 고양시키고 완벽한 왕국을 창조하고자 했던 아서왕의 시도와 실패, 즉 왕권의 장악에서부터 배신자인 조카 모드레드의 손에 죽기까지의 과정이 적나라하게 펼쳐져 있다. 또한 랜슬롯, 제렌트, 갤러해드, 밸린, 밸란, 멜린 및 호수의 여인 등 주로 원탁기사를 중심으로 하는 다양한 인물들의 행위를 구체적으로 묘사하였다.

『국왕목가』를 집필하는 데 있어서 테니슨은 우선적으로 토마스 맬러리 경(1405~1471)이 집대성한 『아서의 죽음』을 참고하여 재구성했지만, 이를 더 많이 확장시키고 추가하여 개작하였다. 이러한 점을 보여주는 예로는 왕비 귀네베레의 운명에 대한 부분이다. 맬러리 경의 이야기에서는 그녀가 운명의 순간에 화형(火刑)을 선고받게 되지만 원탁기사 란셀롯이 구출해주는 것으로 되어 있다. 그러나 테니슨의 시에서는 그녀가 수녀원으로 피신하고 아서왕은 그녀를 용서하며 그녀는 참회 속에서 세상을 떠날 때까지 수녀원에서 봉사 활동을 하는 것으로 되어 있다. 또한 테니슨은 운율을 맞추기 위해 몇몇 명 칭이나 호칭에 대한 전통적인 철자를 수정하기도 하였다. 이 시에 사용된 자 연에 대한 묘사부분은 테니슨 자신이 수년 동안에 걸쳐 관찰하고 수집하여 정리한 그 자신의 주변 환경에서 비롯된 것으로 알려져 있다. 이 시의 대부 분은 아서왕의 전설을 지금도 기념하고 있는 카리언 지역[21]의 핸버리 암스 에서 집필되었으며 테니슨은 자신의 이 시를 앨버트 콘서 왕자(1819~1861) 에게 헌정하기도 하였다.

‘아서왕’의 전설에서 가장 훌륭하고 용기 있는 원탁기사이자 왕비의 연인 인 랜슬롯의 내용을 취급한 「랜슬롯 경」, 아서왕의 왕비를 취급한 「귀네비에 왕비」, 아서왕의 전설에 등장하는 또 다른 원탁기사를 취급한 「갤러해드」와 함께 「샬롯의 부인」에 관계되는 부분을 테니슨은 자신의 『국왕목가』에서 좀 더 충분하게 발전시켰다. 그의 시에 나타나 있는 극적 서사 부분이 구조나 어조에 있어서 서사에 해당하는 것은 아니지만, 비가적(悲歌的)인 슬픔은 테 오크리투의 ‘목가(牧歌)에서 비롯된 것이라고 볼 수 있다. 중기 빅토리아시대 의 영국과 아일랜드에서는 테니슨의 『국왕목가』를 사회적 혼란에 대한 알레 고리로 읽고는 했다.

---

21) 카리언은 영국의 웨일스 궨트 주 뉴포트 구역에 있는 고고학적으로 중요한 도시로 뉴포트의 외곽
주거 지대에 해당하며 어스크강이 흐른다. ‘이스카’는 로마시대의 중요한 요새였으며, 체스터, 요크
등과 함께 고대의 로마군단이 주둔했던 곳이기도 하다. 웨일스 남동부의 실루리아인들이 정복하기
시작했던 시기(74~75)에 어스크강가에 요새의 토대가 세워졌다. 중심부와 목욕탕은 75년과 85년경
에 각각 지어졌으며, 가장 최근에 알려진 건축물은 253~255년에 지은 것으로 추정하고 있다. 3세
기말경 군단이 철수하게 되었으며 이 요새에는 370년까지 민간인들이 살고 있었던 것으로 추정하
고 있다. 이 도시는 전설적인 아서왕이 살았다고 알려진 곳으로 노르만 정복 때까지 웨일스의 번화
한 중심지였으며, 1235년까지 변경의 영지로서 웨일스인의 지배하에 있었다. 중세에는 특권도시로
서 해안교역이 활발했으나 서남쪽에 있는 뉴포트의 발전으로 활기를 잃게 되었다.

2.2 「해에게서 소년에게」에 반영된 「부서져라, 부서져라, 부서져라」의 영향과 수용

우선 최남선의 시와 테니슨의 시의 상관성은 두 편의 시에서 '파도소리'를 의성어로 표현한 구절의 유사성에서 찾아볼 수 있다. 다시 말하면 최남선의 시에서 매 연마다의 첫 행 "텨…르썩, 텨…르썩, 턱, 쏴…아"와 마지막 행 "텨…르썩, 텨…르썩, 턱, 튜르릉, 콱"은 테니슨의 시의 "부서져라, 부서져라, 부서져라"와 유사하다는 점을 들 수 있다. 이하윤(1906~1974)의 역시집(譯詩集) 『실향(失香)의 국화(菊花)』(1933)에 수록된 테니슨의 시 「부듸처라 부듸처라!」[22], 김상용(1902~1951)이 번역하여 최재서(1908~1964)가 편(編)한 『해외서정시집』(1938)에 수록한 「깨여저라」[23] 및 테니슨의 시의 원문과 번역시는 다음과 같다.

<table>
<tr><td>Tennyson
"Break, Break, Break"</td><td>이하윤 역
「부듸처라 부듸처라!」</td><td>김상용 역
「깨여저라」</td></tr>
<tr><td>

Break, break, break,
Oh thy cold gray stones, O Sea!
And I would that my tongue could utter
The thoughts that arise in me.
</td><td>

부듸처라 부듸처라 부듸처
싸늘한 네회색돌위에 오 바다여!
가슴속에서 이러나는 온갓생각을
내혀로써 말하고시픈 맘이여!
</td><td>

깨여저라, 오바다여!
네 싸늘한 회색(灰色)바위우에 깨여저…
이 가슴에 이는 생각을
말할만한 혀(舌)가 없는가?
</td></tr>
<tr><td>

O, well for the fisherman's boy,
That he shouts with his sister at play!
O, well for the sailor lad,
That he sings in his boat on the bay!
</td><td>

오 부러워라 어부(漁夫)의아달은
누이동생 부르며쒸놀고잇스며!
오 부러워라 나이젊은수부(水夫)는
바다기슭보ー트에서 노래부르네!
</td><td>

오! 어부(漁夫)의 아들, 누의와
소리쳐 작란함이 귀엽고,
오! 젊은 선부(船夫) 물 가에
배 타고 노래함이 좋고나.
</td></tr>
<tr><td>

And the stately ships go on
To their haven under the hill;
But O for the touch of a vanished hand,
And the sound of a voice that is still!
</td><td>

그리고 큼직한 배들은
산밑 그들의 항구를 향해가느니
그러나 오 사려진 님의손이여
쏘 고여해진 님의말소리여!
</td><td>

큰배는 언덕아래,
제포구(浦口)로 도라가거늘…
잃어진 손의 촉감(觸感),
다시못듣는 아름다운 음성(音聲)이어!
</td></tr>
<tr><td>

Break, break, break,
At the foot of thy crags, O Sea!
But the tender grace of a day that is dead
Will never come back to me.
</td><td>

부듸처라 부듸처라 부듸처
네 바위밑에 오 바다여!
그러나 지나간 하룻날의 부드런정은
영원히 내게는 도라오지안흐리
</td><td>

깨여저라, 오! 바다여!
네 절벽(絶壁)아래 바다여, 깨여저…
지나간 그날의 행복(幸福)은
다시 내게 도라오지않도다
</td></tr>
</table>

---

22) 이하윤 편역, 『실향(失香)의 국화(菊花)』 (시문학사, 1933), p. 23.
23) 최재서 편, 『해외서정시집』, pp. 77~78.

테니슨의 이 시는 그가 자신의 절친한 친구였던 아서 핼럼이 비엔나를 여행하다가 1833년 22세의 나이에 갑자기 세상을 떠난 것을 애도하면서 지은 시로서, 이 시에서 테니슨은 바닷가에 부서지는 파도처럼 자신도 마음의 응어리를 풀어내고 싶어 한다. 이러한 점에 대해서 최재서는 테니슨을 다음과 같이 소개하였다.

Albred Tennyson(1809~1892). 19세기중엽(十九世紀中葉) 영국사회(英國社會) 특(特)히 중류계급(中流階級)을 대표(代表)하야 가장인기(人氣)가 있었든시인(詩人)은 테니슨이다. 상식적(常識的)인 건실(健實)한인생관(人生觀)과 그관찰(觀察)의진실성(眞實性)과 독창적(獨創的)인상상력(想像力)과 자유(自由)로운 언어(言語)의구사(驅使)와 더욱히 유창(流暢)한 멜로디ー로써 그는 오날까지라도 일반대중(一般大衆) 특(特)히 연소독자(年少讀者)새에 애송(愛誦)되고있다.

그는 시골목사(牧使)의 아들로 태여나서 후(後)에 켐부릿지에 배웠고 1850년(年)엔 그의 친우(親友) 핼람의사(死)를 애도(哀悼)한 절창(絶唱) 「인·메모리임」이나왔고 동년(同年)에 워ー즈워ー스의 뒤를이어 계관시인(桂冠詩人)이되였다. 뒤딸어 「모ー드」(1855), 「이ー녹크·아ー든」(1864)이나왔고 일만여행(一萬餘行)의 장시(長詩)로서 그의최대작(最大作)인 「국왕목가(國王牧歌)」는 1859~1885년(年)에 발표(發表)되었다.

빅톨이아니즘(그것은 凡庸主義를 意味한다)을 전면적(全面的)으로거부(拒否)하는 현영문단(現英文壇)에있어 테니슨의 명성(名聲)이 따에 떠러진것은 현실(現實)이지만, 그러나 브륵크가 평(評)한바와같이 테니슨의 위대성(偉大性)에대(對)한신념(信念)을 잃은 세대(世代)는 시(詩)그자체(自體)에대(對)한 신념(信念)을 잃은 세대(世代)라 할것이다. 그는 83세(歲)의고령(高齡)으로 사후수작(死後授爵)되야 웨스트민스터ー애비사원내(寺院內), 부라우닝의 바로옆에안장(安葬)되었다.[24)]

이상섭도 자신이 번역한 『눈물이, 부질없는 눈물이』(1975)에 테니슨의 시 「부서져라, 부서져라, 부서져라」를 수록하였으며, 「테니슨의 시세계」에 대해서 다음과 같이 설명하였다.

1850년, 핼럼이 죽은 지 17년 만에, 드디어 그는 그『추념의 시』를 내놓았다. 서시와 에필로그를 합하여 133편의 사색적인 서정시를 한데 묶은 이 장시는 세계문학의 금자탑의 하나임에 틀림없다. 테니슨은 일약 당대 최고의 시인, 예언자, 정신적 지도

---

24) 최재서 편, 『해외서정시집』, p. 71.

자로 추앙되어 워즈워스를 이어 계관시인으로 임명되고, 수입도 넉넉해져서 13년간
이나 돈이 없어서 못했던 늙은 약혼녀와의 결혼도 했다. 이후 그의 모든 작품은 언
제나 요샛말로 베스트셀러가 되었다. 시골풍의 기이한 옷차림, 거구의 몸집, 굵은 목
소리의 이 시인은 모든 영국민의 가장 친근한 존재가 되었다. 빅토리아 여왕은 그의
시를 좋아한 나머지 그에게 남작의 작위까지 주어, 그는 테니슨 경이 되는 세속적
영예까지 누리게 되었다. …테니슨은 사상가라기보다는 사색인이며, 그보다는 물론
말을 기막히게 다루는 시인이었다. 시적 기교에 있어 그를 넘어설 시인은 그리 많지
않다. 그러나 위대한 시인의 말의 기교는 빈 껍질이 아니다. 그는 지극히 예민한 감
수성으로서 현대인의 문제를 아프게 느꼈고 이 아픔은 말로서 적절히 형상화기기까
지는 테니슨을 놓아주지 않았다.[25]

최남선의 시 「해에게서 소년에게」와 테니슨의 시 「부서져라, 부서져라,
부서져라」의 유사성은 앞에서 언급한 바와 같이 대부분의 경우 파도치는
모습에 대한 의성어에서 비롯된다. 그러나 이 두 편의 시의 내용은 사뭇 다
른 것이다. 최남선의 시에서는 '소년'을 매개체로 하여 당시 조선사회가 문
명적으로 개화할 수 있기를 촉구하고 있다는 점, 그리고 그러한 개화의 지
름길은 대양(大洋), 즉 바다를 정복하여 세계문명을 흡수하고 새로운 세상을
개척해야 한다는 점 등이며, 그러한 주체이자 주인공은 바로 '소년' 이어야
한다는 점 등을 들 수 있다. 따라서 적어도 내용면에서 볼 때에 친구의 죽
음을 애도한 테니슨의 시와 '소년'의 드높은 기상을 찬양한 최남선의 시와
는 상당한 차이가 있다.

---

25) 이상섭 옮김(테니슨), 「테니슨의 시세계」, 『눈물이, 부질없는 눈물이』 (민음사, 1975), p. 142.

3. 소결론

이상에서 살펴본 바와 같이, 최남선의 시 「해에게서 소년에게」는 테니슨의 시 「부서져라, 부서져라, 부서져라」로부터 의성어적인 특징을, 바이런의 시 『차일드 해럴드의 순례』로부터는 의미적인 특징을 영향 받은 것으로 파악할 수 있다. 그러나 다양한 시간과 공간, 복잡한 내용과 의미의 복합성 등을 근간으로 하는 바이런의 시와 최남선의 시를 간단명료하게 비교하는 것은 쉽지 않다. 그럼에도 최남선이 자신의 시 「해에게서 소년에게」에서 강조하는 모험심과 용기로 가득 차 있는 '소년'은 바이런의 시의 주인공 '차일드 해럴드'와 유사한 측면을 가지고 있다. 이러한 점은 우선 최남선의 시에서 '나의 큰 힘'에 암시되어 있는 소년의 무한한 힘에서 찾아볼 수 있으며, 그러한 힘은 '뫼'와 '바윗돌,' '권력자' 등을 무력하게 할 뿐만 아니라 구체적으로 제시된 '진시황'(B.C. 256~B.C. 210)과 '나폴레옹'(1769~1821)까지도 '소년'과는 비교될 수 없다는 점을 강조하는 데에서 파악할 수 있다. 다시 말하면, 최남선의 시에서의 "담(膽) 크고 순진(純眞)한 소년배(少年輩)들"의 용감무쌍한 정신과 의지는 바이런의 시에서의 '차일드 해럴드'가 온갖 어려움을 극복하면서 모험과 탐험의 세계를 떠나는 것에 비교될 수 있기 때문이다.

아울러 최남선의 시와 테니슨의 시를 비교하는 것 역시 유사점과 차이점으로 나누어 살펴보았다. 유사점은 파도소리를 표현한 의성에게 찾아볼 수 있다. 그러나 파도소리는 어디에서든 비슷하게 표현된다는 점에서, 물론 어감의 차이는 있지만, 최남선의 시의 '의성어'가 반드시 테니슨의 시의 '의성어'에 비롯되었다고 볼 수는 없을 것이다. 차이점은 전자의 시가 개화기 조선소년들의 기개와 용기와 신념을 강조한 데 반해서, 후자는 친구의 죽음에 대한 애도와 그리움에 관계된다고 볼 수 있다.

제2장

폴 베를렌의 영향과 수용

김억과 김영랑의 경우를 중심으로

1. 베를렌의 생애와 작품세계[1]

프랑스 육군 장교였던 니콜라-오귀스트 베를렌(1798~1875)의 외아들로 태어난 폴 베를렌(1844~1896)은 '고답파'의 정신과 이 운동을 선도했던 샤를르 르콩트 드 릴(1818~1894)로부터 많은 영향을 받았을 뿐만 아니라 프랑스 상징주의 시운동에 적극적으로 참여했다. 그의 생애는 일반적으로 초기의 삶, 결혼생활과 군복무 시절, 랭보와의 관계와 투옥, 말년의 생활 등으로 나뉜다.

1.1 초기의 활동

베를렌은 지금의 콩도르세고등학교의 전신인 보나파르트고등학교를 다녔으며, '대학입학자격시험'에 합격한 그는 파리대학 법학부에 입학했으나 곧바로 중퇴하였다. 1864년부터 보험회사에서 일하다가 파리시청의 서기로 근무하면서 시를 쓰기 시작했다. 그가 쓴 최초의 시는 당대의 거장 빅토르 위고(1802~1885)에게 보냈던 「죽음」(1858)으로 알려져 있다. 파리 시청에

---

1) 베를렌의 생애와 작품세계에 대해서는 Antoine Adam, *The Art of Paul Verlaine*, trans. Carl Morse (New York : New York University Press, 1963)를 참고할 것.

근무하던 시기에 그는 지속적으로 시를 쓰는 한편 다른 한편으로는 당시 작가들이 모이곤 하던 카페와 살롱에 드나들면서 말라르메(1842~1898), 빌리 드 릴, 아나톨 프랑스(1844~1924) 등과 교류하였다. 「프뤼돔 씨」(1863)를 공식적으로 처음 발표하게 된 베를렌은 '고답파'라는 명칭이 유래하게 된 이들 시인들의 작품집 『현대 파르나스』(1866)에 여덟 편의 시를 발표했다. 아울러 그의 첫 시집 『우울한 시』(1866)에는 보들레르와 르콩트 드 릴을 모방한 시편과 외사촌 누이동생 엘리자―베를렌의 첫 시집의 출판비용을 마련해 주었으며 다른 사람과 결혼한 후 1867년 세상을 떠난 것으로 알려져 있다―에 대한 사랑과 우수를 표현한 시편들이 수록되어 있다. 냉정하고 무감각한 묘사, 사랑의 상실과 낭만적 불안, 삶의 상처와 불신. 절망과 희망의 교차, 현실의 초월과 환상 등을 특징으로 하는 베를렌의 첫 시집을 읽은 생트뵈브(1804~1869)는 베를렌에게 몇 가지 충고를 아끼지 않으면서도 그가 독창적이고 발전적인 시세계를 열어갈 것을 강조했다. 베를렌은 이어서 자신의 두 번째 시집 『화려한 향연』(1869)을 출간했다. 그는 자신의 이 시집에서 이탈리아 가면희극 '코메디아 델라르테,' 니콜라 랑크레(1690~1743)[2]의 그림, 동시대 화가였던 아돌프 몽티셀리(1824~1886)[3]의 그림에 등장하는 장면과 인물 등을 섬세하고 재치 있게 표현함으로써, 자신의 개인적인 감정을 되도록 억제시켰다.

---

2) 프랑스의 풍속화가 니콜라 랑크레(Nicolas Lancret)는 향연이나 목가적인 풍경을 배경으로 하는 궁정놀이 등에 관심을 기울였으며, 그의 그림에는 자신이 살았던 시대의 사회상이 반영되어 있다. 앙투안 와토(1784~1821)와 클로드 질로(1673~1722)의 영향을 받았으며, 당대의 유명한 실내장식가로서 미술수집가들의 집을 꾸미는 일을 맡기도 했다. 그는 무도회, 시장, 시골의 결혼식 등을 자신의 그림에서 즐겨 취급하였다. 1719년 '왕립아카데미' 회원(1719)과 평의원(1735)을 지냈으며, 라퐁텐(1621~1695)의 『우화집』에 그린 삽화들로 잘 알려져 있다.
3) 이탈리아계 프랑스 화가인 몽티셀리는 선묘(線描)에 의존하기보다는 색채의 농담(濃淡)을 강조하는 낭만주의적인 화풍(畵風)을 확립했으며, 반 고흐가 그의 화풍을 이어받은 것으로 알려져 있다. 윤곽이 없이 채색하는 그의 독특한 기법은 근대회화에서 색채의 역할을 한층 더 발전시켰다는 평가를 받고 있다.

1.2 결혼생활과 파리코뮌

베를렌의 시세계에 그대로 반영되어 있는 그의 결혼생활과 군복무시절 및 '파리코뮌'에 가담했던 기간을 살펴보면 다음과 같다. 외사촌 누이동생 엘리자가 다른 사람과 결혼한 후에 마틸드 모테와 사랑에 빠져 당시 16세였던 마틸드와 1870년 8월 11일 결혼했지만, 그들의 결혼생활은 전쟁과 '파리코뮌' 및 베를렌의 기벽(奇癖) 등으로 인해서 행복한 것만은 아니었다. 그럼에도 베를렌은 모테와의 약혼시절에 자신의 시 「아름다운 노래」에서 마틸드가 자신을 잘못된 길로부터 올바른 길로 이끌어 줄 수 있는 '구세주,' 오랫동안 기다려 온 '구제주'라고 찬양하기도 했다. 이러한 점은 1869년 겨울부터 1870년 봄까지 쓴 21편의 시를 수록한 그의 시집 『아름다운 노래』(1870)[4]에서 확인할 수 있으며, 대부분 직접적인 어휘와 자연의 지시체를 활용하여 표현한 이러한 시에는 시인 자신의 아내에 대한 사랑이 선명하게 나타나 있다. '제3공화국'(1870~1940)의 출발과 함께 베를렌은 '국민근위대'의 160대대에 복무하게 되었지만, 곧바로 '파리코뮌'[5]을 지지하는 '코뮈나르'(1871. 3. 18)[6]가 되어 '파리코뮌'의 '중앙위원회' 출판국에서 홍보담당 책임자로 활동했다. 이로 인해서 베를렌은 '제3공화국'으로부터 보복당할 수도 있다는 불안감에 시달렸으며, 그는 '피의 주일'[7]로 알려진 끔찍스러운 거리의 투쟁에서 벗어나 프랑

---

4) 당시의 작곡가 가브리엘 포레(1845~1924)는 한 편의 이야기를 만들기 위해서 베를렌의 이와 같은 21편의 시에서 9편을 선정하였으며, '사랑의 사이클'을 통일성 있게 하기 위해서 주제의 '순환'을 활용하였다. 이를 효과적으로 하기 위해서 포레는 베를렌의 시에서 소녀에 대한 직접적인 묘사부분과 자연주의적인 진술을 제거하였다.

5) 프랑스어로 'La Commune de Paris'에 해당하는 '파리코뮌'(Paris Commune)은 1871년 3월 18일(공식적으로 3월 26일)부터 1871년 5월 28일까지 단기간 동안 파리를 지배했던 정부형태를 의미한다. 유럽 대륙에서 프랑스의 주도권에 종지부를 찍고 프로이센 주도의 독일제국을 성립시킨 보불전쟁(1870. 7. 19~1871. 5. 10)에서 촉발된 '파리코뮌'은 논자(論者)의 이데올로기에 따라 '아나키스트'나 '사회주의자'로 비유되기도 한다. 예를 들면, 마르크스(1818~1883)는 '파리코뮌'의 봉기를 부르주아의 억압에 대항하는 프롤레타리아트의 최초의 위대한 봉기로 파악했다. 공식적인 의미로 볼 때에 '파리코뮌'은 1871년 봄에 두 달 동안 파리를 지배했던 국지적인 의미가 강하지만, 그것이 형성된 정치·사회적인 배경과 상황, 반대논지의 제창과 주장 및 고통스러운 종말 등으로 볼 때에 '파리코뮌'은 당대의 정치적인 의미 그 이상의 의미를 지니는 것으로 평가된다.

6) '코뮈나르'(Communard)는 1871년 '파리코뮌'의 지지자들을 통칭해서 일컫는 말이며, 이들 대부분은 연방체제가 프랑스에 가장 적합하다고 믿었기 때문에 스스로를 페데레(Fédéré)라고 부르기도 했다.

스 북부의 '파드칼레'로 피신했다. 그의 이러한 불안감은 그가 훗날 자유분
방한 방랑생활을 하게 된 원인으로 작용하게 되었다. 더 나아가 나이 어린
아내와의 성격차이와 경제적 어려움 및 자신의 집에 머물고 있던 젊은 시인
랭보(1854~1891)와의 부적절한 관계 등으로 인해서 그의 결혼생활은 파탄을
맞게 되었다.

1.3 랭보와의 인연과 투옥

　프랑스 북부의 '파드칼레'로 피신해 있던 베를렌은 1871년 8월 파리로 되
돌아왔으며, 그해 9월 아르튀르 랭보[8]가 몇 편의 시를 동봉하여 자신에게
보낸 두 통의 편지를 받게 되었다. 다른 몇몇 기성시인들에게 편지를 보냈지
만 답신을 받지 못했던 랭보는 자신의 친구이자 사무실 동료, 실제로는 랭보
를 고용한 주인인 샤를르 오거스트 브레타뉴가 베를렌에게 편지를 보내보라
고 권고하자 이를 받아들여 베를렌에게 편지를 쓴 것으로 알려져 있다. 랭보
가 편지와 함께 베를렌에게 보낸 시에는 「모음들」을 비롯하여 「계곡의 잠자
는 사람」이 포함되어 있었으며, 특히 「계곡의 잠자는 사람」에는 대자연의 여
러 가지 특징과 잠들어 있는 군인에 대한 위로가 나타나 있다. 랭보의 편지

---

7) '피의 주일'(1871. 5. 21~1871. 5. 28)은 루이-필립(1773~1850)이 프랑스의 왕으로 재위 시기에 수상
　을 지냈을 뿐만 아니라 프랑스의 정치가이자 역사가였던 루이-아돌프 티에르(1797~1877)가 '파리
　코뮌'의 활동을 억압했던 일주일간을 의미한다. 이 기간에 '코뮈나르'는 극렬하게 저항했으며, 파리
　의 대주교를 비롯하여 수많은 인질들을 처형했을 뿐만 아니라 마지막 날에는 '튈레리에 궁'과 '호
　텔 드 빌' 등을 포함하여 수많은 공공건물을 불태우기도 했다. 최후의 저항은 페르-라셰스 공동묘
　지에서 있었으며, 마지막 저항자들은 그곳의 '연방정부의 벽'에서 총살되었다. 그 이후 이곳은 프랑
　스 좌파들의 순례지가 되었다. 티에르의 정부 측에서는 '코뮈나르'에 대해서 끔찍스러운 보복을 감
　행했으며, 2000명 이상의 '코뮈나르'가 투쟁하다가 죽었거나 체포 즉시 사형에 처해졌다. 수천 명에
　이르는 생존자들은 외딴 섬으로 유배되었고 그 밖의 사람들은 대부분 외국으로 망명했다.

8) 아르튀르 랭보(Arthur Rimbaud)는 프랑스 샤르빌에서 태어났으며, '데카당' 운동의 일원으로서 그의
　시세계는 현대문학, 음악 및 예술에 많은 영향을 끼쳤다. 잘 알려진 그의 작품 대부분은 10대 후반
　에 발표한 것들이며, 빅토르 위고로부터 '당대의 어린 셰익스피어'라는 찬사를 받았지만, 21세가 되
　기 이전에 모든 시작활동(詩作活動)을 포기했다. 생전에 많은 편지를 남긴 그는 자유분방한 영혼의
　소유자라는 평가를 받았으며 유럽, 중동, 아프리카 등 세 개의 대륙을 여행했다. 자신의 생일을 불
　과 한 달 앞두고 37세에 암으로 세상을 떠났다.

와 시를 읽은 베를렌은 "오시오, 위대한 영혼의 소유자여. 우리들은 그대를 기다리고 있소 우리들은 그대를 원하오"라는 답장과 함께 파리행 편도 기차표를 동봉하여 보냈다.[9] 베를렌의 초청을 받은 랭보는 곧이어 1871년 9월 말에 파리에 도착하여 약 3개월 정도 베를렌의 집에 머물렀다. 자신의 부인 17세의 임산부 마틸드와 함께 살고 있었지만, 그 당시 실직상태로 알코올중독자였던 베를렌은 랭보를 처음 본 순간을 다음과 같이 회상했다. "아직 성장해야 할 사춘기의 모양새 사나운 몸매라기보다는 통통하고 신선하며 윤곽이 뚜렷한 정말로 멋있는 몸매를 가진 아이였다. 사투리에 가까운 아주 강한 아르덴의 억양을 지닌 그의 목소리는 거의 파열될 듯이 음의 고저가 뚜렷했다."[10]

부인과 아들 조르주에 대한 책임보다는 랭보와의 기이한 사랑을 선택한 베를렌은 그와 함께 1872년 9월 런던으로 갔으며 거기에서 이들은 생활비 마련이 어려워 힘든 생활을 했지만, 독서실과 대영박물관에서 소일하던 랭보는 "열기, 빛, 여기서는 펜과 잉크가 필요없구나"[11]라고 말할 정도로 자유롭게 지냈다. 1873년 6월 말 파리로 돌아온 베를렌은 랭보가 사라진 것을 참을 수 없었으며, 같은 해 7월 8일 이들은 브뤼셀의 호텔 리즈에 만났지만 서로 간의 갈등으로 다투는 일이 잦아졌다. 그리고 1873년 7월 10일 아침 베를렌은 만취상태에서 18세의 랭보에게 두 발의 권총을 발사하여 그 한 발이 랭보의 왼쪽 손목을 관통했다. 이 사건으로 인해서 베를렌은 벨기에의 몽스에 있는 감옥에 투옥되어 2년간 복역하게 되었다.[12] 따라서 베를렌과 랭보의 관계는 끝나게 되었다. 옥중(獄中)에서 그는 자신의 아내 마틸드와 정식으로 이혼이 선고된 것을 알게 되었고 자신의 어리석은 행동과 씻을 수 없는 심

---

9) Graham Robb, *Rimbaud* (New York : W. W. Norton &Cop., 2000), p. 102.

10) Benjamin Ivry, *Arthur Rimbaud* (Bath, Somerset : Absolute Press.1998), p. 34.

11) Robb, *Rimbaud*, pp. 196~197.

12) 문학 이외에 베를렌과 랭보의 긴밀한 관계를 보여주는 예로는 '루브르미술관'에 소장되어 있는 앙리-팡탱 라투르(1836~1904)가 그린 「테이블의 구석」(1872)에서 찾아볼 수 있고, 영화로는 크리스토퍼 햄튼이 각본을 쓰고 아그네츠카 홀란드가 감독했으며, 레오나르도 디카프리오 (랭보 역), 데이빗 듈리스 (베를렌 역), 로만느 보링거 (마틸드 역) 등이 출연했던 「토탈 이클립스」(1995) 등이 있다.

각한 죄악 등을 반성함으로써 로마가톨릭에 귀의하여 경건한 신앙의 길에 들어섰다. 베를렌의 이러한 점은 그 자신의 작품에 영향을 주었을 뿐만 아니라 랭보의 신랄한 비판을 야기하기도 했다. 이 시기의 경험을 바탕으로 하는 베를렌의 시집 『말없는 로망스』(1874)를 그의 친구 에드몽 르펠티에가 출판해 주었다.

1.4 출옥과 말년의 생활

벨기에의 몽스에 있는 감옥에서 2년간 복역한 후 출옥한 베를렌은 다시 영국에 머무르면서 몇 년간 선생으로 지내다가 1877년 프랑스로 돌아와 북프랑스의 아르덴에서 영어를 가르쳤다. 이때 자기 수업을 듣던 학생 루시엥 레티느와에게 열중하게 되었고 더 많은 시를 쓸 수 있는 영감을 레티느와로부터 받게 되었지만, 그 소년이 발진티푸스로 1883년에 세상을 떠나자 베를렌은 얼마동안 망연자실했다. 아울러 베를렌의 시집 중에서 최고의 걸작으로 평가받고 있는 『예지』(1880)를 출판했다. 이 시집은 전부 3부로 구성되어 있으며 상징주의와 모더니스트 운동에서 중요한 시집에 해당한다. 전체적으로 볼 때에 '성숙'을 주제로 하는 이 시집의 제2부는 음악의 중요성과 섬세한 운율, 절대신에 대한 믿음과 순수한 영혼 등이 핵심을 이루고 있다.

베를렌의 말년은 약물중독, 알코올중독, 가난 등으로 점철되었다. 그는 빈민가에서 살았고 공공병원을 이용했고 파리의 카페에서 향이 강한 증류주 '압생트'를 마시면서 소일했다. 그러면서도 그는 『옛날과 얼마 전』(1884)을 출판했다. 그 당시에 프랑스국민들로부터 얼마간의 재정적인 지원을 받은 베를렌은 어느 정도의 소득을 유지할 수 있게 되었으며, 프랑스국민들은 그의 시세계를 재평가하게 되었고 그의 생활방식과 기이한 행동 등을 이해하게 되었다. 그 결과 그는 동료들에 의해서 1894년 프랑스의 '시의 왕자'로 선정되었다. 베를렌의 시는 획기적인 것으로 평가되고 인정되었으며, 가브리엘 포레(1845~1924)와 클로드 드뷔시(1862~1918)와 같은 작곡가들에게 영감을

주었다. 포레는 베를렌의 『아름다운 노래』를 포함하여 그의 시를 작곡했으
며, 드뷔시는 베를렌의 두 번째 시집 『화려한 향연』(1869)에서 다섯 편의 시를
선정하여 작곡했다. 베를렌은 파리에서 1896년 1월 8일 51세로 세상을 떠나
'바티뇰 공동묘지'에 안장되었다. 베를렌은 시집 외에도 랭보와 말라르메 등의
시세계를 조명한 평론집 『저주받은 시인들』(1884), 자신의 생애를 회상한 『나
의 감옥』(1893), 『참회록』(1895) 등을 남겼다.

　프랑스의 시인 중에서 가장 순수한 서정시인의 한 사람으로 평가받고 있
는 베를렌은 프랑스어의 특징과 그 음악성을 한 편의 시로 형상화하는 데
있어서 누구보다는 앞장섰던 선구자였을 뿐만 아니라 낭만주의, 고답파, 상
징주의의 과정을 섭렵한 시인을 대표한다. 그는 자신의 시에서 그 이전의 시
인들이 보여주었던 지나친 수사법을 배제하려고 노력했으며 독자들로서는
이해 불가능한 지성의 남용을 억제함으로써 일반 독자들에게 가깝게 접근할
수 있는 시적 환경을 마련하였다. 프랑스어를 발음할 때에 나타나는 음악성
과 암시성을 통해서 일상적이고 보편적인 의미를 한층 더 고양시켰을 뿐만
아니라 시어와 시어의 상호연관성에 의해서 프랑스어의 고유성을 계발시켰
다는 평가를 받고 있다. 베를렌은 자신의 시에서 심오한 내용이나 철학적인
난해성보다는 내밀한 음악성과 감수성을 더 강조하였다. 이러한 점은 그가
천부적으로 프랑스어를 시적으로 창조해낼 수 있는 그 자신만의 재능과 표
현력에서 비롯된 것이라고 볼 수 있다.

2. 베를렌의 시세계와 한국 현대시의 관계

장 모레아스(1856~1910)가 자신의 「상징주의 선언」[13)에서 확립한 '상징주의'를 광의로 파악할 때에 그것은 19세기 중반의 이성보다는 직관을, 객관성보다는 주관성을 강조하는 '개인성'과 '자유로운 자유'에 관계되고, 협의로 파악할 때에 그것은 19세기 프랑스 시단의 상징파 시인들—보들레르, 베를렌, 랭보, 말라르메—의 시세계에 관계된다. 안나 발라키안은 보편적이고 광의적인 '상징주의'를 'symbolism'으로, 특수하고 협의적인 '상징주의'를 'Symbolism'으로 구분하여 사용할 것을 강조하였다.[14)

여기에서는 프랑스 상징주의 시인 중에서 베를렌의 시세계가 한국 현대시에 끼친 영향과 수용, 전용과 변용의 과정을 그의 시 「가을의 노래」를 중심으로 비교하는 한편, 다른 한편으로는 그의 시세계가 한국 현대시의 운율의

---

13) 장 모레아스는 『파가로』(1886. 9. 18)에 「상징주의 선언」을 발표하여 상징주의 이론을 확립하였다. 그는 "상징주의는 평범한 의미, 장황한 설명, 진정성이 결여된 감상주의, 사실 자체에 대한 묘사를 배제하고 지각 가능한 형식에 의해 이상적인 '관념'을 표현하는 것을 목적으로 해야 하지만, 이때의 목적은 목적 그 자체에 있는 것이 아니라 이상적인 '관념' 자체를 표현하는 데 있다"는 점을 강조하였다.

14) Anna Balakian, *The Symbolist Movement : A Critical Appraisal* (New York : Random House, 1967), p. 3.

식과 음악성에 끼친 영향관계를 살펴보고자 한다. 이러한 점은 그동안 필자가 관심을 가지고 진행하고 있는 문학과 문학의 비교, 문학과 예술의 비교, 문학이론의 비교 등 비교문학의 세 영역 중에서 첫 번째 영역에 해당한다. 다른 두 영역과 더불어 국제비교문학계서는 다문화주의, 문화-세방주의(世邦主義−'globalism'과 'localism'을 결합한 신조어 glocalism−등을 문학에 관련지어 비교할 것을 강조하기도 하고,15) 자서전, 전기, 전기사진집, 이민문학 등을 정치·사회·문화와 관련지어 비교할 것을 강조하기도 한다.16) 그럼에도 첫 번째 영역을 바탕으로 한국 현대시에 반영된 베를렌의 시의 영향과 수용 및 전용과 변용의 과정을 살펴보고자 하는 까닭은 그동안의 연구 성과를 점검하고 새로운 자료를 보완하여 이 분야에 대한 비교연구를 정리할 필요가 있기 때문이다.

'발신자'로서의 프랑스 상징주의 시와 '수신자'로서의 한국 현대시의 관계 및 그러한 접맥을 가능하게 한 '전신자'로서의 일본의 근대문학은 비교문학 연구에서 기본적인 세 요소에 해당한다.17) 베를렌의 시 「가을의 노래」를 한국문단에 소개하는 데 있어서 수신자의 역할을 한 김억의 활동은 『태서문예신보』18)에서 찾아볼 수 있으며 특히 베를렌의 시 「가을의 노래」와 시적 운율의 중요성을 소개한 점에서도 찾아볼 수 있다. 시에서의 시적 음악성과 언어의 뉘앙스를 강조했던 베를렌은 「작시법(作詩法)」에서 빅토르 위고에 이어 '어리석은 12음절 형식'을 배제했고, 5음절, 7음절, 11음절 등 기수음(奇數音)을 음악적으로 활용했으며, 운율의 과감한 조율에 의해 모음, 압운, 각운

---

15) 윤호병. 『아이콘의 언어』(문예출판사, 2001), 제1부 '문화−글로컬리즘과 비교문학' (pp. 17~67), 『네오−헬리콘 시학』 (현대미학사, 2004), 제3부 '현대시와 문화주의' (pp. 296~357), 『문학이라는 파르마콘』 (새미, 2006), 제1장 '비교문학과 세계문학' (pp. 20~42) 등을 참고할 것.

16) Hugh J, Silverman, *Textualities : Between Hermeneutics and Deconstruction* (New York : Routledge, 1994). 이 책은 필자가 『텍스트성과 문학이론』 으로 번역하여 근간될 예정이다.

17) 愼根縡, 『日韓近代小說の比較研究』 (明治書院, 2006). 한국과 일본의 사회변화와 근대성에 대한 「서론」 을 참고할 것.

18) 1918년 9월 26일 창간되어 1919년 2월 17일 통권 16호로 폐간된 주간(週刊) 문예지 『태서문예신보』 는 창간호의 '권두언'에서 "태서(서양)의 유명한 소설·시·산문 등을 충실하게 번역해서 싣겠다" 고 강조함으로써 그 목적을 분명히 했다.

을 자유롭게 사용하고는 하였다. 이와 같은 베를렌의 시세계와 한국 현대시의 관계를 비교하는 데 있어서 『태서문예신보』에 소개된 베를렌의 시세계를 중심으로 하여 (1) 베를렌의 시 「가을의 노래」와 김억의 역할 및 박종화, 이하윤, 김동명 등의 번역시와 창작시, (2) 베를렌의 시와 김영랑의 시에 공통적으로 나타나는 운율의식 등을 비교하고자 한다.

2.1 베를렌의 시 「가을의 노래」와 김억의 역할

2.1.1 베를렌의 시 「가을의 노래」의 번역과 수용

베를렌의 시 「가을의 노래」와 한국 현대시의 관계는 프랑스 상징주의에 대한 김억(1896~?)의 역할에서 찾아볼 수 있으며, 그는 『태서문예신보』에 수록된 「쯰란스시단·1」에서 베를렌의 시세계를 소개했으며[19] 「쯰란스시단·2」에서 베를렌의 시 「작시법(作詩法)」[20]과 「가을의 노래」의 중요성을 다음과 같이 강조했다.

> 상징파시가(象徵派詩歌)의 특색은 의미(意味)에잇지안이하고, 언어(言語)에잇다, 다시말하면 음악(音樂)과갓치 신경(神經)에 덧치는음향(音響)의 자극(刺戟)—그것이 시가(詩歌)이다, 그러기에 이 점(点)에서는'관능(官能)의예술(藝術)'이다. 찰나찰나(刹那刹那)에 자극(刺戟), 감동(感動)되는정조(情調)의운율(韻律) 그것이상징파(象徵派)의시가(詩歌)이기째문에자연(自然) '몽롱(朦朧)'안될슈업다. 쏃르렌의 유명(有名)한 「작시법(作詩法)」의 주장(主張)이 다 그것이다. … [중략] … 쏃르렌의 「가을의 노래」와 「퇴색(退色)의 달」 갓흔것이 가장 잘 음악적방면(音樂的方面)을 표현(表現)한것이다.(本報第七號僕譯參照) '내영(靈)은 부는/ 모진 바람에/ 쓸리어 쩌돌아/ 여기에 져긔에/ 날아 훗터지는/ 낙엽(落葉)이어라.' 낙엽(落葉)새에 빗나는 그의 일생(一生)의영(靈)에대(對)하야한(限)업는 감회(感懷)을 늣기며, 나아가서는 참인생(人生)의진미(眞味)가 있다. 그의일생(一生)은 쑴의일생(一生)이엇다.[21]

---

19) 김억, 「쯰란스시단·1」, 『태서문예신보』 제10호 (1918. 12. 7). p. 5.
20) 안서생 역, 「작시법(作詩法)」, 『태서문예신보』 제11호 (1918. 12. 14). p. 7.
21) 김억, 「쯰란스시단·2」, 『태서문예신보』 제11호 (1918. 12. 14). p. 6.

이처럼 베를렌의 시 「작시법」을 번역한 김억은 "무엇보다도 몬져음악을,/ 그를 위ᄒᆞ얀 달으지도 두지도못홀"을 가장 강조했으며, 베를렌의 시 「가을의 노래」와 「퇴색(退色)의 달」을 '가장 잘 음악적 방면을 표현한' 시로 파악하였다. 「가을의 노래」를 『태서문예신보』22)에 맨 처음 번역하여 수록한 이후에도 김 억은 자신의 번역시를 수정·보완하여 『폐허』23), 『오뇌의 무도』24), 『개벽』25) 에 수록했다. 그가 베를렌의 이 시를 몇 번에 걸쳐 수정·보완하여 재번역한 까닭은 프랑스어와 한국어의 차이점에도 불구하고 자신의 번역시가 베를렌의 시에 나타나 있는 시적 음악성을 반영할 수 있도록 노력했기 때문이다. 베를 렌은 자신의 시적 정감을 프랑스어의 비음(鼻音)의 효과에 의해 시적 음악성으 로 표현했으며, 이러한 점은 그의 시에서 과거의 회상, 감정의 표출, 바람의 횡포, 낙엽 등으로 표상된 시적 자아의 마음에 반영되어 있다. 또한 3음절과 4 음절을 중심으로 하는 운율은 시적 자아의 복잡한 감정을 효과적으로 드러내 는 한편, 다른 한편으로는 시적 자아로 하여금 언어로 표현할 수 없는 '번민' 과 스스로 버려졌다는 생각에 사로잡히게 한다. 따라서 그는 "설명 불가능한 감정을 설명하고자 했고 몽롱하고 꿈과 같은 암시적인 마음의 상태가 지속될 수 있도록 했다."26)

김억이 네 번에 걸쳐 번역한 베를렌의 시 「가을의 노래」를 정리하면, 『태 서문예신보』에 수록된 것은 제1연이 5행으로 되어 있지만, 나머지는 모두 6 행으로 되어 있을 뿐만 아니라 그 이후에 번역한 것은 모두 1연 6행으로 되 어 있어서 베를렌의 시의 형식을 따르고 있다. 시행(詩行)과 시구(詩句)의 배 열에 있어서도 음수율과 자수율에 주의를 기울였으며, 이러한 과정을 거쳐 김억은 한국어의 여러 가지 특징을 고려하여 『개벽』에 수록된 「가을」에서

---

22) A. S. 역, 「가을의노릭」, 『태서문예신보』 제7호 (1918. 11. 16). p. 1.

23) 김억 역, 「가을의노래」, 『폐허』 창간호 (1920. 7), pp. 36~37.

24) 김억 역, 「가을의노릭」, 『오뇌의 무도』 (광익서관, 1921), pp. 15~16.

25) 안서 역, 「가을」 (베르렌 작), 『개벽』 제52호 (1925. 10), pp. 134~135.

26) André Lagarde & Laurent Michard, *XIXe SIÈCLE : Les Grands auteurs français du programme*. vol. 5 (Paris : Les éditions bordas a Paris, 1966), p. 507.

“설어라, 나의영(靈)은/ 모진바람결에/ 붓잡혀 써도는/ 여긔에 저긔에/ 갈길 도 몰으는/ 낙엽(落葉)갓하라”와 같이 재번역하게 된다. 베를렌의 시 「가을 의 노래」[27]의 원문, 우에다 빈(上田敏)의 일역시(日譯詩) 「낙엽(落葉)」,[28] 김억 의 번역시는 다음과 같다.

Chanson d'automne	「落葉」 (海潮音)	「가을의노릭」 (태서문예신보)	「가을의노래」 (폐허)	「가을의노릭」 (오뇌의 무도)	「가을」 (개벽)
Les sanglots longs	秋の日の	가을의	가을의날	가을의날	가을날
Des violons	ギオロソの	애올링의 우는	쎼오른의	쎼오론의	비오롱의
De l'automne	ためいきの	긴 嗚咽	느린嗚咽의	느린嗚咽의	느린嗚咽의
Blessent mon coeur	身にしみて	單調흔 詞腦에	單調로운	單調로운	單調롭은
D'une langueur	ひたぶるに	내가슴 압허라	애닯음에	애닯음에	애닯음에
Monotone.	うら悲し。		내가슴암하라.	내가슴압하라.	내가슴 압하라.
Tout suffocant	鐘のおとに	鍾소릭 우를쎡	우는鍾소리에	우는鍾소리에	鍾소리를 들으면
Et blême, quand	胸ふたき	가슴은 막히며	가슴은막키며	가슴은 막키며	가슴은 막키며
Sonne l'heure,	色かへて	낫빗은 희멀금	낫빗은 희멀금	낫빗은 희멀금,	얼골빗은 핼금하야
Je me souviens	涙ぐむ	지나간 그날	지내간넷날은	지내간넷날은	지내간 옛날이
Des jours anciens	過ぎし日の	눈압에 보임이	눈압헤 써돌아	눈압헤 써돌아	눈압헤 써돌아
Et je pleure;	おもひでや。	아-아-나는우노라	암, 나는우노라.	아아 나는우노라.	아아 나는 우노라.
Et je m'en vais	げにわれは	내靈은 부는	설어라, 내靈은	설어라, 내靈은	설어라, 나의靈은
Au vent mauvais	うらぶれて	모즌 바람에	모진바람결에	모진바람결에	모진바람결에
Qui m'emporte	ここかしこ	씰리어 써돌아	흐터저 써도는	흐터져 써도는	붓잡혀 써도는
Deçà, delà,	さだめなく	여기에 저기	여긔에 저긔에	여긔에 저긔에	여긔에 저긔에
Pareil à la	とび散らふ	날아 홋터지는	갈길도몰으는	갈길도몰오는	갈길도 몰으는
Feuille morte.	落葉かな。	落葉이어라	落葉이여라.	落葉이러라.	落葉갓하라.

　김억이 번역한 베를렌의 시 「가을의 노래」는 다분히 우에다 빈의 일역시 「낙엽」과 유사하며, 그러한 점은 어휘, 번역시의 시행(詩行)의 배열 등에서 그 렇게 파악할 수 있다.

　김억 외에도 이하윤(1906~1974)은 『해외문학』 창간호[29]와 『이하윤 역시 불란서시선(李河潤 譯詩 佛蘭西詩選)』[30]에, 이원조(1909~1955)는 『해외서정시

---

27) Paul Verlaine, "Chanson d'automne," *Poeèmes saturniens* (1866). trans. C. G. MacIntyre, *Paul Verlaine: Selected Poems* (Berkeley : University of California Press, 1948), pp. 26~27.

28) 上田敏 譯, 『海潮音』(新潮社, 1905), pp. 57~58.

29) 이하윤, 「가을노릭」, 『해외문학』 창간호 (1927. 1), p. 110.

집』31)에 베를렌의 이 시를 각각 번역하여 수록했으며, 이하윤은 「포-르예
르레-느소전(小傳)」에서 베를렌의 이 시를 다음과 같이 소개했다.

> 말랄메와가치 19세기데카다시인(詩人)의이기석(二機石)으로 그야말로 상징파(象徵
> 派)란천의 무봉(天衣無縫)의 것임을 뵈엿다. 그의 시구(詩句)는 형체(形體)가 아니고
> 그림자엿다. 그의 원(願)하는 것은 음악과, 진동으로된 시(詩) 그것이엿다. 이에 역(譯)
> 하는 Chanson d'automne(가을노래)는 『애닯흔풍경(風景)』 안다섯재편(篇)이니 가장 유
> 명(有名)한 것으로 예르레-느를읽는자(者) 『가을노래』를모르는이가업다.32)

베를렌의 시 「가을의 노래」에 대한 이하윤과 이원조의 번역을 정리하면
다음과 같다.

이하윤 역, 「가을노리」 (해외문학)	이하윤 역, 「가을노래」 (불란서시선)	이원조 역, 「가을노래」 (해외서정시집)
가을날 예오롱의 가ーㄴ울음은 단조(單調)러운 애닯흠에 가삼을괴롭히노나.	가을 날 비올롱의 기인 오열(嗚咽)은 단조(單調)로운 고달픔에 내 마음 괴롭혀	가을 비오롱의 기나긴 흐늑임, 사랑에 지쳐진 내마음을 집어 뜯는다.
종(鍾)소래들닐째 가삼은질니고 희프른낫빗혜 울음을운다 지나간날의 녯기억(記憶)새로워…	종(鍾)소리 들릴 때 가슴은 질리고 청백(蒼白)한 낯빛 지나간 날의 기억(追憶) 새로워 나는 우노라.	종(鍾)이 울려오면 가슴은 막혀, 지나간일을 생각하며 나는 눈물짓는다.
그래서이나는 사나운바람에 불니여다니는 낙엽(落葉)도가치 여긔요쪼저긔로 쩌돌고잇다.	그래서 이 몸은 이리 저리 굴러 다니는 낙엽(落葉) 처럼 사나운 바람에 불려 가노라.	모진바람아 내몸도 불어가러라, 여기 저기 굴러다니는 낙엽(落葉)같이.

---

30) 이하윤 역, 「가을노래」, 『이하윤 譯詩 佛蘭西詩選』 (수선사, 1948), pp. 16~18.
31) 이원조 역, 「가을노래」, 최재서 편, 『해외서정시집』 (인문사, 1938), pp. 223~224.
32) 이하윤, 「포-르예르레-느小傳」, 『해외문학』 창간호 (1927. 1), p. 189.

　이처럼 당대의 한국 현대시인들 대부분이 베를렌의 시 「가을의 노래」를 직접 번역하기도 하고 이 시의 구절을 자신들의 창작시에 전용하기도 한 까닭은 일제강점기의 전체적인 분위기, 말하자면 식민지 치하에서의 우울하고 암담한 당시의 현실을 간접적으로 표출하는 데 있어서 베를렌의 이 시가 많은 영향을 끼쳤기 때문이다.

　김억은 베를렌의 시 「가을의 노래」를 한국문단에 소개하기 이전에 자신의 시 「반야(夜半)」에서 "야반의 울림 종소리에/ 내 가슴은 울리며 반향(反響) 나도다"[33]와 같이 베를렌의 시를 활용하였다. 자신이 번역하여 한국문단에 소개한 베를렌의 시의 시적 분위기, 이미지, 시어 등을 김억은 자신의 시집 『해파리의 노래』(1923)에서 전용하기도 하고 변용하기도 하였다. 이러한 점은 「꿈의노래」의 "머춤업시 내리는낙엽(落葉)의 바람소리에 석기여," 「피리」의 "븬들을 휩쓸어 돌으며,/ 째도 아닌낙엽(落葉)을 최촉(催促)하는/ 부는바람에 좃기여," 「가을」의 "쓸쓸하게도 지는가을의 낙엽(落葉)이/ 너의 썰며 아득이는 가슴의우에," 「내설음」의 "낙엽(落葉)인 나의 설음에 석기여," 「풀밧우」의 "어데선지 저녁종(鍾)이 빗겨울니어," 「십일월(十一月)의저녁」의 "나의 영(靈)이여, 너는 오늘도 어제와갓치," 「가을」의 "바람결에 사랑과밉움을 노래하는" 등에서 찾아볼 수 있다. 김억 외에 베를렌의 이 시에 대한 전용은 박종화(1901~ 1981)의 시 「눈물은 흘러서」의 "가슴쓰린 비오론의/ 어즈러운 곡됴여!/… [중략] …/ 한업시 거리를 비틀거려라,"[34] 김동명(1900~1968)의 '등단 시' 「나는 보고 섯노라」의 "이리로 저리로/ 느진가을에훗허지는/ 닙과도갓치/ 갈곳 몰라해매는것"[35]과 그의 또 다른 시 「종소리」의 "울려라 울려라/ 조종(弔鐘) 같이 구슬프게…"[36]에서도 찾아볼 수 있다. 이처럼 김억이 소개한 베를렌의 시 「가을의 노래」는 지속적으로 한국 현대시에 영향을 끼쳤으며, 김억의 시

---

33) 김억, 「야반(夜半)」, 『학지광』 제5호 (1915. 5. 2).
34) 박종화, 『흑방비곡』 (조선도서, 1923), pp. 63~64.
35) 김동명, 「나는 보고 섯노라」, 『개벽』 제14호 (1921. 8), pp. 302~304.
36) 김동명, 「종소리」, 『하늘』 (문웅사, 1948), p. 37.

「악군(樂群)」에는 이러한 점이 분명하게 나타나 있다.

2.1.2 베를렌의 시 「가을의 노래」와 김억의 시 「악군(樂群)」의 관계

베를렌의 시 「가을의 노래」에 대한 김억의 관심은 그가 자신의 창작시 「악군」[37]에서 베를렌의 이 시를 전용하고 변용시켰다는 점에서 찾아볼 수 있다. 이러한 점은 비교문학 연구에서 영향→수용→변용→발전의 단계로 나아가는 과정에 해당한다. 베를렌의 시 「가을의 노래」를 직·간접적으로 활용하고 있는 김억의 시 「악성」은 '가을'[38]에 관계되며, 그의 이 시와 베를렌의 시를 정리하면 다음과 같다.

우선 제1연과 제2연에서 L1-1의 '울니어 나는 악군'은 베를렌의 시 제2행의 '바이올린'에 대응된다. L1-2의 '느리고도 짜른/ 애닯은곡조(曲調)'는 제1행의 '길고 긴 흐느낌'과 일치하며, 나머지 연에서도 반복되고 있다. L1-6의 '내가슴압ㅎ라.(내가슴 압하라.)'라는 끝 행은 베를렌의 시 제3행의 '내 가슴에 상처주네'와 동일하며, 이러한 점은 김억의 시 L4-1에서 '가슴울니는악군(樂群)(숨어흘으는 樂聲)'으로 변형되어 있다. 차이점이 있다면, 김억의 시에서 바이올린 소리는 옛 기억을 '그윽ㅎ게(그윽하게)' 되살려 주지만, 베를렌의 시에서는 지루한 권태를 반복하고 있다는 점을 들 수 있다. L1-4의 '나의죽엇든 넷숨(나의 슬어진 넷숨)'은 L2-4의 '뒤숭숭한 싱각(뒤숭숭한 그생각)'으로 이어지며, 이러한 점은 베를렌의 시 제2연 제4행의 '지나간 옛날을'에 관계된다. L1-5의 '그윽ㅎ게 살아(그윽하게 살아)'나 L2-5의 '고요ㅎ게 살아(고요하게 와서)'는 동일한 상황을 다르게 표현한 것으로 베를렌의 시 제2연 제4

---

37) 김억의 시 「악군(樂群)」은 『태서문예신보』 제16호 (1919. 2. 17), p. 7에 처음으로 수록되었으며, 그의 시집 『해파리의 노래』 (조선도서, 1923), pp. 157~159에 「악성(樂聲)」으로 수록되어 있으나 시의 본문의 제목은 「성악(聲樂)」으로 되어 있다.

38) '가을'에 대한 김억의 애착은 그가 『개벽』 제52호 (1925. 10)에 「가을에을퍼진노래」라는 제목으로 W. B. 예이츠의 시 「낙엽」, 모리스의 시 「가을은 쏘다시 와서」, 베를렌의 시 「가을」, 구르몽의 시 「낙엽」, 아더 시몬스의 시 「가을의황혼」과 「가을」 등 '가을'에 관계되는 외국시를 번역한 점에서도 찾아볼 수 있다.

詩行	김억, 「악군(樂群)」 (태서문예신보)	김억, 「악성(樂聲)」 (해파리의 노래)	Verlaine "Chanson d'automne"
L1-1	울니어 나는 악군(樂群)의	울니여 나는 악성(樂聲)의	Les sanglots longs
L1-2	느리고도 짜른	느리고도 짜른	Des violons
L1-3	애닯은곡조(曲調)에	애닯은곡조(曲調)에	De l'automne
L1-4	나의죽엇든 넷꿈은	나의 슬어진 넷꿈은	Blessent mon coeur
L1-5	그윽ᄒ게 살아	그윽하게 살아	D'une langueur
L1-6	내가슴압ᄒ라.	내가슴 압하라.	Monotone.
L2-1	우수(憂愁)가득한 악군(樂群)의	설음가득한 악성(樂聲)의	
L2-2	쌔르고도 더던	쌔르고도 더진	Tout suffocant
L2-3	애닯은 곡조(曲調)에	애닯은곡조(曲調)에	Et blême, quand
L2-4	뒤숭숭한 싱각은	뒤숭숭한 그생각은	Sonne l'heure,
L2-5	고요ᄒ게 살아	고요하게 와서	Je me souviens
L2-6	내눈물 흘러라.	내눈물 흘너라.	Des jours anciens
			Et je pleure
L3-1	숨어흘으는 악군(樂群)의	가슴울니는 악성(樂聲)의	
L3-2	썩놉고도 나즌	넓달코도 좁은	Et je m'en vais
L3-3	애닯은 곡조(曲調)에	애닯은곡조(曲調)에	Au vent mauvais
L3-4	달업는밤의 공기(空氣)는	슬어저가는 내靈은	Qui m'emporte
L3-5	희미히 울어	새롭게 눈ᄯ며	Deçà, delà,
L3-6	거리를 돌아라.	그윽히 웃어라.	Pareil à la
			Feuille morte.
L4-1	가슴울니는악군(樂群)의	숨어흘으는 악성(樂聲)의	
L4-2	썩넓고도 좁은	놉달코도 나즌	
L4-3	애닯은 곡조(曲調)에	애닯은곡조(曲調)에	
L4-4	슬어져가는 사랑은	프른위안(慰安)의 바람이	
L4-5	시롭게 씨어	한가롭게 불며	
L4-6	감은눈 열어라.	거리를 돌아라	

행의 '나는 기억하네'와 일치한다. 또한 '그윽하게'나 '고요하게'와 같은 시적 분위기도 제2연 전반부의 '첨탑이 울릴 때에'에서 시적 정조(情調)를 변용한 것이다. 제2연의 L2-6의 '내눈물 흘러라(내눈물 흘너라)'에서는 베를렌의 시 제2연의 마지막 행 '나는 우노라'에 해당한다. 제4연 L4-1의 '가슴울니악군(樂群)(숨어흘으는 樂聲)'은 베를렌의 시 제1연 제3행의 '내 가슴에 상처주네'와

유사하다. L4-4의 '슬어져가는 사랑(프른慰安의 바람)'이라는 표현은 김억이 번역한 「가을의 노래」의 '내영(靈)은 부는/ 모즌 바람에(설어라, 내靈은/ 모진 바람결에)'와 유사하며 이 부분은 베를렌의 시 제3연 제1행의 '나는 떠나가네/ 몹쓸 바람에'에 반영되어 있는 시적 분위기를 의역하여 변용시킨 부분이자, 베를렌의 시 제3연 제4행의 '날 데려가네/ 여기 저기로'에도 관계된다. 김억의 시 「악군」에 반영되어 있는 베를렌의 시 「가을의 노래」의 관계를 정리하면 다음의 도표와 같다.

Verlaine "Chanson d'automne"	김억 「악군(樂群)」	김억 「악성(樂聲)」	詩行
	애듧은곡조(曲調)	애닯은곡조(曲調)	L1-3
	느리고도 짜른	느리고도 짜른	L1-2
Les sanglots longs	빠르고도 더된	빠르고도 더진	L2-2
	썩놉고도 나즌	넙달코도 좁은	L3-2
	썩넓고도 좁은	놉달코도 나즌	L4-2
	울니어 나는 악군(樂群)	울니여 나는 악성(樂聲)	L1-3
	우수(憂愁)가득한 악군	설음가득한 악성(樂聲)	L2-1
Des violons	숨어흘으는 악군(樂群)	가슴울니는 악성(樂聲)	L3-1 (L4-1)
	가슴울니는악군(樂群)	숨어흘으는 악성(樂聲)	L4-1 (L3-1)
Blessent mon coeur	내가슴압ㅎ라.	내가슴 압하라.	L1-6
Et blême, quand Sonne l'heure, Je me souviens	그윽ㅎ게 살아	그윽하게 살아	L1-5
	고요ㅎ게 살아	고요하게 와서	L2-5
Des jours anciens	나의죽엇든 넷꿈	나의 슬어진 넷꿈	L1-4
Et je pleure	내눈물 흘러라.	내눈물 흘너라.	L2-6
Pareil à la Feuille morte	달업는밤의 공기(空氣)	슬어저가는 내靈	L3-4
Au vent mauvais	슬어져가는 사랑	프른위안(慰安)의 바람	L4-4
Qui m'emporte Deçà, delà,	감은눈 열어라.	거리를 돌아라	L4-6

이상과 같은 요약과 정리에서 파악할 수 있는 바와 같이, 김억의 시 「악군」은 베를렌의 시 「가을의 노래」의 관계는 베를렌의 시와 김억의 번역시를

시행(詩行) 별로 비교할 때에 분명하게 드러나게 되며, 김억은 베를렌의 이 시로부터 어휘는 물론 시적 분위기를 차용하여 이를 변용·전용했다고 파악할 수 있다.

다음은 베를렌의 시와 김억의 시에 반영되어 있는 음악성을 들 수 있다. 바이올린의 G선과도 같은 저음과 프랑스어가 지니고 있는 비음(鼻音)의 효과에 의해 시적 자아의 우울한 감정을 표현하고 있는 베를렌의 시 「가을의 노래」는 강렬한 주제를 드러내기보다는 포착불가능한 음악성을 드러내고 있으며,39) 김억의 시 「악군」에서는 베를렌의 이 시가 지니고 있는 음악성을 위해 음악과 관련된 제목을 선정했음은 물론 각 연에서도 '악성'이라든가 '곡조'처럼 음악에 관련되는 어휘를 반복적으로 활용하고 있다. 김억의 시 「악군」에서의 '악군'은 오케스트라로, '악성'은 사람의 목소리에 의한 노래로 볼 수 있다. 또한 '악성'이나 '애달픈 곡조'처럼 시의 구절이 정확하게 반복되는 경우와 그러한 구절을 수식하는 수식어구의 유사한 반복을 들 수 있다. 각 연의 제1행과 제3행에 나타나 있는 전자의 경우는 각 연의 후반부에서 시적 자아의 우울하고 서글픈 시적 분위기를 자아내는 전주곡으로 작용한다. 마지막으로 각 연의 후반부에 나타나 있는 시적 자아의 마음가짐과 행위의 반복을 들 수 있다. 애달픈 곡조는 시적 자아의 마음을 동요시키는 원인이 되고, 그것은 시적 자아에게 지나간 옛 꿈을 되살려 주게 되며, 시적 자아는 가슴이 아프기도 하고 눈물이 흐르기도 하고 울기도 하고 거리를 떠돌기도 한다.

"어리석은 시인은 모방하고 훌륭한 시인은 훔친다"라는 T. S. 엘리엇(1888~1965)의 말처럼 모방하는 시인은 어리석고 훔치는 시인은 현명한 것일까? 이러한 의문점을 제기하는 시 「악군」을 김억은 왜 자신의 시집 『해파리의 노래』의 마지막 부분 '북방의 소녀'에 수록한 것일까? 그것은 이 부분을 '부록'이라고 분명하게 명시하고 있듯이, 이 부분에 수록된 대부분의 시가 모작(模作)의 흔적을 지니고 있기 때문이다. 김억은 『해파리의 노래』 '머리에한마듸'

---

39) Enid Rohdes Peschel, *Four French Symbloist Poets : Baudelaire, Rimbaud, Verlaine, Mallarmé* (Athens : Ohio University Press, 1981), p. 7.

에서 다음과 같이 언급했다.

> 더욱 마즈막에 부록(附錄)비슷하게 조곰도 수정(修正)도 더하지아니하고 본래(本來)의 것 그대로 붓쳐 「북(北)의소녀(小女)」라는표제(表題)아레의 멧편시(篇詩)는 지금(只今)부터 9년전(九年前)의 1919년의것의것이엿습니다,하고 그것들과 밋 그밧게 멧편시(篇詩)도 오래된 것을 너헛습니다,이것은 저자(著者)가 저자자신(著者自身)의 지내간날의 넷모양을 그대로 보자하는 혼자생각에 밧하지 아니합니다.[40]

베를렌의 시 「가을의 노래」로부터 시어, 구절, 시상 등을 전용하고 변용시킨 김억의 시 「악군」은 그가 강조하는 '창조적 번역론'의 결과라고 볼 수 있다. 베를렌의 시를 지속적으로 번역한 김억은 자신의 시에서 그것을 '모방적'으로 창조하게 되었으며, 이때의 모방은 플라톤적인 '참여과정'으로서의 모방에 관계되는 것이 아니라 아리스토텔레스적인 '합성과정'으로서의 모방에 관계된다. 김억의 시 「악군」에는 후자적인 측면이 나타나 있으며, 베를렌의 시 「가을의 노래」를 모태로 하여 이를 변용·전용·발전시킨 결과에 해당한다. 그것은 해롤드 블룸이 말하는 강한 시인은 자신의 시세계에 영향을 끼친 강한 시인의 작품을 모방하게 된다는 점과도 일치한다.[41] 그 결과 김억은 자신의 시집 『해파리의 노래』 이후에 베를렌 계열의 시적 음악성을 김소월의 시를 통해 한국적 전통가락으로 형상화하게 되었다.

2.2 '포우(抱宇)'의 수필 「가을의 노래」와 베를렌의 시 「가을의 노래」의 관계

이상에서 살펴본 바와 같이, 베를렌의 시 「가을의 노래」에 대한 김억의 애정과 애착은 그가 베를렌의 이 시를 몇 번에 걸쳐 번역하고 수정·보완했다는 점에서도 찾아볼 수 있다. 특히 '추창만감(秋窓萬感)'이라는 특집으로 이

---

40) 김억, 『해파리의 노래』 (조선도서, 1923), pp. 4~5.

41) Harold Bloom, *The Anxiety of Influence : A Theory of Poetry* (London : Oxford University Press, 1973). 윤호병 편역, 『시적 영향에 대한 불안』 (고려원, 1991), 특히 제10장 「지각자(遲刻者)로서의 강한 시인」을 참고할 것.

루어진 『개벽』 제52호 (1925. 10)에서 김억은 자신이 번역한 W. B. 예이츠 (1865~1939)의 시 「낙엽」, 모리스(1859~1945)의 시 「가을은 쏘다시 와서」, 베를렌의 시 「가을」, 구르몽(1858~1915)의 시 「낙엽」, 아더 시몬스(1865~ 1945)의 시 「가을의황혼(黃昏)」과 「가을」 등 '가을'에 관계되는 외국의 시를 번역하여 수록하였다. '가을'을 중심으로 하는 이 특집에는 김동인(1900~ 1951)의 「한우님의큰실수─가을」, 백기만(1902~1967)의 「공연(空然)히 울고 십흠니다」, 임노월(林蘆月)의 「정사(精思)·영감(靈感)·청신(淸新·해방(解放)」 등과 함께 다음에 그 전문을 원문(原文)대로 인용한 '포우(抱宇)'[42]의 수필 「가 을의 노래」에서 파악할 수 있는 바와 같이, 이 수필은 제목, 주제, 발상, 전 개 등에 있어서 베를렌의 시 「가을의 노래」와 여러 가지 면에서 유사한 점 을 찾아볼 수 있다.

　　무슨까닭인지몰으나, 항상(恒常), 슯허하고, 애(哀)닯아하는마음을, 못견대어하는그
　는, 오늘도하로종일(終日), 쓸쓸하고, 고요한방(房)의한모퉁이에노혀잇는책상(冊床)을
　의지(依支)하야, 손으로턱을 괴이고, 무심(無心)히, 적은창(窓)으로밧것만내어다보고안
　저잇다
　　정원(庭園)의포푸라의마른닙이하나, 살랑살랑썰어진다　텅븨인정원(庭園)에울니는

---

42) 공식적으로 확인할 수 있는 '포우(抱宇)'라는 아호(雅號)는 김홍량(金鴻亮)(1885~1950)의 아호(雅號)
이다. 애국자, 계몽가, 교육자인 그는 황해도 안악출신으로 1905년 11월 일제가 무력으로 위협하여
을사조약을 강제 체결하고 국권을 침탈하자 통분하여 국권회복을 위한 애국계몽운동에 참가하고,
1906년 김용제(金庸濟) 등과 함께 안악읍에 양산학교(楊山學校)를 설립하여 교육구국운동을 전개하
였다. 1909년 양산학교와 병행하여 양산중학교(楊山中學校)를 설립하여 교장으로 있으면서, 황해도
일대의 교육구국운동을 추진하고 지도하였다. 1907년 신민회(新民會)가 창립되자 이에 가입하여 황
해도 지회에서 가장 유력한 회원으로 활동하였다. 농촌개혁을 위해 사리원에 모범농촌을 건설할
계획을 수립하고 공사를 시작하였다. 1910년 신민회가 만주에 무관학교를 설립하고 독립군기지 창
건사업을 추진할 때, 김도희(金道熙)의 연락을 받고 김구(金九)·안윤재(安允在)·이승길(李承吉) 등과
함께 군자금 모금과 서간도 단체이주민 모집을 위해 적극적으로 활동하였다. 1910년 12월, 8,500원
을 기증하여 정달하(鄭達河)와 함께 만주 안동현(安東縣)에 농장과 무역회사를 공동 경영하면서 독
립군기지 설립사업을 시작하였다. 그뒤 황해도의 애국계몽운동가 160여 명이 검거된 안악사건(安
岳事件)으로 인하여, 1911년 1월 일본경찰에 잡혀 징역 15년형을 언도받고 8년간 복역하였다. 1977
년에 건국훈장 국민장이 추서되었다. 이러한 사실로 미루어 볼 때, 『개벽』 제52호 (1925. 10)의 '추
창만감(秋窓萬感)'이라는 특집에 수록된 수필 「가을의 노래」가 '포우(抱宇)' 김홍량(金鴻亮)의 수필
이라고 보기는 어렵다. 따라서 베를렌의 시 「가을의 노래」를 바탕으로 하는 수필 「가을의 노래」는
'포우(抱宇)'라는 필명(筆名)을 쓰는 문인(文人)이거나 이 수필의 체제와 내용으로 미루어 볼 때 김
억의 수필로 추정할 수 있다.

그 소리를 들은즉, 엇전셈인지, 마음이 적막(寂寞)하게 된다. 발서, 가을이 차자온 것
은 완연(完然)하다.

소조(小鳥)는, 창(窓)저편의말라가는나무가지에서, 재즐거리고잇다. 그소리도, 엇전
셈인지, 적막(寂寞)하게만, 쏘는눈물이흘으게만들닌다. 마치시들어가는가을의노래와
도갓다.

창(窓)으로부터, 쏘아들어오는태양(太陽)의광채(光彩)는, 봄날과가티싸뜻하다, 그러
나, 그것은, 쏘이고잇슨즉, 슯흐게도, 고요히, 살아저업서지는듯한적막(寂寞)한광채(光
彩)이다, 그리고, 쏘는마음이저절로고요하게된다, 자기(自己)의몸이가을인것이나가티!

우드머니안젓든 그는, 모자(帽子)를 쓰고, 주의(周衣)를 닙은후(後)에, 한손에는 시
집(詩集)을 들고, 호올로, 초연(梢然)히 벌판으로 나아갓다. 그리하야, 꾸불꾸불한 전
포(田圃)의 소로(小路)를, 쎄이고쎄인 후(後)에, 천초(千草)꽃이, 애(哀)처러히 웃고잇는,
놉직한언덕으로올나갓다.

한울은 놉다. 구름이라고는 한점(点)도업다, 어듸를바라보던지파아란빗쑨이다. 그
파-란한울의 빗츤 우리에게 영원(永遠)과적막(寂寞)과, 애상(哀傷)의감(感)을 니르키게
한다. 아모생각업시, 한울을 바라보고 잇는 동안에, 그는 어느새에, 말신말신한백의
(白衣)를닙은 천사(天使)의 품에 안기어, 놉히 날아가, 그영원(永遠)을연상(聯想)케하는
창전(蒼天)의 우에 올나가셔, 그파아란 빗과, 영원(永遠)히 화합(化合)한 듯한정서(情緖)
를늣겻다. 그쌔에, 그의 마음은 말할수업스리만치, 적막(寂寞)함과, 고독(孤獨)함과, 슯
은영원(永遠)에갓득찻섯다. 그리하야, 눈물이 흘으리만치 가슴이 슯흐게되엿다. 그러
나, 한편(便)으로는보드라운깃븜과, 즐거움도역시(亦是)비애(悲哀)의빗츨쯰인것이다.

그는열중(熱中)한상태(狀態)로자기(自己)를닛고잇엇다. 잠간(暫間)지나서저편의산(山)
우를날아가는한쎄의기럭이의소래에, 마음의눈을쓰고, 자기(自己)로돌아왓다. 그것은쑴
이엇다. 한낮의환영(幻影)이엇다. 그의안하(眼下)에는, 다시, 침묵(沈默)한점점(漸漸)말
르고시들어가는 가을벌판의 경색(景色)이, 누어잇엇다. 그의 마음은, 쏘다시 적막(寂
寞)하게되엇다. 슯흐게되엿다 그의서잇는주위(周圍)에는, 멋개(個)의누으런흙만두(饅頭)
가튼적은무덤들이, 무언(無言)의가운데에니야기하면서, 영원(永遠)히누어자고잇다.

잠간(暫間)지나서, 흐득이며, 늣겨우는듯한슯흔바이올린의아름다운소리가, 연약(軟
弱)하게, 가느스름하게 어듸로서 들니어왓다. 그소리는 벌판을 쉐이고, 언덕을 넘어
서공중(空中)에, 퍼젓다. 주위(周圍)의것은모도다, 머리를숙이고, 슯흐고, 보드럽게, 살
아젓다가는들니고, 들니엇다가는 살아지면서, 울니어오는 아름답고, 애(哀)닯은 그음
악(音樂)의소리에, 취(醉)한듯하엿다. 그도, 언제인지 몰으게, 모든것을 닛고, 그 소리
를들으면서, 미지(未知)의나라를방황(彷徨)하고잇섯다.

주위(周圍)는적적(寂寂)하다. 산색(山色)은누-렷코, 벌판의풀들은 날마다, 말나갓다.
길녑혜, 호올로, 적적(寂寂)하게 서잇는아까시아의 나무는, 설렁설렁 불어오는추풍(秋
風)에, 펄덕펄덕황엽(黃葉)을썰치여버린다. 그리하야, 그 바람에 썰어진 낙엽(落葉)은
정처(定處)도업시, 날아굴너가쌔린다.

도처(到處)에벌러지들은, 나즌소리로, 죽어가는가을의애도곡(哀悼曲)을노래하고잇다. 벌판은 고요하다. 언덕은우드머니 서잇다. 시내물은 맑게흐른다. 태양(太陽)은따쓋하게비최인다. 한울은파아랏다. 그러고, 남은 나븨는 춤추고, 버리는노레한다. 모든것은, 어느째까지던지, 슫치지안는 그 바이올링의 소리에 마추어가면서, 사(死)의무도(舞蹈)를하며, 임종(臨終)의노래를불느고잇는것갓다. 바이올린의소리는, 아직도, 슫치지안는다모든것은 언제까지던지, 그아름다운노래를일치안코들으랴고삼가는마음으로듯고잇는듯하다.

그째에한발(發)의콱하는 요란(搖亂)한총(銃)소리가, 산(山)저편으로부터, 울니어왓다. 동시(同時)에모든것은, 다놀애여, 부들부들떨면서, 아름다운현실(現實)의꿈을보고잇든눈을번쩍썻다. 바이올린의소리도슫허젓다. 그도놀내어벌썩닐어섯다. 닐어서서주위(周圍)를돌아본즉, 산(山)저편에서, 일인(一人)의엽부(獵夫)가, 억개에엽총(獵銃)을메이고, 압흐로쮜어가는개를쫏츠면서, 저편곡간(谷間)에숨어버린다.

잠간(暫間)지나서, 쌔이올린의소리는, 또다시고요하게들니어온다. 그는쏘, 바위우에올나안젓다. 주위(周圍)의모든것은, 지금(只今)까지, 아모런일도업슨듯이, 엄숙(嚴肅)하게, 만물(萬物)의말르고시들어가는가을의일을, 애(哀)처로히힘쓰고아는듯하다. 우주(宇宙)의신(神)은, 멸망(滅亡)과, 쇠잔(衰殘)을슯허하는만상(萬象)을불상히녁이는마음도, 「그러나, 쏘새로온 생명(生命)의 오는 내년(來年)의 봄은, 지금(只今), 지평선(地平線)의져편에서, 소생(蘇生)하랴는너희들을, 기다리고 잇다.」라고나 말하면서, 적막(寂寞)하게 웃고잇는듯하다. 그러나, 그자비(慈悲)에가득찬눈에서는, 눈물이썰어진다. 그러나, 눈물의저편안에는, 쏘한환희(歡喜)의빗이뵈인다.

그는, 태양(太陽)이넘어가는것도몰으고, 묵상(默想)하면서, 바위우에, 고요히안저잇섯다. 그러나, 그는, 얼마나오래안쟈잇섯는지는몰은다언듯그는, 귀를기우리고, 어듸로서부터, 만종(晚鍾)의소리가울니어오는것을들엇다. 그것은, 촌(村)의다낡은적은교회당(敎會堂)에서, 저녁의기도(祈禱)를알니우는종(鍾)소리이엇다.

실(實)로, 가을의 만종(晚鍾)소리와 가티, 적막(寂寞)하고, 슯흐고무한(無限)하게 들니는것은업다, 그는 끗업는 적막(寂寞)과, 애수(哀愁)의 감(感)을 늣기면서, 기운(氣運)업시, 수구리엇든고개를 들엇다. 그째에는, 일일(一日)을비최인, 열(熱)이 점점(漸漸)식어가는가을의 태양(太陽)은, 발서, 서산(西山)우에 걸녀잇섯다.

종(鍾)소리는, 멀니울니어온다. 가을의석양(夕陽)의빗츤, 무한(無限)히 아름답다. 만상(萬象)은적적(寂寂)하다. 게다가, 가을의 설렁설렁하는 저녁바람까지 불어온다 참으로, 얼마나고 독(孤獨)하고, 적막(寂寞)한째이랴?

그는, 바위에서 닐어섯다. 그리고, 한손에는 책(冊)을들고, 한손에는, 일흠도 몰을 시들어가는애(哀)처러운쌁안꼿한가지를들고서, 천천히저녁의벌판으로내려왓다. 그의눈에는, 그가살고잇는 저편의적은산(山)아레의 족음마한 촌락(村落)에서, 실실히 쩌올으는가느다란멧줄기의연기(煙氣)가 뵈이엇다, 그러고 거친다비어디런누으런산(山)허리와, 벌판의전답(田畓)가운데에서는, 백의(白衣)를닙은농부(農夫)들이, 한사람식, 한 사람식, 초막(草幕)아래로, 저녁의길을유유(悠悠)히것고잇다. 그곳에는, 수확물(收穫物)을실은누으런소도것고, 손에 낫들들은젊은여자(女子)도 것고잇다 그리고 저편의초막(草幕)아라의슷대문(門)으로부터는, 적은 아해(兒孩)가 혼쟈서강아지와가티 이편의 논드렁으로어쒸오고잇다.

바이올린의슯은흐득임은,아직도들니어온다. 그는고요히, 고개를숙이고, 무언(無言)의가운데에, 자기(自己)의집으로돌아가고잇다. 그의것고잇는도로(道路)의양측(兩側)의 말라가는풀슙속에서는, 연(連)하야, 벌러지의우는 소리가 들니어온다. 그러고, 그가것고잇는눈압헤나즌공중(空中)에는 수백(數百)마리의하루살이가, 이리저리로날느고잇다

아아!원제죽을런지도몰으는, 가련(可憐)한하루살이의날느는가을의저녁길과가티, 애(哀)처롭고, 적막(寂寞)한것은업스리라.

발서 석양(夕陽)은 넘어가고, 동편(東便)에서는, 어슬어슬한 황혼(黃昏)이, 차츰차츰, 기어오기시작한다.

그는잠간(暫間) 머무럿다. 그러나, 쏘것기 시작하엿다. 발서, 그는, 낡아쓰러저가는 쓸쓸하고, 적막(寂寞)한 자기(自己)의 집에 거진다왓섯다. 종(鍾)소리는, 언제인지, 씃치고말앗다. 그러나, 그가슴을상(傷)하게하는듯한바이올린의슯흔노래는, 아직도, 혼자서, 적막(寂寞)하게 노래하고잇다. 혹(惑)은, 그것은, 아름답고도 가련(可憐)한 가을의여신(女神)의노래인지도몰은다.

아아!그는, 어느째까지던지, 어느째까지던지, 그슯흐고, 적막(寂寞)하고, 쏘는아름다운노래를, 니즐수가업섯다.

그는, 다시, 창(窓)안의책상(冊床)에의지(依支)하야, 호을로, 적적(寂寂)하게게안저잇다. 한을은, 퍽으나어두웟다.

그는, 눈을감앗다. 그리하고, 고요히생각한다. 그의귀에는, 아직도, 그바이올린의 소리가들니어온다

아아!그바이올린의흐득이는구슯흔노래는, 어느째까지던지, 그의귀와, 가슴에, 울리어씃치지안으리라. 쏘는, 우주(宇宙)의모든것의안에도!

그러고, 그는, 어느 째까지던지, 그 노래를 불으면서, 적막(寂寞)하게, 쏘는슯히울고잇스리라.

위에 그 전문을 원문대로 인용한 '포우(抱宇)'의 수필 「가을의 노래」에 끼친 베를렌의 시 「가을의 노래」의 영향관계는 우선 제목의 유사성에서도 찾아볼 수 있을 뿐만 아니라, 그 내용의 유사성에서도 찾아볼 수 있다. 이러한 점은 '포우(抱宇)'의 수필에서 '가을'(12번), '바이올린'(9번), '종소리'(5번), '가슴'(3번), '슬픔'(14번), '적막'(13번) 등의 사용빈도수에서도 확인할 수 있다. 이처럼 베를렌의 시 「가을의 노래」와 '포우(抱宇)'의 수필 「가을의

노래」는 밀접하게 관련된다.

2.3 김영랑의 시에 반영된 베를렌의 시세계

2.3.1 김영랑의 시에 반영된 베를렌의 시의 영향과 수용

한국 현대시의 형성과정에서 김억의 시에 끼친 베를렌의 시의 영향은 김영랑(1903~1950)의 시에서도 찾아볼 수 있으며, 이러한 점은 『시학』 제5집(1939)에서 실시한 여론조사에서 김영랑이 "베를렌을 사숙(私塾)한 시절이 있었습니다"라고 응답한 점과 그의 첫 시집 『영랑시집』(1935)의 서른 번째 시에서 베를렌을 구체적으로 언급하고 있는 점에서 확인할 수 있으며, 이 시의 전문은 다음과 같다.

> 뷘 포케트에 손찌르고 폴·예를레ー느 찾는날
> 왼몸은 흐렁흐렁 눈물도 찟금 나누나
> 오! 비가 이리 쭐쭐쭐 나리는 날은
> 서른소리 한千마대 썻스면 시퍼라[43]

위에 인용된 시에서 '베를렌,' '눈물,' '비,' '슬픔' 등은 "마을에 고요히 내리는 비"라는 랭보의 시 구절에서 차용한 베를렌의 시 「마을에 고요히 내리는 비」에 관계되며, 베를렌의 이 시는 그의 시집 『말없는 로망스』(1874)에 수록되어 있다. 베를렌의 이 시를 번역한 김억의 「거리에 나리는 비」,[44] 이하윤의 「내가슴속에는눈물이퍼붓네」,[45] 박목월(1916~1978)의 「거리에 비오듯이」[46]를

---

43) 김영랑, 『영랑시집』(시문학사, 1935), 서른 번째 시. 김영랑의 시에서 하나의 특징을 이루고 있는 이러한 유형을 박용철은 『박용철전집』(1940)에 수록된 김영랑에게 보낸 편지(연도미상. 10. 30)에서 "자네 옛적같은 4행(四行)이나 8행(八行)이 아니나오나 그런 미시형(美詩形)을 완성(完成)한사람이 조선(朝鮮)안에서 자네내놓고누구있나 경향(傾向)을 달리하지아니한놈으로 시집(詩集)한권(卷)쯤!"이라고 강조하였으며, 정한모는 『문학사상』 제24호 (1974. 9)에 수록된 「서정주의(抒情主義)의 한 극치(極致)」에서 그것을 '4행소곡(四行小曲)'이라고 명명(命名)하기도 하였고, 『현대시론』(1973)에서는 '4행단시(四行短詩)'라고 명명하였다.
44) 김억, 「거리에 나리는 비」, 『태서문예신보』 제6호 (1918. 11. 9), p. 5.
45) 이하윤, 『해외문학』 창간호 (1927. 1), pp. 111~112. 이하윤은 자신이 번역한 이 시를 「내가슴 속엔

베를렌의 시 원문과 함께 정리하면 다음과 같다.

Verlaine "Il pleure dans mon coeur"	김억 역 「거리에 나리는 비」	이하윤 역 「내가삼속에는눈물이퍼붓네」	박목월 역 「거리에 비오듯이」
Il pleure dans mon coeur Comme il pleut sur la ville; Qiuelle et cette langueur Qui pénètre mon coeur?	거리에 나리는 비인듯 내가슴에 눈물의비 오나니, 엇지ᄒ면 이러ᄒ 설음이 내가슴안에 슴어들엇노?	거리우에 비가나리는것가치 내가삼속에는 눈물이퍼붓네. 가삼깁히잠겨잇는 이내설음은 이내설음은 무엇일가나.	거리에 비오듯이 내 마음속에 눈물비 오네 가슴 속까지 스며 드는 이 슬픔은 무엇일가?
Ô bruit doux de la pluie Par terre et sur les toits! Pour un coeur qui s'ennuie Ô le chante de la pluie!	아, 따에도 집웅에도 나리는 고은 비소리, 애닯은 맘째문이라고, 오, 나려오는 비의노릭.	땅우에도 지붕우에도 오 고흔빗소래여! 고닯흔마음일내 오 퍼붓는비의노래여!	땅위에 지붕 위에 내리는 비 오는 소리의 처량함이여 속절없이 외론 맘 울리는 오오 빗소리 비의 노래
Il pleure sans raison Dans ce coeur qui s'écoeure. Quoi! nulle trahison?… Ce deuil est sans raison.	이 쓰거운 닉가슴에 까닭업시 나리는 비눈물, 거슬리는 맘도 업는데 애닯아라, 이설음은 무슨까닭?	시달닌이마음속에 까닭업시 눈물흘은다. 그는역정(逆情)도아닌데 이애상(哀傷)은까닭이업고나.	서럽고 울적한 이 심사에 뜻 모를 눈물만 오네 원망스런 생각이라도 있는 것일가 이 리듬 알 길이 바이 없구나
C'est bien la pire peine De ne savoir pourquoi Sans amour et sans haine Mon coeur a tant de peine!	사랑도 아니요, 미움도 업는 가장 앞흔 이 설음은 뭇기 좃ᄎ 바이 업나니, 엇지ᄒ면 내가슴 압하?	이는이유(理由)모르는 가장쓰린고통(苦痛)이어니. 사랑도법고 미움도업시 이리도괴로운가 이내가삼은.	사랑도 없고 원한도 없으련만 어찌해 내 마음 이리도 괴로울가 이렇게 괴로운 까닭 모르는 것이 괴로움 속 괴롬인가 싶네.

    김영랑의 시와 베를렌의 시 「거리에 비오듯이」의 유사성에 대해서 박목월은 다음과 같이 언급하였다.

> 이것은 '가을날 비오롱의 가락 긴 흐느낌, 사랑에 찢어진 내 마음을 쓰리게 하네' 라는 그 폴·베르레느의 노래. '거리에 비 오듯이 내 마음에 눈물비 오는' 베르레느의 눈물비가 '이리 쭐쭐쭐 나리는 날'에 한국의 어느 청년은, 빈 포케트에 손을 찌르

눈물이 흐른다」로 제목을 바꾸고 그 내용을 재번역하여 『佛蘭西詩選』(수선사, 1948)에 수록하였다. "거리 위에 고요히 비는 나린다./ ―아르튜르·랭보―/ 거리 위에 비가 나리는거 같이/ 내 가슴 속엔 눈물이 흐른다./ 가슴 깊이 슴여 드는/ 이내 서름은 무엇일꺼나.// 땅 위에도 지붕 위에도/ 오 고은 빗소리여/ 시달린 가슴 위해/ 오 나리는 비의 노래여// 지친 이 가슴 속에/ 까닭도 없이 눈물이 흐른다./ 웨 아무런 거역(拒逆)도 아닌데/이 애도(哀悼)는 까닭이 없고나// 이는 이유(理由)도 알 수 없는 / 가장 쓰라린 고통(苦痛)이어니/ 사랑도 없고 애한(怨恨)도 없는데/ 이리도 괴로운가 나의 가슴은."

46) 박목월, 「거리에 비오듯이」, 장만영·박목월 공저, 『영랑시감상』(박영사, 1959), pp. 121~122.

고, '왼 몸은 흐렁흐렁 눈물을 찔끔'거리며, 서른 소리―가슴에 후련하도록 슬픈 시를 한 천수(千首) 읊고 싶은 그의 심정. 순직한 문학청년적인 애상. 그러나 센치는 젊은 날에 누구나 비오는 날이면 느끼는 것이리라. 더구나, 포케트가 빈 날의 비가 나리는 구슬픈 심정, 절로 눈물이 찔끔 나오도록 서글픈 것이다. '왼 몸은 흐렁흐렁'이라는 이 절묘한 표현. 몸을 고눌 바 업는 외로운 몸짓이 절로 이룩한 표현이다.[47]

김영랑의 시와 베를렌의 시의 관계를 살펴볼 수 있는 세 번째 요소는 『영랑시집』의 발간을 앞두고 김영랑에게 보낸 편지에서 박용철이 다음과 같이 언급한 점에서도 찾아볼 수 있다. "제야(除夜) 두견(杜鵑) 두 편에는 제명(題名)이 붙고 불지암(佛地菴)에는 문학 때대로 꼬리를 붙이려네. 시에 번호를 붙일 뿐 페이지도 매기지 않을 생각이네. 시 넘버와 '頁'가 거의 맞먹는데서 착상이네 세계에서 유례가 없으리."[48] 박용철의 이러한 언급은 『아름다운 노래』(1870), 『말없는 로망스』(1874), 『예지』(1881) 등과 같은 베를렌의 시집에서 찾아볼 수 있으며, 그가 자신의 시에 번호만 붙이고 있다는 점에 주목할 필요가 있다.

2.3.2 베를렌의 시와 김영랑의 시의 운율의식 비교

김영랑의 시에 나타나는 운율의식에 대한 비교연구의 가능성을 제안했던 정한모의 언급처럼, 김영랑의 시에 반영되어 있는 운율의식은 베를렌의 운율과 밀접하게 관계되며 김영랑은 그것을 자신이 일가견을 가지고 있었던 북과 장구 및 국악에 의해 한국적인 고유 가락과 정서로 전환시켜 놓았다.

이러한 점에서 베를렌의 시 「밝은 달빛」(1869)과 김영랑의 시 「황홀한 달빛」은 이 두 시인의 운율의식과 시적 분위기를 살펴볼 수 있는 계기를 마련해 주며, 베를렌의 이 시의 원문과 필자의 번역은 다음과 같다.

---

47) 장만영 · 박목월 공저, 『영랑시감상』, p. 122.
48) 시문학사편찬, 『박용철전집』 (동광당서점, 1940), p. 356.

$$
\begin{array}{ll}
\text{Verlaine} & \text{윤호병 옮김} \\
\text{“Clair de lune”} & \text{「밝은 달빛」}
\end{array}
$$

Votre âme est un paysage choisi
Que vont charmant masques et bergamasques
Jouant du luth et dansant et quasi
tristes sous leurs dégise,emts famtasqies.

Tout en chantant sur le mode mineur
L'amour vainqueur et la vie opportune,
Ils n'ont pas l'air de croire à leur bonheur
Et leur chanson se mêle au clair de lune.

Au calme clair de lune triste et beau,
Qui fait rêver les oiseaux dans les arbres
Et sangloter d'extase les jets d'eau,
Les grands jets d'eau sveltes parmi les marbres.

그대의 영혼은 선택받은 풍경 매혹적인 가면을
쓴 사람들과 베르가모인들이 기만하는 풍경
루트를 불며 춤추며 슬픈 듯 보이고는 하지
환상적인 변장술을 하고는.

단음계의 무드로 노래하면서
사랑의 승리와 인생은 기회를 잡지만
행운을 믿는 것 같지도 않고
노래 소리도 밝은 달빛에 섞여버리네.

슬프고도 아름다운 밝은 달빛으로
새들은 나뭇가지에서 꿈을 꾸고
분수는 황홀하여 울고는 하지,
대리석상 사이 그 위대한 멋진 분수는.

위에 인용된 자신의 시에서 베를렌은 장-앙트안 와토(1684~1721)의 연작 그림 「사랑의 축제」(1712~1715) 중의 하나인 「공원의 모임」에서 영감을 얻어 이 시를 창작하였다. 한동안 망각되었던 와토의 그림은 빅토르 위고, 제라르 드 네르발, 테오필 고티에 등 19세기 프랑스의 시인들이 관심을 보이면서 재평가되었으며, 보들레르는 와토의 그림을 철저하고 치밀하게 해석한 자신의 시 「등대」(1855)에서 와토를 '인류의 등대'라고 표현하기도 했다. 그는 와토의 그림이 샹들리에의 인공조명 아래에서 평범한 서민이나 귀족이 빙빙 돌아가면서 가볍게 춤을 추는 '코미디 발레'의 배경으로는 어울리지 않는다고 파악하기도 했다. 프랑스 상징주의 시인들로부터 많은 관심을 불러일으켰던 와토의 그림에서 영감을 얻어 창작한 것으로 알려진 베를렌의 이 시를 가브리엘 포레와 클로드 드뷔시는 음악으로 작곡하기도 하였다.

베를렌의 시에서 '베르가모'(Bergamo)는 이탈리아의 도시 이름이며, 이 도시에 사는 사람을 단수(單數)로 표기할 때는 'Bergamasca'로, 복수(複數)로 표기할 때는 'Bergamassche'로 표기하며, '베르가모'는 '타란텔라'(taranetlla)처럼 빠르게 추는 춤 또는 이러한 춤에 알맞은 '음악'을 의미한다. 따라서 이 시는 그림과 시와 음악을 동시에 비교할 수 있는 의미 있는 자료가 된다. 이와 같은 의미를 지닌 베를렌의 시에서 '달빛'에 의한 시적 분위기는 김영랑의 시에서 동일한 '달빛'으로 전이되어 나타나지만, 전자의 달빛은 '공원'을 배경으로 하고 후자의 달빛은 '바다'를 배경으로 하며, 김영랑의 시 「황홀한 달빛」의 전문, '음절,' '음보'의 관계는 다음 도표와 같다.

시의 원문	음절의 시각화	음절의 합	음보	의미
황홀한 달빛	■■■ ■■	3 + 2 = 5	2	음절 : 반복
바다는 銀장	■■■ ■■	3 + 2 = 5	2	음보 : 균형
천지는 꿈인양	■■■ ■■■	3 + 3 = 6	2	반복미/균형미
이리 고요하다	■■ ■■■■	2 + 4 = 6	2	
불르면 내려올듯	■■■ ■■■■	3 + 4 = 7	2	음절 : 교차
정뜬 달은	■■ ■■	2 + 2 = 4	2	음보 : 변화
맑고 은은한노래	■■ ■■■■■	2 + 5 = 7	2	교차미/변화미
을려날듯	■■■■	4　　= 4	1	
저 銀장위에	■ ■■■■	1 + 4 = 5	2	음절 : 균형
떨어진단들	■■■■■	5　　= 5	1	음보 : 교차
달이야 설마	■■■ ■■	3 + 2 = 5	2	균형미/교차미
깨여질라고	■■■■■	5　　= 5	1	
떨어져보라	■■■■■	5　　= 5	1	음절 : 교차
저달 어서 떨어져라	■■ ■■ ■■■■	2+2+4 = 8	3	음보 : 교차
그홀란스런	■■■■■	5　　= 5	1	교차미
아름다운 현동 지동	■■■■ ■■ ■■	4+2+2 = 8	3	
후젓한 三更	■■■ ■■	3 + 2 = 5	2	음절 : 균형
산위에 홀히	■■■ ■■	3 + 2 = 5	2	음보 : 균형
꿈꾸는 바다	■■■ ■■	3 + 2 = 5	2	균형미
깨울수 없다	■■■ ■■	3 + 2 = 5	2	

김영랑의 시집에 수록된 쉰 한 번째 시에 해당하는 「황홀한 달빛」에는 '달빛'에 반사되면서 파도치는 바다의 경관 및 그것에 대한 시인의 성찰과

관조가 드러나 있으며, 그러한 모습을 드러내기 위한 시적 장치가 바로 그 자신의 운율의식이다. 이 시에는 김영랑의 시에 나타나는 운율의식과 관조의식이 종합되어 있으며, 원문대로 옮긴 이 시의 전문, 음절의 시각화, 음절의 합, 음보 및 그 의미를 살펴보면 다음과 같다. 이 시는 달빛을 반사하면서 물결치는 바다의 모습을 선명하게 묘사하고 있으며, 음절수가 합해지고 분할되고 다시 합해지는 외형적인 형태는 달빛을 받아 반짝이며 밀려오고 밀려가는 파도의 모습을 형상화하고 있다. 음보에 있어서도 2음보에서 비롯되어 2음보와 1음보, 1음보와 3음보가 교환되다가 다시 본래의 2음보를 반복함으로써 조화로운 모습을 보여주고 있다. 특히 동일한 8음절인 '저달 어서 떠러 저라'를 '아름다운 뎐동 지동'으로 변화시켜 음보를 '2+2+4'와 '4+2+2'로 다르게 표현한 점은 김영랑이 시의 운율을 창조하는 데 있어서 시어의 배열을 수학적으로 치밀하게 계산했음을 보여주기도 한다.

이상에서 살펴본 바와 같이, 김영랑의 시에는 베를렌의 여러 가지 시적 요소들이 잠재되어 있으며, 그러한 요소에는 방법적 전용이나 이미지의 차용을 넘어 베를렌이 강조했던 기수율의 활용처럼 김영랑도 자신의 시에서 음절수와 음보에 대한 철저한 배려와 계산을 하고 있음을 알 수 있다. 그렇게 함으로써, 이 두 시인은 '달빛'이라는 정경에 대한 묘사, 시적 운율에 대한 관심, 그리고 시적 자아 혹은 시인 자신의 기질 등에서 유사한 면을 공유하고 있다. 김영랑의 시에 반영되어 있는 음악적인 요소는 그의 시의 '운율적인 특징'을 분석할 때에 분명하게 파악할 수 있다.[49]

2.4 한국 현대시에 반영된 베를렌의 시세계의 영향과 수용

이상과 같은 김억과 김영랑의 시세계에 끼친 베를렌의 영향은 김소월 (1902~1934)의 시에서도 찾아볼 수 있다. 김소월의 시 「해넘어 가기전 한참

---

49) 윤호병, 『한국 현대 시인의 시세계 : 리리시즘에서 모더니즘까지』 (국학자료원, 2007), pp. 153~154.

은」에서 "가마귀 좇긴다./ 종소리 빗긴다./ 송아지 '음마'하고 부른다./ 개는 하늘을 쳐다보고 짖는다"라는 구절은 김억의 시 「봄은 간다」의 "검은 내 떠돈다/ 종소리 빗긴다"와 어휘나 종결어미 등이 유사하다. 이러한 점은 김소월이 김억의 영향을 받았다는 사실에서도 찾아볼 수 있으며, 궁극적으로는 김억이 번역한 베를렌의 시 「가을의 노래」의 제2연 "종소리 들릴 때"로 수렴된다. 김소월의 시 「먼후일」은 메테를링크의 시 「시」와 여러 가지 면에서 유사한 면을 지니고 있으며,[50] 그의 또 다른 시 「生과 돈과 死」의 "살아서 못죽는가, 죽었다가는 못하는가,/ 아무리 살지라도 알지못한 이 세상을,/ 죽었다 살지락도 또 모를줄로 압니다"라는 구절은 W. B. 예이츠(1865~1939)의 시 「비잔티움」[51]의 마지막 구절 "초인이여 강림하소서./ 그는 삶속의 죽음이자 죽음속의 삶이리"라와 유사하다.[52] 또한 김소월의 시 「진달내꼿」(1925)의 "영변(寧邊)에약산(藥山)/ 진달내꼿/ 아름따다 가실길에 쑤리우리다// 가시는거름거름/ 노힌그꼿츨/ 삽분히즈려밟고 가시옵소서"는 예이츠의 시 「그는 천국의 옷감을 원하네」—김억이 『태서문예신보』 제11호[53](1918. 12. 14)에 처음으로 「쑴」이라고 번역하여 수록하였으며 그의 번역시집 『오뇌의 무도』(1921)에도 그 내용을 수정하여 수록하였다—의 "그듸의 발아래 늬쑴펴노니/ 나의 싱각가득흔 쑴위로/ 그듸여 가만히 밟고가시라"에서 찾아볼 수 있다. 이처럼 김억이 소개한 베를렌의 시에서 비롯된 상징주의 시는 김소월의 시에서 메테를링크(1862~1949)와 W. B. 예이츠 등의 상징주의 계열의 시세계와 밀접하게 관계된다.

한국 현대시에 끼친 상징주의 시의 영향은 황석우(1895~1960)의 시 「벽모(碧毛)의 묘(猫)」와 베를렌의 시 「여인과 고양이」에도 관계되고(황석우의 이

---

50) 윤호병, 「김소월 시 '먼 후일'에 반영된 메테를링크 시 '시'의 영항」, 『비교문학』 제22집 (1997. 12), pp. 95~106.

51) W. B. Yeats, *The Collected Poems of W. B. Yeats* (New York : Macmillan, 1951), p. 243.

52) 윤호병, 「시인의 영혼의 밀실과 방법적 갈등 : 김소월 시에 나타난 미결정의 변증법」, 『국어국문학』 제106호 (1991. 12. 31), pp. 168~169.

53) 김억, 「쑴」, 『태서문예신보』 제11호 (1918. 12. 14), p. 7.

시는 보들레르의 시 「고양이」와 비교하여 연구된 바 있다), 그의 또 다른 시 「태양의 침몰」에서 '태양의 침몰'과 베를렌의 시 「지는 해」에서 반복되고 있는 '지는 해'에도 관계된다. 또한 박목월의 시 「불국사」에서 '흰 달빛,' '달,' '안개,' '물소리' 등은 베를렌의 시적 분위기와 유사하다고 볼 수 있다.[54]

---

54) 김은전, 「상징주의 문학」, 『문예사조』, 김학동 외 편 (새문사, 1986), p. 202.

3. 소결론

한국 현대시의 형성과정에 있어서 김억은 『태서문예신보』를 중심으로 하여 서구의 문학, 특히 프랑스의 상징주의 시인들 중에서 베를렌의 시세계를 소개하는 데 있어서 선도적인 역할을 했을 뿐만 아니라 그의 시와 시론을 자신의 창작시와 시론에 적용하기도 하였다. 또한 자신의 이러한 시적 장치를 김소월의 시에 적용함으로써 결과적으로 김소월의 시에서 민요조에 바탕을 둔 운율의식을 강조하게 되었다. '민요'는 일제강점기라는 암울한 시대에 있어서 '자아'를 확인할 수 있는 계기를 마련하였으며, 소위 '민요파'로 불리는 김억, 김소월, 김동환, 홍사용, 주요한 등은 의욕적으로 자신들의 내면세계를 시세계로 형상화하는 데 있어서 '민요조'의 운율을 활용하였을 뿐만 아니라 시의 고고성을 대중화할 수 있는 하나의 시적 장치로 활용하기도 하였다. 이처럼 1910년대부터 1920년대까지 한국시단에서 하나의 시적 장치에 해당하는 '민요조'의 원동력은 베를렌의 '무엇보다도 먼저 음악을'에 심취했던 김억에게 있다. 그는 특히 시의 번역이 원작을 그대로 번역하는 단순번역이 아니라 원작에서의 언어, 정서, 문화적 배경 등을 자국의 언어, 정서, 문화적 배경으로 전환시켜 번역해야 한다는 '창조적 번역론'을 강조하였다. 김억의 '창조적 번역론'은 "번역시를 읽는 것은 베일을 쓴 여인에게 키스하는 것과 같다"라는 발레리의 언급에 관계된다. 이처럼 시적 분위기와 느낌은 사라지고 '의미'만 남게 되는 번역시의 한계를 지양하고자 했던 김억은 '형식과 운율'에 대한 논쟁을 야기했고 시의 방법론에 대한 성찰과 함께 서구적인 요소를 한국적인 요소에 접목시켜 자유시의 전통을 가능하게 했으며, 그 결과 김소월의 시세계를 열어놓게 되었다.

베를렌의 시와 김영랑의 시의 경우는 크게 두 가지로 대별된다. 하나는 "베를렌을 사숙(私淑)한 시절이 있었습니다"라는 김영랑 자신의 직접적인 언급, 『영랑시집』(1935)에 수록된 서른 번째 시에서 '베를렌'을 언급한 점 및 그의 이 시와 베를렌의 시 「마을에 고요히 내리는 비」의 관계에서 찾아볼 수 있고, 다른 하나는 그의 시집에 수록된 시에 제목을 붙이지 않고 번호만 붙인다는 박용철의 언급과 김영랑의 쉰 한 번째 시 「황홀한 달빛」과 베를렌의 시 「밝은 달빛」의 시적 분위기와 운율의식에서 찾아볼 수 있다. 베를렌의 시세계와 비교할 수 있는 김영랑의 시세계에서 '시적 분위기'는 한국적인 한(恨)의 전통에 접맥되고 '운율의식'은 한국적인 전통가락에 접맥됨으로써 그의 시세계의 구심점으로 작용하는 '촉기(燭氣),' 즉 조선정신을 강조하게 되었다. 김영랑은 "촉기라 하는 것은, 오랜 동안의 우리 민족의 역경사리 속에서 우리 시정신들이 많이 지나치게 설움에 짓눌려 있었던 것들을 생각하고 반성해 볼 때, 역경사리 속에서는 참으로 귀하고 힘센 보화라고 생각한다"라고 강조하였다. 김영랑의 시에 나타나는 전통적인 가락과 정서는 판소리의 창(唱)과 장단에 대한 김영랑의 자신의 관심과 그의 시 「거문고」, 「북」 등에서 찾아볼 수 있다.

문학과 문학의 비교를 중심으로 하는 비교문학 연구에서 유의할 점은 자칫 '자료의 사냥꾼'이 되어서는 안 된다는 점이다. 발신자로서의 프랑스 상징주의 혹은 베를렌과 수신자로서의 한국 현대시 혹은 김억이나 김영랑의

시를 비교하는 것은 비교문학의 일차적인 목표에 해당하며 그러한 비교연구
를 통해서 수신자로서의 한국 현대시의 발전과정 및 오늘의 한국 현대시의
위상을 점검할 때에 비교문학의 이차적인 목표를 수행할 수 있게 된다. 이렇
게 볼 때에 김억이 베를렌의 시를 처음으로 소개한 후에 그 자신의 창작시
와 김소월의 시세계를 통해서 전통적인 정서와 운율과 민요조에 접맥시켰고
그것을 계승·발전시켜 민족정서를 환기하게 되었다는 점을 간과해서는 안
될 것이다. 또한 김영랑의 시세계 역시 그 자신이 개인적으로 베를렌의 시세
계에 심취하게 되었고 그러한 시적 정서를 한국적인 토양에 접맥시켰을 뿐
만 아니라 궁극적으로 전통음악과 운율 및 '촉기,' 즉 조선정신을 강조하게
되었다는 점이 중요하다고 볼 수 있다.

제3장

모리스 메테를링크의 영향과 수용

김소월과 박목월의 경우를 중심으로

1. 메테를링크의 생애와 작품세계

1.1 초기의 활동과 희곡의 창작

모리스 메테를링크(1862~1949)의 원래 이름은 모리스 폴리도르 마리에 베르나르이다. 프랑스어로 작품을 썼던 벨기에의 시인, 극작가, 수필가로서 1911년 '노벨문학상'을 수상하였으며, 그의 문학적 주제는 주로 죽음과 삶의 의미에 있다. 메테를링크는 프랑스어를 사용하는 벨기에의 부유한 가정에서 태어났으며, 그의 아버지 폴리도르는 공증인으로 개인소유의 온실 가꾸기가 취미였고 그의 어머니 마틸데 역시 부유한 가정 출신으로[1] 메테를링크가 '성(聖)-완드릴 수도원'에 머무르고 있던 1910년 세상을 떠났다.[2] 벨기에의 왕 알베르 1세(1875~1934)가 1932년 그에게 '백작'이라는 작위를 부여한 이후로 메테를링크는 종종 '백작 메테를링크'로 불리고는 했다. 또한 그는 벨기에 정부로부터 매3년마다 수여하는 '희곡문학상'(1903)을 수상하기도 했다.

1874년 열두 살이 되었을 때, 그는 '예수회' 소속의 상트-바르브 대학에서

---

1) Bettina Knapp, *Maurice Maeterlinck* (Thackery Publishers : Boston, 1975), p. 18.

2) Knapp, *Maurice Maeterlinck*, pp. 133~134.

공부하게 되었지만, 프랑스 낭만주의 작품을 엄격하게 제한하고 종교적인 주제를 다룬 희곡만을 허용하는 이 대학의 분위기로 인해서 메테를링크는 가톨릭교회와 조직화된 종교에 염증을 느끼게 되었다.[3] 이 시기에 그는 시와 단편소설을 썼지만 법학을 전공하기를 원하는 아버지의 뜻에 따라 1885년부터 켄트대학교에서 법학을 공부했으며, 몇 달 동안 프랑스 파리에서 지내기도 했다. 파리에서 새로운 상징주의 운동을 전개한 시인들을 만나게 된 그는 특히 빌리에 드 리슬 아담(1838~1889)으로부터 많은 영향을 받기도 했지만, 죽음과 운명의 관계를 취급한 『온실』(1889)은 그렇게 많은 주목을 받지 못했다.

1.2 '상징극'의 창시와 희곡의 성공

문학비평가 옥타브 미르보(1848~1917)가 파리에서 발행되는 조간신문 『피가로』(1890. 8)에 '새로운 셰익스피어의 출현'이라고 극찬한 메테를링크의 첫 번째 희곡 『말렌의 왕녀』(1891)로 인해서 그는 일약 명성을 얻게 되었다. 이어서 그는 운명주의와 신비주의를 특징으로 하는 상징주의적인 희곡 『침입자』(1890), 『맹인(盲人)』(1890) 및 『펠레아스와 멜레장드』(1892)[4]를 발표했다.

대부분의 희곡과는 다르게 『군맹』에서는 열두 명의 비개성적인 존재를 드러냄으로써 독자들로 하여금 쉽사리 주인공을 파악할 수 없도록 하였다. 이러한 존재들에게는 이름이 없으며 '가장 늙은 맹인'과 같이 그들의 일반적인 상황을 묘사하는 제목만이 있을 뿐이다. 이와 같은 글쓰기의 방법은 관중들에게 또는 연극 전문가들에게 행간(行間)의 의미가 무엇인지를 분명하게 파악할 수 있도록 했고 개인적인 욕망에 따라 각 부분의 의미를 자의적(恣意的)으

---

3) Knapp, *Maurice Maeterlinck*, pp. 22-23.
4) 메테를링크의 이 희곡은 19세기 말과 20세기 초 중요한 작곡가들에게 영향을 끼쳤다. 드뷔시(1862 ~1918)는 오페라로 작곡했고(1902), 요안 시벨리우스(1865~1957)는 1905년 이 희곡의 공연을 위한 반주음악을 작곡했고, 가브리엘 포레(1845~1924)는 1898년 관현악 모음곡을 작곡했으며, 아놀드 쇤베르크(1874~1951)는 1902년부터 1903년까지 대규모 관현악단을 위한 교향시이자 그의 유일한 교향시에 해당하는 「펠레아스와 멜레장드」를 작곡하기도 했다.

로 해석할 수 있는 기회를 제공하게 되었다. 이러한 이유로 인해서 메테를링크를 새로운 유형의 희곡-글쓰기, 즉 '상징극'의 창시자라고 일컫게 되었다. 이와 유사한 경우로는 사무엘 베케트(1906~1989)의 『고도를 기다리며』(1965)에서 찾아볼 수 있으며, 어떤 미지의 세계를 '기다린다는 점'과 '기대한다는 점'에서 『군맹』과 『고도를 기다리며』는 동일한 구성방법을 가지고 있는 셈이다. 또한 『펠레아스와 멜레장드』 역시 '상징극'의 걸작으로 평가되고 있으며, 먼 옛날의 이야기와 같은 막연한 과거를 무대로 하는 이 희곡에서는 서글픈 운명과 절망적인 우울감이 자아내는 불가항력적인 분위기를 전달하고 있다. 따라서 산문으로 집필된 이 희곡은 19세기 모든 시적 희곡 중에서 가장 완성도가 높은 작품으로 평가되고는 한다.

1.3 노벨문학상 수상과 전쟁의 고발

가수이자 배우였던 조르제트 르블랑(1860~1941)과 13년(1895~1918) 동안 긴밀한 관계를 유지했던 메테를링크의 작품세계는 그녀로부터 많은 영향을 받았다. 이러한 영향으로 인해서 그는 자신의 희곡 『아글라벤과 셀리세트』에서부터 자신들의 운명을 더욱 조절하고 통제하는 여성인물을 창조하기 시작했으며, 르블랑은 공연무대에서 그러한 여성인물의 역할을 맡았다. 신비주의와 형이상학이 자신의 작품 활동에 영향을 끼쳤음에도 메테를링크는 조금씩 상징적인 경향을 좀 더 실존적인 경향으로 대체시켜 나갔다.[5] 여배우와의 관계를 못마땅하게 생각하는 자신의 부모님으로부터 벗어나 메테를링크와 르블랑은 1895년 파리로 이주했지만, 가톨릭교회에서는 르블랑이 스페인계 남편과 이혼하는 것을 허락하지 않았다. 그럼에도 이들은 옥타브 미르보(1848~1917), 장 로렌, 폴 포르 등과 어울렸고, 노르망디에서 함께 여름을 보내기도 했다. 이 기간 동안에 메테를링크는 『열두 개의 노래』(1896), 『빈자(貧

---

5) Knapp, *Maurice Maeterlinck*, pp. 133~134.

者)의 보물』(1896), 『지혜와 운명』(1898), 『꿀벌의 생활』(1901), 『아리안과 푸른 수염』(1902), 역사극『모나 바나』(1902) 등을 발표하였다.[6]

메테를링크는 르블랑과 함께 1906년 프랑스 남동부의 그라스로 이주하여 명상과 산책을 즐겼지만 점점 르블랑으로부터 마음이 멀어지게 되어 우울증 중세를 보이기 시작했다. '신경쇠약'이라는 진단을 받은 그는 노르망디에 있는 '성(聖)-완드릴 수도원'에 머무르게 되었다. 이곳에서 르블랑은 수녀원장의 옷차림을 하고 산책하고는 했지만 메테를링크는 롤러스케이트 복장을 하고 산책하고는 했다. 이 시기에 발표한『꽃의 지혜』(1907)에서 그는 정치를 논의했고 사회주의 아이디어를 옹호했다. 사회주의에 심취해 있던 그는 노동조합과 사회주의 단체에 많은 돈을 기부하기도 했다. 아동극으로 창작되었으며 이 세상에서 행복을 찾는 과정을 묘사하고 있는 환상적인 우화에 해당하는 『파랑새』(1908)는 1908년 '모스크바 예술극장'에서 초연되어 높은 평가를 받았다. 아울러 르블랑이 주연을 맡을 수 있도록 구상된『마리-빅토와르』(1907)와『막달라 마리아』(1908)를 발표했지만, 비평가들은 이 희곡에 대해서 냉담했을 뿐만 아니라 르블랑이 더 이상 극작가인 메테를링크에게 영감을 주지 못하는 것으로 파악했다. 그의 연극이 성(聖)-완드릴의 야외무대에서 공연되어 많은 성공을 거두기는 했지만, 메테를링크는 자신의 사생활이 침해당하는 것을 원하지 않았다.

1910년『파랑새』를 공연하게 되었을 때에 만나게 된 열여덟 살의 여배우 르네 다혼은 메테를링크에게 새로운 동반자가 되었다. 아울러 앞에서 언급한 바와 같이 1910년 수상한 '노벨문학상'은 그의 문학정신을 고양시키는 계기를 마련하였다. 그 이후에 그는 좀 더 공공연하게 사회주의자로 변신했으며, 노동자 동맹파업 기간에는 가톨릭정당에 반대하여 벨기에 무역노조를 지지하기도 했다. 실제로 그는 신비주의를 다시 공부하기 시작했으며 우주의 역사를 재구성하는 자신의 글에서는 가톨릭교회를 폭파할 것을 호언장담하기

---

6) Knapp, *Maurice Maeterlinck*, pp. 87~92.

도 했다. 로마가톨릭교회에서는 '교령선포'(1914. 1. 26)에 의해 그의 『오페라 옴니아』를 '금서목록'으로 지정하게 되었다.

독일이 1914년 벨기에를 침공했을 때, 메테를링크는 '프랑스외국인부대'에 참여하기를 원했지만 나이가 많아 거부되었다. 그는 르블랑과 함께 그라스를 떠나 니스 가까이에 있는 별장으로 갔으며, 그곳에서 10여 년간 머물렀다. 그는 벨기에 국민의 용기에 대해서 연설했고 전쟁의 책임은 모두 독일에 있다는 점을 강조했다. 니스에 있는 동안에 발표한 『스틸몬드의 시장(市長)』(1918)은 곧바로 미국의 언론으로부터 '위대한 전쟁극'이라는 평가를 받았다. 그의 이 희곡은 전시(戰時)에 부도덕한 독일장교의 지배를 받게 된 플랑드르의 문제를 애국적인 시각으로 탐구한 희곡으로 많은 관심을 끌었다. 아울러 『파랑새』의 속편으로 『약혼식』을 발표했지만, 이 연극의 여주인공은 분명히 르블랑의 원형(原型)에 해당하는 것이 아니었다. 다혼과 결혼식을 올린(1919. 2. 15) 메테를링크는 미국의 초청을 수락하였고, 폴란드에 태어나 미국에서 활동했던 영화제작자 사무엘 골드윈(1879~1974)은 그에게 몇 편의 영화 시나리오를 집필할 것을 요청했다. 이러한 요청을 받고 메테를링크가 제출한 영화 시나리오 중에서 두 편만이 남아 있으며, 골드윈은 그 어느 것도 제작하지 않았다. 메테를링크가 제출한 시나리오 중의 하나는 자신의 『꿀벌의 생활』(1901)을 각색한 것이었지만, 처음 몇 페이지를 읽은 골드윈은 "제기랄! 꿀벌이 주인공이라니!"라고 소리치면서 자신의 집무실을 뛰쳐나와 버렸다는 일화는 영화계에 잘 알려져 있다.

1.4 표절시비와 말년의 생활

두 번째 부인 다혼이 1925년 사산(死産)했던 시기에 메테를링크는 시대적인 흐름과 호응하지 못했을 뿐만 아니라 이 시기에 집필한 『죽음의 세력』과 『위대한 비밀』 등도 좋은 반응을 얻지 못했다. 이와 같은 고통의 시기에 그는 '곤충학'에 관련되는 자신의 첫 작품을 집필하기 시작하여 『흰개미의

생활』(1928)을 출간했다. 그러나 그의 이 작품은 남아프리카공화국의 시인이
자 과학자인 위젠느 마레(1871~1936)가 연구하여 집필한『흰개미의 영혼』을
표절한 것[7]이라는 견해가 지배적이다. 훗날 마레가 자살한 것은 자신의 작
품을 누군가가 표절한 데서 비롯되었다는 의문이 제기되었으며,[8] 메테를링
크 역시 자신의『흰개미의 생활』에서 자신을 괴롭혔던 표절에 대한 가능성
이나 고발을 다음과 같이 암시한 바 있다.

> 모든 진술과 관련지어 각주와 참고문헌으로 가득 차 있는 텍스트를 허락하는 것
> 이 훨씬 더 쉬웠을 수도 있었을 것이다. 몇몇 장(章)에는 그 어떤 문장도 없이 이와
> 같은 각주와 참고문헌을 요구할 수도 있었을 것이다. 그리고 우리들이 학교에서 그
> 렇게도 싫어했던 끔찍스러운 교과서처럼, 어마어마한 양의 해설 꾸러미가 본문을 제
> 거해버릴 수도 있었을 것이다. 이 책의 말미에 수록된 간략한 서지사항은 분명히 이
> 와 똑같은 목적으로 사용될 수 있을 것이다.

이상과 같은 우려에도 불구하고 메테를링크의 서지사항에는 위젠느 마레
에 대한 참고문헌이 수록되어 있지 않다. 곤충학에 관련되는 메테를링크의
다른 작품으로는『유리거미』(1923)과『개미의 생활』(1930) 등이 있다.

『뉴욕타임스』에 수록되어 있는 글에 따르면, 메테를링크는 나치독일이
프랑스와 벨기에를 동시에 침공하자 망명하기 위해서 리스본으로 도피했으
며 그리스 여객선 '네아 헬라스'를 타고 리스본을 떠나 미국에 도착한 것으
로 알려져 있다.『뉴욕타임스』에는 다음과 같은 그 자신의 언급이 인용되어
있다. "독일군에게 체포되었더라면 즉각 총살되었을 것이라는 점을 나는 너
무나 잘 알고 있다. 1918년 독일점령 하의 벨기에의 상황을 취급한 내 희곡
『스틸몬드의 시장(市長)』으로 인해서 나는 언제나 독일의 적으로 간주되어 왔
기 때문이다." 그 이전에도 미국을 방문했던 바와 같이, 그는 미국인들이 여
전히 지나치게 평범하고 우의적이며 친-프랑스적이라고 생각하고는 했다.[9]

---

7) 이러한 점에 대해서는 "Die Huisgenoot," *Nasionale Pers*, 6 (January 1928)의 "Cover Story"를 참고할 것.
8) Leon Rousseau, *The Dark Stream* (Jonathan Ball Publishers : Cape Town, 1982).
9) Knapp, *Maurice Maeterlinck*, pp. 157~158.

전쟁이 끝나자 그는 1947년 8월 10일 프랑스의 니스로 돌아왔으며, '프랑스 아카데미'에서는 그에게 '프랑스어 메달'을 수여했다. 심장마비로 고통을 겪다가 1949년 5월 6일 니스에서 세상을 떠났지만, 그의 장례식에는 사제(司祭)가 없었다.

2. 김소월의 시 「먼 후일」과 메테를링크의 시 「포에지」의 관계

2.1 김소월의 시 「먼 후일」의 개작과정

김소월의 시 「먼 후일(後日)」이 가지는 중요성은 우선 그것이 그의 시집 『진달내꼿』(1925)의 맨 처음을 장식하고 있다는 점, "전체(全體)로 보아 소월 (素月)이의 작품(作品)에는 원한(怨恨)으로 애수(哀愁)가 있으니 그 서정시집중(抒情詩集中)의 하나인…「먼 훗일」이라든가,…저 유명(有名)한 「진달래꽃」이라든가 모두 이러한 원한(怨恨)과 애수(哀愁)로 읊어지지 않은 것이 없습니다"[10]라고 김억이 『초혼 : 소월시전집』(1958)에 수록된 그 자신의 「기억(記憶)에 남는 소월(素月)-후기(後記)에 대신하여」에서 언급한 점에서 찾아 볼 수 있다. 이처럼 김소월의 시를 대표하는 「먼 후일」이 『학생계』(1920. 7)에 처음으로 발표되었을 때에는 다음과 같이 되어 있다.

---

10) 김억, 「기억(記憶)에 남는 소월(素月)-후기(後記)에 대신하여」, 『초혼 : 소월시전집』 (박영사, 1958), pp. 109~110.

　　　먼 後日

　　　먼後日당신이차즈시면 그째에내말이
　　　　　　　　　　니젓노라
　　　당신말에 나물어 하시면 무척그리다가
　　　　　　　　　　니젓노라
　　　그래도 그냥 나물어하면 밋기지안어서
　　　　　　　　　　니젓노라
　　　오늘도 어제도 못닛는 당신 먼後日그째엔
　　　　　　　　　　니젓노라

　　그러나 그것을 개작하여 『개벽』 제26호 (1922. 8)에 수록한 「먼後日」의 전문을 인용하면 다음과 같다.

　　　먼 훗날에 당신이 차즈시면
　　　그째에 내 말이 「니젓노라」

　　　맘으로 당신이 나무러하시면
　　　그째에 내말이 「무척 그리다가 니젓노라」

　　　당신이 그래도 나무러하시면
　　　그째에 이말이 「밋기지안하서 니젓노라」

　　　오늘도 어제도 못닛는 당신을
　　　먼 훗날 그째에는 니젓노라[11]

　　『학생계』에 발표된 1920년의 것과 그것을 개작하여 『개벽』에 발표한 1922년의 것 사이에는 대략 2년간의 시간 차이가 있다. 『개벽』에 발표된 「먼 후일」은 「꿈자리」, 「진달래꽃」, 「님의 노래」와 더불어 김억의 추천으로 김소월이 시인으로 등단하는 계기를 마련한 시이기 때문에 그 의미가 더욱 크다고 할 수 있다. 위에 인용된 두 편의 시를 비교할 때에 가장 눈에 띄는

---

11) 김소월, 「먼後日」, 『개벽』 제26호 (개벽사, 1922. 8), p. 24.

것은『학지광』의 것은 연 구분이 없는 데 반해서『개벽』의 것은 연을 구분하고 있다는 점, 각 연의 제2행이 '니젓노라'라는 단순한 언급에서 여러 가지 상황을 전제로 하여 '「　」'로 강조되어 있다는 점 등을 들 수 있다. 또한『학지광』의 것에는 '그째'라는 말이 두 번 사용되었지만『개벽』의 것에는 그것이 매 연마다 사용되어 전부 네 번 사용되었음을 알 수 있다. 다음에 인용하는 시는『개벽』의 것을 바탕으로 하여 김소월의 시집『진달내꼿』(1925)의 맨 처음에 수록된「먼 後日」전문이다.

　　　먼 後日

　　　먼훗날 당신이 찾즈시면
　　　그째에 내말이「니젓노라」

　　　당신이 속으로나무리면
　　　「뭇척그리다가 니젓노라」

　　　그래도 당신이 나무리면
　　　「밋기지안아서 니젓노라」

　　　오늘도어제도 아니닛고
　　　먼훗날 그째에「니젓노라」[12]

　　시집『진달내꼿』의 서두를 장식하고 있는 위에 인용된 시는 어법에 있어서는『학지광』의 것과 유사하고 연과 행의 구분에 있어서는『개벽』의 것과 유사하다. 특히 '그째'라는 어휘를 두 번 사용한 점과 강조를 위해서 '「　」'을 사용한 점 등에서 각각 그러한 유사점을 찾을 수 있다. 그리고 맨 마지막에 인용한 시를 바탕으로 하여 다음과 같은 현재의「먼 후일」로 되었다.

---

12) 김소월,『진달내꼿』, (매문사, 1925), p. 3.

먼 후일

먼 훗날 당신이 찾으시면
그 때에 내 말이 「잊었노라.」

당신이 속으로 나무리면
「무척 그리다가 잊었노라.」

그래도 당신이 나무리면
「믿기지 않아서 잊었노라.」

오늘도 어제도 아니 잊고
먼 훗날 그 때에 「잊었노라.」

2.2 「먼 후일」에 반영된 「포에지」의 영향과 수용

김소월과 메테를링크의 관계는 김소월이 직접적으로 메테를링크의 시를
당시의 일본에서 접촉했을 가능성, 자신의 스승인 김억을 통해서 간접적으로
알게 되었을 가능성 등이 있다.[13] 그것이 어느 유형에 속하든 그의 시 「먼
후일」에는 메테를링크의 시 「포에지」의 정감이 짙게 배어 있다. 이러한 가능
성을 암시해 주는 메테를링크의 시 「포에지」는 그의 시집 『열다섯의 노래』
(1839)에 수록되어 있으며 이 때 그의 나이 27세였다. 메테를링크의 시 「포
에지」에 대해서는 최재서가 편한 『해외서정시집(海外抒情詩集)』(1938)에 이헌
구가 「그이가다시오면」[14]이라고 번역한 시, 이재호가 「뽀에지」[15]라고 번
역한 시 및 이 시의 원문과 필자의 번역 등을 인용하면 다음과 같다.

김소월의 시 「먼 후일」과 메테를링크의 시 「포에지」의 유사성을 살펴보
면, 우선 시적 주제의 일치를 들 수 있다. 그것은 다름 아닌 진솔한 사랑, 상

---

13) 메테를링크에 대한 소개로는 변영로, 「메-테릴크와예잇스의신비사상(神秘思想)」, 『폐허』 제2호
   (1921. 1), pp. 31~36에서 찾아볼 수 있으며, 변영로는 메테를링크의 작품에 반영되어 있는 신비주
   의적인 경향을 강조하였다.
14) 이헌구 역, 「그이가다시오면」, 『해외서정시집』, 최재서 편 (인문사, 1938), pp. 243~244.
15) 이재호 역, 「뽀에지」, 『비교문학-이론, 방법, 전망』, 전규태 편 (세종출판사, 1973), pp. 121~122.

Maeterlinck "Poésie"	이헌구 역 「그이가다시오면」	이재호 역 「뽀에지」	윤호병 옮김 「포에지」
Et s'il revenait un jour, Que faut-il lui dire? —Dite-lui qu'on l'attendait Jusqu'a s'en mourir…	어느날 그가 다시오면 그에게 무어라고 말하랴? —내죽는날까지 그를 기달였다고 일너주오	어느날 그이가 다시 돌아온다면 뭐라고 그이에게 말해야 할까? —그이에게 일러주세요 죽도록 그를 기다렸다고…	어느 날 그이가 돌아온다면, 무슨 말을 해야만 하나? —전해주세요 기다렸다고, 죽는 그 순간까지…
Et s'il m'interroge encore Sans me reconnaitre? —Parlez-lui comme un soeur, Il souffre peut-être…	그가 나를 몰나보고 또다시 뭇는다면? —누이로써 말하라 그는 응당괴러워하리니…	그이가 날 몰라보고 또다시 내게 묻는다면? —그이에게 말해줘요 누이동생처럼, 어쩜 그가 괴로워 하리니…	다시 또 그이가 물어 본다면, 나를 몰라 본 채? —전해주세요 여동생처럼, 그이가 아마도 괴로워 할테니…
Et s'il demmande où êtes, Que faut-il répondre? —Donnez-lui mon anneau d'or Sans rien lui répondre…	그대 어듸게시냐고 물으며 무어라고 대답하랴? —그에게 이금지환(金指環)을 주라 아모對答도말고…	그이가 당신이 어디 있는지 묻는다면 뭐라고 답해야 할까? —그이에게 내 金반지를 주세요 아무 대답도 말고…	그이가 당신 있는 곳을 묻는다면, 무슨 말을 해야만 하나? —전해주세요 제 금반지를, 그이에게 아무 말도 하지 말고…
Et s'il veut savoir pourquoi La salle est déserte? —Montrez-lui la lampe éteinte, Et la porte ouverte…	이방이 웨 이리 쓸쓸하냐고 캐어 뭇는다면? —꺼저바린 등불과 열러있는 이門을 가르치라…	그이가 왜 방이 쓸쓸한지를 알고 싶어하면? —그이에게 꺼진 램프와 열린 도어를 보여주세요…	그이가 방이 왜 쓸쓸한지, 그 까닭을 알고 싶어 한다면? —보여 주세요 꺼진 램프를, 열려진 문을…
Et s'il m'interroge alors Sur la derniere heure? —Dite-lui que j'ai souri De peur qu'il ne pleure…	다시 순명(殉命)하든일을 내게 뭇는다면? —그가 설어할까 두려워 내 우스며갔다고 일너주오…	그이가 그때 내게 내 임종의 시간에 대해 묻는다면? —그이에게 말해주세요 그가 울까봐 내가 미소(微笑)지었었다고…	그이가 그 때 물어본다면, 저의 마지막 임종 순간을? —전해주세요 미소 지었다고, 그이가 눈물지을까봐…

대방의 입장을 세심하게 배려하는 아름다운 사랑이라고 볼 수 있다. 떠나가 버린 '당신' 혹은 '그이'가 돌아왔을 때에, 돌아온 사람의 감정을 다치지 않도록 노력하는 시적 자아의 아름다운 모습은 '잊었노라'라는 반복 어귀나 '미소 지었다'고 전해달라는 어구에 잘 드러나 있다. 다음은 이 두 편의 시의 전개방법의 유사성을 들 수 있다. 그것은 '…한다면'이라는 조건을 전제로 한다는 점이다. 그리고 그것은 다름 아닌 떠나가 버렸던 '당신'이나 '그이'가 돌아오는 것을 전제로 하며, 그러한 순간이 왔을 때에 시적 자아인 '나'는 원망이나 한탄이나 불만을 늘어놓기보다는 돌아온 사람의 마음을 상하지 않도록 하기 위해서 '잊었노라'라고 역설적으로 설명하든가 또는 '미소 지었다'라고 승화시켜 언급하고 있다. 이러한 점은 이 두 편의 시의 전체적

인 분위기를 형성하고 있다. 강조구문을 사용하는 것도 이들 시의 유사성에 기여하고 있다. 「먼 후일」의 ‘「 」’나 「포에지」의 ‘−’는 시적 자아가 하고자 하는 말을 집약적으로 강조하는 역할을 한다.

이 두 편의 시에 사용된 시간은 ‘먼 후일’과 ‘어느 날’이며 그것은 기약 없는 미확정된 시간에 해당한다. ‘지금 이 순간’의 시적 자아는 이러한 미확정된 시간에 발생하게 될 수도 있는 어떤 상황, 그것은 구체적으로 반갑고 즐거운 만남을 마련하게 되는 상황을 전제로 하고 있다. 그러한 상황이 실제로 발생했을 경우에 시적 자아는 찾아온 사람의 태도에 대해서 역설적으로 답하고 있다. 가령 「먼 후일」에 나타나는 ‘찾는다’나 ‘나무라다’ 등과 같은 태도에 대해서 ‘잊었노라,’ ‘무척 그리다가 잊었노라,’ ‘믿기지 않아서 잊었노라’와 같이 역설적으로 대답하는 점이라든가, 「포에지」에 나타나 있는 ‘돌아온다면,’ ‘묻는다면,’ ‘알고 싶어 하면’ 등에 대해서 ‘기다렸다’나 ‘미소 지었었다’와 같이 대답하라고 일러주는 점 등에서 그러한 면을 파악할 수 있다.

다음은 「먼 후일」과 「포에지」에 나타나 있는 ‘만남과 못 만남의 방법’의 유사성을 들 수 있다. 간절하게 만나고 싶은 쪽은 시적 자아이고 그 사랑의 대상은 먼 훗날이나 어느 날 우연히 찾아오게 되지만 이들 시에서는 그것이 반전되어 나타나 있다. 말하자면 사랑의 대상이 만나러 왔을 때에 시적 자아가 외면하든가 죽고 없는 상태로 되어 있다. 이러한 상황설정의 유사성은 전자의 ‘먼 훗날’이 ‘죽음’이나 다름없고 후자에서는 시적 자아의 죽음으로 그것이 구체적으로 언급되어 있기 때문이다. 다시 말하면 전자의 시적 자아가 언제가 될지는 모르지만 ‘먼 훗날’ 그 때에 만날 수 있을 때까지 ‘살아 있는 것’을 전제로 하지만 그것은 죽을 때까지에 관계되고, 후자의 시적 자아도 구체적으로 ‘죽음’을 전제로 한다고 볼 수 있다.

마지막으로 사랑의 대상의 행위의 유사성을 들 수 있다. 「먼 후일」에서의 그는 ‘찾아 와서 나무라고 또 나무라는 것’으로 되어 있으며, 「포에지」에서의 그도 ‘찾아 와서 묻고 또 묻는 것’으로 되어 있다. 사랑의 대상의 이러한 행위는 시적 자아가 자신의 마음을 이미 단호하게 결심한 이후에 발생하게 되기 때문에 사실은 시의 전개에 있어서 아무런 역할도 못하게 된다. 이러한 몇 가지 유사성에도 불구하고 하나의 차이점을 찾는다면 전자의 진술방법이 직접적인 데 반해서 후자의 그것은 간접적이라는 점을 들 수 있다. 이러한 차이점은 후자의 시적 자아가 자신이 죽고 난 이후를 전제로 하기 때문에 어쩔 수 없이 자신의 심정을 전달해 줄 매개체에 의존할 수밖에 없기 때문이다.

이상과 같은 메테를링크의 시 「포에지」와 김소월의 시 「먼 후일」의 관계에 대해서 이재호는 전규태 편 『비교문학―이론 · 방법 · 전망』(1973)에 수록된 자신의 「영 · 불시가 한국시가에 끼친 영향고」에서 다음과 같이 파악하였다. 이 두 시인의 시의 전개방법과 주제가 유사하다는 점, '노벨문학상'(1911)을 수상한 메테를링크가 인기 있었을 뿐만 아니라 우에다 빈(上田敏, 1874~1916)의 역시집 『목양신(牧羊神)』(1902)에도 메테를링크의 시 일곱 편이 수록되어 있다는 점(그러나 여기에는 「포에지」가 수록되어 있지 않다) 및 김소월이 자신의 스승인 김억을 통해서 '틀림없이' 메테를링크의 시 「포에지」를 접했을 가능성이 있다는 점 등을 제시하였다.[16]

---

16) 이재호. 「영 · 불시가 한국시가에 끼친 영향고」, 『비교문학―이론, 방법, 전망』, 전규태 편 (세종출판사, 1973), pp. 96~148.

3. 박목월의 시 「윤사월」에 반영된 메테를링크의 희곡 『군맹(群盲)』의 영향과 수용

김소월 외에도 박목월(1916~1978)은 『청록집』(1986)에 수록된 「구강산의 청록」에서 자신의 시 「윤사월」과 메테를링크의 희곡 『군맹』과의 관계에 대해서 다음과 같이 언급하였다.

> 이 작품을 쓸 무렵, 나는 메테를링크의 작품을 탐독하였다. 특히 그의 『군맹(群盲)』 같은 작품들을. 눈 먼 처녀는, 고도에서 죽음을 예감하고 죽음의 발자국 소리를 듣는 장님 떼서리의 『군맹』에서 영향 받은 이미지일 수도 있다. 그러므로 "문설주에 귀를 대이고 엿듣고 있는 눈 먼 처녀"는 장만영 씨의 해설처럼 "무슨 행운이라도 찾아오나" 하고 기다리는 포즈가 아니라, 보다 불길하고 어두운 것으로 잦아진 이미지로서 눈 먼 처녀요, 문설주에 귀를 대이는 포즈다. 그와 같은 영향을 "송화가루 날리는 상봉우리"의 자연 풍경에 오우버랩시킨 것이다.[17]

박목월의 이러한 언급에서 우리가 주목할 부분 중의 하나는 '이 작품을 쓸 무렵'일 것이다. 그것은 물론 그의 시 「윤사월」이 『상아탑』 제6호 (1946.

---

17) 박목월, 「구강산의 청록」, 『청록집』 (삼중당, 1986), p. 103.

8)에 수록되었다는 점에서 그 구체적인 연대를 추정할 수 있다. 그리고 정치적인 명암이 교차되는 이 시기의 시대적 분위기 속에서 박목월은 "윤사월의 너그럽고 밝은 정서와 조화되지 않는 나 자신의 내면적인 어두운 그늘을 노래한 것"이라고 언급하였다.

이상과 같은 박목월 자신의 언급을 고려하여 그의 시 「윤사월」의 전문과 그 의미를 살펴보면 다음과 같다.

> 송화(松花) 가루 날리는
> 외딴 봉우리
>
> 윤사월 해 길다
> 꾀꼬리 울면
>
> 산지기 외딴 집
> 눈 먼 처녀사
>
> 문설주에 귀 대이고
> 엿듣고 있다.

전부 4연으로 구성되어 있는 박목월 시 「윤사월」은 그 내용에 따라서 전반부와 후반부로 나뉜다. 전반부는 제1연가 제2연으로 이 부분에는 배경으로서의 시간과 공간이 자리 잡고 있다. 그러한 점은 '외딴 봉우리'라는 공간과 '윤사월'이라는 시간에서 찾아볼 수 있으며, 이와 같은 시간과 공간을 연결짓는 요소는 다름 아닌 '송화 가루'와 '꾀꼬리'로서 시각이미지와 청각이미지를 강조한다. 후반부는 제3연과 제4연으로 이 부분에는 구체적인 장소와 인물, 즉 '산지기 외딴 집'과 '눈 먼 처녀'가 자리 잡고 있다. 이때의 '외딴 집'은 주변에 다른 집이 없다는 것을 의미하기도 한다. 따라서 '눈 먼 처녀'에게는 같은 또래의 친구가 없다는 점을 의미하기도 하고 더 나아가 눈이 멀었기 때문에 시각이미지보다는 청각이미지에 의지할 수밖에 없다는 점을 의미하기도 한다. 그 결과가 바로 마지막 연의 '엿듣고 있다' 이다. 이처럼 남들의 눈에는 애처롭게 보이지만, 정작 본인 자신은 비록 그 정체를 볼 수 없다 하더라도 '울음소리'에 의해서 '꾀꼬리'를 상상하게 되고, 그로 인해서 '봄'이 왔다는 점도 느끼게 된다.

따라서 박목월은 자신의 시 「윤사월」에 대해서 장만영(1914~1975)이 『현대시의 감상』(1952)에서 "어린이의 동화를 읽는 것 같은 느낌을 주는 작품입니다"라고 언급한 것은 "'눈 먼 처녀'에 대한 상징의 심각성을 깊이 참작하지 않은" 까닭이라고 결론지었다. 그 외에도 박목월은 자신의 시 「윤사월」에 등장하는 '눈 먼 처녀'는 김동리(1913~1995)의 소설 『바위』의 여주인공이자 문둥이인 '술이 엄마'와 같은 입장에 있다는 점을 강조하였으며, 박목월의 시에 영향을 끼친 김동리의 『바위』의 일부분은 다음과 같다. "처음 떡을 받아 든 아내는 고맙다는 듯이 영감을 쳐다보며 또 한 번 비죽이 웃어 보였다. 그러나 비상 빛깔을 짐작할 줄 아는 그녀는 떡 속에 섞인 그 거무스레하고 불그스레한 것을 발견한 다음 순간, 무서운 얼굴로 한참 동안 영감의 낯을 노려보고 있었다. 먼 영에서 뻐꾸기 우는 소리가 들렸다. 이윽고 여인은 모든 것을 이해하고 얼굴을 수그렸다." 이러한 내용을 지니고 있는 김동리의 소설 『바위』와 자신의 시 「윤사월」을 박목월은 다음과 같이 관련지었다.

> 이것은 김동리 씨의 초기 작품 『바위』의 한 대목이다. 그 소설의 주인공 술이 엄마는 문둥이였다. 남편은 그녀가 측은하고 불쌍하기 때문에 그녀에게 비상 섞인 떡을 가져다준다. 위의 대문은 그 장면이다. 그러나 문둥이인 그녀는 그것이 비상 섞인 떡임을 알게 되고, 자기를 죽이려는 남편의 심중을 짐작하게 된다. 이 인간의 비극적인 운명의 절정에서 김동리 씨는 먼 영에서 뻐꾸기 소리가 들려오는 자연의 한 코머를 보여주는 것이다. 인간의 비극적인 운명을 평화스러운 자연과 대비시킴으로 무한히 복잡한 암시적인 진폭을 가지게 된다. 「윤사월」도 어느 면에서는 『바위』의 이 장면과 서로 통하는 면이 있을 수 있다.[18]

박목월의 시 「윤사월」에 영향을 끼친 메테를링크의 희곡 『군맹』의 주제는

---

18) 박목월, 「구강산의 청록」, p. 103.

메테를링크가 즐겨 활용하는 여러 가지 방법 중의 하나에 해당하는 일군의 장님들의 감각세계이다. 이들 장님들에게 있어서 심안(心眼)은 가장 중요한 역할을 한다. 박목월의 시 「윤사월」에 영향을 끼친 메테를링크의 희곡 『군맹』에서의 장님들의 역할에 대해서 안나 발라키안은 『상징주의 운동』(1977)에서 이렇게 언급하였다. "가장 감감적인 것은 장님들이다. 메테를링크는 종종 이들 장님들의 위대한 인지능력을 볼 수 없는 사람들에게 적용했으며, 이들에게 있어서 심안은 좀 더 고도로 발전되었다. 모든 기호를 구체적인 개념에 일체화시키지 않으면서도 의미심장한 모든 기호의 인식을 가능하게 하는 사람들이 바로 이들 장님들인 것이다"19)

다음은 조지훈(1920~1968)과 메테를링크의 경우를 들 수 있다. 이들의 관계는 직접적이라기보다는 간접적인 것으로서 조지훈은 앞에서 언급한 『청록집』에 수록된 자신의 「나의 문학여정―시주(詩酒) 반생 자서」에서 다음과 같이 회상했다. "열세 살 무렵에 처음으로 메테를링크의 『파랑새』, 배리의 『피터 팬』, 와일드의 『행복한 왕자』와 같은 동화를 읽고 가슴이 흐뭇해져서 문학이란 이런 것이다, 라고 속짐작을 시작한 것이 그 무렵의 나의 생리였다."20)

이상에서 살펴 본 바와 같이 메테를링크가 한국 현대시의 형성에 있어서 직·간접적으로 끼친 영향관계는 김소월의 시 「먼 후일」에서부터 박목월의 시 「윤사월」을 거쳐 조지훈의 문학적 감수성의 형성까지 다양한 것으로 파악할 수 있다. 또한 시에서부터 희곡은 물론 동화에 이르기까지 한국 현대시의 형성에 끼친 메테를링크의 영향을 여러 가지 측면에서 고려할 수 있다.

---

19) Anna Balakian, *The Symbolist Movement : A Critical Appraisal* (New York : Random House, 1967), p. 133.
20) 조지훈, 「나의 문학여정―시주(詩酒) 반생 자서」, 『청록집』 (삼중당, 1986), p. 135.

4. 소결론

이상에서 살펴본 점을 바탕으로 하여 김소월의 시 「먼 후일」에 반영된 메테를링크의 시 「포에지」의 직간접적인 영향을 요약 정리하면 다음과 같다. 시적 주제의 유사성을 들 수 있다. 그것은 시적 자아의 절실한 기다림과 그 대상이 찾아오는 것을 바탕으로 한다. 시간 설정의 유사성을 들 수 있다. 그것이 바로 이루어질 수 없는 시간대, 미확정된 시간대에 해당하는 '먼 훗날'이나 '어느 날'에 해당한다. 그리고 그러한 시간대는 살아 있음을 전제로 하는 '어제나 오늘'이 아니라 '먼 훗날 그 때' 혹은 '죽은 그 다음'에 해당한다. 시적 자아의 세심한 배려의 유사성을 들 수 있으며, 그것은 사랑의 대상을 원망하거나 배척하기보다는 '그가 얼마나 상심해 할 것인가'를 염려하여 '나는 아무렇지도 않다'는 점을 애써 강조하는 데에서 찾아 볼 수 있다. 말하자면 '잊었노라'라는 역설적인 표현이나 '괴로워하리니'나 '그가 울까봐' 등과 같은 표현에서 시적 자아의 세심한 배려를 엿볼 수 있다. 마지막으로 시적 구성의 유사성을 들 수 있다. 「먼 후일」은 2행 1연을 바탕으로 하는 총4연의 시이고 「포에지」는 4행 1연을 바탕으로 하는 총5연의 시이다. 그러나 그것은 외적인 차이점에 해당하고 내적 긴밀성을 보면 '…한다면'에 대해서 '…하겠다'라는 상황설정을 취하고 있음을 알 수 있다. 「먼 후일」에 반영되어 있는 이러한 상황설정은 필자의 『한국 현대시의 구조와 의미』21)(1995)에 상세하게 언급되어 있다. 그리고 각 연마다 강조구문을 사용하고 있다는 점 역시 유사하다고 볼 수 있다.

비교문학적 연구에 있어서 시적 영향이 반드시 일대일의 대응관계만을 강조하는 것은 아니다. 그러한 강조는 정확한 원천과 자료의 고증을 바탕으로 하기 때문이다. 현재의 비교문학 연구의 경향은 유사한 이미지, 어법, 주제, 형식 등을 바탕으로 하여 연구하는 경향이 성행하고 있다. 그러한 연구를 그 전에는 '일반문학'이나 '세계문학'의 영역으로 한정하기도 했다. 그러나 과학기술과 정보산업의 발전 및 급속한 대내외 교류에 의해서 한 나라의 문학은 더 이상 국경선을 경계로 하여 한정되지 않고 국경선을 능가하여 인접국의 문학은 물론 먼 거리에 있는 국가의 문학에까지 영향을 끼치고 있다. 이러한 의미의 영향과 수용관계는 언제나 문화 연구를 바탕으로 한다. 국제 비교문학계에서 문화연구의 중요성을 강조하고 또 관심을 기울이고 있는 점에 대해서는 『교수신문』 13면 (1997. 9. 19)에 수록된 필자의 「학술대회참관기 : 제15차 국제비교문학회 네덜란드 라이덴대회를 다녀와서」를 참고하면 될 것이다.22)

---

21) 윤호병, 『한국 현대시의 구조와 의미』 (시와시학사, 1995), pp. 12~16.
22) 윤호병, 「학술대회참관기 : 제15차 국제비교문학회 네덜란드 라이덴대회를 다녀와서」, 『교수신문』 (1997. 9. 19), p. 13.

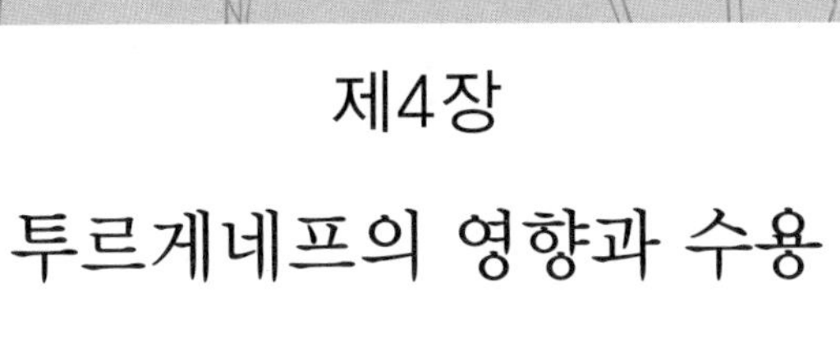

제4장

투르게네프의 영향과 수용

김억, 경재, 윤동주의 경우를 중심으로

1. 투르게네프의 생애와 작품세계

투르게네프(1818~1883)는 19세기 러시아를 대표하는 소설가이자 극작가로 잘 알려져 있으며, 특히 그의 소설 『아버지와 아들』(1862)은 19세기를 대표하는 소설로 평가되고는 한다. 투르게네프는 자신의 이 소설에서 구세대와 신세대의 갈등과 차이점을 설명했으며, 신세대를 실질적이고 유물론적이며 급진적인 '허무주의자'라고 명명했다. 허무주의에 심취한 주인공 바자로프를 통해서 투르게네프는 보수적이거나 진보적인 지식인 모두를 비판함으로써 이들 모두로부터 공격을 받기도 하였다.

1.1 생애

투르게네프는 모스크바에서 남서쪽으로 대략 360km 떨어진 오타 강변에 위치한 오룔 ('Oryol'은 러시아어로 '독수리'를 의미한다)에서 1818년 10월 28일 대지주의 가정에서 태어났다. 여성편력이 심했던 그의 아버지 세르게이 니콜라예비치 투르게네프는 제정러시아 기마부대의 대령이었으며, 그의 어머니 바르바라 페트로브나 루토비노바는 상당한 유산을 상속받았지만, 불행한 유년기를 보냈을 뿐만 아니라 남편의 바람기로 인해서 고통스러운 결혼생활을 했다. 열여섯 살이 되었을 때, 아버지가 세상을 떠나자 투르게네프는 엄격하면서도 폭력적인 어머니 밑에서 우울한 청소년기를 보내야만 했다. 모스크바대학교에서 1년간 수학한 후 상트페테르부르크대학교에서 고전, 러시아문학, 언어학을 공부했다. 1838년 베를린대학교에 입학하여 헤겔철학과 역사학을 공부한 투르게네프는 독일을 중심으로 하는 서유럽문화와 사회로부터 강한 인상과 감동을 받았다. 계몽주의 시대의 아이디어와 개혁정신에 의해서만 러시아가 발전할 수 있다는 신념으로 가득 차 있던 투르게네프는 자신을 지지하는 동료들과 함께 러시아의 '농노제도'에 적극적으로 반대했다.

투르게네프의 집에서 일하고 있던 농노 중의 한 명은 그에게 18세기 러시아의 시인 미하일 M. 헤라스코프(1733~1807)[23]의 시를 읽어주고는 했다. 당시 러시아 문학비평을 주도했던 벨린스키(1811~1848)는 시를 포함하는 투르게네프의 문학세계를 상당히 선호했다. 그럼에도 투르게네프는 러시아보다는 독일의 바덴-바덴이나 프랑스의 파리에 거주했으며 폴린 가르시아-비아르도(1821~1910)와 평생을 함께 하기도 했다. 집안의 농노와의 사이에서 얻은 딸이 한 명 있지만, 평생 결혼 적이 없는 투르게네프는 키가 크고 우람한 체구에도 불구하고 상당히 수줍어하고 절제하는 성격이었으며 그의 말씨는 조용했다. 구스타프 플로베르(1821~1880)와는 절친하게 지냈지만, 톨스토이(1828~1810)와 도스토예프스키(1821~1881)와는 긴밀한 관계를 유지하지 않았던 까닭은 이 두 작가가 특히 투르게네프의 서구적인 취향을 못마땅하게 생각했기 때문이다. 이러한 적대감으로 인해서 톨스토이는 1861년 투르게네프에

---

23) 미하일 M. 헤라스코프는 캐서린 대제와 당대의 지식인들 사이에서 가장 중요한 러시아 시인으로 평가되었다. 그의 아버지는 우크라이나에 정착한 루마니아 귀족이었다. 회원 간의 부조와 우애를 목적으로 하는 비밀결사단체 '프리메이슨'의 후원을 받아 헤라스코프는 외국에서 공부를 지속했으며 불과 삼십 세의 나이에 모스크바대학교 학장으로 임명되기도 했다. 호메로스와 버질의 전통을 이어받은 그는 최초이면서 유일한 러시아의 서사시 『로시아드』(1771~1779)를 발표했다. 방대하면서도 지루한 이 서사시에서 헤르스코프는 '폭군 이반'-러시아의 황제로 재위했던(1547~1584) 이반 4세-가 155년에 카잔지역을 장악하는 과정을 주제로 다루었다. 러시아어로 쓰인 가장 긴 서사시로 알려진 헤라스코프의 『로시아드』에 필적할 수 있는 그의 또 다른 시로는 '키예프 루스의 세례의식'을 주제로 하는 『블라디미르의 환생』(1785)을 들 수 있다.

게 결투를 제안한 후 곧바로 사과했지만, 그 이후에 이들은 17년 동안 서로 말하지 않았다. 도스토예프스키 역시 자신의 소설『악령』(1872)의 주인공인 허영심 강한 소설가 카르마지노프―급진적인 젊은이의 비위를 맞추느라 노심초사하는 인물―를 통해서 투르게네프를 패러디하기도 했다. 그럼에도 푸시킨(1799~1837)의 동상 제막식에서 행한 도스토예프스키의 1880년 '기념사'를 듣게 된 투르게네프는 그렇게도 훌륭하고 탁월하게 '러시아 정신'을 일깨워주는 자신의 적대자의 연설에 감동을 받아 다른 많은 참석자들처럼 눈물을 흘렸으며 도스토예프스키와 화해하고자 하는 마음을 갖게 되었다.

투르게네프는 옥스퍼드대학교에서 1879년 '명예박사학위'를 받았으며, 파리 근교의 부지발에서 1883년 9월 4일 세상을 떠났다. 세상을 떠난 그의 침대에서는 톨스토이에게 "친구여, 문학으로 돌아오게!"라고 간청하는 쪽지가 발견되었고, 이로 인해서 톨스토이는『이반 일리치의 죽음』(1886)과『크로이체르 소나타』(1889)와 같은 소설을 집필하기도 했다.

1.2 작품세계

투르게네프의 단편집『사냥꾼의 수기』(1852)에는 그가 처음 발표한 소설『호르와 칼리니치』(1847)를 비롯한 25편의 단편이 수록되어 있다. 자신의 어머니의 소유인 스파스코예 주변의 숲에서 작가 자신이 사냥을 하면서 관찰했던 중부 러시아의 시골풍경, 지주와 농노의 다양한 모습, 농촌의 생활 등을 서정적인 문체로 묘사한 이 단편집으로 인해서 투르게네프는 작가로서의 명성을 얻게 되었을 뿐만 아니라 궁극적으로는 1861년 러시아의 '농노해방'에 많은 영향을 끼치게 되었다. 투르게네프는 자신의 이 단편집이 러시아문학에 영향을 끼친 가장 중요한 단편집으로 생각하고는 했다. 그는 1870년대에 파리에 체류하면서 다음과 같이 말했다. "나의 묘비명에 기록되기를 오로지 바라는 것은 나의 소설『사냥꾼의 수기』가 우리들의 농노해방을 야기하는 데 기여했다고 간략하게 새겨놓는 것뿐이다."24) 야스나야 폴랴나에서 자신의 아버지와 투르게네프를 함께 만났던 톨스토이의 회고에 따르면, 톨스토이 역시 "이 소설집에서 환기하고 있는 자연의 모습은 타의 추종을 불허한다"라고 언급함으로써, 투르게네프에게 찬사를 보냈다.

니콜라스 1세(1796~1855) 황제의 통치하에 있던 1840년대와 1850년대 초에 러시아의 정치적 분위기는 수많은 작가들이 보기에 폭압적인 것이었으며, 이러한 점은 고골리(1809~1852)의 죽음, 악명 높은 억압, 도스토예프스키를 포함하는 예술가, 과학자, 작가들에 대한 박해와 체포에서 찾아볼 수 있다. 이 시기에 '인텔리겐차'의 구성원이었던 수 천 명의 러시아 지식인들은 '러시아 사회주의 아버지'로 알려진 알렉산더 헤르첸(1812~1870)과 투르게네프를 포함하여 유럽으로 망명했다. 그럼에도 투르게네프가 외국에 정착하고자 했던 중요한 이유는 폴린 바아르도와의 사랑 때문이었다. 자신의 소설이 러시아에서 출판되고 있음에도 불구하고, 투르게네프는 일간지 『상트페테르부르크 가제트』에 자신의 우상이었던 고골리에 대해서 다음과 같이 언급했다. "고골리가 세상을 떠났습니다. …이 세 단어로 인해서 가슴 아프지 않은 러시아 사람이 어디 있겠습니까? 그는 가버렸습니다. 죽음으로서 우리 모두에게 그를 위대하다고 부를 수 있는 권리, 그 비통한 권리를 준 바로 그 분이 가버린 것입니다." 상트페테르부르크 당국의 검열에서는 고골리를 이와 같이 우상화하여 신문에 게재하는 것을 허락하지 않았지만, 투르게네프는 모스크바의 검열을 가까스로 피해 자신의 글을 인쇄하게 되었다. 이와 같은 비밀행동으로 인해서 투르게네프는 한 달 가량 투옥되었으며 거의 2년 동안 자신의 영지로 추방되어 그곳에서 살아야했다.

1850년대 초까지 러시아에 체류하고 있던 투르게네프는 『잉여인간의 수기』(1850), 『파우스트』(1856) 등을 집필했다. 이러한 소설에서 그는 자기 세대의 러시아인들에 대한 우려와 기대를 나타냈으며, 1854년 서유럽으로 이주한 다음 해에 그는 후기-러시아문학에서 가장 중요한 소설에 해당하는 『루딘』

---

24) "Memoirs of Captain Faurie," in V. G. Fridliand, ed., *I. S. Turgenev v vospominaniiakh sovremennikov* (Moscow : Pravda, 1988), p. 308.

(1855)을 발표했다. 이 소설에서 투르게네프는 니콜라이 1세의 통치하에서 자신의 능력과 이상주의를 마음껏 펼칠 수 없는 30대의 남성에 대한 이야기를 전개했으며, 그는 또 1840년대 이상주의에 심취했던 학생 서클에 대한 향수를 강조하기도 했다. 이어서 투르게네프는 되돌아갈 수 없는 과거에 대한 그리움과 러시아의 전원에 대한 사랑으로 충만한 『귀족의 보금자리』(1859)를 발표했으며, 이 소설에는 그의 소설에서 가장 기억할 만한 여주인공 '엘레나'가 등장한다. 도스토예프스키는 '푸시킨 동상 제막식'에서 행한 연설에서 '엘레나'와 '타티아나' 및 톨스토이의 소설 『전쟁과 평화』(1865)의 여주인공 '나타샤 로스토바'를 함께 언급한 바 있다.

알렉산더 2세가 1855년 러시아 왕권을 계승하자 러시아의 정치적 분위기는 다소 완화되었으며 이와 같은 사회적인 변화에 고무된 투르게네프는 불가리아의 혁명당원 인사로프를 주인공으로 하는 『전야』(1859)를 발표했고, 씁쓸하지만 행복했던 유년기의 기억에 바탕을 둔 『첫사랑』(1860)을 발표했다. 감내하기 힘든 고통을 받고 있는 작가들과 학자들의 도움을 받아 투르게네프는 상트페테르부르크 대중 앞에서 그의 유명한 연설 "햄릿과 돈키호테"(1860)를 강연했다. 이 강연에서 투르게네프는 자기중심적인 회의주의에 빠진 햄릿과 이상주의적인 관용성을 지닌 돈키호테 사이에서 분열된 인간의 비전을 제시했으며 그러한 비전은 그 자신의 작품세계에 그대로 반영되어 있다. 시베리아의 유형에서 막 돌아와 그의 이 강연회에 참석했던 도스토예프스키는 8년 뒤에 『백치』(1868)를 발표했으며, 그의 이 소설의 비극적인 주인공 미슈킨 왕자는 여러 가지 면에서 돈키호테와 유사한 것으로 알려져 있다. 폴린 비아르도와 그녀의 가족들과의 긴밀한 관계로 인해서 스페인어를 알고 있었던 투르게네프는 세르반테스의 소설을 러시아어로 번역하고자 했으며, 세계문학사에서 이처럼 중요한 스페인 소설가를 러시아문학에 접목시키는 데 있어서 중요한 역할을 했다.

아울러 그의 소설에서 가장 유명할 뿐만 아니라 지속적인 명성을 유지하고 있는 『아버지와 아들』(1862)을 발표했다. 이 소설의 핵심적인 주인공인 바자로프는 1860년대 러시아 사회를 대표하는 '신-인간'을 찬양하거나 패러디하는 인물, 또는 그러한 '신-인간'을 선도하거나 매도하는 인물에 해당하지만, 이 소설은 궁극적으로 정치적이거나 사회적인 문제를 능가하는 것으로 평가된다. 디미트리 피사레프(1840~1868)를 제외한 당대의 급진적인 비평가들은 상당한 의욕을 가지고 집필한 투르게네프의 이 소설을 그렇게 높게 평가하지 않았으며, 이로 인해서 상대적으로 비평적 평가를 받는 데 실패한 투르게네프는 환멸을 느꼈고 그 이후로는 그렇게 많은 소설을 발표하지 않게 되었다. 이와 같은 상황에서도 『연기』(1867)를 발표했지만 이 소설 역시 자신의 조국에서 그렇게 많은 호평을 받지 못했으며, 잘 알려진 바와 같이 독일의 바덴-바덴에서 도스토예프스키와 서로 총을 겨누며 결투까지 하였다.

투르게네프의 후기 소설로는 『광야의 리어왕』(1870), 『봄의 급류』(1872), 『처녀지』(1877), 『승리한 사랑의 노래』(1881) 등이 있다. 『처녀지』는 투르게네프가 자신의 명성을 되찾기 위해 젊은 세대의 관점에서 집필했으며, 러시아 농민이라는 '처녀지'에 혁명의 씨앗을 뿌리기 위해 노력하는 젊은 주인공 나로드니키의 헌신과 사회·정치적인 시사성을 사실적으로 취급한 소설이지만, 작품성이 떨어지는 것으로 평가되고는 한다. 마지막으로 명상적인 감성과 러시아어의 특성과 음악성을 결합시킨 『산문시』를 들 수 있다.

문학사가들과 비교문학자들은 투르게네프의 소설과 새커리(1811~1863), 호손(1804~1864), 헨리 제임스(1843~1916) 등의 소설과 비교하기도 하지만, 그의 문체와 관심사항은 이들 영미계열의 소설가들의 문체와 관심사항과는 전혀 다르다고 볼 수 있다. 오히려 투르게네프의 소설은 그 주제에 있어서 그와 같은 동시대에 활동했던 러시아의 톨스토이와 도스토예프스키와 유사하다. 그럼에도 종교적이거나 윤리적인 측면으로 볼 때에 투르게네프의 소설이 이들의 소설과 다른 까닭은 그가 예술적인 창조성에 동의하지 않았기 때문이다. 아울러 독일의 시인이자 '노벨라'의 대가였고 투르게네프의 절친한

친구였던 테오도로 스톰(1817~1888)의 소설세계와 투르게네프의 소설세계를
비교하는 것이 가능한 까닭은 이들이 모두 자신들의 과거에 대한 기억을 명
상했고 자연의 아름다움을 환기했기 때문이다.[25]

25) Karl Ernst Laage, *Theodor Storm : Biographie* (Heide : Boyens, 1999)를 참고할 것.

2. '산문시'에 대한 장두철과 백대진의 역할

『태서문예신보』를 창간한 해몽(海夢) 장두철은 '창간호'에서 "본부터난 저 틱서에 유명흔 시아 노릭만 여러분씌 소기흘쭌아니라, 근본 우리에게 잇든것을곳치인것이라든지,싀로지인 것으로,유힝되난즁에,아름다온것이잇스면선틱ㅎ야 기지흘터이올시다"26)라고 강조하면서, 자신의 창작시 「싀춘향가(新春香歌) ─1. 기우(奇遇)의권(卷)」27)을 수록했으며, 제2호에 "전번호에 긔직된(기우의 권)과 계속 ㅎ야보시오"라는 언급과 함께 「싀춘향가(新春香歌)─2. 상사(想思) 의권(卷)」28)을 수록했다. 아울러 그는 롱펠로우(1807~1882)의 시를 번역하여 『태서문예신보』에 수록했으며, 그가 번역하여 수록한 롱펠로우의 시를 차례로 정리하면 다음 도표와 같다.

이처럼 롱펠로우의 시를 중점적으로 번역한 장두철─그는 본명보다는 자신의 호 해몽(海夢)이나 영문표기에 해당하는 H. M.이라는 이름으로 발표하고는 했다─은 『태서문예신보』에 두 편의 '산문시'를 발표했다. 하나는 '동서

---

26) 『태서문예신보』 제1호 (1918. 9. 26), p. 7.
27) 『태서문예신보』 제1호 (1918. 9. 26), p. 7.
28) 『태서문예신보』 제2호 (1918. 10. 13), p. 7.

원저자	번역자	수록지	호수(号數)와 일자	수록 페이지	번역시의 제목
롱펠로우	장두철, (海夢이나 H. M.으로 표기)	태서문 예신보	제4호(1918. 10. 26)	1	화살과 노리
			제6호(1918. 11. 9)	1	미인의 가슴
			제9호(1918. 11. 30)	7	무덤
			제10호(1918. 12. 7)	6	황혼
					어듸로?
					주의(注意)ᄒ여라
			제11호(1918. 12. 14)	8	여름의비
					물결
			제12호(1918. 12. 25)	8	촌(村)대장징이
					항상(恒常)5월이아닐다
					비오난날

명문집'이라고 강조한 항목에 수록되어 있는 「외-외-이다지도?」이며, 이 시의
전문을 인용하면 다음과 같다.

웃더캐도 우리듸마음엔 됴흔것도 업고요
스린것도 업습늬가!이것이 잇다하며난
외－외－우슬주도 모르고 울주도모를가요
외－외－이다지도 무심히요?

웃더캐도 뎌희의일흠을 쇼리놉히 부르되
대답할줄 모릅니가! 저희의 가슴속에난
외－외－동정도업고요 향기도 업슬가요
외－외－이다지도 닝정히요?

웃더캐도 저희의머리엔 속썩인 박족가치
아모것도 업습니가! 그러한 제주제에
외－외－아니쓷주짜만 남엇슬가요
외－외－이다지도 미련히요?

웃더캐도 저희의두팔을 제손으로 믜히고
안될말만 하난지요!저희난 안하면서
외―외―시긔만 방히만 한가요
외―외―이다지도 못싱겨요?

웃더캐도 저희의힝복을 누리지도 안코요
남주지도 안습니가!저희난 바라면서도
외―외―다른사람꼿차 못누리게 할가요
외―외―이다지도 무정히요?

웃더캐도 저희의감각은 압흔줄도 모르고
쓰란줄도 모릅니가!젼신에 가득흔피난
외―외―쓰겁지도안코 차지도안느가요
외―외―이다지도 흐리어요?

웃더캐도 저희의등을 힘써서 미러쥬되
쉼적도 안습니가!터분한 저희의정신
외―외―자지도안코요 씩지도안어요
외―외―이러코도 안죽어요?29)

― 해몽(海夢), 「외―외―이다지도?」 전문

　　다른 하나는 '산문시'라는 항목에 수록된 그의 산문시 「우리아버지의선물」
이며, 이 시의 전문을 인용하면 다음과 같다.

아버지 이제는 어데계십니가
놉고 놉흔 그 구름우에
놉고 넓은 그 궁준에서
아모것도 모르는 이즛삭울
념녀흐시는 눈으로 보호흐시겟지요?

아츰에 글방에 갈쩍이니는
허리를 굽히시면서 저가는뒤를 바라보시고

---

29) 해몽생(海夢生), 「외―외―이다지도?」, 『태서문예신보』, 제5호 (1918. 11. 2), p. 7.

저녁에 다녀와셔‘아버지’ㅎ고 습즈지를 듸리며는
변변히 쓰지도못흔 그글씨를
열심히 보시고 깃버ㅎ시엇지요?
이모리니 잇겟셔요?

언제흔번 제가 벽석에 누엇슬쩍
파리흔 이즈식의얼골을
스랑의눈물이 빗나는 눈으로 보시엇지요?
그쩌요―네?아버지 제가슴속에
써러졋든 그스랑이
이제꺼지도 쓰겁게 탐니다.

아버지쎄서 이자식 가슴에
깁히깁히너쥬신 그말슴
혹독흔 치위에 제몸은 어려도
네―네―그말슴만은 쓰겁습니다
아버지의 미즈막 선물―엇지나 잇겟새요?

그쩌 음울흔 그방에서
썰리우는 아버지손을 잡고
아버지말슴을 드르며업듸럿슬쩌에
눈물애저즌 아버지눈에는 만족ㅎ신우슴을쩌시엇지요?
이세상 모든 것을 다 바려도
그눈물 그우슴만은 제것이지요―
네―네―제것이지요?

가슴속에 깁히깁히사모친 그스랑이
이세상이 치울쩌는 져를 더웁게ㅎ고
울답ㅎ고 별얼에는 시원케합늬다
머릿속에 박히어잇는 그말슴이
어두운 밤,어즈러온 길에는 빗을 쥬고
실망과 락심애는 용기를 줍늬다
이것이 아버지의 뜻이지요?

그런데 이제는 어데계십니가
아름다온 ‘에든’동산에

흰손으로 정즛나무가지를 붓잡으시고
제로라고 날뛰는 이자식을
우스시는 얼골노 닉려다 보시겟지요?[30]
(1917. 10. 2)

— 해몽, 「우리아버지의선물」 전문

해몽(海夢) 장두철의 이러한 역할에 대해서 김억(1896~?)은 안서생(岸曙生)이라는 이름으로 두 편의 시를 헌정하기도 했으며, 그가 해몽에게 헌정한 시를 차례로 인용하면 다음과 같다.

쮜노는 바다,
성닉인 큰물결,
것츨은 들바람,
나의벗이여, 밋으라!
썩만오며는 오며는
고요한 세상,
잔잔한 푸른바다,
되리라, 아아되리라.
울부짓난 령,
참지못홀 큰압흠,
어두운 희망,
나의벗이여 잊으라!
썩만되며는 되며는
고요한 맘
빗나는 식희망
오리라, 아아오리라.[31]

— 안서생, 「밋으라(H. M. 형에게)」 전문

찬눈이 겨울들을 덥허도
오히려써는식소리들리여, 어두운—끗업는 금음밤에도
오히려 적은 별빗이 빗는다.

---

30) 해몽생, 「우리아버지의선물」, 『태서문예신보』 제6호 (1918. 11. 9), p. 7.
31) 안서생, 「밋으라(H. M. 형에게)」, 『태서문예신보』 제5호 (1918. 11. 2), p. 6.

하날을 덥허싼 쎄구름에도
오히려 희는 그빗을 노으며,거츨게 휩싸는 가을바람에도
오히려 다사한남풍이 석긴다.
가득한 리긔의 찬세상에도
오히려 공명의사랑이 잇스며,이닯은 가난한 가슴속에
오히려 위로의희밍이 잠겻다.32)

― 안서생, 「오히려(H. M. 형에게)」 전문

해몽(海夢) 장두철이나 안서(岸曙) 김억 외에도 '산문시'에 관심을 보였던 백
대진의 시 「뉘웃츰」과 「어진안히」의 전문을 차례로 인용하면 다음과 같다.

지각업서,
우슴사리 되엇고,
싸러,아버지의 기록ㅎ신 일흠ㅅ지,
더럽혓습니다.

아버지섹서는―
져쎈문에,
몸편히 주무신적도 업스셋고,
맛잇게, 잡스신쎔 업스셋지요,

오히려,지금에도,
악마의창ㅅ흔고향에서,
굽어진몸을,간신,간신히 펴가시면서,
시시려고만 ㅎ시지요

아버지여―져는요?,
츙효를 겸진흔,
아모의 후에임을 암니다,
아모의 후에로서,
불효의 몸됨을 싱각홀쎄에,
눈물의 온도가 더욱 놉핫습니다,

---

32) 안서생, 「오히려(H. M. 형에게)」, 『태서문예신보』 제5호 (1918. 11. 2), p. 6.

져는요?
더럽힌 아버지의 일흠과,
쩌러틔린 문호를,
다시금,씻끗ᄒ게,
다시금,붓드러올니랴고,
멀니,고향를 힝히
허물만흔과거를,뉘읏치엇슴니다,

아버지이,바라옴ᄂ니―
만수무강ᄒ옵소서.[33]

― 백대진, 「뉘읏츰」 전문

당신의병이,
비록 골슈에 드럿스나,
뎌히낭화가,
화―ㄹ쩍 붉어지면,
나을―줄 아련든바…

웃지히,
황국단풍의시절이 다지나도록,
아모 차도 업시,
더욱 더히어가노?

실낫갓치파리히가ᄂ 당신의모양이,
누에 ᄯ의울쩍마다,
압허, 신음히ᄂ 당신의목소리가,
귀에 부듸―칠쩍마다,
나ᄂ우리,
긴, 넓은힝쥬치마를
모조리 적시엇네.

압길이 양양ᄒ고 의긔가기특ᄒ,
당신이쥭을가,
밤 낫으로하ᄂ님쯰

---

33) 백대진, 「뉘읏츰」, 『태서문예신보』 제4호 (1918. 10. 26), p. 7.

이몸으로되신ᄒ여달나고,
츅원ᄒ엇지만…

아―언제나,
그부드럽기풀슙굿흔 맘을,
그굴기 기동굿흔 목을,
다시금 볼는지…

나의 사랑이어
죽으려나?정말죽으려나?
쇼년과부의 몸으로,
남의바누질이며 품파리로써,
당신을 길너ᄂᆡ신,
불상흔어머니를,
엇지 ᄂᆡ바리고,
죽으려나?

아―무심하나 하날이,
망가의혼자된 당신을,
살니려흠이,
엇지 이다지느진고―34)

― 백대진, 「어진안희」 전문

위에 인용된 시를 쓴 설원(雪園) 백대진의 생몰연대나 성장과정 및 학교
생활 등에 대해서 알려진 것은 것의 없다. 다만 한국 현대문학 초기에 해외
문학을 소개한 평론, 몇 편의 시 등이 전해지고 있을 뿐이다. 그는 『신문계』
에 「문학에 대한 신연구」(1916. 3)를 발표했고, 아울러 『신문계』에 발표한
「20세기 초두 구주 제대문학가를 추억함」(1916. 5)에서 문학의 목적에는 '쾌
락적인 것'과 '실용적인 것'이 있다는 점을 강조했다. 이 글에서 백대진은 19
세기부터 20세기 초까지 영국, 프랑스, 독일, 이탈리아, 벨기에, 노르웨이, 스
페인, 러시아 등의 작가군을 포괄적으로 소개했으며, 프랑스 상징주의 시와

---

34) 백대진, 「어진안희」, 『태서문예신보』 제10호 (1918. 12. 7), p. 6.

자유시를 같은 개념으로 소개함으로써, 한국 현대문단에서 '자유시'라는 용어를 맨 처음 사용하였다. 또한 『태서문예신보』 제4호 (1918. 10. 26)와 제9호 (1918. 11. 30)에 각각 발표한 「최근의 태서문단」은 한국문단에 이입된 영국문학과 프랑스문학을 이해하는 데 있어서 중요한 자료에 해당한다. 아울러 『태서문예신보』 제6호 (1918. 11. 9)에 평론 「생의 진실」을 발표하기도 했다.

3. 한국 현대시와 투르게네프의 '산문시' 「거지」의 관계

3.1 투르게네프의 '산문시' 「거지」의 번역과 김억의 역할

안서(岸曙) 김억은 투르게네프(1818~1883)의 '산문시'를 번역하여 장두철이 창간한 『태서문예신보』제4호에 '로서아의유명흔시인과 십구세긔의대표뎍작물'이라는 제목으로 투르게네프의 '산문시'를 번역·소개하면서 그 의의를 다음과 같이 언급했다.

> 만흔 로서아시인가운데 예술의묘취(妙趣)와 인상의 월등흠은 이앤트쎄네왚(IVAN TRUGENEV 1819~1883)에 비흘사람이업다. 이에 소긔코져흐눈'산문시'눈1천8빅8십2년의 저작인바 만년(晚年)의근심과,아즉슬어지지아니흔 청춘의싱각사이에셔 짜아닉인 아름다운쳘학 오심(奧深)흔 사상의 결정(結晶)일다. 19세기의 진물노 그의 일흠놉흔 작물도 여러 가지잇다.긔회만잇스면 평젼(評傳)갓흔것도 쓰랴고흔다. 역자35)

이상과 같이 의욕적으로 투르게네프의 '산문시'를 한국시단에 소개하기 시작한 김억은 「명일?명일?」과 「무엇을 내가 싱각흐겟나?」를 처음으로 번역

---

35) 안서생 역, 「로서아의유명흔시인과 십구세긔의대표뎍작물」, 『태서문예신보』제4호 (1918. 10. 26), p. 4.

했고,36) 이어서 '로서아(露西亞)의시단(詩壇) : 산문시'이라는 제목으로 투르게 네프의 '산문시' 「기」와 「비렁방이」를 번역했으며,37) 아울러 '동서시문집'이 라는 제목으로 투르게네프의 또 다른 산문시 「늙은이」와 「N. N.」을 차례로 번역했다.38)

이처럼 김억이 번역하여 소개한 바 있는 투르게네프의 '산문시' 「거지」의 원문은 다음과 같다.

Нищий

Я проходил по улице⋯меня остановил нищий, дряхлый старик.

Воспаленные, слезливые глаза, посинелые губы, шершавые лохмотья, нечистые раны⋯О, как безобразно обглодала бедность это несчастное су щество!

Он протягивал мне красную, опухшую, грязную руку⋯Он стонал, он мы чал о помощи.

Я стал шарить у себя во всех карманах⋯Ни кошелька, ни часов, ни да же платка⋯Я ничего не взял с собою.

А нищий ждал⋯и протянутая его рука слабо колыхалась и вздрагивала.

Потерянный, смущенный, я крепко пожал эту грязную, трепетную рук у⋯ ≪Не взыщи, брат; нет у меня ничего, брат≫.

Нищий уставил на меня свои воспаленные глаза; его синие губы усме хнулись—и он в свою очередь стиснул мои похолодевшие пальцы.

—Что же, брат,—прошамкал он,—и на том спасибо.—Это тоже подаяние, брат.

Я понял, что и я получил подаяние от моего брата.39)

(Февраль, 1878)

위에 원문을 인용한 투르게네프의 시 「거지」에 대한 김학수의 번역은 다

---

36) 안서생 역, 『태서문예신보』 제4호 (1918. 10. 26), p. 4.

37) 안서생 역, 『태서문예신보』 제5호 (1918. 11. 2), p. 6.

38) 안서생 역, 『태서문예신보』 제7호 (1918. 11. 2), p. 6.

39) 김학수 옮김, 『투르게네프 산문시』 (민음사, 1975), pp. 33~35에서 인용했음을 밝혀두며, 러시아어 타이핑을 도와준 정재민 교수에게 감사하는 마음을 전한다.

음과 같다.

> 거리를 걷고 있노라니……늙어빠진 거지 하나가 나의 발길을 멈추게 한다.
> 눈물 어린 출혈된 눈, 파리한 입술, 다 헤진 누더기 옷, 더러운 상처……오오, 가난은 어쩌면 이다지도 처참히 이 불행한 인간을 갉아먹는 것일까!
> 그는 빨갛게 부푼 더러운 손을 나에게 내밀었다……그는 신음하듯 중얼거리듯 동냥을 청한다.
> 나는 호주머니란 호주머니를 모조리 뒤지기 시작했다…지갑도 없다, 시계도 없다, 손수건마저 없다……나는 아무것도 가진 것이 없었다.
> 그러나 거지는 기다리고 있다……나에게 내민 그 손은 힘없이 흔들리며 떨리고 있다.
> 당황한 나머지 어쩔 줄을 몰라, 나는 힘없이 떨고 있는 그 더러운 손을 덥석 움켜잡았다…….
> '용서하시오, 형제, 아무것도 가진 게 없구려'
> 거지는 충혈된 두 눈으로 물끄러미 나를 바라보았다. 그의 파리한 두 입술에 가느다란 미소가 스쳤다―
> 그리고 그는 자기대로 나의 싸늘한 손가락을 꼭 잡아주었다.
> '괜찮습니다, 형제여'하고 그는 속삭였다.
> '그것만으로도 고맙습니다. 그것도 역시 적선이니까요'
> 나는 깨달았다―나도 이 형제에게서 적선을 받았다는 것을.[40]
> (1878. 2)

투르게네프의 '산문시'에 대한 김학수의 '해설'을 참고하여 그의 '산문시'가 지니는 의미를 정리하면 다음과 같다. 투르게네프는 그의 만년에 해당하는 1878년 이후 자신의 단편적인 관념, 사상, 표상 등을 산문형식으로 기록하였다. 이러한 그의 산문시는 전편과 후편으로 나뉘며, '늙은이의 말'이라는 표제가 붙은 전편은 『유럽통보』의 주필을 맡고 있던 스타슐레비치가 1882년 여름 파리에서 와병(臥病) 중에 있던 투르게네프를 찾아갔을 때, 처음으로 읽게 되었다. 투르게네프는 자신의 '산문시'의 발표를 원하지 않았지만 스타슐레비치의 권유로 『유럽통보』(1982. 12)에 발표하게 되었으며, 원고 포장 위에

---

40) 김학수 옮김, 『투르게네프 산문시』, pp. 32~34.

'늙은이의 말'이라고 쓰고 편지 말미에 다음과 같은 단서를 붙였다. "독자여, 이 산문시를 단숨에 읽지 말아주기를 바란다. 단숨에 읽으면 아마 지루한 마음에서 그대의 손에서 떨어지고 말리라. 오늘은 이것, 내일은 저것, 마음 내키는 대로 읽도록 하라. 그러면 그 중 어느 것인가는 그대의 마음을 건드리는 것이 있을지도 모른다." 그의 '산문시'의 후편은 오늘날 '신산문시'라고 불리며 그와 평생을 같이 했던 폴린 비아르도 부인의 집에 있는 서고(書庫)에서 발견된 작가의 유고 중에서 전편을 제외한 나머지 부분들이 여기에 해당한다.[41]

투르게네프가 자신의 '산문시'를 읽게 되는 미지의 독자에게 권유한 "그대의 마음을 건드리는 것이 있을지도 모른다"라는 언급처럼, 김억 역시 자신의 마음을 건드리는 시로 투르게네프의 '산문시' 중에서 인간애적인 측면이 강하게 제시되어 있는 「거지」에서 감동을 받아 이 시를 「비렁방이」라고 번역한 것으로 파악할 수 있다. 이러한 점은 투르게네프의 '산문시'에 대해서 김억 자신이 언급한 "만년(晩年)의근심과, 아즉슬어지지아니흔 청춘의싱각사이에셔 싸아닉인 아름다운철학 오심(奧深)흔 사상의 결정(結晶)" 등에서 찾아볼 수 있다. 김억이 번역한 투르게네프의 '산문시' 「비렁방이」의 전문은 다음과 같다.

나는 거리를 거럿다.……늙고 힘업는 비렁방이가 나의소믜를 익근다.
벅앗고 눈물고인눈, 푸른입술, 남누흔옷, 검웃검웃한 힌데자리……아아 웃더케 무섭게 가는이 이불상흔 산물건을 파먹어드럿노?
그난 붉고 부르든 더러운손을 닉압헤 닉민다. 숭얼숭얼탄식흐며, 도움을 빈다.
나난 포켓츠안에 손을 너엇다. 그러나 돈지갑도 업고, 시게도 업고 수건조차 업다. 나난 아모것도 업다.
그리도 비렁방이 오히려 기다린다.……그내밀은손은 힘업시 쩔린다.
엇지흘줄 모르고, 나난 이 더럽고 쩌난손을 잡엇다.……'용서흐여쥬게, 형뎨여, 나난 아모것도 가즌 것이 업네.'
비렁방이는 붉은눈을 내게향흐고 그 푸른입술에는 우슴을 찌우며, 나의 찬 손가락을 서팍 잡으며 쥬거리는말……

---

41) 김학수가 옮긴 『투르게네프 산문시』의 '해설' (pp. 128~129)을 참고하여 정리했음을 밝혀둔다.

'고맙습니다. 형뎨여 이것도 밧는물건이지요.'

나도 그 형뎨에게셔 바든물건이 잇슴을 늣겻다.[42]

자신이 번역한 투르게네프의 시 「비렁방이」를 김억은 「비령방이」로 다시 번역하여 『창조』 제8호에 수록했으며, 그 전문을 인용하면 다음과 같다.

> 나는 거리를걸엇다……늙고 힘업는 비령방이가 나의 소매를 잇끈다.
>
> 벌핫고 눈물고인눈 프른입살 남루(襤褸)흔옷, 검웃검웃흔 죵쳐쓰리……아아 어더케 밉살스럽게도 가난이라는놈이 어불샹흔 생물(生物)을 파먹어들엇노!
>
> 그는 붉고 부르든 더러운손을 나의압페 내여민다. 무엇이라탄식흐며, 울면서적선(積善)흐라고흔다.
>
> 나는 폭켓트안에 차자보앗다……만은 돈지갑도 업고, 시계(時計)도업고 적은수건(手巾)좃차업섯다……나는 가진것이라고는 아모것도 업섯다.
>
> 그래도 비령방이는 아직기달린다……그가 내여밀고잇는손은 힘업시 썬다.
>
> 엇더케훌지를 몰으고 나는 이더럽고 써는손을 힘잇게 잡앗다……'용셔흐여주게 형뎨(兄弟))여, 나는 아모것도 가즌것이라고는업네 형뎨(兄弟)여'
>
> 비령방이는 그벌흔눈을 내게향(向)흐고 고 프른입살에는 웃음을씌우며, 나의찬 손가락을 꽉잡앗다흐고 주저리는말이
>
> '고맙습니다 이것도 적선(積善)이지요.'
>
> 나도 나의 형뎨(兄弟)에게서 적선(積善)밧은 것을 나는이해(理解)흐엿다.[43]

투르게네프의 동일한 시를 김억이 시간적인 차이를 두고 번역한 위의 두 편의 번역시에서 차이점을 찾는다면, 우선 한자(漢字)의 사용을 들 수 있다. 전자에서는 한자를 사용하지 않았지만, 후자에서는 한자가 사용되었으며, 이러한 점은 이 시에서의 중요한 어휘를 시각적으로 강조하는 역할을 하게 된다. 아울러 이 두 편의 번역시에 사용된 표기법이 일관성이 없는 까닭은 그 당시에 한글의 맞춤법이 아직 정립되지 않았기 때문이라고 생각된다. 그럼에

---

42) 안서생 역, 「비렁방이」, 『태서문예신보』 제5호 (1918. 11. 2), p. 6.

43) 억생(億生) 역, 「비령방이」, 『창조』 제8호 (1921. 1), pp. 100~111. 김억이 『창조』 제8호와 제9호 (1921. 6)에 두 차례에 걸쳐 다시 번역하여 수록한 투르게네프의 산문시는 다음과 같다. 제8호에는 「비령방이」 외에도 「명일? 명일?」, 「개」, 「늙은이」 등이 수록되었고, 제9호에는 「회화(會話)」, 「처세법(處世法)」, 「기도(祈禱)」 등이 수록되어 있다

도 김억이 번역한 투르게네프의 이 시의 주제는 따뜻한 인간주의적인 측면을 강조하는 데 있으며, 그러한 점은 적선해줄 것이 아무것도 없는 시적 자아가 '비렁방이'의 손을 잡아주었을 때, 적선을 바라던 그 비렁방이가 "고맙습니다 이것도 적선(積善)이지요"라고 한 말에서 절정을 이룬다. 또한 거리를 걷고 있던 행인의 '깨끗한 손'과 비렁방이의 '더럽고 찌든 손'의 악수, 서로 힘껏 잡는 장면 역시 이 시를 읽는 이로 하여금 많은 감동을 자아내기에 충분한 것이다. 이처럼 가진 자와 없는 자의 경계가 사라지는 '악수'에 의해서 이들 두 계층은 서로 적선(積善)을 주고받게 된다. 사실 물질적인 적선도 중요하지만 더 중요한 것은 진정한 '마음'에서 비롯되는 인간애가 최상의 적선에 해당한다는 점을 투르게네프는 자신의 이 시에서 강조했기 때문이다.

김억이 이처럼 관심을 보였던 투르게네프의 산문시 「비렁방이」 혹은 「비렁방이」를 손진태는 『금성』 제3호 (1924. 5)에서 다음과 같은 언급과 함께 이 시를 번역하였다. "본지로브터투르게네쓰의산문시(散文詩)를초역(抄譯)하야 연재(連載)하겟습니다. 투르게네쓰가 근대산문시(近代散文詩)의 거장(巨匠)인것은 다시 말슴할 필요(必要)도 업슬쯧함니다. 유감(遺憾)인 것은, 역자(譯者)가 원어(原語)를 알지못하기 째문에, 역(譯)은 까-넷트(Constance Garnett)의 영역(英譯)에서 중역(重譯)한것임니다." 컨스턴스 클라라 가넷(1861~1946)은 영국의 여성번역가이며, 투르게네프, 도스토예프스키, 안톤 체홉 등을 포함하여 19세기 러시아문학에 대한 그녀의 번역은 러시아문학이 영국과 미국에 폭넓게 알려지는 계기가 되었다. 가넷의 영역(英譯)을 참고하여 손진태가 중역(重譯)한 투르게네프의 산문시 「거지」를 인용하면 다음과 같다.

    나는 큰거리를 것고잇섯습니다……나는엇던늙고파리한거지까닭에 발거름을멈추게되엿습니다.
    피가로채이고, 눈물고인두눈, 프른입술, 다쩌러진누덕이, 고름고인상처(傷處) ……오, 엇더케, 가난(貧)이, 무섭게도이가엽슨사람의살을먹엇는지!
    그는나에게, 붉고 부은(腫)째뭇은손을내밀엇습니다.
    그는중얼그렷습니다, 그는적선(積善)을하라고중얼그렷습니다.

나는나의폭켓트를뒤지기시작(始作)하엿습니다.……돈주먼니도업고, 시계(時計)도업스며, 항크치一쯔까지도업섯습니다.……나는아모것도가진것이업섯습니다. 그리고 거지는아직도기대리고잇섯습니다……쏘그의내밀은손은 힘업시흔들니고 썰녓습니다.

엇질줄 몰으고, 붓그러워서, 나는 째뭇고 흔들니는손을 불끈 쥐엿습니다……「노(怒)여워마시오, 형제(兄弟)여, 나는 아모것도가진것이업습니다, 형제(兄弟)여.」

거지는 나를피채인눈으로 들여다보앗습니다. 그의 푸른입살은 벙그레우섯습니다, 그리고그는 도로 나의찬손가락을쥐엿습니다.

「무슨말슴이십니가, 형제(兄弟)여?」그는중얼그렷습니다, 「이것도감사(感謝)합니다. 이것도적선(積善)이올시다. 형제(兄弟)여」

나는알엇습니다, 나도쏘한 나의형제(兄弟)로붓혀 적선(積善)밧은 것을.[44]

3.2 '경재'의 시와 윤동주의 시에 반영된 투르게네프의 영향과 수용

이상과 같은 인간주의적인 측면을 강조하고 있는 투르게네프의 산문시 「거지」의 영향은 지은이가 '경재'―'경재'가 누구의 인명(人名)인지, 필명(筆名)인지에 대해서는 알려진 바가 없다―라고만 표기된 「걸인(乞人)」과 윤동주의 시 「트르게네프의 언덕」에서 찾아볼 수 있다. 우선 '대한민국임시정부'에서 발행한 『독립신문』[45]에는 투르게네프의 산문시 「거지」를 그대로 모방·표절한 「걸인(乞人)」이라는 시가 수록되어 있으며, 이 시의 전문은 다음과 같다.

어느날인가 몹시도 더운날
나는 온갖번민(煩悶)을 박멸(撲滅)코져
더듬 더듬 공원(公園)에로 차자가섯다.

남루(襤褸)에싸이엿고 눈물에뭇친

---

44) 손진태 중역, 「거지」, 『금성』 제3호 (1924. 5), pp. 35∼36.

45) '대한민국임시정부'에서 간행한 『독립신문』은 제1호 (1919. 8. 21)에서부터 제189호 (1925. 11. 11)까지 발간되었다. 원래는 '상해 대한민국임시정부'에서 제1호 (1919. 8. 21)부터 제110호 (1921. 8. 15)까지 출판했으며 그 다음에는 '남경 대한민국임시정부'에서 제111호 (1921. 10. 5)부터 제189호 (1925. 11. 11)까지 출판했다. '경인문화사'에서 1984년 출간한 영인본은 제1권 (제1호―제100호)과 제2권 (제101호―제185호) 등 두 권으로 되어 있다. 경재의 시 「걸인(乞人)」은 '대한민국임시정부'에서 발행한 『독립신문』(1922, 9. 20), p. 4에 수록되어 있지만, 본문에서는 대한민국임시정부자료집 편찬위원회에서 펴낸 『대한민국임시정부자료집』 중에서 국사편찬위원회에서 펴낸 '별책1'의 『독립신문』(2005), p. 140에서 인용했음을 밝혀둔다. 아울러 경재의 시 「걸인(乞人)」의 해당부분을 복사하여 필자에게 보내준 정재민 교수에게 감사한다.

한거지가 집에는 칠십노모(七十老母)가잇고,
빈곱하우는 어린아해(兒孩)의애원(哀願)
참아듯고는 잇지못하갓다고
나에게 동령(洞鈴)을 청(請)하여섯다.

그는일즉이 어느공장(工場)에서
품파리하야 온식구(食口)가살아왓다요,
설상(雪上)의가상(加霜)이여라.
기계(機械)에손이상(傷)해서 그것쏫차불능(不能)이라고,

밋지못하리라. 현대(現代)의자본가(資本家),
그를위(爲)해쌈흘니고 애를써것만
일단(一旦)몸이 상(傷)하고보니 헌신작(弊履)바리듯 하엿서라.
밋지못하리라. 아니살지못하리라
현대사회(現代社會)의 제도(制度)밋테서는!!

나는의낭(衣囊)을뒤져보앗다.
지갑도 시계(時計)도 손수건신지도……아무것 하나도 아니가저섯다.
아~거지는 아즉도 손을내여밀고 무엇주려니 고대(苦待)하고이섯다.
썰니기시작(始作)하엿다. 썰닌다. 그의손은

나는황망(皇忙)하엿섯다. 할수업서
그의더러운손을 꼭쥐엇다.
'형(兄)아!용서(容恕)하여라.
나는공교히 아무것 하나도 가진것이없다.'

거지는 눈물이 그렁그렁한눈으로 나를보았다.
그리고싱긋우서주엇다.
그역(亦)차듸찬손으로
나의손을 힘잇게쥐여주엇서다.

'아니올시다. 황송(惶悚)하외다. 이것만해도 감사(感謝)함니다.'
아―이째에 나의가슴은 엘마나!

(8월16일N公園에서)
경재

앞에 인용된 시와 투르게네프의 시 「거지」를 비교해보면, 전자가 후자를 모방·표절했다는 점이 분명하게 드러난다. 그럼에도 차이점이 있다면, '거리'가 '공원'으로, 단순히 구걸하는 '거지'가 산업현장에서 재해(災害)를 입었을 뿐만 아니라 부양할 가족이 있는 실직자로서의 '걸인'으로 전환되어 있으며, 전자에서는 '거지'의 정체성 그 자체만을 강조한 데 반해서 후자에서는 '걸인'의 정체성이 공장근로자에서 날품팔이꾼을 거쳐 구걸하는 '걸인'으로 전락하게 되는 과정이 나타나 있다는 점 등을 들 수 있다. 또한 전자에서는 '형제'라고 되어 있지만 후자에서는 '형아'라고 되어 있다는 점을 주목할 필요가 있다. '형제'라고 했을 때에는 '거지'와 '시적 자아'가 대등한 입장에 있다는 점을 의미하지만, '형아'라고 했을 때에는 '거지'와 '시적 자아' 사이에 나이의 차이, 환경의 차이 등이 반영되어 있기 때문이다. 그리고 전자에서는 '인간주의' 그 자체를 부각시키고 있지만, 후자에서는 제4연에 제시되어 있는 바와 같이 '현대(現代)의 자본가(資本家)'의 권세와 '헌신작(弊履)'처럼 버려진 노동자의 절망과 불신에서 비롯되는 '현대사회(現代社會)의 제도(制度)'를 비판하고 있다는 점을 들 수 있다. 이러한 차이점에도 불구하고, 위에 인용된 시는 투르게네프의 시의 시어, 시적 상황 및 시적 배경을 그대로 전사(轉寫)하고 있으며, 그것은 이 시의 후반부에 해당하는 제5연부터 제8연까지 나타나 있다. 특히 마지막 부분의 '아니올시다. 황송(惶悚)하외다. 이것만해도 감사(感謝)함니다'라는 부분은 투르게네프의 시의 결말부분과 일치한다.

이상에서 간략하게 언급한 바와 같이 '경재'의 시가 투르게네프의 시를 모태로 하고는 있지만, 전자가 후자의 시로부터 직접적으로 영향을 받은 것인지, 김억의 번역시로부터 영향을 받은 것인지, 아니면 중국어나 일본어로 번역된 투르게네프의 시로부터 영향을 받은 것인지는 명확하지 않다.[46]

---

46) 다만 필자가 추정할 수 있는 것은 김억이 투르게네프의 이 시를 『창조』 제8호 (1921. 1)에 재번역하여 수록하였다는 점, 주요한(1900~1979)이 김동인(1900~1951), 전영택(1894~1968) 등과 함께 창간호부터 『창조』에 참여했다는 점(김억은 자신이 재번역한 투르게네프의 산문시 '비령뱅이'가 수록된 제8호부터 참여했다), 주요한이 상해 '대한민국임시정부'에서 간행한 『독립신문』의 기자로 활동했다는 점 등에 의해서 김억의 번역시가 수록된 『창조』 제8호를 주요한이 상해로 가져가게 되었고

투르게네프의 산문시 「거지」의 내용을 자신의 시의 내용으로 모사(模寫)한 예로는 윤동주(1917~1945)의 시 「트르게네프의 언덕」에서 찾아볼 수 있으며, 이 시의 전문은 다음과 같다.

나는 고개길을 넘고 있었다……그 때 세 소년(少年)거지가 나를 지나쳤다.
첫째 아이는 잔등에 바구니를 둘러메고, 바구니 속에는 사이다병, 간즈메통, 쇳조각, 헌 양말짝등(等) 폐물(廢物)이 가득하였다.
둘째 아이도 그러하였다.
셋째 아이도 그러하였다.
텁수룩한 머리털 시커먼 얼굴에 눈물 고인 충혈(充血)된 눈, 색(色)잃어 푸르스름한 입술, 너들너들한 남루(襤褸), 찢겨진 맨발,
아아, 얼마나 무서운 가난이 이 어린 소년(少年)들을 삼키었느냐!
나는 측은(惻隱)한 마음이 움직이었다.
나는 호주머니를 뒤지었다. 두툼한 지갑, 시계(時計), 손수건…있을 것은 죄다 있었다.
그러나 무턱대고 이것들을 내줄 용기(勇氣)는 없었다. 손으로 만지작 만지작거릴 뿐이었다.
다정(多情)스레 이야기나 하리라하고 '애들아' 불러보았다.
첫째 아이가 충혈(充血)된 눈으로 흘끔 돌아다 볼뿐이었다.
둘째 아이도 그러할 뿐이었다.
셋째 아이도 그러할 뿐이었다.
그리고는 너는 상관(相關)없다는듯이 자기(自己)네 끼리 소근소근 이야기하면서 고개로 넘어갔다.
언덕우에는 아무도 없었다.
짙어가는 황혼(黃昏)이 밀려들뿐[47]
(1939. 9)

투르게네프의 시와 위에 인용된 윤동주의 시의 차이점은 우선적으로 시적 자아의 태도의 차이에서 찾아볼 수 있다. 전자의 시에서는 거리를 걷다가 우연히 마주친 '거지'와의 만남과 상호호혜적인 '적선'의 의미를 강조하고 있지만, 후자의 시에서는 고갯길을 넘다가 우연히 마주친 '세 소년 거지'에게

거기에 수록된 투르게네프의 시를 '경재'라는 사람이 읽게 되었을 것이라고 추정할 수 있다. 그러나 이러한 점에 대해서는 정확한 자료와 고증을 필요로 한다.
47) 윤동주, 「트르게네프의 언덕」, 『하늘과 바람과 별과 시』 (정음사, 1949), pp. 200~202.

측은지심(惻隱之心)을 느끼게 된 시적 자아의 '의도성'으로 인해서 측은한 마음의 진정성이 사라져버렸다는 점을 들 수 있다. 이러한 점은 '지갑,' '시계,' '손수건' 등을 거지소년들에게 줄 용기가 없어서 그것들을 '만지작거리는' 점에서도 찾아볼 수 있고, 그냥 "다정스레 이야기나 하리하고 '애들아'"하고 불러보는 데서도 찾아볼 수 있다. 물론 전자의 '거지'가 나이 들었음—이러한 점은 투르게네프의 시 마지막 부분의 '고맙습니다 이것도 적선(積善)이지요'에서 찾아볼 수 있다—에 반해서, 후자의 '거지'는 소년들이라는 점에서 '성숙한 마음'과 '미성숙한 마음'을 고려할 수도 있지만, 중요한 점은 윤동주의 시에서는 시적 자아의 의도적 측은지심이 드러나 버렸다는 점을 들 수 있다. 그 결과 그의 시의 마지막에는 아무도 없게 되고 '황혼'만이 밀려들게 된다.

세 소년 거지에게 들켜버린 시적 자아의 '측은지심'과 의도적 동정심에서 야기되는 '수오지심(羞惡之心)' 등은 이상은(1905~1976)이 자신의 「동양적 인간형」에서 강조한 바 있는 '측은지심(惻隱之心)', '수오지심(羞惡之心)', '겸양지심(謙讓之心)', '시비지심(是非之心)'에서 비롯되는 '인의예지(仁義禮智)'에 관련된다고 볼 수 있으며, 인간의 이러한 네 가지 덕목을 이상은은 다음과 같이 설명했다.

> 영원, 보편적인 요구는 사람에 있어서만 있고 동물에 있어서는 볼 수 없다. 그래서 맹자는 이것을 사람이 금수(禽獸)와 구별되는 소이(所以)라 하였다. 다만 사람에 있어서도 그것이 정신적인 요구인 만큼 인간의 생리적 성장과 정신적 성장에 따라서 그것의 출현에 조만(早晩)의 차이가 있고, 또 재질(才質)의 차이에 따라서도 그 실현 상 차이가 생긴다는 것은 맹자도 인정한 바 있다.… [중략] …그러면 어떻게 그것이 인위적으로 배워 얻은 것이 아니고 인간의 본성인 줄을 아는가? 맹자는 그것을 경험적 사실로서 다음과 같이 증명한다. 어린애가 우물에 빠지는 것을 보면 사람은 누구나 출척(怵惕)·측은한 마음을 가지고 달려가서 구해 준다. 그 구해 주는 것이 반드시 자기의 어린애라서 그런 것도 아니요, 그 애를 구해줌으로 해서 무슨 이득이 생긴다고 그런 것도 아니다. 자기와는 아무 관계가 없으면서도 구해 주려고 한다. 그것은 그저 자기 마음속에 저절로 움직이는 정감(情感)에 따라서 행동하는 것뿐이다. 이런 마음을 그는 '측은지심(惻隱之心)'이라 하여 그것을 '인지단(仁之端)'이라 하였

다. 또 이런 실례도 들었다. 며칠 굶은 거지가 뉘 집에 밥 빌러 갔다. 주인이 마치 개밥 주듯이 '옛다! 먹어라!' 하고 던져 주면 그 거지는 후에 굶어 죽는 한이 있더라도 받아먹지 않는다고 한다. 그것을 그는 '수오지심(羞惡之心)'이라 하여 그것을 '의지단(義之端)'이라고 하였다. '단(端)'이란 말은 '끝'이란 뜻이다. 사람이 측은·수오의 정을 가지게 되는 것은 마음속에 '인·의'의 본성이 뿌리박고 있기 때문에 그것이 밖으로 내뻗어 한 끝을 보여 준 것에 불과하다는 뜻이다. 어린애가 우물에 빠지는 것을 보고 구해 주는 것이나 거지가 밥을 빌다가 당한 모욕 같은 것은 모든 사람의 '인·의'의 본성이 밖으로 나타날 계기를 지어 준 우연한 일에 불과하다.… [중략] …그러나 인의(仁義)의 행위가 가치세계에서 실현되려면 '예(禮)'와 '지(智)'의 수반 없이는 불가능하다. '예'란 무엇인가? 예란 인류생활에서 질서를 부여하는 원리이며, 인간의 행위에 규범을 세워주는 원리이다. 맹자는 이 원리도 인간의 본성 속에 내재한다는 것이다. '겸양지심 예지단야(謙讓之心 禮之端也)'라 혹은 '공경지심 예야(恭敬之心 禮也)'라 한 것이 그 말이다.… [중략] …겸양지심(謙讓之心)이라, 공경지심(恭敬之心)이라 하는 것은 '남'을 인격적 존재로서의 주체임을 '나'가 인정해 주는 인간성을 뜻하는 말이다.

이처럼 진정성이 없는 '측은지심'과 의도성이 강하게 드러난 의도적인 동정심을 바탕으로하는 윤동주의 시에서 시적 자아와 세 소년 거지는 인간주의, 인간애, 인간정신의 유대감을 형성하지 못하고 서로 분리되어 버린다.

4. 소결론

이상에서 살펴본 바와 같이 김억이 '비렁방이'라고 번역하여 소개한 투르게네프의 산문시 「거지」는 그 이전에 백대진에 의해서 언급되었고 실천되었던 '산문시'의 영역을 한국 현대시의 영역에 심화시키고 확대시키는 계기를 마련하였다고 볼 수 있다. '산문시'에 대한 백대진의 역할에 대해서는 더 많은 연구를 필요로 하지만, 적어도 김억에 의한 투르게네프의 산문시의 소개는 당시로서나 지금으로서나 중요한 소개에 해당한다. 김억의 이러한 역할이 '경재'라는 필명이나 본명을 쓰는 사람에 의해서 소개된 그 자신의 창작시 「걸인」과 윤동주의 시 「트르게네프의 언덕」에 직접적인 영향을 끼친 것으로 보기는 어렵다 하더라도, 투르게네프의 산문시 「거지」가 한국 현대시에 소개된 연대순으로 볼 때에 김억→경재→윤동주의 순으로 그 소개과정과 적용과정을 추정할 수는 있을 것이다. 더구나 투르게네프의 산문시 「거지」를 번역한 김억의 단순한 소개에 그치지 아니하고 그것을 원용하여 혹은 전용하거나 모방하여 자신들의 시에 적용한 경재의 시와 윤동주의 시는 비교문학적으로 중요한 의미를 지닌다.

　비교문학에서 '전용'은 독창성이 결여된 몰염치한 행위라고 파악하여 금기시 되고 있으며, '모방'은 그 기간이 짧아야 한다는 점을 전제로 한다. 이렇게 볼 때에 번역의 옳고 그름, 정확성과 부정확성에 대한 연구 또한 중요하지만, 당대의 여러 가지 상황이나 여건으로 볼 때에 김억의 역할은 한국 현대시의 역사에서 중요한 것에 해당한다.

그러면서도 당시 일본이나 중국에서 번역되었을 수도 있는 투르게네프의 산문시 「거지」의 자료가 없이는 이 시에 대한 김억의 번역을 심도 있게 논의할 수 없다는 점을 들 수 있다. 이러한 점에 대해서는 일본이나 중국에서 번역되었을 수도 있는 더 많은 자료를 참고하여 살펴볼 필요가 있다.

제5장
보들레르의 영향과 수용

황석우, 박영희, 서정주, 김동명의 경우를 중심으로

1. 보들레르의 생애와 작품세계

보들레르(1821~1867)는 흔히 최후의 낭만주의 시인이자 최초의 상징주의 시인으로 일컬어지고는 한다. 그의 첫 시집 『악의 꽃』(1857)이 출판되었을 때에 당시의 최고시인이자 프랑스문단의 거봉이라고 할 수 있는 빅토르 위고(1802~1885)가 『피가로』에 "신선한 충격을 주었다"라고 평한 것을 보고는 보들레르가 "빅토르 위고? 그가 누군데?"라고 언급한 것은 그의 성격과 개성을 보여주는 대목에 해당한다. 보들레르는 고티에(1811~1872), E. T. A. 호프만(1776~1822), 요셉 드 마이스트(1785~1821), E. A. 포(1809~1849) 등으로부터 영향을 받았고, 랭보, 베를렌, 위스망스(1848~1907), 라포르그(1860~1887), 로트레망(1846~1870), 말라르메, T. S. 엘리엇, 스테판 조지(1868~1933), 발터 벤야민(1892~1940) 등에게 영향을 끼쳤다. 많은 연구자들이 언급하고 있는 바와 같이 보들레르는 서정주(1915~2000)의 초기시와 김동명(1900~1968) 등에 영향을 끼친 것으로 알려져 있다. 보들레르는 또한 시뿐만 아니라 아방가르드를 중심으로 하는 모더니즘 등의 사조와 사상의 형성에 있어서도 중요한 역할을 하였다.

1.1 생애

1.1.1 청소년기와 젊은 시절

원로원(元老院) 사무국 고관이자 아마추어 예술가였던 62세의 아버지 프랑
수아 보들레르와 프랑수아의 후처로서 34세나 어렸던 28세의 어머니 캐롤린
뒤페 사이에서 태어난 샤를르 보들레르는 자신의 아버지-상당한 지적수준
과 교양을 갖추고 있었으며 많은 연금을 받으면서 은퇴생활을 하고 있던-
로부터 사물의 형태와 선의 아름다움 등을 감상하는 법을 배우면서 행복한
유년기를 보냈다. 이 시기에 형성된 미적 안목과 취향은 보들레르가 훗날 가
장 주목받는 시인이자 예술비평가로 활동할 수 있는 바탕이 되었다. 그러나
그가 일곱 살이었던 1827년 2월 그의 아버지가 세상을 떠나자, 남편보다 서
른네 살이나 젊었던 그의 어머니는 그 다음 해인 1828년 11월 육군 중령 자
크 오피크와 재혼했다. 오피크는 나중에 장군으로 승진했으며 외국대사와 상
원위원을 역임하기도 했다.

사치스럽고 상류사회를 동경하던 어머니와 보들레르의 관계는 상당히 긴
밀한 것이었으며 이러한 점은 보들레르의 다음과 같은 언급에서 찾아볼 수
있다. "제가 어머님을 사랑한 것은 바로 그 우아한 태도 때문이었으며, 저
역시 상당히 멋진 소년이었지요 …저의 어린 시절은 어머님에 대한 열정으
로 가득한 시절이었으니까요."[1] 나이 어린 보들레르의 교육과 장래를 염려
하기는 했지만 그의 예술적 기질을 탐탁하게 생각하지 않았던 오피크는
1832년 보들레르를 리옹에 있는 '왕립중학교' 기숙사생으로 입학시켰다. 휴
일을 포함하여 군대식 일과와 엄격한 규칙에도 불구하고 보들레르는 학교생
활에 적응하면서도 언어적 감수성과 문학적 표현양식 등을 스스로 터득하기
시작했다. 보들레르는 이 시기를 "엄격한 유폐에서 비롯되는 전율의 시절…
불안하고 저주받고 버려진 유년기, 폭군 같은 학교당국에 대한 증오, 마음의

---

1) Joanna Richardson, *Baudelaire* (New York : St. Martin's Press, 1994), pp. 13~16.

고독”으로 점철되었던 시기라고 회상하고는 했다. 그럼에도 학생들이 보기에 “그는 그 어떤 다른 학생들보다도 훨씬 더 세련되고 탁월한 학생이었으며… 서로 훌륭한 문학작품에 대한 취향과 동경 및 애정을 나누게 되었다”라고 진술할 정도로 당시 열네 살이었던 보들레르는 다른 학생들의 동경의 대상이기도 했다.[2]

오피크가 1836년 파리로 전근하자 보들레르도 파리의 ‘루이그랑고등학교’로 전학했다. ‘학교의 명예를 드높일 아이’라는 오피크의 장담에도 불구하고 보들레르는 문제가 많은 비행학생(非行學生)으로 지목되었으며 그로 인해서 그는 우울증 증세를 보였을 뿐만 아니라 자신이 천성적으로 외롭고 고독한 존재라는 사실을 깨닫게 되었다. 이 시기의 보들레르는 의기양양하기도 했고 신비주의에 몰입하기도 했고 부도덕하고 냉소적인 태도를 보이기도 했다. 1839년 ‘대학입학자격시험’에 합격한 후 오피크가 마련해준 외교관 자리나 법관의 자리를 마다하고 문인(文人)의 길을 가기로 선언함으로써 자신의 어머니를 경악케 했다. “나는 그 어떤 직업에도 흥미가 없다”라고 자신의 동생에게 말할 정도로 보들레르가 문인의 길을 선택한 까닭은 원하는 책을 마음껏 읽고 대학생으로서의 생활을 만끽할 수 있는 ‘자유’ 때문이었다. 그 결과 법과대학에 등록하여 1840년까지 학생신분을 유지했음에도 불구하고, 다른 보헤미안 예술가들과 작가들과 어울림으로써 아편과 대마초 및 복잡한 여성편력 등을 체험하게 되었으며, 급기야는 ‘사라’라는 매춘부와 동거하기도 하였다. 오피크는 보들레르의 형 알퐁스에게 “절대적인 파멸로부터 네 동생을 구출하기 위해서 특단의 조치를 취할 것이다”라는 편지를 보냈을 뿐만 아니라 자신이 원하는 스타일로 보들레르를 변화시키기 위해서 오피크는 퇴역 해군대위의 보호아래 1841년 보들레르를 인도 캘커타로 여행을 보냈다. 이로 인해서 그의 어머니 캐롤린은 크게 낙담하였다. 원래 2년 동안 체류할 예정으로 1841년 6월 9일 캘커타를 향해 여행을 떠났지만, 수리를 위해 모리셔스

---

2) Richardson, *Baudelaire*, pp. 30, 32, 35.

섬에 배가 입항하자 20여 일 머문 후에 1842년 2월 프랑스로 되돌아왔다. 이 여행에서 '코끼리를 탔었다'라고 허풍을 떨기도 했지만, 이 짧은 기간 동안의 외국체험에서 얻은 동양의 신비주의와 문학적 상상력 등은 보들레르의 시세계에 많은 영향을 끼쳤다.

1842년 4월 오피크가 세상을 떠나면서 남겨준 10만 프랑이 넘는 재산과 네 필지의 토지를 스물한 살의 젊은 나이에 유산으로 물려받은 보들레르는 당시의 대다수 시인들이나 예술가들이 그러했듯이 자신의 어머니와 집을 떠나 화려하고 방탕한 생활을 시작했지만, 그것은 즉각적으로 그의 재산을 노리는 사기꾼과 고리대금업자의 표적이 되었고, 이어서 그의 가족들은 그의 재산을 위탁하여 관리하게 되었다. 이 시기에 보들레르는 낭트의 한 매춘부의 혼혈사생아이자 나다르―나다르는 풍자 만화가이자 철학자였던 가스파르-펠릭스 투마숑(1820~1910)의 필명이다―의 정부(情婦)였던 잔 뒤발을 만나게 되어 오랫동안 관계를 유지하였다. 보들레르의 이러한 상황을 지켜본 그의 어머니는 다음과 같이 탄식했다. "오, 절망이여! 그 애가 제 의붓아버지 말을 들었더라면 전혀 다른 길을 갈 수 있었을 텐데…그 애가 문학에서 이름을 남기지 않을 수도 있고 또 그것은 사실이겠지만, 우리 세 사람 모두 더 행복해야만 한다."3) '검은 비너스'라는 애칭으로 불렸던 뒤발에 대해서 보들레르의 어머니는 "갖은 방법으로 우리 애를 고통으로 몰아넣고 기회 있을 때 마다 돈을 빼내는 여자"라고 생각하고는 했다. 뒤발의 배신과 아둔함에 절망한 나머지 보들레르는 자살까지도 시도했지만 그녀에 대한 그의 애정은 변함없었을 뿐만 아니라 그녀로부터 영감을 받아 자신의 첫 번째 연작시이자 프랑스어로 된 최고의 성애시(性愛詩)라는 평가를 받고 있는 「검은 비너스」를 쓰기도 했다.

---

3) Richardson, *Baudelaire*, p. 70.

1.1.2 문단교류와 혁명참가

공식적으로 시인으로 등단하지는 않았지만 보들레르가 파리의 예술가집단에서 '멋쟁이'로 알려지기 시작한 까닭은 그가 거침없이 돈을 쓰고 많은 책과 골동품을 구입했기 때문이며, 1844년이 되었을 때 그는 자신의 유산을 거의 탕진하게 되었다. 그 결과 그는 정기적으로 자신의 어머니에게 돈을 요구했으며 어떻게 해서든 시인이라는 이름을 얻고자 노력했다. 이러한 시기에 그는 발자크(1799~1850)를 만나게 되어 훗날 자신의 첫 시집 『악의 꽃』에 수록하게 될 많은 시를 쓰기 시작했다. 보들레르가 「1845년 현대미술전」이라는 예술평론을 처음으로 발표했을 때, 그의 대담하고 날카로운 판단력과 앞을 예견하는 통찰력 등으로 인해서 많은 사람들이 그에게 관심을 보이기 시작했다. 그는 당대의 소설에 대한 자신의 비평적 견해를 주저 없이 피력했으며 특히 들라크르아(1798~1863)의 그림을 신랄하게 비판했다. 들라크르아는 자신에 대한 보들레르의 견해를 수긍하기는 했지만, 여전히 불편해하면서 보들레르와 일정한 거리를 유지하였으며, 보들레르가 자신의 그림세계를 '우울'과 '열병'에 역점을 두어 지속적으로 평가하는 것을 달갑게 생각하지 않았다.[4] 물론 나중에 보들레르는 들라크르아의 예술세계를 인정했다.

아울러 동시대를 주제로 하는 예술작품의 부재(不在)를 개탄하면서, 문학이나 예술로 표현할 수 있는 소재나 개성이 부족해서가 아니라 진정한 화가나 작가는 바로 '오늘의 삶'의 속성을 정확하게 포착하여 그것을 붓과 펜으로 설명해야 한다는 점을 강조하고는 했다.

자신의 예술평론에 힘입어 보들레르는 자신이 풍부한 지식과 열정적인 비평가라는 점을 입증했으며 더 많은 예술단체로부터 관심을 받게 되었고 구스타프 쿠르베(1819~1877)와 교류하게 되었다. 그럼에도 적은 수입과 늘어나는 빚, 고독과 외로움, 한심한 현실과 불확실한 미래 등 "잠들 때의 피로와 깨어날 때의 피로를 감당할 수 없어서" 보들레르는 남은 재산을 잔 뒤발에

---

4) Lois Boe Hyslop, *Baudelaire : Man of His Time* (New Haven : Yale University Press, 1980), p. 14를 참고할 것.

맡기고 자살을 시도했지만, 표면적인 칼자국만 남긴 채 미수에 그치고 말았다. 가난과 고통을 감당하지 못하던 그는 어머니에게 자신의 처지를 호소했음에도 불구하고 재혼한 남편 오피크의 지시로 그의 어머니는 그러한 호소를 무시해버려야만 했다. 이러한 시기에 일정한 거처도 없이 부모로부터 완전히 무시당한 채 보들레르는 한동안 이방인처럼 살아야 했다. 자신의 문학적 재능에 대한 회의, 가족과 부모님에 대한 적개심, 청소년 시절에 경험한 우울증 등으로 인해서 보들레르는 '우울'이라는 망상에 사로잡히게 되었으며, 이러한 증상을 그는 자신의 시로 형상화하였다.

보들레르의 미학적 이정표에 해당하는 「1845년 현대미술전」이라는 두 번째 예술평론을 발표했을 때, 그는 낭만주의의 지지자이자 비평가라는 호평을 받았을 뿐만 아니라 들라크르아를 최고의 낭만주의 예술가라고 지지함으로써 폭넓은 인정을 받게 되었다. 이 평론에서 보들레르는 전시회 자체만을 단순하게 설명하지 않고 그 자신만의 독자적이고 독창적인 이론을 바탕으로 하여 회화도 음악과 마찬가지로 명암으로 이루어진 고유한 화음을 가지고 있다는 점, 자연의 색깔에는 음악적 가락이 있다는 점 등을 강조함으로써, 자연과 예술의 '교감(交感)'이라는 개념을 처음으로 제시하였고 자신의 시세계에서 이러한 개념을 적용하는 계기를 마련하게 되었다.[5]

이 시기에 보들레르는 몇 편의 시를 발표하였고 논설과 평론을 기고하기도 했으며, 자신의 유일한 소설 『허풍선이』(1847)를 발표했다. 이 소설은 그가 훨씬 오래전에 사치와 방탕에 탐닉하던 시절의 이야기를 분석한 자전적 소설에 해당한다. 아울러 루이-필립 왕의 통치를 마감하고 프랑스 제2공화국의 출현을 가능하게 했던 '1848년 2월 혁명'에 참가한 보들레르는 공화국 정치에 관심을 기울였다. 그러나 그의 정치적 성향은 지속적인 신념에 의한 것이라기보다는 심정적인 입장에 의한 것으로, 그의 관심은 피에르-요셉 프루동(1709~1865)의 무정부주의, 쥐세페 페라리(1812~1876)의 '국가의 이성,' 요

---

5) Rosemary Lloyd, *Baudelaire's Lliterary Criticism* (London : Cambridge University Press, 1981)을 참고할 것.

셉 드 마이스트의 자유주의 비판 등으로 이어지게 되었다. 보들레르가 혁명에 참가했던 까닭은 정치적인 개혁보다는 자신보다 더 많은 고통을 받고 있는 사람들에 대한 동정심의 발로와 자신의 친구들의 혁명적 이상주의 등에 고무되었기 때문이다. 그의 의붓아버지 오피크 역시 혁명에 가담하여 군중들 편에 섰으며, 그가 귀족가문과 연결되어 있었음에도 불구하고 제2공화국 정부는 그를 예외적으로 터키 전권공사로 임명하였다.

보들레르는 1950년대 초까지 건강악화, 부채증가, 산발적인 문학작품 발표 등으로 인해 고통을 받아야 했고, 여러 곳을 전전긍긍해야 했으며, 자신의 어머니와의 불편한 관계를 지속해야만 했다. 제안 받았던 여러 가지 프로젝트를 대부분 완성하지 못했던 보들레르는 E. A. 포의 소설을 번역하여 출판하는 일에 몰두하기도 했다. 어린 시절에 영어를 배웠던 보들레르는 M. G. 루이스(1775~1818)의 『수도승』(1796)과 같은 괴기·공포소설과 포의 단편소설을 탐독했으며 그들의 소설로부터 많은 영향을 받았다. 보들레르는 포에 관련되는 첫 번째 평론─보들레르의 이 평론은 영어 이외의 외국어로 쓴 포에 대한 첫 번째 평론에 해당한다─을 1852년『파리평론』 3, 4월호에 발표한 것을 비롯하여 포의 작품을 프랑스어로 번역하여 지속적으로 발표했다. 예를 들면 포의 시「까마귀」는 그가 번역한 유일한 시에 해당한다. 그 이후에 포의 작품세계에 대한 서문과 함께「기이한 이야기」(1856),「새로운 기이한 이야기」(1857),「아서 고던 핌의 모험」(1858),「유레카」(1864),「괴기한 이야기」(1865) 등을 번역하기도 했다. 포의 작품을 번역하는 과정에서 보들레르는 자신과 동일한 문학적 취향과 성격을 가지고 있을 뿐만 아니라 이미 독자적인 작품세계를 형성하고 있는 하나의 모델을 포에게서 발견하였고, 포를 통해서 자신의 미학이론과 시적 성취에 어떤 자신감을 갖게 되었다.

E. A. 포의 작품을 번역하면서 자신의 시세계의 형성에 어떤 자신감을 가지게 된 보들레르였지만, 1852년 4월 그는 잔 뒤발과 헤어진 후 여배우 마리 도브륀에게 구애했다가 거절당하게 되자 당시 파리의 사교계에서 잘 알려진

미인이자 화가의 모델로 활동하던 아폴로니 사바티에(1822~1889)에게 접근했다. '하얀 비너스'라는 애칭으로 불렸던 사바티에는 파리의 예술가들과 작가들의 친구로 지냈기 때문에 보들레르와도 이미 알고 지내던 사이였다. 보들레르의 연작시 「하얀 비너스」는 사바티에로부터 받은 영감이 계기가 된 시이다. 아울러 1854년 도브뢴과 관계를 맺은 보들레르는 '초록 눈의 비너스'라는 애칭으로 불렸던 그녀에 대한 연작시 「초록 눈의 비너스」를 발표하였다.

자신의 의붓아버지 오피크가 1857년 세상을 떠나자 보들레르는 자신의 어머니와의 관계가 개선될 수 있으리라고 믿었으며, 서른 여섯의 나이에도 불구하고 어린 소년처럼 "제가 절대적으로 어머님께 속해 있고, 오로지 어머님께만 속해 있다는 점을 믿어주세요"라는 편지를 쓰기도 했다.

1.1.3 원숙기와 『악의 꽃』[6]의 발간

연속되는 나태한 생활, 정서적인 파탄, 질병 등으로 점철되는 젊은 시절로 인해서 보들레르는 프랑스문단에서 그렇게 많은 주목을 받지 못했지만 그의 첫 번째 시집이자 가장 유명한 『악의 꽃』(1857)—원래 제목은 『지옥의 변경』이었다—을 출판하면서 이러한 상황이 반전되었다. 이 시집에 수록된 몇 편의 시에는 그의 친구이자 알렌숑에서 가업(家業)인 인쇄업을 하던 오귀스트 풀레 말래시스(1825~1878)의 도움을 받아 1855년 6월 철저하게 낭만적인 시를 강조했던 『두 세계 평론』에 수록된 18편의 시도 포함되어 있다. 이들 18편의 시의 표현방식과 독창적 주제 등으로 인해서 보들레르는 외설적인 시인이라는 비판과 악명을 얻게 되었지만, 그는 1857년 봄 『프랑스평론』에 아홉 편의 시를, 『아티스트』에 세 편의 시를 이어서 발표한 바 있다. 따라서 보들레르의 시집 『악의 꽃』의 내용이 새로운 것, 말하자면 외설적이라든가

---

6) 이후로 보들레르의 『악의 꽃』에 수록된 시에 대한 설명은 프랑스 낭시대학교 교수인 마르셀 가이오(Marcel Galliot)가 선별하고 해설한 *Baudleaire : Les Fleurs du Mal* (Paris : Librairie Marcel Didier, 1961)을 참고했음을 밝혀둔다.

반윤리적이라든가 하는 것이 아니었음에도 불구하고 이 시집이 출판되자마자 공식적으로 또 공개적으로 보들레르는 비판의 대상이 되기도 했고 찬사의 대상이 되기도 했다. 테오도르 드 방빌(1823~1891)은 "정확하게 정의할 수 없는 불안한 공포와 찬사로 혼합된 거대하고 경이롭고 예상을 뒤엎는 시집"[7]이라고 평가했고, 자신의 소설 『보바리 부인』(1857)으로 인해서 많은 공격을 받았던 플로베르(1821~1880) 역시 보들레르에게 "낭만주의를 회복할 수 있는 방법을 찾아냈군요…대리석처럼 단호하고 영국의 안개처럼 예리합니다"[8]라는 편지를 보내기도 했다.

시집 『악의 꽃』의 중심적인 주제에 해당하는 '섹스'와 '죽음' 등은 많은 비판을 야기하였으며, 레즈비언이즘, 신성한 사랑과 저속한 사랑, 변용, 우울, 도시의 붕괴, 순수성의 상실, 삶의 억압과 알코올 등 역시 비판의 대상이 되었다. 또한 노스탤지어의 감정과 과거의 친밀성 등을 환기하기 위해서 보들레르가 사용한 냄새와 향기와 감각에 관계되는 이미저리 역시 그의 입장을 어렵게 만들었다. 그 결과 『악의 꽃』은 당대의 비평가들 사이에서 일종의 웃음거리가 되기도 했고, 어떤 비평가들은 '열정과 예술과 시의 걸작'이라고 평가하기도 했고, 또 다른 비평가들은 이 시집 자체를 말살시키기 위해서 법적대응을 준비하기도 하였다. 보들레르에게 반대하는 입장을 주도했던 J. 아바스는 "이 시집에서 숨김이 없는 모든 것을 도저히 용납할 수가 없다. 용납할 수 있는 것이 있다면 그것은 불쾌하다는 것뿐이다"라고 『피가로』에 기고하기도 했다. 신성모독과 미풍양속을 저해한다는 점, 이 시집에서 묘사하고 있는 여성들의 정체성에 대한 궁금증, 즉 '검은 비너스'로 불렸던 잔 뒤발은 에로티시즘의 화신으로, '초록 눈의 비너스'로 불렸던 사바티에는 플라토닉 러브의 상징으로, '하얀 비너스'로 불렸던 마리 도브룅은 백치미의 상징으로 설명하고 있는 것 등에 대한 궁금증, 세간의 억측과 비난 등으로 인

---

7) Richardson, *Baudelaire*, p. 236.
8) Richardson, *Baudelaire*, p. 241.

해서 보들레르는 어려움에 처하게 되었다. 더 이상 참을 수 없었던 보들레르는 그러한 처지를 절규하면서 자신의 어머니에게 다음과 같은 예언적인 편지를 썼다.

어머님께서는 알고 계시지요 문학과 예술은 윤리와는 무관한 목적을 추구하는 것이라고 제가 언제나 생각했다는 것을. 제게는 아름다움에 대한 개념과 스타일만으로 충분합니다. 그러나『악의 꽃』이라고 제목을 붙인 저의 시집에서는 모든 것을 언급하고 있으며, 어머님께서도 알게 되시겠지만, 냉정하고 냉소적인 아름다움으로 일관되어 있습니다. 저는 그러한 아름다움을 분노와 인내로 창조했습니다. 또한 그러한 아름다움의 긍정적인 가치에 대한 증거는 제 시집에서 언급하고 있는 모든 질병에 있습니다. 사람들은 제 시집에 분노하고 있습니다. 더구나 저를 자극했던 공포로 저는 전율하고 있습니다. 저는 그러한 증거의 1/3을 삭제했습니다. 그럼에도 사람들은 저의 모든 것을 부정하고 있을 뿐만 아니라 창조정신, 프랑스어에 대한 저의 지식까지도 부정하고 있습니다. 저는 이 모든 어리석은 질책과 힐난에 대해서 개의치 않을 것입니다. 빅토르 위고, 고티에, 심지어 바이런 등의 가장 훌륭한 시와 함께 저는 제 시집이 그 자체만의 덕목과 결점을 모두 아우르면서 의식 있는 대중들의 기억에서 그 자체의 길을 걸어가게 될 것이라는 점을 알고 있습니다.[9]

보들레르와 출판업자 풀레 말래시스 그리고 인쇄업자 등은 대중의 윤리에 배치된다는 공격에 대해서 성공적으로 대처할 수 있었으며, 벌금형을 선고받음으로써 보들레르는 투옥을 면하였다.『악의 꽃』에 수록되었던 여섯 편의 시가 삭제되었지만 브뤼셀에서『유실물』(1866)로 출판되었을 때에는 다시 포함되었다. 이와 같은 여섯 편의 시가 삭제된 채 상당 부분을 보완하여 증보한『악의 꽃』(1861) 개정판이 출판되었지만, 문제가 된 여섯 편의 시는 포함되지 않았을 뿐만 아니라 이 시집의 내용에 대한 수많은 비판은 여전히 지속되었다. 이러한 상황을 지켜본 빅토르 위고는 보들레르에게 "당신의『악의 꽃』은 별처럼 빛나고 반짝거립니다.…내가 할 수 있는 한 지칠 줄 모르는 당신의 정신에 박수를 보냅니다"라는 편지를 썼다. 아울러 개정판을 더 증보한 제3판을 준비하고 있던 보들레르는 1866년 온 몸이 마비되었으며 그로 인해

---

9) Richardson, *Baudelaire*, p. 238.

서 제3판은 그가 세상을 떠난 뒤 그의 친구 샤를 아슬리노가 출판했지만, 여기에는 보들레르가 시집에 수록할 계획이 없었던 몇 편의 시와 1866년『현대의 파르나스』에 처음 발표했던 6편의 '새로운 악의 꽃'도 포함되어 있다.

보들레르는 자신에 대한 판결에 항소하지는 않았지만 그의 벌금형은 삭감되었다. 거의 100년이 지난 1949년 5월 11일 공식적으로 판결을 뒤엎게 되어 보들레르는 혐의로부터 벗어나게 되었으며, 삭제되었던 그의 여섯 편의 시도 프랑스에서 다시 출판이 가능하게 되었다.『악의 꽃』의 '서문'에 해당하는 자신의 시「독자에게」에서 보들레르는 자신의 독자들이 일상의 '권태'로부터 벗어날 것을 강조하면서 그들의 위선과 죄악과 거짓을 고발하는 한편 다른 한편으로는 위선적인 바로 그 독자가 자신의 형제라고 결론지었다.

1.1.4 최후의 낭만주의자이자 최초의 상징주의자

당시의 대부분의 시인들의 삶이 그랬던 것처럼 보들레르의 말년도 불우한 생활로 이어졌다. 많은 기대를 가지고 의욕적으로 출판했던『악의 꽃』이 금기시 되었던 시어의 활용, 외설과 반윤리적인 표현 등으로 당대사회의 질타와 비난은 물론 법정으로부터 여섯 편의 시를 삭제하라는 판결과 벌금형 등을 선고받게 되자 보들레르는 정신적 충격으로부터 벗어나지 못하게 되었다. 질병과 장기간의 아편복용, 강박관념과 가난 등으로 힘들어 하던 시기인 1859년 경 보들레르의 어머니는 그에게 잔 뒤발과 동거해도 좋다고 허락하면서 옹플뢰르에 거처를 마련해주었다. 바닷가의 마을에 잠시 동안이나마 행복한 시절을 보내게 된 보들레르는 이 시기에「여행」을 비롯한 많은 작품을 썼다. 그리고 1860년에는 리처드 바그너(1813~1883)의 열렬한 지지자가 되었다. 하지만 설상가상으로 늘어나는 빚과 재정적인 어려움은 그로 하여금 삶에 대한 의욕을 상실케 했을 뿐만 아니라 사바티에와의 정신적인 사랑조차 비탄으로 끝나버렸고, 1961년 공식적으로 헤어졌지만 수시로 다시 만나고는 했던 잔 뒤발과의 관계도 그에게 커다란 부담이 되었다. 그러나 그는 뒤발을 끝까지 보살펴주었다. 여배우 마리 도브룅, 아폴로니 사바티에와의 관계 역시 원만하지 못했다. 이처럼 힘든 시기에 그는 열정적으로 자신의 가장 훌륭한 작품에 속하는 대부분을 이 시기에 썼지만, 단행본으로 출판된 것은 거의 없었다. 예를 들면, 「1859년 현대미술전」(1859)은 『프랑스평론』에, 「바그너와 파리에서 공연된 탄호이저」(1861)는 『유럽평론』에, '소묘중심의 화가 콩스탕텡'에 관한 「현대생활의 화가」(1863)는 『피가로』에 발표되었고, 자신의 산문시집 『파리의 우울』에 수록하기 위해서 쓴 산문시는 이런 저런 신문에 발표되었을 뿐이다. 『파리의 우울』(1869)은 보들레르가 세상을 떠난 후에 출판되었다.

풀레 말래시스는 1860년 대마초와 아편의 효과에 관한 보들레르의 연구논문 2편을 『인공 천국』이라는 제목으로 출판했고, 1861년에는 『악의 꽃』 개정판을 출판했지만 말래시스가 운영하던 출판사는 1861년 파산했다. 재정적인 압박을 더 이상 견디지 못하고 1862년 파산선고를 받은 보들레르는 빚쟁이들로부터 벗어나기 위해서, 자신의 작품의 판권을 팔기 위해서 그리고 초청받은 강연을 하기 위해서 1864년 벨기에로 여행을 떠났지만 그 어느 출판사와도 계약을 체결하지 못했다. 그는 특히 미학이론이 무엇인지를 규정한 자신의 평론집을 출판하고자 원했지만, 이 역시 실패로 끝나자 몹시 낙담했다. 이와 같은 절망적인 상황에서 지속적으로 아편을 흡연했을 뿐만 아니라 과음과 폭음을 일삼았던 보들레르는 1866년 2월 심장에 이상을 느끼게 되었고 결과적으로는 전신마비 증상을 보이게 되었으며, 곧바로 파리로 돌아와 1867년 8월 31일 자신의 어머니의 품에 안겨 세상을 떠났다. 그의 유해는 파리의 '몽파르나스 묘역'에 안장되었다. 장례식에서 추모연설을 해달라고 부탁을 받은 많은 인사들 중에서 이 부탁을 받아들인 사람은 고인의 가장 오랜 친구였던 아슬리노와 시인 테오도르 드 방빌(1823~1891) 뿐이었다. 추모연설에서 보들레르의 오랜 친구였던 아슬리노는 그가 대중의 몰이해의 희생물이었다고 분노하면서 보들레르의 인간적인 면모에 대해서 "그렇습니다. 그는 위대한 정신인 동시에 착한 정신이었으며, 이 위대한 영혼은 동시에 착한 영혼이었습니다"라고 보들레르의 영전에서 경의를 표했다. 방빌 역시 보들레르를 인정하지 않았던 당시 문인들에 대한 질타와 분노를 드러내면서 "이제 죽음이 데려간 이 사람, 내 마음의 커다란 부분을 도려내간 이 사람을 생각할 때에 눈물을 흘리지 않고서는 그의 관을 바라볼 수 없습니다"[10)라고 시작되는 추모사를 낭독했다.

살아생전에 인정받지 못했고, 대부분의 글은 출판되지 않았으며, 출판된 것들조차도 절판되었지만, 보들레르가 세상을 떠나자 시인들을 중심으로 하여 그에 대한 재평가가 이루어지기 시작했으며, 그의 장례식에 참석한 사람들은 자신들이 상징주의 운동의 추종자라는 점을 자처하게 되었다. 20세기에 접어들자 그는 19세기 프랑스 시인들 가운데 가장 위대한 시인으로 널리 인정받게 되었다. 그의 숭배자들은 그가 서유럽 전역의 감수성과 사고방식 및 글쓰기 방법에 있어서 하나의 혁명을 야기했고, 그가 미학이론을 형성한 시기는 시의 역사와 예술의 역사에서 하나의 전환점을 마련하게 되었다고 선언하였다.

1.2 작품세계

당시의 문학적 분위기로는 이해할 수 없을 정도로 보들레르는 시창작과 평론을 병행했을 뿐만 아니라 자신의 모든 작품을 유기적 통일체로 간주하고는 했다. 따라서 그의 시를 충분하게 이해하기 위해서는 예술의 본질과 미학에 대한 그의 사상을 이해해야만 한다. 그의 시세계는 그의 이러한 견해와 사상과 미학이 구체적으로 표현된 결정체이며, 그의 예술평론은 예술작품의 본질과 그 원리를 철저하게 분석하고 해석한 것이다. 그는 진정으로 위대한 창조적 예술가가 되기 위해서는 결국 훌륭한 비평가가 될 수밖에 없다고 생각하고는 했다. 말하자면, 예술가는 평론을 통해 자신의 시세계를 설명하고

---

10) Enid Starkie, *Baudelaire* (New York : New Directions, 1958), p. 524.

자신의 미학의 연장선상에서 시를 창조해야 한다고 믿었던 것이다.

1.2.1 서정시의 경우

많은 연구자들은 '상징주의'가 비롯된 어원(語源)을 다음에 인용하는 보들레르의 시 「교감(交感)」의 첫 번째 연의 '상징의 숲'에서 찾기도 하고, 이 시의 제2연의 마지막 행에서 찾아볼 수 있는 '공감각적 비유'를 강조하기도 한다. 이처럼 보들레르의 시 「교감(交感)」에서 '상징주의'라는 말과 '공감각적 비유'를 파악한 상징주의자들은 예술의 목적이 '절대 진리'를 포착하는 데 있다는 점과 그러한 진리는 간접적인 표현방법에 의해서만 접근할 수 있다는 점을 신뢰하였다. 따라서 이들 상징주의자들은 특정한 이미지나 대상에 자신들만의 고유한 상징적인 의미를 부여함으로써, 비유적이면서도 암시적인 고도의 방법을 활용하고는 하였다. 그리스 아테네에서 출생하여 프랑스에서 프랑스어로 작품 활동을 했던 장 모레아스(1856~1910)는 『피가로』(1886. 9. 18)에 「상징주의 선언」을 발표하여 그 이론을 확립하였다. 그는 자신의 '상징주의 선언'에서 "상징주의는 평범한 의미, 장황한 설명, 진정성이 결여된 감상주의, 사실 자체에 대한 묘사 등을 배제하고 지각 가능한 형식에 의해서 이상적인 '관념'을 표현하는 것을 목적으로 해야 하지만, 이때의 목적은 목적 그 자체에 있는 것이 아니라 이상적인 '관념' 자체를 표현하는 데 있다" 라는 점을 강조하였다. 이렇게 볼 때에 상징주의 예술의 목적은 자연의 풍경, 인간의 행위 및 그 밖의 모든 실제세계의 현상을 그 자체만으로 묘사하는 것이 아니라 그 이면에 숨겨져 있는 심오하면서도 난해한 비의(秘儀), 비밀, 정수(精髓) 등 원초적이고 이상적인 '관념' 그 자체를 표현하는 데 있다. 왜냐하면, 세상에 존재하는 모든 현상은 바로 이와 같은 '관념'을 나타내기 위해서 창조된 지각 가능한 겉모습에 불과하기 때문이다. 모레아스는 자신의 이러한 '선언'에서 보들레르를 '상징주의 운동'의 선구자로 파악하는 한편, 다른 한편으로는 말라르메와 베를렌의 시세계를 이 운동의 대표적인 특징으

로 파악하였다.[11]

이처럼 보들레르의 시세계를 대표하는 「교감(交感)」의 원문과 번역문을 정
리하면 다음과 같다.

Baudelaire, "Correspondances"

윤영애 옮김, 「교감(交感)」

La Nature est un temple où de vivants piliers
Laissent parfois sortir de confuses paroles ;
L'homme y passe à travers des forêts de symboles
Qui l'observent avec des regards familiers.

자연은 하나의 신전, 거기 살아 있는 기둥들에서
이따금씩 어렴풋한 말소리 새어나오고;
인간이 그곳 상징의 숲을 지나가면,
숲은 정다운 시선으로 그를 지켜본다.

Comme de longs échos qui de loin se confondent,
Dans une ténébreuse et profonde unité,
Vaste comme la nuit et comme la clarté,
Les parfums, les couleurs et. les sons se répondent.

밤처럼 그리고 빛처럼 끝없이 넓고
어둡고 깊은 통합 속에
긴 메아리 멀리서 어우러지듯,
향기와 색채와 소리 서로 화답한다.

Il est des parfums frais comme des chairs d'enfants,
Doux comme les hautbois, verts comme les prairies,
— Et d'autres, corrompus, riches et triomphants,
Ayant l'expansion des choses infinies,
Comme l'ambre, le musc, le benjoin et l'encens,
Qui chantent les transports de l'esprit et des sens[12]

어린애 살결처럼 싱싱하고,
오보에처럼 부드럽고, 초원처럼 푸른 향기들이 있고,
—또 다른, 썩었지만 기세등등한 풍요한 향기들이 있어,
용연향, 사향, 안식향, 훈향처럼,
무한한 것으로 확산되어,
정신과 관능의 환희를 노래한다.[13]

보들레르 이후의 베를렌, 랭보, 말라르메 등 프랑스 상징주의 시인들이
자신들의 시세계를 형성하는 데 있어서 하나의 전형으로 활용하고는 했던
위에 인용된 시 「교감」에서는 과학적이고 객관적인 언어로서는 포착 불가
능한 언어의 세계, 즉 시각, 청각, 촉각, 후각 등 공감각적으로 통합되는
세계를 강조하고 있다. 더 나아가 '썩었지만 기세등등한 풍요한 향기들'이

---

11) 윤호병 외, 『문예사조』(시학사, 2007), pp. 154~155.

12) 이후로 본문에서의 보들레르의 시는 별도의 언급이 없는 한, http://baudelaire.litteratura.com을 참고하
여 인용했음을 밝혀둔다. 이 홈페이지에는 1857년에 초판된 『악의 꽃』에 수록된 시와 1861년에 재
판된 『악의 꽃』에 수록된 시를 분류하여 정리해 놓았다.

13) 이후로 본문에서의 보들레르의 시에 대한 번역본은 별도의 언급이 없는 한, 윤영애 옮김, 『악의 꽃』
(문학과지성사, 2003)을 참고했음을 밝혀둔다.

라는 표현에서는 부정적인 이미지까지도 아우르는 발상의 전환을 찾아볼 수 있다. 발터 벤야민은 「보들레르에게 있어서의 몇 가지 모티프」에서 보들레르의 시 「전생(前生)」과 함께 위에 인용된 시에 반영되어 있는 이미지가 '현대인'(혹은 근대인)으로서의 보들레르만이 할 수 있다는 점을 강조하였다.[14] 이러한 의미를 지니고 있는 보들레르의 시 「교감」을 양주동(1903~1977)은 「만상조응(萬象照應)」으로 번역하였으며, 그의 번역시의 전문은 다음과 같다.

> '자연'은살어잇는기동(柱)으로서째째로
> 혼잡한언어를발(發)하는일좌(一座)의전당.
> 거긔에사람은친숙한눈으로보고잇는
> 상징의삼림을지나가도다.
>
> 멀니석겨들니는길고긴반향과갓치
> 암묵(暗默)과깁듸깁흔조화속에서,
> 밤과도갓치낫과도가치넓히넓히
> 향취와, 색채음향은응답하도다.
>
> 어린애의살과도갓흔신선한내음새,
> 목적(木笛)과갓흔고흔소리, 플밧과갓치푸른빗,
> ─그밧게모든것은, 부패되고, 부만(富滿)하며득의(得意)하도다.
> 무한한물상(物象)은널니고널니어,
> 호박(琥珀)과갓히녹향(鹿香)과갓치, 안식향(安息香)훈향(熏香)과갓치
> 영(靈)이며관능의열광된깃븜을노래하도다.[15]

그럼에도 보들레르는 살아생전에 인정받지 못했을 뿐만 아니라 야유와 조롱, 비난과 비판의 대상이 되었다. 이러한 점은 그의 시 「알바트로스」에서 찾아볼 수 있으며, 이 시의 원문과 번역문을 인용하면 다음과 같다.

---

14) Hannah Arendt ed., *Illuminations : Waler Benjamin* (New York : Chocken Books, 1955), pp. 180~181.
15) 양주동 역, 「만상조응(萬象照應)」, 『금성』 제2호 (1924. 1), pp. 29~30.

Baudelaire, "L'Albatros"   윤영애 옮김, 「알바트로스」

Souvent pour s'amuser, les hommes d'équipage
Prennent des albatros, vastes oiseaux des mers,
Qui suivent, indolents compagnons de voyage,
Le navire glissant sur les gouffres amers.

À peine les ont-ils déposés sur les planches,
Que ces rois de l'azur, maladroits et honteux,
Laissent piteusement leurs grandes ailes blanches
Comme des avirons traîner à côté d'eux.

Ce voyageur ailé, comme il est gauche et veule !
Lui, naguère si beau, qu'il est comique et laid !
L'un agace son bec avec un brûle-gueule,
L'autre mime, en boitant, l'infirme qui volait !

Le poète est semblable au prince des nuées
Qui hante la tempête et se rit de l'archer ;
Exilé sur le sol au milieu des huées,
Ses ailes de géant l'empêchent de marcher.

흔히 뱃사람들이 재미 삼아
거대한 바닷새 알바트로스를 잡는다.
이 한가한 항해의 길동무는
깊은 바다 위를 미끄러져 가는 배를 따라간다.

갑판 위에 일단 잡아놓기만 하면,
이 창공의 왕자도 서툴고 수줍어
가엾게도 그 크고 흰 날개를
노처럼 옆구리에 질질 끄는구나.

날개 달린 이 나그네, 얼마나 서툴고 기가 죽었는가!
좀전만 해도 그렇게 멋있었던 것이, 어이 저리 우습과 흉한
꼴인가!
어떤 사람은 파이프로 부리를 건드려 약올리고,
어떤 사람은 절름절름 전에 하늘을 날던 병신을 흉내낸다!

시인도 이 구름의 왕자와 닮아
폭풍 속을 넘나들고 사수를 비웃건만,
땅 위, 야유 속에 내몰리나,
그 거창한 날개도 걷는 데 방해가 될 뿐.

위에 인용된 보들레르의 시 「알바트로스」는 그의 시집 『악의 꽃』(1857)
에는 수록되어 있지 않고 재판본 『악의 꽃』(1861)에 수록되어 있는 시로서,
이 시의 시적 대상인 '알바트로스'는 '보들레르' 자신을, '선원들'은 그의
시세계를 이해하지 못하고 그를 조롱하고 야유하고 비아냥거리는 '파리 시
민들'을 암시한다. 그러면서도 '창공의 왕자'이자 '구름의 왕자'로 묘사되
어 있는 '알바트로스'에는 보들레르 자신의 시인으로서의 자긍심이 반영되
어 있다. 이 시의 모티프는 보들레르가 의붓아버지 오피크의 권유를 받아
들여 인도의 캘커타로 가던 중에 아프리카 동쪽의 프랑스령 모리스 섬에
잠시 동안 머물면서 열대지방의 이국적 정취와 바다에서 받은 감동을 시
로 형성화한 것에 해당하기도 한다. 이러한 이국적인 이미지와 여행의 이

미지는 보들레르의 시 「이국향기」의 "나는 본다, 바다의 파도에 흔들려 아직도 몹시 지쳐 있는/ 돛과 돛대 가득한 어느 항구를," 「여행으로의 초대」의 "동양의 찬란함/ 모든 것이 거기선/ 넋에 은밀히/ 정다운 제 고장 말들려주리" 등에서 찾아볼 수 있다. 아울러 발터 벤야민이 그렇게도 극찬했던 보들레르의 시 「가을의 노래」를 들 수 있으며, 이 시의 원문과 번역문은 다음과 같다.

<table>
<tr><td>Baudelaire, "Chant d'automne"</td><td>윤영애 옮김, 「가을의 노래」</td></tr>
<tr><td>

I

Bientôt nous plongerons dans les froides ténèbres ;
Adieu, vive clarté de nos étés trop courts !
J'entends déjà tomber avec des chocs funèbres
Le bois retentissant sur le pavé des cours.

Tout l'hiver va rentrer dans mon être : colère,
Haine, frissons, horreur, labeur dur et forcé,
Et, comme le soleil dans son enfer polaire,
Mon cœur ne sera plus qu'un bloc rouge et glacé.

J'écoute en frémissant chaque bûche qui tombe ;
L'échafaud qu'on bâtit n'a pas d'écho plus sourd.
Mon esprit est pareil à la tour qui succombe
Sous les coups du bélier infatigable et lourd.

Il me semble, bercé par ce choc monotone,
Qu'on cloue en grande hâte un cercueil quelque part.
Pour qui?-c'était hier l'été ; voici l'automne !
Ce bruit mystérieux sonne comme un départ.

II

J'aime de vos longs yeux la lumière verdâtre,
Douce beauté, mais tout aujourd'hui m'est amer,
Et rien, ni votre amour, ni le boudoir, ni l'âtre,
Ne me vaut le soleil rayonnant sur la mer.

Et pourtant aimez-moi, tendre cœur ! Soyez mère
Même pour un ingrat, même pour un méchant ;

</td><td>

I

머지않아 우리는 차가운 어둠 속에 잠기리;
안녕, 너무 짧았던 우리 여름의 찬란한 빛이여!
내겐 벌서 들린다, 음산한 소리 울리며
안마당 돌바닥 위에 떨어지는 장작 소리.

분노, 미움, 떨림과 두려움, 그리고 강요된 고역,
이 모든 겨울이 이제 내 존재 속에 들어오면,
내 가슴은 지옥 같은 극지의 태양처럼
얼어붙은 붉은 덩어리에 지나지 않으리.

나는 듣는다, 몸을 떨며, 장작개비 떨어지는 소리 하나하나,
교수대 세우는 소리도 이보다 더 음산하지 않으리.
내 정신은 지칠 줄 모르고 쳐대는 육중한 망치질에
허물어지고 마는 탑과도 같아.

이 단조로운 울림 소리에 흔들려
나는 어디선가 급히 관에 못박는 소리 듣는 것 같다.
누구를 위해서인가?―어제만 해도 여름, 그러나 이제 가을!
저 신비한 소리는 출발을 알리는 신호처럼 울린다.

II

사랑하오 그대 갸름한 눈에 감도는 푸르스름한 빛을,
다정한 미녀여, 하지만 오늘은 모든 것이 쓸쓸하오,
그 무엇도, 당신의 사랑도, 규방도, 난롯불도
내겐 바다 위에 빛나는 태양만 못하오

그러나 사랑해주오 다정한 님이여! 어머니기 되어주오
은혜 모르는 사람, 심술궂은 사람일지라도;

</td></tr>
</table>

Amante ou sœur, soyez la douceur éphémère
D'un glorieux automne ou d'un soleil couchant.

Courte tâche ! La tombe attend ; elle est avide !
Ah ! Laissez-moi, mon front posé sur vos genoux,
Goûter, en regrettant l'été blanc et torride,
De l'arrière-saison le rayon jaune et dou !

애인이여, 또는 누이인 님이여, 찬란한 가을의
아니면 지는 태양의 짧은 감미로움이나마 되어주오

그것은 잠시 동안의 노고! 무덤은 기다린다, 굶주린 무덤은!
아! 제발 내 이마 그대 무릎에 파묻고,
작열하던 하얀 여름을 아쉬워하며,
만추의 노란 다사로운 빛을 맛보게 해주오!

위에 인용된 보들레르의 시 「가을의 노래」는 재판된 『악의 꽃』(1861)에 수록되어 있다. '처녀와 같은 순수성'을 지니고 있으며 '초록 눈의 비너스'라는 애칭으로 불렸을 뿐만 아니라 마리 도브룅이라는 예명(藝名)으로 더 잘 알려진 여배우 마리 브뤼노에게 헌정된 작품으로도 알려져 있다. 보들레르는 무명(無名)의 도브룅을 1854년 처음으로 만났지만, 그녀는 '환상극'의 주연을 맡으면서부터 일약 스타덤에 오르게 되었고 결과적으로는 보들레르의 오랜 친구였던 방빌의 연인이 되었다. 그러한 도브룅에게 보들레르는 '다정한 님,' '어머니,' '애인,' '누이'가 되어달라고 간구하면서 자신의 죽음과 도브룅의 사랑을 병치시켜 놓았다.

이처럼 이 시의 제2부에는 도브룅에 대한 보들레르의 솔직한 심정이 적나라하게 드러나 있는 반면, 제1부에는 대도시 파리에서 겨울을 준비하는 장작패기 소리를 시인이 자신의 관 뚜껑에 못질하는 소리로 파악하는 것으로 되어 있다. 발터 벤야민은 보들레르의 이러한 점에 대한 그동안의 일반적인 이해를 반전시켜 놓았다. 그는 보들레르가 1850년대에 파리에 출현하기 시작한 도시 자본주의와 상품구입으로 인한 갈등 등으로 삶과 죽음에 대한 강박관념에 사로잡혀 있었다는 점을 강조하였다. 벤야민에 따르면 보들레르는 이처럼 자본주의 상품이 범람하는 파리 시가지를 자신과는 무관한 입장에서 걷게 되는 방관자에 해당한다. 말하자면, 상업화되어 가는 파리를 배회하면서 이런 저런 이미지를 떠올리게 되는 '산책자,' 그러한 이미지를 자신의 시로 전환시키기 위해서 도시의 부산물을 모으는 넝마주

의, 모순과 역설 속에서도 모던 생활을 하고 있는 것으로 표시되기를 바라
는 모던적인 영웅에 해당한다고 파악하였다. 따라서 벤야민은 모든 예술가
는 누구나 자신의 문학적 생산을 상품화하고자 한다는 점을 강조하면서
"보들레르 역시 모던사회의 상품이 시인에게 어떻게 작용하는지를 알고
있었으며, 그러한 사회의 산책자로서 상품을 둘러보기 위해서 시장에 가서
실제로 상품을 구입하고는 했다"고 결론지었다. 이러한 점에서 벤야민은
보들레르를 모던사회의 첫 번째 시인이라고 강조하였고, 위에 인용된 시에
서도 대도시 파리의 안마당에서 겨울을 나기 위해, 말하자면 살아남기 위
해 장작을 준비하는 한편, 다른 한편으로는 죽음을 생각하고 있다고 파악
하였다.

1.2.2 연애시의 경우

보들레르의 시집 『악의 꽃』에 수록되어 있는 40여 편의 연애시 대부분은
잔 뒤발, 사바티에 그리고 마리 도브룅에 관계되는 시와 그 밖의 여성들에게
관계되는 시에 해당한다. 보들레르가 1842년에 만난 잔 뒤발은 그가 자신의
어머니 다음으로 가장 사랑했던 혼혈여성으로 무희(舞姬)이자 당시 프랑스 시
인들에게 뮤즈의 역할을 했던 여성으로, 보들레르의 친구였던 마네(1832~
1883)는 그녀의 초상화(1862)를 그리기도 했다. 이러한 뒤발에게 관계되는 보
들레르의 시로는 "추억의 샘이여, 애인 중의 애인이여./ 오 그대, 내 모든 기
쁨! 오 그대, 내 모든 의무!"로 시작되어 "연인 중의 여왕, 그대에게 몸 기대
면/ 그대의 피 냄새를 맡는 듯했지"를 거쳐 "그 맹세, 그 향기, 그 끝없는
입맞춤/ 깊이를 알 수 없는 심연에서 다시 살아날 것인가,/ 깊은 바다 속에
서 멱감고/ 다시 젊어진 태양이 하늘에 떠오른 듯?/―오 맹세! 오 향기! 오
끝없는 입맞춤이여!"로 끝맺는 「발코니」, "오 목덜미까지 곱슬곱슬한 머리
털!/ 오 곱슬한 머릿결! 오 게으름 가득한 향내여!/ 황홀함이여! 오늘 밤 이
어두운 규방을/ 그대 머리 속에 잠자는 추억으로 채우기 위해/ 손수건처럼

공중에 그대 머리칼을 흔들고 싶어라!"로 시작되어 "오랫동안! 영원히! 내 손
은 그대 묵직한 갈기 속에/ 루비와 진주와 사파이어를 뿌리리라,/ 내 욕망에
그대 귀를 절대 막지 않도록!/ 그대는 내가 꿈꾸는 오아시스, 또 추억의 술
을/ 오래오래 들이마시는 표주박이 아니던가?"로 끝나는 「머리타래」, "나는
보고 싶다, 태평한 님이여,/ 그토록 아름다운 그대 몸에서/ 하늘거리는 천처
럼/ 살갗이 빛나는 것을!"로 시작되어 "나는 씁쓸하고 기분 북돋우는/ 보헤
미아의 술을 마시는 듯/ 내 마음에 별들을 뿌려주는/ 흐르는 하늘을 마시는
듯!"으로 끝나는 「춤추는 뱀」 등을 들 수 있다. 그 외에도 「향기」, 「이국향
기」, 「시체」 등이 잔 뒤발에게 관계되는 것으로 알려져 있으며, 「그러나 흡
족하지 않았다」라는 시의 원문과 번역문은 다음과 같다.

Baudelaire
"Sed non satiata"

윤영애 옮김
「그러나 흡족하지 않았다」

Bizarre déité, brune comme les nuits,
Au parfum mélangé de musc et de havane,
Œuvre de quelque obi, le Faust de la savane,
Sorcière au flanc d'ébène, enfant des noirs minuits,

밤처럼 컴컴함 괴상한 여신이여,
사향과 하바나 향기 섞인 내음 풍기는
아프리카 마술사의 작품, 대초원의 파우스트,
흑단의 옆구리 가진 마녀, 캄캄함 한밤의 아이여.

Je préfère au constance, à l'opium, au nuits,
L'élixir de ta bouche où l'amour se pavane ;
Quand vers toi mes désirs partent en caravane,
Tes yeux sont la citerne où boivent mes ennuis.

내가 더 좋아하는 것은 콩스탕스 술, 아편 그리고 밤의
술보다
사랑이 으스대는 네 입의 선약,
내 욕망이 너를 향해 떼지어 갈 때,
내 눈은 내 권태가 목을 축이는 물웅덩이.

Par ces deux grands yeux noirs, soupiraux de ton âme,
Ô démon sans pitié! Verse-moi moins de flamme ;
Je ne suis pas le Styx pour t'embrasser neuf fois,

네 넋의 창 같은 그 검은 커다란 두 눈으로,
오 잔인한 악마여! 내게 그토록 불꽃을 쏟지 말아라,
삼도내를 따라 흘러흘러 가도 너를 아홉 번이나 껴안을
수 없으니,

Hélas ! Et je ne puis, mégère libertine,
Pour briser ton courage et te mettre aux abois,
Dans l'enfer de ton lit devenir Proserpine !

아 슬프구나! 방자한 매제로 여신이여,
네 용기를 꺾고 너를 궁지에 몰아넣기 위해,
네 잠자리의 지속에서 내가 프로세르핀이 될 수 없구나!

앞에서 언급한 바와 같이, 보들레르가 '애인 중의 애인,' '연인 중의 여왕'이라고 불렀을 뿐만 아니라 '검은 비너스'라는 애칭으로 명명되고는 했던 잔 뒤발은 19세기 프랑스 시단에서 위험스럽기는 하지만 아름답고 신비롭고 섹시한 여성이었다. 이러한 점으로 인해서 뒤발은 카리브의 작가로서 캐나다에서 활동하고 있는 날로 홉킨슨(1960~)의 역사적 허구소설 『소금길』(2003)의 주인공이 되었고, 러시아의 록밴드 '아리아'가 부른 「장미의 거리」에 영감을 주었으며, 이 노래는 1987년 「아스팔트 영웅」에 수록되어 있다. 또한 안젤라 카터의 단편소설 『검은 비너스』에서도 잔 뒤발을 취급했을 뿐만 아니라 영화 「벌거벗은 내 마음」에도 등장하였다.

'검은 비너스' 잔 뒤발과 함께 보들레르에게 시적 영감을 주었던 '하얀 비너스' 사바티에는 파리 문화예술계에서 '여의장'으로 불리고는 했으며, 돈이 많은 어느 은행가의 정부(情婦)였던 사바티에를 '미의 여신'이라고 흠모하면서 보들레르는 1852년부터 1854년까지 3년여 넘게 익명으로 된 편지와 일곱 편의 연애시를 보내고는 했다. 이와 같은 사바티에게 관계되는 보들레르의 일곱 편의 시에는 "오 신비한 변모여,/ 내 모든 감각이 하나로 녹아든다!/ 그녀 숨결은 음악이 되고/ 그녀 목소리는 향기를 풍긴다!"로 끝맺는 「그녀는 고스란히」, "때로 그 환영 내게 말하기를 : '나는 아름답다, 나는 명하노니,/ 나에 대한 사랑을 위해서 그대 오직 '미'만을 사랑하라,/ 나는 '수호천사,' '시의 여신,' 그리고 '마돈나'"로 끝맺는 「오늘 저녁 무엇을 말하려는가」, "빛 가득한 그 두 '눈,' 그들이 내 앞을 걸어간다,/ 박식한 '천사'에게서 아마 자력을 받았으리라,/ 그들은 걸어간다, 거룩한 형제들은, 내 형제들은, 금강석처럼 반짝이는 그들 불꽃을 내 눈 속에 흔들면서"로 시작되는 「살아있는 횃불」, "아름다움 넘치는 '천사'여, 그대는 아는가 주름살을"이라고 찬양하는 「공덕」, "한 번, 단 한 번, 사랑스럽고 다정한 사람,/ 당신의 미끈한 팔이/ 내 팔에 기대었다 (내 넋의 어두운 밑바닥에서/ 이 추억은 바래지 않는다)"로 시작되는 「고백」, "어둡고 끝없는 허무를 미워하는 애틋한 이 마음,/

빛나는 과거의 온갖 흔적을 긁어모은다!/ 태양은 얼어붙은 제 피 속에 빠지
고…/당신의 추억은 내 맘속에 성체함처럼 빛난다!"로 끝나는 「저녁의 조화」
등이 있으며, 「영혼의 새벽」의 원문과 번역문을 인용하면 다음과 같다.

Baudelaire, "L'aube spirituelle"

Quand chez les débauchés l'aube blanche et vermeille
Entre en société de l'Idéal rongeur,
Par l'opération d'un mystère vengeur
Dans la brute assoupie un ange se réveille ;

—Des Cieux Spirituels l'inaccessible azur,
Pour l'homme terrassé qui rêve encore et souffre,
S'ouvre et s'enfonce avec l'attirance du gouffre.
Ainsi, chère Déesse, Être lucide et pur,

Sur les débris fumeux des stupides orgies,
Ton souvenir plus clair, plus rose, plus charmant,
A mes yeux agrandis voltige incessamment.

Le soleil a noirci les flammes des bougies ;
—Ainsi, toujours vainqueur, ton fantôme est pareil,
Ame resplendissante, à l'immortel soleil !

윤영애 옮김, 「영혼의 새벽」

방탕아의 방에 희뿌연 새벽이
마음을 괴롭히는 '이상'과 함께 비쳐들며,
신비한 응징자에 휘둘려
졸던 짐승 속에서 천사가 깨어난다.

가다갈 수 없는 '영혼의 푸른 하늘'은
아직 꿈속에서 고통 받는 기진한 사나이 앞에
심연의 매혹으로 열리며 파고든다.
이처럼, 다정한 '여신'이여, 맑고 순수한 '사람'이여.

어리석은 향연의 연기 나는 잔해 위로
한결 또렷한 당신의 매혹적인 장밋빛 추억은
크게 뜬 내 두 눈 앞에 쉴새없이 나풀거린다.

햇빛은 이제 촛불을 흐려놓았다.
이처럼 언제나 승리에 찬 그대 모습은,
찬란한 넋이여, 불멸의 태양을 닮았구려!

위에 인용된 구절과 시에서 파악할 수 있는 바와 같이, '수호천사,' '시의
여신,' '마돈나,' '여신,' 순수한 '사람,' 다정한 '사람' 등 사바티에를 찬양할
수 있는 한 최대한 찬양한 보들레르의 애끓는 사랑의 하소연은 1953년 5월
9일에 쓴 다음과 같은 그의 편지에서도 확인할 수 있다. "부인, 어리석고 서
투른 익명의 편지에 대해서 진심으로 사과드립니다. 이런 편지가 정말로 유
치하다는 것을 저 또한 알고는 있습니다만 어떻게 하겠습니까? 저는 어린애
와 환자처럼 이기주의자인가 봅니다. 힘들 때에는 사랑하는 사람을 생각하고
는 합니다. 특히, 저의 시 속에서 부인을 생각고는 합니다. 한 편의 시가 완
성되었을 때, 시적 대상이 된 분에게 그 시를 보여드리고 싶은 욕망을 주체

할 수 없을 때가 있기도 하고, 우스갯거리가 될까봐 저 자신을 숨기고자 할 때가 있기도 합니다." 이처럼 사바티에를 '수호천사'라고까지 언급하면서 흠모했지만, 자신의 정신적인 사랑을 그녀가 받아들이려하자 보들레르는 "저는 부인을 이용했을 뿐입니다"라면서 한 발 뒤로 물러섰다는 일화를 남기기도 했다.

구스타프 쿠르베(1819~1877)가 그린 「화가의 아틀리에」(1855)에는 검은 드레스에 커다란 숄을 두르고 서 있는 사바티에와 그 뒤에 앉아 책을 읽고 있는 보들레르의 모습이 나타나 있다. 쿠르베는 처음에 잔 뒤발의 모습도 그렸으나 보들레르의 간곡한 만류로 삭제한 것으로 전해지고 있다. '나의 7년간의 예술적이고 정신적인 삶의 위상을 결정지은 현실적 알레고리'라는 이 그림의 부제(副題)에 암시되어 있듯이, 쿠르베의 이 그림에는 당시 파리 문화예술계의 면모가 드러나 있다. 프랑스의 언론인이자 소설가였던 샹플뢰리(1821~1889)에게 보낸 편지에서 쿠르베는 자신의 이 그림을 다음과 같이 설명했다.

> 이 작품에는 내 아틀리에의 정신적이고 육체적인 이야기가 담겨 있다네. 그림속의 주인공들은 나를 도와주었고 나의 생각을 지지하였고 나의 행동에 동참했던 사람들이네. 말하자면, 삶과 죽음의 세계에서 살고 있는 사람들이라고 볼 수 있네. 또한 상류계층과 중산층 그리고 하층계급의 사회까지도 반영하였네. 욕망과 정열 속에서 발버둥치는 사람들의 현실, 그들의 현실을 내 방식으로 바라본 것이네.…그림의 한 가운데에서 작업에 열중하고 있는 사람이 바로 나이고, 오른쪽에는 나의 후원자들의 모습을 그려 넣었네. 가난과 빈곤, 착취당하는 사람들과 민중, 죽음의 세계에서 살고 있는 사람들을 그린 것이라고 볼 수 있네.

보들레르가 마리 도브륀에게서 찾은 사랑은 잔 뒤발과의 관계처럼 육체적인 사랑도 아니고 사바티에와의 관계처럼 정신적인 사랑이 아니라 일종의 '모성적인 사랑'이었으며, 도브륀에 관계되는 보들레르의 시로는 앞에서 살펴본 「가을의 노래」 외에도 "빛과 금과 망사로만 싸인 사람 하나/ 거대한 '마귀'를 때려눕히는 것을;/ 그러나 한 번도 황홀이라곤 찾아온 적 없는 내 가슴은/ 헛되이 기다리는 극장/ 언제까지나, 언제까지나 망사 날개 돋친 그

‘사람’을!"로 끝맺는 「돌이킬 수 없는 일」, "세월에 닦여/ 반들거리는 가구가/ 우리 방을 장식하리;/ 진귀한 꽃들/ 향긋한 냄새,/ 용연향의 어렴풋한 냄새와 어울리고,/ 호화로운 천장,/ 깊은 거울,/ 동양의 찬란함,/ 모든 것이 거기선/ 넋에 은밀히/ 정다운 제 고장 말 들려주리"라고 강조하는 「여행으로의 초대」 등을 들 수 있으며, ‘스페인 취향의 봉헌물’이라는 별도의 소제목이 붙은 「어느 마돈나에게」의 처음 시작부분과 마지막 부분의 원문과 번역문을 인용하면 다음과 같다.

<table>
<tr><td>

Baudelaire, "A Une Madone"

Ex-voto dans le goût espagnol

Je veux bâtir pour toi, Madone, ma maîtresse,
Un autel souterrain au fond de ma détresse,
Et creuser dans le coin le plus noir de mon cœur,
Loin du désir mondain et du regard moqueur,
Une niche, d'azur et d'or tout émaillée,
Où tu te dresseras, Statue émerveillée.
Avec mes Vers polis, treillis d'un pur métal
Savamment constellé de rimes de cristal,
Je ferai pour ta tête une énorme Couronne;
Et dans ma Jalousie, ô mortelle Madone,
Je saurai te tailler un Manteau, de façon
Barbare, roide et lourd, et doublé de soupçon,
Qui, comme une guérite, enfermera tes charmes;
Non de Perles brodé, mais de toutes mes Larmes !
… [중략] …
Enfin, pour compléter ton rôle de Marie,
Et pour mêler l'amour avec la barbarie,
Volupté noire ! Des sept Péchés capitaux,
Bourreau plein de remords, je ferai sept couteaux
Bien affilés, et comme un jongleur insensible,
Prenant le plus profond de ton amour pour cible,
Je les planterai tous dans ton Cœur pantelant,
Dans ton Cœur sanglotant, dans ton Cœur ruisselant !

</td><td>

윤영애 옮김, 「어느 마돈나에게」

스페인 취향의 봉헌물

내 사랑 ‘마돈나’여, 나 그대 위해 세우리,
내 슬픔 깊은 곳에 지하의 제단을,
그리고 내 마음 가장 어두운 구석에,
속세의 욕망과 조롱하는 시선에서 멀리
하늘빛과 금빛으로 온통 칠해진 둥지를 파고
그곳에 눈부신 그대의 ‘상(像)’을 세우리.
수정의 운(韻)으로 정성 들여 뒤덮은
순금의 그물, 다음은 내 ‘시구’로
그대 머리 위에 커다란 왕관을 만들어주리;
그리고 죽음을 면할 수 없는 ‘마돈나’여, 내 ‘질투’로
그대에게 외투를 재단해주리라, 의심으로 안감을 넣고
딱딱하고 묵직하고 야만스럽게,
초소처럼 그대 매력을 거기에 가두리라,
‘진주’ 아닌 내 ‘눈물’ 모두 모아 수를 놓아서!
… [중략] …
마침내 그대 ‘마리아’의 역할을 완수하고,
또 사랑을 잔인함으로 뒤섞기 위해,
오 어두운 쾌락이여! 한 많은 사형집행관 나는
일곱 가지 ‘중죄’로
일곱 자루 날이 잘 선 ‘칼’을 만들어,
가차없는 요술쟁이처럼 그대 사랑 깊은 곳을 과녁삼아
팔딱이는 그대 ‘심장’에 모두 꽂으리라,
흐느끼는 그대 ‘심장’에, 피 흐르는 그대 ‘심장’에!

</td></tr>
</table>

앞에서 살펴본 바와 같이, 보들레르의 연작시 대부분은 ‘검은 비너스’ 잔

뒤발, '하얀 비너스' 사바티에, '푸른 눈의 비너스' 마리 도브륀을 대상으로 한 것이다. 다시 언급하면, 흑인 혼혈인 잔 뒤발을 통해서 보들레르는 관능적인 사랑뿐만 아니라 이국적인 정취와 즐거움 및 일종의 미적 쾌락까지도 탐색함으로써 일상적인 무료한 삶, 그 자신이 말하고는 했던 '앙뉘(권태)'로부터 벗어나고자 했다. 아울러 당시 파리 예술문화계 인사들과 빈번하게 교류했던 사바티에를 통해서 보들레르는 정신적인 사랑을 모색하였으며 이러한 점은 그가 익명의 편지와 연애시를 3년여 동안 지속적으로 보냈다는 점에서도 찾아볼 수 있다. 마지막으로 '초록 눈의 비너스' 마리 도브륀을 통해서 그는 모성애 혹은 모성적인 사랑을 추구했다고 볼 수 있다.[16]

1.2.3 산문시의 경우

보들레르는 자신의 산문시집 『파리의 우울』을 쓰기 이전에도 '우울'에 관계되는 시를 『악의 꽃』에 수록한 바 있다. 「우울」이라는 동일한 제목으로 쓰인 네 편의 시는, "'장맛달'은 온 도시에 화난듯/ 항아리에 주룩주룩 퍼붓는다"로 시작되는 「우울」, "내겐 천년을 산 것보다 더 많은 추억이 있다"로 시작되는 「우울」, "나는 비 많이 내리는 나라의 왕같아,/ 부자이지만 무력하고 아직 젊지만 늙어버려"로 시작되는 「우울」, "낮고 무거운 하늘이 뚜껑처럼/ 오랜 권태에 시달려 신음하는 정신을 내리누르고"로 시작 되는 「우울」 등을 들 수 있다. '우울'에 관련되는 이상과 같은 시에서 네 번째 시의 원문과 번역문을 인용하면 다음과 같다.

다음에 인용된 시에서 보들레르는 비, 박쥐, 거미, 지옥 등 부정적인 이미지에 의해서 자신의 권태, 무료, 죽음 등을 환기하고 있을 뿐만 아니라 특히 '거대한 감옥의 쇠창살'로 비유된 '퍼붓는 빗줄기'가 자신을 세상으로부터

---

16) 보들레르의 연애시에 대해서는 윤호병, 『문학이라는 파르마콘 : 문학연구에서 문화연구까지』(새미, 2006), pp. 446~452를 참고할 것.

Baudelaire, "Spleen"

Quand le ciel bas et lourd pèse comme un couvercle
Sur l'esprit gémissant en proie aux longs ennuis,
Et que de l'horizon embrassant tout le cercle
Il nous fait, un jour noir plus triste que les nuits ;

Quand la terre est changée en un cachot humide,
Où l'Espérance, comme une chauve-souris,
S'en va battant les murs de son aile timide,
Et se cognant la tête à des plafonds pourris ;

Quand la pluie étalant ses immenses traînées
D'une vaste prison imite les barreaux,
Et qu'un peuple muet d'horribles araignées
Vient tendre ses filets au fond de nos cerveaux,

Des cloches tout-à-coup sautent avec furie
Et lancent vers le ciel un affreux hurlement,
Ainsi que des esprits errants et sans patrie
Qui se mettent à geindre opiniâtrément.

—Et d'anciens corbillards, sans tambours ni musique,
Défilent lentement dans mon âme ; et, l'Espoir
Pleurant comme un vaincu, l'Angoisse despotique
Sur mon crâne incliné plante son drapeau noir.

윤영애 옮김, 「우울」

낮고 무거운 하늘이 뚜껑처럼
오랜 권태에 시달려 신음하는 정신을 내려누르고,
지평선 사방을 감싸며
밤보다 더 음침함 검은빛을 퍼붓는다,

땅은 축축한 토굴로 바뀌고,
거기서 '희망'은 박쥐처럼
겁먹은 날개를 이 벽 저 벽에 부딪히고,
썩은 천장에 제 머리 박아대며 날아간다.

끝없이 쏟아지는 빗발은
거대한 감옥의 쇠창살을 닮고,
소리 없는 더러운 거미 떼가
우리 머릿속 깊은 곳에 그물을 친다.

그때 갑자기 종들 성나 펄쩍 뛰며
하늘을 향해 무섭게 울부짖는다.
악착같이 불평하기 시작하는
정처 없이 떠도는 망령들처럼.

—그리고 북도, 음악도 없는 길고 긴 영구차들이
내 넋 속에서 서서히 줄지어 가고,
'희망'은 패하여 눈물짓고, 포악한 '고뇌'가
숙인 내 머리통에 검은 기를 꽂는다.

분리시키고 감금시키고 있다고 개탄하고 있다. 보들레르 자신을 '시인의 왕'
이라고 언급했던 랭보의 시어를 연상시키는 강력한 언어와 박진감 있는 운
율, 천국과 지옥, 죽음과 구원 등에 의해서 그는 자신이 처한 현재의 상황으
로부터 벗어나려고 하지만, 그것이 불가능하다는 점을 스스로 깨닫게 된다.
이러한 점은 이 시의 마지막 구절 "숙인 내 머리통에 검은 기를 꽂는다"에
집약되어 있다.

이처럼 우울한 이미지를 중심으로 하는 보들레르의 시 「우울」에 반영되어
있는 시인으로서의 그의 사유세계는 파리의 대도시가 현대화되어 가는 과정
을 솔직하고 적나라하게 그러나 우려 깊은 시각으로 파악한 산문시 『파리의

우울』(1869)에서 집대성되어 있다. 보들레르의 유고시집으로 그의 여동생에 의해서 발간된 『파리의 우울』에는 짧은 산문시 51편이 수록되어 있으며 모더니즘 문학운동에 밀접하게 관련되는 것으로 평가되고는 한다. 보들레르는 자신이 알로와쥬 베르트랑17)(1807~1841)의 『밤의 가스파르』(1842)-'가스파르'는 '교활한 사람'을 의미한다-를 적어도 20번 정도 읽은 후에 이 시를 쓰게 되었다고 언급한 바 있다. 베르트랑의 산문시에서 영감을 받기는 했지만 보들레르는 자신의 산문시에서 중세를 배경으로 한 것이 아니라 파리의 당대사회를 배경으로 했으며, 특히 현대화와 산업화에 의해서 급속도로 변화하는 도시적인 삶의 여러 가지 모습들을 짧은 산문시로 형상화하였다. 그는 자신의 산문시 『파리의 우울』에 대해서 "이 시집은 또 다른 『악의 꽃』에 해당하지만, 훨씬 더 자유롭고 훨씬 더 구체적이고 훨씬 더 냉소적이다"라고 언급했다. 실제로 『파리의 우울』에는 『악의 꽃』의 대부분의 주제와 제목 등이 그대로 반영되어 있다. 『파리의 우울』에 수록된 시는 어떤 특별한 질서를

---

17) 알로와쥬 베르트랑의 원래 이름은 루이 자크 나폴레옹 베르트랑이며 이탈리아 피에몬테 체바에서 태어나 파리에서 활동한 프랑스의 작가이다. 그의 『밤의 가스파르』는 프랑스 문학에 '산문시'를 최초로 도입한 작품으로 프랑스의 상징파 시인들에게 영감을 주었으며, 특히 보들레르의 산문시 『파리의 우울』에 많은 영향을 끼쳤다. 그의 가족이 1815년 프랑스의 디종 지역에 정착한 뒤에 옛 부르고뉴공화국의 수도였던 이 도시에 많은 흥미를 갖게 되었을 뿐만 아니라, 이 지역의 '연구회'에 가입하여 역사적인 자료를 모았으며 그 중 일부를 자신의 초기 시집 『쾌락』에서 활용하기도 하였다. 빅토르 위고와 샤를 오귀스탱 생트-뵈브(1804~1869)가 지방신문에 실린 그의 글에 관심을 갖게 되어 그를 파리로 불러들였지만, 파리에서 적당한 일자리를 찾지 못한 그는 디종으로 다시 돌아와 자유주의를 지향하는 신문에 글을 기고했다. 그러나 이 신문은 언론과 출판의 자유를 박탈한 샤를 10세(1795~1824)의 포고령에 의해 정간되었다. 이 포고령은 결국 1830년 혁명을 불러일으켰으며, 혁명 후 3년 동안 베르트랑은 『파트리오트 드 라 코트 도르』라는 혁명지지파 신문을 편집하기도 했다. 1836년에 중세의 디종을 취급한 『밤의 가스파르』를 한 출판업자에게 팔았지만 이 출판업자는 그의 원고가 고전주의에 대한 당시의 관심에 역행한다고 판단하여 출판하지 않았다. 가난과 굶주림에 시달리던 베르트랑은 결국 지병인 결핵이 악화되어 1841년 세상을 떠났으며, 그가 세상을 떠난 지 1년 후엔 1842년 『밤의 가스파르』가 출판되었다. 그러나 처음에는 거의 관심을 끌지 못하다가 몇 년 뒤 보들레르와 말라르메가 이 시를 발견하게 되었으며, 프랑스 환상문학과 시의 고전으로 자리매김하게 되었다. 모리스 레벨(1875~1937)은 『밤의 가스파르』에 수록된 「스카르보」, 「물의 정」, 「교수대」 등을 바탕으로 하여 3부작 피아노곡 「밤의 가스파르 op. 25」(1908)를 작곡하였다. 베르트랑의 시 「교수대」의 일부분을 인용하면 다음과 같다. "아! 내가 들은 것은 무엇이었던가? 그것은 밤마다 부는 음산한 바람소리였던가? 아니면 교수대에 매달려 죽은 자의 한숨이었던가? 아니면 나무가 애틋한 마음으로 감싸주는 귀뚜라미 울음소리였던가? 혹은 죽음이 부르는 소리에 귀먹어버린 한 마리 파리가 먹을 것을 찾는 신호였던가? 혹은 피투성이로 벗겨진 머리칼을 쥐어뜯는 풍뎅이 소리였던가? 혹은 옥죄인 모가지를 장식하려고 길고 긴 머슬린을 짜고 있는 몇 마리 거미였던가? 아! 그것은 지평선 너머 어느 마을에서 울려 퍼지는 종소리, 지는 해를 시뻘겋게 물들이는 교수형 당한 시체."

가지고 있는 것도 아니고 시작부분이나 결말부분이 있는 것도 아니다. 그것은 '의식의 흐름'에 의해서 단편적인 생각이나 이야기처럼 읽을 수 있을 뿐만 아리라 "현대화되어 가는 사회에 나타나게 되어 있는 다양한 삶의 모습"에 역점을 두어 읽을 수도 있다. 따라서 사르트르가 20세기의 자신의 주변 환경을 실존적으로 성찰했듯이 보들레르 역시 『파리의 우울』에서 19세기의 자신의 주변 환경을 실존적으로 성찰했다고 볼 수 있다.

루이-필립 왕(1773~1850)의 절대적인 통치를 마감하고 프랑스 제2공화국(1848~1852)을 가능하게 했으며 이상적이면서도 형제애적인 1848년의 혁명을 가능하게 했던 '유월항쟁,' 즉 1848년 6월 23일부터 6월 25일까지 있었던 프랑스의 노동자들의 항쟁이 있은 지 20년이 지나서 쓴 『파리의 우울』에서 보들레르는 자신이 성장한 사회를 개혁하려고 시도한 것이 아니라 현대화되어 가는 과정에 있는 파리의 공포가 무엇인지를 분명하게 드러내려고 했다. 예를 들면, 「가난한 사람들의 눈빛」에서 보들레르는 가난한 한 가족이 자신들이 살았던 곳에 새로 들어선 카페 앞에 서서 그 안을 들여다보고 있는 가련한 모습을 목격한 후에 "나는 그 가족의 눈빛에서 깊은 감동을 받았을 뿐만 아니라 우리들의 유리잔들과 유리병들은 우리들의 목마름을 축이기에는 너무 크다는 점을 조금은 부끄러워하게 되었다"라고 언급했다. 보들레르의 이러한 언급은 그가 자신의 도시에서의 가난한 환경을 절실하게 인식했다는 점과 그런 인식에서 비롯되는 절망을 절감하고 있었다는 점을 나타낸 것이라고 볼 수 있다. 다시 말하면, 그의 산문시 『파리의 우울』의 진정한 의미는 가난에서 비롯되는 배고픔에 있다기보다는 바로 그 '우울'이라는 말에 반영되어 있는 '언짢은 기분'에 있다고 볼 수 있다.

이상에서 살펴본 『파리의 우울』에 수록되어 있는 「가난한 사람들의 눈빛」을 마셜 버만[18](1940~)은 자신의 『현대성의 경험』[19]에서 도시의 현대화에서

---

18) 마셜 버만은 미국의 작가이자 철학자로 마르크스주의-인간주의자이다. 그는 1968년 하버드대학교에서 박사학위를 받았으며, 뉴욕시립대학교 정치학과의 명예교수로 재직하면서 정치철학과 도시주의를 강의하고 있다. 저서로는 『확실성의 정치학』(1970), 『현대성의 경험』(1982), 『마르크스주의의

비롯될 수밖에 없는 지배계층과 피지배계층, 부르주아 계층과 프롤레타리아
계층의 대립관계로 파악하였다.

　　누더기 옷을 입은 가난한 가족―회색 수염의 아버지, 나이 어린 아들, 그리고 갓
난아기―이 이들 연인의 앞으로 똑바로 다가와서는 바로 그 카페 안의 휘황찬란한
새로운 세계를 정신없이 들여다보고 있다. "이들 세 사람의 얼굴은 예외적으로 진지
했으며 이들 여섯 개의 눈빛은 나이에 따라서 다르기는 하겠지만 똑같은 감동으로
이 새로운 카페를 뚫어져라 바라보고 있었다." 그 어떤 말도 하지 않았지만 이 시의
서술자는 이들의 눈빛을 읽어 내려고 노력하고 있다. 아버지의 눈빛은 "얼마나 아름
다운가! 가난한 세상의 모든 황금은 이들 벽에서 그 길을 찾아냈구나"라고 말하는
것 같다. 아들의 눈빛은 "얼마나 아름다운가! 그러나 우리들과 같지 않은 사람들만이
갈 수 있는 집이다"라고 말하는 것 같다. 갓난아기의 눈빛은 "너무나 황홀해서 어떤
것도 표현할 수 없겠지만 그러나 기쁨, 어리석음, 심오함 등"을 표현하는 것 같다.
이들의 황홀한 매혹에는 그 어떤 적의에 찬 어조도 없다. 두 세계 사이에서의 차이
에 대한 이들의 비전은 도전적인 슬픔에 해당하는 것도 아니고 분노 어린 슬픔에 해
당하는 것도 아니라 체념적인 슬픔에 해당하는 것이다. 이러한 사실에도 불구하고
또는 이러한 사실로 인해서 서술자는 불안을 느끼면서 "우리들의 유리잔들과 유리
병들은 우리들의 목마름을 축이기에는 너무 크다는 점은 조금은 부끄러워지기" 시
작한다. 그러나 잠시 뒤에 "사랑하는 그대, 그대의 눈빛에서 *나*의 생각을 읽어 내기
위해서 눈을 돌려 그대 눈빛을 들여다보았을 때"(이탤릭체는 보들레르가 강조한 것
임), 그녀는 "화등잔처럼 커다래진 이들의 눈빛을 참을 수가 없어요! 매니저에게 가
서 이들을 여기에서 쫓아 버리라고 말할 수 없어요?"라고 말한다.[20]

　　위의 인용문에서 두 연인은 부르주아 계층을 대변하고 가난한 가족은 프
롤레타리아 계층을 대변하며, 바로 그 가난한 사람들을 쫓아버리라고 말하는
여자 역시 부르주아 계층에 관계되고 그녀의 그러한 발언으로 인해서 슬퍼
지고 화나게 된 남자는 프롤레타리아 계층에 관계된다. 그는 "사람들이 서로
가 서로를 이해하는 것은 얼마나 힘든가, 얼마나 전달 불가능한가"를 절감하

모험』(1999), 『타운론』(2006), 『뉴욕의 부름』(2007) 등이 있다.

19) 윤호병 옮김, 『현대성의 경험 : 견고한 모든 것은 대기 속에 녹아버린다』(현대미학사, 1994)를 참고
　　할 것. 이 책의 원래제목과 부제(副題)를 번역서에서는 바꿔놓았으며, 이 책의 번역본을 완전 수
　　정·보완하여 2004년 '개정판'으로 다시 출판되었다.

20) 윤호병 옮김, 『현대성의 경험』, pp. 224~225.

게 된다. 그 결과 보들레르의 시 「가난한 사람들의 눈빛」은 "서로 사랑하는
사람들 사이에 있어서도"라고 끝맺고 있다. 이러한 의미를 지니고 있는 보들
레르의 시 「가난한 사람들의 눈빛」을 양주동은 「빈자(貧者)의 눈」이라고 번역
하여 소개하였으며, 그가 번역한 이 시의 전문은 다음과 같다.

아!내가왜오날너를믜워하는지너는알고십흐리라, 내가 너에게그것을설명(說明)함보
다는네가그것을이해(理解)함이아마더욱어려운이리겟다. 생각건대, 너는이세상(世上)에
잇는모든무정(無情)한계집의가장완전(完全)한본보기임으로

우리는오래ㅅ동안함씌지내여왔다, 그러고내게는그것이너무나짜른듯이생각되엿다.
우리는서로서로갓흔사상(思想)을가지고우리두혼(魂)이한혼(魂)이되자고약속(約束)까지
엿섯다. 만은결국(結局), 이것은, 누구나 다쑥기는하여도, 아모도실현(實現)한사람은없
는, 아모새맛도없는한낫숨에지나지못하는것이엇다.

저녁에너는몸이좀피곤(疲困)하야, 엇던새로된길거리모퉁이에 잇는새로난카페문(門)
밧계안저잇섯더니라. 그카페는아즉도칠화(漆灰)가널녀잇는데발서브터자랑하듯이미성
(未成)한광채(光彩)를보이고잇섯다.카페에는불이켜젓다.까스는강(强)하고도신선(新鮮)
한빗을내여, 그희나흰벽(壁)이며 빈쩍빈쩍하는거울이며,도금(鍍金)한코ー니스와그윤곽
(輪廓)의장식(裝飾)이며, 혁대(革帶)로 잡아매인산양개에게쓸녀도라서는하인(下人)들의
불눅한쌜이며, 손목우에올녀안친매(鷹)를보고웃는귀부인(貴婦人)들이며, 머리우에실과
(實果)와파이와산양해온물건을이고잇는 님쯔와여신(女神)이며, 씨러프의 적은병(甁)과
반(半)쯤물드린아이쓰의오벨리스크를한아름안고잇는히ー베와까니멭드, 이따위모든것
들을무서운힘으로빗최이고잇섯다. 온갓 역사(歷史)와신화(神話)가다모여들어대식가(大
食家)들을위(爲)하야낙원(樂園)을만들고잇섯다.

바로우리들반대(反對)쪽, 조고만길우에, 회색(灰色)수염을 가진40(四十)이나 되여보
이는남자(男子)가파리한얼골로, 한손에는조고만아해를잇끌고쏘한손에는걸음도잘것지
못하는연약(軟弱)한어린애를붓들고 서잇섯다. 그는 유모(乳母)노릇을 대신하고 잇는것
이다, 어린아해들을다리고저녁산보(散步)를나온것이다. 그들은 모도다누덕이를들으고
잇섯다세얼골은매우 암전해보엿다, 그리고 여섯낫눈은, 각각(各各)나(年紀)에싸라다르
기는하지만, 다갓치탄상(歎賞)하는모양으로그새로난카페를쑤렷이드려다보고 잇섯다.

아버지의눈은말하엿다, 「참아름답기는하다! 참아름답기는하다! 이가난한세상(世上)
의금(金)이란금(金)은다저집벽(壁)에 모여들엇나보다」고 아해의 눈은 말하엿다, 「참아
름답기는 하다! 참아름답기는 하다! 그렷치만 저런집에는 우리갓흔사람은들어갈쌘도
못하겟지」. 제일(第一) 적은 어린것의눈은, 바보와갓치 그저좃타는것밧게 더는형용(形
容)할수없다는듯이어리둥어리둥하고잇엇다.

깃븜은혼(魂)을고상(高尙)히하고가슴을부드럽게한다고노래짓는사람들은말하더라.
그노래는그날밤내게한(限)하야과연(果然)올은말이엇다. 이 사람들의 눈을보고늣긴것쑨

은아니지만, 나는목말음을 낫게 하려고, 이러케 너무나 사치(奢侈)로운 술잔과병(瓶)을
손에드는것이차리리 붓그러웠다. 나는 너를 도라보앗다, 애인(愛人)아, 너도 나와갓흔
생각을하엿으리라생각하고 고러케도 아름다운너의눈, 고러케도알쓸하게귀(貴)여운너
의눈, 잘변(變)하는마음의집이오쏘한월궁(月宮)의통솔(統率)아래잇는너의그푸른눈을나
는물그럼히드려다보앗다. 그쌔에너는날다려말하엿다, 「아이고, 저 집시갓흔 눈깔로드
려다보는꼴을엇지보아요! 하인(下人)들을식혀서쏫츨수업슬가요?」
　　서로이해(理解)한다는것이 이러케도 어렵구나. 애인(愛人)아, 이러케도 사상(思想)은
공통(共通)되지안누나, 사랑하는사람들사이에도[21]

　위에 인용된 시를 번역하는 데 있어서, 양주동은 자신에게는 프랑스어로
된 원서(原書)가 없어서 아더 시몬스의 영역본을 참고하여 중역했다는 점을
밝혔다. 또한 박영희는 「악(惡)의 화(花)를 심은 쏀드레르론(論)」에서 보들레르
의 이 시에 대해서 다음과 같이 언급하였다. "모든이지(理智), 모든 경험적고
통(經驗的苦痛)을쩌나 가장본능적(本能的)관능적(官能的)으로 쾌락(快樂)스러히할수
잇는데까지 그의 마음과몸을 가저서갓다. 그의관찰(觀察)이안이고, 그것을피
(避)해서, 순진(純眞)하고, 쾌락(快樂)으로만 모든 것을 보는어린아해와가트려하
였다. 그의산문시(散文詩) 「가난한자(者)의눈」을보면알것이다. … [중략] … 이
와가티 쏀드레르는생(生)에대(對)하여서 그아해와가티 절망(絶望)하지안엇다. 다
만 어른과가티 큰고통(苦痛)으로뭐, 넘어서서 어린아해와가튼 순진(純眞)한쾌락
(快樂)에이르럿다."[22]
　『파리의 우울』에서 도시의 개발과 자본주의의 팽창으로 인해 야기되는 정
신주의의 쇠퇴 혹은 시인으로 대표되는 이상세계의 몰락은 「후광의 분실」에
서 찾아볼 수 있으며, 이 시의 원문과 번역문을 인용하면 다음과 같다.
　다음에 인용된 시에 나타나 있는 '후광의 분실'에 대해서 버만은 다음과 같
이 언급하였다. "그것은 보들레르 자신만의 가장 열렬한 믿음 중의 하나를 풍
자하고 비판하기 위해서 거기 있을 뿐이다. 우리들은 그의 시와 산문을 통틀
어서 예술에 대한 종교와도 같은 헌신을 발견할 수 있을 것이다. 따라서 그는

21) 양주동, 「빈자(貧者)의 눈」, 『금성』 제2호 (1924. 1), pp. 31~32.
22) 박영희, 「악(惡)의 화(花)를 심은 쏀드레르론(論)」, 『개벽』 제48호 (1924. 6), pp. 1~12.

1855년에 '예술가는 자기 자신으로부터만 비롯될 뿐이다. …그는 자기 자신을 위해서만 안전하게 서 있을 뿐이다. 그는 후손도 없이 죽는다. 그는 자기 자신만의 왕이었고 자기 자신만의 목사였고 자기 자신만의 절대신이었다'라고 언급했다.

Baudelaire, "Perte d'auréole"

"Eh ! quoi ! vous ici, mon cher ? Vous, dans un mauvais lieu ! vous, le buveur de quintessences ! vous, le mangeur d'ambrosie ! En vérité, il y a là de quoi me surprendre.

—Mon cher, vous connaissez ma terreur des chevaux et des voitures. Tout à l'heure, comme je traversais le boulevard, en grande hâte, et que je sautillais dans la boue, à travers ce chaos mouvant où la mort arrive au galop de tous les côtés à la fois, mon auréole, dans un mouvement brusque, a glissé de ma tête dans la fange du macadam. Je n'ai pas eu le courage de la ramasser. J'ai jugé moins désagréable de perdre mes insignes que de me faire rompre les os. Et puis, me suis-je dit, à quelque chose malheur est bon. Je puis maintenant me promener incognito, faire des actions basses, et me livrer à la crapule, comme les simples mortels. Et me voici, tout semblable à vous, comme vous voyez !

—Vous devriez au moins faire afficher cette auréole, ou la faire réclamer par le commissaire.

—Ma foi ! non. Je me trouve bien ici. Vous seul, vous m'avez reconnu. D'ailleurs la dignité m'ennuie. Ensuite je pense avec joie que quelque mauvais poète la ramassera et s'en coiffera impudemment. Faire un heureux, quelle jouissance ! et surtout un heureux qui me fera rire ! Pensez à X, ou à Z ! Hein ! comme ce sera drôle!"

윤호병 옮김, 「후광의 분실」

맙소사! 여기 있는 당신, 당신이 내 친구라고? 당신, 신들이나 먹는 불로장생의 음식 암브러시아를 먹는 당신, 순수한 본질만을 마시는 당신! 당신이 이런 곳에 있다고? 놀라울 뿐이구나!

—친구여, 내가 말과 마차를 얼마나 무서워하는지 알고 있지 않은가? 그래, 이제 막 황급하게 번화가를 건너고 있었지, 그때 흙탕물을 튀기면서 사방에서 나를 향해 죽을 힘을 다해 말과 마차가 달려드는 대혼란의 와중에서 나는 갑자기 건너게 되었고 머리에서 내 후광이 벗겨져 쇄석 포장도로의 진창 속으로 떨어져버렸네. 나는 너무 놀라서 그 후광을 집어들 수가 없었네. 뼈를 부러지게 하는 것보다는 나의 징표를 잃어버리는 것이 더 낫다고 생각했지. 더구나 괴로움이 있으면 즐거움도 있다고 혼자 중얼거렸네. 이제는 평범한 운명들처럼 [simples mortels] 이름없이 돌아다닐 수도 있고 천박한 일을 할 수도 있고 나 자신을 온갖 쓰레기더미 속에 내던질 수도 있게 되었네 [me livrer à la crapule]. 그래서 친구가 보고 있는 것처럼, 바로 친구처럼 나도 여기에 있다네!

—그러나 후광을 찾는다는 광고를 내지 그래? 경찰에 알리든지?

—신께서 말리시네. 나는 여기 있고 싶네. 나를 알아보는 유일한 사람은 친구뿐일세. 그 밖에도 나는 권위에 신물이 났네. 더구나 어떤 저속한 시인이 내 후광을 주워서 뻔뻔스럽게 달고 다니는 것을 생각하면, 무척 재미있기도 하네. 누군가를 행복하게 하는 것은 얼마나 즐거운 일인가! 특히 친구가 비웃는 어떤 사람들. X를 생각하게! Z를 생각하게! 이런 생각이 얼마나 재미있는지 모르겠나?23)

「후광의 분실」은 보들레르 자신의 신이 어떻게 실패하게 되는지를 의미한다.

---

23) 「후광의 분실」에 대한 필자의 번역은 윤호병 옮김, 『현대성의 경험』, pp. 234~235를 참고하여 재정리했음을 밝혀둔다.

그러나 우리들은 예술가들만이 이러한 신을 존경하는 것이 아니라 수많은 '평범한 사람들'—예술과 예술가들이 그들 자신(평범한 사람들)의 머리 위에 멀리 떨어져 있는 행성에 존재하는 것으로 믿고 있는 사람들—도 그러한 신을 존경한다는 사실을 이해해야만 할 것이다. 「후광의 분실」은 예술의 세계와 평범한 세계가 하나로 수렴되는 지점에서 발생하게 된다. 이러한 지점은 정신적인 지점일 뿐만 아니라 육체적인 지점, 현대적인 도시의 풍경 속에 있는 지점이다. 이러한 지점은 현대화의 역사와 모더니즘의 역사가 하나로 융합되는 지점이기도 하다."24)

---

24) 윤호병 역, 『현대성의 경험』, pp. 235~236.

2. 보들레르와 한국 현대시의 관계

보들레르와 한국 현대시의 관계는 우선 『태서문예신보』 제9호 (1918. 11. 30)에 수록된 백대진의 「최근(最近)의태서문단(泰西文壇)」에서 찾아볼 수 있다.

> 1885년이릭 불란서시계에딕히야 밋쳐날쮜던 쥬의(主義)란 상증쥬의(象徵主義)이엇습니다,곳이는 긔인쥬의의 예술덕출현이며 동시에 자연쥬의를 물니친 리상쥬의 쥬장이올시다, 예술의흥미런 이를 두겹으로볼수가잇습니다, 곳 예술가된틱도와 표현법이니 밧구어말ㅎ면 닉용과 형식을 일음이올시다 불란서시게는 표상파(表象派)이릭 그 형식의 방면에 향히서도 큰혁신이 이러낫섯습니다 당시신지의시는 거의다 셔술덕 표현(敍述的 表現)으로서 직접 품은바를 읇헛던 바 이제 상증(象徵)으로싸 암시(暗示)ㅎ는 의의덕 쥬장(意義的 主張)이 싱기엇습니다. 상증이라 흠은 분히ㅎ기어려운 종합 일치의상틱에잇는바 엇던방면을일음이니 엇더ㅎ현찰가(賢察家)이던지 명빅히말ㅎ기 어려운바 진리의정슈(精髓)를 가장 만히 먹음어 그독창(獨創)을 운율덕 암유(韻律的 暗喩)로써 발표ㅎ는것됨을 일커름이 올시다..[25]

프랑스 상징주의에 대한 백대진의 이상과 같은 언급에는 그가 상징주의에 대해서 잘못 이해하고 있는 부분이 있기는 하지만, 한국 현대시의 형성기에

---

25) 백대진, 「최근의태서문단」, 『태서문예신보』 제9호 (1918. 11. 30), pp. 5~6.

그가 상징주의의 중요성을 강조하고 있다는 점에서 그 의의를 찾을 수 있으며, 이러한 점은 『태서문예신보』 제10호 (1918. 12. 7)에 수록된 김억의 「쯰란스시단 · 1」에서도 찾아볼 수 있다.

> 샤르루보드레르의근대문예(近代文藝)에준힘은 크다. 이점(点)에대(對)하야 보드레르의문예사상(文藝思想)의지위(地位)는 '로만티큐의최후자(最后者)'며, 갓은째에 근대신비(近代神秘)상징파(象徵派)의선구자(先驅者)며, 쏠아서시조(始祖)엿다. 근대(近代)유롭의시인(詩人)─아니, 전세계(全世界)의 근대적시인(近代的詩人)은 직접(直接), 간접(間接), 으로 그의사상(思想)에… [중략] …문화(文化)의꽂이 한(限)껏 피어, 그화변(花辨)을 버리고 바람도 업는 저녁의미광(微光)에 쓰러질가, 말가하는사뇌(思惱)의아름다운피로(疲勞)… [중략] …밝음도 어두움도 안인읍율(陰鬱), 절망(絶望), 염생(厭生)의비조(悲調)를 가진사상(思想)에 한길갓치 새세례(洗禮)를 밧앗다, 세례(洗禮)를밧는자(者)라야 예술(藝術)의문(門)을쑤다릴자격(資格)이잇다.26)

김억은 상징주의 시인들의 시에 반영되어 있는 '음향,' '색채,' '방향,' '형상' 등을 강조하면서, 이들이야말로 '시인적 시인'이라고 결론지었다. 다시 말하면, 보들레르를 선두로 하는 이들 상징주의 시인들은 '시인 중의 시인'에 해당한다고 파악하였다.

백대진과 김억이 포괄적인 의미에서의 서구 상징주의 혹은 프랑스 상징주의를 소개하는 과정에서 보들레르를 언급했다면, 양주동은 『금성』 창간호에 게재된 「근대불란서시초(近代佛蘭西詩抄) · 1」과 제2호에 게재된 「근대불란서시초(近代佛蘭西詩抄) · 2」에서 보들레르를 소개하는 한편, 다른 한편으로는 그의 시를 번역하여 수록하였다. 그가 소개하는 보들레르의 '약전(略傳)'을 인용하면 다음과 같다.

> 쌰를르 · 피에르 · 쏘-들레-르(Charles Pierro Baudelaire)는 1821년4월9일에파리(巴里)에서생(生)하엿다. 그의부친(父親)은상당(相當)한지위(地位)잇는문관(文官)으로문예(文藝)에취미(趣味)를만히가진사람이엿다. 1827년에 그의부친(父親)은사(死)하고, 익년(翌年)에그의모친(母親)은어썬육군사관(陸軍士官)과결혼(結婚)하얏다. 그는처음리앙(里昂)

---

26) 김억, 「쯰란스시단 · 1」, 『태서문예신보』 제10호 (1918. 12. 7), p. 5.

에서교육(敎育)을밧엇고,　또파리(巴里)에잇는대유역학원(大留易學院)에서도수업(受業)하얏다.　1839년에그는학위(學位)를엇고문예(文藝)에종사(從事)코저결심(決心)하엿스나, 그후양년간(後兩年間) 그의 생활상(生活上) 큰변동(變動)이 생겨, 그의 보호자(保護者)는1841년에그를인도지방(印度地方)으로여행(旅行)을보내엿다. 1년이다못되야그는다시파리(巴里)로도라와, 12년간 방종화사(放縱華奢)한 생활(生活)에 그의적은재산(財産)을 거위탕진(蕩盡)하엿다. 1848년에 그는혁명가(革命家)들축에 참가(參加)하야수년간공화정치(數年間共和政治)에흥미(興味)를가젓섯스나,그의항상신념(恒常信念)은귀족적(貴族的),가특력적(加特力的)이엿다.

그의 저작(著作)의 출현(出現)은, 1857년에 처녀시집(處女詩集)인 유명(有名)한 "Fleurs du Mal" 「악(惡)의화(花)」로 비롯하엿다. 그시집중(詩集中)몃몃수(首)는그의친우(親友)말라씨(Auguste Ponlet Malasais)의경영(經營)하는잡지(雜志), 「양계평론(兩界評論)」에발표(發表)되엿섯다. 이작품(作品)은 겨우일부소수독자(一部少數讀者)에게감상(鑑賞)될뿐이엿으나, 그의 음괴처창(陰怪悽愴)한 병적제재(病的題材)는곳인습적(因襲的)비평가(批評家)들사이의물의(物議)을초(招)하야, 그시집(詩集)이 「불건전(不健全)」을조소(嘲笑)하는데쓰는by-word가되고말엇다. 그러나유-고(Victor Hugo)는이시집(詩集)에대(對)하야, 작자(作者)에게서신(書信)으로말하되, "Vous dotez le ciel de l'art d'un rayon macabre, Vous creez un fression nouvean." 「족하(足下)는전(前)에업든무서운빗으로써예술(藝術)의한울을덥헛다, 족하(足下)는는새로운 전율(戰栗)을 창조(創造)하엿다.」라하엿다. 그와밋출판자(出版者)는, 드대여 공중도적(公衆道德)의문란(紊亂)으로고발(告發)되엿다. 그래서그중(中)에서극단(極端)으로추악(醜惡)하다는 부분(部分)만을 삭제(削除)하고, 1866년쌘럿셀에서다시"Les Epaves" 「잔해(殘骸)」라는일흠으로출판(出版)하엿다.

그는 소년시대(少年時代)로부터 영어(英語)를 배와, 영국(英國)의 「악마물어(惡魔物語)」－예(例)하면 Lowis의 "Monk" 갓흔 것을 탐독(耽讀)하엿섯다. 1846~1847년간(年間)에그는비로소포－(Edgar Allan Poe)의저작(著作)을읽엇다. 그의말에의(衣)하면포－의물어(物語)와시(詩)는, 비록정형(定形)은없엇스나뇌(腦)속에오래ㅅ동안박혀잇엇다한다.그째브터1865년(年)까지그는포－의저작(著作)의 번역(飜譯)에 몰두(沒頭)하야, 수종(數種)의명역(名譯)을출(出)하엿다.(그의全集第五,第六卷中에는포－에關한論文二篇이잇다.)

1861년(年)에그는말라씨의사업실패(事業失敗)의영향(影響)을밧아, 재정궁핍(財政窮乏)의곤고(困苦)를밧다가, 1864년(年)에는 그만파리(巴里)를써나 백이의(白耳義)로갓다. 그는수년간(數年間)을두고어썬매소부(賣笑婦)와친압(親狎)하엿다.　그는정부(情婦)의불품행(不品行)에도불구(不拘)하고평생(平生)그를도와주엇다.　그는또아편(阿片)에중독(中毒)되야, 쌘럿셀에서과도(過度)의폭음(暴飮)을시작(始作)하엿다.　그리하야 마비증(痲痺症)에걸녀, 그는그의생(生)의최후(最後)2년간(年間)을쌘럿셀과파리(巴里)의병원(病院)에서보내엿다.　그는 맛츰내파리(巴里)의사립양육원(私立養育院)에서,1867년(年)8월(月)31일(日)에가장비참(悲慘)하게외로히이세상(世上)을써낫다.[27]

보들레르에 대한 이상과 같은 간략한 소개와 더불어 양주동은 「근대불란서시초(近代佛蘭西詩抄)·1」에 여섯 편의 시를, 「근대불란서시초(近代佛蘭西詩抄)·2」에 여덟 편의 시를 각각 번역하여 소개하였다. 위의 인용문에서 양주동은 보들레르의 생애를 비교적 정확하게 요약하였다고 볼 수 있으며, "그는수년간(數年間)을두고어썬매소부(賣笑婦)와친압(親狎)하엿다. 그는 정부(情婦)의불품행(不品行)에도불구(不拘)하고 평생(平生)그를 도와주엇다"에서의 '어썬매소부(賣笑婦)'는 '검은 비너스'로 불리던 잔 뒤발을 지칭한다.

이상에서 살펴본 바와 같이, 김억이 보들레르의 시세계를 소개한 이후에 그의 영향을 받은 한국 현대 시인들이 많이 있지만, 여기에서는 황석우, 박영희, 서정주 및 김동명의 시를 중심으로 살펴보고자 한다.

2.1 황석우의 시에 반영된 보들레르의 영향과 수용

상아탑(象牙塔) 황석우(1895~1960)는 『태서문예신보』에 「은자(隱者)의 가(家)」, 「어린 제매(弟妹)에게」 등을 발표하였고 김억, 오상순 등과 함께 1920년 『폐허』 동인으로 활동하면서 「애인(愛人)의 인도(引導)」, 「벽모(碧毛)의 묘(猫)」, 「태양(太陽)의 침몰(沈沒)」 등 주로 상징주의 계열의 시를 발표하였다. 또한 「일본시단(日本詩壇)의 2대경향(二大傾向)」과 같은 상징주의 시론을 소개하기도 하였다. 박종화, 변영로, 노자영 등과 함께 1921년 『장미촌』을 창간하여 「장미촌(薔薇村)의 향연(饗宴)」을 발표하였고, 1928년 『조선시단』을 창간하였다. 아울러 1929년 첫 시집 『자연송(自然頌)』[28]을 출간하였다. 특히 「일본시단의 2대경향」은 당대 일본의 상징주의 경향을 일목요연하게 정리했을 뿐만 아니라 일본의 상징주의 시인들의 시를 말미에 수록하고 있어서 그러한 경

---

27) 양주동, 「근대불란서시초(詩抄)·1」, 『금성』 창간호 (1923. 1), pp. 16~17.

28) 황석우의 시집 『자연송(自然頌)』은 1929년 11월 19일 '조선시단사'에서 간행되었다. 권두에 김기곤이 쓴 서문과 함께 시인 자신의 머리말과 권두언이 붙어 있다. 제1부에는 「태양계, 지구」, 「소우주, 대우주」, 「불의 우주」 등 129편의 시가 수록되어 있고, 제2부에는 일본의 동경에서 체류하던 시절의 작품과 일어(日語)로 쓴 작품 등 총 151편의 시가 수록되어 있다. 시인 자신이 '서문'에서 밝히고 있는 바와 같이 지난 10여 년간의 시 가운데에서 자연에 관계되는 시가 수록되어 있다.

향의 시와 시론의 흐름을 파악할 수 있는 계기를 마련한 것으로 평가되고는 한다. 따라서 황석우는 백대진, 김억과 더불어 한국 상징주의 운동의 기수로 주목받게 되었다. 그의 이러한 점을 반영하고 있는 그의 시로는 「벽모(碧毛) 의 묘(猫)」를 들 수 있으며, 이 시의 전문은 다음과 같다.

어느날내영혼(靈魂)의
午睡場(낮잠터)되는
사막(沙漠)의우, 수풀그늘로서
碧毛(파란털)의
고양이가, 내고적한
마음을바라다보면서
  (이애, 네의
  온갖 懊惱, 運命을
  나의 熱泉(끓는샘)갓흔
  愛에 살적삶어주마.
  만일, 네마음이
  우리들의世界의
  太陽이되기만하면,
  基督이되기만하면.)[29]

— 황석우, 「벽모(碧毛)의 묘(猫)」 전문

「석양(夕陽)은써지다」라는 신작시(新作詩)를 비롯하여 '단곡(短曲)'(9편)이라는 구작(舊作)과 함께 『폐허』 창간호(1920. 7)에 수록된 위에 인용된 시에 대해서 황석우는 이 시를 쓰게 된 동기를 『매일신보』(1919. 11. 10)에서 다음과 같이 언급하였다.

최근의 우리 조선에는 신체시란 말과 그 시풍(詩風)의 유행이 각 지식계급에 만연되여 잇슴니다. 이말은 들을 때마다 혼도(昏倒)할 만치 큰 고통을 느김니다.… [중략] …금일의 우리는 벌서 서양시나 일본시를 충분히 저작(詛嚼)하엿슴니다. 우리는 지금 서문시(西文詩)의 완전한 형식을 배윗슴니다. 쑨만아니라 일시(日詩)도 지금은 완전한 형식에 들어섯슴니다. 그렇다면 한시(漢詩)나 서문시형(西文詩形)으로 향한

---

29) 황석우, 「벽모(碧毛)의 묘(猫)」, 『폐허』 창간호 (1920. 7), p. 16.

것이 아니라 바로 진화비약(進化飛躍)을 해서 자유시로 나가야 합니다.30)

이상의 언급으로 볼 때에 황석우는 「벽모(碧毛)의 묘(猫)」를 적어도 1919년
11월 10일 이전에 썼으며 그것을 1920년 7월 『폐허』 창간호에 수록하였다
고 볼 수 있다. 이 시는 발표되자마자 많은 논란을 야기하였으며, 그러한
논란의 발단을 정리하면 다음과 같다. 우선 황석우가 『개벽』에 월평을 쓰
면서 『개벽』 제5호 (1920. 11)에 발표된 현진건(1900~1943)의 단편소설 『희
생화』31)를 다음과 같이 혹평함으로써 황석우와 현철(1891~1965) 사이에 논
쟁이 촉발되었다.

> 희생화(犧牲花)는물론(勿論)소설(小說)은아닐다(作家는무슨豫定으로썻는지모르나)
> 이것은하등(何等)예술적(藝術的)형식(形式)을가추지아니한그저사실(事實)이잇는대로그
> 대로기록(記錄)한소설(小說)도아니고독백(獨白)도아닌일개무명(一個無名)의산문(散文)
> 일다그러나아모리예술적(藝術的)형식(形式)을가추지아니한초보(初步)의무명(無名)의산
> 문(散文)이라하더래도사실(事實)의기록(記錄)으로서는넘우허위(虛僞)와과장(誇張)이만
> 타 그리고묘사(描寫)도불충실(不忠實)하리만큼 급행적(急行的), 광답적(廣蹈的), 단편
> 적(斷片的)일다, 더일언(一言)을진(進)하여말하면 단조(單調)하면서도 내용(內容)의전체
> (全體)의포화(飽和)가취(取)야잇지못하며 쏘는외면적(外面的)이면서도넘우개념적(槪念
> 的)의조대(粗大)한천상(淺相)의외면묘사(外面描寫)일다 더구나S의 아우되는국주(國柱)
> (作者自身)의심리활동(心理活動)의필요성(必要性)곳그런 경우(境遇)에재(在)한십사오세
> (十四五歲)의소년(少年)이가질심리(心理)(感情)의필요성(必要性)이족음도나타나지안핫
> 다.32)

황석우의 이러한 혹평에 대해서 당시 『개벽』의 문예부장으로 있던 현철
이 『개벽』 제6호 (1920. 12)에 수록된 자신의 「비평(批評)을알고비평(批評)을
하라」에서 "시인(詩人)의 황군(黃君)에게는 시(詩)라는 정의(定義)를 이르고 싶
다"33)라고 언급한 데 대해서 황석우가 「주문(注文)치아니한시(詩)의정의(定義

---

30) 황석우, 「조선시단의 발촉점과 자유시」, 『매일신보』 (1919. 11. 10). 본문에서의 인용은 강우식, 『한국
   상징주의 시 연구』 (문화생활사, 1987), p. 73에서 재인용했음을 밝혀둔다.
31) 현진건, 「희생화」, 『개벽』 제5호 (1920. 11), pp. 125~142.
32) 황석우, 「'희생화'와 신시(新詩)를 읽고」, 『개벽』 제6호 (1920. 12), p. 88.

를일러주겠다는현철군(玄哲君)에게」[34]라는 글에서 이를 반박함으로써 이 두 사람 사이에 논쟁이 비롯되었다. 현철과 현진건은 서로 당질간(堂姪間)이었으며, 자신의 첫 소설『희생화』가 처음으로『개벽』제5호 (1920. 11)에 수록되기까지의 과정과 그 이후에 황석우의 혹평을 읽고 현진건이 느꼈던 여러 가지 감회는 그의 수필에 잘 반영되어 있다. 현진건의 수필의 전문을 인용하면 다음과 같다.

> 스물한 살 때『개벽』에『희생화』란 것을 처음 발표하였다. 바로 어제와 같은 그 때의 일이 역력히 기억에 남았건만 벌써 5년 전 옛이야기가 되었다. 남녀 학생 간에 남몰래 사랑을 주고받다가 남학생은 부모의 엄명(嚴命)으로 딴 처녀에게 장가를 아니 갈 수 없게 되자 표연히 외국으로 달아나 버리고, 여학생은 애인을 기다리다 못하여 마침내 병이 들어 죽고 만 경로를 센티멘탈하게 그린 것이었다. 구도덕(舊道德)에 희생된 여자라 하여 '희생화'라고 제목을 붙인 것부터 시방 생각하면 곰팡내가 난다. 그러나 그 당시엔 몇 번을 고쳐 쓰면서 감흥에 젖었는지 몰랐다.
>
> 그 때『개벽』의 학예 부장으로 있던 나의 당숙인 현철(玄哲)씨를 성도 내며 빌기도 하며 제발 그것을 내어달라고 조르고 볶았다. 간신히 내어주겠다는 승낙을 받은 뒤에 그것이 실릴 잡지가 나오기를 얼마나 고대하였을까. 그야말로 1일이 삼추(三秋)이었다. 잡지의 나올 임시가 가까워 가자 하루에도 몇 번씩 그의 집에 들러서 활자로 나타난 나의 첫 작품을 보려고 초초한지 몰랐다.
>
> 급기야 그 보잘 것 없는 작품이 활자로 나타났을 제 나의 기쁨이란! 형용할 길이 없었다. 아무리 훌륭한 지위를 얻은들 이에서 더 좋으랴! 아무리 끔찍한 명예를 얻은들 이에서 더 즐거우랴! 나의 몸은 갑자기 보석과 같이 번쩍이는 듯하였다. '아라비안 나이트'엔 여성의 키스로 말미암아 단박에 수십 장(丈)을 자란 남성이 있었지만 나는 이 '희생화'가 잡지에 게재됨으로 말미암아 천길 만길로 키가 커진 듯도 하였다.
>
> 더구나 그 잡지의 편집 후기에『희생화』가 손색없는 작품이란 호의 있는 소개를 읽을 때면 뛰어야 옳을지 굴러야 옳을지 알 길이 없었다. 애인이나 무엇같이 그 잡지를 품고 그날 밤이 새도록 읽다가 자고 깨면 또 읽었다.
>
> 그런데 그 다음 달 호인가, 다음 다음 달 호인가에『희생화』에 대한 황석우(黃錫禹)군의 비평이 났다. 나는 무엇보다도 먼저 그 비평을 읽었다. 그것은 여지없는 비평이었다.『희생화』는 소설이랄 수도 없다. 감상문이랄 수도 없고 하등 예술의 형식

---

33) 현철, 「비평을알고비평을하라」, 『개벽』제6호 (1920. 12), p. 92.
34) 황석우, 「주문치아니한시의정의를일러주겠다는현철군에게」, 『개벽』제7호 (1921. 1), pp. 111~118.

을 갖추지 못한 무명산문(無名散文)이란 의미로 냉혹하게 공격하였다. 그야말로 기뻐 뛰던 나에게 청천의 벽력이었다. 갈기갈기 그 잡지를 찢고 싶을 만큼 나는 분노하였다. 극도의 분노는 극도의 증오로 변하여 황석우란 자를 당장 죽여도 시원치 않을 것 같았다. 몇 번이나 팔을 뽐내며 방 안을 왔다 갔다 했는지 모르리라.

나는 열에 들떠서 그날 밤을 새우며 그 비평에 대한 공격문을 생각하였다. 그 때 나는 투르게네프의 단편에 심취하고 있었다. 그러므로『희생화』를 비위 좋게도 그 문호의 명작의 하나에 마음 그윽히 비기고 있었다.

'희생화'를 무명 산문이라 한 그대의 비평은 매우 반갑다. 옛날 사람이 쓰지 않던 산문의 형식을 내가 새로이 발명한 것이니 나도 창조적 천재의 한 사람인 듯싶어서 어깨를 추스를 수 있기 때문이다. 그러나 애달플 손『희생화』와 같은 형식은 벌써 투르게네프의 단편의 어디서든지 볼 수 있는 것이 유감천만이다. 투르게네프의 그런 작품을 모조리 무명 산문으로 돌릴진대『희생화』호올로 무명산문이란 이름 듣는 것을 어찌 한하랴. 다만 한되는 것은 이 세상 사람이 모두 그대와 같이 장님이 아니기 때문에 창조적 천재란 월계관을 내가 얻어 쓰지 못하는 일이다.

이런 의미의 지독한 문구를 생각하면서 일어났다 누웠다 잠 한눈 자지 못하고 밤을 밝히었다. 그 후부터는『희생화』를 보기도 싫었다. '타락자'란 단편집을 출판할 때에도 빼고 넣지 않았다.

5년이 지난 오늘에야 비로소 무명 산문에 틀림없는『희생화』를 뒤적거리니 그 때의 흥분이 우습기도 하고 그립기도 하다.

이상과 같은 논쟁을 야기한 현철의 「비평(批評)을알고비평(批評)을하라」라는 글에 대해서 김유방[35])은 「'비평(批評)을알고비평(批評)을하라'를읽고」[36])라는 글에서 현철의 글에 대한 반론을 제기하였다. 이와 같은 논쟁의 배경을 가지고 있는 황석우의 시 「벽모(碧毛)의 묘(猫)」는 이 시의 소재가 '고양이'라는 점에서 베를렌과 보들레르가 자신들의 시에서 취급했던 '고양이'에 우선적으로 접맥되고 '오뇌(懊惱),' '운명(運命),' '열천(熱泉),' '애(愛),' '태양(太陽),' '기독(基督)' 등과 같은 시어의 암시성이 프랑스 상징주의 시에 접맥된다고 볼 수 있다. 이 시의 전반부에는 '나'의 '영혼'과 파란 털의 '고양이'의 조응이 제시되어 있으며, 그러한 조응이 일어나게 되는 '사막'과 '수풀그늘'의 대립에 의해

---

35) 김유방의 생몰연대는 미상이며, 1919년 김동인, 김억, 전영택, 주요한, 김환 등과 함께 최초의 순수 문예동인지『창조』를 창간하는 데 참여했다.
36) 김유방, 「'비평을알고비평을하라'를읽고」,『개벽』제7호 (1921. 1), pp. 117~118.

서 악(惡)과 선(善)의 대응, 원초세계와 이상세계의 대응이 제시되어 있다. 이러한 대응에서 '고양이'는 자아의 부정적인 측면에 해당하는 '악마'를 강조하고, '나'는 자아의 긍정적인 측면인 '현실'을 강조한다. 또한 어린이의 말투를 사용하는 고양이의 대화체를 괄호로 처리한 이 시의 후반부에는 이 세상을 살아가는 데 있어서 '선하게 살기'의 어려움이 암시되어 있을 뿐만 아니라 그러한 고난을 극복하기 위해서는 악으로 대표되는 '고양이'의 말을 들어야 한다는 점도 암시되어 있다. 다시 정리하면 긍정적인 자아와 부정적인 자아가 서로 대립되어 있다.

『폐허』 창간호에 수록된 황석우의 신작시 「석양(夕陽)은꺼지다」에는 당시에 성행하던 세기말의 분위기와 상징주의의 영향이 많이 나타나 있다. 말하자면 암울하고 어둡고 암담한 주제를 강조하고 있다고 볼 수 있다. 서쪽으로 사라져가는 석양을 제재로 하여 당시 일제치하의 암담한 현실을 살아갈 수밖에 없는 '젊은 영혼'에 대한 애정과 비애, 슬픔과 격려 등을 표현하였다. 첫 번째 연을 제외하면, 모든 연이 "애인(愛人)아 밤안으로흠벅우서다고"라는 구절을 반복해서 사용함으로써 시인의 간절한 소망을 강력하게 드러내고 있을 뿐만 아니라 '대화체'를 사용함으로써 이 시를 읽는 독자로 하여금 그러한 이야기를 듣고 있는 '청자'라는 느낌이 들게 하였다. 이와 같은 의미를 지니고 있는 이 시의 전문을 인용하면 다음과 같다.

젊은신혼(新婚)의부부(夫婦)의지적이는방(房)의
창(窓)에불그림자가꺼지듯키석양(夕陽)은꺼지다.
석양(夕陽)은꺼지다..
애인(愛人)아, 밤안으로흠벅우서다고,
나의질소(質素)한처녀(處女)의살갓흔째긋한마음을펼(攄)쳐서
네눈이쌕시게되도록, 너의게뵈이마.
내마음에는 지금밧은
황혼(黃昏)의
맥(脈)풀닌 힘업는
애통(哀痛)한접문(接吻)의자욱이잇슬쑨이다.

애인(愛人)아 밤안으로흠벅우서다고
나의 이연(柔)한마음을펴처
가을의행긔럽운석월(夕月)을싸듯키
너의부닷기고, 고적(寂)한혼(魂)을싸주마.

애인(愛人)아, 밤안으로흠벅우서다고
네의우슴안에 적은막(幕)을치고
지구(地球)의긋에서기어오는 앙징한'새벽'이
우리의혼(魂)압헤도라올째신지,
너와니야기하면서 꿀을쌔듯키자려한다.

애인(愛人)아, 밤안으로흠벅우서다고
네의그미소(微笑)는 처음사랑의
쓰거운황홀(恍惚)에텩괴힌
소녀(少女)의살격가(髮祭)를춤추어지내는
봄저녁의애교(愛嬌)만흔바람갓고,
쏘너의그미소(微笑)는
나의울음개힌마음에수(繡)논적은무지개(虹)갓다.

애인(愛人)아, 밤안으로흠벅우서다고
나의가장새롭은황금(黃金)의예지(叡智)의펜으로
네의영롱(玲瓏)한우슴을씍어
나의눈(雪)보덤더흰마음우에
황혼의 키쓰를 서언(序言)으로 하여,
아아 그애통(痛)한키ㅡ쓰의윤선(輪線)안에
네의얼골(肖像)을
네의긴ㅡ생애(生涯)를
단홍(丹紅)으로, 남(藍)색으로, 벽공색(碧空色)으로
네의가장즐기는빗으로그려주마.

애인(愛人)아 밤안으로흠벅우서다고
내마음이취(醉)해넘머지도록
너의장미(薔薇)의향기(香氣)갓고
처녀(處女)의살향기(香氣)와갓흔속힘(底力)잇는우슴을켜(呻)려한다.
애인(愛人)아우서라, 석양(夕陽)은쩌지다.

애인(愛人)아 밤안으로흠벅우서다고

네우슴이 내마음을덥는한아즈랑이(靄)일진댄

네우슴이 내마음의압헤드리우는한꼿밭(花簾)일진댄

나는 그안에서내마음의곱은화장(化粧)을하마.

네우슴이어느나라에길써나는한태풍(颱風)일진댄, 구름일진댄

나는내혼(魂)을그우에갑야웁게태우마.

네우슴이내생명(生命)의상처(傷處)를씻는무슨액(液)일진댄

나는네우슴의그쓸는감과(坩堝)에쒸여들마

네우슴이 어느세계(世界)의암시(暗示), 그생활(生活)의한곡목(曲目)의설명(說明)일진댄

나는나의귀의굿은못을빼고들으마,

네우슴이 나의게만열어 뵈희는

너의비애(悲哀)의비밀(秘密)한 화첩(畵帖)일진댄,

나는 내마음이홍수(洪水)의속에잠기도 울어주마,

애인(愛人)아우서라, 석양(夕陽)은 꺼지다.37)

— 황석우, 「석양(夕陽)은써지다」 전문

2.2 박영희의 시에 반영된 보들레르의 영향과 수용

카프(KAPF)의 활동으로 더 잘 알려져 있는 회월(懷月) 박영희(1901~?)와 보들레르의 관계는 그의 「악(惡)의 화(花)를 심은 쏘드레르론(論)」38)에 잘 나타나 있으며, 자신의 이 글에서 박영희는 보들레르의 생애를 개관했을 뿐만 아니라 그의 시를 예로 들어 시와 미(美), 시와 악(惡)의 관계를 비교적 상세하게 설명하였다. 예를 들면, 고대의 시인은 '사상'에 의해서 시를 썼지만, 근대의 시인은 '신경'에 의해서 시를 썼다는 점을 강조하면서, 그 대표적인 경우로 보들레르를 예로 들었다. 박영희는 "쏘드레르는 모든 것에취(醉)하엿엇다. 시(詩)에취(醉)하고, 술에취(醉)하고, 오피움에취(醉)하고 하쉿쉬에취(醉)하고 압센뜨에취(醉)하엿다. 그리하야 병실(病室)가튼생(生)

---

37) 황석우, 「석양은써지다」, 『페허』 창간호 (1920. 7), pp. 12~15.

38) 박영희, 「악(惡)의 화(花)를 심은 쏘드레르론」, 『개벽』 제48호 (1924. 6), pp. 9~27.

에서서 쾌락(快樂)을어드려하엿다"39)면서 다음과 같이 설명하였다.

> 쏀드레르는 악(惡)을사랑하엿다고함은, 그가 가장미묘(微妙)한관찰(觀察)로인생(人
> 生)의선(善)을해부(解剖)하엿다는의미(意味)이다. 복잡(複雜)한감정(感情)과미묘(微妙)한
> 관찰(觀察)롤 비로소엇은것이악(惡)이라는 데에서 새로히광명(光明)을엇는곳이인것이
> 엿다. 그리하야18세기(世紀)대부분(大部分)의사상(思想)은, 혹작가(作家)는이를영향(影響)
> 밧음이컷섯다. 그와가티 쏀드레르는자신(自身)의치밀(緻密)한사상(思想)을시(詩)로써 발휘
> (發揮)할때에 그는 말의불완전(不完全)과감정(感情)을표(表)는데의불구(不具)한말을버서나,
> 상징(象徵)이라는새형식(形式)으로표현(表現)하게되엿다. 표현(表現)키 어려울위대(偉大)한
> 예술(藝術)은가장완전(完全)한상징(象徵)으로야 표현(表現)하는것이다.40)는 것이다

이상과 같은 언급과 함께 박영희는 보들레르의 산문시 「창(窓)」을 예로 들어 '상징'의 의미를 "모든미(美)를 더완전(完全)히 맛보기위하야 상징(象徵)이라는형식(形式)을갓게되였다. '말보다도 침묵(沈默)이'더만흔의미(意味)를 감추고잇는것이다"라고 파악하였다. 따라서 그의 "시(詩)는 그의예민(銳敏)한신경(神經)과한가지관능(官能)의세계(世界)로 나가게 되엇다. 향(香), 색(色), 취(臭), 형식(形式), 들에오관(五官)에날카로운 자극(刺戟)을 취(取)하게되엿다. 가장 발달(發達)된 쏀드레르의오관(五官)은 가장관능적(官能的) 색채(色彩)를농후(濃厚)하게하엿"고 "타락(墮落)과퇴폐(頹廢)하는가운대서 영원(永遠)한미(美)를 차지려하엿다. 미(美)의전성(全盛)은미(美)의퇴폐(頹廢)를 말하는 것이"라고 결론짓는 한편 다른 한편으로는 "악(惡)에서 나온죄악(罪惡)은 그것은 원죄(原罪)임을알엇다"라고 결론지었다.41)

전부 다섯 개 부분으로 형성되어 있는 자신의 「악(惡)의 화(花)를 심은 쏀드레르론(論)」에서 박영희는 보들레르의 시세계를 조망하였다. 보들레르의 시와의 관계를 보여주는 박영희의 시로는 「적(笛)의 비곡(悲曲)」이 있으며, 이 시의 전문을 인용하면 다음과 같다.

---

39) 박영희, 「악의 화를 심은 쏀드레르론」, p. 14.
40) 박영희, 「악의 화를 심은 쏀드레르론」, p. 15.
41) 해당단락에서의 인용은 박영희, 「악의 화를 심은 쏀드레르론」, p. 17. 19, 21에서 각각 인용했음을 밝혀둔다.

광야(曠野)에마음쓸쓸하게
째(時)안인 눈비(雪雨)가부어나릴째
음울(陰鬱)한가삼의어둔그늘속에서
애틋하게도 눈물을자어내는
'적(笛)의 비곡(悲曲)'은가만가만이울이다.

소래가늘고 마듸업시
영(靈)의가삼을 두다리며 찌르다
가삼은터저 혈조(血潮)는부어나려
폭포(瀑布)와갓치 소리크게돌제
녯날애인(愛人)의반가운적(笛)소리가
마음괴롭게도 추억(追憶)의금선(琴線)을다시울이다.

적(笛)여! 적(笛)의 곡(曲)이여!
놉흔언덕 넓은태양(太洋)
싯모르는천애(天涯)까지
눈물에젓(濕)게하는아람다운비곡(悲曲)을
크게크게 울이면서가라!

그리다가 푸른그늘(靑松)에안저
참회(懺悔)의눈물을쑥리는여성(女性)을보거든
그의품속으로가만가만히들어가
나의마음을흔들이게하든
너의아럼다운비곡(悲曲)
나의소식(消息)을전(傳)하여라!

아!나의마음은애달도다!
무르녹은월색(月色)에흐르는적(笛)의 비곡(悲曲)!
나는어나곳에머무를까?
애인(愛人)이여영원(永遠)히오지안이하려냐?
그러나나는영원(永遠)히기다리겟노라
아!적(笛)의 비곡(悲曲)이여!42)

— 박영희, 「적(笛)의 비곡(悲曲)」 전문

---

42) 박영희, 「적(笛)의 비곡(悲曲)」, 『장미촌』 창간호 (1921. 5), pp. 12~13.

　　최초의 시 전문 잡지로 평가되는 『장미촌』 창간호에 「과거(過去)의 왕국(王國)」과 함께 수록된 박영희의 시 「적(笛)의 비곡(悲曲)」과 보들레르의 시 「유령(幽靈)」의 비교가능성에 대해서는 강우식이 언급한바 있으며[43] 그의 논의를 확장시켜 이 두 편의 시에 반영되어 있는 영향과 수용의 관계를 살펴보면 다음과 같다. 우선 보들레르의 시 「유령(幽靈)」의 원문과 번역문을 인용하면 다음과 같다.

<table>
<tr><td>

Baudelaire, "Le Revenant"

Comme les anges à l'oeil fauve,
Je reviendrai dans ton alcôve
Et vers toi glisserai sans bruit
Avec les ombres de la nuit ;

Et je te donnerai, ma brune,
Des baisers froids comme la lune
Et des caresses de serpent
Autour d'une fosse rampant.

Quand viendra le matin livide,
Tu trouveras ma place vide,
Où jusqu'au soir il fera froid.

Comme d'autres par la tendresse,
Sur ta vie et sur ta jeunesse,
Moi, je veux régner par l'effroi.

</td><td>

윤영애 옮김, 「유령」

야수의 눈을 가진 천사들처럼
나는 그대 규방으로 되돌아와
밤의 어둠을 타고
소리 없이 그대를 향해 스며들어가리.

그리고 갈색머리의 여인이여, 그대에게 주리,
달빛처럼 차가운 입맞춤을,
웅덩이 주변을 기어다니는
뱀의 애무를.

희뿌연 아침이 오면,
그대는 보게 되리, 내 자리 빈 것을,
그곳은 저녁까지 싸늘하리.

남들이 애정으로 그러하듯,
나는 공포로 군림하고 싶어라,
그대의 생명과 그대 젊음 위에.

</td></tr>
</table>

　　위의 전문을 인용한 보들레르의 시와 박영희의 시에서 전자는 한 여성을 그리워하는 주체가 '유령'으로 변신하여 사랑하는 여인과 사랑을 나누고 떠나는 것으로 되어 있고, 후자는 그러한 주체가 '피리'로 변신하여 사랑하는 여인과 사랑을 나누고 떠나는 것으로 되어 있다. 그 주체가 유령이든 피리(정확하게는 피리소리)이든, 그것은 구체적으로 파악불가능하고 포착 불가능

---

43) 강우식, 『한국 상징주의 시 연구』, pp. 97~99.

한 어느 한 '순간'을 근간으로 한다. 이 두 편의 시의 상관성을 이와 같이 이해할 때에, 박영희의 시에서는 사랑의 감정이 '태양(太洋),' '천애(天涯)' 등에 의해서 극대화되기도 하고 '푸른그늘(靑松),' '월색(月色)' 등에 의해서 구체화 되기도 한다. 아울러 보들레르의 시에서는 '천사'와 '공포'에 의해서 사랑의 양면성을 강조하기도 하고, '달빛'과 '뱀'에 의해서 구체화하기도 한다. 이처 럼 이 두 편의 시에는 몇 가지 어휘에서의 유사성을 찾아볼 수 있을 뿐만 아니라 '만남'과 '떠남'이라는 지극히 보편적인 시적 분위기의 설정 등에서 도 그러한 점을 확인할 수 있다. 그럼에도 박영희의 시에 반영되어 있는 피 리 혹은 피리소리는 '나'와 '대상(그녀)'의 사랑을 위한 매개체로 작용하는 반면, 보들레르의 시에 반영되어 있는 '유령'은 바로 '나' 자신 혹은 '나'의 사랑의 '빈자리'를 나타낸다고 볼 수 있다.

2.3 서정주의 시에 반영된 보들레르의 영향과 수용

미당(未堂) 서정주(1915~2004)는 1936년 『동아일보』 신춘문예에 「벽」이 당 선되어 시인으로 등단하였으며, 같은 해 11월 김동리, 김광균, 오장환 등과 함께 『시인부락』을 창간하여 편집인 겸 발행인으로 활동하였다. 생전에 15권 의 시집과 약 1,000여 편의 시를 발표한 바 있는 그의 시세계는 대략 원색적 이고 관능의 세계를 중심으로 하는 시, 한국의 전통적인 미학세계를 중심으 로 하는 시, 달관과 원숙미의 세계를 중심으로 하는 시 등으로 나누어 볼 수 있다. 이와 같은 세 가지 시세계 중에서 원색미와 관능미의 세계는 그의 첫 시집 『화사집』(1938)에 집대성되어 있으며, 그의 초기시의 시세계와 보들레르 의 시세계는 그동안 많은 연구가 있어 왔다. 이러한 문학적 자취와는 별도로 서정주는 일제강점기 말기에 '태평양전쟁'을 찬양하고 조선인의 전쟁참여를 독려하는 시와 글을 발표했을 뿐만 아니라 "일본이 그렇게 쉽게 질 줄 몰랐 다"44)라고 술회함으로써 자신의 친일행위를 고백하기도 하였다. 그럼에도 그는 한국의 대표적인 시인으로 자리매김하고 있으며 고은을 비롯하여 많은 시인들이 그의 영향을 받은 것으로 되어 있다.

우선 보들레르의 영향을 받은 것으로 알려져 있는 자신의 시 「화사(花蛇)」를 서정주는 『시인부락』 제2호 (1936. 12)에 발표하였으며, 이 시의 말미에 '소화(昭和) 11년 6월,' 즉 1936년 6월에 쓴 것으로 표기하였다. 서정주의 시 「화사(花蛇)」의 전문을 인용하면 다음과 같다.

> 사향박하(麝香薄荷)의 뒤안 길이다.
> 아름다운 배암……
> 을마나 크다란 슲음으로 태여났기에, 저리도 징그라운 몸둥아리냐
>
> 꽃 다님 같다.
>
> 너의 하라버지가 이쁘를 꼬여내든 달변(達辯)의혓바닥이
> 소리 이른차 낼롱그리는 붉은 아가리로 푸른 하늘이다—물 뜯어라. 원통히 무러 뜨더,
>
> 다라나거라. 저놈의 대가리!
>
> 돌팔매를 쏘면서, 쏘면서, 사향방초(麝香芳草)ㅅ길 저놈의 뒤를 따르는것은
> 우리 하라버지의 안해가 이쁘라서 그리는게 아니라

---

44) 서정주의 친일행위에 대해서는 2002년에 발표된 친일파 708명의 명단, 같은 해에 공개된 친일문학인 42명의 명단, 2008년 '민족문제연구소'가 선정한 '친일인명사전' 수록예정자 명단 등에 포함되어 있으며, 총11편의 친일작품명이 공개된 바 있다. 친일행위를 드러내는 시의 예로는 『매일신보』(1943. 11. 16)에 게재된 「반도학도특별지원병 제군에게」를 들 수 있으며, 이 시의 전문은 다음과 같다. "정면에서 눈을 돌릴 수는 없느니라/ 그리움에 젖은 눈에 가시를 세워/ 사랑보단 먼저 오는 원수를 맞이하자// 유유히 흐르는 우리의 시간이/ 이제는 성낸 말발굽 뛰듯 하다// 벗아 하늘도 찢어진 지 오래여라/ 날과 달이 가는 길도 비뚜른지 오래여라/ 거친 해일이 우리와 원수의 키를 넘어선지/ 우리의 뼈와 살을 갈기 시작한 지도 벌써 오래여라// 지극히 고운 것이, 벗아/ 우리 형제들의 피로 물든 꽃자줏빛 바다 위에/ 일어나려 아른아른 발버둥을 치는도다./ 우리 혼령으로 구단(九段) 위에 짙푸를/ 사랑에, 사랑에 목말라 있도다// 정면에서 눈을 돌릴 수는 없느니라/ 그리움에 젖은 눈에 가시를 세워/ 사랑보단 먼저 오는 원수를 맞이하자// 주사위는 이미 던지어졌다/ 다시 더 생각할 건 절대로 없었다// 너를 쏘자, 너를 쏘자 벗아/ 조상의 넋이 담긴 하늘가에/ 붉게 물든 너를 쏘자 벗아/ 우리들의 마지막이요 처음인 너/ 그러나 기어코 발사해야 할 백금탄환인 너!/ 교복과 교모를 이냥 벗어버리고/ 모든 낡은 보람 이냥 벗어버리고// 주어진 총칼을 손에 잡으라/ 적의 과녁 위에 육탄을 던져라!// 벗아, 그리운 벗아/ 성장(星章)의 군모 아래 새로 불을 켠/ 눈을 보자 눈을 보자 벗아…/ 오백 년 아닌 천 년 만에/ 새로 불을 켠 네 눈을 보자 벗아.// 아무 뉘우침도 없이 스러짐 속에 스러져 가는/ 네 위엔 한 송이의 꽃이 피리라/ 흘린 네 피위에 외우지는 소리 있어/ 우리 늘 항상 그 뒤를 따르리라."

석유(石油) 먹은듯……석유(石油)먹은듯……가쁜 숨결이야

바눌에 꼬여 두를가보다. 꽃다님보단도 아름다운 빛

크레오파투라의 피 먹은양 붉게 타오르는

고흔 입설이다―스며라! 배암.

우리 순(順)네는 스믈난 색시, 고양이같은 고흔 입설……슴여라 배암![45]

― 서정주, 「화사(花蛇)」 전문

잘 알려진 바와 같이 위에 인용된 서정주의 시 「화사(花蛇)」의 소재는 '꽃뱀'이며 그의 초기시에 해당하는 이 작품은 19세기말 시에의 '악마주의'를 제창했던 보들레르의 시세계에 심취하여 쓴 것으로 전하는 작품이다. 이처럼 원시적 생명력의 상징에 해당하는 '뱀'을 통해서 서정주는 미추(美醜)와 선악(善惡), 본능과 절제가 잠재되어 있는 인간의 본래의 모습, 말하자면 원시적 생명력에 대한 충동과 관능적 아름다움에 대한 지향 등을 표현하였다. '뱀'은 또 원죄의식과 숙명 및 이에 대한 극복의지 등을 표상한다. 이 시의 소재로 등장하는 '뱀,' 혹은 '꽃뱀'은 상당히 복잡한 의미를 지니고 있다. 특히 "우리 하라버지의 안해가 이앳라서 그리는 게 아니라"에서는 '악마의 상징'으로 나타나기도 하고, "크레오파투라의 피 먹은양 붉게 타오르는/ 고흔 입설이다"에서는 유혹의 상징으로 나타나기도 한다. 이러한 뱀의 상징은 일반적으로 다음과 같다. "뱀은 원초의 본능, 즉, 다스려지지 못하는 미분화한 생명력의 용출(湧出)을 나타내며, 잠재적 활력, 영적 활성력을 상징한다.…뱀은 지식, 힘, 간계, 음험, 교활, 암흑의 상징이며, 악, 부패, 유혹자이다. 뱀은 운명 그 자체이며, 재앙보다 빠르고, 복수보다 생각이 깊고, 운명보다 더 알 수 없다."[46] 이러한 의미의 '뱀'을 소재로 하고 있는 자신의 시 「화사(花蛇)」에서 서정주는 뱀의 징그러운 모습과 아름다운 빛깔을 지닌 뱀의 '양면성,' 생래적(生來的)인

---

45) 서정주, 「화사(花蛇)」, 『시인부락』 제2호 (1936. 12), pp. 27~28.
46) 이윤기 옮김(진 쿠퍼), 『그림으로 보는 세계 문화 상징 사전』 (까치, 1994), p. 355.

원죄의식(原罪意識)과 한(恨)의 세계, 육체적인 본능과 죄의식에 의한 갈등, 뱀 그 자체의 관능미(官能美)와 원시적 생명력 등을 차례로 설명하고 있다.

서정주가 「화사(花蛇)」를 『시인부락』에 처음 발표하였을 때 그리고 자신의 첫 시집 『화사집』(1941)에 표제시로 수록했을 때, 그의 이 시가 당시 문단에 상당한 충격을 안겨준 까닭은 서정중심의 시세계, 모더니즘 중심의 시세계, 또는 리얼리즘 중심의 시세계와는 상당히 다른 것이기 때문이기도 하고, 그동안 금기시되었던 악마적이고 원색적인 인간본연의 욕망이 강하게 드러나 있기 때문이기도 하다. 그런 까닭에 이 시를 보들레르의 시세계에 접맥되는 것으로 파악해 왔으며, 그러한 점은 보들레르가 자신의 시에서 자주 활용하고는 했던 방향제, 즉 '사향(麝香),' '박하(薄荷),' '방초(芳草)' 등에서 확인할 수 있으며, 성적결합(性的結合)을 암시하는 "우리 순네는 스믈 난 색시, 고양이같은 고흔 입설……/ 슴여라, 배암!"이라는 마지막 부분에서도 보들레르적인 요소를 확인할 수 있다.

보들레르적인 요소를 드러내고 있는 서정주의 또 다른 시로는 「대낮(正午)」을 들 수 있으며, 『시인부락』 창간호 (1936. 11)에 처음으로 발표된 이 시의 전문은 다음과 같다.

따서 먹으면 자는 듯이 죽는다는
붉은 꽃밭 새이 길이 있어

핫슈 먹은듯 취(醉)해 나 자빠진
능구렝이 같은 등어리 길로,
님은 다라나며 나를 부르고

강(强)한 향기(香氣)로 흐르는 코피
두 손에 받으며 나는 쫓느니

밤 처럼 고요한 끌른 대낮에
우리 두리는 웬 몸이 달어…

— 서정주, 「대낮(正午)」 전문

1930년대 한국 현대시의 보편적인 정서와는 사뭇 다른 선정성(煽情性), 유혹성, 원색성 등을 유감없이 드러내고 있는 위에 인용된 시 「대낮」은 다분히 보들레르적인 특징을 바탕으로 하고 있으며, 특히 '정오(正午)'라고 강조한 점에서 서정주의 이 시에는 가장 뜨거운 열기 혹은 사랑의 절정이 암시되어 있다. 이와 같은 점은 제1연의 '붉은 꽃밭,' 제2연의 아편의 일종에 해당하는 '하슈,' 그리고 '능구렁'이의 성적(性的) 상징성을 거쳐, 달아나면서 나를 부르는 '님'과 그러한 '님'을 애써 따라가는 장면을 말없음으로 처리한 부분 등에서 우선적으로 확인할 수 있다. 다음은 '코피'를 흘리며 쫓아가는 '나'의 욕망이 정점에 달함으로써 마지막 연에서 절정을 이루게 된다. 이렇게 볼 때에 위에 인용된 시는 제1연과 제2연은 전반부에 해당하고 나머지 제3연과 제4연은 후반부에 해당하며, 전반부에서는 이 시의 배경으로서의 역할을 하고 후반부에서는 이 시의 내용을 집약시키고 있는 역할을 한다고 볼 수 있다. 특히 마지막 연의 "밤 처럼 고요한 끌른 대낮"에 암시되어 있는 대립요소인 '밤'과 '대낮' 및 '고요'와 '끌른' 등에는 성적결합의 황홀경이 집약되어 있다.

앞에서 살펴 본 서정주의 시가 보들레르의 시세계에 반영되어 있는 육감적 관능미와 성적결합의 선정성 등에 관계된다면, 원죄의식과 인간성의 회복에 관계되는 서정주의 시로는 「문둥이」를 들 수 있으며, 『시인부락』 창간호(1936. 11)에 수록되어 있는 이 시의 전문은 다음과 같다.

해와 하늘 빛이
문둥이는 서러워

보리 밭에 달 뜨면
애기 하나 먹고…

꽃 처럼 붉은 우름을 밤새 우렀다.

— 서정주, 「문둥이」 전문

앞에 인용된 시의 특징은 그 '섬뜩성'에 있다. 이러한 점은 이 시의 제목에 나타나 있는 '문둥이'라는 천형(天刑)에 대한 숙명성에서 비롯되기도 하고, 시각이미지와 청각이미지의 첨예한 대립에서 비롯되기도 한다. 오늘날에는 '문둥병/문둥이' 혹은 '나병(癩病)/나환자(癩患者)'라는 말보다 '한센병/한센병자'라는 말이 더 보편적으로 사용되고는 있지만, 여전히 회피적이기는 마찬가지이다. 그럼에도 위에 인용된 시에서 서정주는 그러한 금기를 파기하고 대담하면서도 과감하게 '문둥이'를 시적 소재로 하여, 하나의 존엄한 인간으로서의 내면세계를 전부 5행이라는 지극히 짧은 한 편의 시로 형상화하였다. 제1연에는 자신의 처지를 자탄(自歎)하는 '문둥이'의 탄식이 나타나 있으며, 그가 '해'와 '하늘 빛'이 서러운 까닭은 자신의 처지를 누구나 쉽게 알아볼 수 있기 때문이다. 제2연에는 '문둥이' 자신의 생명에의 집착이 드러나 있다. 그러한 집착으로 인해서 문둥이는 어린 아기의 생간(生肝)을 먹으면 치료될 수 있다는 하나의 속설(俗說)에 의지하여 마지막 기대를 걸고 결코 그렇게 해서는 안 되는 줄 알면서도 천인공노할 짓을 저지르게 된다. 특히 '보리 밭'과 '달'에 반영되어 있는 이미지의 으스스한 분위기는 이러한 점을 한층 더 고조시키게 된다. 다시 말하면, 그러한 속설은 어떠한 경우에도 '한센병'은 치료될 수 없다는 점을 강조하기 위한 것이지 치료가능성을 강조하는 것이 아니기 때문이며, 제3연에는 문둥이 자신도 그러한 점을 알고 있는 것으로 나타나 있다. 그가 피로 흥건하게 젖어 있는 입술로 밤을 새워 울고 있는 까닭은 천형을 앓고 있는, 어떻게 보면 곧 죽을 수밖에 없는 자신의 생명을 조금이라도 연장하기 위해서 이제 막 태어나 살아갈 날이 창창한 어느 어린 생명을 무자비하게 죽였다는 죄책감 때문이기도 하고, 자신의 병은 결코 치료될 수 없다는 점을 그 스스로 너무도 잘 알고 있기 때문이기도 하다.

이상에서 살펴본 바와 같이 서정주의 초기시에 반영되어 있는 보들레르의 시세계의 영향은 다분히 시적 소재나 주제, 어휘나 내용에 접맥되어 있으며, 다음에 전문을 인용하는 「수대동시(水帶洞詩)」에서는 구체적으로 '보들레르'를 언급하고 있다. 그러나 서정주의 시세계는 이 시를 바탕으로 하여 보들레르의 시세계에서 벗어나 한국적인 소재로 전환하는 계기를 마련하게 되었다고 볼 수 있다.

흰 무명 옷 가라입고 난 마음
싸늘한 돌담에 기대어 서면
사뭇 숫스러워지는생각, 고구려(高句麗)에 사는듯
아스럼 눈감었든 내넋의 시골
별 생겨나듯 도라오는 사투리.

등잔불 벌써 키어 지는데……
오랫동안 나는 잘못 사렀구나.
샤알·보오드레-르처럼 설ㅅ고 괴로운 서울여자(女子)를
아조 아조 인제는 잊어버려.

선왕산(仙旺山)그늘 수대동(水帶洞) 14번지
장수강(長水江) 뻘밭에 소금 구어먹든
증조(曾祖)하라버짓적 흙으로 지은집
오매는 남보단 조개를 잘줍고
아버지는 등짐 서룬말 젔느니

여긔는 바로 10년전 옛날
초록 저고리 입었든 금녀, 꽃각시 비녀하야 웃든 3월의
금녀, 나와 둘이 있든곳.

머잖아 봄은 다시 오리니
금녀동생을 나는 얻으리
눈섭이 검은 금녀 동생,
얻어선 새로 수대동(水帶洞) 살리,[47]

― 서정주, 「수대동시(水帶洞詩)」 전문

---

47) 서정주,『화사집』(한성도서주식회사, 1941)에서 재인용했음을 밝혀둔다.

앞에 인용된 시에서 서정주가 보들레르로부터 벗어나고자 하는 계기를 보여주는 부분은 제2연이다. 이 부분에서 그는 "오랫동안 나는 잘못 살었구나"라고 개탄하면서 그동안 서구적이고 도시적인 시세계와 삶에 집착했던 자신의 시세계에 대한 변화를 모색하게 된다. 이러한 점에 대해서 이근배는 '한국문화예술진흥원' 강당에서 행한 「시를 어떻게 읽을 것인가」 (2000. 11. 10)라는 강연에서 다음과 같이 언급하였다.

> '샤알·보오드레-르처럼 설ㅅ고 괴로운 서울여자(女子)를/ 아조 아조 인제는 잊어버려' 하는 대목은 무슨 뜻일까요 보들레르는 여자가 아닌 남자입니다. 미당이 그를 모를 리가 없습니다. 그러면 왜 서울 여자가 '샤알·보오드레-르'가 될까요 미당이 보들레르의 시를 좋아해서 불어로 읽으시는 것을 보았습니다만, 그의 시집에 악의 꽃이 있지요. 눈썹이 검은 금녀 같은 그런 데서 살다가 객지에 와서 서울 여자를 보니까 전부 악의 꽃들로 보인 거죠. 이상하게 사랑을 주는 것 같으면서도 아니고, 돈에 눈이 멀어 있는, 즉 샤를 보들레르 같은 여자가 아니라 '악의 꽃들 같은 여자'를 노래한 것입니다.

서정주가 자신의 시에서 강조하고 있는 것은 보들레르가 자신의 여자들을 잊어버렸듯이 서정주 자신도 '서울 여자'를 잊겠다는 의지의 표명이며, 적어도 "여긔는 바로 10년전 옛날"이라는 구절에 나타나 있는 바와 같이, 고향을 떠나 10년간 객지생활을 하다가 다시 돌아왔음을 강조하였다. 따라서 서정주는 자신의 이 시에서 보들레르 지향적인 애욕과 관능의 세계에서 벗어나고자 하는 한편 다른 한편으로는 귀소본능(歸巢本能)과 귀향의식(歸鄕意識)을 바탕으로 하는 한국적인 토속정신으로 돌아오게 되었다고 볼 수 있다. 서정주의 이러한 점은 최근에 발굴된 그의 시 「서울 가는 누이에게」에도 반영되어 있다. 서정주가 『민주경찰』 통권 13호 (1949. 3. 20)에 발표한 이 시는 고서수집가인 문승묵이 발굴하였으며, 『미네르바』 통권 30호 (2008. 5)에 수록되어 있다. '어느 날 서울행 차중(車中)의 소회(所懷)'라는 부제가 붙어 있을 뿐만 아니라 그동안 발간된 서정주의 작품집에도 수록된 적이 없는 이 시의 전문은 다음과 같다.

수집은 누이야
그대 나라는 어느 강변(江邊)인가
빛나는 눈이 어느 파아란 바다를 말하느니
나는 알겠다
너 사는 곳은 갈매기 드나드는 조그만한 섬
너, 동백(冬栢)나무 그늘에서 아버지 돌아오는 배를 기대리고
산호(珊瑚)풀 어린거리는 물위에 그 하얀 발을 잠겄을라.

나를 보아라
그대 머리는 향(香)내 그윽한 바다의 따님아
여기는 혼돈(混沌)의 거리—서울로 가는 차(車)속이 아닌가?
끝히 네 흰 모래밭을 밟아야할 순한 가시내야
아무도 아니 볼때 부르는 그 노래소리 듣고 싶네!

우리 누이야
기차(汽車)는 너를 잘못 실코 안 가나?
우리 누이야
너는 기차(汽車)를 잘못 타고 안 가나?[48]

— 서정주, 「서울 가는 누이이게」 전문

위에 인용된 시에서 서정주는 바닷가 고향으로서의 '시골'과 서울로 대표되는 '도시'를 병치시킴으로써, 서울로 가기 위해 기차를 타고 있는 '누이'에게 "기차(汽車)는 너를 잘못 실코 안 가나?"라고 재차 반복해서 묻고 있다. 말하자면, 「수대동시(水帶洞詩)」에서 자신이 그렇게도 강조했던 허상으로서의 대도시 서울을 향해 질박하고 순수한 고향을 저버리고 바로 그 허상을 좇아 서울행 기차에 오른 '누이'를 간곡하게 만류하고 있다고 볼 수 있다.

---

48) 서정주, 「서울 가는 누이이게」, 『민주경찰』 통권 13호 (1949. 3. 20), p. 41에 발표된 것을 문승묵이 발굴하여 『미네르바』 통권 30호 (2008. 5), p. 4에 수록하였다.

2.4 김동명의 시에 반영된 보들레르의 영향과 수용

　시인이자 정치가였던 초허(招虛) 김동명(1900~1968)은 『석류꽃』(1922)을 문집으로 발간하려고 계획하던 중에 극야(極野) 현인규─현인규는 양주동과 교류하였으며 훗날 『조광』의 편집자로 활동하였다─에게서 보들레르의 시집 『악의 꽃』을 빌려 읽고 거기에서 깊은 감명을 받은 것이 계기가 되어 「당신이만약내게문(門)을열어주시면(쏸드레르에게)」, 「나는보고섯노라」, 「애닯은기억(記憶)」 등을 『개벽』 제14호 (1921. 8)에 발표함으로써 등단하였다.

　'쏸드레르에게'라는 부제(副題)에 암시되어 있는 바와 같이, 「당신이만약내게문(門)을열어주시면」은 김동명이 전적으로 보들레르에게 심취해 있을 뿐만 아니라 그에게 헌정한 시라고 볼 수 있으며, 이 시의 전문을 인용하면 다음과 같다.

오─님이여!나는당신을밋습니다
찬이슬에 붉는곳물에저즌당신의 가슴을
붉은술과푸른아편(阿片)에하욤업시웃고잇는당신의맘을
쏘당신의혼(魂)의상흔(傷痕)에서흘러나리는모든고흔노래를

오─님이여!나는당신의나라를밋습니다
회색(灰色)의독겁운구름으로
해와달과별의모든보기실흔고혹(蠱惑)의빗츨두덥허버리고
정향(定向)업시휘날리는낙엽(落葉)의난무(亂舞)밋헤서
그윽한정적(靜寂)에불곳놉게타는강(强)한리쯤의
당신의나라를.

마취(魔醉)와비장(悲壯) 통열(痛悅)과 광희(狂喜)
침정(沈靜)과냉소(冷笑) 환각(幻覺)과독존(獨尊)의
당신의나라
구름과물결 백작(白灼)과정향(精香)의
그리고도오히려극야(極夜)의새벽빗치츨넝거리는 당신의나라를
오─님이여!나는밋습니다.

님이여!내그립어하는당신의나라로

내몸을밧으옵소서
살비린내요란(搖亂)한매혹(魅惑)의봄도
시의(屍衣)에분망(奔忙)하는상가(喪家)집갓흔가을도
님게신나라에서야볼수업겟지오

오직눈자라는긋까지봅히싸힌흰눈과
국다란벨오듸에비장(悲壯)하게흔들이는현훈(眩暈)한
극광(極光)이두가지가한데어우러지서는
백열(白熱)의키쓰가되며
사(死)의위대(偉大)한서곡(序曲)이되며
푸른우슴과검운눈물이되며
생(生)과사(死)로씨오날을두어짜내인쟝밋빗방석이되야
바림을당한곤비(困憊)한혼(魂)들에여원발자국을직히고잇는
님의나라로 오오!내몸을밧읍소서.

살들한님이여!당신이만약내게문(門)을열어주시면
(당신의나라라로드러가는)
그리고쓰철회색(鐵灰色)의둑업운구름으로내가슴을덥혀주실것이면
나는님의전개갓흔노래에
낙엽(落葉)갓치춤추겟나이다.

정(情)답운님이여!당신이만약내게문(門)을열어주시면
(당신의殿堂으로드러가는)
그리고쓰당신의가슴에셔타는정향(精香)을나로하야금만지게할것이면
나는님의바다갓흔한숨에
물고기갓치잠겨버리겟나이다.

님이여!오오!마왕(魔王)갓흔님이여!
당신이만약내게문(門)을열어주시면
(당신의密室로드러가는)
그리고쓰북극(北極)의오르라빗츠로내몸을싸다듬어줄것이며
나는님의우렁찬우슴소리에긔운내여
눈놉히싸힌곳에내무덤을파겟나이다.[49]

　　　　— 김동명, 「당신이만약내게문(門)을열어주시면(쏘드레르에게)」 전문

---

49) 김동명, 「당신이만약내게문을열어주시면(쏘드레르에게)」, 『개벽』 제14호 (1921. 8), pp. 300~302.

앞에 인용된 김동명의 시 「당신이만약내게문(門)을열어주시면」에서 '당신'
은 물론 보들레르를 지칭하고, '나'는 김동명 자신을 지칭하지만, 그 어조는
여성이 남성에게 구애하는 것과 같은 어조를 취하고 있다. 이와 같은 어조에
의해서 김동명은 '사랑'을 간구하는 것이 아니라 자신으로 하여금 시인으로
서의 길을 걷게 해달라고 보들레르에게 간구하고 있는 것으로 볼 수 있다.
그러한 점은 전부 8연으로 형성되어 있는 이 시의 전반부에서 '나는 당신을
믿습니다,' '나는 당신의 나라를 믿습니다,' '나는 믿습니다'에 반영되어 있는
바와 같이 보들레르에 대한 자신의 절대적인 신념과 확신과 의지를 드러내
고 있는 점에서도 확인할 수 있으며, '내 몸을 밧읍소서'라고 시적 전환을
함으로써 후반부에서 '춤추겟나이다,' '잠겨버리겟나이다' 등을 거쳐 마침내
'내 무덤을 파겟나이다'라고 결론지고 있는 점에서도 확인할 수 있다. 특히
이 시의 전체적인 분위기는 '당신'으로 대표되는 보들레르나 그의 시세계가
없다면 '나'로서의 김동명 자신이나 시세계 또한 있을 수 없다는 절대적인
명제에 있다. 이로 인해서 김동명은 보들레르를 '마왕(魔王)갓흔님'으로 까지
끌어올리고 있다.

이상에서 살펴본 바와 같이 보들레르의 시세계에 심취하여 시인으로서 등
단했을 뿐만 아니라 자신의 시세계를 형성하게 된 김동명은 시적 변모를 거
듭하게 되며, 그의 이러한 점을 특징별로 정리하면 다음과 같다. 그의 첫 시
집 『나의 거문고』(1930)에는 보들레르로부터 받은 영향과 당대 현실의 암담
하고 우울한 분위기를 드러내는 시가 수록되어 있다. 그러나 그는 점차적으
로 보들레르로부터 벗어나 1930년대 말부터 1940년대까지 자신만의 고유한
시세계를 형성하게 되며, 이러한 점은 그의 시집 『파초』(1938)와 『하늘』(1948)
에서 확인할 수 있다. 이러한 시집에 수록된 그의 시의 특징은 전원생활의
예찬과 자연물에 대한 외경심을 드러내는 한편, 다른 한편으로 민족적 비애
와 역사적 성찰 등을 들 수 있다. 말하자면, 전원이미지로 전환시킨 주권을
빼앗긴 조국에 대한 비탄과 고뇌 등이 드러나 있다. 김동명의 시세계는 해방

과 더불어 또 다시 바뀌게 되며, 이러한 점은 『삼팔선』(1947)과 『진주만』
(1954) 등에서 확인할 수 있다. 전자에서는 김동명이 단신으로 '삼팔선'을 넘
어 월남하기 전까지 북한에서 겪었던 참상과 우울한 생활모습을 다루고 있
으며, 후자에서는 '태평양전쟁'을 소재로 하여 일본제국의 전쟁과 만행이 결
국은 패망으로까지 이어지게 되었다는 점을 고발하고 있다. 김동명의 마지막
시집 『목격자』(1957)에는 해방 전의 전원적인 특징과 해방 후의 정치·사회
적인 경향이 종합되어 있으며, 특히 「자하문 밖」, 「충무로」, 「명동」, 「북아현
동」, 「신촌동」, 「미아리고개」 등 특정지역에 대한 '풍물시'가 수록되어 있다.
김동명은 또 수필집 『세대의 삽화』(1964)와 『모래위에 쓴 낙서』(1964), 정치평
론집 『역사의 배후에서』(1958) 등을 남겼다.

3. 소결론

이상에서 살펴본 바와 같이 보들레르의 시세계는 한국 현대시의 형성에 있어서 많은 영향을 끼쳤다고 볼 수 있다. 그러한 점은 우선적으로 상징주의에 대한 이론적인 소개와 시론(詩論) 등을 소개하고 적용한 백대진, 김억, 황석우 등의 활동에서 확인할 수 있다. 아울러 프랑스 상징주의 시인 중에서 한국 현대시에 반영된 보들레르의 영향과 수용의 경우를 황석우, 박영희, 서정주, 김동명 등의 시를 중심으로 하여 살펴보았다. 물론 그 외에도 이장희, 박종화 등의 시에서도 그러한 점을 확인할 수 있다.

보들레르는 상징주의 시에서뿐만 아니라 모더니즘 시 및 그 이후의 문예사조에 결정적인 영향을 끼친 시인이며, 그러한 점은 그의 산문시와 예술평론 및 아방가르드 운동 등에 분명하게 반영되어 있다. 보들레르는 자신의 비망록 『노출된 나의 심장』에서 '아방가르드 문학'이라고 적기도 했고 '군대의 억압' 또는 '군대문학'이라고까지 언급하기도 했다. 따라서 보들레르에게 있어서 아방가르드는 급진적인 작가나 정치적으로 좌익에 속하는 작가를 의미했다. 보들레르는 자신의 『노출된 나의 심장』에서 다음과 같이 언급했다.

군사적인 비유에 대한 프랑스인들의 열성적인 편애로 인해서 프랑스에서는 모든 비유가 콧수염을 달아야만 한다. 이러한 점으로는 문학이라는 이름의 군대학교, 필사적인 요새사수(要塞死守), 부대기 게양 등을 들 수 있다. 좀더 광범위한 군대적인 비유로는 전투적인 시인, 아방가르드라는 이름의 작가 등을 들 수 있다. 이와 같은 군대적인 비유에 이들이 일종의 열등의식을 느끼는 것은 그들 자신이 바로 군인들이 아니라는 점을 보여주는 징표에 해당한다. 그러나 어떤 원리에 따라서 창조된, 순응하기 위해서 제작된 본성, 길들여지기에 익숙한 타고난 본성, 혼자서는 안 되고 오직 어느 누군가와 함께 해야만 하는 벨기에적인 본성이 있게 마련이다.

보들레르는 1855년 중엽에 쓴 자신의 「진보」라는 글에서 한 폭의 그림에 대한 발자크의 감상을 인용하면서, '비평에서의 탁월한 교훈'이라고 강조한 바 있다.

발자크 선생께서는 다음과 같은 이야기를 했습니다(그리고 아무리 사소한 이야기라 하더라도 이처럼 위대한 천재에 관계되는 어떤 일화를 존경심을 가지고 듣지 않을 사람이 누가 있겠습니까?). 어느 날 선생께서는 아름다운 한 폭의 그림 앞에서 계셨습니다. 그 그림은 하얀 서리가 심하게 내렸고 오두막집들과 초라해 보이는 농부들이 희뿌옇게 보이는 우울한 겨울 풍경이었습니다. 희미한 연기가 솟아오르는 한 작은 집을 응시한 다음 선생께서는 이렇게 소리쳤습니다. "얼마나 아름다운가! 그러나 이 작은 오두막집에서 그들은 무엇을 하고 있는 것일까? 그들은 무슨 생각을 하고 있는 것일까? 그들의 슬픔은 무엇인가? 수확은 좋았을까? 틀림없이 그들은 세금 고지서를 받았겠지?"

이처럼 보들레르는 어떻게 보면 전천후의 시인이었으며, 이러한 점으로 인해서 낭만주의, 상징주의, 아방가르드, 모더니즘, 포스트모더니즘 등에서 끊임없이 보들레르, 랭보, 릴케 등을 인용하고 적용하지만, 베를렌의 경우는 거의 그렇지 않은 까닭은 베를렌이 시적 음악성을 강조한 반면, 보들레르는 시적 의미성과 현대사회의 관계를 강조했기 때문이다. 한국 현대시의 형성기에서는 보들레르의 이러한 점을 간과하는 경향이 많았던 것이 사실이다. 특히 여성의 문제, 악의 문제, 퇴폐의 문제, 윤리의 문제, 관능의 문제 등을 강조함으로써, 보들레르의 전반적인 면보다는 일부만이 한국 현대시에 적용되었던 것이 사실이다. 따라서 보들레르와 '현대성'의 문제에 대한 연구가 필요하다고 볼 수 있다.

제6장

W. B. 예이츠의 영향과 수용

김소월과 박목월의 경우를 중심으로

1. W. B. 예이츠의 생애와 작품세계

1.1 생애

아일랜드문학과 영국문학을 확립하는 데 있어서 중추적인 역할을 한 시인이자 극작가인 W. B. 예이츠(1865~1939)는 20세기 문학의 가장 중요한 작가 중의 한 사람으로 1923년 '노벨문학상'을 수상하였다. '노벨상위원회'에서는 예이츠를 선정한 이유에 대해서 "그의 고양된 시세계는 고도로 예술적인 형식을 통해 아일랜드 전체의 정신을 표현했다"[1]라고 평가했다.

예이츠의 중요한 작품 대부분은 '노벨문학상'을 수상한 이후에 발표되었으며 여기에는 『탑』(1928)과 『나선형의 계단과 기타 시편들』(1929) 등이 포함된다. 이와 같이 20세기 세계문학에 많은 영향을 끼친 예이츠의 생애를 시기별로 정리하여 살펴보면 다음과 같다.

1.1.1 유년기와 청소년기의 활동

예이츠는 아일랜드의 더블린에서 아버지 존 버틀러와 어머니 수잔 메리

---

1) 'The Nobel Prize in Literature' (1923), www.nobelprize.org. Retrieved on 3 June 2007.

폴레스펜(슬라이고에서 성공한 정미소와 선박업을 하는 부유한 영국계 아일랜드인 가정 출신) 사이에서 태어났다. 그가 태어난 지 얼마 되지 않아 예이츠의 아버지는 가족을 데리고 슬라이고로 가서 처가의 대가족과 함께 정착했다. 따라서 예이츠는 문학적으로나 상징적으로나 자신의 행복한 유년기를 '마음의 고향'이라고 생각하고는 했다. 예이츠의 가족은 상당히 예술적인 환경에서 생활했다. 그의 동생 잭(1871~1957)은 높게 평가받는 화가의 길을 걸었고 여동생 엘리자베스(1868~1940)와 수전(1866~1949)은 '미술공예운동'2)에 참여했다.3) 어린 시절의 대부분을 슬라이고에서 보낸 예이츠는 아일랜드의 전설과 초자연적인 것에 심취했으며 젊은 시절부터 시를 쓰기 시작했다. 예이츠의 이와 같은 주제의식은 그의 초기작품에 반영되어 있을 뿐만 아니라 대략 20세기 초까지 계속되었다. 그의 첫 작품 『모사다』(1886)4)는 부제(副題)에 나타나 있는 바와 같이 '하나의 극시(劇詩)'로서 허구적인 왕국을 배경으로 한다. 주인공으로는 모사다, 무어계 소녀, 그 소녀의 친구이자 등에 업고 있는 어린 아기 콜라, 기독교 사제, 그리고 이름 없는 몇 명의 조사관 등이 등장한다.

예이츠의 초기작품에서 『모사다』가 중요한 까닭은 이 작품의 '에필로그'에 수록되어 있는 '서정시' 「행복한 목자(牧者)의 노래」 때문이다. 이 시는 예이츠의 시 「조각상의 섬」에 '에필로그'로 수록되었다가 다시 『모사다』의 '에필로그'로 수록되었고 이어서 예이츠의 첫 번째 시집 『오이신의 방랑과 다

---

2) '미술공예운동'은 19세기 후반에 일어난 영국의 심미운동(審美運動)으로 전 유럽에 걸쳐 장식예술에 대한 새로운 평가가 시작된 것을 의미했다. 산업혁명이 일어나고 그에 따른 대량생산이 이루어지면서 장식예술은 진부해지고 그 양식과 장인(匠人)의 기술 및 대중의 기호 수준이 저하된 것을 우려하는 목소리가 1860년경 부각되기 시작하였다. 이러한 사람들 중에서도 영국의 개혁자이자 시인이며 디자이너였던 윌리엄 모리스는 1861년 중세 장인들의 정신과 특성을 되찾는 데 헌신할 수 있는 실내장식가와 제조업자들을 위한 회사를 설립하였다. 그와 그의 동료들인 건축가 필립 웨브, 화가 포드 매독스 브라운, 에드워드 번 존스 등은 수제 금속세공품, 장신구, 벽지, 직물, 가구, 책 등을 만들어냈다. 오늘날까지도 그들의 디자인 중에서 많은 부분을 디자이너와 가구제조업자들이 이어받고 있다.

3) Nicola Gordon Bowe, "Two Early Twentieth-Century Irish Arts and Crafts Workshops in Context," *Journal of Design History*, vol. 2, no. 2/3 (1989), pp. 193~206.

4) W. B. Yeats, *Mosada : A Dramatic Poem* (Dublin : Sealy, Bryers & Walker, 1886).

른 시편들』5)(1889)에도 수록되었다. 예이츠의 이 시집에는 에드먼드 스펜서와 P. B. 셸리의 영향이 나타나 있는 것은 물론 '라파엘 전파(前派)'6) 시인들의 리리시즘의 영향도 나타나 있다. 특히 자신의 「행복한 목자(牧者)의 노래」가 스펜서의 시를 모방하고 있다는 점에 대해서 예이츠는 다음과 같이 언급했다. "나의 「행복한 목자(牧者)의 노래」는 에드먼드 스펜서를 모방해서 쓴 것이다. 대학에서 발행하는 잡지에 그 시를 수록해도 좋을지 어떨지를 결정하기 위해 함께 자리를 잡고 앉아 있는 비평가들 앞에서 그 시를 읽어 달라는 요청을 받았다. 이 잡지는 그 전에도 내 서정시 한 편을 수록한 바 있다."7) 다시 말하면, 자신의 아버지가 영국에서의 사업을 접고 아일랜드로 돌아온 이후 예이츠는 1881년 10월 더블린에 있는 에라스무스 스미스 고등학교에서 다시 공부하기 시작했으며, 이 시기에 그는 더블린에서 활동하고 있던 예술가들과 작가들을 만날 수 있었다. 이들과의 교류에 힘입어 시를 쓰기 시작한 그는 마침내 1885년 자신의 시를 처음으로 『더블린대학평론』에 발표하게 되었고, 「사무엘 퍼거슨 경(卿)에 관한 시」라는 수필도 발표했다. 스펜서뿐만 아니라 셸리도 예이츠의 초기시에 많은 영향을 끼쳤으며, 특히 셸리의 영향을 받아 쓴 시에서 예이츠는 중앙아시아에서 자신의 왕국을 건립하는 마술사(魔術師)를 설명하기도 했다. 『오이신의 방랑과 다른 시편들』 이후에 예이츠는 장시(長詩)를 쓰지 않았으며, 『시편들』(1895), 『비밀한 장미』(1897), 『갈대 사이의 바람』(1897) 등과 같은 시집에서 파악할 수 있는 바와 같이, 그의 초기시 대부분은 주교, 사제, 목자에 의해 이교도로 고발당한 여인, 연애시, 중세 독일의 기사(騎士)에 관한 서정시 중심의 시를 발표했다.

그의 초기시가 지극히 관례적이고 "전혀 아일랜드적인 것이 아니며⋯거창

---

5) W. B. Yeats, *The Wanderings of Oisin and Other Poems* (London : Kegan Paul, Trench & Company, 1889).

6) '라파엘 전파(前派)'는 왕립아카데미의 역사화가 지나치게 인위적일 뿐만 아니라 상상력조차 없다는 비판과 함께 1848년 영국의 젊은 화가들이 결성한 단체이다. 이들은 진지하고 성실하게 새로운 도덕관을 작품에 표현하려고 노력했다. 이들은 14, 15세기의 이탈리아 미술에서 영감을 얻었으며 '라파엘 전파(前派)'라는 명칭 역시 전성기 르네상스 이전, 특히 라파엘 시대 이전의 이탈리아 미술의 전형적인 특징으로 자리 잡았던 솔직하고 단순한 자연묘사를 찬양하기 위해서 그렇게 붙인 것이다.

7) W. B. Yeats, *Autobiography of William Butler Yeats* (New York : Collier Books, 1916, 1974), p. 61.

한 꿈을 우울하게 읊조리는 것"[8]에 지나지 않는다는 비평가 찰스 존슨의 평가에도 불구하고, 예이츠는 점차 스펜서, 셸리 및 '라파엘 전파'의 영향으로부터 벗어나 아일랜드의 신화와 전설 및 민담에 관심을 기울였다. 특히 윌리엄 블레이크의 작품세계에 매료된 예이츠의 관심은 그의 말년까지 지속되었다.

1.1.2 장년기의 활동과 '애비극장'

예이츠의 시는 1900년부터 좀 더 육체적이고 현실적인 시로 바뀌게 되었다. 그는 젊은 시절의 초월적인 믿음을 강조하면서도, 육체적이고 정신적인 측면에 몰두해 있었을 뿐만 아니라 인생의 순환이론에도 몰두해 있었다. 수년간에 걸쳐 예이츠는 서로 다른 이데올로기의 입장을 취하기도 했다. 그의 이러한 점에 대해서 비평가 마이클 발데스 모세스는 "급진적인 민족주의자, 고전적인 자유주의자, 반동적인 보수주의자 그리고 천년의 허무주의자의 시기"라고 언급했다.[9] 예이츠는 그 당시에 아일랜드의 정체성을 강조하던 '프로테스탄트 실세'[10]의 영향을 받았을 뿐만 아니라 그의 가족 또한 아일랜드의 변화를 지지하고 있었다. 이러한 까닭으로 19세기 후반 민족주의의 부활은 그의 활동에 있어서 직접적으로 불리하게 작용하였고 그의 일생에서 일종의 강박관념으로 작용하게 되었다. 이러한 점에 대해서 예이츠의 전기작가(傳記作家)인 R. F. 포스터는 "'누군가를 이해하기 위해서는 그가 20세 때에 살았던 세상에서 무슨 일이 일어났는지를 알아야만 한다'는 나폴레옹의 명언은 W. B. Y.에게 있어서도 분명한 사실에 해당한다"[11]라고 강조했다. 이처

---

8) R. F. Foster, *W. B. Yeats : A Life —The Apprentice Mage*, vol. I (New York : Oxford University Press, 1997), p. 37.

9) Michael Valdez Moses, "The Poet As Politician," *Reason* (February 2001).

10) '프로테스탄트 실세'(Protestant Ascendancy)는 거대한 지주(地主), 교회창설 성직자(가톨릭 사제와 개신교 목사 및 그 밖의 종교지도자), 전문직 종사자 등 17세기부터 19세기까지 아일랜드의 교회와 영국의 교회 및 이 두 가지를 통합한 국교회(國敎會) 등의 모든 구성원들이 정치, 경제, 사회적으로 아일랜드를 후원했던 것을 의미한다. 이 용어를 잘못 이해하고는 하는 까닭은 '프로테스탄트'라는 개념 때문이며, 이로 인해서 가톨릭을 비롯하여 장로교회와 그밖의 개신교 계열의 후원은 없었던 것처럼 파악하기도 하지만, 실제로는 그 반대였다.

11) R. F. Foster, *W. B. Yeats : A Life —The Apprentice Mage*, p. xxviii.

럼 예이츠는 자신의 유년시절과 젊은 시절에 비주류에 속하는 프로테스탄트 공동체의 급속한 변화, 찰스 S. 파넬(1846~1891)[12]이 이끌었던 아일랜드의 '지방자치운동,' 민족주의운동의 확산, 비밀결사단체 '페니언단(團)'[13]의 투쟁 등을 목격했다. 예이츠의 이러한 목격과 체험은 그 자신의 시세계를 형성하는 데 있어서 많은 영향을 끼쳤으며, 아일랜드의 정체성에 대한 그의 탐구와 모색은 자신의 조국의 역사를 시세계로 재창조하는 데 있어서 결정적인 역할을 하게 되었다.[14] 이 시기에 예이츠는 아일랜드의 국민의식을 변화시킬 수 있는 하나의 방법으로 1904년 '애비극장'[15]을 설립하는 한편, 다른 한편으로는 희곡을 집필하는 데에 전념했다.

예이츠를 "진지하게 연구할 가치가 있는 유일한 시인"[16]이라고 생각하고 있던 에즈러 파운드(1885~1972)는 1913년 예이츠를 만난 후부터 1916년까지 그의 비서로 활동했다. 이 두 사람의 관계는 파운드가 예이츠의 시 몇 편을 '자의적'[17]으로 수정하여 시카고에서 발행하던 잡지 『포에트리』[18]에

---

12) 찰스 S. 파넬은 아일랜드의 민족주의자이자 정치지도자로서 영국의회 의원(1875~1891)을 지냈으며 19세기말 아일랜드의 지방자치운동을 이끌었다. 아일랜드에 거주하는 영국계 프로테스탄트의 지주 계층과는 달리 반영(反英) 감정의 골이 깊은 가정에서 성장했으며, 아일랜드의 '자치동맹'과 '토지 동맹'을 주도했다. 그는 영국의 기술학교를 세 곳이나 다녔고, 캠브리지대학교에 입학했지만 졸업 하지는 않았다.

13) '페니언단(團)'(Fenians)은 미국에 거주하던 아일랜드인들이 아일랜드의 독립을 목적으로 하여 조직 한 민족주의 '비밀결사단체'를 일컫는 명칭이다. 1858년 미국에서는 존 오마하니(1816~?)가 조직했 고 아일랜드에서는 제임스 스티븐스가 조직했던 이 단체의 명칭은 아일랜드의 신화에서 전설적인 전사집단(戰士集團)을 이끌었던 '핀 머 쿨'(Fionn mac Cumhaill)에서 유래했다. '페니언단(團)'이라는 명칭은 오늘날에도 북아일랜드, 아일랜드공화국, 스코틀랜드 등 아일랜드의 민족주의를 지지하는 모든 단체에서 여전히 사용되고 있다.

14) R. F. Foster, *W. B. Yeats : A Life—The Apprentice Mage*, p. xxvii.

15) '아일랜드국립극장'으로도 잘 알려진 '애비극장'(Abbey Theatre)의 전신은 아일랜드의 시극운동(詩劇 運動)을 활성화하기 위해서 예이츠와 그레고리 부인이 1899년에 설립한 '문예극장'이다. W. G. 페 이와 프랭크 J. 페이가 중심이 되어 창립한 '아일랜드국립극협회'에서 이 극장을 인수하여 '애비극 장'의 기초를 마련했다. 그 후 이곳에서 공연되는 작품은 높은 관심을 끌게 되었고, 1904년 예이츠 의 가까운 친구인 영국인 여성 애니 호니먼(1860~1937)이 낡은 극장건물을 개축할 수 있도록 재정 적인 후원을 하였다. 1904년 12월 27일 '애비극장'으로 문을 열었고, J. M. 싱(1871~1909)의 『서쪽 나라에서 온 멋쟁이』를 무대에 올렸다. 1951년 화재로 전소(全燒)된 후 '퀸스극장'으로 옮겼으나 1966년 7월 원래의 자리에 다시 완공되어 오늘에 이르게 되었다.

16) Harriet Monroe, *Poetry* (Chicago, 1913), p. 123.

17) 파운드가 예이츠의 시를 이처럼 '자의적'으로 수정한 것은 그가 빅토리아시대의 작시법을 싫어했

수록함으로써 더욱 확고해졌다. 이들의 간접적인 영향은 파운드가 어네스트 페놀로사[19](1853~1908)의 미망인을 통해서 입수한 일본의 연극 '노[能]'에 관한 연구에서 비롯되었으며, 이로 인해서 예이츠는 '노[能]'를 자신이 구상하고 있던 귀족극(貴族劇)의 모델로 삼았다. '노[能]'를 모델로 한 예이츠의 첫 번째 희곡은 『매의 우물에서』이며, 1916년 1월 예이츠는 파운드에게 자신의 이 희곡의 초고를 받아 적게 했다. 예이츠는 「일본의 몇 가지 귀족연극」(1916)이라는 자신의 희곡비평에서 다음과 같이 언급했다. "일본연극의 도움으로…나는 분명하면서도 간접적이고 상징적인 희곡형식, 그 공연에 있어서 관중을 동원할 필요도 없고 돈을 지불할 필요도 없는 귀족형식을 을 창조할 수 있게 되었다." 아울러 예이츠는 일본의 고전극 '노[能]'에 대응되는 자신만의 연극, 말하자면, 극장에서뿐만 아니라 거실과 응접실에도 공연될 수 있는 단막극 형식의 극을 창안했으며, 그 결과 『무희(舞姬)를 위한 네 개의 극』(1921)을 완성했다.

1.1.3 청혼과 결혼 : 모드 곤과 조지 하이드-리스

예이츠가 모드 곤을 처음 만난 것은 1889년이었으며 그 당시에 24세의 예이츠와 22세의 곤은 '염료착색예술'을 배우는 학생이었다. 예이츠의 시

다는 점을 반영한다.

18) 『포에트리』는 『시카고트리뷴』에서 여성 예술비평가로 활동하던 해리엇 먼로(1860~1936)가 1912년 창간한 잡지이며 크리스티안 위만이 편집자로 일했다. 그웨돌린 브룩스(1917~2000), 제임스 메릴(1926~1995), 존 애쉬베리(1927~)같은 시인이 이 잡지를 통해 등단했으며, T. S. 엘리엇도 자신의 시 「J. 알프레드 프루프록의 연가」를 맨 처음 공식적으로 발표했다. 파운드, 예이츠, 타고르, 메리언 무어, 샬롯테 와일더, 월리스 스티븐스, H. D.(힐다 두리틀), 윌리엄 칼로스 윌리엄스, 제이질 번팅, 요네 노구치, 칼 라코시, 도로시 리처드슨, 피러 비에렉, 루이스 주코프스키, 찰스 레즈니코프, 칼 샌드버그 등이 자신들의 작품을 이 잡지에 수록했다. 아울러 『포에트리』는 현대시에서의 '이미지즘'과 '객관주의' 운동을 시작하는 데 있어서 원동력으로서의 역할을 했다. 이 잡지의 역할에 대해서 A. R. 앰먼스는 "미국에서의 현대시의 역사와 미국에서의 『포에트리』의 역사는 거의 상호 교환될 수 있으며, 분명히 분리될 수 있는 것이 아니다"라고 긍정적으로 평가했지만, 미국동부지역의 신문에서는 '포코폴리스에서의 시'라고 부정적으로 비판하기도 했다.

19) 어네스트 페놀로사는 동경제국대학에서 정치·경제와 철학을 강의하던 미국인 교수로서 일본의 메이지시대 중요한 외국인 교육자의 한 사람이며 일본의 전통예술을 보전하기 위해서 노력하였다.

「조각상의 섬」을 좋아했던 곤은 예이츠를 알고 싶어 했고, 예이츠는 그녀의 아름다움과 분명한 태도에 매료되었다. 이로 인해서 예이츠의 시와 생애에서 곤은 많은 영향을 끼치게 되었다. 예이츠는 1896년 또 다른 여성 올리비아 셰익스피어를 처음 만났지만 다음 해에 헤어졌다. 그런 다음 다시 곤에게로 돌아온 예이츠는 1895년 청혼했지만 거절당했으며, 그 후로도 1899년, 1900년 및 1901년 등 세 번이나 더 청혼했지만 모두 거절당했다. 1916년 51세의 나이에도 불구하고 결혼해서 후손(後孫)을 두어야겠다고 생각한 예이츠는 그 이전부터 자신이 알고 지내던 모드 곤에게 1916년 여름 두 번에 걸쳐 다시 청혼했지만 두 번 모두 거절당했다. 혁명적으로나 정치적으로나 과격한 행동주의를 실천했던 모드 곤은 '클로로포름'이라는 마약복용, 1903년에 결혼한 남편 존 맥브라이드와의 불행한 결혼생활의 지속, 그리고 아일랜드 민족주의자였던 그녀의 남편 맥브라이드가 아일랜드 혁명군으로 1916년 '부활절봉기'를 주도한 혐의를 받아 영국군에 의해 처형당한 사건 등으로 인해 예이츠가 청혼하기 몇 해 전부터 개인적으로 절망의 시기를 보내고 있었다. 이처럼 몇 번에 걸쳐 모드 곤으로부터 청혼을 거절당한 예이츠는 놀랍게도 곧바로 그녀의 딸 이졸트에게 청혼했지만 거절당했다. 이졸트는 15세 때에 스스로 예이츠에게 청혼한 바 있었지만 정작 예이츠가 22세인 자신에게 청혼했을 때에는 이를 거절했다. 훗날 예이츠는 이 시절을 돌아보면서 '제2의 사춘기'였다고 말했으며, "내가 누구인가, 나는 나 자신을 바보로 만들 수는 없었지"[20]라고 자신의 친구에게 말하고는 했다.

1916년 9월 예이츠는 '신비주의 서클'에서 몇 번 만났던 24세의 조지 하이드-리스(1892~1968)에게 청혼했다. "조지…절대 결혼하면 안 돼, 그는 틀림없이 죽게 되어 있어"라는 친구의 충고에도 불구하고 하이드-리스는 예이츠의 청혼을 받아들여 1916년 10월 22일 결혼했다. 나이 차이에도 불구하고 이들의 결혼생활은 행복했으며, 이 시기에 조지는 예이츠에게 "당신이 세상을

---

20) Cahill, Christopher. "Second Puberty : The Later Years of W. B. Yeats Brought His Best Poetry, along with Personal Melodrama on an Epic Scale," *The Atlantic Monthly*, December 2003.

떠나면, 사람들은 당신의 사랑을 말하겠지만, 저는 아무 말도 하지 않을 겁니다. 당신이 얼마나 자랑스러워했는지 저는 알고 있으니까요"라고 말했다. 이들은 앤(1919~2001)과 마이클(1921~2007) 등 두 자녀를 두었으며, 앤은 아일랜드에서 화가이자 무대디자이너로 활동했고, 마이클은 아일랜드에서 변호사이자 공화당의 정치가로 활동했다. 결혼 첫 해에 예이츠와 조지는 '자동기술(自動記述)'에 참여하였고, 조지는 다양한 정신과 분명하게 알 수 없는 지시를 받았으며, 예이츠와 조지는 이처럼 불가사의한 세계를 '계시자'라고 명명하고는 했다. 이러한 정신세계는 이들에게 복잡하면서도 비교적(祕敎的)인 인물과 역사의 체계를 전달해 주었으며, 초월적인 상황을 경험하는 것은 물론 '양상,' '원각(圓角),' '소용돌이'의 '현시(顯示)'를 경험함으로써 예이츠와 조지는 그러한 체계를 발전시켰다.21) 자신과 자신의 아내가 정신적으로 경험했던 이와 같은 신비로운 현상을 '하나의 비전'으로 집대성하여 출판하기 위해서 예이츠는 많은 시간을 들여 준비했다. 1924년 7월 27일 예이츠는 출판업자 T. 워너 로리에게 자신의 책을 출판해 줄 것을 부탁하면서 "이 책이 나의 책 중에서도 진정한 '나의 책'이 될 것이라고 생각하는 착각에 빠지고는 한다는 점을 감히 말씀드립니다"라는 편지를 보냈다. 그 결과 1925년 『하나의 비전』을 출판할 수 있게 되었다.

1.1.4 노년기의 활동과 여성관계

말년에 들어서면서부터 예이츠는 젊은 시절부터 관심을 보였던 블레이크(1757~1827)에게 '더욱' 심취하게 되었다. 예이츠는 블레이크를 "인간이라는 보잘 것 없는 종족에게 위대한 진리를 부여한 신이 만들어 낸 가장 위대한 숙련공 중의 한 사람이다"22)라고 강조하고는 했다. 그 당시에 예이츠는 자

---

21) R. F. Foster, *W. B. Yeats : A Life –The Arch-Poet 1915~1939.* vol. II (New York : Oxford University Press. 2003), pp. 105, 383.

22) Tom Paulin, "Introduction," *The Poems of William Blake* (Routledge, Taylor & Francis, 2002), '루틀리지출판사'에서 '고전문학시리즈'의 일환으로 2002년 『윌리엄 블레이크의 시』라는 제목으로 재판(再版)한 이 책의 원래 제목은 1905년 W. B. 예이츠가 당시 출판사의 요청으로 블레이크의 시를 선별하여

신의 시 「비잔티움으로의 항해」(1928)에서 '영원성의 예술품'을 모색하기 시작했으며, 그의 이러한 모색은 블레이크가 "이집트로부터 비롯된 이스라엘은 자연과 모방으로부터 비롯된 예술이다"라고 언급한 것과 같은 것이다. 블레이크에 대한 예이츠의 심취는 그의 젊은 시절부터 시작되어 말년까지 이어졌으며, 이러한 점은 그의 『자서전』23)(1916)에 그대로 반영되어 있다. 앨런 긴스버그(1926~1997) 역시 블레이크의 시적 목소리에 대해서 다음과 같이 언급한 바 있다. "그것은 인간의 목소리를 가진 신의 목소리와 같았다. 그의 목소리에는 살아있는 창조자가 자신의 아들에게 말하는 무한한 애정과 감성과 숙명적인 흡입력을 가지고 있었다."

1934년 69세에 '정관절제수술(精管切除手術)'로 알려진 '스타인바흐 수술'24)을 받은 이후로 예이츠는 자신의 시에 대한 열정은 물론 젊은 여성들과 더욱 긴밀한 관계를 유지할 수 있게 되었다. 이 시기에 예이츠와 긴밀한 관계를 유지했던 여성으로는 마가렛 콜리스(1907~1951)와 에설 에디스 마닌(1900~1984) 등이 있다. 시인이자 배우이고 가수였던 콜리스는 자신의 예명(藝名) 마르고트 루드독으로 더 잘 알려져 있다. 1934년부터 긴밀한 관계를 유지하면서 에이츠와 콜리스가 주고받은 편지는 『아, 달콤한 댄서』(1970)로 출판되었다. 예이츠는 콜리스의 시를 출판하기 위해서 편집했지만, 그가 그녀의 시를 얼마나 많이 개작했는지에 대해서는 분명하게 알려져 있지 않다. 예이츠는 또한 자신이 편저한 『옥스퍼드현대시집, 1892~1935』에 콜리스의 시 몇 편을 수록하기도 했으며, 미국의 작곡가 로버트 에릭슨(1917~1997)은 콜리스의 시를 노래로 작곡하기도 했다.

수록한 『블레이크 시선집』(*Selected Poems of William Blake*)이다.

23) W. B. Yeats, *Autobiography of William Butler Yeats* (New York : Collier Books, 1916, 1974).

24) '스타인바흐 수술'(Steinach operation)은 오스트리아의 심리학자이자 내분비학자(內分泌學者)인 유진 스타인바흐(1861~1944) 박사가 개발한 '정관절제수술'을 의미하며, 이 수술에 의해서 남성의 성적 욕구를 훨씬 더 증진시킬 수 있는 것으로 알려져 있다. 독일태생의 성의학자(性醫學者) 해리 벤야민(1885~1986)의 임상실험을 바탕으로 하여 프로이드(1856~1939)는 암을 치료하기 위해서 이 방법을 사용하였다. 예이츠 역시 자신의 정력을 증진시키기 위해 이 수술을 받았으며, 그 이후로 그는 '정관수술 받은 더블린의 늙은이'로 불려지게 되었다.

콜리스와의 관계가 소원해진 예이츠는 1935년경부터 에설 에디스 마닌을 만나 새로운 관계를 맺게 되었다. 소설가이자 저널리스트이고 기행작가(紀行作家)였던 마닌은 가정적으로 아일랜드의 배경을 가진 런던에서 태어났으며 모든 면에서 급진적인 성향을 가지고 있었다. 마닌은 정치적이고 사회적인 문제에 관심을 가지게 되어 노동당을 지지했지만, 1936년 러시아를 방문한 이후로는 공산주의와 결별하기도 했다. 그럼에도 여전히 좌익적인 성향을 유지함으로써 아나키즘을 지지하기도 했다. 1919년 결혼했지만 실패한 후 얼마 동안 딸과 함께 살다가 1938년 레지널드 레이놀즈(1905~1958)와 재혼했다. 퀘이커교도였던 레이놀즈는 인도에서 간디와 영국당국의 중개자로서 활동한 바 있다. 예이츠는 도로시 웰즐리(1885~1956)와도 새로운 관계를 유지하기 시작했지만, 그녀는 예이츠만큼 그렇게 열정적이지는 않았으며, 잘 알려진 바와 같이 웰즐리는 버트런드 러셀(1872~1970)과 공공연한 관계를 유지하고 있었다.

좋지 않은 건강과 많은 나이에도 불구하고 젊은 시절 못지않게 여성들과의 긴밀한 관계를 유지하면서 창작열을 불태웠던 그는 1936년 71세의 나이에도 불구하고 앞에서 언급한 『옥스퍼드현대시집, 1892~1935』의 편집책임을 맡기도 했다. 이런 저런 질병으로 몇 년간 고통스러운 기간을 보낸 예이츠는 1939년 1월 28일 프랑스 망통에서 세상을 떠났으며, '로퀘브룬-캅-마르탕'에 안장되었다. 살아생전에 조지와 함께 종종 자신의 죽음을 의논했던 예이츠는 자신이 죽으면 간소하게 되도록이면 빨리 프랑스에 묻어 달라고 말하고는 했다. 이러한 점에 대해서 조지는 다음과 같이 회상했다. "예이츠가 자신의 죽음에 대해서 실제로 한 말은 '내가 세상을 떠나면, 그곳[로퀘브룬-캅-마르탕]에 묻어주시오 그런 다음 신문에서 나를 더 이상 기억하지 않게 될 때에 내 시신을 파내어 나의 고향 슬라이고에 묻어주시오' 입니다."25)

1948년 9월 예이츠의 유해(遺骸)는 아일랜드 해군함대 'L. E. 마차'로 운송

---

25) R. F. Foster, *W. B. Yeat s: A Life —The Arch-Poet*, p. 651.

되어 슬라이고의 드럼클리프에 이장(移葬)되었다. 예이츠의 묘비명에는 그가 마지막에 쓴 시에 해당하는 「벤 불벤 아래서」(1939)의 마지막 행에서 인용한 "차가운 눈빛으로 바라보면서/ 삶도 죽음도/ 기수(騎手)여, 지나가라"가 새겨져 있다.

1.2 작품세계

예이츠의 시세계는 신화와 초월사상을 중심으로 하는 시, 자유시 운동을 중심으로 하는 시, 정치·사회·문화 등을 중심으로 하는 장시(長詩), 및 노년기에 가족과 지나온 삶을 되돌아보는 명상중심의 시 등으로 분류할 수 있다. 예이츠의 시에서 발견할 수 있는 신비사상은 켈트민족의 신화와 전설, 그 자신이 예언자, 무녀, 술객(術客), 수도사 등을 직접 만나 경험한 환상과 몽상, 초자연적인 사건 등에서 비롯된 것이다. 예이츠의 이와 같은 사상은 그가 강조하는 '세계령(世界靈)'—창조와 기억의 원천을 의미하는 'Spiritus Mundi'—에 관계될 뿐만 아니라 플라톤의 철학에서 비롯된 블레이크의 시세계에도 관계된다. 그 자신이 "어린 시절부터 나의 마음은 블레이크로 가득 차 있었다"라고 회고했듯이 블레이크의 영향은 그의 신비사상의 형성에 있어서 결정적인 역할을 했다. 이러한 점은 예이츠의 시에 자주 등장하는 '순수'라는 개념이 블레이크의 시집 『순수의 노래』(1789)에 접맥된다는 점에서도 확인할 수 있다. 이처럼 예이츠의 사상 체계의 핵심은 영혼과 육체, 주관과 객관의 이원론적인 대립과 그 융합에 있으며, 이 모든 것은 그 자신의 『비전』에 집약되어 있다.

1.2.1 신화와 상징의 세계 : 「레다와 백조」를 중심으로

그의 시세계를 '상징주의 시'로 파악할 수 있는 것은 그가 평생에 걸쳐 암시적인 이미저리와 상징적인 구조를 활용했다는 점, 언어를 선정하여 결합시키는 과정에서 그러한 언어가 어떤 특정한 의미를 갖도록 하는 것 외에도 좀 더 독특한 다른 의미를 갖도록 했다는 점 등에서 확인할 수 있다. 말하자면, 그가 사용하는 상징의 방법 중의 하나는 육체적인 것으로 그것은 육체 그 자체를 의미하는 동시에 그 외의 다른 것, 말하자면 영적(靈的)이면서도 시간을 초월한 특징을 의미한다. W. B. 예이츠의 시 「레다와 백조」(1923)는 이와 같은 특징을 반영하고 있는 것으로 평가되고는 하며, 소네트형식을 취하고 있는 이 시의 원문과 번역문은 다음과 같다.

W. B. Yeats
"Leda and the Swan"

A sudden blow: the great wings beating still
Above the staggering girl, her thighs caressed
By the dark webs, her nape caught in his bill,
He holds her helpless breast upon his breast.

How can those terrified vague fingers push
The feathered glory from her loosening thighs?
And how can body, laid in that white rush,
But feel the strange heart beating where it lies?

A shudder in the loins engenders there
The broken wall, the burning roof and tower
And Agamemnon dead.
Being so caught up,

So mastered by the brute blood of the air,
Did she put on his knowledge with his power
Before the indifferent beak could let her drop?

윤호병 옮김
「레다와 백조」

갑작스런 습격, 그 큰 날개는 아직도 퍼덕이네,
비틀거리는 소녀 위에서, 허벅지를 애무하네,
검은 물갈퀴로, 그의 부리는 소녀의 목덜미를 물고 있네,
꼼짝 못하는 그녀 가슴을 제 가슴으로 껴안고 있네,

겁에 질린 얼빠진 손가락으로 어찌 밀어낼 수 있으랴?
깃에 싸인 그 영광을, 힘 빠진 허벅지로부터.
몸뚱이는 느끼지 않을 수 있으랴?, 하얀 급습에 쓰러져,
누운 그 자리에서 고동치는 야릇한 심장의 고동을?

샅에서의 전율 거기에서 비롯되네,
무너진 성벽, 불타는 지붕과 탑,
그리고 죽은 아가멤논은.
그처럼 사로잡혔기에,

그처럼 하늘의 잔혹한 피로 정복되었네,
소녀는 그의 힘과 함께 그의 지식도 얻었을까?
무심한 부리가 자신을 풀어주기 이전에.

심리적인 리얼리즘과 신화적인 비전을 결합시켜 레다가 백조를 능욕하는 장면을 묘사하고 있는 위에 인용된 예이츠의 시의 '모티프'는 그리스의 신화이며, '제우스'는 백조의 모습으로 '레다'에게 접근하여 사랑을 나누는 것으로 되어 있다. 그리스의 신화에 따르면, 레다는 제우스와의 사이에서 헬렌과 폴리데우케스를 낳았으며, 자신의 남편인 스파르타의 왕 틴다레오

스와의 사이에서 카스토르와 클리타임네스트라를 낳았다.

「레다와 백조」의 첫 번째 부분은 백조로 변신한 제우스와 레다의 격렬한 사랑의 몸짓과 '살에서의 전율'로 끝나고 있으며, 두 번째 부분은 무한성으로 확장되는 시간과 공간의 전망이 나타나 있다. 전반부에 나타나 있는 제우스와 레다가 나누는 '현재'의 사랑의 행위는 후반부에서 '과거'의 영광과 소멸로 확장됨으로써, "소녀는 그의 힘과 함께 그의 지식도 얻었을까?"라는 결론에 이르게 된다. 현재와 과거의 대립적인 이항구조는 이 시의 문법구조에도 반영되어 있다. 이러한 이항대립의 구조는 각각의 연이 간단한 전환을 포함하여 두 개의 문장으로 이루어져 있다는 점, 제1연과 제3연은 긍정문으로 되어 있지만 제2연과 제4연은 의문문으로 되어 있다는 점 등에서 확인할 수 있다. 이와 같은 긍정과 의문의 교차로 인해서 이 시를 읽게 되는 독자는 긍정문에서는 자신이 '백조'가 되고, 의문문에서는 '레다'가 백조로 변신한 제우스의 억센 힘을 어떻게 경험하게 되는지를 독자 스스로 되묻게 된다. 다음은 이 시의 제목에 반영되어 있는 '레다'와 '백조'의 정체성이 시의 본문에서는 암시로만 되어 있다는 점을 들 수 있다. 시의 본문에서는 '백조'라는 구체적인 말 대신에 '큰 날개,' '검은 물갈퀴,' '그의 부리,' '제 가슴,' '야릇한 심장,' '하늘의 잔혹한 피,' '무심한 부리' 등에 의해서 '백조'를 암시하고 있다. 또한 '레다'에 관련해서는 '그녀의 살,' '그녀의 허벅지,' '꼼짝 못하는 그녀의 가슴,' '겁에 질린 얼빠진 손가락,' '힘 빠진 허벅지,' '야릇한 심장' 등으로 나타나 있다.

이 시의 전반부에서 강조하고 있는 '깃에 싸인 영광'에 암시되어 있는 '살'과 '살'의 부딪침에서 비롯되는 애욕적인 장면은 시간이 진행됨에 따라서 점진적으로 사라지게 되고, 후반부에서는 "무너진 성벽, 불타는 지붕과 탑,/ 그리고 죽은 아가멤논" 등에 의해서 전체적으로 파노라마적인 장면이 나타나게 된다. 따라서 현재의 시간적인 부분은 과거의 공간적인 부분으로 전환되어, 현재보다는 과거를, 인간의 세계보다는 신화의 세계를, 시간의 일시성보다는 영원성을, 공간의 축소보다는 확대를 강조하게 된다.

1.2.2 문명비판과 '세계령(世界靈)'의 세계 : 「재림(再臨)」을 중심으로

예이츠의 시에서 그의 시세계를 특징짓는 또 다른 세계에 해당하는 문명비판적인 시로는 여러 가지가 있지만 가장 대표적인 경우는 그 자신의 역사관과 현실인식 및 세계관과 우주관이 반영되어 있는 「재림(再臨)」(1923)을 들 수 있다. '역사관과 현실인식'은 아일랜드의 반란을 진압하기 위해 1920년 6월 영국에서 파견한 경비병 부대 '블랜 앤 탠'에 관계되고, '세계관과 우주관'은 기독교에서 강조하는 예수 그리스도의 강림에 관계되는 이 시의 제목에서 찾아볼 수 있다.

이러한 '재림'은 성서의 「마태오복음서」와 「요한1서」에 나타나 있다. 그리스도의 '재림'에 대해서 「마태오복음서」에는 "그러면 하늘에는 사람의 아들의 표징이 나타날 것이고 땅에서는 모든 민족이 가슴을 치며 울부짖을 것이다. 그 때에 사람들은 사람의 아들이 하늘에서 구름을 타고 권능을 떨치며 영광에 싸여 오는 것을 보게 될 것이다"(24장 30절), "이와 같이 너희도 이런 일들이 일어나는 것을 보거든 사람의 아들이 문 앞에 다가온 줄을 알아라"(24장 33절), "사람의 아들도 너희가 생각지도 않은 때에 올 것이다. 그러니 너희는 늘 준비하고 있어라"(24장 44절)와 같이 되어 있다. 「요한1서」에는 "어린 자녀들이여, 마지막 때가 왔습니다. 여러분은 그리스도의 적이 오리라는 말을 들어왔는데 벌써 그리스도의 적들이 많이 나타났습니다. 그러니 마지막 때가 왔다는 것이 분명합니다"(제2장 18절)와 같이 되어 있다. 1938년에 쓴 자신의 편지에서 예이츠는 자신의 시 「재림」을 인용하면서, "모든 신경이 유럽에서 발생하고 있는 일에 대한 두려움으로 인해서 떨고 있다. 순결의 의식이 익사하고 있다"라고 강조하면서, 당시 파시즘의 대두를 우려하기도 했다.

그럼에도 예이츠의 이 시는 종교적인 의미에서의 '재림'에 관계된다기보

다는 물질문명의 탐닉으로 인해 타락하게 된 인류를 응징하기 위해서 신
적인 어떤 존재가 도래하게 된다는 점에 관계된다. 말하자면, 인간의 몸과
사자의 몸을 가진 반인반수(半人半獸)의 형상을 지닌 '스핑크스'는 지난 이
천년간의 잠에서 깨어나 진정한 의미의 '세계령(世界靈)'을 구현하고자 한
다. 다시 말하면, 오만한 기독교정신과 타락한 인류를 질타하는 한편, 다른
한편으로는 아이러니컬하게도 그리스도의 탄생지 베들레헴으로 향함으로
써, 또 다른 의미의, 그러나 전적으로 새로운 의미의 '재림'을 준비하고 모
색하게 된다. 이와 같은 내용을 바탕으로 하는 예이츠의 시 「재림」의 원문
과 번역문은 다음과 같다.

W. B. Yeats
"The Second Comming"

윤호병 옮김
「재림」

Turning and turning in the widening gyre
The falcon cannot hear the falconer;
Things fall apart; the centre cannot hold;
Mere anarchy is loosed upon the world,
The blood-dimmed tide is loosed, and everywhere
The ceremony of innocence is drowned;
The best lack all conviction, while the worst
Are full of passionate intensity.

넓혀지는 소용돌이 속에서 돌고 돌면서
한 마리 매는 매꾼의 소리를 들을 수 없네,
모든 것이 떨어져 나가고, 중심은 유지될 수 없네,
오로지 무질서만 세상에 풀어지네,
피로 흐려진 조수가 풀어지고, 도처에서
순결의식은 물에 잠기네.
선자(善者)들은 모든 신념을 잃고, 악자(惡者)들은
열정적인 강렬성으로 가득 차 있네.

Surely some revelation is at hand;
Surely the Second Coming is at hand.
The Second Coming! Hardly are those words out
When a vast image out of Spritus Mundi
Troubles my sight: somewhere in the sands of the desert
A shape with lion body and the head of a man,
A gaze blank and pitiless as the sun,
Is moving its slow thighs, while all about it
Reel shadows of the indignant desert birds.
The darkness drops again; but now I know
That twenty centuries of stony sleep
were vexed to nightmare by a rocking cradle,
And what rough beast, its hour come round at last,
Slouches towards Bethlehem to be born?

분명히 어떤 계시가 가까이 있네.
분명히 재림이라는 말이 가까이 있네,
재림이라! 이 말이 나오자마자
세계령(世界靈)에서 비롯된 거대한 이미지가
내 시야를 어지럽히네. 사막의 모래밭 어딘가에
사자의 몸과 인간의 머리를 한 어떤 형상이
태양처럼 공허하고 무자비한 시선으로,
느리게 허벅지를 움직이는 동안, 그 주변 모든 것은
분노하는 사막의 새의 그림자를 빚어내네.
어둠이 다시 내리네. 그러나 이제 나는 알고 있네,
스무 세기 동안의 무표정한 잠은
흔들리는 요람에 의해 악몽에 빠져들었다는 것을,
그리고 사나운 어떤 짐승이, 마침내 그 시간이 되어,
태어나려고 베들레헴을 향해 어슬렁거리는지를.

앞의 시의 제목에 나타나 있는 '재림'의 본래적인 의미는 승천한 그리스도가 지상으로 다시 되돌아오는 것을 기대하는 것에 관계된다. 이러한 점은 일반적으로 죽은 자의 부활, 죽은 자와 산 자의 최후의 심판, 절대신의 왕국을 지상에 건설하고자 하는 '절대신의 통치'처럼, 메시아적인 예언을 충족시키는 사건에 해당한다. 이와 같은 의미를 지닌 '재림'의 본질에 대한 견해는 기독교종파에 따라 다양하게 전개되어 왔다. '신약성서'에 사용된 원래의 그리스어에서는 '방문'(παρουσία), 즉 황제 또는 황제의 사자(使者)가 한 도시를 들릴 때에 쓰는 전문적인 외교용어로 사용되었으며, 라틴어에서는 '오는 것'(adventus)에 관련지어 '두 번째 방문'의 의미로 사용되었다.

이상과 같은 의미를 지닌 '재림'을 전이(轉移)시킨 예이츠의 시에서 중요한 부분은 "모든 것이 떨어져 나가고, 중심은 유지될 수 없네,/ 오로지 무질서만 세상에 풀어지네"에서부터 "선자(善者)들은 모든 신념을 잃고, 악자(惡者)들은/ 열정적인 강렬성으로 가득 차 있네"까지이며, 이 부분의 의미는 이 시의 마지막 부분의 '짐승'으로 수렴된다. 예이츠는 이러한 '짐승'에 의해서 당시 유럽의 전통적인 지배계층을 비유하고자 했다. 이들 지배계층은 물질적인 대량생산운동으로 인해서 유럽의 전통문화를 수호할 수 없다고 보았기 때문이다. 이 시의 결론부분은 '역사는 순환한다'라는 명제에 대한 예이츠 자신의 신념을 나타내는 한편, 다른 한편으로는 그 자신의 시대가 기독교의 발흥과 더불어 시작되었던 순환의 끝에 해당한다는 점을 나타낸다. 따라서 이 시는 여러 가지를 상징하는 '어떤 짐승'이 다시 '태어나려고 베들레헴'으로 되돌아가는 것으로 끝맺고 있다.

1.2.3 형이상학과 비전의 세계 : 「비잔티움으로의 항해」를 중심으로

비잔티움에 관계되는 예이츠의 시에는 「비잔티움으로의 항해」(1927)와 「비잔티움」(1930) 등이 있다. 이처럼 예이츠가 '비잔티움'에 대해서 특별한 관심을 가지고 있었던 까닭은 이 도시의 역사성과 거기에서 비롯되는 영원성 때문이었다. B.C. 667년 아테네에서 가까운 메가라에서 비자스가 애게해를 건너 동북쪽으로 항해하고 있을 때 델피에서 오라클을 만나 대도시를 어디에 건설할 수 있는지를 물었다. 오라클은 그에게 ‘맹인(盲人)의 반대편’을 찾아보라고 말했다. 이 말을 들은 비자스는 그 의미를 이해하지 못했지만, 보스포루스에 왔을 때에 그 말의 의미를 이해할 수 있게 되었다. 그리스 도시의 아시아 쪽 해안에 찰세돈이 있었고, 그 곳은 보스포루스의 반대쪽에서 불과 반마일 밖에 떨어져 있지 않은 곳이었는데도 자신들이 아직까지 알지 못했던 곳이었기 때문이다. 그래서 비자스는 이곳에 자신의 도시를 건설했고 자신의 이름을 따서 비잔타스라고 불렀다. ‘비잔티움’이라는 이름은 원래의 이름 ‘비잔티온’을 라틴어화한 것이다. 이 도시는 나중에 비잔틴제국의 중심이 되어 콘스탄티노플로 되었고, 1453년 터키의 오토만제국은 콘스탄티노플을 멸망시켰으며, 1930년 이후 현재의 이름인 이스탄불로 되었다.

이상과 같은 의미를 지니고 있는 ‘비잔티움’에 대한 자신의 시 「비잔티움으로의 항해」에서 예이츠는 어떤 사람이 자신만의 영원한 삶의 비전을 모색하고 있는 형이상학적인 여행을 묘사하고 있으며, 이 시의 원문과 번역문은 다음과 같다.

예이츠의 시집 『탑』(1928)에 수록되어 있는 이 시는 각 연이 모두 ‘8행’으로 구성된 4개의 연으로 형성되어 있으며, 어느 노인이 비잔티움(또는 콘스탄티노플)으로 여행하는 것을 묘사하고 있다. 이러한 여행을 통해서 예이츠는 불멸성, 예술 및 인간의 정신을 어떻게 수렴할 수 있는지에 대한 자신의 생각과 명상을 전개하였다. 다시 말하면, 다양한 시적 기교와 장치에 의해서 예이츠의 시 「비잔티움으로의 항해」에는 ‘영원한 삶’의 의미를 모색하는 한 인간의 형이상학적인 여행이 나타나 있다고 볼 수 있다.

첫 번째 연에서는 자연세계의 낭만적인 풍경이 묘사되어 있다. 서로 팔에 안겨 있는 젊은이들, 노래하고 있는 새, 활기에 차 있는 바다 등은 밝은 활

W. B. Yeats
"Sailing to Byzantium"

1

That is no country for old men. The young
In one another's arms, birds in the trees
—Those dying generations—at their song,
The salmon-falls, the mackerel-crowded seas,
Fish, flesh, or fowl, commend all summer long
Whatever is begotten, born, and dies.
Caught in that sensual music all neglect
Monuments of unageing intellect.

2

An aged man is but a paltry thing,
A tattered coat upon a stick, unless
Soul clap its hands and sing, and louder sing
For every tatter in its mortal dress,
Nor is there singing school but studying
Monuments of its own magnificence;
And therefore I have sailed the seas and come
To the holy city of Byzantium.

3

O sages standing in God's holy fire
As in the gold mosaic of a wall,
Come from the holy fire, perne in a gyre,
And be the singing-masters of my soul.
Consume my heart away; sick with desire
And fastened to a dying animal
It knows not what it is; and gather me
Into the artifice of eternity.

4

Once out of nature I shall never take
My bodily form from any natural thing,
But such a form as Grecian goldsmiths make
Of hammered gold and gold enamelling
To keep a drowsy Emperor awake;
Or set upon a golden bough to sing
To lords and ladies of Byzantium
Of what is past, or passing, or to come.

윤호병 옮김
「비잔티움으로의 항해」

1

그곳은 노인들을 위한 나라가 아니네. 젊은이들은
서로서로 팔에 안겨있네, 나무 위 새들도,
—죽어가는 세대들—그들의 노래에,
연어폭포, 고등어가 몰려드는 바다,
물고기, 몸뚱이, 또는 가금(家禽)은 모두 여름 내내 칭찬하네,
무엇이든 낳고 태어나고 죽는 것을.
관능적인 음악에 사로잡힌 모든 이들은 돌보지 않네,
늙지 않는 지성의 기념비들을.

2

나이 든 사람은 하찮은 것,
막대기 위의 낡은 코트, 만약에 영혼이 그 손으로
박수치고 노래하지 않는다면 더 크게 노래하지 않는다면
운명의 옷을 입은 그 모든 낡은 것들을,
또는 노래하는 학교도 없네, 공부하지 않는다면
기념비 자체만의 그 위대성을.
그래서 나는 바다를 항해하여 왔네,
신성한 도시 비잔티움에.

3

오, 신의 신성한 불에 서 있는 현자들이여
황금으로 모자이크 된 벽속에서처럼,
신성한 불에서 나오라, 소용돌이를 돌고 돌아,
내 영혼의 노래하는-선생이 되어라.
내 마음을 태워버려 주어라, 욕망으로 병들어 있고
죽어가는 동물에 붙들려 있는.
그것이 무엇인지 모르네, 그리고 나를 모아주어라
영원성의 기교 속으로.

4

일단 대자연에서 벗어나면 나는 결코 택하지 않으리라
그 어떤 자연적인 것으로부터도 나의 육신의 모습을,
그러나 그리스의 금세공사들이 만든 형상처럼
망치질한 황금과 금으로 덧칠한
졸음에 겨운 황제를 깨우기 위해.
또는 노래하기 위해 황금가지 위에 놓으리라
비잔티움의 귀족들과 귀부인들에게
지나갔거나 지나고 있거나 앞으로 오게 될.

력으로 충만하지만, 예이츠는 외적으로 볼 때에 이처럼 아름다워 보이는 세상에도 일종의 갈등이 존재하고 있다는 점을 강조하였다. 그것은 젊은이들을 언급하기 전에 제1연에서 "그곳은 노인들을 위한 나라가 아니네"라고 진술하고 있는 점에서 그렇게 파악할 수 있다. 또한 시적 자아는 그러한 세상을 "관능적인 음악에 사로잡힌 모든 이들," 즉 순간의 쾌락에 사로잡혀 영원한 것을 보지 못하는 사람들을 안타까운 눈빛으로 바라보고 있다. 시인 자신의 이러한 안타까운 시선은 "늙지 않는 지성의 기념비들"에 머무르게 되고, 그러한 기념비는 그것을 제작한 사람들보다 훨씬 더 오랫동안 이 세상에 남아 있게 된다는 점을 강조하게 된다. 특히 제1행의 경구는 예이츠의 조국 아일랜드에 관계될 수도 있으며, 이러한 점에 대해서 『대영백과사전』에는 "이 시가 사실에 바탕을 두고 있는 까닭은 1924년 여러 가지로 고통스러워하던 예이츠는 이탈리아에서 비잔틴 모자이크를 보기 위해 자신의 조국 아일랜드, '그곳은 노인들을 위한 나라가 아닌' 나라를 떠났기 때문이다"라고 기술되어 있다.

제2연에서는 깡마르고 연약한 노인의 모습을 묘사하고 있다. 이처럼 바람직하지 못한 모습은 영혼의 노력에 의해서만 제거될 수 있을 뿐이다. 영혼은 그 자체의 '운명의 옷'에 나타나 있는 그 어떤 옷감보다도 더 크게 노래해야만 하며, 학교를 통해서 그러한 노래를 배우는 것이 아니라 앞에서 언급한 기념물을 공부함으로써 배우는 것이라는 점이 제시되어 있다. 이러한 이유로 인해서 시적 자아는 비잔티움 밖에서 비잔티움 안으로 오게 된다. "막대기 위의 낡은 코트"의 이미지는 '허수아비'를 연상시키고 그것은 궁극적으로 나이든 사람(노인)에게 관계된다. 따라서 노인은 허수아비의 이미지를 벗어나기 위해서 힘껏 손뼉을 치고 노래하게 된다. 역사적으로 볼 때에 비잔티움이 예술적으로나 문화적으로나 로마의 영향을 받은 것으로 알려져 있지만, 시적 화자는 문화적 의미뿐만 아니라 정신적 의미까지도 강조하기 위해서 비잔티움을 '신성한 도시'라고 강조하였다. 그에게 있어서 고대의 비잔티움은 시간을 초월하여 예술의 영원성을 전환시킬 수 있는 가장 순수한 곳에 해당하기 때문이다.

비잔티움에 도착한 시적 자아는 제3연에서 이 도시 안의 현자들에게 '신성한 불'로부터 빠져나와 자신의 영혼을 노래할 수 있도록 가르쳐 달라고 기도하는 것으로 시작하고 있다. 그는 현자들에게 속세에 있는 자신의 육신, 욕망으로 병들어 있는 영혼을 불태워 줄 것을 요구한다. 이처럼 자신을 동여매고 있는 것들을 제거해버림으로써, 그는 자신이 '영원성'의 지속과 함께 할 수 있도록 해줄 것을 간구하고 있다. 이처럼 화자의 목소리는 간접적인 것에서 직접적인 것으로 변화함으로써, 이 부분을 읽게 되는 독자 자신이 비잔티움이라는 도시의 유산을 직접 경험하는 것처럼 말하고 있다.

제4연은 제3연에서의 기도를 이어받고 있으며, 여기에서 화자의 기도는 운명의 소용돌이에 의해서 전환된다. 그는 자신의 육신으로 되돌아오지 않게 되기를 바라고 있을 뿐만 아니라 '그 어떤 자연적인 것'으로도 되돌아오지 않게 되기를 바라는 한편, 다른 한편으로는 "지나갔거나 지나고 있거나 앞으로 오게 될" 비잔티움의 황제와 귀족과 귀부인들에게 노래하는 인공적으로 제작된 '황금의 새'가 되고자 한다. 특히 "그리스의 금세공사들이 만든 형상"은 바로 그 '황금의 새'의 이미저리에 관계되며, 이 새는 비잔틴의 황제 테오필로스가 만들었던 황금의 나뭇가지 위에서 노래하는 황금의 새에 관계된다. 화자의 목적은 시간의 노래 그 자체에 의해서 숙명적인 존재의 귀를 즐겁게 할 수 있는 인공적인 '황금의 새'가 되는 것에 있지만, 이처럼 영원한 형상으로서의 '황금의 새'가 가치 있는 삶을 추구하기보다는 일종의 저주처럼 보일 수도 있는 까닭은 화자의 영혼이 이제 금속성을 지니게 되었을 뿐만 아니라 비인간적인 측면도 지니게 되었기 때문이다.

금속으로 만든 새의 노래는 제1연의 자연세계의 새의 노래와 대조를 이루고 있으며, 이로 인해서 화자가 원하고 있던 '형상'은 자연세계와 영원세계가 균형을 이루는 종합으로서의 세계라고 볼 수 있다. 따라서 화자는 시간의 제한을 받지 않으면서 자신의 영혼을 노래할 수 있게 된다. 말하자면, 과거와 현재와 미래의 노래를 부를 수 있게 된다고 볼 수 있다. 그가 원하고 있는 '형상'에 해당하는 '황금의 새'는 미래의 사람들을 위해서 남겨진 예술작품을 의미한다. 다시 말하면, '금세공사,' '황금 모자이크,' '기념물' 등은 모두 영원한 특징을 지니고 있으며, 예술에 의해서든 정신적인 '고양'에 의해서든, 화자는 자연세계에 의해서 불가항력적으로 부여되는 '죽음'을 거부할 수 있게 된다.

「노인을 위한 나라는 없다」26)(2007)라는 영화에도 삽입되어 있는 예이츠의 시 「비잔티움으로의 항해」의 주제는 다음과 같다. 예이츠는 자신의 이 시에서 완벽하고 영원한 예술의 도시인 비잔티움에서 느끼는 인간의 영혼의 문제를 성찰하였으며, 그러한 문제가 과거로부터 현재를 거쳐 미래까지 이어진다는 점을 강조하였다. 이러한 문제는 이 시의 첫 번째 연의 제1행에 분명하게 제시되어 있으며, 그것을 확장시킨 것이 제2연이다. 그 결과 제3연과 제4연에서는 비잔티움이라는 도시에 있는 예술품과 기념물의 의미를 간과해서는 안 된다는 점을 시간의 경과와 초월을 통해서 강조하였다.

구상(1919~2004)은 자신의 「실향(失鄕)바다 이야기」에서 "아 이제 현실로 돌아온다. 선풍기마저 더운 바람을 내는 나의 서재에서 눈에 비치는 것은 막막한 활자(活字)의 바다다. 나의 잃어버린 바다. 비잔티움엔 언제나 돌아가려나?"27)라고 끝맺으면서 예이츠의 시 「비잔티움으로의 항해」를 언급한 바 있다.

1.2.4 목격과 증언의 세계 : 「내전기(內戰期)의 명상」28)을 중심으로

대부분의 시인들이 자신들이 살았던 시대적 현실을 자신들의 시에서 반영

---

26) 에단 코웬과 조엘 코엔이 감독하고 토미 리 존스, 하비에르 바르넴, 조쉬 브롤린 등이 출연한 「노인을 위한 나라는 없다」(No Country for Old Men)는 2007년에 제작되었다.

27) 구상, 「실향(失鄕)바다 이야기」, 『구상문학총서』 제6권, 에세이 (홍성사, 2002), p. 43.

28) M. L. Rosenthal ed., *Selected Poems and Two Plays of William Burtler Yeats* (New York : Collier, 1966), pp. 102~108.

하고 있듯이 예이츠도 자신의 시대를 상당히 많이 그 자신의 시에서 반영하고 있다. 그러한 점을 보여주는 예이츠의 시로는 「내전기(內戰期)의 명상」을 들 수 있으며, 시대적 증언과 목격을 핵심으로 하는 이 시의 내용을 살펴보면 다음과 같다.[29]

훌륭하게 잘 구성된 한 편의 시는 특별하면서도 다양한 느낌과 의미를 지니고 있으며, 그것은 또한 새로운 의미의 결합과 생산을 가능하게 한다. W. B. 예이츠의 시 「내전기의 명상」은 일곱 개의 서정시로 구성되어 있으며, 각각의 시는 독립된 주제를 가지고 있지만 전체적으로는 잘 구성된 통일된 주제를 지향하고 있다. "성숙한 시인의 마음은 미성숙한 시인의 마음과 다르다"[30]라고 볼 수 있는 까닭은 마음이 성숙한 시인은 훨씬 더 의미 있는 시를 쓸 수 있기 때문이며, 그것은 또 예이츠의 시에는 '말할 수 있는 것이 더 많이 있다'는 점을 강조하기보다는 그의 시가 의미생산의 복합체라는 점을 의미한다.

자신의 사회현상에 대한 사려 깊은 시인으로서 예이츠는 그 사회가 내전(內戰)에 의해서 철저하게 파괴되고 무질서하게 되는 것을 목격하였다. 그는 역사와 사회, 문화와 예술, 민간인과 군인 등 전반에 걸쳐 야기되고 있는 반목과 대립의 문제를 자신의 시 「내전기의 명상」에서 생생하게 증언하였다. 다시 말하면, 한 쪽은 위대성, 영원성, 불멸성 및 안정성 등에 관계되고 다른 한 쪽은 왜소성, 순간성, 숙명성 및 변화성 등에 관계된다고 볼 수 있다. 상실된 것과 남아 있는 것, 과거와 미래—이 모든 요소들은 이 시 전체에 걸쳐 순환적인 패턴을 유지하고 있다.

이상과 같은 대립적인 측면은 「내전기의 명상」이라는 시의 제목에 이미

---

29) 이 부분은 필자가 미국 뉴욕주립대학교(스토니브룩 캠퍼스) 대학원에서 비교문학을 전공할 당시에 루이스 심슨 교수의 '상징주의 시의 이해'(1985년 1학기) 강좌에서 처음 발표했고, 이를 수정·보완하여 Ho-Byeong Yoon, "Poet's Lament and Search in an Age of Chaos: A Reading of W. B. Yeats' 'Meditations in Time of Civil War,'" 『비교문학』 제13집 (1988. 12), pp. 325~341에 다시 발표했으며, 영문으로 된 이 글을 다시 수정·보완하여 여기에 수록했음을 밝혀둔다.

30) T. S. Eliot, *The Sacred Wood : Essays on Poetry and Criticism* (New York : Methuen, 1971), p. 53.

반영되어 있다. 말하자면 '명상'이 종교적이고 철학적인 문제를 조용하게 성찰하는 수동적인 '마음'에 관계된다면, '전쟁'은 혼란과 교전, 공격과 방어 등 능동적인 '행동'에 관계된다. 전쟁을 하는 동안에 군인들은 한 밤중에 뛰쳐나와 문화적으로나 역사적으로 유서 깊은 교량이나 다리를 폭파하고는 — 마치 우리들이 그 교량이나 다리를 그들에게 폭파하라고 내주기라도 한 것처럼 — "안녕, 고마워"라고 말하면서 다시 어둠속으로 사라져 버리고는 한다.31) 이처럼 경악을 금치 못하는 상황에서 예이츠는 자신의 시를 통해서 예술작품, 인생, 존재 및 시인의 진정한 역할 등의 의미를 성찰하였다.

ㅇ과거의 영광과 현재의 몰락

「내전기의 명상」의 첫 번째 시 '조상의 집'은 영광과 풍요와 호화로움 등으로 점철되는 과거의 유산에 대한 명상에 관계되며, 예이츠는 이러한 과거의 삶을 예술가의 관점에서 용의주도하게 고려하였다. 예를 들면, 넘쳐흐르는 샘물은 과거의 '풍요로움에서 비롯된 영광'을 대변한다. 이때의 샘물에는 그것이 원하는 것이면 무엇이든 만들어 낼 수 있는 이미지가 포함되어 있는 것은 물론 다른 것의 유혹에 넘어가지 않겠다는 완강한 의지도 포함되어 있다. 이와 같은 유형의 상징은 예이츠의 또 다른 시 「탑」32)에도 나타나 있다.

> 내 의지를 기록했던 때이네,
> 고결한 사람들을 택했네,
> 샘물 솟는 곳까지 시내를 거슬러 올라가
> 새벽녘에는 물 떨어지는 돌 옆에
> 자신들의 역할을 내려놓는 사람들을.
> 그들은 나의 자부심을 이어받게 되리라,
> 원인을 야기하는 것도 아니고 조용히 있는 것도 아닌
> 그런 사람들의 자부심을.

31) Peter Allt and Russel K. Alspach ed., *The Variorum Edition of the Poems of W. B. Yeats* (New York : Macmillan, 1957), p. 827.

32) Rosenthal ed., *Selected Poems and Two Plays of William Burtler Yeats*, pp. 96~102.

앞의 인용부분에 나타나 있는 '샘물'은 "불가피하게 아름다움을 야기하
게 되는 귀족사회에 있어서 일종의 '자유'를 의미하는 것이자 예이츠에게 있
어서는 완벽한 예술의 상징에 해당한다."[33] '샘물'에 의해서 충분하게 된 다
양한 이미지는 과거의 유형물(有形物) 모두를 풍부하고, 충분하고, 즐겁고, 유
쾌한 것으로 만드는 것은 물론 심지어 위대한 것으로 만들게 된다. "항아리
가 전시하고 있는 모든 '주노'라면" 역시 과거의 영광을 묘사하고 있는 부분
에 해당한다.

오 공작새들이 노니는 정원이라면
섬세한 발로 오래된 테라스를 밟고 다니는,
또는 항아리가 전시하고 있는 모든 '주노'라면
정원의 무심한 신들 앞에서.
오 다듬어놓은 잔디밭과 자갈 깔아놓은 길이라면
미끄러진 명상이 평온을 찾을 수 있고
유년기가 모든 의미의 기쁨을 찾을 수 있는 곳,
그러나 그곳은 우리들의 폭력으로 우리들의 위대함을 앗아가 버리는 곳인가?

위에 인용된 부분에서 '주노'[34]는 농경의 신(神) '새턴'[35]이 살해하지 않은

---

33) Michael North, "Symbolism and Obscurity in 'Meditation in Time of Civil War'," *Critical Quarterly*, 19 (Spring, 1977), p. 10.

34) '주노(Juno)'는 '유노'라고도 하며 로마 신화에 나오는 최고의 여신으로 주피터의 아내이다. 그리스 신화의 헤라와 유사하며 대개의 경우 동일하게 간주하기도 한다. 주피터, 미네르바와 함께 에트루리아 왕들이 전통적으로 도입한 '카피톨신전'의 세 신 중의 하나에 해당한다. 여자의 삶, 특히 결혼 생활 전반에 관련되며, B.C. 4세기경부터 에스퀼리누스 언덕에는 출산의 여신 주노 루키나를 기리는 신전이 있었다. 여성을 위로하는 역할을 하는 여신으로 여성의 수호천사이며, 모든 남자가 자신의 수호신 게니우스를 가지고 있는 것처럼 모든 여성도 주노를 가지고 있었다. 따라서 주노는 여성적인 삶의 원리를 표현한다고 볼 수 있다. 주노에 대한 숭배가 확대됨에 따라 더 많은 기능을 수행하는 것으로 인정되었고 그리스의 헤라처럼 국가의 주요여신으로 추앙되기도 했다. 예를 들면, 무장한 신 소스피타는 라티움 전체에서 특히 라누비움에서 처음에는 여성의 구원자로, 나중에는 국가의 구원자로 숭배되었다. B.C. 344년경에는 아륵스에 주노 모네타(경고자)를 기리는 사원이 세워지기도 했다. 이 사원은 후에 로마의 조폐국이 되었으며 '화폐(mint)'와 '돈(money)'이라는 말은 '모네타'에서 유래되었다. 플루타르코스에 따르면 그녀의 신성한 거위가 꽥꽥거리는 소리로 인해서 아륵스는 B.C. 390년경에 갈리아의 공격으로부터 자신을 지킬 수 있었다고 한다. 그녀를 기리는 중요한 축제는 3월 1일에 개최되는 마트로날리아 축제와 7월 7일 캄푸스 마르티우스의 야생 무화과 나무 아래에서 열리는 노나이 카프로티나이 축제가 있었다. 주노는 여러 모습으로 표현되지만 대체로 매우 아름다우며 때로는 전사의 특성을 갖춘 품위 있고 당당한 부인으로 묘사되고는 한다.

자식 중의 하나로, 아름다운 여성 또는 대기의 신을 의미한다.[36] 주노로 장식된 항아리의 비유, 공작새들이 노니는 부드러운 잔디밭, 정원의 신들은 새로운 역사시대의 도래를 선언하는 세 번째 시 '나의 테이블'에서 주노의 공작새에 부여된 특별한 의미와 결합된다.[37]

현재의 후손에게 있어서 위대한 조상의 집은 폭력과 비통이라는 우연적인 해프닝에 불과하며, 생쥐들 또한 그러한 조상의 집의 진정한 의미를 알지 못한 채 온 집안을 휘저으며 돌아다니고 있을 뿐이다. 그래서 시인은 "인류의 가장 위대한 이런 것들이/ 대부분 과장되거나 축복받는 것을 고려한다면/ 우리들의 위대함을 우리들의 비통함으로 만드는 것은 무엇인가?"라고 묻게 된다. 과거의 영광 뒤에는 오로지 공허만이 남게 되어 있다. 상상력을 종합하고 있는 '조개껍질'은 그러한 공허와 정신적인 죽음을 상징할 뿐만 아니라 18세기 대저택에 살았던 영국계 아일랜드 사람들이 잃어버릴 수밖에 없었던 위대성에도 관계된다. "바다조개 껍질은 아름다웠던 풍요의 공허성만을 나타낼 뿐이다."[38]

○ 군인과 시인

지나가버린 영광과 조상의 집의 몰락은 두 번째 시 '나의 집'에 연결된다. 이러한 점에서 과거의 위대한 의미는 현재의 개인적인 의미로 축소되지만, 첫 번째 시에서의 조상의 집과 정원은 두 번째 시의 첫 행 "오래된 다리와 더 오래된 탑"의 의미로 확장된다. 자신의 개인적인 망루에서 예이츠는 더욱 깊고 어둡고 무거운 인간의 특징을 성찰하게 된다. 그는 자기 자신을 외부세계로부터 차단시킨 채 그 망루가 자신의 '명상의 집'이라고 강조하고 있다.

---

35) 새턴(saturn)은 그리스 신화에서 제우스의 아버지인 크로노스, 로마 신화에 나오는 농업의 신 사투르누스, 그리고 토성을 지칭한다.

36) Giovanni Boccaccio, "Life of Dante," *Critical Theory since Plato*, ed. Hazard Adams (New York : Harcourt, 1971), pp. 125~126.

37) W. B. Yeats, *A Vision* (New York : Macmillan, 1937, 1965), p. 268.

38) Richard Ellman, *The Identity of Yeats* (New York : Oxford University Press, 1975), p. 169.

그곳에서 "상징적인 장미는 꽃들 사이에서 부서질 수도 있네." 이처럼 비밀스러운 장미는 첫 번째 시 '조상의 집'에 반영되어 있는 부자(富者)들의 꽃밭과 잔디밭의 상실을 드러내기도 하고 예이츠의 개인적인 꽃이 자신의 후손에 의해서 상실되는 것을 의미하기도 한다.

두 번째 시 '나의 집'에서 또 다른 중요한 구절은 제2연의 '사색하는 사람의 플라톤니스트'이다.

> '사색하는 사람'의 플라톤니스트는 애쓰고 있었네,
> 그림자 짙게 드린 개인적인 사실(私室)과 같은 곳에서,
> 악마 같은 분노는 어떻게
> 모든 것을 상상할 수 있는지를.

위의 인용부분에서 예이츠는 자신을 밀턴과 결합시키고 있으며, 밀턴의 「사색하는 사람」의 제85행에서부터 제96행까지는 예이츠의 시에 많은 영향을 끼친 것으로 알려져 있다.[39] 예를 들면, '저택'과 '망루(탑)'와 같은 밀턴의 어휘는 예이츠의 시에서 '농장'과 '오래된 망루(탑)'로 전환되어 있다. 두 번째 시 '나의 집'의 마지막 연에서 예이츠는 서로 다른 두 가지 유형의 인간을 대조시켜 놓았다. 하나는 투쟁과 모험에 관련되는 탑의 역사를 말하는 '군인'이고, 다른 하나는 현재의 세상으로부터 스스로 고립되어 있다고 생각하는 소극적인 상태에 있는 '시인' 자신이다. 다섯 번째 시 '내 문에 이르는 길'에서 다시 등장하는 '군인'은 군대의 요새라도 되듯이 '탑'에게 명령을 내리지만, '시인'은 현실세계, 시적 열정, 현재의 대혼란, 과거의 영광의 상실, 현재의 불확실성 등을 드러내기 위해서 바로 그 '탑' 속에 머무르고 있을 뿐이다. 이처럼 스스로의 고립과 고독한 명상에 대한 만족에도 불구하고 예이

---

39) 밀턴의 「사색하는 사람」의 85행에서부터 96행까지의 원문은 다음과 같다. "Or let my Lamp at midnight hour,/ Be seen in som high lonely Tower,/ Where I may oft out-watch the Bear,/ With thrice great Hermes, or unsphear,/ The spirit of Plato to unfold/ What Worlds, or what vast Regions hold/ The immortal mind that hath forsook/ Her mansion in this fleshly nook:/ And of those Dæmons that are found/ In fire, air, flood, or under ground,/ Whose power hath a true consent/ With Planet, or with Element."

츠 자신이 갈등을 빚게 되는 까닭은 그가 군인의 적극적인 삶의 태도를 때
로는 부러워하고 있기 때문이다.

○ 사토의 검(劍)과 예술

예이츠는 자신의 명상을 외로운 망루(탑)로부터 사토의 검(劍)이 놓여 있는
'나의 테이블'로 전환시키게 된다. 그 검(劍)은 예이츠가 1920년 일본의 사업
가로부터 선물로 받은 것이다.

> 1920년 미국의 이곳저곳에서 강의하러 다닐 때에 예이츠는 오리건의 포트랜드에
> 서 이 일본 검을 선물로 받았다. 그 당시에 포트랜드에서 살고 있던 일본인 사업가
> 준조 사토는 예이츠의 강의를 들은 후에 그에게 자신의 집안에서 오랫동안 보관해
> 오던 그 검을 선물했다. 예이츠가 에드먼드 둘레에게 보낸 편지(1920. 3. 22)에 의하
> 면, 고대의 보물이라고 생각되는 일본의 검을 받게 되었을 때, 처음에는 당황한 나머
> 지 거절했지만 결국에는 그 검을 받게 되었다.[40]

'나의 테이블'에서 가장 중요한 상징에 해당하는 사토의 검은 '변화할 수
없는 것,' '불변적인 것' 등과 같은 어휘에 의해서 그 의미를 강조하고 있다.
검의 구부러진 모습을 초승달에 비유함으로써 인공물로서의 검과 자연물로
서의 달을 결합시켜 좁게는 시의 영역을, 넓게는 예술의 영역을 확장시키고
있다.

> 우리들의 배운 사람은 강조했었네,
> 언제 어디서 그 검이 제작되었는지를
> 놀라운 성취물이여,
> 그림에서나 도자기에서나,
> 아버지에게서 아들로 전해졌나니,
> 그리고 수세기가 흘렀어라
> 그리고 검처럼 변함없어라.

---

40) Anthony Thwaite, "Yeats and 'Sato's Ancient Blade,'" *ADAM : International Review*, no. 261 (1957), p. 9.

일본인 사업가 사토가 예이츠에게 선물한 일본 검은 그것이 초승달의 모양을 닮았기에 달의 영원한 일부분을 형성하고 있는 것처럼 보이기도 하고 전쟁의 의미를 암시하기도 한다. 따라서 사토의 검은 예술작품에도 관계되고 무기에도 관계되며, 이러한 점을 예이츠는 다음과 같이 언급하였다. "모든 고귀한 물건은 전쟁의 결과라고 나는 생각한다. 가시적인 세계에서의 전쟁에 대한 위대한 국가와 계층을, 비가시적인 전쟁에 대한 위대한 시와 철학을, 그 자체 내에서의 마음의 구분을, 승리, 자신에 대한 인간의 희생을 나는 생각한다."[41] 예이츠에게 있어서 영원한 예술작품은 전쟁에 관련되는 것이다. 그 자신은 전쟁으로 인한 위기의 시기에 이와 같은 명상으로 인해서 자신의 위대한 시 「내전기의 명상」을 쓸 수 있었다고 생각했을 수도 있다. 사토의 검과 아버지에게서 아들로 이어지는 가계(家系)는 「내전기의 명상」의 첫 번째 시와 두 번째 시를 결합시키게 된다. 영원한 예술작품과 강한 가족의 전통은 오랜 시련과 역사의 고통에 의해서만 비롯될 수 있다는 점을 사토가 예이츠에게 선물한 '일본 검'은 분명하게 보여주기 때문이다.

사토의 검에서 비롯된 가족의 전통에 대한 예이츠의 원래의 주제는 네 번째 시 '나의 후손들'에서 다시 한 번 반복된다. 자신의 망루에서 예이츠는 미래의 구성원에게로 이어지는 가족의 전통을 생각하고 있으며, 이러한 주제와 연보는 「내전기의 명상」의 처음 세 편의 시에서 이미 비롯된 것이다. 두 번째 시에서의 비밀스러운 장미는 네 번째 시에서 중요한 상징으로 다시 나타나며, 시인의 죽음 이후에도 모든 사람들은 똑같은 능력을 갖게 되는 것처럼 보이기도 한다.

> 하지만 인생은 향기를 조금씩
> 바람에 실어 보낼 수 있는 것처럼 보이네,
> 영광을 조금씩 아침햇살에 퍼뜨리네,

---

41) W. B. Yeats, *The Cutting of an Age* (London : MacMillan, 1919), pp. 145~146. 본문에서의 인용은 Donald Stauffer, *The Golden Nightingale* (New York : MacMillan, 1949)에서 재인용하였음을 밝혀둔다.

그러나 찢겨진 꽃잎은 정원에 흩어지네,
그 다음 보편적인 초록색이 돋아나네.

위에 인용된 부분에서 '장미'는 예이츠 자신, 일반적으로는 시인, 아픈 가슴을 지닌 예술가를 의미한다. 시인의 후손들은 '상징적인 장미'에서처럼 시인의 재능을 갖지 못할 수도 있지만, 첫 번째 시에 나타나 있는 강력한 사람의 증손(曾孫)처럼 '보편적인 초록색'만을 가질 수는 있을 것이다. 시간이 지남에 따라서 그의 사랑스러운 계단과 망루는 파괴되게 되어 있으며 시인은 한 마리 올빼미로 환생하게 된다. "갈라진 벽돌 틈에 둥지를 틀고/ 황폐한 하늘에 대고 자신의 황량함을 울어대리라."

○ 적극적인 인간과 소극적인 인간

「내전기의 명상」의 다섯 번째 시 '내 문에 이르는 길'에는 내전(內戰)의 주제가 처음으로 제시되어 있다. 이 부분에서 예이츠는 두 번째 시에서 보여주었던 인간의 두 가지 성격, 즉 적극적인 성격의 인간과 소극적인 성격의 인간에 대한 주제를 강조하였다. 소극적인 인간은 적극적인 군인을 부러워하기도 하고 두려워하기는 하는 시인 자신을 나타낸다.

갈색제복을 입은 중위와 그의 부하들,
반쯤은 정복을 착용한 채로
내 문을 응시하고 있었네, 나는 불평만 했네,
좋지 않은 날씨를, 폭풍과 비를,
태풍으로 부러진 배나무를.

예이츠가 군인들을 부러워하는 까닭은 이들이 '내전(內戰)'에 대해서 "총에 맞아 죽은 것이/ 태양아래서 가장 훌륭한 놀이라도 되듯이" 농담을 하고 있기 때문이다. 그래서 그는 젊음과 전쟁에 대한 이들의 안일한 태도를 부러워하게 된다. 두려움으로 인해서 시인은 군인들로부터 눈을 돌려 그렇게 중요하지 않은 부러진 배나무로 향하게 된다. 그렇게 함으로써 예이츠는 폭력의 시대에 직면해 있는 시인으로서 그리고 인간으로서 자신이 처해 있는 상황을 보여주게 된다. 자신의 고립과 역할로 인한 그의 갈등은 군인들의 적극적인 삶에 매료됨으로써 더욱 증폭된다. 그러나 예이츠는 그러한 유혹으로부터 벗어나 "나의 생각 속에서 부러움을 침묵시키기 위해" 자신만의 입장에 전념하게 된다. 전쟁이 예이츠에게 남겨준 것은 공허하고 의미 없는 꿈뿐이다. "좋지 않은 날씨를, 폭풍과 비를" 불평하는 것은 내전의 시기에 그가 시인으로서의 역할을 하고 있다는 점을 암시한다. "사려 깊게 군인들로부터 멀어짐으로써 그는 소극적인 삶을 선택하였으며 자신의 사유의 망(網)에서 여전히 그렇게 느끼고 있다. 국가의 이념을 위해 투쟁하는 대신에 그는 좋지 않은 날씨만을 불평하고 있다."[42]

혼란의 분위기는 여섯 번째 시 '내 창문가의 응시의 둥지'에서 고조되고 심화되어 있으며, 그것은 그 이전의 시에 반영되어 있는 '내전'의 주제에도 관계된다. '내전'은 이어져 내려온 위대한 인간의 역사뿐만 아니라 인간성 그 자체마저도 앗아가 버린다. 전쟁에서 비롯되는 이와 같은 참담하고 우울한 측면을 안타까워하면서 흐느끼는 구절은 다음과 같다. "지난 밤 그들은 길에서 전복되었네,/ 죽은 젊은 병사는 피에 물들었네." 군인의 대담하면서도 야수와 같은 마음은 총탄에 의한 죽음을 두려워하지 않지만, 전쟁은 죽은 사람들, 불타버린 가옥들, 적개심, 폐허와 황폐만을 남겨놓게 될 뿐이다. 혼돈의 시대의 증인으로서 이 모든 것을 목격한 예이츠는 다음과 같이 언급하였다.

> 우리들은 갇혀버렸네, 열쇠는 돌려버렸네,
> 우리들의 불확실성을. 어디에선가
> 누군가 살해되거나 집이 불타겠지만,

---

42) Stephen Seybolt, "A Reading of 'Meditations in Time of Civil War,' *Massachusetts Studies in English*, II, no. 4 (Fall 1970), p. 113.

그 어떤 분명한 사실도 분간할 수 없네.
텅비어버린 응시의 집에 세우러 오라.

위에 인용된 부분에서 화자는 미래에 대해서, 전쟁의 결과에 대해서 미결정적인 태도를 취하고 있다. 예이츠는 또 이 부분에서 전쟁에서 야기된 다양한 사건들, 특히 시골에서 발생한 사건들을 설명하는 한편, 다른 한편으로는 정치적인 증오심에서 촉발된 사회적 붕괴가 확산되는 것을 우려하기도 하였다. 전쟁의 공포와 시인의 불확실한 마음으로 볼 때에, 무질서는 그 절정에 달하게 된다. 따라서 전쟁에 직면해 있는 사회가 그런 것처럼, 시인의 상징적인 집도 무너져 내릴 위기에 처해 있는 것처럼 보인다. 시인의 고립은 생산을 위해서 필요한 조건이라기보다는 스스로를 감금시키는 것에 가깝다고 볼 수 있다. "혼란, 폭력, 자신의 문화적 붕괴 등은 그의 예술과 시인으로서의 그의 역할을 위협하게 된다."[43] 그럼에도 예이츠 자신은 이와 같은 상황에서도 자신이 추구하는 것을 포기하지 않는다. 전쟁에 대한 비난을 반복해서 강조하는 대신에, 그는 자신의 시의 반복적인 행을 통해서 거듭거듭 기도하고 있다.

꿀벌은 전통적으로 근면과 다산(多産)의 상징에 해당한다. 예이츠의 시「동요(動搖)」[44](1932)에는 "사자와 벌집, 성서에 무엇이라고 되어 있습니까?"라는 물음에 대해 "딱딱한 껍질에서 꿀이 나옵니다"라고 기록 되어 있다고 설명하였다. 꿀벌은 예술적인 안정성을 주장하는 시인에게 있어서 적합한 상징에 해당한다. 시적 이미지의 이와 같은 설명으로 인해서 시인은 역사적인 유산을 결정적인 증오와 불모지로부터 보호할 수 있게 된다. 공허하고 혼란스러운 전쟁에서 예이츠는 질서와 행복이 유지될 수 있기를 바라고 있으며, 이러한 점은 첫 번째 시에 이미 암시되어 있다.

---

43) Sammye Crawford Greer, "The Poet's Role in an Age of Emptiness and Chao s: A Reading of Yeats' 'Meditations in Time of Civil War,'" *Eire Ireland*, no. 1 (1972), p. 86.

44) Rosenthal ed., *Selected Poems and Two Plays of William Burtler Yeats*, pp. 134~136.

o 공허한 보복과 영원한 아름다움

'다가올 공허'에 대한 시인의 비전으로 볼 때에 전쟁으로 인한 사회적인 붕괴는 세계적인 관심으로 확장된다. 마지막 시에서 이와 같은 공허의 개념은 시인의 집에서부터 대혼란으로까지 그 의미가 확장되고 있는 점에서도 찾아볼 수 있다. 예이츠는 신(神)과 같은 '망루'에 올라가기 위해서 보통사람들의 문을 통해 지나간다. "나는 망루 꼭대기에 올라가 깨어진 돌에 기대었네." 망루의 꼭대기에서 그는 전쟁에서 비롯된 무질서를 회복하고 영원한 예술이라고 생각하는 '사토의 검'에 대한 자신의 특별한 관심을 강조한다. "달/ 그것은 그 자체와는 다른 것 같네, 그것은 변하지 않는 것 같네,/ 동방에서 온 반짝이는 검(劍)." 그 결과 예이츠는 무의미한 일을 잊어버리고 좀 더 의미 있는 일에 집중하게 된다.

> 구름 창백한 누더기에서나 레이스에서,
> 분노에 이끌린, 분노로 고통 받는, 그리고 분노에 굶주린 군대,
> 기병(騎兵)을 공격하는 기병, 팔이나 얼굴을 물어뜯으며,
> 아무것도 아닌 것을 몰아넣으며, 쫙 벌린 팔과 손가락
> 아무것도 아닌 것을 포옹하려고 그리고 나, 내 위트가 떠도는 까닭은
> 바로 그 무의미한 모든 소동, 모두들 소리쳤네,
> 자크 몰레의 암살자들에 대한 복수를.

내전(內戰)의 결과는 "자크 몰레[45]의 암살자들에 대한 복수"처럼 아무것도

---

45) 프랑스의 자크 몰레(1243~1314)는 십자군 원정 때에 결성되어 막대한 부와 세력을 보유하고 있던 '성전기사단(聖殿騎士團)'의 마지막 기사단장이다. 프랑스의 필립 4세와 교황 클레멘스 5세의 명령으로 성전기사단이 탄압을 받게 되었을 때, 단장으로 큰 활약을 했으나 결국 실패했다. 1265년 기사단에 입대하여 시리아에서 싸웠으며, 1291년 이후에는 키프로스에서 전투를 벌였고, 1298년경에 성전기사단의 단장이 되었다. 당시 성전기사단원들은 신성모독행위와 남색(男色)까지 저지른다는 비난을 받았으므로 1306년경 교황 클레멘스 5세는 그를 프랑스로 불러 새로운 기사단을 조직할 것을 제의했다. 몰레는 기사단에 대한 비난이 거짓이며 이를 조사해줄 것을 교황에게 요청했지만, 기사단을 붕괴시키고 그 재산을 뺏으려 한 필립 4세는 1307년 10월 13일 몰레를 포함하여 기사단원 전원을 체포·심문했다. 10월 24일 몰레는 기사단에 대한 비난이 어느 정도 사실이라고 인정했지만 이는 고문에 의한 것으로 보인다. 그러나 그는 남색을 저질렀다는 혐의만큼은 끝까지 부인했다. 그는 프랑스 전역의 성전기사단원들에게 서한을 띄워 자백에 동참하도록 지시했으나, 교황이 심문할 대리인을 파견하자 몰레와 그의 많은 부하들은 자신들의 자백이 고문에 의한 것이었다고 진술

아닌 것과 이미 지나가버린 것에 대한 복수심만이 남아 있을 뿐이다. 시인 자신은 화가 난 군중들이 아무것도 아닌 것으로 돌진하는 것을 목격하고 있지만, 그 자신도 여전히 부분적으로는 똑같은 목적을 향해 이동하게 된다. 예이츠는 다음과 같이 말했다. "내가 보기에 템폴라스의 기사단(騎士團)의 암살로 인한 복수의 외침은 증오로 얼룩진 사람들에게 적합한 상징이자 다양한 유형의 불모성에도 적합한 상징처럼 보였다."[46] 이와 같은 공허한 외침은 이와 똑같이 공허하고 조롱적인 구절 "아무것도 아닌 것을 포용하려"로 수렴된다.

예이츠에게 있어서 아름다운 여성의 몸은 언제나 그의 예술의 상징으로, 말하자면 무엇인가 신비롭고 영원한 것을 환기시키는 상징으로 작용하고는 한다. "아무것도 아니고 고요한 것만이 남아 있을 수 있네,/ 가슴이 그 자체만의 달콤함으로, 그 자체만의 사랑스러운 몸으로 충만 될 수 있을 때에는." 신비로운 일각수(一角獸)의 등에 올라타고 있는 여성은 완벽한 아름다움의 이미지에 해당한다. 다양한 욕망들이 사라져버렸을 때, 궁극적으로는 절대적인 아름다움, '아무것도 아니고 고요한 것'의 아름다움만이 남아 있게 된다.

> 저 혼자 기뻐하는 꿈도 아니고,
> 다가올 것에 대한 증오도 아니고, 가버린 것에 대한 연민도 아니고,
> 아무것도 아니지만 발톱만을 붙들고, 그리고 눈빛의 자기만족,
> 달빛을 가려버린 수많은 날갯짓.

위의 인용부분에는 우선 실제상의 과거에서 비롯된 장면, 즉 그 자체의

을 번복했다. 1309년 11월과 1310년 3월 몰레는 교황에게 직접 재판해줄 것을 요청했으나 교황은 기사단의 폐지를 결정했다. 1314년 3월 18일 쯤에 세 명의 추기경으로 형성된 사절단은 몰레와 기사단의 다른 고위 인사들에게 종신형을 선고했다. 이 선고를 듣고 몰레는 자신의 자백을 재차 철회했으나, 결국 이단이라는 판정을 받고 최종 선고에 의해 그날 오후 필립 4세의 관리들에 의해 화형에 처해졌다.

46) Peter Allt and Russel K. Alspach ed., *The Variorum edition of the Poems of W. B. Yeats*, p. 827.

혼란에 있어서 현재의 내전과 유사한 장면에 대한 비전이 포함되어 있고, 그 다음에는 시간을 초월한 예술의 세계, 여전히 아름답고 순수한 상상력의 세계에 대한 비전이 포함되어 있다. 그런 다음 이러한 비전은 예술의 창조를 위협하는 폭력과 증오를 제시하고 있다. 예이츠는 종종 "다른 모든 사람들이 이해하거나 공유할 수 있는" 자신의 존재에 대한 가치가 무엇인지를 스스로 성찰하고는 했다.

마지막 시이자 일곱 번째 시 '증오의 허상, 충만한 마음의 허상, 다가올 공허의 허상을 보고 있네'의 마지막 구절은 "한 때는 자라나는 소년이었듯이 나이 들어가는 사람을 만족시켜라"로 끝맺고 있다. 이 구절에서는 상실에 대한 시인 자신만의 의미와 미래에 대한 그 자신의 선택을 가장 절묘하게 정의하고 있다.

○ 상호연관성

위에서 살펴본 바와 같이 「내전기의 명상」을 구성하고 있는 일곱 편의 시의 상호연관성과 통일성은 다음과 같다. 첫 번째 시에서 제기하고 있는 이미지에는 예술, 전통, 전쟁의 복잡성이 포함되어 있다. 과거로부터 비롯된 영광은 강한 사람의 증손에게는 공허한 바다조개 껍질에 불과할 뿐이다. 이들은 자신들의 조상의 비통함과 어려움을 알지 못할 것이다. 따라서 예이츠는 과거의 영광과 그것의 가치 있는 전통을 보전할 것을 주장하고 있다. 두 번째 시 '나의 집'에는 무기를 들고 있는 군인과 감성적인 시인이라는 두 가지 유형의 인간이 나타나 있다. 한 쪽에서는 물려받은 과거의 영광을 파괴하는 요인으로 작용하고 다른 한 쪽에서는 가치 있는 예술을 영원한 것으로 유지하고자 노력한다. 이 부분에 나타나 있는 '망루' 혹은 '탑'은 예이츠가 시인으로서 이 시에 나타나 있는 복잡한 상징들을 장악하고 있는 중심이 되는 장소이다. 이러한 망루는 정확하게 명상의 주체에 해당한다.

시인의 명상은 '원형(原型)'으로서의 조상의 집에서부터 망루 주변의 보편적인 풍경으로, 망루의 안쪽으로, 개인적인 사실(私室)로 이동하게 된다. 그런 다음 마침내 테이블 위에 놓여 있는 사토의 검(劍)을 발견하게 된다. 바로 이 검에는 혼돈과 참여와 영원한 예술에 대한 예이츠 자신의 '상징'이라는 특별한 의미가 담겨 있다. 예술의 영원성은 일시적인 기회에서 비롯되는 것이 아니라 예술가의 끊임없는 고통과 노력에서 비롯되는 것이다. 사토의 검에서 발견할 수 있는 이와 같은 유형의 예술만이 일상적인 논리를 뛰어 넘는 초자연적인 힘을 가질 수 있다. 시인의 명상은 그 자신을 정신적으로나 육체적으로 다시 한 번 외부세계로 이끌어 낸다. 첫 번째 시에서 언급된 바 있는 강력한 사람의 증손을 상상하는 것과 똑같은 방법으로 그는 자기 자신의 후손을 생각하게 된다. 그렇지만, 시인이 진지하게 고려하고 있는 것은 그의 후손의 무관심으로 인해서 그 가치를 상실하게 될 것이다. "시인이 죽은 이후에 한 마리 올빼미만이 황폐한 하늘에 대고 자신의 황량함을 울어"댈 수 있을 것이다. 시인은 "말 없는 돌이 진리가 무엇인지를 말할 것이다"라는 점을 믿고자 한다.

시골에서 후손과 전쟁을 진지하게 고려함에 따라서, 예이츠는 자신이 시인으로서 최선을 다해야만 한다는 사실을 통감하게 되며, 이와 같은 혼란의 시대에서 새로운 영광의 시대가 열릴 수 있기를 반복해서 강조하고 있다. 그 자신의 깊은 명상에서 예이츠는 망루의 꼭대기에 올라가게 되고, 거기에서 그는 자신의 비전과 상상력을 분명하게 파악할 수 있게 된다. 마지막으로 그는 망루의 안쪽으로 들어가 자신이 체념했던 외부세계로 향하는 문을 닫아 버린다.

이처럼 시인의 이성과 명상은 내전으로 오염된 시대를 정화시키는 한편, 다른 한편으로는 이와 같은 정화의 과정을 통해서 전통과 개혁을 조화롭게 종합할 수 있게 된다.

2. W. B. 예이츠의 시와 김소월 · 박목월의 시의 관계

2.1 김소월의 시 「진달내꼿」에 반영된 예이츠의 시 「그는 천국의 옷감을 원하네」의 영향과 수용

김억(1886~1950)은 W. B. 예이츠(1865~1939)의 시 「그는 천국의 옷감을 원하네」를 「쑴」이라는 제목으로 번역하여 『태서문예신보』에 수록하였으며, 그는 자신이 번역한 예이츠의 시 「쑴」을 수정하여 자신의 번역시집 『오뇌의 무도』에 재수록 하였다. 김소월의 시 「진달내꼿」은 김억이 「쑴」이라고 번역한 예이츠의 시 「그는 천국의 옷감을 원하네」의 영향을 받은 것으로 알려져 있다. 이러한 점에 대해서 김윤식은 자신의 『신문학사 탐구』에서 다음과 같이 언급하였다.

객 : 소월의 저 유명한 「진달래꽃」을 문학적 영향관계로 볼 수 있을지 모른다는 논의도 있는 모양인데요.

주 : 이 작품이 처음 발표되었을 때의 모양부터 볼까요

객 : 시집 『진달래꽃』(1925)에 실린 것인데, 오늘날 우리가 대하는 「진달래꽃」과는 조금 다르군요. 시집을 낼 때 시인 자신이 손질한 모양이지요

주 : 아마 그럴 것입니다. 문제는 이 작품의 시적 핵이라 할 대목이 꽃을 뿌려 놓겠

으니 그 꽃을 밟고 가라는 곳에 있지 않겠습니까. 있는 것이라곤 지천으로 피는
진달래꽃뿐, 그것밖에 가진 것 없는 마음 가난한 사람이 할 수 있는, 임을 향한
최상의 마음씀씀이란 무엇이겠는가. 이 길밖에 또 있겠는가. 영변 근처에 산 사람
이라면 이 길밖에 없지요

객 : 영변 아닌 다른 곳, 가령 시베리아나 프랑스나 미국에 사는 사람이라면 꼭 같은
감정을 다른 사물을 통해 표현했을 것이다.

주 : 맞습니다. 아일랜드 시인 예이츠는 이렇게 표현했것다. "금(金)빛 은(銀)빛으로
짜서/ 수놓은 천상(天上)의 비단/ 밤과 백광(白光)과 박명(薄明)의/ 푸르고 구물고
감은 비단이 있다면/ 그것을 당신 발밑에 깔아드리오리다/ 그러나 가난하여 내 꿈
을 깔았오이다/ 내꿈 밟으시는것이오니 사뿐히 밟으소서."47)

객 : 진달래꽃 대신 꿈을 깔았군요. 만인 공통의 정서거나 감정이기에 영향관계 운운
할 처지가 못 되는 것이군요.

주 : 이 정서 자체만을 문제 삼을 땐 그렇다고 보아야지요. 사랑이나 향수, 육친애,
조국애 등 이른바 진선미란 그 자체가 인류 공유의 것이니까.

객 : 그렇다면 무엇이 문제일까요.

주 : 독서환경이랄까, 주변의 분위기에 주로 의존된다고 볼 수 없을까요. 가령 소월
의 스승 김억의 「오뇌의 무도」에 실린 예이츠 시의 번역을 들 수 있지요

객 : 소월이 예이츠의 이 작품을 읽었다고 볼 가능성이 있지 않겠습니까. 알게 모르
게 이런 발상의 촉발이 있었다고 볼 수 없겠는가. 어디까지나 추측이다, 그러나
독서환경상 가능성은 배제하기 어렵다…

주 : 문제는 사자의 그 위대한 힘이 아니겠습니까. 어느 쪽이 더 큰 문학적인 빛과
향기를 뿜어내느냐에 수렴되는 것이 아닐까요.

　　위의 인용문에서 김윤식이 언급하고 있는 이양하는 예이츠의 시를 번역했
을 뿐만 아니라 김소월의 시의 영향과 수용의 가능성에 대해서 다음과 같이
언급하였다.

　　예이츠에는 애인(愛人)에게 진달래꽃을 밟으라는 다신 꿈을 밟으라는 말이 있다.
… [중략] … 진달래를 밟고 꿈을 밟는데 사뿐히 밟으라는데도 이 두시(詩)는 일치(一
致)된다. 그리고 두시(詩)가 다 애인에게 사랑을 호소(呼訴)하는것으로 볼수있는 점에
있어서도 서로 일치(一致)된다. 소월(素月)이 예이츠의 생각을 따온것일까. 예이츠의
시발표(詩發表)된 것이 1898년(年)이고보니 소월(素月)이 거기서 시상(詩想)을 얻었을

<hr>

47) 이양하 역, 『대학신문』 제403호 (1962. 6).

가능성(可能性)은 있다. 그러나 꼭 그랬었다고 단정(斷定)할수는 없다. 혹(或) 그랬었다 하더라도 그야말로 환골탈태(換骨奪胎)라 할것으로 이것이 소월(素月)의 시인(詩人)으로서의 역량(力量)을 감살(減殺)하는것이 아님은 두말할나위없다.[48]

이양하의 이상과 같은 언급에 대해서 이재호는 "이양하 교수가 지적했듯이 직접 source는 Ireland 시인(詩人) William Butler Yeats의 8행시(八行詩) 'He Wishes for the Cloths of Heaven'인 듯하다 … [중략] …Yeats는 자기 애인(愛人)의 발밑에 꿈을 깔아주고, 소월(素月)은 매우 한국적(韓國的)인 진달래를 깔아준다"[49]라고 언급하였다. 이재호는 더 나아가 예이츠의 시가 오비디우스(B.C. 43~A. D. 177)가 쓴 「연애(戀愛)의 기술(技術)」 제2장에 나오는 "나는 가난한 시인(詩人)이어라 부자(富者)들이 주는 그런 선물을 줄 수 없기에 나는 시(詩)를 주었다"에서 차용했다는 점과 프랑스의 시인 롱사르(1525~1585)의 시를 모방했다는 점도 제안하였다. 이재호가 제안한 바 있는 오비디우스의 「연애(戀愛)의 기술(技術)」 제2장 제3부의 해당부분을 라틴어 원문과 A. S. 클라인의 영역(英譯)을 인용하면 다음과 같다.

Ovid, "Ars Amatoria"

At vos, si sapitis, vestri peccata magistri
Effugite, et culpae damna timete meae.
Proelia cum Parthis, cum culta pax sit amica,
Et iocus, et causas quicquid amoris habet.

A. S. Kline trans, "The Art of Love"

I'm the poor man's poet, who was poor when I loved:
when I could give no gifts, I gave them words.
The poor must love warily: the poor fear to speak amiss,
and suffer much that the rich would not.

위에 부분 인용한 A. S. 클라인의 영역(英譯)을 바탕으로 해당부분을 옮겨보면 다음과 같다. "나는 가난한 사람의 시인, 사랑했을 때 가난했어라./ 선물을 줄 수 없을 때에, 시를 주었어라./ 가난한 사람은 조심스럽게 사랑해야만 하네, 가난한 사람은 잘못 말할까봐 두려워하네./ 부자들이 받지 않는 고통을 더 많이 받게 되네."

---

48) 이양하, 「소월(素月)의 진달래와 예이츠의 꿈」, 『대학신문』 제403호 (1962. 6).
49) 전규태 편, 『비교문학-이론ㆍ방법ㆍ전망』 (세종출판사, 1973), p. 113.

김소월의 시에 영향을 끼친 것으로 알려진 예이츠의 시가 오비디우스의 시에 접맥된다는 점을 제안하면서 이재호는 예이츠의 이 시는 프랑스의 시인 피에르 드 롱사르(1525~1585)가 왕실의 남자 비서의 한 사람이었던 니콜라 드 베르뎅에게 보낸 시에도 접맥된다고 파악하였다. 롱사르의 시의 원문과 이 시에 대한 이재호의 번역을 인용하면 다음과 같다.50)

Pierre de Ronsard
"Si j'avois un riche trésor"

Si j'avois un riche trésor,
Que des vaisseaux engravés d'or
Tableaux ou médailles de cuivre,
Ou ces joyaulx qui font passer
Tant de mers pour les amasser
Où le jour se laisse revivre.

Je t'en ferois un beau présent,
Mais quoy! cela ne t'est plaisant;
Aux richesses tu ne t'amuses
Qui ne font que nous étonner;
C'est pourquoy je te veux donner
Le bien que m'ont donné le Muses.

이재호 역
「내가 만일 값비싼 보물(寶物)이라면」

내가 만일 값비싼 보물(寶物)
황금(黃金)으로 새긴 그릇
그림 혹은 청동(靑銅)메달
혹은 수많은 바다를 건너야
모을 수 있는 보석(寶石),
빛이 다시 태어나는 보석(寶石)을 갖고 있다면,

기꺼이 그대에게 선물하련만,
아니, 그런건 그대를 기쁘게 할 수 없구나;
단지 반짝거리기만 하는
재보(財寶)엔 그대는 흥미가 없어
그러기에 그대에게 바치고 싶노라
정신(精神)이 나에게 준 선물을.

오비디우스와 롱사르 및 예이츠의 시 등에 반영되어 있는 상관성에 대해서 이재호는 다음과 같이 언급하였다. "이 시(詩)에서 Ronsard는 Ovid의 생각을 이어 받아 그에게 귀중한 보물(寶物)이 있다면 그것을 선물로 주고 싶지만, 상대방이 단지 빠짝거리기만 하는 물질적(物質的)인 것에 별 흥미를 못 느끼므로 정신적인 가치가 있는 시(詩)를 바치겠다는 것이다. 여기서 Yeats와 Ronsard의 시상(詩想)의 전개(展開)가 동일함을 우리는 즉시 알 수 있다."51) 아울러 이재호는 예이츠가 롱사르의 시로부터 영향을 받았다는 가능성을 롱사

---

50) 본문에서 롱사르의 시의 원문과 이재호의 번역은 전규태 편, 『비교문학－이론·방법·전망』, pp. 114~115에서 재인용하였음을 밝혀둔다.
51) 전규태 편, 『비교문학－이론·방법·전망』, p. 115.

르의 시 「엘레느에게 바치는 송가집」 중에서 가장 잘 알려진 "그대 몹시 늙어 저녁에 촛불아래…"가 예이츠의 시 "그대 늙어 머리 희고 잠이 많을 때"에 반영되어 있다는 점을 지적하였다.[52]

이상과 같이 파악할 때에 김소월의 시 「진달내꼿」의 내용에 영향을 끼친 것으로 알려진 예이츠의 시 「그는 천국의 옷감을 원하네」는 오비디우스의 시 「연애(戀愛)의 기술(技術)」과 롱사르의 시 「내가 만일 값비싼 보물(寶物)」에서 영향을 받았다고 볼 수 있으며, 이러한 점에서 김소월의 시 역시 직접적으로는 예이츠의 시에 관계되고 간접적으로는 오비디우스와 롱사르의 시에 관계된다고 볼 수 있다.

영화 「이퀄리브리엄」(2002)의 마지막 장면에서 주인공 프레스턴의 동료가 세상을 떠나면서 읊었던 "그러나, 나는 가난하여 가진 것은 꿈뿐이라/ 내 꿈을 그대 발아래 깔았으니/ 내 꿈을 밟듯이 사뿐히 밟으시라"로 더욱 잘 알려지게 된 예이츠의 시 「그는 천국의 옷감을 원하네」와 김소월의 시 「진달내꼿」의 상관성은 후자에서의 제2연의 "아름싸다 가실길에 쌘리우리다"와 전자에서의 "그대의 발아레 페노흘려만"과 "그대의발아레 내쑴을 페노니" 및 제3연의 "삽분히즈려밟고 가시옵소서"와 전자에서의 "가만히 밟고지내라" 등에서 찾아볼 수 있다.

이상에서 살펴본 바와 같이 예이츠의 시 「그는 천국의 옷감을 원하네」의 원문과 이 시를 「쑴」으로 옮긴 김억의 번역시를 차례로 정리하면 다음과 같다.

위에 인용된 김억의 번역시 두 편의 차이점은 맞춤법과 띄어쓰기 등에서의 변화에서도 찾아볼 수 있고, '프름→프르름,' '아득함→어스렷함,' '쏘는→그리하고,' '가젓다ᄒ면→가젓슬지면,' '펼치나→페노흘려만,' '소유(所有)난 쑴쑨임이→내소유(所有)란 쑴박게업서라,' '밟고시라→밟고지내라' 등의 변화에서도 찾아볼 수 있다. 이러한 변화는 번역의 자연스러움과 운율효과 등을

W. B. Yeats "He Wishes for the Clothes of Heaven"	김억 역 「쑴」, (태서문예신보)	김억 역 「쑴」, (오뇌의 무도)
Had I the heavens' embroidered cloths, Enwrought with golden and silver light, The blue and the dim and the dark cloths Of night and light and the half-light, I would spread the cloths under your feet: But I, being poor, have only my dreams; I have spread my dreams under your feet; Tread softly because you tread on my dreams.53)	내가 만일 광명(光明)의 황금(黃金),백금(白金)의 짜아닉인 하늘의 수(繡)노흔옷 날과밤,쏘는 저녁의 프름,아득함쏘는어두움의 물들인옷을 가젓다ᄒ면 그듸의발아래 펼치나, 아아가난ᄒ여라,소유(所有)난 쑴쑨임이 그듸의 발아래 늬쑴펴노니 나의 싱각가득ᄒ 쑴위로 그듸여 가만히 밟고시라54)	내가 만일 광명(光明)의 황금(黃金), 백금(白金)으로 짜아내인 하늘의수(繡)노흔옷, 날과밤, 쏘는 저녁의 프르름, 어스렷함, 그리하고 어두움의 물들인옷을 가젓슬지면, 그대의 발아레 페노흘려만, 아아 가난하여라, 내소유(所有)란 쑴 박게업서라, 그대의발아레 내쑴을 페노니, 나의생각가득한 쑴우를 그대여, 가만히 밟고지내라.55)

고려한 결과에 해당한다. 아울러 김억이 번역한 예이츠의 시의 영향을 받은 것으로 평가되고 있는 김소월의 시 「진달내꼿」의 전문을 이 시가 발표된 순서대로 인용하면 다음과 같다.

아래에 인용된 김소월의 시에서 예이츠의 시구절과 유사한 것으로 파악되고는 하는 부분의 변화를 살펴보면 다음과 같다. 우선 "한아름 짜다 가실길에 쌕리우리다"가 "아름짜다 가실길에 쌕리우리다"를 거쳐 "아름짜다 가실길에 쌕리우리다"로 변화되었음을 알 수 있고, 또한 "고히나 즈러밟고 가시옵소서"가 "삽분히즈려밟고 가시옵소서"를 로 변화되었음을 알 수 있다. 그 외에도 제1연 제2행의 끝부분에 배치되었던 '말업시'가 제1연 제3행으로 첫부분에 배치되어 있다는 점도 파악할 수 있다.

---

53) *The Collected Poems of W. B. Yeats* (New York : The Macmillan Company, 1951), p. 70.
54) 김억 역, 「쑴」, 『태서문예신보』 제11호 (1918. 12. 14), p. 7.
55) 김억, 『오뇌의 무도』 (광익서관, 1921), p. 119.

김소월, 「진달내꼿」, (개벽)	김소월 「진달내꼿」, (시집 진달내꼿)	김소월 「진달내꼿」, (삼천리)
나보기가 역겨워 가실째에는 말업시 고히고히 보내들이우리다.	나보기가 역겨워 가실째에는 말업시 고히 보내드리우리다	나보기가 역겨워 가실째에는 말업시 고히 보내드리우리다
영변(寧邊)엔 약산(藥山) 그 진달래꼿을 한아름 짜다 가실길에 쌕리우리다.	영변(寧邊)에약산(藥山) 진달내꼿 아름짜다 가실길에 쌕리우리다	영변(寧邊)에약산(藥山) 진달래꼿 아름짜다 가실 길에 쌕리우리다
가시는길 발거름마다 쌕려노흔 그꼿을 고히나 즈러밟고 가시옵소서.	가시는거름겨름 노힌그꼿츨 삽분히즈려밟고 가시옵소서	가시는거름거름 노힌그꼿츨 삽분히즈려밟고 가시옵소서
나보기가 역겨워 가실째에는 죽어도 아니, 눈물흘니우리다.[56]	나보기가 역겨워 가실째에는 죽어도아니 눈물흘니우리다[57]	나보기가 역겨워 가실때에는 죽어도아니 눈물흘니우리다[58]

이처럼 김소월의 시에 영향을 끼친 것으로 알려진 예이츠의 시 「그는 천국의 옷감을 원하네」는 그 이후에도 김영랑, 박용철, 임학수, 이재호 등에 의해서 번역되었으며, 이들의 번역을 차례로 정리하면 다음과 같다.

김억이 「쑴」이라고 번역하여 한국문단에 처음으로 소개한 예이츠의 시 「그는 천국의 옷감을 원하네」를 김영랑, 박용철, 임학수, 이하윤, 이재호 등이 부단하게 번역했다는 사실은 예이츠의 이 시가 지니고 있는 의미, 이미지, 상징 등의 중요성 때문이기도 하고, 이 시가 지니고 있는 정서가 한국적인 정서와 유사하기 때문이기도 하다. 특히 1960년대 초에 이하윤이 김소월의 시에 끼친 예이츠의 이 시의 영향을 언급한 점을 바탕으로 하여 1970년대 초에 이재호가 예이츠의 이 시가 오비디우스의 시와 롱사르의 시에

---

56) 김소월, 『개벽』 제25호 (1922. 7), pp. 146~147.
57) 김소월, 『진달내꼿』 (매문사, 1925), pp. 190~191.
58) 김소월, 「진달내꼿」, 『삼천리문학』 창간호 (1935. 1), p. 172.

김영랑 역, 「하늘의 옷감」

내가 금과 은의 밝은 빛을 너어짜은
하날의 수노흔 옷감을 가졋스면,
밤과 밝음과 어슨밝음의
푸르고 흐리고 검은 옷감이 내게 잇스면
그대 발아래 까라 드리면
만은, 가난한나라, 내꿈이 잇슬뿐이여,
그대발아래 이꿈을 까라드리노니,
삽분이 밟고가시라, 그대 내꿈을 밟고가시느니[59]

박용철 역, 「하날의옷감」

내가 금과 은의 밝은 빛을 넣어짜은
하날의 수놓은 옷감을 가졌으면,
밤과 밝음과 어슨밝음의
푸르고 흐리고 검은 옷감이 내기 있으면
그대 발아래 깔아 드리련
마는, 가난한내라, 내꿈이 있을뿐이여,
그대발아래 이꿈을 깔아 드리노니,
삽분이 밟고가시라 그대 내꿈을 밟고가시느니[60]

임학수 역, 「비단하늘감」

저 하늘같이 수(繡)놓은 비단이 있었던들,
금(金)빛과 은(銀)빛으로 문늬 넣어 짠
밤과 낮 그리고 황혼(黃昏)의
저 파-란 깜-한 연옥색 비단이-
그대의 발밑에 까라 드릴걸,
나는 가난뱅이 오직 꿈이 있을뿐,
꿈이나마 발밑에 까라드리니
내 꿈에 사는 임 고히 밟고 오소서.[61]

이재호 역, 「하늘의 융단」

금빛 은빛 무늬든
하늘의 수(繡)놓은 융단이,
밤과 낮과 어스름의
푸르고 어둡고 검은 융단이 내게 있다면,
그대의 발밑에 깔아드리련만;
나는, 가난하여, 가진 것은 오직 꿈뿐;
그대 발밑에 내 꿈을 깔았으니;
사뿐히 밟으소서, 그대 내 꿈위를 밟고 가노니.[62]

접맥된다고 파악한 점은 상당한 의미를 지닌다. 이렇게 볼 때에, 김소월의 시 「진달내꽃」은 가까이로는 예이츠의 시세계에 직접적으로 접맥되고 멀리로는 오비디우스의 시와 롱사르의 시에 접맥된다고 볼 수 있다.

2.2 박목월의 시 「나그네」에 반영된 예이츠의 시 「이니스프리 호수 섬」의 영향과 수용

W. B. 예이츠의 시 「이니스프리 호수 섬」은 그의 첫 시집 『교차로』

---

59) 김영랑 역, 「하늘의 옷감」, 『시문학』 제2호 (1930. 5), pp. 34~35.
60) 박용철 역, 「하날의옷감」, 『박용철전집』 제1권 (동광당서점, 1939), p. 484.
61) 임학수 역, 「비단하늘」, 『해외서정시집』, 최재서 편, (인문사, 1938), p. 684.
62) 이재호 역, 「하늘의 융단」, 『비교문학-이론·방법·전망』, 전규태 편 (세종출판사, 1973), p. 113.

(1889)에 이어서 출판된 두 번째 시집 『장미』(1893)에 수록되어 있으며, 이 시의 창작과정에 대한 예이츠 자신의 설명을 정리하면 다음과 같다. 우선 이 시의 시적대상이 되는 '이니스프리'는 예이츠의 고향인 아일랜드의 슬라이고와 라이트림에 걸쳐있는 '러프길 호수'에 관계된다. 폭 2km, 길이 8km에 이르는 이 호수는 슬라이고 가까이에 있는 가라보그 강으로 흘러들어 가며, 숲으로 우거진 이 호수 주변은 조류관찰자들에게 인기가 높은 지역이다. 건축물로는 로버트 파크 대위가 1600년대에 지은 '팍스 성채'가 잘 알려져 있으며, 여기서 살펴보고자 하는 예이츠의 시 「이니스프리 호수 섬」으로 인해서 세상에 더 많이 알려지게 되었다. 이 시에서 말하는 '이니스프리 섬'은 이 호수에 있는 20여개의 작은 섬 중의 하나에 해당한다.

예이츠는 청소년기에 러프길 호수에 관심을 갖게 되었고 그곳에 있는 이니스프리라는 섬에 오두막집을 짓고 살겠다는 꿈을 꾸었다는 점을 자신의 '자서전'에서 다음과 같이 언급하였다. "나의 아버지는 내게 『월든』의 몇 구절을 읽어주었으며, 언제가 될지 모르지만 이니스프리라고 불리는 작은 섬에 오두막집을 짓고 살아야겠다는 계획을 세웠다. 이니스프리는 슬리시 숲의 반대편에 있다."[63] 이렇게 볼 때에 젊은 시절의 예이츠의 사상은 미국의 헨리 데이비드 소로우(1817~1862)의 초월주의 사상에 접맥된다고 볼 수 있다. 이어서 예이츠는 소로우를 구체적으로 언급하면서 자신의 시 「이니스프리 호수 섬」을 쓰게 된 동기와 배경을 다음과 같이 설명하였다.

> 나의 십대에 슬라이고에서 형성되었던 일종의 야심, 러프길 호수에 있는 작은 섬 이니스프리에서 소로우를 모방하여 살고 싶다는 야심을 나는 여전히 가지고 있었다. 고향생각에 깊이 젖어 런던의 플리트 가(街)를 걷고 있을 때에 작은 물방울 소리를 듣게 되었고, 어느 가게의 진열장에서 분수 위의 작은 볼이 균형을 유지하도록 해주는 '분수대'를 볼 수 있었으며, 그 때 호수의 물을 기억하게 되었다. 갑작스러운 기억에 의해 나의 시 「이니스프리 호수 섬」, 나만의 음악에 대한 그 자체의 리듬을 가진 나의 첫 번째 서정시가 떠오르게 되었다. 수사(修辭)로부터도 벗어나고 그러한

---

63) W. B. Yeats, *Autobiography of William Butler Yeats*, p. 47.

'수사'가 야기하는 군중의 정서로부터도 벗어나기 위해서 나는 리듬을 이완시키기 시작했지만, 나는 나의 특별한 목적을 위해서 평범한 구문을 사용해야만 한다는 점을 모호하게 또는 간혹 이해할 수 있을 뿐이었다. 몇 년이 지난 후에도 나는 진부한 표현인 "일어나 가리"로 시작되는 이 시의 첫 행을 쓰지도 못했고 마지막 연을 쓰지도 못했다.[64]

이렇게 볼 때에 미국의 H. D. 소로우가 매사추세츠의 콩코드에 있는 월든 호숫가에 자신의 오두막집을 직접 짓고 1845년부터 1847년까지 2년간 살았던 경험을 쓴 『월든 : 숲속의 생활』[65](1854)과 거기에서 영향을 받아 예이츠가 쓴 「이니스프리 호수 섬」에는 여러 가지 의미에서 유사성을 지니고 있다. 전자는 자서전 혹은 수필집이고 후자는 짧은 서정시라는 문학 장르의 차이점에도 불구하고 '월든'과 '러프길'이라는 호수의 유사성, 숲에 대한 애정과 전원생활의 동경, 초월주의 사상 등에서 그러한 점을 유추할 수 있다. 예이츠가 런던의 교외에 있는 베드포드 파트에 거주할 당시 자신의 청소년기의 기억을 되살려 쓴 그의 시 「이니스프리 호수 섬」의 원문과 필자의 번역문은 다음과 같다.

잘 알려진 바와 같이, 예이츠의 이 시에는 '이상향'에 대한 동경과 자연 속에서의 삶이 반영되어 있으며, 그러한 점은 제1연에 나타나 있는 이니스프리에서의 삶을 갈망하는 시인의 전원회귀적인 인생관, 제2연에 반영되어 있는 평화로운 세계, 제3연에서 강조하는 삭막하고 번잡한 도시생활과 한가로운 시골생활의 대비 등에서 확인할 수 있다. J. M. 싱크(1871~1909)[66]와 더불어 '켈트'의 문화와 전설 및 전통을 부활시키기 위한 문학

---

64) W. B. Yeats, *Autobiography of William Butler Yeats*, p. 193.

65) H. D. 소로우의 『월든 : 숲 속의 생활』(1854)은 그가 1845년부터 18447년까지 2년 동안 매사추세츠 콩코드 숲 속의 월든 호숫가에 작은 오두막을 직접 짓고 자급자족하는 생활을 기록한 그의 자서전 혹은 수필에 해당한다. 그는 극도로 단순한 생활 속에서 노동과 자연관찰, 깊은 사색을 표현했을 뿐만 아니라 문명과 자연, 사회와 개인 등의 문제도 성찰하였다. 소로우의 『월든』이 그의 자서전에 해당하는지 아니면 수필에 해당하는지에 대해서는 그동안 많은 논의가 있어왔지만, 그것을 제한적인 자서전으로 파악한 휴 J. 실버만은 *Textualities : Between Hermeneutics and Deconstruction* (New York : Routledge, 1994)에서 소로우의 사상을 심도 있게 논의했다. 필자는 실버만의 이 책을 『텍스트성과 문학이론 : 해석학과 해체주의 사이』로 번역하였으며, 근간될 예정으로 있음을 밝혀둔다.

66) 아일랜드의 극작가이자 시인인 J. M. 싱크는 아일랜드의 '민담'을 수집·정리했으며 '애비극장'의

운동에 헌신했던 예이츠는 1930년대에 영국의 BBC방송에 출연하여 '리듬과 현대시'라는 주제에 대해 설명하면서 자신의 몇 편의 시와 함께 「이니스프리 호수 섬」을 직접 낭송·녹음했다. 그의 낭송은 'BBC 홈페이지'에서 들을 수 있다.[67]

<table>
<tr><td>

W. B. Yeats,
"The Lake Isle of Innisfree"

I will arise and go now, and go to Innisfree,
And a small cabin build there, of clay and wattles made:
Nine bean-rows will I have there, a hive for the honeybee,
And live alone in the bee-loud glade.

And I shall have some peace there, for peace comes
dropping slow,
Dropping from the veils of the morning to where the
cricket sings;
There midnight's all a glimmer, and noon a purple glow,
And evening full of the linnet's wings.

I will arise and go now, for always night and day
I hear lake water lapping with low sounds by the shore;
While I stand on the roadway, or on the pavements grey,
I hear it in the deep heart's core[68]

</td><td>

윤호병 옮김, 「이니스프리 호수 섬」

나 이제 일어나 가리, 이니스프리로 가리,
그곳에 작은 오두막집 지으리, 진흙과 외를 엮어,
아홉이랑 콩 심고, 꿀벌 통은 하나 가지리,
숲속 빈터에서 꿀벌소리 들으며 혼자 살으리.

그곳에서 얼마쯤 평화도 찾으리, 평화는 천천히 오
는 것이니까,
귀뚜라미 노래하는 아침 베일 벗기며 오는 것이니
까.
한밤의 모든 반짝거림과 한낮의 자주 빛 불타오르고,
저녁엔 홍방울새 날개 짓 하는 소리로 가득 차리.

나 일어나 이제 가리, 언제나 밤낮으로
호숫가에 부딪치는 낮은 물결소리 들으리,
길 위에 서있거나 잿빛 포도(鋪道) 위에 서있을 때,
가슴 깊은 곳에 그 물결소리 들으리.

</td></tr>
</table>

　　이상과 같은 창작배경과 의미를 지니고 있는 예이츠의 시 「이니스프리 호수 섬」과 박목월의 시 「나그네」의 상관성은 박목월이 자신의 시의 구절 '남도 삼백리'에 대해서 「구강산(九江山)의 청록」에서 다음과 같이 언급하고 있는 점에서 찾아볼 수 있다.

창립에 참여했다. 가장 잘 알려진 그의 희곡 『서부세계의 플레이보이』가 '애비극장'에서 공연되었을 때에 수많은 관중들이 관람하기도 했으며, 「바다의 기사(騎士)」는 그의 대표작으로 평가받고 있다. 그 당시로서는 치료 불가능했던 '악성 육아종증(肉芽腫症)'인 호지킨병을 앓고 있던 그는 세상을 떠나기 전까지 희곡 『마지막 검은 저녁식사』를 집필하고 있었다.

67) www.bl.uk/onlinegallery/features/beautifulminds/sounds.html#yeats를 참고할 것.
68) *The Collected Poems of W. B. Yeats* (New York : The Macmillan Company, 1951), p. 39.

이 작품에서 '남도 삼백리'가 어디서 어디까지냐고, 묻는 이가 있다. 그것은 현실적인 거리를 의미하는 것이 아니다. '감정의 거리'이다. 예이츠(W. B. Yeats)의 「이니스프리」라는 작품 중에 다음과 같은 구절이 있다. "나는 일어나 바로 가리, 이니스프리로 가리./ 외 엮고 흙을 발라 조그만 집을 얽어/ 아홉 이랑 콩을 심고, 꿀벌은 한 통/ 숲 가운데 비인 땅에 벌 잉잉거리는 곳/ 나 홀로 거기서 살으리." 평화와 이상의 섬을 노래한 이 작품에서 '아홉 이랑'은 결코 현실적인 것이 못된다. 그것은 가난한 대로 충만하게 살려는 시인이 꿈꾸는 행복의 면적이다. '남도 삼백리'도 나의 서러운 꿈을 펼쳐놓은 '감정의 거리'에 불과한 것이다.[69]

박목월이 자신의 시 「나그네」의 '남도 삼백리'가 가지는 '감정의 거리'에 대한 상관성으로 파악하고 있는 예이츠의 시 「이니스프리 호수 섬」은 1930년대 '시문학파'에서 함께 활동했던 김영랑과 박용철도 차례로 번역한 바 있으며, 이들이 번역한 예이츠의 시를 정리하면 다음과 같다.

<table>
<tr><td align="center">김영랑 역, 「이니스쯔리ー」</td><td align="center">박용철 역, 「이니스쯔리ー」</td></tr>
<tr><td>

나는 일어나 바로 가리, 이니스프리ー로가리,
외엮고 흙을 발러 조그만 집을 얽어,
아홉니랑 밀을 심고 꿀벌의 집은 하나,
숩가운데 뷔인따에 벌 잉잉거리는곳
　　내 홀로 게서 사르리.

거기서는 내마음도 얼마쯤 가란즈리,
안개어린 아침에서 평화는 흘러나려
귀돌이 우는재로 가만이 흘러나려,
밤중에도 환한기운 한낮에 타는자주,
　　해으름은 홍작의나래소리,

나는 일어나 바로가리, 언제나 밤낮으로
내귀에 들리나니, 그호수의 어덕에
나즉이 찰삭 거리는 물소리,
회색 포도(鋪道)우에서나 한길에 서잇슬제
　　내맘의 깁흔곳에 들리여오나니.[70]

</td><td>

나는 일어나 바로가리, 이니스쯔리ー로 가리,
외역고 흙을 발러 조그만 집을 얽어
아홉니랑 콩을 심고 굴벌의 집은 하나,
숲가운데 뷔인따에 벌 잉잉거리는곳
　　내홀로 게서 살으리.

기기서는 내마음도 얼마쯤 갈앉으리,
안개어린 아침에서 평화는 흘러나려,
귓도리 우는게로 가만이 흘러나려,
밤ㅅ중에도 환한기운 한낮 에 타는자주,
　　해으름은 흥작의 나래소리.

나는 일어나 바로가리, 언제나 밤낮으로
내귀에 들리나니, 그호수의 어덕에
낮윽이 찰싹 거리는 물소리,
회색 포도(鋪道)우에서나 한길에 서있을제
　　내맘의 깊은곳에 들리어오나니.[71]

</td></tr>
</table>

---

69) 박목월 · 조지훈 · 박두진, 『청록집』 (삼중당, 1986), p. 110.
70) 김영랑 역, 「하늘의 옷감」, 『시문학』 제2호 (1930. 5), pp. 34～35.
71) 박용철 역, 「하날의옷감」, 『박용철전집』 제1권 (동광당서점, 1939), p. 484.

앞에 인용된 김영랑의 번역과 박용철의 번역은 여러 가지 점에서 대동소이하며, 차이점에 있다면 김영랑이 번역한 '밀'이 박용철의 번역에서는 '콩'으로 바뀌었다는 점 정도를 들 수 있다. 예이츠의 시가 지니는 전원성과 서정성, 자연회귀와 이상향 등에서 그 유사성을 찾을 수 있는 자신의 시 「나그네」의 초고에 대해서 박목월은 "「나그네」를 처음으로 썼을 무렵의 초고 노트를 나는 간직하고 있다. 30여년이 지난 묵은 노트다. 그 초고는 다음과 같은 것이다"라고 언급하였다. 조지훈의 시 「완화삼(玩花衫)」에 대한 화답시에 해당하는 박목월의 시 「나그네」의 초고와 퇴고를 거쳐 발표된 시 및 이 시와 밀접한 관계를 가지고 있는 조지훈의 시 「완화삼(玩花衫)」을 차례로 정리하면 다음과 같다.

박목월 「나그네」(초고)	박목월 「나그네」(발표된 시)	조지훈 「완화삼(玩花衫)」
	−술 익는 강마을의 저녁 노을이여−지훈(芝薰)	−목월(木月)에게
나루를 건너서 외줄기 길을	강(江)나루 건너서 밀밭 길을	차운산 바위우에 하늘은 멀어 산새가 구슬피 우름 운다.
구름에 달 가듯이 가는 나그네	구름에 달 가듯이 가는 나그네	구름 흘러 가는 물길은 칠백리
길은 달빛 어린 南道 三百里	길을 외줄기 南道 三百里	나그네 긴 소매 꽃잎에 젖어 술 익는 강마을의 저녁 노을이여.
구비마다 여울이 우는 가람을	술 익은 마을마다 타는 저녁놀	이 밤 자며 저 마을에 꽃은 지리라
바람에 달 가듯이 가는 나그네[72]	구름에 달 가듯이 가는 나그네[73]	다정하고 한 많음도 병이냥하여 달빛아래 고요히 흔들리며 가노니……[74]

---

72) 박목월·조지훈·박두진, 『청록집』, pp. 110~111.
73) 『청록집』 (을유문화사, 1946), pp. 16~17.
74) 박목월·조지훈·박두진, 『청록집』, p. 38.

　자신의 시 「나그네」의 초고와 퇴고를 거쳐 발표된 시에 대해서 박목월은 다음과 같이 언급하였다. "퇴고를 가한 작품과 비교해 보는 것도 흥미 있는 일일 것이다. 다만, 퇴고를 할 때마다 생각하는 것은 추천을 받을 때의 선자(選者)의 말이다." 여기서 말하는 '선자'는 정지용이며 그는 박목월의 시 「산그늘」75)을 추천하면서 다음과 같이 언급하였다.

> 　근대시(近代詩)가 '노래하는정신(精神)'을 상실(喪失)치 아니하면 박군(朴君)의 서정시(抒情詩)를 얻을 것으로 생각합니다. 충분(充分)히 묘사적(描寫的)이고 색채적(色彩的)이기도 합니다. 이러한 시(詩)에서는 경상도(慶尙道)사투리도 보류(保留)할 필요(必要)가 있는것이나 박군(朴君)의 서정시(抒情詩)가 제련(製鍊)되기전(前)의 석금(石金)과 같아서 돌이 금(金)보다 많았습니다. 옥(玉)의 티와 미인(美人)의 이마에 사마귀 한낯이야 버리기 아까운 점도 있겠으나 서정시(抒情詩)에서 말 한개 밉게 놓이는것을 용서(容恕)할수 없는것이외다.76)

　위에 인용된 정지용의 언급에서 "옥의 티와 미인의 이마에 사마귀 하나야 버리기 아까운 점도 있겠으나, 서정시에서 말 한 개 밉게 놓이는 것은 용서할 수 없다"77)라는 말을 박목월이 자신의 시쓰기의 지표로 삼으면서 쓴 「나그네」는 '목월(木月)에게'라는 부제(副題)가 붙은 조지훈의 시 「완화삼(玩花衫)」에 대해서 화답한 시이며, 그런 까닭에 박목월은 조지훈의 시의 구절 "술 익는 강마을의 저녁 노을이여"를 자신의 시에서 인용하였다.

　이와 같은 의미를 지닌 자신의 시 「나그네」에 대해서 박목월 자신이 「구강산(九江山)의 청록(靑鹿)」에서 언급한 내용을 중심으로 정리하면 다음과 같다.78) 그는 자신의 이 시가 예이츠의 시로부터 시적 분위기를 차용하기는 했지만, 그것을 한국적인 정서로 전환시켰다는 점을 강조하였다.

---

75) 박목월, 「산그늘」, 『문장』 제1권 11호 (1939. 12). pp. 121～122.
76) 정지용, '시선후(詩選後)', 『문장』 제1권 11호 (1939. 12). p. 147.
77) 박목월・조지훈・박두진, 『청록집』, p. 111.
78) 박목월・조지훈・박두진, 『청록집』, pp. 108～109.

「나그네」의 구절	박목월 자신의 설명
"구름에 달 가듯이 가는 나그네"	「나그네」의 주가 되는 이미지…나그네나 구름이나 달이나 우리의 핏줄에 젖어 있는 친숙한 것들이기 때문이다.
"구름에 달 가듯이"	구름이 갈라진 틈서리로 건너가는 달은 실로 아름다운 것이다. 한시(漢詩)에서 흔히 달을 명경—맑은 거울에 비유하지만, 구름이 갈라진 틈서리의 짙푸른 밤하늘로 건너가는 달은 씻은 듯이 맑고 아름다운 것이다. 바람이라도 불어 흘러가는 구름발이 빨라지게 되면, 달은 날개가 돋친 듯 날아가는 것이다. 그 황홀한 정경. 나그네나 하늘을 건너가는 달이나 구름이나 모두, 무엇에 집념하지 않고 흘러가는 것들이다. 세속적인 구속이나 집념에서 벗어난 해탈의 경지, 그것은 동양적인 높은 정신의 경지일 수도 있다.
"강나루" "길은 외줄기" "남도 삼백리" "술 익은 마을마다" "타는 저녁놀"	충분히 향토적인 현실의 풍경일 뿐만 아니라, 공간을 초월하여 살아 있는 상징적 실재로서의 한국적 자연인 것이다. 이 자연 속을 "구름에 달 가듯이 가는 나그네" 역시 시간을 초월하여 살아 있는 상징적 한국의 나그네(과객)인 것이다.(정한모가 언급한 부분)

박목월은 자신의 시의 핵심적인 이미지에 해당하는 '나그네'에 대해서 예를 들어가면서 상당히 상세하게 설명하고 있으며, 그러한 점을 인용하면 다음과 같다.

나그네를 우리 고장에서는 과객이라 불렀다. 지나가는 손님이라는 뜻이다. 이조 봉건사회라면 결코 밝은 인상을 주는 것이 아니다. 봉건적인 제도가 오늘날의 근대사회의 인본주의적 제도에 비하여 밝은 것이 못 되기 때문이다. 하지만, 그렇다 하여 당시의 사회 자체가 구석구석 어두운 것이 아니다. 오늘날보다 인심이 후박하고 인간미가 풍부할 수도 있는 것이다. 그 좋은 예가, 즐겨 손님을 맞이하는 일이다. 건축 구조에 있어서 사랑(舍廊)이란 손님을 치르기 위한 일종의 사교적인 구실을 하는 것이다.

내가 어릴 때만 하여도 우리 큰댁에서는 손님이 끊일 날이 없었다. 우리 집이 부유한 편이 아닌, 그 마을에서 양식 걱정이나 하지 않을 정도의 농가에 불과하였다.
그럼에도 일모(日暮)에 낯선 손님이 찾아와서,
　"주인장 계십니까? 지나가는 나그네입니다. 하루 저녁 묵어가게 해주십시오"
　부탁하면 거절하는 일이 없었다.
　"사랑에 드시라 하여라."
　할아버지가 기쁘게 맞이하였다. 그리고, 깍듯이 대접하였다. 그 과객은 이슬과 햇
볕에 바랜 옷차림이 허술하기 짝이 없었다. 그의 두루막 자락에서는 그야말로 이슬
과 햇볕 냄새가 풍겼지만 그것은 결코 이 표현에서 느끼는 것같이 향기로운 것이 아
니었다. 다만 과객들에 대한 잊혀지지 않는 것은 그들이 한결같이 갈모집을 차고 다
니는 일이었다. 의복은 비에 젖어도 갓만은 보호하려는 것일까.[79]

　위의 인용문에서 박목월이 회상하고 있는 소박한 인심과 접대의 세계는
앞에서 언급한 예이츠가 자신의 시 「이니스프리 호수 섬」을 쓰게 된 배경에
밀접하게 관계된다. 말하자면, 박목월은 자신의 시 「나그네」에서 「이니스프
리 호수 섬」의 구체적인 구절을 차용한 것이 아니라 그것에 반영되어 있는
아일랜드의 전원적인 분위기와 배경을 한국적인 분위기로 전환시켰다고 볼
수 있다.
　구상 역시 자신의 「망향부(望鄉賦)」에서 "나의 잃어버린 고향바다를 되찾
을 날은 언제인지? 이제 나에게 있어 원산은 W. B. 예이츠가 노래한 「이니
스프리 호도(湖島)」인 것입니다."[80]라고 언급하면서 예이츠의 시 전문을 인
용하였다. 그에게 있어서 예이츠의 이 시는 자신의 고향 '원산'에 대한 기억
을 되살려주는 역할을 하고 있다고 볼 수 있다.

---

79) 박목월·조지훈·박두진, 『청록집』, pp. 134~135.
80) 구상, 「망향부(望鄉賦)」, 『구상문학총서』 제1권, 自傳 詩文選 (홍성사, 2002), p. 256.

3. 소결론

발신자로서의 예이츠의 시세계와 수신자로서의 김소월의 시세계를 비교하는 데 있어서 전신자로서의 김억의 역할이 중요한 까닭은 예이츠의 시에 대한 김억의 번역과 그의 번역시집 『오뇌의 무도』 때문이다. 이러한 점에 대해서는 그동안 많은 논의가 있었지만,[81] 여기에서는 김소월의 시 「진달내꽃」의 제2연과 제3연을 중심으로 하여 그것이 예이츠의 시 「그는 천국의 옷감을 원하네」의 구절과 유사하다는 점을 살펴보았다. 아울러 예이츠의 이 시에 대한 다양한 번역을 통해서, 당시 이 시가 한국 현대시에서 상당히 많은 관심을 받고 있었다는 점도 알 수 있었다.

비교문학적으로 볼 때에 예이츠의 시와 김소월의 시가 발신자, 전신자, 수신자라는 단계에 의해서 간접적으로 관계된다면, 예이츠의 시와 박목월의 시는 전신자 없이 발신자와 수신자가 직접적으로 관계되지만, 박목월의 시에서는 예이츠의 시에 반영되어 있는 아일랜드적인 시적 분위기와 정조(情調)를 한국적인 것으로 전환시켰다고 볼 수 있다.

---

81) 김소월의 시에 반영된 김억의 예이츠의 시의 번역과 영향에 대한 대표적인 비교로는 임재오, 「영시와 한국시 : 예이츠와 소월의 영향관계」, 『제임스 조이스 저널』 제8권 1호 (2002. 6), pp. 169~180을 참고할 것 .

제7장

조셉 트럼블 스티크니의 영향과 수용

정지용의 시 「향수」를 중심으로

1. 트럼블 스티크니와 정지용의 생애와 작품세계

1.1 스티크니의 생애와 작품세계

비교문학적 연구의 일환으로 정지용의 시 「향수」에 영향을 끼친 것으로
파악할 수 있는 「기억의 여신」을 쓴 조셉 트럼블 스티크니(1874~1904)의 생
애와 작품세계는 다음과 같다.[1] 미국의 현대시인 중의 한 사람에 해당하는
스티크니는 30세의 나이에 요절한 시인이지만, 미국의 낭만주의-헬레니즘을
선도했다는 평가를 받고 있는 시인이다. 그의 시 「기억의 여신」은 그가 26
세였던 1900년에 발표한 시로, 그의 초고에는 "기억 속의 가을의 낙원"이
라는 그의 시작메모가 있으며 원래의 제목은 「노래」였지만, 나중에 「기억
의 여신」으로 수정하였다.[2] 이와 같은 스티크니의 시 「기억의 여신」과 정지

---

1) 스티크니의 생애에 대해서는 이병렬, 「창조적 모방을 위하여 : 정지용의 '향수'를 중심으로」, 『심상』 제
   242호 (1993. 11), pp. 156~157과 http://en.wikipedia.org/wiki/Trumbull_Stickney를 참고하여 재정리하였음을
   밝혀둔다.

2) 윤호병 옮김 (차비바 호제크, 패트리시어 파커 편), 『서정시의 이론과 비평: 신비평을 넘어서』 (현대
   미학사, 2003), p. 138. 이 책에 수록된 자신의 글 「노래로의 전환」에서 존 홀랜더는 트럼블 스티크
   니의 이 시에 반영되어 있는 음악적인 특징을 분석하였다. 이러한 점에 대해서는 이 책의 pp. 13
   8~145를 참고할 것.

용의 시 「향수」에 대한 기존의 비교문적 연구로는 이병렬이 『심상』 제242호 (1993. 11)에 발표한 「창조적 모방을 위하여 : 정지용의 '향수'를 중심으로」[3]에서 이 두 시인의 시세계를 비교한 바 있다.

트리니티대학교의 라틴어학과장이었던 아버지 오스틴 스티크니와 미국의 코네티컷 주지사의 후손인 어머니 해리엣 챔피언 스티크니 사이에서 1874년 1월 20일 태어난 트럼블 스티크니는 유년기의 대부분을 스위스와 이탈리아에서 보냈다. 하버드대학교에서 문학사 학위(1895)를 받은 스티크니는 소르본대학교에서 7년간 희랍문학과 산스크리트문학을 공부했으며, 미국인 최초이자 비-프랑스어권 연구자로서 이 분야의 박사학위(1903)를 받았다. 그는 '에르몰라오 바르바로'[4]에 관한 것과 '그리스 시의 문장' 등 두 편의 논문을 썼다. 곧 이어서 하버드대학교에서 희랍문학을 강의했으며 그리스의 비극시인 아이스킬로스(B.C. 525~B.C. 456)의 시를 지속적으로 번역했지만 뇌종양으로 1904년 10월 11일 갑자기 세상을 떠났다. 그의 사후(死後)에 조지 C. 로지, 윌리엄 V. 무디 및 존 E. 로지는 그의 시집 『극적 운문』(1902)과 미발표 시들을 묶어 『트럼블 스티크니의 시편』(1905)을 출간했다.[5]

반 윅 브룩스와 에드먼드 윌슨(1895~1972)이 '약속의 시인이자 실행의

---

3) 이병렬, 「창조적 모방을 위하여 : 정지용의 '향수'를 중심으로」, 『심상』 제242호 (1993. 11), pp. 154~167. 그러나 이병렬의 연구에서는 스티크니의 시의 마지막 연이 생략되어 있다.

4) 베니스의 귀족가문인 자카리아 바르바로의 아들이자 프란체스코 바르바로(1390/1398~1454)의 손자로 태어난 에르몰라오 바르바로(1454~1493/1495)는 이탈리아 르네상스 시기의 학자이다. 그는 어린나이에 로마로 가서 폼포니우스 라에투스(1445~1498)에게서 공부했으며, 파두아대학교에서 공부를 마친 후 1477년 모교의 철학교수가 되었으며, 주로 자신이 개최하는 '플니니우스의 수정'이라는 세미나에서 로마의 정치가이자 박문학자이고 백과사전 편집자였던 '대(大)플니니우스(23~79)'의 학문적 업적에 나타나 있는 수많은 오류들을 교정하고 정정하였다. 2년 뒤에 바르바로는 베니스를 방문했지만 페스트가 창궐하자 파두아로 돌아왔다. 그는 고위직 인사들로부터 수많은 임무를 받아 이를 성공적으로 수행했으며 특히 교황 이노센트 8세는 바르바로를 아퀼레이아 교구의 중요한 보직에 임명하기도 했다. 바르바로는 생애의 대부분을 로마에서 보냈으며 1493년 아마도 페스트로 세상을 떠날 때까지 교황청에서 지급하는 얼마 안 되는 연금으로 생활했다. 로마에 있는 동안 그는 외교관의 의무를 묘사한 수필 「레가투스의 집무에 관하여」를 집필했다.

5) 스티크니에 관계되는 그 밖의 연구로는 Amberys R. *Whittleed., Trumbull Stickney* (1973), James Reeves and Seán Haldane ed., *Homage to Trumbull Stickney : Poems* (1968), Seán Haldane, *The Fright of Time : Joseph Trumbull Stickney* 1874~1904 (1970) 등이 있다.

시인'이라고 평가한 그의 시세계는 E. A. 포(1809~1849), 스윈번(1837~1909) 등의 시세계에 접맥된다. 그는 큰 키에 마른 체구였으며 특히 바이올린 연주를 잘 하였다. 음악에 대한 그의 이러한 재능으로 인해서 그의 시에는 운율효과와 음악성이 강하게 반영되어 있으며, 바그너(1813~1883)에게서 그러한 운율을 차용하기도 하였다. 그의 시세계는 서정성을 바탕으로 하는 '세기말 정신'을 특징으로 하며, 특히 '소네트'가 잘 알려져 있다. 스티크니의 시 「노래」―「기억의 여신」의 원래 제목―가 영화 『굿 셰퍼드』(2006)[6]에 삽입되기도 하였다.

1.2 정지용의 생애와 작품세계

정지용(1902~1950. 9. 26)은 서정시에서부터 모더니즘 시까지, 단시(短詩)에서부터 장시(長詩)를 포함하는 산문시까지, 창작시에서부터 시의 이론까지 다양한 시적 방법을 모색했던 시인 중의 한 사람으로 평가받고 있으며, 이상(李箱)과 '청록파'를 한국문단에 등단시켰을 뿐만 아니라 윤동주에게 많은 영향을 끼친 시인으로 알려져 있다(정지용의 정확한 사망 일자에 대해서는 신근재 교수의 언급을 참고하였으며, 신교수는 일본 NHK 기자의 언급과 오사카 외국어대 한국어과 교수의 언급을 참고하여 필자에게 이와 같이 알려주었다). 섬세하고 독특한 언어를 구사하여 대상을 선명히 묘사함으로써 한국

---

6) '첩보물'에 해당하는 영화 『굿 셰퍼드』('선량한 목자'를 의미)는 로버트 드니로가 감독하고 맷 데이먼, 안젤리나 졸리, 알렉 볼드윈, 윌리엄 허트 등이 출연했다. 미 정보기관인 중앙정보부(CIA)의 탄생에서부터 쿠바 침공까지를 그린 본격 첩보물이다. 1961년 쿠바사태로 인해서 제3차 세계대전이 발발할 위기에 처했지만 더 큰 위기는 미국에서 시작된다는 점을 줄거리로 하며, 1961년 4월 쿠바의 반혁명군 침공 작전에 실패한 미국은 CIA의 내부첩자가 정보를 유출했음을 알아챈다. 대통령의 지시에 의해 CIA는 내부첩자를 조사하기 시작한다. 조사하던 도중에 CIA의 초창기부터 첩보 업무를 담당한 베테랑 윌슨에게 익명의 녹음테이프와 사진이 도착한다. 첩자를 알아낼 수 있는 단서인 증거물을 밝혀나가면서 윌슨은 자신의 초창기 활동을 돌이켜보게 된다. 1939년 윌슨은 명문가 출신의 예일대 학생이었지만, 미국의 연방수사국(FBI) 관계자로부터 "민주 시민으로서의 의무를 다해 주셔야 합니다"라는 말과 함께 친독일 성향의 지도교수를 감시해 달라는 요청을 받게 되어 첩보세계에 발을 들여놓게 된다. 그 이후 윌슨은 중요한 요원으로 자리를 잡아나가지만 차츰 가족과 이웃을 불신하기 시작한다.

현대시의 새로운 영역을 확보했다는 평가를 받고 있는 정지용의 시세계에 대해서는 다각적인 방법으로 연구되어 왔으며, 그의 생애에 대한 자료는 '정지용사이버문학관'(www.jiyong.or.kr)에 1910년대부터 1950년대까지 10년 단위로 상세하게 정리되어 있다. 아울러 『옥천신문』에 총32회(2002. 2. 2~2002. 9. 6)에 걸쳐 연재한 「노한나의 입말로 풀어쓰는 이야기 정지용」에는 정지용의 장남 정구관의 증언, 이화여전의 제자 유수인의 회고, 옥천의 구읍 주민 심재호의 회상 및 김영랑, 유치환, 모윤숙, 한하운, 박목월 등과의 관계 및 이희승의 호를 '일석(一石)'으로 지어준 이야기 등이 수록되어 있어서 정지용의 또 다른 면모를 살펴볼 수 있다. 그 중에서 정지용과 가톨릭 및 창씨개명에 관한 부분을 정리하면 다음과 같다.

우선 정지용과 가톨릭의 관계는 그의 아버지가 "옥천 구읍에서 천주교회가 건물을 짓고 미사를 시작했을 때 첫 신도 회장"이었다는 사실 외에도 정지용 자신의 다음과 같은 점에서도 찾아볼 수 있다.

교회는 그 양반이 아주 그냥 동지사대학을 다니시면서 교인이 되셨는데 그 참 아이러니칼한 거예요. 동지사대학은 개신교계통이거든. 근데 지용 시인은 로만캐돌릭, 천주교에서 세례를 받으셨거든. 개신교 학교 다니시면서 어떻게 천주교를 감화를 받았는지가 특이한 거죠. 이 양반이 얼마나 천주교를 열심히 믿었는지 학교에서도, 서울 신문사에 다니시면서도 매일같이 명동성당으로 미사참례를 가세요.

그리고 성당이 그 양반의 생활의 반은 돼. 나머지가 학교생활이고 교회가면 교회 일이 좀 많아요. 그때 경향신문 잡지 캐톨릭 청년, 그 담에 경향신문, 이걸 평생을 봉사하다시피 한 거예요. 캐톨릭 청년은 끝까지 거기서도 시인을 많이 배출했죠.

그 양반은 형식적인 걸 싫어했어요. 그래 기도를 해도 밤에 혼자 불을 끄고 혼자 방에서 혼자 기도하고 남보는 데서 잘 기도 안하고 그리고 지금 그 소사, 지금은 부천시지요, 그전에는 소사읍이고 그때에 성당을 지용 시인이 임 신부하고 같이 성당을 지었어요. 그때도 참 힘들어서 죽을 뻔 했습니다.

그 소사에 성당을 지을 만한 재벌도 재력도 없고 소사에 성당은 꼭 세워야 하겠는데, 재력도 없고 그런 건물도 없고 그랬는데, 그 소사에 소림광업이라는 일반 사람의 기업이 있었어요. 고바야시(コバヤシ)공요, 소림 광업이라는 기업체가 있었는데 그 기업체 사장의 별장이 소사에 있었어요. 아주 신식건물이고 탑이 널따란데, 그 안

에 야산비탈을 정리해서 나무도 많이 심어놓고 있었는데 전쟁이 끝나니깐 적산가옥
이 됐거든.

　적산가옥으로 돼 있는데 그 동네의 말하자면 부랑청년들이 다 점령을 하고 말이
지, 적산이니까, 나중에 저희들 거가 될 줄 알고 차지하고 있었어요. 그런데 성당을
모실라믄 성당을 지을 만한 건물이 거기 밖에 건물이 없어. 그래서 인제 그눔을 얻을
라고 인천 군정장관한테 쫓아가서 그 집을 얻었어요. 임대를 받았지요.

　그때 인제 임대를 받아가지고 임 신부랑 지용 시인이랑 아들이랑 셋이 인천을 댕
기면서 그 교섭을 했거든. 그래 그 임대허가증을 맡아가지고 왔는데 이놈들이 집을
내놓지를 않는거야, 인제. 그 건물을 점령하고 있던 사람들이. 그거 달개서 내보내는
데 아주 애를 먹었어요. 그래서 나중에 니들 그래봐야 안된다 말이지. 여기 가서 우
리가 경찰에 고발한다든지 군정에 고발한다든지 하면 잡혀가. 그러니깐 순순히 내놔.
니네는 불법점령이고 우리는 정식으로 허가를 맡아서 개인이 쓸라는 것도 아니고
교회에서 허가를 맡아서 쓸라는 건데 너희들 이렇게 하면 되나 해가지구선 설득을
했죠.

　그래서 내보내구선 거기다 성당을 모셨어요. 그래 성당을 모셨고, 모셔놓고 지용
시인 가족들은 사실 얼매 못 있다 서울로 와버렸죠. 그 인제 그 후에 그 건물을 팔아
치워가지고 그게 기금이 돼서 다시 소사 성당을 새로 졌어요. 그래 지금은 좋은 성
당을 하나 맹길어놓고 있어요.

　글쎄 뭐 정지용 자신이 신앙을 그렇게 생활을 했고, 아이들한테도 그렇게 남한테
표시나는 행위를 하지 못하게 했고, 신앙은 자기 가슴에 백혀 있어야 되지 누가 강
요해서 되는 일도 아니고 그래서 열심히 기도하면 보람이 있을 거다. 그렇게만 했
지.[7]

정지용의 가톨릭 세례명은 '방지거'(프란체스코)이며, 『가톨릭청년』[8]의 편

---

7) 「노한나의 입말로 풀어쓰는 이야기 정지용 : 정구관씨 입말편 (25)－적산 가옥을 천주교 성당으로」,
　　『옥천신문』 제633호 (2002. 8. 9. 금).

8) 『가톨릭청년』은 '천주교 서울교구'에서 발행한 월간잡지로서 1933년 6월에 창간되었다. 발행인은
　　주교 라리보(1883～1974), 주간은 신부 윤형중(1903～1979)이었고, 편찬위원은 장면(1899～1966)·장
　　발(1901～2001)·이동구(李東九)·정지용(鄭芝溶) 등이었다. 발행된 경위는 1933년 3월에 서울·대
　　구·원산·평양과 만주의 연길(延吉) 등 5개교구장 주교회의에서 그때까지 각 교구별로 발행하고
　　있던 각종 간행물을 통제하기 위해 5교구연합출판위원회를 설치하는 한편, 대구교구에서 발행하던
　　『천주교회보』와 서울교구청년회에서 발행해오던 『별보』를 폐간하고, 새로 지식층 청년을 대상으로
　　한 잡지를 발행하기로 한 결정에 따라서, 이 잡지는 『경향잡지』와 더불어 한국천주교회의 공인된
　　잡지로서 권위를 가졌다. 내용은 가톨릭시즘의 보급을 위해 우리나라 천주교회의 과거와 현재 그
　　리고 미래를 조명하는 종교적·신학적 문제를 다룬 논설을 주종으로 한 종교지로서의 특색을 뚜렷
　　이 하면서, 근대 우리 사회가 당면한 문제들에 대한 각종 논문과 해설, 그리고 당대의 유명 문인들

집위원으로 활동했을 뿐만 아니라 「임종(臨終)」, 「갈릴래아 바다」, 「그의반」, 「다른한울」, 「또 하나 다른 태양(太陽)」 등 가톨릭에 관계되는 시를 직접 쓰기도 하였다.9)

<hr>

의 시·소설·수필 등을 게재하여 문예지로서의 일면을 엿보이게도 했다. 1934년 11월호부터는 종전의 국한문혼용의 편집체재를 한글전용으로 바꾸어 한글보급에 앞장서기도 했는데, 재정난과 더불어 민족문화말살을 꾀하는 일본제국주의의 강압이 점점 가중되어 1936년 12월 통권 43호를 끝으로 자진폐간하지 않을 수 없었다. 광복 후 1947년 4월에 제5권 제1호로 복간되었으나, 6·25사변으로 휴간되었다가 1955년 1월호부터 속간되었다. 그뒤 1971년 9월 서울대교구에서 종합교양지『창조』를 창간함에 따라 다시 폐간되었다.

9) 가톨릭에 관계되는 정지용의 이러한 다섯 편의 시는 『정지용시집』(1935), pp. 136~145에 수록되어 있으며, 『가톨릭청년』과 정지용의 가톨릭 시세계에 대해서는 윤호병 『문학과 종교의 비교 : 한국 현대시에 반영된 종교의 영향과 수용』(이종문화사, 2007), pp. 33~38을 참고할 것.

2. 스트크니의 시 「기억의 여신」과 정지용의 시 「향수」의 관계

정지용과 함께 '구인회'[10] 동인이었던 박팔양(1905~1988)에 의하면 정지용의 시 「향수」는 휘문고보의 문예지 『요람(搖籃)』 - 이 문예지는 1918년부터 1923년까지 약 10호정도 발간된 것으로 알려져 있으며 현재 그 자료는 존재하지 않는다 - 에 처음 발표한 것으로 되어 있으며, 그 후에 『조선지광』(1927. 3)에 발표되었다. 『정지용시집』(1935)에 수록되어 있는 「향수」의 전문을 인용하면 다음과 같다.

> 넓은 벌 동쪽 끝으로
> 옛이야기 지즐대는 실개천이 회돌아 나가고,
> 얼룩백이 황소가
> 해설피 금빛 게으른 울음을 우는 곳,
>
> ─그 곳이 참하 꿈엔들 잊힐리야.
>
> 질화로에 재가 식어지면

---

10) '구인회'의 창립회원은 김기림, 이효석, 이종명, 김유영, 유치진, 조용만, 이태준, 정지용, 이무영이었지만, 나중에 박태원, 이상, 박팔양, 김유정, 김환태 등이 대체회원으로 가입하였다.

뷔인 밭에 밤바람 소리 말을 달리고,
엷은 조름에 겨운 늙으신 아버지가
짚벼개를 돋아 고이시는 곳,

―그 곳이 참하 꿈엔들 잊힐리야.

흙에서 자란 내 마음
파아란 하늘 빛이 그립어
함부로 쏜 활살을 찾으려
풀섶 이슬에 함추름 휘적시든 곳,

―그 곳이 참하 꿈엔들 잊힐리야.

傳說바다에 춤추는 밤물결 같은
검은 귀밑머리 날리는 어린 누의와
아무러치도 않고 여쁠것도 없는
사철 발벗은 안해가
따가운 해ㅅ을 등에지고 이삭 줏던 곳,

―그 곳이 참하 꿈엔들 잊힐리야.

하늘에는 석근 별
알수도 없는 모래성으로 발을 옮기고,
서리 까마귀 우지짖고 지나가는 초라한 집웅,
흐릿한 불빛에 돌아 앉어 도란 도란거리는 곳,

―그 곳이 참하 꿈엔들 잊힐리야.[11]

― 정지용, 「향수」 전문

이와 같은 과정을 거친 정지용의 시 「향수」와 스티크니의 시 「기억의 여신」을 비교하기 위해서 스티크니의 시 원문과 필자의 번역을 정리하면 다음과 같다.

---

11) 정지용, 「향수」, 『정지용시집』 (시문학사, 1935), pp. 39~41.

Joseph Trumbull Stickney
"Mnemosyne"

It's autumn in the country I remember

How warm a wind blew here about the ways!
And shadows on the hillside lay to slumber
During the long sun-sweetened summer-days.

It's cold abroad the country I remember.

The shallows veering skimmed the golden grain
At midday with a wing aslant and limber;
An yellow cattle browed upon the plain.

It's empty down the country I remember.

I had a sister lovely in my sight:
Her hair was dark, her eyes were very sombre;
W sang together in the woods at night.

It's lonely in the country I remember.

The babble of our children fills my ears,
And on our hearth I stare the perished ember
To flames that show all starry thro' my tears.

It's dark about the country I remember.

There are the mountains where I lived. The path
Is slushed with cattle-tracks and fallen timber,
The stumps are twisted by the tempests' wrath.
But that know these places are my own,
I'd ask how came such wretchedness to cumber
The earth, and I to people it alone.

It rains across the country I remember.

윤호병 옮김
「기억의 여신」

내 기억의 고향에는 가을이 왔네.

골목길에 부는 따사로운 바람!
언덕 위로 드리워진 그림자는 졸고 있네.
여름날의 긴 햇살이 엷어지는 동안.

내 기억의 고향에는 낯선 추위가 왔네.

제비들은 황금빛 들녘을 날아 떠나갔네.
한낮에 날쌔고 유연한 날갯짓 하면서,
풀밭 위 누런 소는 풀을 뜯고 있네.

내 기억의 고향에는 아무 것도 없네.

눈앞에 아른거리는 사랑스런 여동생이 있었네.
머릿결은 검었고 눈빛은 아주 슬펐네,
밤이면 숲에서 같이 노래했었네.

내 기억의 고향에는 외로움뿐이네.

내 어린것들의 종알거림이 귓가를 스치네.
타들어 가는 불꽃을 보고 있노라면, 눈물 속에
반짝이는 모든 것들이 마음속에 떠오르네.

내 기억의 고향에는 어둠이 왔네.

내 살던 곳에는 산이 있었네.
소 발자국과 스러진 나무가 길을 덮었네.
태풍의 분노로 나무뿌리가 뒤엉켜 있었네.
그러나 내가 알고 있는 이런 곳은 나만의 고향.
대지를 황폐시키는 그런 저주가 어떻게 일어났는지
물어보고 싶네, 사람만이 그렇게 할 수 있었으리라.

내 기억의 고향을 가로지르며 비가 내리네.

앞에 인용된 스티크니의 시 「기억의 여신」을 존 홀랜더는 다음과 같이
설명하였다.

탁월한 시인이었던 스티크니는 필자가 생각하기에 1900년경에 이 시를 썼으며, 30
세가 되던 1904년에 세상을 떠났다. 그가 남겨 놓은 얼마 안 되는 감동적인 서정시에
는 몇 편의 소네트도 포함되어 있다. 이들 소네트는 뒤늦게 미국 낭만주의 헬레니즘
을 개관하고 있으며, 실제로 그가 선호했던 '서글픈 장면,' 즉 '우울한 한 해는 비와
함께 죽었네'로 시작되는 소네트에 나타나 있는 그 자신의 어조는 다음과 같다. '이처
럼 지난여름 어느 날/ 여름과 여름의 기억은 되돌아왔네./ 이처럼 황량한 산은 불타고
있었네./ 더러는 뒤늦게 피어난 많은 꽃들로.' 그가 어디에선가 '기억 속의 가을의 낙
원'이라고 불렀던 것을 가장 잘 요약하고 있는 다음 시의 원래 제목은 「노래」—그의
육필원고에는 그렇게 되어 있다—로 되어 있지만 그는 이 제목을 「기억의 여신」이
라고 다시 고쳤다.[12]

스티크니의 시 「기억의 여신」에서 '기억의 여신'은 '므네모시네'(Mnemosyne)
이며 그리스 신화에서 '하늘'을 의미하는 '우라노스'(Uranus)와 '땅'을 의미하
는 '가이아'(Gaia)의 딸이다. '티탄족'(거인족)을 물리친 올림포스 신들이 그
승리를 찬양할 수 있는 신을 창조해 달라고 제우스에게 부탁하자 제우스는
피에리아로 가서 므네모시네와 함께 9일 밤을 지냈다. 그 후에 아홉 명의 뮤
즈를 낳은 므네모시네는 뮤즈의 어머니이자 '기억의 여신'에 해당한다. 이러
한 의미를 지니고 있는 스티크니의 시 「기억의 여신」과 정지용의 시 「향수」
를 각 연별로 정리하면 다음과 같다.

이상과 같은 의미를 지니고 있는 「향수」에 반영된 「기억의 여신」의 관계
를 살펴보면 다음과 같다. 우선 시형식의 유사성을 들 수 있으며, 그것은 이
두 편의 시에서 사용하고 있는 '후렴구'에서 찾을 수 있다. 「기억의 여신」에
서 '내 기억의 고향에는'으로 시작되는 여섯 번의 후렴구와 「향수」에서 다섯
번 사용된 "—그 곳이 참하 꿈엔들 잊힐리야"에서 그 유사성을 확인할 수
있다. 그럼에도 「기억의 여신」에 맨 처음 사용된 후렴구는 그것이 어떠한 역

---

12) 윤호병 옮김(차비바 호제크, 패트리시어 파커 편), 『서정시의 이론과 비평 : 신비평을 넘어서』 (현대
미학사, 2003), p. 138.

	「기억의 여신」	「향수」
1연	내 기억의 고향에는 가을이 왔네. 골목길에 부는 따사로운 바람! 언덕 위로 드리워진 그림자는 졸고 있네. 여름날의 긴 햇살이 엷어지는 동안. 내 기억의 고향에는 낯선 추위가 왔네.	넓은 벌 동쪽 끝으로 옛이야기 지즐대는 실개천이 회돌아 나가고, 얼룩백이 황소가 해설피 금빛 게으른 울음을 우는 곳, ─그 곳이 참하 꿈엔들 잊힐리야.
2연	제비들은 황금빛 들녘을 날아 떠나갔네. 한낮에 날쌔고 유연한 날갯짓 하면서, 풀밭 위 누런 소는 풀을 뜯고 있네. 내 기억의 고향에는 아무 것도 없네.	질화로에 재가 식어지면 뷔인 밭에 밤바람 소리 말을 달리고, 엷은 조름에 겨운 늙으신 아버지가 짚벼개를 돋아 고이시는 곳, ─그 곳이 참하 꿈엔들 잊힐리야.
3연	눈앞에 아른거리는 사랑스런 여동생이 있었네. 머릿결은 검었고 눈빛은 아주 슬펐네, 밤이면 숲에서 같이 노래했었네. 내 기억의 고향에는 외로움뿐이네.	흙에서 자란 내 마음 파아란 하늘 빛이 그립어 함부로 쏜 활살을 찾으려 풀섶 이슬에 함추름 휘적시던 곳, ─그 곳이 참하 꿈엔들 잊힐리야.
4연	내 어린것들의 종알거림이 귓가를 스치네. 타들어 가는 불꽃을 보고 있노라면, 눈물 속에 반짝이는 모든 것들이 마음속에 떠오르네. 내 기억의 고향에는 어둠이 왔네.	傳說바다에 춤추는 밤물결 같은 검은 귀밑머리 날리는 어린 누의와 아무렛치도 않고 여쁠것도 없는 사철 발벗은 안해가 따가운 해ㅅ살을 등에지고 이삭 줏던 곳, ─그 곳이 참하 꿈엔들 잊힐리야.
5연	내 살던 곳에는 산이 있었네. 소 발자국과 스러진 나무가 길을 덮었네. 태풍의 분노로 나무뿌리가 뒤엉켜 있었네. 그러나 내가 알고 있는 이런 곳은 나만의 고향. 대지를 황폐화시키는 그런 저주가 어떻게 일어났는지 물어보고 싶네, 사람만이 그렇게 할 수 있었으리라. 내 기억의 고향을 가로지르며 비가 내리네.	하늘에는 석근 별 알수도 없는 모래성으로 발을 옮기고, 서리 까마귀 우지짖고 지나가는 초라한 집웅, 흐릿한 불빛에 돌아 앉어 도란 도란거리는 곳, ─그 곳이 참하 꿈엔들 잊힐리야.

할을 하느냐에 따라 다르게 파악할 수도 있다. 말하자면, 이 시의 계절이 '가을'이라는 점을 나타내는 전경(前景)으로서 독립된 구절로 볼 수도 있고, 바로 뒤이어지는 세 개의 행과 함께 하나의 연으로 묶어서 볼도 있지만, 여기서는 「향수」와의 연관성을 고려하여 독립된 구절로 파악하고자 한다. 이와 같은 후렴구를 제외하면 이 두 편의 시가 모두 다섯 개의 연으로 이루어졌다는 점도 파악할 수 있다. 특히 「기억의 여신」의 마지막 연을 세 개의 행으로 나누어 두 개의 연으로 볼 수도 있고 소네트처럼 여섯 개의 행으로 묶어 하나의 연으로 볼 수도 있지만, 이 부분 역시 「향수」와의 연관성을 고려하여 하나의 연으로 파악하고자 한다. 「기억의 여신」에 나타나 있는 후렴구와 마지막 연에 대해서 존 홀랜더는 앞에서 언급한 자신의 글에서 상세하게 논의하였다.

다음은 시적 주제의 유사성을 들 수 있다. 이러한 점은 이 두 편의 시의 제목에서도 확인할 수 있으며, 떠나온 '고향'을 생각하는 '사향(思鄕)'으로서의 '고향'이라는 점에서 그렇게 파악할 수 있으며, 시적 배경으로 '가을'이라는 계절도 공유하고 있다. 이상과 같은 형식적인 면과 내용적인 면의 유사성을 바탕으로 하여 「기억의 여신」와 「향수」에 나타나 있는 '시어(詩語)'의 유사성을 정리하면 다음과 같다.

'사향(思鄕)'으로서의 고향에 대한 전경(前景)이 「기억의 여신」에서는 제1연과 제2연에, 「향수」에서는 제1연에 제시되어 있으며, 그것은 개방된 공간을 이끌게 된다 말하자면, 「기억의 여신」에서는 '골목길→언덕→들녘'으로 공간이 확대되고 「향수」에서는 '넓은 벌'로 구체화되어 있으며, 이처럼 개방된 공간의 중심에 '누런 소'와 '얼룩백이 황소'가 각각 자리 잡고 있다. 「기억의 여신」의 3연에 나타나 있는 '여동생'은 「향수」의 4연에 나타나 있는 '어린 누이'에 직접 연관되고, 그러한 누이의 '검은 머리' 역시 일치하며, 「기억의 여신」의 '숲'은 「향수」의 '풀섶'에 관계된다. 「기억의 여신」의 4연의 '종알거림,' '타들어 가는 불빛' 및 '반짝이는 모든 것들' 등은 「향수」의 5연의

‘도란 도란,’ ‘흐릿한 불빛’ 및 ‘석근 별’ 등에 관련된다. 또한 「기억의 여신」의 제5연의 ‘대지를 황폐화시키는 그런 저주’는 「향수」의 제4연의 ‘전설(傳說)바다’와 하나의 의미망을 형성하고 있다. 「기억의 여신」과 「향수」에서 찾아볼 수 있는 차이점이 있다면, 그것은 「기억의 여신」에서는 ‘내 어린것들’로 대표되는 어린이들을 그리워하지만 「향수」에서는 ‘아버지,’ ‘아내’ 등 성인들을 그리워한다는 점이다. 그러면서도 「기억의 여신」이나 「향수」 모두 ‘어린시절’의 ‘고향’을 그리워한다는 점을 공통점으로 하고 있다. 이상에서 살펴본 바와 같이 정지용의 시 「향수」에는 스티크니의 시 「기억의 여신」의 시적 요소가 상당부분 수용되어 있는 것으로 파악할 수 있다.

3. 정지용의 시에 반영되어 있는 '고향'의 의미 및 '음악'과의 관계

3.1 「향수」 및 「고향」과 음악의 관계

정지용의 시에서 '고향'에 관계되는 시로는 「향수」와 「고향」 등이 있으며, 「고향」에서의 시적 분위기는 시적 자아로서의 정지용이 고향을 직접 찾아와 모든 것을 확인하는 까닭에 전체적으로 사뭇 허망하고 쓸쓸하게 진행되지만, 「향수」에서의 '고향' 혹은 '고향생각'은 아름답고 그리운 요소들로 치장되어 있다. 이처럼 정지용의 시 「고향」이 고향에 직접 와서 보고 느낀 것을 시로 형상화한 '귀향(歸鄕)'으로서의 고향에 관계되는 시라면, 「향수」는 먼 곳에서 '고향'을 그리워하는 '사향(思鄕)'으로서의 고향에 관계되는 시라고 볼 수 있다. 왜냐하면 전자의 첫 연과 마지막 연은 "고향에 고향에 돌아와도"로 시작되고 끝나기 때문이다. 고향을 직접 확인하게 되는 「고향」에서 시적 자아가 어떤 실망감과 허탈감을 느끼게 된다면, 먼 곳에서 고향을 생각하고 그리워하는 「향수」에서는 '그 곳'으로 대표되는 '고향'에서 보냈던 지난 시절의 기억을 아름답게 반추하게 된다. 아름다운 기억의 절정이자 이 시의 힘의 원천이 바로 제3연의 '하늘'이며 그것은 바로 시적 자아의 '내 마음'의 핵심에 해당한다. 시적 자아가 직접 '고향'을 방문하는 것으로 구성되어 있는 「고향」과 먼 곳에서 '고향'을 생각하며 그리워하는 것으로 구성되어 있는 「향수」에는 이상과 같은 차이점이 있는 것으로 파악할 수 있다.

'귀향(歸鄕)'으로서의 고향에 관계되는 정지용의 시 「고향」[13]은 채동선[14]의 두 번째 작곡집(1933)[15]에 수록된 정지용의 시 9편 중의 하나이다. 이 가곡집의 재 발간하게 된 의미에 대해서 '채동선기념사업회' 회장이었던 박용구는 다음과 같이 언급하였다.

> 우리나라 시사(詩史)에 웃둑 솟은 영롱한 시혼(詩魂)의 정지용시인과 두터운 공감대로 일구워진 주옥같은 선생의 가곡들이 조국의 기구한 염운(念運)과 더불어 정지용의 '월북시인'이라는 오명(汚名)으로 '가사개작(歌詞改作)'의 수모를 받아온 지 몇 10년, 조국이 억압과 규제의 긴 터널을 빠져나와 문민정치로 거듭하는 기회를 갖게 된 새해에, 자랑스러운 옛 모습으로 부활의 기쁨을 만끽하게 된 것입니다. 시대의 역류(逆流)도 어쩌지 못하는 예술의 생명력을 실감하지 않을 수 없습니다.[16]

채동선의 이 곡은 암울했던 한국 근대사에 고향에 대한 애절한 감성을 서정성 깊은 선율로 노래함으로써 나라를 잃은 우리 민족에게 많은 위로를 주었고 그만큼 애창되었던 곡이다. 그러나 정지용이 한국전쟁의 와중에서 납북됨으로써 금지곡이 되었지만, 그 당시에 이미 중고등학고 음악교과서에 이

---

13) 정지용, 『정지용시집』 (시문학사, 1935), pp. 115~116.
14) 채동선(蔡東鮮, 1901~1953)은 전남 보성 출생으로 일본 와세다(早稻田)대학 영문과를 졸업한 후 베를린에 유학하여 슈테른센 콘세르바토리움에서 리하르트 하르체에게 바이올린을 배웠고 빌헬름 클라테에게 작곡을 배운 뒤에 1929년 귀국하였다. 그 후 '바이올린독주회'와 '작곡발표회'를 가졌으며, 현악4중주단을 조직하여 실내악의 발전에 기여하였다. '동아일보사'가 주최한 제1회 '전조선창작곡발표대음악제'(1938)에서 「환상곡 D단조」를 바이올린 연주로 발표하여 찬사를 받았다. 광복 후 '고려음악협회'를 조직하여 협회장으로 선임되었으며, 국립국악원 이사와 예술원 회원 등을 지냈다. 정지용의 시에 곡을 붙인 「고향」과 김영랑의 시에 곡을 붙인 「모란이 피기까지는」은 그의 대표곡에 해당한다.
15) 채동선 작품집 제2집, 『고향』 (도서출판 수문당, 1993).
16) 박용구, 「부활의 기쁨－채동선 가곡집 '고향'에 붙여」, 채동선 작품집 제2집, 『고향』 (도서출판 수문당, 1993), p. 3.

곡이 수록되었을 뿐만 아니라 '명가곡집'에도 어김없이 수록되었기 때문에 박화목이 「망향」으로 개작하게 되었고 채동선의 유족들이 다시 이은상에게 부탁하여 「그리워」로 개작하게 되었다. 이러한 점에 대해서 이상만은 다음과 같이 언급하였다.

> 채동선의 작품은 6·25 전란 중 그의 성북동집 마당에 묻고 갔다. 피난 중 부산에서 세상을 떠난 작곡가의 유지를 받들어 이여새[미망인 이소란]가 돌아와 땅에 묻었던 작품들을 찾아내어 그의 10주기를 기해서 가곡집 그리워를 박태현씨의 노고로 출간하게 되었다. 1930년대 채동선은 독창곡이라는 이름으로, 고향, 압천, 향수 등의 노래가 채동선 자신에 의해 출판되었었다. 당시로서는 아주 호화로운 장정으로 노래 하나하나를 정성스럽게 출간한 것이다.
> 30주기가 가까웠을 때 당시 상황으로서는 어쩔 수 없이 원작의 노랫말 등이 개사됐다. 대표적인 '고향'은 그리워로 개사되었는데 대부분의 정지용시의 노래들은 이은상에 의해 개사되어 출간되었었다. 그밖에 망향 등의 개사도 있어 고향노래는 여러 가사로 불리웠다. 1988년 월북작가 해금조치가 되어 예음에서 간편한 악보가 한 정판으로 출판된 일이 있으나 완전한 재편집 복간은 고인의 40주기를 맞아 햇빛을 보게 되었다.[17]

위의 인용문에서의 '월북 작가 해금조치'[18]는 1988년 당시 문화공보부장관이었던 정한모가 정부에 건의함으로써 이루어진 것으로 그 이후에 금기시되었던 월북 작가에 대한 연구가 자유롭게 되었으며, 정지용의 시 「고향」도 다시 빛을 보게 되었다.

이렇게 볼 때에 채동선이 작곡한 「고향」은 동일한 곡조에 정지용의 시,

---

17) 이상만, 「작품집 '고향'의 편집을 마치고」, 채동선 작품집 제2집, 『고향』 (도서출판 수문당, 1993), p. 161.

18) '월북 작가 해금조치'(1988. 7. 29)는 당시 문화공보부장관이었던 정한모(1923~1991)에 의해 이루어졌으며, 이로 인해서 한국문학연구에서 월북 작가에 대한 자유로운 연구가 가능하게 되었다. 정한모는 충남 부여 출생으로 서울대학교 국문학과(1955)와 동대학원(1959)을 거쳐 문학박사 학위(1973)를 받았다. 동덕여자대학교 교수(1958~1965)와 서울대학교 교수(1966~1988)를 지냈으며, 펜클럽한국본부 이사(1974), 예술원회원(1981), 한국문화예술진흥원장(1984), 문화공보부장관(1988)을 역임하였다. 『백맥(白脈)』(1945)의 동인으로 활동했으며, 시 「멸입」으로 '한국일보신춘문예'(1955)에 당선되었다. 시집으로 『카오스의 사족』(1958), 『여백을 위한 서정』(1959), 『아가의 방』(1970), 『아가의 방 별사』(1983), 『사랑시편』(1983), 『나비의 여행』(1983), 『원점에 서서』(1989) 등이 있으며, 수필집 『바람과 함께 살아온 세월』(1983)이 있다. 연구서로는 『현대시론』(1973), 『한국현대시문학사』(1974), 『한국현대시의 정수』(1979), 『한국현대시의 현장』(1983) 등이 있다.

박화목(1924~2005)의 시, 이은상(1903~1982)의 시 등 서로 다른 세 편의 시가 노랫말로 사용되고 있으며, 정지용, 박화목 및 이은상의 시를 각각 인용하면 다음과 같다.

정지용, 「고향」	박화목, 「망향」	이은상, 「그리워」
고향에 고향에 돌아와도 그리던 고향은 아니러뇨.	꽃 피는 봄 사월 돌아오면 이 마음은 푸른 산 저 넘어 그 어느 산 모퉁길에 어여쁜 님 날 기다리는 듯	그리워 그리워 찾아와도 그리운 옛님은 아니뵈네 들국화 애처롭고 갈꽃만 바람에 날리고 마음은 어디고 붙일 곳 없어 먼 하늘만 바라본다네
산꽁이 알을 품고 뻐꾹이 제철에 울건만,		
마음은 제고향 진히지 않고 머언 港口로 떠도는 구름.	철 따라 핀 진달래 산을 덮고 먼 부엉이 울음 끊이잖는 나의 옛 고향은 그 어딘가 나의 사랑은 그 어디멘가	눈물도 웃음도 흘러간 세월 부질없이 헤아리지 말자 그대 가슴엔 내가 내 가슴에는 그대 있어
오늘도 메끝에 홀로 오르니 한점 꽃이 인정스레 웃고,		
어린 시절에 불던 풀피리 소리 아니나고 메마른 입술에 쓰디 쓰다.	날 사랑한다고 말해 주렴아 그대여 내 맘속에 사는 이 그대여 그대가 있길래 봄도 있고 아득한 고향도 정들 것일레라	그것만 지니고 가자꾸나 그리워 그리워 찾아와서 진종일 언덕길을 헤매다 가네
고향에 고향에 돌아와도 그리던 하늘만이 높푸르구나.		

채동선이 작곡한 정지용의 시 「고향」이 동일한 곡에 서로 다른 세 편의 가사가 사용되었다면, 다음에 살펴보고자 하는 정지용의 시 「향수」는 동일한 시에 서로 다른 세 편의 곡이 사용되었다. 정지용의 이 시는 채동선이 처음으로 가곡으로 작곡하였으며, 그는 정지용의 시 「압천」, 「고향」, 「산엣 새씨, 들녘 사내」, 「다른 하늘」, 「또 하나 다른 태양」, 「바다」, 「풍낭몽」 등도 작곡하였다. 다음은 '지용회'의 위촉을 받은 작곡가 변훈(1926~2000)이 두 번째로 작곡하였다. 그리고 마지막으로 대중음악 작곡가 김희갑이 정지용의 이 시를 작곡하여 널리 알려지게 되었으며, 세종문화회관에서 공연된 '음악 인생 40주년' 행사(2006. 4. 11)에서 "가장 만족스럽고 스트레스가 확 풀렸던

순간은 박인수, 이동원씨가 부른 '향수'를 녹음했을 때입니다"[19]라고 말할 정도로 김희갑은 자신의 이 곡에 대해서 남다른 애정을 가지고 있다. 김희갑은 1988년 이 곡의 작곡을 의뢰받아 1년여가 지나서 곡을 완성하게 되었고 정지용의 흉상제막식(1989. 10. 3)에서 테너 박인수와 대중가수 이동원이 함께 불러 많은 호응을 받게 되었지만, 박인수는 음악의 정통성을 저버린 이단아로 매도되어 '국립오페라단원'에서 제외되기도 하였다. 그럼에도 이 곡은 '크로스오버'를 시도한 곡이자 애창되는 곡으로 자리 잡게 되었다.

3.2 '고향'의 의미구조

향수(鄕愁)—이 말에는 '고향을 근심하고 염려하고 탄식한다'라는 뜻이 포함되어 있다. 그러나 우리들 대부분은 세속적인 성공을 했든 못했든 간에 고향을 생각할 때 마다 짜증스럽고 서글퍼지고 우울해지기보다는 행복한 마음을 가지게 된다. 말하자면 고향을 생각하는 '지금 이 순간' 최고의 위로를 받게 되고 새로운 '힘의 원천'을 제공받게 된다. 그 힘의 원천이 정지용의 시 「향수」와 「고향」에서는 '하늘'로 나타나 있다.

하늘은 전통적으로 삼라만상의 존재원리로서, 지상에 강림하는 군왕의 발원체로서, 개인적인 행복의 주재자로서 파악되어 왔다. 한국 현대시에서의 하늘은 윤동주의 시나 이용악의 시에서 볼 수 있는 바와 같이 이상과 꿈 혹은 현실과 고통을 뜻하는 이중적인 의미로 사용되었다. 정지용 시 「향수」에서도 하늘은 어김없이 이 두 가지 의미를 드러내고 있다. '파란 하늘빛'은 시적 자아의 어린 시절의 동경의 대상이자 신비스러운 영역으로 등장한다. 그러나 그것은 현실적으로 다다르기에는 불가능한 곳이며 그러한 불가능성을 극복하기 위한 수단이 바로 화살이다. '함부로 쏜 활살'은 아무렇게나 닥치는 대로 쏘는 부정적인 의미를 지니고 있다기보다는 현실을 극복하

고 이상을 실현하고자 하는 강렬한 마음을 나타내는 긍정적인 의미를 더 많이 지니고 있다고 본다. 지상의 '내 마음'을 하늘로 실어 올리는 '화살'은 바슐라르가 말한 바와 같이 인간이 자신의 근본적인 삶의 수평성을 극복하고 이를 초월하려는 상승의지에 관계된다. 현실을 초월하려는 상승의지는 단 한 번의 기회로 성취되는 것이 아니라 무수한 반복행위에 의해서만 가능한 것이다. 그러한 반복성을 드러내는 시어가 바로 '이슬'이다. 이슬은 끈질기게 반복되는 상승의지의 생명력을 상징하는 동시에 꿈을 찾는 행위의 순간성을 의미하기도 한다. 전자는 시적 자아에게 작용하는 각성제로서의 이슬에 관계되고 후자는 하늘로부터의 낙하-화살의 낙하, 꿈의 낙하, 이슬의 낙하-와 소멸로서의 이슬에 관계된다. 아울러 풀 섶에 맺힌 이슬은 '아침'을 암시하고 아침은 시적 자아의 어린 마음을 나타내고 어린 마음은 꿈과 이상의 순수한 추구에 관계되며, 고향의 '하늘'은 시적 자아에게 불변의 존재로 남아 있게 된다. 하늘이 불변의 존재인 까닭은 거기에 시적 자아의 어린 시절의 꿈과 이상이 여전히 남아있기 때문이고 시적 자아가 아직도 그것들을 추구하고 있기 때문이다. 그 이유는 '머언 항구로 떠도는 구름'에서 찾아볼 수 있다. 항구는 꿈과 이상을 추구하는 사람들이 그것들을 찾아 떠나는 출발점인 것이다.

불변의 존재로서의 하늘, 곧 어린 시절의 이상과 꿈이 서려 있는 고향 하늘은 시적 자아에게 있어서 행복의 원천이자 동경의 대상이 된다. 그리고 그것은 고향에 대한 그리움-고향의 풍경에 대한 그리움과 고향의 가족에 대한 그리움-으로 치장되어 있다. 고향의 풍경에는 '풍요'와 '가난'이 교차되어 나타나 있다. 그것이 풍요롭다는 것은 '넓은 벌,' '옛이야기,' '황소,' '전설바다' 같은 시어를 바탕으로 하고, 그것이 가난하다는 것은 '질화로,' '짚벼개,' '사철 발벗은'(아내), '이삭 줍기,' '초라한 집웅'을 바탕으로 한다. 고향의 가족은 시적 자아의 어린 시절을 포함하여 다분히 남성 위주로 짜여 있다. '아버지,' '나'(시적 자아가 여성이 아닌 까닭은 활을 쏘는 행위 때문이

다) 및 '황소'에 의해서 그렇게 추론할 수 있다. 「향수」에 나타난 향수의 이러한 교차적인 짜임은 서술구조의 무변화성을 극복한다. 「향수」의 서술구조는 각 연이 4행으로 되어 있는 진술부분과 '—그 곳이 참하 꿈엔들 잊힐리야'라는 종합부분으로 짜여 있다. 진술/종합의 골격은 1연에서부터 5연까지 반복되어 있다. 종합부분에서 중요한 점은 그것이 고향을 기억하는 행위라기보다는 고향을 못잊겠다는 반망각 행위라는 점이다. 무엇을 '기억하자'보다는 '잊지말자'가 더 강도높은 행위이며 '잊을 수 없다'라는 능동태보다는 '잊힐 수 없다'라는 수동태가 더 강도 높은 행위이다.

이러한 반망각의 강렬성은 「향수」의 시간구조와 공간구조에도 나타나 있다. 이 시의 시간대는 늦가을을 전제로 하며 그것은 늦은 오후를 거쳐서 한밤중으로 이어진다. 늦가을, 늦은 오후 및 한밤중은 사물의 소멸과정이나 가시적인 대상의 차단에 관계된다. 사물의 소멸과정은 황소의 울음소리, 재가 식어가는 질화로, 까마귀의 우짖음 및 흐릿한 불빛 등에 의해서 유추할 수 있다. 가시적인 대상의 차단은 시간이 경과함에 따라서 교차적으로 짜이는 시각이미지와 청각이미지의 세력다툼에서 찾아 볼 수 있다. 여기서 세력다툼이라는 말은 이 시의 전반부에서는 청각이 공감각화되는 '금빛 게으른 울음'처럼 시각이미지가 더 많이 강조되지만 후반부에서는 이야기의 주체는 보이지 않고 '도란도란'처럼 이야기의 행위에 의한 청각이미지가 더 많이 강조되는 것을 의미한다. 시에서의 시간이 오후에서 밤으로 진행됨에 따라서 비롯되는 이미지의 이러한 전환력은 그 영역을 확대하기도 하고 축소하기도 한다.

시간의 변화에 따른 이미지의 이러한 전환과 더불어 시에서의 공간도 열린 공간과 닫힌 공간으로 구분된다. 아울러 그 공간도 때로는 열린 공간에서 닫힌 공간으로 전환되기도 하고 때로는 닫힌 공간에서 열린 공간으로 전환되기도 한다. 우선 열린 공간은 제1연과 제4연에 관계되고 닫힌 공간은 제2연과 제5연에 관계된다. 실개천이 흐르고 황소가 울음 우는 넓은 벌과 누이와 아내가 이삭 줍던 들녘은 열린 공간이다. 이러한 공간은 옛이야기와 전설이 자리 잡고 있는 곳이기도 하다. 닫힌 공간은 제2연과 제5연으로 여기에서는 방안의 정경—졸음에 겨운 아버지와 도란도란 이야기 하는 곳—이 강조되어 있다. 시적 공간의 이러한 양분법은 서술구조의 무변화와 더불어 「향수」의 의미구조가 자칫 단조롭다는 점을 드러낸다. 그러나 이 시의 공간구조를 고향의 풍경에 대한 외적 공간과 고향의 가족에 대한 그리움이라는 내적 공간으로 나눌 때, 그 구조는 앞에서의 시간구조처럼 두 공간의 세력다툼에 의한 전환력에 의해서 상호 교차적으로 짜여 있음을 알 수 있다.

앞에서 언급한 고향의 풍경은 '넓은 벌'이라는 열린 공간에서 '집안'이라는 닫힌 공간으로 수렴되고 고향의 가족에 대한 그리움은 '집안'이라는 닫힌 공간에서 '넓은 벌'이라는 열린 공간으로 확장된다. 「향수」의 외적 배경이 되는 고향의 풍경이 열린 공간에서 닫힌 공간으로 이행되는 과정은 제1연의 '넓은 벌'과 제5연의 '흐릿한 불빛에 돌아 앉어 도란도란 거리는 곳'에 암시되어 있는 집안에서 찾아 볼 수 있다. 열린 공간에서 닫힌 공간으로의 이러한 수렴성은 들판에서의 황소의 울음소리(그것은 외양간으로 되돌아오고자 하는 신호로서 귀가에 관계된다)와 지붕위로 날아가는 까마귀(여기서의 까마귀는 우선적으로 시간의 흐름에 관계되고 부수적으로는 가족에 대한 시적 자아의 연민에 관계된다)에도 함축되어 있으며 그것은 시적 자아의 심정을 대변한다. 이 시의 내적 배경이 되는 고향의 가족에 대한 그리움이 닫힌 공간에서 열린 공간으로 이행되는 과정은 제2연의 아버지가 계신 '방안'과 제4연의 누이와 아내가 이삭 줍는 '들녘'에서 찾아 볼 수 있다. 이 두 연은 시적 자아가 자신의 가족에 대해서 또 살림살이에 대해서 솔직하게 기술한 부분으로 그것은 주로 가난했던 생활을 나타낸다. 과장법—말을 달리는 소리로 비유된 밤바람 소리와 사철 발벗은 아내—에 의해서 가난의 정도를 더욱 절실하게 드러낸 이 부분이 공허하게 느껴지지 않는 것은 아버지, 누이, 아내와 같이 시적 자아와 밀접한 관계를 지니고 있는 고향의 가족이 구체적으로 제시되어 있기 때문일 것이다. 지금까지 설명한 열린 공간과 닫힌 공간은 아래와 같은 구조를 바탕으로 한다.

「향수」는 동일한 서술구조에서 오는 진술의 반복 및 의미구조에서 비롯되는 고향에 대한 그리움, 즉 고향의 풍경에 대한 그리움과 고향의 가족에 대한 그리움의 반복으로 짜여 있다. 그러면서도 이 시가 단조롭게 느껴지지 않는 것은 의미구조가 외적 구조와 내적 구조로 나뉘고 또 그것이 교차적으로 얽혀져 있기 때문이다. 아울러 이미지도 시각이미지와 청각이미지를 바탕으로 하지만 그것들이 상호 교차될 뿐만 아니라 세력다툼에 의해서 어느 하나가 지배적으로 되더라도 다른 하나는 완전 소멸되는 것이 아니라 그것이 할 수 있는 최소한의 역할을 유지하고 있기 때문이다.

이 시의 이러한 의미구조를 교차시키고 또 그것을 균형 잡히게 하며 세력을 알맞게 분배하고 유지하는 부분이 바로 제3연이다. 이 부분은 반전력과 반망각력에 의해서 「향수」를 전반부와 후반부로 나눌 뿐만 아니라 그것의 균형을 유지하고 나아가 고향의 풍경과 고향의 가족이 대등한 위치를 차지하게 한다. 따라서 제1연과 제5연 및 제2연과 제4연을 상호 대칭되게 하는 이 시의 균형은 끊임없이 움직이는 '모빌'과도 같이 역동적인 움직임에 의해서 균형을 유지하게 된다. 흙과 하늘, 곧 현실과 이상을 연결하는 화살을 쏘는 행위와 그것을 찾는 행위는 한 번만의 행위가 아니라 반복적인 행위이고 일상화된 날마다의 행위인 것이다. 예를 들면 '휘적시든'에서 '휘'는 강조를 의미하고 '든'은 우선적으로는 과거의 회상에 관계되고 다음으로는 완결되지 않은 동작에 관계된다. 움직이는 모빌로서의 역동성에 기여하는 다른 요소로는 '아침'이라는 시간대와 '내 마음'을 들 수 있다. 앞에서 살펴 본 바와 같이 아침을 전제로 하는 제3연의 시간대는 이 부분을 다른 부분의 시간대인 저녁때 및 밤중과 차별 짓는다. 이러한 차별화에 기여하는 '내 마음'은 물론 시적 자아에 해당하며 그는 적어도 시 「향수」에서 고향에 돌아와 있는 것이 아니라 어느 먼 곳에서 고향을 생각하고 있음을 알 수 있다. 그것을 암시하는 시어가 바로 '그 곳'이다. '그 곳'은 '그 장소,' '거기' 혹은 '상대방이 있는 곳'으로 '여기'가 아닌 다른 곳을 의미한다.

따라서 시 「향수」가 먼 곳에서 고향을 생각하는 시라면 「고향」은 고향에 직접 와서 보고 느낀 시라고 볼 수 있다. 왜냐하면 후자의 첫 연과 마지막 연은 '고향에 고향에 돌아와도'로 시작되고 끝나기 때문이다. 고향을 직접 확인하게 되는 「고향」에서 시적 자아가 어떤 실망감과 허탈감을 느끼게 된다면, 먼 곳에서 고향을 생각하는 「향수」에서는 '그 곳'에서의 기억을 아름답게 반추하게 된다. 그 아름다운 기억의 절정이자 이 시의 힘의 원천이 바로 제3연의 '하늘'이며 '내 마음'은 그 핵심에 해당한다.

이상에서의 설명처럼 제3연의 반전력 혹은 모빌로서의 역동성은 끝나지 않는 지속적인 반복을 바탕으로 한다. 「향수」의 지속적인 반복은 실제상의 귀향에서 비롯되는 「고향」의 완료된 행위와 대조된다. 후자에서 '마음은 제 고향 진히지' 않게 되고 모든 것이 '쓰디 쓰다.'로 표현되는 것은 시적 자아가 실제로 고향에 와서 모든 것을 확인하는 작업 때문이다. 그러한 확인 작업은 시적 자아에게 상상 속의 고향과 실제상의 고향이 다르다는 점을 일깨워 준다. 그러나 「향수」에서 시적 자아는 고향을 상상 속에서 생각하고 또 어린 시절의 기억을 바탕으로 하기 때문에 지나간 모든 것은 아름답고 행복하게 치장된다. 말하자면 '귀향(歸鄕)'으로서의 고향은 현실적인 고통을 드러내지만 '사향(思鄕)'으로서의 고향은 이상적인 행복을 나타낸다고 볼 수 있다. 아름답고 행복한 고향의 하늘은 시적 자아에게 새로운 힘의 원천을 제공할 수 있는 반전력과 반망각력으로 작용하게 된다. 그리고 그러한 역동적인 힘은 모빌의 움직임처럼 반복적으로 지속된다.

4. 소결론

비교문학 연구에서 문학과 문학의 비교는 전통적으로 가장 기본적인 비교연구에 해당한다. 이렇게 볼 때에 정지용의 시 「향수」에 반영된 조셉 트럼블 스티크니의 시 「기억의 여신」의 영향과 수용의 관계는 이 두 편의 시에 사용된 시어와 시상(詩想), 계절과 가족관계 등에서 그 유사성을 확인할 수 있다. 그것이 필연적인 관계가 아니라 우연적인 관계라 하더라도 스티크니의 시와 정지용의 시의 상관성은 부정할 수 없다고 생각된다.

다음은 똑같이 '고향'을 그리워하는 정지용의 시 「고향」과 「향수」에서 전자는 '귀향(歸鄕)'으로서의 고향에 관계되고 후자는 '사향(思鄕)'으로서의 고향에 관계된다. 유년기의 고향을 성인이 되어 직접 찾아가 확인할 때에는 모든 것이 작고 초라하고 보잘 것 없어 보이게 마련이지만, 먼 객지에서 유년기의 고향을 그리워할 때에는 아름답게 치장되어 떠오르게 마련이다. 아울러 이 두 편의 시에 나타나는 유사점과 차이점을 '음악'으로 작곡된 경우를 바탕으로 하여 살펴보았으며, 그것을 한국 현대사에서의 질곡과 일제강점기 및 민족사적인 불행 등 시대적인 상황을 바탕으로 하여 비교하였다. 마지막으로 「고향」과 「향수」에 반영되어 있는 의미구조를 분석하였다.

　　정지용의 시 「고향」과 「향수」에 대한 이상과 같은 분석을 통해서, 앞으로의 비교문학 연구는 문학과 문학의 비교뿐만 아니라 문학과 음악, 문학과 정치 등의 비교로까지 그 영역을 확대할 수 있어야 할 것이다.

제8장

존 키츠의 영향과 수용

김영랑의 시 「두견杜鵑」을 중심으로

1. 존 키츠의 생애와 작품세계

1.1 생애

존 키츠(1795~1821)는 영국의 낭만주의에서 핵심적인 시인의 한 사람이다. 스물여섯 살이라는 짧은 생애동안에 쓴 그의 작품들은 당시의 문학지로부터 지속적인 비판을 받았지만, 그의 사후에 알프레드 테니슨 같은 시인에게 끼친 영향은 지대한 것이었다. 그의 시의 특징은 시어(詩語)의 세심한 선택과 감각적인 이미저리에서 찾아볼 수 있다. 또한 영문학에서 가장 많이 애송될 뿐만 아니라 그의 걸작에 해당하는 일련의 '송시(頌詩)'에서도 찾아볼 수 있다. 또한 키츠가 강조했던 '소극적 능력'[1]에 대한 미학이론이 무엇인지를 상세하게 설명하고 있는 서간문들도 그의 시세계를 이해하는 데 있어서 중요한 자료에 해당한다.

존 키츠는 무게이트 철도역에서 얼마 떨어지지 않은 곳에서 마차대여업을 하던 토마스 키츠의 맏아들로 태어났다. 그가 여덟 살이 되었을 때 그의 아버지가 사고로 세상을 떠나자 어머니는 재혼했지만, 곧바로 이혼한 후 남아

---

1) Horace Elisha Scudder ed., *The Complete Poetical Works of John Keats* (Boston : Riverside Press, 1899). p. 277.

있는 자식들—원래는 1남 4녀였지만 남동생 1명은 어렸을 때 죽었다—을 데리고 친정어머니에게 갔다. 거기에서 키츠는 존 클라크가 운영하던 학교에 다니면서 고전문학과 현대문학을 익히게 되었다. 1810년 어머니가 결핵으로 세상을 떠나자 키츠의 할머니는 고아나 다름없는 이들 남매들을 두 명의 후견인에게 상당히 많은 돈을 주고 맡겼다. 리처드 애비라는 후견인의 보호를 받게 된 키츠는 애비의 권유로 클라크가 운영하던 학교를 떠나 에드먼턴에 있는 외과의사 토마스 하몬드의 견습생이 되었다. 그러나 1814년 견습생과정이 채 끝나기도 전에 하몬드와 싸운 후 키츠는 런던에 있는 '가이 병원'(현재의 런던킹스칼리지의 일부)의 학생이 되었지만, 그 후에 키츠는 존 클라크가 운영하던 학교시절부터 알게 된 자신의 친구 찰스 코든 클라크[2](1787~1877)의 도움으로 문학에 전념하게 되었으며, 1814년 마침내 의사로서의 야심을 접고 문학의 길로 들어서게 되었다.

　코든 클라크와의 친교로 인해서 키츠는 곧 라이 헌트(1784~1859), 퍼시 B. 셸리(1792~1822) 및 벤자민 로버트 헤이돈(1786~1846) 등 당대의 예술가들과 교류하게 되었으며, 1816년 5월 제임스 헨리 레이 헌트(1784~1959)는 키츠의 첫 번째 시가 잡지에 수록될 수 있도록 도와주었다. 1년 뒤에 키츠는 30여 편의 시와 소네트를 『시집』(1817)이라는 이름으로 출판했지만, '부정적인 반응'만을 받게 되었고 1817년 봄에 혼자서 와이트 섬을 여행했으며, 그곳에 1주일간 머물렀다. 그런 다음 윈체스터에 머무르면서 키츠는 「이사벨라」, 「성 아그네스의 전야(前夜)」, 「라미아」, 『히페리온』의 일부와 전부 5막으로 된 시극(詩劇) 『오토 대제(大帝)』 등을 집필했다. 그해 늦여름에 새

---

2) 영국의 작가이자 셰익스피어 연구자인 찰스 코든 클라크의 아버지 존 클라크는 학교교장이었으며 그의 학생 중에는 자신의 아들 찰스 코든 클라크와 존 키츠가 있었다. 찰스 코든 클라크는 키츠에게 편지쓰기를 가르쳐 주었고 시에 대한 열정을 고무시켜주었다. 그는 또 찰스 램(1775~1838)과 매리 램(1764~1847)을 알게 되었고 그 이후에는 셸리(1792~1822), 라이 헌트(1784~1859), S. T. 콜리지(1772~1834), 윌리엄 해즐릿(1778~1830)과도 교류하게 되었다. 찰스 코든 클라크는 조셉 알프레드 노벨로(1810~1896)와 함께 음악관계 출판사를 운영했으며 조셉 알프레드 노벨로의 여동생이자 벤센트 노벨로(1781~1861)의 큰 딸인 매리 빅토리아(1809~1898)와 1828년 결혼했다. 결혼 1년 후부터 빅토리아는 '셰익스피어 주석'에 착수했다

로운 친구 벤자민 베일리와 옥스퍼드에 갔다. 같은 해 겨울에 동생 조지 키츠가 결혼하자마자 미국으로 이민을 떠났으며 키츠 자신은 결핵을 앓고 있던 동생 톰을 돌봐야만 했다. 동생을 돌보면서 키츠는 자신의 시『엔디미온』을 집필했으며, 시집이 출판되기 바로 전에 자신의 친구 찰스 브라운과 함께 스코틀랜드와 아일랜드를 자전거로 여행했다.

자신의 치명적인 질병의 징후가 처음으로 나타나게 되어 키츠는 중도에 되돌아 왔지만, 그의 동생 톰의 병세는 심각할 정도로 더욱 악화되었을 뿐만 아니라 그 자신의 시에 대한 평판도 아주 좋지 않았다. 동생 톰이 1818년 12월에 세상을 떠나자 키츠는 햄스테드 히스로 옮겨 찰스 브라운의 집에서 살았다. 1819년 4월 런던에 있는 브라운의 집에 세를 들어 있던 브론 부인의 열여섯 살 된 딸 패니를 사랑하게 된 키츠는 1819년 10월경 패니와 약혼했지만 결혼하지는 않았다. 패니와의 사랑이 키츠에게 행복한 것이 아니었던 까닭은 그녀에 대한 사랑으로 인해서 그가 시인으로서 편안하기보다는 오히려 더 괴로웠기 때문이었다. 키츠의 사후(死後)에 발간된 이 두 사람이 주고받은 편지는 영국의 빅토리아사회를 분노케 했다. 패니 브론의 일기에는 이들의 별거를 암시하는 "키츠가 햄스테드를 떠났다"라는 한 구절만이 있기 때문이었다.3) '사랑'과 '시'에 동시에 심취했던 키츠는 일상적인 업무와 악화되는 건강으로 인해 1819년 가을부터 문학과도 일정한 거리를 두게 되었다.

1820년 2월 결핵이 악화되어 키츠는 장래의 모든 계획이 수포로 돌아가게 되었을 뿐만 아니라 가장 유명한 '송가(頌歌)'를 포함하여 이미 출판된 그 자신의 시에 대한 평판 또한 긍정적인 것이 아니었다. 1820년 늦여름에 그의 주치의는 영국에서 겨울을 보내지 말고 이탈리아에서 보낼 것을 권유했다. 자신의 친구 조셉 세번과 함께 나폴리를 거쳐 로마로 갔을 때에 키츠의 건강은 순간 호전되는 것 같았지만 곧바로 쓰러져, 1821년 2월 23일 로마에서

---

3) 패니가 키츠에게 보낸 편지는 키츠 자신이 요구했던 바와 같이 그가 세상을 떠나자마자 모두 폐기되었지만, 패니 브론이 키츠의 여동생 프란시스에게 보낸 서른 한 통의 서간집(書簡集)이 1931년 '옥스퍼드대학교 출판부'에서 출판되었으며, 거기에는 키츠에 대한 패니의 깊은 감정이 드러나 있다.

세상을 떠났다. 키츠의 유해는 A.D. 67년에 세상을 떠난 카이우스 세스티우스의 묘지 가까이에 있는 개신교 공동묘지에 안장되었다. 키츠가 평소에 원했던 대로 그의 묘비에는 "여기 물로 이름을 쓴 사람이 누워있다"라고 새겨져 있다. 키츠의 묘비명에는 그의 이름이 새겨져 있지 않지만, 그의 평생의 친구였던 조셉 세번과 찰스 브라운은 줄이 끊어진 리라의 이미지와 함께 그의 묘비명에 다음과 같은 문구를 첨가했다. "이 무덤에는 젊은 영국시인의 숙명적인 모든 것이 포함되어 있다. 자신의 임종 시에 악의에 찬 적들의 세력으로 인한 마음의 고통 속에서도 바로 '이 말'만이 자신의 묘비에 새겨지기를 원했노라." 여기에서의 '이 말'은 "여기 물로 이름을 쓴 사람이 누워있다"를 의미한다.

1.2 작품세계

1.2.1 소네트의 세계

키츠의 작품세계는 시기별로 초기, 청년기, 말기로 나뉘기도 하고 문학적 형식에 의해서 소네트를 비롯한 단시(短詩), 송가(頌歌), 서사시 혹은 장시(長詩) 및 서간문 등으로 나뉘기도 한다. 키츠는 자신의 학교동료이자 친구였던 찰스 코든 클라크가 소개한 바 있는 에드먼드 스펜서(1552~1599)—미완성 장편 서사시『페어리 퀸(선녀 여왕)』을 썼으며, 이미지의 약동성과 아름다움으로 인해서 많은 시인들에게 전형적인 시인으로 자리 잡았고, 특히 형식과 음악성을 강조하는 '스펜서식 시체(詩體)'를 형성하였다—와 엘리자베스 시대의 작가들을 자신의 시작활동(詩作活動)의 모델로 삼았다. 영국의 엘리자베스 시대 극작가였던 조지 채프먼(1559~1634)이 자유롭게 번역한 호메로스(B.C. 800~B.C. 750)의『일리아드』와『오디세이』를 읽고 거기서 받은 감동을 키츠는「채프먼의 호메로스를 처음 읽고서」(1816. 10)라는 최초의 원숙한 시를 썼다. 키츠의 이 시를 고전문학에서 종종 인용하고는 하는 까닭은 그의 이 시가 예술작품의 정서적인 힘을 제시할 뿐만 아니라 그러한 예술작품을 이해하는 사람들에게 일종의 직관력과 통찰력을 창조할 수 있는 예술의 능력까지도 제시하기 때문이다. 키츠의 초기 작품에서 가장 많이 언급되고는 하는 이 시의 원문과 번역문은 다음과 같다.

John Keats
"On First Looking into Chapman's Homer"

윤호병 옮김
「채프먼의 호메로스를 처음 읽고서」

Much have I traveled in the realms of gold,
And many goodly states and kingdoms seen;
Round many western islands have I been
Which bards in fealty to Apollo hold.
Oft of one wide expanse had I been told
That deep-browed Homer ruled as his demesne;
Yet did I never breathe its pure serene
Till I heard Chapman speak out loud and bold:
Then felt I like some watcher of the skies
When a new planet swims into his ken;
Or like stout Cortez when with eagle eyes
He stared at the Pacific—and all his men
Looked at each other with a wild surmise—
Silent, upon a peak in Darien.

수없이 많은 황금지역을 여행했었네,
수많은 훌륭한 나라와 왕국을 보았네,
수많은 서쪽의 섬들을 둘러보았네,
그곳의 음유시인들은 아폴로에게 충성했었네,
아주 광활한 지역으로 가라고 들었었네,
이마 넓고 시원한 호메로스가 지키고 있는 그곳으로
하지만 정말 평화로운 그곳을 알지 못했었네,
채프만이 큰 소리로 당당하게 말하기 전까지는.
그런 다음 하늘의 몇몇 관측자들처럼 느꼈네,
새로운 행성이 그의 은신처로 비행해갈 때에.
코르테스처럼 느꼈네, 독수리눈을 하고
그가 태평양을 응시할 때에—그의 부하들은 모두
갖가지 추측으로 서로 바라보았네—
침묵 속에서, 다리엔의 산꼭대기를.

이탈리아 르네상스 시대의 페트라르카(1304~1374)의 소네트 형식을 취하고 있는 위에 인용된 키츠의 시 「채프먼의 호메로스를 처음 읽고서」는 '옥타브'(전반부 8행)와 '세스텟'(후반부 6행)으로 나뉘며 압운(押韻)형식은 'abbaabbacdcdcd'의 형식을 취하고 있다. 전반부의 '옥타브' 부분에서는 중심 아이디어와 이미지를 소개하였고, 후반부의 '세스텟' 부분에서는 이탈리아의 소네트에서 전형적인 형식에 해당하는 '볼타형식'—'볼타'는 16세기와 17세기에 유행했던 움직임이 활발한 춤의 형식이자 시에 있어서 변화무쌍한 전환형식을 의미한다—을 취함으로써 시적 자아의 사유세계의 변화를 강조하였다. 이처럼 '옥타브' 부분에서는 시인 자신을 문학적 해결자로서 설명하는 반면, '볼타' 부분에서는 채프먼이 번역한 호메로스를 읽었을 때에 발견하게 되었던 새로운 주제를 촉진시키고 있을 뿐만 아니라 이미저리와 비교의 방법을 활용하여 그러한 주제를 확장시켜 놓았다.

더 나아가 이 시의 배경과 의미를 좀 더 살펴보면 다음과 같다. 키츠의 세대는 존 드라이든(1631~1700)과 알렉산더 포프(1688~1744)처럼 문학적으로 세련된 번역에 익숙해 있었다. 이들의 호메로스 번역은 '무운시(無韻詩)'나 '영웅대구(英雄對句)' 등에 의해서 버질(B.C. 70~B.C. 19)과 유사한 도시적 세련미를 강조했지만, 채프먼은 힘차고 세속적인 언어로 1616년 호메로스를 의역(意譯)했다. 찰스 코든 클라크는 키츠와 함께 채프먼의 의역을 밤을 새워 읽었다. "특별한 에너지가 나타나는 구문이 자신의 상상력을 강타했을 때에 키츠는 기쁨에 넘쳐 소리쳤다. 다음 날 아침 10시에 클라크는 자신의 아침식탁 위에 놓여 있는 키츠의 바로 그 소네트를 발견했다."

키츠가 위에 인용된 자신의 시에서 '서쪽의 섬들'이라고 했을 때에 그것은 에게 해의 수많은 섬들 중에서 뮤즈에게 영감을 주는 아폴로에게 가장 충성하는 음유시인들이 살았던 델로스 섬에 관계되며, 그 섬이 바로 아폴로의 출생지인 '신성한 섬'에 해당한다. 따라서 키츠가 그러한 섬들을 동인도의 섬들과 기교적으로 대조시킨 목적은 '신세계'로 향하던 스페인의 용감한 정복자 코르테스(1485~1547)와 발보아(1475~1519)처럼 모험과 탐험과 정복을 유도하는 데 있으며, 이 시의 텍스트의 배후에 숨겨져 있는 이와 같은 이미저리는 키츠의 전형적인 시적 기교에 해당한다. '새로운 행성'은 조지3세(1738~1820) 때의 왕실 천문학자였던 윌리엄 허셜 경(1738~1822)이 발견한 '천왕성'을 의미하며, 이 행성은 고대의 천문학자에게는 알려지지 않았던 첫 번째 행성으로, 당시에 그것은 천체의 신세계에 해당하는 것이었다. '다리엔'은 파나마의 동쪽에 위치해 있으며, 그 당시에 태평양을 처음 본 것은 발보아이지 코르테스가 아니었다. 또한 윌리엄 로버트슨이 쓴 『아메리카의 역사』를 읽었던 키츠는 거기에 언급되어 있는 두 장면, 즉 태평양을 발견한 발보아와 멕시코의 협곡을 처음 보았던 코르테스를 혼동했던 것 같기도 하고 실제상의 역사적 사실보다는 거기에 반영되어 있는 이미지만을 단순히 기억하고 있었던 같기도 하다. 발보아에게 관련되는 로버트슨의 『아메리카의 역사』제3권에 수록된 부분을 인용하면 다음과 같다.

> 마침내 인디언들은 그들을 신뢰했으며, 그 다음 산의 정상에서부터 그들은 자신들이 그렇게도 원하던 대양(大洋)을 발견할 수 있었다. 끝없는 어려움을 겪으면서 그들은 가파르게 솟아오른 거대한 지역을 올라가는 동안 발보아는 자신의 동료들에게 정지하라고 명령한 후 혼자서 정상에 올라갔다. 따라서 그는 자신이 오랫동안 소망했던 장관(壯觀)을 기쁨에 넘쳐 볼 수 있었던 맨 처음 사람으로 기록될 수 있었다. 자신의 발아래에 끝없이 펼쳐진 남쪽의 대양을 보자마자 그는 무릎을 꿇고 하늘을 향해 두 손을 치켜든 다음, 자신의 조국에게는 그렇게도 유익하고 자신에게는 그렇게도 명예스러운 대양을 발견할 수 있도록 자신을 이끌어 준 신께 감사의 기도를 드렸다. 기쁨에 어쩔 줄 몰라 하는 발보아를 바라본 그의 동료들 또한 그의 경탄과 환희와 감사에 동참했다.

이상에서 살펴본 바와 같이 키츠의 초기시를 대표하는 「채프먼의 호메로스를 처음 읽고서」는 그 이후에 나보코프(1899~1977)의 소설 『창백한 불꽃』(1962), 브라이언 오널란(1911~1966)이 키츠와 채프먼을 주인공으로 활용하여 『아이리시타임스』에 게재한 '울부짖는 잔디밭,' 아서 랜섬(1884~1967)의 동화책 『제비와 아마존』(1930) 등에서 활용되었다. 랜섬은 자신의 이 동화책에서 용감한 코르테스가 다리엔의 정상에 서게 된 것과 똑같이 영국의 어린학생들도 공휴일에 모험을 즐기는 것을 자랑스러워해야 한다는 점을 강조했다.[4] 또한 P. C. 워드하우스(1881~1975)는 자신이 관심을 가지게 된 첫 번째 소설에 해당하는 조지 맥도널드 프레이서(1925~2008)의 『후레쉬맨』(1969)[5]에

---

4) A. N. Wilson's Review, *The Telegraph* (2005. 8. 15).

5) '후레쉬맨'은 조지 맥도널드 프레이서가 창조해낸 허구적인 인물인 '준장(准將) 해리 파젯 프레쉬맨'을 지칭하지만, '후레쉬맨'이라는 인물은 토마스 휴스(1822~1896)가 자신의 반-자서전적인 작품 『톰 브라운의 학창시절』(1857)에서 맨 처음 창조해 냈다. 휴스의 이 작품의 배경은 '럭비스쿨'이며 그곳에서 프레쉬맨은 자신의 바로 그 이름이 유래된 영웅 톰 브라운을 학대하는 악랄한 골목대장으로 등장한다. 휴스의 작품에서 프레쉬맨은 마침내 술에 취해 쫓겨나는 것으로 되어 있다.

대한 서평에서 "이제 나는 '새로운 행성이 그의 은신처로 비행해갈 때'의 그 모든 흥분을 이해하게 되었다"라고 강조했다.

키츠의 첫 시집 『시집』(1917)에는 안정적이면서도 불안한 정서, 2행연구(二行聯句)의 영웅대구, 무겁지 않은 운율 등 레이 헌트의 영향이 나타나 있기도 하고, 자연에 대한 섬세한 관찰과 표현 등 스펜서의 영향이 나타나 있기도 하다. 이 시집에 수록된 「잠과 시」(1816)에는 예언적인 시인으로서의 키츠의 역할이 암시되어 있다. 헌트의 오두막집에서 하룻밤을 지내게 된 키츠가 늦은 저녁에 쓴 것으로 알려진 이 시는 그 자신의 은신처 중심의 시세계를 보여주는 한 가지 예로 자주 인용되고는 한다. 그러나 "우선 내가 지나가게 될 지역은/ 초원과 오래된 팬…좀 더 고귀한 삶을 위해 그것들을 지나가야만 하리/ 거기에서 고통을, 투쟁을 발견할 수 있으리/ 인간의 가슴속에 있는"에 반영되어 있는 바와 같이 '은신처 중심'의 세계를 벗어나고자 하는 키츠 자신의 이상적인 의미도 포함되어 있다.

1.2.2 송가(頌歌)의 세계

키츠의 시세계를 보여주는 또 다른 특징에 해당하는 송가(頌歌)에는 「아폴로에 대한 송가」(1815)를 제외하면 대부분 1819년에 집필한 것들로 여기에는 「가을에게」(1819), 「나이팅게일에게 보내는 송가」(1816), 「그리스 항아리에게 부치는 송가」(1819), 「우울증에 대한 송가」(1819), 「프시케에게 부치는 송가」(1819), 「게으름에 대한 송가」(1819) 등이 포함된다. 실제로는 1820년에 발표된 「가을에게」는 키츠가 1819년 초가을 자신이 세를 들어 있던 집주인의 딸의 바이올린 소리로 인해서 창작에 집중할 수 없을 정도로 산란해진 정신을 추스르기 위해서 윈체스터대학의 뒷길과 물가 목초지를 산책하면서 생각에 생각을 거듭한 끝에 돌아오자마자 산책길에서 받은 바로 그 영감을 곧바로 한 편의 시로 완성한 것으로 알려져 있다. 전부 세 개의 연, 각 연 11행으로 형성되어 있는 이 시에는 가을날에 대한 시인의 취향, 풍경, 소리 등이 섬세

하게 묘사되어 있지만, 제3연에는 어조, 상징성, 문학적 장치 등 결정적으로
부정적인 의미가 함축되어 있다. 이러한 점은 하루의 마지막과 가을의 끝자
락을 묘사하고 있는 부분에서 찾아볼 수 있다. 이 시의 마지막 제3연의 원문
과 번역문을 인용하면 다음과 같다.

<table>
<tr><td>Keats, "To Autumn" (stanza 3)</td><td>윤호병 옮김, 「가을에게」(제3연)</td></tr>
<tr><td>

Where are the songs of spring? Ay, where are they?
Think not of them, thou hast thy music too,—
While barred clouds bloom the soft-dying day,
And touch the stubble-plains with rosy hue;
Then in a wailful choir the small gnats mourn
Among the river sallows, borne aloft
Or sinking as the light wind lives or dies;
And full-grown lambs loud bleat from hilly bourn;
Hedge-crickets sing; and now with treble soft
The red-breast whistles from a garden-croft;
And gathering swallows twitter in the skies.

</td><td>

봄의 노래는 어디에 있는가? 그래, 어디에 있는가?
그 노래 생각지 말자, 그대 또한 그대의 음악이 있으니까—
줄무늬 구름이 조용히 소멸하는 하루를 꽃피우면서
그루터기 들녘을 장미색으로 어루만지는 동안
구슬픈 합창으로 작은 벌레들은 애달피 울고 있나니
강가 버드나무 사이에서, 떠오르거나
가라앉으면서, 산들바람이 불어오거나 잦아들듯이.
다 자란 양들은 언덕 언저리에서 크게 울어대고,
풀여치들도 노래하나니. 이제 부드러운 높은 음으로
방울새는 텃밭에서 속삭이듯 울어내고
모여든 제비들은 하늘에서 지저귀나니.

</td></tr>
</table>

「가을에게」를 쓰고 나서 17개월이 지난 1821년 키츠는 세상을 떠났다. 이
시에서 묘사하고 있는 가을날의 수확이 풍성한 것처럼, 키츠 역시 이 짧은
시간동안에 많은 「송가」를 발표했지만, 위에 인용된 「가을에게」의 마지막 연
의 "애달픈 합창으로 작은 벌레들은 서글피 울고 있나니"는 생전에 자신의
시에 대해서 호평을 받지 못했던 키츠의 '레퀴엠'을 대신하고 있는 것처럼
보인다. 키츠의 시 「가을에게」에 반영되어 있는 정치적 배경을 설명한 바 있
는 톰 폴린(1945~)은 헬렌 벤들러의 『셰익스피어 소네트의 예술』과 캐서린
던캔-존스가 편한 『셰익스피어 소네트』에 대한 자신의 '서평(書評)'에서 '소네
트의 서정성'을 강조하는 벤들러의 견해에 반대하였다. 벤들러는 자신의 책
에서 키츠가 이 시를 쓰기 이전에 '피털루 학살'6)이 자행되었다는 점, 이에

---

6) '피털루 학살'(1819. 8. 16)은 영국 맨체스터의 세인트 피터스 광장에서 열린 급진적 집회를 기병대가 잔

대한 반응으로 키츠가 이 시를 쓰게 되었다는 점, 어두운 이미지로 가득한 이 시의 제3연에서 키츠는 자신의 고향의 '정치적 분위기'를 '암울한 시대'로 파악하고 있다는 점 등을 강조하였다. 벤들러의 이러한 견해를 폴린은 다음과 같이 지적하였다. "키츠의 시에 대한 앤드루 모션의 견해에 반대하는 벤들러의 견해, 즉 키츠의 전기에 대한 그녀의 견해에 나는 동의할 수 없다는 점을 분명히 해야 할 것 같다. 키츠의 시 「가을에게」는 피털루에서 학살당한 사람들을 애도하는 시이자 정치적으로 위대한 시라는 점을 나는 믿는다."7) 더 나아가 미국태생의 영국시인이자 비평가인 켈리 그로비에는 자신이 제창한 '포스트-순간주의' 문학이론과 정치현실의 상관성을 제시하기 위해서 키츠의 시 「가을에게」를 제프리 힐(1932~)의 시 「9월 노래」와 함께 활용하기도 하였다. 다시 말하면, 키츠의 이 시가 발표된 지 거의 150년이 지난 뒤에 발표된 제프리 힐의 호소력 있는 비가(悲歌)와 함께 키츠의 이 시를 읽을 때에, 키츠의 시에 반영되어 있는 예상치 못한 깊은 인상의 본질을 파악할 수 있다는 점을 그로비에는 성 아우구스티누스를 인용하여 다음과 같이 언급하였다. "이제 자명하고 분명한 것은 과거도 존재하지 않고 미래도 존재하지 않는다는 점이다. 따라서 과거, 현재, 미래라는 세 가지 시간의 범

인하게 해산시킨 사건을 의미한다. 이러한 '학살'은 나폴레옹 전쟁 이후에 수년 동안 당시 영국을 지배하고 있던 특권계층이 자코뱅주의자들의 임박한 혁명과 그 여파를 두려워하고 있었다는 점을 보여주며, '워털루 전투'에 빗대어 이와 같은 이름을 붙이게 되었다. 급진주의자나 개혁론자들은 '피털루 학살'을 토리당의 잔혹성과 폭정을 상징하는 것으로 파악했다. 1819년부터 영국의 산업이 침체기에 접어들게 되었고 식료품 값이 치솟게 되자 수차례에 걸쳐 '정치집회'가 열렸고 그 분위기는 8월 집회에서 절정에 달하게 되었다. 급진파 지도자인 헨리 헌트가 이끌었던 이 집회는 일반 시민들의 불만을 대규모 시위를 통해 표출시키고자 했던 것으로, 정치적 목적은 의회를 개혁하는 데 있었다. 대략 6만 여명이 집회에 참석했으며 그 가운데에는 여자와 어린이들도 있었다. 아무도 무장을 하지 않은 채 평화적으로 행동했으나, 집회가 벌어지기 전부터 긴장하고 있던 시당국에서는 군중의 규모와 분위기에 놀란 나머지 맨체스터 기병대에게 집회가 시작되는 즉시 주동자들을 체포하라고 지시했다. 시위진압 능력이 미숙했던 기병대는 주동자들을 체포하는 데 그치지 않고 장도(長刀)를 휘두르며 일제히 집회참석자들을 향해 공격했다. 뒤이어 시당국에서는 제15기병대와 체서 주의 의용병까지 이 공격에 동원시켰다. 10분 뒤 광장에는 쓰러진 사람들 밖에는 아무도 남아 있지 않았다. 대략 500여명이 부상하고 11명이 죽은 것으로 공식집계 되었지만 이에 대해서는 여전히 논란의 여지가 많다. 헌트를 비롯한 급진적인 지도자들은 체포되어 재판을 받았으며 집회를 이끌었던 헌트는 2년간 복역하였다.

7) Rom Paulin, "In the Workshop, *The Art of Shakespeare's Sonnets by Helen Veldeler, Shakespeare's Sonnets* edited by Katherine Duncan-Jones," *London Review of Books* (22 January 1998).

주를 언급하는 것은 정확한 언어가 아니다. 따라서 과거의 산물로서의 현재, 현재의 산물로서의 현재, 그리고 앞으로 오게 될 산물로서의 현재라는 세 가지 시간의 범주를 언급하는 것이 정확할 수도 있을 것이다.”[8]

키츠의 시에서 '송가' 형식을 취하고 있는 시로는 「가을에게」(1819) 외에도 「나이팅게일에게 보내는 송가」(1816), 「그리스 항아리에게 부치는 송가」(1819) 등이 있지만, 「나이팅게일에게 부치는 송가」에 대해서는 다음 항에서 김영랑의 시 「두견(杜鵑)」과의 관계를 언급할 때에서 살펴보기로 하고, 「그리스 항아리에게 부치는 송가」의 내용을 정리하면 다음과 같다. 1819년에 써서 그 다음 해인 1820년 1월에 발표한 키츠의 이 시는 그가 대영박물관에서 개최한 '엘긴마블스'[9] 전시회를 보고 거기에서 받은 영감

---

8) Kelly Grovier, "Keats and the Holocaust: Notes Towards a Post-Temporalism," *Literature and Theology*, vol. 17, no. 4(2003), p. 361.

9) '엘긴마블스'는 런던의 대영박물관에 소장되어 있는 고대 그리스의 조각품, 건축물의 조각 등을 총칭하는 용어이다. 1899년부터 1803년까지 오스만 제국의 영국대사를 지냈던 토머스 부르스 7세 엘긴 경(1766~1841)은 아테네의 파르테논 신전을 비롯하여 고대의 건축물에서 분리시킨 이 모든 유물을 영국으로 수송하였다. 이와 같은 이전(移轉) 사업은 영국 내에서도 찬반논쟁을 불러일으켰고, 의회의 조사까지 받았다. 엘긴 경은 미술과 고대유물의 애호가로, 오스만 제국의 지배 하에서 그리스 신전의 중요한 미술작품들이 손상되는 것을 걱정하고 있었으며, 이러한 유물들이 터키인의 무관심으로 인해서 파괴될 것이라고 우려한 그는 미술가들을 동원하여 중요한 조각품과 건축물의 조각을 후손을 위해 측정·스케치·복제할 수 있도록 허가해 줄 것을 오스만 제국에 요청했다. 그 요청이 받아들여졌으며, 그곳에 있는 옛날의 비명(碑銘)과 반신상(半身像)들로 된 돌조각들을 운반할 수 있는 권한도 함께 부여받았다. 그 이후에 엘긴 경은 안전하게 영국에 보관할 수 있는 막대한 양의 보물들을 선정하기 시작했다. 여기에는 파르테논 신전에 있는 셀라(신상을 안치하는 방)의 벽에 있는 프리즈, 페이먼트 조각품, 아테네의 이오니아식 신전인 에레크티온에 있는 여상주(女像柱), 아키트레이브와 코니스를 포함하고 있던 벽 최상부의 부분, 북동쪽의 기둥, 벽 끝의 기둥의 주두(柱頭), 그밖에 아테네와 에티카를 비롯한 여러 지역들의 다양한 유물들이 포함되었다. 이러한 유물들은 1802~1812년 사이에 한차례의 사고를 제외하고 무사히 영국으로 옮겨졌다. 군함 멘토르호가 1804년에 그리스 키티라 섬 앞바다에서 폭풍을 만나 침몰했으나 유물들은 모두 인양되었다. 엘긴 경은 1803년에 대사직을 그만두고, 1806년에 영국으로 돌아왔으며, 그가 원했던 것과는 반대로 수집품들은 이후 10여 년간 개인이 소장하였다. 이와 같은 일을 둘러싸고 일대 소란이 일어나, 엘긴 경이 그리스의 보물을 영국으로 가져온 데 대해서 탐욕스럽고 야만적이며 정직하지 못하다는 비난이 쏟아졌으며, 바이런 역시 그 자신의 시 「미네르바의 저주」에서 신랄하게 비난했다. 어떤 이들은 그 조각품은 단지 쓰레기일 뿐이라고 말하기도 했으며, 이에 대응하여 엘긴 경은 조각품을 일반에게 공개하기 시작했다. 비평가들은 즉시 이 조각품이 실제로 최고의 보물에 해당한다는 결론을 내렸다. 조각품을 조사하고 국가에서 이를 취득할 수 있는지를 조사하기 위해서 영국의회에 '특별위원회'가 구성되기도 했다. 1810년 엘긴 경은 자신을 비방하는 사람들에게 자신의 행동을 옹호하는 글을 쓰기도 했다. 80여 상자의 '엘긴마블스'를 실은 마지막 적화물이 1812년에 런던에 도착했다. 1816년 영국왕실에서는 전체 수집품들을 3만 5,000파운드에 구입했다. 그러나 엘긴 경이 이 수집품들을 발굴·선적·인양하는 데에는 2배 이상의 비용이 들은 것으로 알려져 있다. 1983년 그리스 정부는 그 유물의 반환을 요구했으나 대영박물관 측에서는 유물이 손상되지 않도

으로 시로 형상화한 것이다. 키츠의 이 시를 읽게 되는 독자들은 항아리에 새겨진 인물들이 누구인지, 그들이 무엇을 하고 있는지, 그들이 어디로 가고 있는지 등을 알지 못하기 때문에, 그의 이 시에는 '소극적 능력'이라는 그 자신의 아이디어의 특징이 반영되어 있다. 그럼에도 이 시에서 시적 자아는 이 항아리의 비밀을 차례로 드러내게 된다. 이러한 점은 이 시의 마지막 2행연구(二行聯句)에서 찾아볼 수 있으며, 이 2행연구(二行聯句)는 즉각적으로 이해할 수 있는 의미를 제공하는 것이 아니라 시적인 의미작용을 가능하게 하는 과정에 대한 암시만을 제공하고 있다.

따라서 키츠의 시 「그리스 항아리에게 부치는 송가」는 궁극적으로 예술과 인간의 삶의 복잡한 관계를 취급하고 있다고 볼 수 있다. "그대 여전히 때 묻지 않은 고요한 신부여,/ 그대 침묵과 아늑한 시간의 수양따님이여"로 시작하여 "아름다움은 진리이고, 진리는 아름다움—그게 전부여라./ 여러분은 세상에서 그걸 알아야 하고, 알 필요가 있어라"로 끝맺는 이 시의 원문과 번역문은 다음과 같다.

John Keats
"Ode on a Grecian Urn"

THOU still unravish'd bride of quietness,
Thou foster-child of Silence and slow Time,
Sylvan historian, who canst thus express
A flowery tale more sweetly than our rhyme:
What leaf-fringed legend haunts about thy shape
Of deities or mortals, or of both,
In Tempe or the dales of Arcady?
What men or gods are these? What maidens loth?
What mad pursuit? What struggle to escape?
What pipes and timbrels? What wild ecstasy?

Heard melodies are sweet, but those unheard
Are sweeter; therefore, ye soft pipes, play on;

윤호병 옮김
「그리스 항아리에게 부치는 송가」

그대 여전히 때 묻지 않은 고요한 신부여,
그대 침묵과 아늑한 시간의 수양따님이여,
숲의 역사가여, 이처럼 표현할 수 없으리라,
우리들의 시보다 더 달콤하게 꽃다운 이야기를.
잎으로 에둘린 어떤 전설이 그대 모습에 떠도는가,
신들의 또는 인간들의, 또는 둘 다의 전설인가.
템페에선가? 혹은 아르카디아의 골짜기에선가?
이들은 사람 혹은 신인가? 아가씨들은 누굴 싫어하는가?
얼마나 미친 듯 뒤쫓는가? 얼마나 도망치려 애쓰는가?
어떤 피리와 북인가? 얼마나 격렬한 황홀인가?

들리는 선율은 달콤하지만, 들리지 않는 선율은
더 달콤하여라. 그러니 그대 은은한 피리여, 계속 불어다오

록 안전하게 보관해왔다고 주장하면서 이에 응하지 않았다. 이러한 문제는 아직도 논쟁거리로 남아 있다.

Not to the sensual ear, but, more endear'd,
Pipe to the spirit ditties of no tone:
Fair youth, beneath the trees, thou canst not leave
Thy song, nor ever can those trees be bare;
Bold Lover, never, never canst thou kiss,
Though winning near the goal-yet, do not grieve;
She cannot fade, though thou hast not thy bliss,
For ever wilt thou love, and she be fair!

Ah, happy, happy boughs! that cannot shed
Your leaves, nor ever bid the Spring adieu;
And, happy melodist, unwearièd,
For ever piping songs for ever new;
More happy love! more happy, happy love!
For ever warm and still to be enjoy'd,
For ever panting, and for ever young;
All breathing human passion far above,
That leaves a heart high-sorrowful and cloy'd,
A burning forehead, and a parching tongue.

Who are these coming to the sacrifice?
To what green altar, O mysterious priest,
Lead'st thou that heifer lowing at the skies,
And all her silken flanks with garlands drest?
What little town by river or sea-shore,
Or mountain-built with peaceful citadel,
Is emptied of its folk, this pious morn?
And, little town, thy streets for evermore
Will silent be; and not a soul, to tell
Why thou art desolate, can e'er return.

O Attic shape! fair attitude! with brede
Of marble men and maidens overwrought,
With forest branches and the trodden weed;
Thou, silent form! dost tease us out of thought
As doth eternity: Cold Pastoral!
When old age shall this generation waste,
Thou shalt remain, in midst of other woe
Than ours, a friend to man, to whom thou say'st,
'Beauty is truth, truth beauty,—that is all
Ye know on earth, and all ye need to know.'

관능의 귀에 대고 불지 말고, 더욱 사무치도록,
소리 없는 단가(短歌)를 영혼에게 불어다오
아름다운 젊음이여, 나무아래 있는, 그대 떠날 수 없으리라,
그대의 노래를, 저 나무들도 잎이 질 수 없으리라.
대담한 연인이여, 결코, 결코, 키스할 수 없으리라,
비록 목표에 가까워진다 해도－하지만, 슬퍼하지 말지니.
그녀는 시들 수 없으리라, 비록 그대 축복을 못 갖더라도,
영원히 그대는 사랑할 것이고, 그녀는 아름다우리라!

아 행복한 , 행복한 나뭇가지들이여! 벗어버릴 수 없으리라
그 잎사귀들을, 봄에 작별을 고할 수도 없으리라.
그리고 행복한 연주자여, 지칠 줄을 모르고,
영원히 언제나 새로운 노래를 부르는 자여.
보다 행복한 사랑이여! 보다 행복한, 행복한 사랑이여!
영원히 따뜻하고 언제나 즐길 수 있는,
영원히 가슴 두근거리며, 영원히 젊은,
살아있는 모든 인간의 저 먼 열정이여,
아주 슬프고도 짜증스런 가슴만을 남겨 놓는,
불타는 이마, 타오르는 혀를 남기는.

희생제(犧牲祭)에 오고 있는 그들은 누구인가?
어느 푸른 제단으로, 오 신비로운 사제여,
그대 끌고 가는가? 송아지를, 하늘 향해 울고 있는,
비단결 옆구리를 온통 꽃다발로 단장한.
강가나 바닷가의 작은 동네나,
산위에 세운 평화로운 성채는,
주민도 없이 비어있는 것인가, 이 경건한 아침에?
그리고 작은 동네여, 그 거리는 어제나
침묵하리라, 그리고 어느 누구도,
그대가 왜 적막한지를 말할 수 있는, 돌아올 수 없으리라.

오 아티카의 형체여! 아름다운 자태여!
대리석 남자들과 처녀들을 섞어 조각한,
숲의 나뭇가지와 짓밟힌 풀들로 장식된.
그대, 말없는 형상이여! 우리를 괴롭혀 정신없이 하나니
영원이 그렇게 하는 것처럼. 냉혹한 목가여!
노년이 이 세대를 폐허화할 때,
그대 남아 있으리라, 다른 비탄의 한가운데에서
우리들보다는 인간의 친구에게 그대 말하리라.
'아름다움은 진리이고, 진리는 아름다움'－그게 전부여라.
여러분은 세상에서 그걸 알아야 하고, 알 필요가 있어라.

키츠의 시의 마지막 이행연구(二行聯句)는 그의 다른 시에 직접적으로 대조되기도 한다. 예를 들어 「매몰찬 미인」(1819)이나 「라미아」에 보면, 여성의 아름다움은 언제나 남성을 기만하는 것으로 되어 있기 때문이다. 이러한 점에 대해서 문학 비평가들은 새롭게 해석하기 시작했으며, 그 결과 지금은 「그리스 항아리에게 부치는 송가」의 서술자, 정확하게는 키츠를 대표하는 서술자가 그리스 항아리를 비판하고 있는 것으로 해석하기도 한다. 이렇게 해석하는 것은 또한 서술자가 그리스 항아리의 단순미를 찬양하는 것만큼 바로 그 항아리의 특징을 비판하면서도 찬양하는 일종의 '질투의 표시'에 관계되기도 한다. 서술자 혹은 키츠 자신은 그리스 항아리를 묘사하는 데 있어서 결코 절정에 도달할 수는 없지만 영원히 열정적일 수밖에 없는 것으로 파악할 수 있다.

1.2.3 서사적 서정시의 세계

키츠의 작품세계에서 대표적인 서사시의 형식으로는 첫 구절 "아름다운 것은 영원한 기쁨이다"로 잘 알려진 『엔디미온 : 시적 로망스』(1818)를 들 수 있으며, 김영랑은 자신의 첫 시집 『영랑시집』(1935)에서 이 구절을 인용한 바 있다. 『엔디미온』에는 버질(B.C. 70~B.C. 19)의 시를 번역한 존 드라이든(1631~1700)의 시나 호메로스(?~B.C. 9)를 번역한 알렉산더 포프 (1688~1744)의 시처럼 영웅대구와 각운이 사용되어 있다. 키츠의 이 시는 그리스 신화에 나오는 엔디미온을 바탕으로 한다. 엔디미온은 달의 여신 '셀레네'와 사랑에 빠진 목동이지만, 자신의 이 시에서 키츠는 '셀레네'를 아르테미스의 또 다른 이름인 '신시아'로 바꾸어 놓았다. 이 시의 시작 부분에 묘사되어 있는 시골의 전원풍경에 해당하는 나무, 강, 목동과 양떼 등은 제단에 모여들어 목동과 가축의 신 '판'에게 기도하고 있다. 젊은이들이 춤추고 노래하는 동안에 노인들은 앉아서 '엘리시움'―착한 이들이 죽은 다음에 살게 되는 곳 또는 극락이나 행복한 이상향―의 그늘에서의 삶이 어떠할 것이지를 이야기하고 있다. 그러나 엔디미온은 몽롱한 상태에서 이들의 대화에 참여하지 않으며, 그의 여동생 페오나는 그를 데리고 가 자신의 안식처에서 잠들게 한다. 잠에서 깨어난 엔디미온은 페오나에게 자신이 신시아를 만나게 되었고 아주 사랑하게 되었다고 말한다.

전부 4권으로 이루어진 키츠의 시 『엔디미온』은 각 권이 대략 1,000행 가량으로 되어 있으며 전부 4,000행 가량으로 이루어져 있다. 제1권은 자신의 꿈과 경험에 대한 엔디미온의 설명, 그 자신과 페오나와의 관계 및 나머지 부분에 대한 배경 등을 제시하고 있다. 제2권에는 엔디미온이 지하세계로 자신의 사랑을 찾아나서는 모험, 그가 숙명과 불멸의 짝을 이루고 있는 아도니스와 비너스를 만나게 되는 장면 등이 제시되어 있으며, 특히 아도니스와 비너스를 만나게 되는 장면은 숙명적인 엔디미온과 그의 불멸적인 연인의 운명을 분명하게 예견하는 장면에 해당한다. 제3권에서는 엔디미온의 지속적인 사랑을 드러내는 한편, 다른 한편으로 그가 달의 여신에게 더 이상 자신을 괴롭히지 말아달라고 간구하는 것으로 되어 있다. 제4권은 "그래서 그는 신음했어라, 아름다움으로 살해된 사람처럼"에 반영되어 있는 바와 같이 엔디미온은 비참하게 되지만, 갑작스럽게 그는 사랑하는 여인을 우연히 만나게 된다. 그녀는 그에게 자신이 얼마나 그를 잊으려고 노력했는지를 말한다. 하지만 마지막 부분은 "아무도 없어라/ 아무도, 아무도, 아무도 없어라/ 그러나 그대는 가련한 외로운 여인을 위로하네"로 끝난다.

『엔디미온』은 발표되자마자 혹평을 받았다. 가장 악명 높은 혹평으로 알려진 것은 가혹한 비평과 토리당을 지지하는 엄격한 '보수주의'를 강조했던 존 윌슨 크로커(1780~1857)의 혹평이었다. 그는 『엔디미온』에 대한 자신의 서평에서 키츠가 라이 헌트(1784~1859), 윌리엄 해즐릿(1778~1830) 등과 함께 소위 말하는 '코크니파'―19세기 초반 런던에서 활동했던 시골출신 작가들―에 속해있다는 이유만으로 그의 시를 공격했다. 셸리(1792~1822)는 심각할 정도로 병세가 악화된 시인을 크로커가 죽음으로 내몰았다고 비난하면서, 바이런의 아이러니적인 표현에 의하면 "'서평에 의해서' 시인의 숨통을 끊어버렸다'"라고 강조했다.[10] 존 깁슨 로크하트(1794~1854) 역시 키츠의 『엔디미온』을 다음과 같이 혹평했다.

> 키츠 씨의 『엔디미온』에 대해서 언급한다면, 이 시에서 그는 '고대의 타타르적인 세력'을 취급하는 것만큼 '그리스'를 상당히 많이 취급했다. 고전주의 시나 고전주의 역사에 대해서 일찍이 가장 적은 지식이나 감정을 조금이라도 가지고 있는 사람이라면 그 누구도 이와 같은 '약속의 아들'이 차용하고 있는 여러 가지 방법의 결합을 일반화하고 세속화하기 위해서 머리 수그릴 필요는 없을 것이다. … [중략] …키츠 씨의 이 로망스가 영국의 영웅압운으로 쓰였다는 점을 독자에게 알려야만 할 필요가 있다. 헌트의 시를 읽은 독자라면, 이러한 암시는 정말로 불필요한 것일 수도 있다. 키츠 씨는 긴장과 활력이 없는 운율, 리미니의 시인의 코크니 압운을 적용했을 뿐이다. 그럼에도 바로 그 신사 분[헌트]에 대해서 공정하게 말한다면, 자신의 작품에서보다 자신의 후배의 작품에서 열배나 더 많은 체계상의 결점을 발견할 수 있다는 점을 분명히 해야만 할 것 같다. 헌트 씨는 보잘 것 없는 시인이지만 현명한 시인이기 때문이다. 키츠 씨는 훨씬 더 보잘 것 없는 시인이며 어느 정도 재능이 있는 소년이지만, 자신을 스스로 망치기 위해서 자신의 능력에 있는 모든 것을 소진해버린 것 같다.… [중략] …그의 시집을 판매하게 될 서적상(書籍商)은 두 번째에는 키츠 씨가 쓰게 될 그 어떤 시집에 대해서도 50퀴드[화폐단위]라도 투자하지 않게 될 것이다. 굶주리는 시인이 되기보다 굶주리는 약제사가 되는 편이 더 좋을 것이고 더 현명할 것이다. 따라서 존 씨[키츠]는 약국으로 돌아오라. '고약, 알약, 연고상자' 등이 있는 약국으로 돌아오라. 그러나 맹세컨대, 젊은 상그라도여, 그대는 시에서보다는 그대의 실천에서 조금만 더 정상을 참작하고 수면제를 아껴두라.[11]

키츠 역시 자신의 『엔디미온』이 지루하고 호소력이 없는 문체를 지니고 있다는 점을 알고 있었지만, 이 시를 쓴 것을 후회하지는 않았다. 따라서 그는 자신의 주변을 더욱 잘 알기 위해 대양으로 뛰어 들어가는 그러한 과정을 선호하게 되었으며, 영국의 역사가이자 화가이고 시인인 벤자민 R. 헤이

---

10) John Wilson Croker, *Quarterly Review* (April 1818), pp. 204~208.

11) Johan Gibson Lockar, *Blackwood's Endinburgh Magazine* (August 1818).

돈(1786~1846)에게 보낸 시에서 "나는 위대한 사람이 되기보다는 곧 실패할 수도 있을 것이다"라고 쓰기도 했다.

<table>
<tr><td>

Keats
"Endymion" (First Stanza)

A THING of beauty is a joy for ever:
Its loveliness increases; it will never
Pass into nothingness; but still will keep
A bower quiet for us, and a sleep
Full of sweet dreams, and health, and quiet breathing.
Therefore, on every morrow, are we wreathing
A flowery band to bind us to the earth,
Spite of despondence, of the inhuman dearth
Of noble natures, of the gloomy days,
Of all the unhealthy and o'er-darkened ways
Made for our searching: yes, in spite of all,
Some shape of beauty moves away the pall
From our dark spirits. Such the sun, the moon,
For simple sheep; and such are daffodils
With the green world they live in; and clear rills
That for themselves a cooling covert make
'Gainst the hot season; the mid forest brake,
Rich with a sprinkling of fair musk-rose blooms:
And such too is the grandeur of the dooms
We have imagined for the mighty dead;
All lovely tales that we have heard or read:
An endless fountain of immortal drink,
Pouring unto us from the heaven's brink.

</td><td>

윤호병 옮김
『엔디미온』(제1연)

아름다운 것은 영원한 기쁨이어라.
그 사랑스러움은 증가하리니, 결코 되지 않으리라,
아무것도 아닌 것으로는. 그러나 여전히 유지하리라,
우리를 위해 조용한 안식처를, 그리고 잠을
달콤한 꿈에 빠진, 건강을, 조용한 숨소리를.
따라서 매일아침, 우리는 엮게 되리라,
우리들을 대지에 묶을 수 있는 꽃묶음을.
낙담에도 불구하고, 고귀한 대자연의 비인간적인
기근에도 불구하고, 우울한 날에도 불구하고,
병약하고 너무 어두운 모든 방법,
우리가 찾도록 만들어진 모든 방법에도 불구하고,
아름다움의 어떤 형상은 장막을 걷어내나니,
우리의 어둔 영혼으로부터. 태양도 달도 그러하리라,
소박한 양을 위해서는 수선화도 그러하리라,
그것이 살고 있는 초록세계와 함께, 맑은 시내는
스스로의 서늘한 은신처를 위해 만들게 되리라,
무더운 계절에 대비해서. 숲 가운데가 터지면서,
풍성한 향기의 사향장미가 피어나리니.
그리고 운명의 위세도 그러하리라,
우리들이 전능한 죽음에 대해 상상해왔던.
모든 사랑스런 이야기를 우리들은 들었거나 읽었어라.
불멸적인 식수의 끊임없는 샘물,
천국의 가장자리로부터 우리들에게 쏟아지나니.

</td></tr>
</table>

그럼에도 모든 비평가들이 키츠의 이 시를 싫어했던 것은 아니다. 시인 토마스 후드(1799~1845)는 「키츠의 '엔디미온'에 관하여」에서 "음악에 대한 분위기를 매혹시키는…뮤즈는 엔디미온에게 꿈과 같은 이야기를 되돌려주었다"라고 긍정적으로 평가했다. 헨리 몰리(1822~1894)도 "『엔디미온』의 노래는 고귀한 시인의 감각을 통해서, 그의 예술이 그 자신을 위해서 의미하는

모든 것의 감각을 통해서 흐느끼고 있다. 이 시에서의 기계적인 결점을 발견
할 수 있다 하더라도 그것은 이와 같이 젊고 신선한 열망의 목소리에 대한
우리들의 감각을 촉진시키는데 기여하기까지 한다"라고 언급했다. 이처럼 비
난과 찬사가 교차하는 키츠의 시 『엔디미온』의 제1연의 원문과 번역문을 살
펴보면 앞에 인용된 것과 같다.

2. 김영랑의 시 「두견(杜鵑)」과 키츠의 시 「나이팅게일 에게 보내는 송가(頌歌)」의 관계

2.1 김영랑의 영문학 배경

김영랑과 존 키츠의 관계는 김영랑이 1922년부터 1923년까지 2년간 일본의 청산학원에서 영문학을 전공했다는 점, 그의 시집에 "아름다운 것은 영원한 기쁨이다"라는 키츠의 시 『엔디미온 : 시적 로망스』(1818)의 첫 구절을 인용하고 있다는 점, 그가 영시(英詩)를 번역했다는 점 및 "워즈워드의 크게 느낀 바 밭이랑 가의 어린 소년의 외로운 톳노래에는 내 아직 흥겨워 보지 못하였느니 키츠의 나이팅게일에 취한 까닭인가"[12] 등에서 찾아볼 수 있다. "동경에 있는 동안 당시 영국의 낭만주의 시인인 키이츠나 셸리의 시에 몰두하여 인간성에 대한 사랑과 아름다움에 대한 감수성을 더욱 풍부하게 길러 나갈 수 있었다"[13]라는 점과 "이때 영랑은 지극히 창백한 구류지질(溝柳之質)이었다는 것이니 이리하여 그의 건강은 날로 쇠약해져서 2·3개월간 치

---

12) 김영랑, 「두견과 종다리」, 『조선일보』(1939. 5. 20, 24). 이 후의 인용은 별도의 언급이 없는 한 김학동, 『모란이 피기까지는 : 김영랑전집·평전』(문학세계사, 1981)에서 재인용했음을 밝혀둔다.
13) 남형원, 「새 자료를 통해 본 김영랑의 생애」, 『문학사상』 제24호 (1974. 9), p. 308.

료를 받지 않을 수 없었다. 한창 혈기왕성한 20대의 그는 12관도 못되는 체질을 가지고 역여(逆旅)의 고통을 뼈에 사무치게 맛보게 되었다"14)라는 언급 등에서 확인할 수 있다.

앞에서 언급한 바와 같이, 김영랑은 자신의 시집 맨 처음에 키츠의 『엔디미온』의 첫 구절 "아름다운 것은 영원한 기쁨이다"를 인용하였으며, 『시문학』 제2집 (1930. 5)에 수록된 '예―ㅌ스시편(W. B. Yeats)'에서 W. B. 예이츠 (1871~1957)의 시 「하날의 옷감」, 「이늬스쯔리―」 등 영시(英詩)를 번역하였고,15) 에리히 바이너트의 독일시 「나치반항의 노래」도 번역하였다.16)

2.2 김영랑의 시 「두견(杜鵑)」에 반영된 키츠의 시 「나이팅게일에게 보내는 송가(頌歌)」의 영향과 수용

2.2.1 「나이팅게일에게 보내는 송가(頌歌)」의 세계

이상에서 언급한 영시(英詩)와 김영랑의 시의 관계를 살펴볼 수 있는 시가 바로 존 키츠의 시 「나이팅게일에게 보내는 송가」(1819)와 김영랑의 시 「두견」이다. 우선 키츠의 시의 원문과 번역문을 정리하면 다음과 같다.

키츠가 햄스테드에 머물고 있던 1819년 '스페니아드 인'의 정원에서 쓴 「나이팅게일에게 보내는 송가」는 같은 해 7월 『순수예술연감』에 처음으로 발표되었다. 당대의 비평가들로부터 '가장 길고 가장 개인적인 송가'라는 평가를 받은 이 시는 키츠가 '소극적인 능력'의 상태를 향해서 여행하는 과정을 묘사하고 있다. 대자연, 인생무상 및 숙명 등에 관계되는 이 시의 여러 가지 주제 중에서, 특히 '숙명'은 키츠에게 가장 개인적인 것으로 그것은 1818년 그의 동생 톰의 죽음에 직접적으로 관련된다. 자신의 이 시에서 키츠

---

14) 이헌구, 「김영랑평전」, 『자유문학』 (1956. 2).
15) 『시문학』 제2집 (1930. 5), pp. 34~36.
16) 김학동, 『모란이 피기까지는 : 김영랑전집·평전』, pp. 132~133에서 재인용하였음을 밝혀둔다.

Keats
"Ode to a Nightingale"

I

MY heart aches, and a drowsy numbness pains
My sense, as though of hemlock I had drunk,
Or emptied some dull opiate to the drains
One minute past, and Lethe-wards had sunk:
'Tis not through envy of thy happy lot,
But being too happy in thine happiness, —
That thou, light-winged Dryad of the trees,
In some melodious plot
Of beechen green, and shadows numberless,
Singest of summer in full-throated ease.

II

O, for a draught of vintage! that hath been
Cool'd a long age in the deep-delved earth,
Tasting of Flora and the country green,
Dance, and Provencal song, and sunburnt mirth!
O for a beaker full of the warm South,
Full of the true, the blushful Hippocrene,
With beaded bubbles winking at the brim,
And purple-stained mouth;
That I might drink, and leave the world unseen,
And with thee fade away into the forest dim:

III

Fade far away, dissolve, and quite forget
What thou among the leaves hast never known,
The weariness, the fever, and the fret
Here, where men sit and hear each other groan;
Where palsy shakes a few, sad, last gray hairs,
Where youth grows pale, and spectre-thin, and dies;
Where but to think is to be full of sorrow
And leaden-eyed despairs,
Where Beauty cannot keep her lustrous eyes,

윤호병 옮김
「나이팅게일에게 부치는 송가」

I

가슴은 쑤시고, 나른한 마비에 감각은 고통스럽네,
헴록을 마신듯, 또는 조금 전에
마지막 한 방울까지 마취제를 마신듯,
망각의 강 쪽으로 가라앉듯이.
그것은 너의 행복을 부러워해서가 아니라
너의 행복에 내가 너무 행복해서,
그대, 날개 가벼운 나무의 요정이여,
초록빛 너도밤나무, 그 수많은 그림자 속에서,
아름다운 곡조로
목청 높여 여름을 노래하나니.

II

오, 한 모금 포도주여! 깊은 땅 속에
오랫동안 차갑게 보관해 왔던,
꽃의 여신 플로라와 푸른 전원,
춤과 프로방스의 노래, 햇볕에 그을린 향취여!
오, 술잔은 따뜻한 남쪽으로, 진리로,
선홍빛 영천(靈泉) 히포크레네로 넘쳐나고,
구슬 맺힌 거품이 잔가에 반짝이는
자주 빛 입 자국 선명한 한 잔 포도주여!
한 잔 술을 마시고, 남몰래 이 세상을 떠나리라,
그대와 함께 어두운 숲 속으로 사라지리라.

III

멀리 사라져, 녹아버려, 아주 망각하리라
이파리 사이의 너는 결코 알지 못하는 것들을,
권태를, 고열을, 고뇌를,
이곳에서 사람들은 앉아 서로의 신음소리를 듣고,
중풍환자는 몇 가닥 슬픈 회색 머리카락을 흔들고,
젊은이는 창백해져 유령처럼 야위어 죽어 가리라.
이런 생각을 하는 것조차 슬픔과
공허한 눈빛의 절망으로 가득 차고,
아름다운 여인은 그 빛나는 눈을 간직할 수 없거나

Or new Love pine at them beyond to-morrow.

새로운 연인도 내일이면 그 눈을 갈망할 수 없으리라.

IV

IV

Away! away! for I will fly to thee,
Not charioted by Bacchus and his pards,
But on the viewless wings of Poesy,
Though the dull brain perplexes and retards:
Already with thee! tender is the night,
And haply the Queen-Moon is on her throne,
Cluster'd around by all her starry Fays;
But here there is no light,
Save what from heaven is with the breezes blown
Through verdurous glooms and winding mossy ways.

가거라! 가버려라! 나 그대에게 날아가리니,
주신(酒神) 바커스와 표범이 이끄는 마차가 아니라
눈에 보이지 않는 시의 날개를 타고 가리니,
아둔한 머리 혼란스럽고 더디다하더라도
이미 그대와 함께 있나니! 밤은 고요하고,
때마침 여왕-달은 왕관을 쓰고 있고,
뭇별 선녀들이 그 주변에 몰려들고 있나니.
그러나 여기엔 한 줄기 빛도 없고,
천국으로부터 남겨진 것은 짙푸른 녹음과
이끼 낀 구불구불한 길 사이로 불어오는 산들바람뿐.

V

V

I cannot see what flowers are at my feet,
Nor what soft incense hangs upon the boughs,
But, in embalmed darkness, guess each sweet
Wherewith the seasonable month endows
The grass, the thicket, and the fruit-tree wild;
White hawthorn, and the pastoral eglantine;
Fast fading violets cover'd up in leaves;
And mid-May's eldest child,
The coming musk-rose, full of dewy wine,
The murmurous haunt of flies on summer eves.

볼 수도 없어라 발밑에 핀 꽃들을,
가지에 매달린 부드러운 향기를,
그러나 향기로운 어둠 속에서 짐작하나니,
계절에 알맞은 이 달이 부여하는
풀잎, 덤불, 야생과일 나무 하나하나의 향기를.
하얀 산사나무와 목가적인 들장미를,
이파리에 뒤덮여 빨리 시드는 바이올렛을,
그리고 5월 중순의 맏이에 해당하는
술 이슬 가득 머금고 피어날 머스크장미를,
여름 저녁이면 수없이 날아드는 날 파리의 소굴을

VI

VI

Darkling I listen; and, for many a time
I have been half in love with easeful Death,
Call'd him soft names in many a mused rhyme,
To take into the air my quiet breath;
Now more than ever seems it rich to die,
To cease upon the midnight with no pain,
While thou art pouring forth thy soul abroad
In such an ecstasy!
Still wouldst thou sing, and I have ears in vain—
To thy high requiem become a sod.

어둠 속에 귀 기울이네. 그리고 수없이
편안한 죽음과 어설픈 사랑에 빠져왔네,
수많은 세심한 운율로 부드러운 죽음의 이름을
불러보았네, 고요한 숨결을 허공에 날려 보내려고
이제 그 어느때보다도 좋을 듯하네, 숨을 거두기에는,
한밤중에 아무런 고통 없이 세상을 마감하기에는,
그대 낯선 영혼을 이토록 황홀하게 쏟아 붓고 있는
바로 이 순간에!
그대 여전히 노래할지라도 나는 듣지 못하리라,
그대의 드높은 진혼곡에 나는 한 줌 흙이 되리라.

VII

Thou wast not born for death, immortal Bird!
No hungry generations tread thee down;
The voice I hear this passing night was heard
In ancient days by emperor and clown:
Perhaps the self-same song that found a path
Through the sad heart of Ruth, when, sick for home,
She stood in tears amid the alien corn;
The same that oft-times hath
Charm'd magic casements, opening on the foam
Of perilous seas, in fairy lands forlorn.

VIII

Forlorn! the very word is like a bell
To toil me back from thee to my sole self!
Adieu! the fancy cannot cheat so well
As she is fam'd to do, deceiving elf.
Adieu! adieu! thy plaintive anthem fades
Past the near meadows, over the still stream,
Up the hill-side; and now 'tis buried deep
In the next valley-glades:
Was it a vision, or a waking dream?
Fled is that music:—Do I wake or sleep?

VII

죽으려고 태어난 것이 아닌 그대, 불멸의 새여!
그 어떤 굶주린 세대도 그대를 짓밟지 못하리라.
지나가는 이 밤에 듣는 그 목소리는
그 옛날 황제와 농부도 들었으리라,
아마도 저와 똑같은 노래 소리는 슬픈 마음의
룻에게서 길을 찾았으리라, 고향을 그리워하며
이역의 옥수수 밭에 서서 눈물짓고 있을 때에.
저 노래 소리는 또 신비로운 창문을 자주 매혹했으리라,
쓸쓸한 요정의 나라, 위험한 바다의
파도를 향해 열려진 창문을.

VIII

쓸쓸하여라! 바로 이 말은 그대로부터 나를 불러내
나 자신에게로 되돌아오게 하는 조종(弔鐘)같아라!
안녕! 공상은 사람을 속이는 요정이라지만,
그렇게 속일 수는 없으리라.
안녕! 안녕! 그대의 구슬픈 노래는 사라져
가까운 풀밭을 지나, 고요한 개울을 건너,
언덕 위로, 그리고 이제 그 다음 골짜기
숲 속에 깊이 파묻혀 버리네.
이것은 비전인가? 백일몽인가?
음악은 사라지고, 깨어 있는 것인가? 자고 있는 것인가?

는 육신의 세계이자 이승에서의 상실을 상상하면서 자신을 죽은 것으로 파악하고 있다. 그러한 점은 나이팅게일이 울게 되는(노래하게 되는) '한 줌 흙'에서처럼 그가 갑작스럽게 거의 난폭할 정도의 말을 사용하고 있는 점에서도 찾아볼 수 있다. 불멸적인 나이팅게일과 자신의 정원에 앉아 있는 숙명적인 인간의 대조는 상상력의 노력에 의해서 점점 더 심화된다. 날씨의 등장 역시 이 시에서 중요한 요소이며, 나이팅게일은 1819년의 이른 봄에 잡목이 무성한 숲 속으로 날아들어 울어대고 있다. 키츠의 친구인 찰스 A. 브라운은 1819년 봄 자신의 집에서 가까운 곳에 한 마리 나이팅게일이 둥지를 틀었다

고 언급하였다. "키츠는 나이팅게일의 노래에서 고요하면서도 지속적인 기쁨을 느꼈고 어느 날 아침 그는 아침식탁에서 자신의 의자를 들고 자두나무 아래 풀밭으로 갔으며, 그곳에서 두 세 시간동안 앉아 있었다."[17)

이상과 같은 배경에서 쓰인 키츠의 시 「나이팅게일에게 보내는 송가」는 각 연이 10행으로 이루어진 총8연으로 구성되어 있으며, 각 연에서의 압운형식(押韻形式)은 셰익스피어의 '4행연구'(ababcdecde)와 페트라르카의 '6행연구'(cdecde)를 결합시킨 소네트 형식을 취하고 있다. 이와 같은 각 연의 운율체계는 키츠의 송가의 특징에 해당하며, 그것은 소네트 형식에 대한 그 자신의 철저한 작업과 이론에서 비롯된 것일 수도 있다. 이러한 점은 "아둔한 압운에 의해 우리들의 영어가 엮여질 수만 있다면"이라는 키츠 자신의 언급에서도 찾아볼 수 있다. 「나이팅게일에게 보내는 송가」의 첫 부분에서는 바로 이 부분을 차분하게 만들기 위해서 '마음(heart),' '쑤시고(aches),' '나른한(drowsy),' '마비(numness)' 등 그 소리가 무거운 모음을 사용하였다. 제2연에 사용된 '히포크레네'는 그리스의 헬리콘 산에 있는 '영천(靈泉)'으로 시신(詩神) 뮤즈들이 마시고는 했던 전설상의 '샘'이다.

나이팅게일이라는 '새'와 키츠의 관계는 시가 진행됨에 따라서 그리고 그의 의식이 '꿈'이라는 상상적인 공간을 표류하게 됨에 따라서 분명하게 변화된다. 첫 번째 연에서 키츠는 "날개 가벼운 나무의 요정이여"라는 구절을 사용하여 그 새를 일종의 '외경심'에 관련짓고 있지만, 제7연에서는 단순하게 한 마리 '새'로 나타내고 있을 뿐이다. 실제로 마지막 연에서 시적 자아가 그 새를 '사람을 속이는 요정'이라고까지 파악하게 되는 까닭은 최면에 걸린 것 같은 나이팅게일의 노래로 인해서 자신에게 부여되는 격앙된 감정의 효과를 암시하고자 하기 때문이다. 나이팅게일의 노래에 대한 키츠 자신의 생각이 시가 진행됨에 따라 변화하게 되는 것과 똑같이, 제4연의 '드높은 진혼곡'에 대한 묘사는 마지막 연에서 '구슬픈 노래'로 전환된다. 이 시에서의 이

---

17) Timothy Hilton, *Keats and His World* (Thames & Hudson, 1971).

와 같은 전환은 끝에서 두 번째 연과 마지막 연의 사이에 있는 '쓸쓸한'이라는 말이 반복될 때에 발생하게 된다는 점을 하이디 스콧은 강조하였다.[18] 시인 혹은 시적자아 또는 화자는 '쓸쓸한'이라는 말의 울림에 의해서 새와 함께 하는 그 자신의 긴밀한 몽상으로부터 깨어나게 되고, 「나이팅게일에게 보내는 송가」에서 필요한 대부분의 분위기를 제공해 주었던 꿈의 공간으로부터 바로 그 새가 멀리 날아가는 것을 발견하게 된다. 그래서 혼란스러워진 키츠는 이 시의 마지막 행에서 "이것은 비전인가? 백일몽인가?/ 음악은 사라지고, 깨어 있는 것인가? 자고 있는 것인가?"라고 끝맺게 된다.

이 시의 제3연과 제6연에는 숙명과 죽음이 암시되어 있다. 제3연이 키츠의 동생 톰의 죽음을 설명하는 반면에 제6연은 키츠 자신의 죽음에 대한 두려움을 표현하고 있다. 제6연의 "편안한 죽음과 어설픈 사랑에 빠져왔네"에는 시인이 죽음을 두려워하고 있다는 점과 더디고 고통스러운 건강의 악화를 두려워하고 있다는 점이 반영되어 있다. 이 구절에는 또한 병약한 그의 집안의 내력이 암시되어 있으며, 이러한 점에 의해서 키츠는 이미 그러한 질병의 초기증상을 보여주었다고 볼 수 있다. 뒤이어지는 행의 '부드러운 이름'은 두 연인사이에 오가는 대화처럼 보이기도 한다. 아울러 "그 어느 때보다도 좋을 듯하네, 숨을 거두기에는"이라는 구절은 시인이 경험하고 있는 '황홀경'의 정도가 어떠한 것인지를 보여준다. 다시 말하면, 삶에 대한 애정과 죽음에 대한 두려움을 그렇게도 많이 가지고 있던 시인은 마침내 죽음을 기꺼이 환영하게 된다. 그래서 제6연은 '한 줌 흙,' 즉 모든 생물체가 죽어 되돌아가게 되어 있는 점을 강조하는 것으로 끝맺고 있다.

시적 화자 혹은 자신의 혼란스러움을 제시하고자 하는 시인은 「나이팅게일에게 보내는 송가」 전편을 통해서 공감각적인 비유를 사용하고 있다. 예를 들면, 제2연에서 '한 모금 포도주'에 대한 갈망을 표현하고 있지만, 그가 원하고 있는 맛에 대한 묘사는 일반적으로 음료수의 맛과 결합되어 있지 않다.

---

18) Heidi Scott, "Keats's Ode to a Nightingale," *The Explicator* (Spring 2005), vol. 63, iss. 3, pp. 139~141.

그가 원하는 것은 '플로라와 푸른 전원'의 맛이며, '플로라'는 꽃들의 여신에 해당한다. 그는 또한 "춤과 프로방스의 노래, 햇볕에 그을린 향취"의 맛을 요구하기도 한다. 그렇게 함으로써, 축제의 생생한 기억을 되살려주는 자신이 마셨던 포도주가 있었다는 점을 암시하게 된다. 아울러 제5연에서는 '가지에 매달린 부드러운 향기'를 볼 수 없다고 주장하기도 한다. 물론 '향기'는 시각이미지가 아니라 후각이미지이며, 그것은 바로 그 '허상'—삶과 죽음 사이에서 '죽음' 쪽으로 나아가는—이 너무나 생생하기 때문에 빛이 없는 경우가 아니라면 시인 자신이 언제라도 냄새와 소리를 동시에 볼 수 있다는 점을 암시하기도 한다.

2.2.2 「두견(杜鵑)」과 「나이팅게일에게 보내는 송가(頌歌)」의 비교

이상에서 살펴본 바와 같이, 「나이팅게일에게 보내는 송가」에서 '나이팅게일'은 그 노래를 듣게 되는 시인의 환상적인 행복감과 시인 자신의 슬픔과 질병, 일시적인 청춘과 덧없는 아름다움, 이승에서의 유한성과 저승에서의 무한성을 일깨워주는 매개체로서 그것을 집약하고 있는 구절이 바로 '보이지 않는 시의 날개를 타고'이다. 이 날개를 타고 키츠가 벗어나고자 하는 현실은 그가 결핵으로 세상을 떠나기 전에 머물고 있던 햄스테드에 해당한다. 그로 하여금 그것이 비록 상상적인 계기가 되었다 하더라도 고통스러운 현실에서 벗어날 수 있는 계기를 마련해 주는 '나이팅게일'의 노랫소리는 이 시의 제7연에서 절정을 이루게 되며, 이 시에서의 '지금 여기'와 전설과 성서에서의 '그 때 거기'를 연결 짓게 된다. "죽으려고 태어난 것이 아닌 그대, 불멸의 새여!"로 시작되는 이 부분에는 '황제,' '농부,' '룻,' '요정' 등에 암시되어 있는 바와 같이 계층을 초월하여 이 세상의 모든 존재가 나이팅게일의 노랫소리에 귀를 기울여 왔다는 점을 강조하는 한편, 다른 한편으로는 이 시의 대단원에 해당하는 마지막 연을 이끌고 있다. 이 부분에서 룻은 물론 '구약성서'의 '룻기'에서 곡식의 이삭을 주워 시어머니 나오미를 봉양한 모압 여자이다. "모압 여자 룻이 나오미에게 말하였다. '들로 나가, 저에게 호의를 베풀어 주는 사람 뒤에서 이삭을 주울까 합니다.' 나오미가 룻에게 '그래 가거라, 내 딸아'하고 말하였다."(룻기, 2장 2절) 이역의 땅에 와서 홀시어머니를 봉양하기 위해 남의 밭에서 이삭을 줍던 '룻'을 제시함으로써, 키츠는 자신의 이 시에서 단순한 역사적 사실에 생명력을 불어넣어 인간적인 심성과 따뜻한 정서를 유도하고 있으며 그의 이러한 시적 방법은 탁월하고 풍부한 상상력의 결과라고 할 수 있다. 마지막 부분에 나타나 있는 '조종(弔鐘)'은 시인 자신의 죽음에 관계되지만, 시인의 공상은 여전히 무의식 속에 지속되고 있다고 볼 수 있다. 그것이 바로 "이것은 비전인가? 백일몽인가?"와 "깨어 있는 것인가? 잠자고 있는 것인가?"라는 마지막 구절이다.

키츠의 시 「나이팅게일에게 보내는 송가」로부터 영향을 받은 것으로 알려진 김영랑의 시 「두견」의 전문을 인용하면 다음과 같다.

<blockquote>

울어 피를뱉고 뱉은피는 도루삼켜
평생을 원한과슬픔에 지친 적은새
너는 너룬세상에 설움을 피로 색이려오고
네눈물은 數千세월을 끈임업시 흐려노앗다
여기는 먼 南쪽땅 너쯔껴숨음직한 외딴곳
달빛 너무도 황홀하야 호젓한 이 새벽을
송긔한 네우름 千길바다밑 고기를 놀내고
하날ㅅ가 어린별들 버르르 떨니겟고나

몇해라 이三更에 빙빙 도-는 눈물을
슷지는못하고 고힌그대로 흘니웟느니
서럽고 외롭고 여윈 이몸은
퍼붓는 네 술ㅅ잔에 그만 지늘겻느니
무섭ㅅ정 드는 이새벽 가지울니는 저승의노래
저기 城밑을 도라나가는 죽엄의 자랑찬소리여
달빛 오히려 마음어둘 저 흰등 흐늣겨가신다.
오래 시들어 팔히한마음 마조 가고지워라

비탄의넉시 붉은마음만 낯낯 시들피느니

</blockquote>

지튼봄 옥속 春香이 아니 죽엿슬나듸야
옛날 王宮을 나신 나히어린 임금이
산ㅅ골에 홀히 우시다 너를 따라가섯드라니
古今島　마조보이는 南쪽바다ㅅ가 한만흔 귀향길
千里망아지 얼넝소리 쇈 듯 멈추고
선비 여윈얼골 푸른물에 띄윗슬제
네 恨된우름 죽엄을 호려 불럿스리라

너 아니울어도 이세상 서럽고 쓰린것을
이른봄 수풀이 초록빛드러 물내음새 그윽하고
가는 대닢에 초생달 매달려 애틋한 밝은어둠을
너 몹시 안타가워 포실거리며 훗훗 목메엿느니
아니울고는 하마 죽어업스리 오! 不幸의넉시여
우지진 진달내 와직지우는 이三更의 네 우름
희미한 줄山이 살풋 물러서고
조고만 시골이 홍청 깨여진다19)

– 김영랑, 「두견」 전문

　김영랑의 시에서 시인의 상상력을 이끌고 있는 매개체는 '두견'이며, 그 울음소리에 의해서 시인은 '수천(數千)세월'로 대표되는 시간과 '먼 南쪽땅' 및 '千길바다밑'으로 대표되는 공간을 넘나들게 된다. 그리고 그 울음소리에 의해서 '옥속 춘향(春香)'과 '나히어린 임금'을 상상하게 되고 그것은 궁극적으로 죽음에 관계되며, "아니울고는 하마 죽어업스리 오! 불행(不幸)의넉시여"에서 절정을 이루게 된다. 이와 같이 파악할 수 있는 키츠의 시와 김영랑의 시에 반영되어 있는 대표적인 시적 요소를 비교하여 정리하면 다음의 도표와 같다. 물론 다음의 도표에 제시되어 있는 시적 요소보다 더 많은 요소들을 키츠와 김영랑의 시에서 찾아볼 수 있으며, 이러한 요소들은 전자에서 후자로 이행되는 과정에서, 많은 부분이 서양적이고 영국적인 요소에서 동양적이고 한국적인 요소로 전환되어 있다고 볼 수 있다.

---

19) 김영랑, 「두견」, 『영랑시집』 (시문학사, 1935), 52번 시.

시적 요소	「나이팅게일에게 부치는 송가」		「두견」	
매개체	나이팅게일	불멸의 새여!	두견	불행의 넉시여
신화적 · 역사적 요소	황제, 농부	그 옛날 황제와 농부도 들었으리라	임금	옛날 王宮을 나신 나히어린 임금이
	룻	룻에게서 길을 찾았으리라	춘향	春香이 아니 죽엿슬나듸야
주제	죽음의식	이 세상을 떠나리라 나는 한 줌 흙이 되리라	죽음의식	저승의 노래 죽엄의 자랑찬소리여
시간	달밤	여왕-달은 왕관을 쓰고 있고	달밤	가는 대닢에 초생달 매달려
장소	(햄스테드)		남쪽 땅	古今島 마조보이는 南쪽바다
계절	봄	(제5연의 꽃)	봄	우지진 진달내

이상과 같은 의미를 지니고 있는 새 '두견'에 대해서 김영랑은 자신의 수필 「두견과 종다리」에서 다음과 같이 언급하였다.

나는 새움나와 하늘하늘한 백일홍 나무곁에 딱 붙어서고 말았다. 내귀가 째앵하니 질린 까닭이로다.…온전히 기름만이 흐르는 새벽, 아―운다. 두견이 운다. 한 5년 기르던 두견이 운다. 하늘이 온통 기름으로 액화되어 버린 것은 첫째 이 달빛의 탓도 탓이려니와 두견의 창연한 울음에 푸른 물든 산천초목이 모두 흔들리는 탓이요, 흔들릴 뿐만 아니라 모두 제가끔 푸른 정기를 뽑아 울리는 탓이다. 두견이 울면 서럽다. 천연히 눈물이 고인다. 이런 조고만 시골서는 아예 울어서는 안될 새로다.…그 두견이 빚어낸 고시(故事)야 많다.…두견제 두견제 야삼경 화일지(杜鵑啼 杜鵑啼 夜三更 花一枝)란 것인데 첫날밤 동정 처녀가 서서 주고받는 대귀로, 백구비 사십리 파만경(白鷗飛 沙十里 波萬頃)이라 아마 남방 어느 시골서 그 동남정녀는 이 5월의 좋은 새벽을 한없이 즐겼던 것이다.…사람으로 살려면 오로지 떳떳해야 시원하고, 그러려니 현실이 아프고, 그래 우리는 어린 자식들을 두고 차마 눈을 못 감고 가는 게지. 그 자식들의 세대는 어떠할꼬 꾀꼬리의 종족들도 보아다고 아배같이 아배같이 눈 못 감고 가던가를.

이와 같은 '두견'의 반대편에 있는 새를 김영랑은 '꾀꼬리'로 파악하였으며, 그러한 점은 "꾀꼬리는 두견과는 상극이라 전연 비인간적인 점이 우리

젊은 사람들의 꿈을 모조리 차지하고 있는 성싶다"에서 확인할 수 있으며, 그의 시 「5월」[20]에도 반영되어 있다. '두견,' '꾀꼬리'와 더불어 김영랑이 관심을 기울인 새로는 '호반새'가 있으며 이러한 점은 그의 시 「청명」과 그의 수필 「감나무에 단풍드는 전남의 9월」에서 확인할 수 있다. 이러한 점을 고려하여 김영랑의 시 「두견」과 키츠의 시 「나이팅게일에게 부치는 송가」의 유사성을 정리하면 다음과 같다.

'두견'에 대해서 남다른 애정을 표현한 「두견」, 바로 그 '두견'을 '저승의 노래'이자 '불행의 넋'으로 파악하고 있는 이 시에는 시인으로서의 김영랑과 그 자신의 영혼의 매개체로서의 '두견'이 긴밀하게 상호교감하고 있다. 제1연에서 '千길바다밑'과 '하날ㅅ가'로 무한의 공간을 확보한 후에 두견이 존재할 수 있는 '南쪽땅'을 설정하였으며, 무한의 공간영역으로까지 울려 퍼지는 두견의 울음소리에 반영된 '음향구조'는 '두견'과 '나/시적자아/시인 자신'의 영혼구조와 대립되어 있다. 시간대 역시 '평생'과 '수천(數千)세월'에 의해서 무한성을 내포하면서 끊임없이 운명적인 슬픔을 노래하는 것으로 되어 있다. 제2연에서는 이러한 음향구조가 '저승의 노래'로 전환되고 시간대도 '몇해'로 한정되어 나타나게 되며, 이러한 점은 김영랑 자신의 존재성, 시적 현재 혹은 시대적 상황에 의한 제한적인 위치 등에 관계된다. 제3연에서는 제1연에서 제시되었던 '먼 南쪽땅'이 '고금도(古今島)'와 '南쪽바다'로 변화되면서 '죽음'과의 상호교감 및 두견의 울음소리와 시인 자신의 현존재를 일치시키고 있다. 마지막 연에서는 지금까지 전개되었던 시적 상상력이 현실적으로 구체화되면서 그 모든 것을 종합하고 있다. "영랑시는 전형적으로 '나'의 서술체에 속한다. 이는 자아와 세계의 미분화 상태에 속한다. 그것의 가장 철저한 양상이 앞에 든 「두견」이며 순수인 소이연이다. 음향만이 남고 모습이 없는 상태, 그것이 순수다. 따라서 그 음향이 '저승까지 울린다는 것'은 영혼구조와 두견의 음향구조의 동질성을 승인할 때 비로소 성립된다."[21] 이

---

20) 김영랑, 「5월」, 『문장』 제1권 제6호 (1939. 7), p. 139.

렇게 볼 때에 '두견의 울음소리'에 의한 '음향구조'가 '두견'에게 적용될 때
에는 영원한 '불멸의 존재'에 해당하고 그것이 시인으로서의 '나'에게 적용
될 때에는 '유한한 존재'에 해당한다고 볼 수 있다.

21) 김윤식, 『한국현대시론비판』(일지사, 1975), p. 42.

3. 김영랑의 시에 반영된 철학과 음악

3.1 '무(無)의 미학'과 '단자(單子)'로서의 '나없음'의 세계

　문학과 철학의 상호연관성은 언제나 밀접한 관계를 유지해 왔으며 대부분의 문학이론은 많은 부분을 철학이론에 의존해 왔다. 특히 구조주의 이론 이후의 문학이론은 언어철학을 바탕으로 하여 발전되어 왔으며, 이러한 점으로 인해서 철학이 문학을 자유롭게 하지 못했다는 비판을 받기도 한다.22) 그러면서도 문학에서의 철학적인 의미를 찾고자 하는 노력은 문학의 영역을 확대한다는 의미에서 최근의 국제 비교문학계에서 다양한 방법으로 접근하고 있다. 이러한 점은 비교문학의 다·학문적 연구, 비교문학의 학제간 연구, 문학의 '상호텍스트성' 연구 등에서 찾아볼 수 있다. 특히 '상호텍스트성' 연구는 줄리아 크리스테바가 미하일 바흐친의 '대화중심주의 이론'23)을 원용하여

---

22) 윤호병 옮김(마크 에드먼드선), 『문학과 철학의 논쟁 : 플라톤에서 데리다까지』 (문예출판사, 2000)에는 플라톤, S. T. 콜리지, 폴 드 만, 자크 데리다, 미셸 푸코, 그린블랏 등에 이르는 철학이론과 문학이론의 상관성이 요약되어 있으며, 이 책의 저자인 에드먼스선은 '문학이 문학 자체의 영역으로 돌아가야 한다'는 점을 강조하고 있다.

23) Mikhtail Bakhtin, *The Dialogic Imagination : Four Essays,* ed. Michael Holquist, trans. Caryl Emerson and Michael Holquist (Austin : University of Texas Press, 1981), p. 426에는 '대화중심주의'를 다음과 같이 설명하고 있다. "대화중심주의는 상이한 주석이 지배하는 세계에서의 인식론적인 방법에 해당한다. 모

다음과 같이 파악한 이래 여전히 비교문학연구에서 가장 각광받는 분야가 되었다.

대화중심주의 이론에서 비롯되는 변용의 방법은 따라서 모든 텍스트의 종합체라고 볼 수 있는 사회적인 전체 조화 속에 문학적인 구조가 자리 잡을 수 있도록 한다. 하나의 텍스트 내에서 발생하는 텍스트성의 이러한 상호작용을 '상호텍스트성'이라고 명명하고자 한다. 이 방법을 이미 알고 있는 사람들에게 있어서 '상호텍스트성'이란 다름 아닌 하나의 텍스트가 그 자체로 이미 텍스트 자체의 역사를 밝히고 또 그 텍스트 자체가 역사 속에 삽입하게 되는 방법이다. 하나의 정확한 텍스트에서 '상호텍스트성'을 실천하는 구체적인 방법은 텍스트 구조상의('사회적,' '미학적') 중요한 특성을 제공해 줄 것이다.[24]

비교문학 연구에 있어서 이상과 같은 점을 고려할 때에 김영랑의 시에서 그러한 점을 보여주는 시로는 『영랑시집』에 수록된 '49번' 시이며, 이 시의 전문은 다음과 같다.

사개틀닌 고풍(古風)의퇴마루에 업는듯이안져
아즉 떠오를긔척도 업는달을 기들린다
아모런 생각업시
아모런 뜻업시

이제 저 감나무그림자가

___

든 것은 의미를 가지고 있으며 그보다 좀 더 큰 것의 일부분으로 이해될 수 있다. 의미와 의미의 사이에는 언제나 상호작용이 존재하며, 이 모두는 각각 다른 것에 대한 잠정적인 조건이 된다. 어느 한 가지가 다른 한 가지에 영향을 끼치게 되고 어떻게 어느 정도로 그렇게 하게 되느냐 하는 점, 즉 실제로 '발화(發話)'의 순간에 결정되어 이미 존재해 온 기존의 언어세계-그 언어를 사용하는 현재의 언어인구에 관계되는-가 지배하는 대화에서의 이러한 명령성은 실제로 독백이란 있을 수 없다는 점을 분명하게 한다. 자신의 제한된 주변 세계만을 알고 있는 원시인처럼 어떤 사람은 단 하나의 언어만이 존재한다고 생각할 수도 있고, 정치적인 인물이나 '문학의 언어'를 규정짓는 제정자들이 그렇게 하듯이, 어떤 사람은 문법학자로서 통일된 단일 언어를 성취하기 위해서 복잡한 방법을 모색할 수도 있다. 그 어떤 경우든 통일성은 상이한 주석의 세력에 관계된다. 즉, 대화중심주의의 압도적인 세력에 관계된다." 바흐친의 실제 논의에 대해서는 「소설에서의 담론」(pp. 529~422)을 참고할 것. 특히 p. 411에서는 '대화'에 대해서 집중적으로 논의하고 있다. 그 외에 바흐친의 '대화중심주의'에 대한 심도 있는 논의와 설명으로는 Tzvetan Todorov, *Mikhail Bakhtin : The Dialogical Principle*, trans. Wlad Godzich (Minneapolis : University of Minnesota Press, 1984), pp. 104~105를 참고할 것.

24) Julia Kriesteva, "Problémes de la structuration du texts," *Théorie d'ensmble* (Paris : Seuil, 1968), p. 311. 바흐친의 '대화중심주의' 개념과 크리스테바의 '상호텍스트성' 개념이 어떻게 상호작용하게 되는지에 대해서는 Todorov, *Mikhail Bakhtin*, pp. 60~74를 참고할 것.

삿분 한치식 올마오고
이 마루우에 빛갈의방석이
보시시 깔니우면

나는 내하나인 외론벗
간열푼 내그림자와
말업시 몸짓업시 서로맛대고 잇스려니
이밤 옴기는 발짓이나 들려오리라[25]

위에 인용된 김영랑의 시에서 가장 주목되는 부분은 '업는듯이안져'이며, 이 부분은 궁극적으로 제1연의 '긔척도 업는달,' '생각업시,' '뜻업시' 그리고 제3연의 '말업시,' '몸짓업시' 등을 통해서 시적 자아가 '없음'을 인식하는 데 있다. '없음'에 대한 이러한 인식은 '그림자'로 '대상화된 자아'와 '시적 자아/시인/김영랑 자신'으로 '자아화된 대상'의 완전한 일치를 전제로 한다. 소광희가 『철학의 제 문제』(1974)에서 "무, 순수한 무, 무는 자기 자신과의 단순한 대등성이요, 완전한 공허성이요, 몰규정성, 몰내용성이다. 즉, 자기 자신에 있어서의 무구별성이다"라고 언급한 바와 같이, 김영랑은 이 시에서 자신의 '순수한 존재'를 '순수한 무(無)'로 파악하고자 한다. '절대적인 무'와 '상대적인 무' 중에서 그의 무의식은 가능성을 긍정하고 현실성을 부정하고자 하는 후자 쪽에 더 가까운 것으로 파악된다.

이러한 '순수한 무(無)'는 김영랑의 이 시에서 시인 자신의 온갖 사유의 근원으로 작용한다. 다시 말하면, '업는듯이안져'에서 파악할 수 있는 '순수한 무(無)'의 발상은 '있다'와 '없다'의 대립, 즉 존재와 비-존재의 대립이 되며, 자신의 존재를 상대적인 무로 파악하고자 하는 가능성은 달이 솟아오르고 그 달빛이 자신의 존재를 밝히리라는 사실을 긍정하게 된다. 달이 떠오르게 됨에 따라서 자신에게 다가오는 '감나무그림자'는 결과적으로 '자신의 그림자와 마주 앉은 나'로 하여금 내적 성찰과 관조의 계기를 마련해 준다. 그러한 점은 "나는 내하나인 외론벗/ 간열푼 내그림자와/ 말업시 몸짓업시 서로

---

25) 김영랑, 「두견」, 『영랑시집』 (시문학사, 1935), 49번 시.

맞대고 잇스려니"에 암시되어 있다. 바로 이 지점에서 라이프니츠(1646~1716)가 "분할 불가능한 비물질적 실체, 최소의 형이상학적 점으로서 발생하기도, 변화소멸하지도 않는 순수정신을 가능하게 한다"라고 강조했던 하나의 '단자(單子)'가 존재하게 된다. 이때의 '단자'는 최소의 형이상학적 점으로써 발생하지도 않고 변화·소멸하지도 않는 정신적인 실체라고 볼 수 있으며, 라이프니츠가 강조하는 '단자'에는 다음과 같은 의미가 있다. 영혼에는 무한한 어떤 그룹이 있으며 그것을 라이프니츠는 '단자'라고 파악하였다. 이러한 '단자'는 그 자체를 형성하고 있는 요소로 인해서 상호 작용할 수도 없고 의사소통으로서의 출구도 없다. 따라서 '단자'는 그 자체로서 대상을 반영할 뿐이다. 이렇게 볼 때에 인간의 영혼에는 그것을 반영하는 수많은 '개체'가 존재하게 되며, 위에 인용된 시에서 김영랑의 영혼을 반영하는 불변의 '단자'는 '없음'이며, 그것을 이 글에서는 '무(無)의 미학'이라고 파악하였다. 아울러 이러한 '없음'의 개체로는 '감나무그림자'와 '자신의 그림자' 등에서 그렇게 파악할 수 있으며, 그것은 궁극적으로 시인 자신의 그림자와 일치하게 된다.

이러한 단자의 작용으로 인해서 김영랑은 자신이 도달할 수 있는 지고(至高)의 비경(秘境)에서 성찰과 관조를 하게 된다. 예를 들면, 제1연에서 '나, 달, 생각, 뜻'에 관계되는 '없다'는 '절대적인 무'를 의미하고, 제2연의 '감나무그림자'와 달빛에 의한 '빛갈의 방석'이 공유하고 있는 '마루우'의 '있다/없다'의 대립은 시인의 존재가능성으로서의 부분적인 '상대적인 무'를 암시하며, 제3연에서의 '나와 내그림자'는 내적 성찰로서의 완전한 '지고의 무'의 세계를 이끌고 있다. 시적 자아의 이러한 내적 성찰의 단계는 절대적인 무(제1연)→상대적인 무(제2연)→지고의 무(제3연)로 정리할 수 있으며, 그것을 다시 '나'와 '자아'의 관계로 보면 미분화 상태(제1연)→분화과정(제2연)→완전한 분화(제4연)로 파악할 수 있다.

3.2 '촉기(燭氣)' 정신과 음악의 세계

김영랑의 시에 반영된 음악성은 그가 일본 청산학원 중학부에 입학했다가 19세 되던 다음 해인 1921년에 일시 귀국하여 '성악'을 공부하려다가 부친의 완강한 만류로 포기한 후 1922년 다시 청산학원 인문과에 입학하여 영문학을 공부하게 되었다는 점에서 찾아볼 수 있으며, '조선적인 것'에 대한 그의 관심과 애정은 그의 '한복취미'와 '국악취미' 등에서 찾아볼 수 있다. 그리고 이 모든 것은 김영랑이 강조하는 '촉기(燭氣)'로 수렴된다. 김영랑은 자신의 수필 「두견과 종다리」에서 한복의 아름다움을 다음과 같이 언급하였다.

> 모시 다듬이 옷맵시야 우리 의복 문화가 가장 자랑할 수 있는 것의 하나로다. 고아하고 아주 조선적인 것이 다른 비단옷이 감히 견줄 바 못된다.…천 전 신라 양반이나 고려 양반을 대한 듯한 느낌에 위하고 아끼고 싶은 생각까지 든다. 아낙네들이 잔주름을 접은 연옥색 모시치마를 입으시고 골목길을 나서는 것을 대할 때 내 눈앞에는 저 멀리 하얀 산길이 구비구비 흔들려 들어오고 늘어진 버들가지 밑을 키 작은 나귀가 방울 달고 게을리 걸어가는 환영이 나타나서 바로 그 나귀를 잡아타고 어디고 가고 싶은 충동에 못 이기나니

이러한 점은 "이 한복의 시인은 늘 유쾌하였다"라는 이하윤의 언급과 "민족문화를 근심하는 몇 분 선배와 시우(詩友)가 당주동 어느 양복점 이층에 자조 모일 무렵에 거기 고동색 두루막 입고 온 영랑을 비로소 만나 뵙게 되었던 것이다"[26]라는 조지훈의 언급 등에서 확인할 수 있다.

김영랑의 이러한 '한복취미'는 그것이 단순한 취미를 넘어서 조선적인 것으로 확대되고 그 구심점에 '조선적인 가락'이라고 할 수 있는 '국악'이 자리 잡고 있으며, '조선적인 가락'과 그 '멋'에 대해서 김영랑 자신은 다음과 같이 언급하였다. "선비에게서 광대명창이 멋을 배우려 애를 써도 격을 갖추지 못하고 떨어지는 수가 많기 때문에 흔히 그들은 신멋을 범한다. 그리고 보니 죄가 멋에 있지 않고 사람에게 있다. 격 높은 평조(平調) 한 장(章)을 명

---

26) 조지훈, 「김영랑론」, 『시와 인생』 (박영사, 1959), p. 163.

창 광대가 잘 해내지 못하는 것을 보아 알 수 있다. 노래를 멋지게 부른다는 것과 그 양반 멋있다는 것과는 전연 말뜻이 틀린다는 것이다.…멋이 소리에 만 있을 바 아니거니 운치에 무릎을 꿇어놓은 것이 부당할까 생각한다."27) '조선적인 가락'과 '멋'에 대한 김영랑의 이와 같은 견해는 남도지방의 '말' 에 대한 애정에서도 찾아볼 수 있으며, 그것을 '마음속에 있는 생각을 여과 없이 솔직하게 드러내다는 뜻'의 '토정(吐情)'으로 파악한 그는 자신의 수필 「춘심(春心)」에서 다음과 같이 언급하였다.

> 뒷언덕에 산소나 물그대로 의자를 만들고 흥청거리면서 늬나뉘 늬나뉘―를 분다. '어―허 참,' '잉―이'하는 소리가 웃댁에서 들려 나온다. 사이좋은 고부(姑婦)간의 살림 수작이 그러하다. 전라도서도 이 곳 말이란 것이 처음 듣는 이는 아직 말이 덜 되었다고 웃고, 자주 듣는 이는 간지러워 못 듣겠다고 얼굴에 손까지 가리운다. 시인 C 는 감각적인 점에서만도 많이 잡아 써야겠다고 한다. 통틀어 여기 말이 말이라기보 다 토정(吐情) 같으나 타도(他道) 말인들 의사 표시에 그치기야 하느냐마는 보다 더 토정일 것 같다.…여자의 말이 더욱 그러하다. '잉―이응―오' 하는 부정어가 어디 또 있는가.

김영랑의 시에 반영되어 있는 음악적인 요소는 그의 시의 '운율적인 특징' 을 분석할 때에 분명하게 파악할 수 있을 것이다.28) 아울러 그의 시와 음악의 관계를 보여주는 시로는 「거문고」, 「북」 등이 있으며, 「북」의 전문은 다음과 같다.

> 자네 소리하게 내 북을 치제
>
> 진양조 중머리 중중머리
> 엇머리 자저지라 휘모라보아
>
> 이러케 숨결이 꼭마저사만 이룬 일이란
> 인생(人生)에 흔치안어 어려운일 시원한일

---

27) 김영랑, 「춘심(春心)」, 『조선일보』 (1940. 2. 27).
28) 윤호병, 『영랑시연구』 (서울대학교 석사학위논문. 1981), pp. 64~70.

소리를 떠나서야 북은 오직 가죽일뿐
헛때리면 만갑(萬甲)이도 숨을 고쳐 쉴박에

장단(長短)을 친다는말이 모자라오
연창(演唱)을 살리는 반주(伴奏)쯤은 지나고
북은 오히려 컨닥타요

떠밧는 명고(名鼓)인듸 잔가락을 온통 이즈오
떡떡궁! 동중정(動中靜)이오 소란속에 고요 잇어
인생(人生)이 가을가치 익어가오

자네 소리 하게 내 북을 치제[29]

    위에 그 전문이 인용된 자신의 시 「북」에서 김영랑이 강조하고 있는 것은
물론 '국악'이며 그 중에서도 '판소리의 장단'에 해당하는 '진양조, 중머리,
중중머리, 엇머리'[30] 등에 의해서 '창(唱)' 부분을 강조하고 있으며, '만갑(萬
甲)'이는 당대 다섯 명창 중의 한 사람이었던 송만갑(1865~1939)을 의미한
다.[31] 시에서 "자네 소리 하게 내 북을 치제"에서 시인 자신은 '창자(唱者)'로

---

29) 김영랑, 「북」, 『동아일보』(1946. 12. 10).

30) '판소리 장단'은 다음과 같이 구분된다. ① '진양조'는 판소리에서 가장 느린 장단으로 6박(拍)이 1
   각(刻)이 되고 4각이 모여 24박이 되는 장단이다. ② '중머리'는 조금 느린 장단으로 12박으로 서술
   적이거나 서정적인 대목에서 주로 사용한다. ③ '중중머리'는 '중머리'보다 조금 빠른 장단으로 흥
   겨운 대목이나 통곡하는 대목에서 많이 쓰인다. ④ '자진머리'는 매우 빠른 12박으로 많은 사항을
   길게 나열하거나 극적 전환을 할 때에 사용되는 장단이다. ⑤ '휘머리'는 4박의 가장 빠른 장단으
   로 분주한 대목에서 주로 사용하며, ⑥ '엇머리'는 판소리에서 빠른 3박과 2박이 혼합된 10박의 장
   단으로 '중,' '도사,' '범,' '장수' 등이 등장할 때에 사용되는 장단이다. 그 외에 ⑦ '엇중머리'는 보
   통 빠르기의 6박으로 대부분의 경우 윗사람에게 사연을 아뢰는 대목에 사용되는 장단이다.

31) 한국정신문화원 편, 『한국민족문화대백과사전 12』(1991), p. 924를 중심으로 하여 송만갑(宋萬甲)의
   생애를 요약하면 다음과 같다. 송만갑은 고종2년 전라남도 구례읍 봉북리에서 태어났으며, 순조 때
   가왕(歌王)의 칭호를 받았던 흥록(興祿)의 증손이자 철종 때의 명창 우룡(雨龍)의 아들로 판소리 명
   문가에서 태어났으며 아명(兒名)은 '밤쇠'였다. 7세 때부터 아버지에게서 판소리를 공부하였고 13세
   때에 소년명창으로 칭송받아 전라감사로부터 참봉직을 받았으며, 원각사(圓覺寺)를 중심으로 활동
   할 당시에 어전(御前)에서 수차례 소리를 하여 고종으로부터 감찰직을 제수받기도 하였다. '서편제'
   의 선배 명창 정창업의 소리에 매료되어 집안 대대로 내려오는 고매한 '동편제'에 통속적인 소리를
   가미하였다고 하여 집안에서 쫓겨나 객지로 돌아다니게 되었다. 조선말기에 김창환 등과 함께 원
   각사를 중심으로 하여 판소리와 창극공연에 힘을 기울였으며, 이동백, 정정렬 등과 함께 '조선성악
   연구회'를 조직하여 제자양성과 창극공연에 노력하였다.

서의 '자네'의 '소리'를 이끌고 있는 '컨닥타,' 즉 '지휘자'로서 '북'을 잡고 장단을 맞추는 '고수(鼓手)'가 되고자 한다. 판소리의 창(唱)과 장단에 대한 김영랑의 이러한 관심을 서정주는 자신의 「박용철과 김영랑」에서 다음과 같이 회고하였다.

> 가서보니 그의 제일 큰 자랑은 우리 국악음반의 수집으로 근조말기이래(近朝末期以來)의 우리 재래음악(在來音樂)의 소리판이 그의 집엔 거의 없는 것이 없었다. "이화중선의 소리나 한번 들어 볼까?"해서, 나도 그네라면 그전에도 좀 들어온 기억이 있어, 그러자고 했더니, 그네의 육자배기를 비롯한 몇 곡을 손수 구식의 그 축음기라는 것을 돌려 가며 틀어 주었다. 그러곤 그걸 들은 소감을 물었다. "무슨 서러움의 짙은 안개나 자욱한 이끼가 낀 것처럼 그건 답답하고 아득하군요"고 했더니, 그는 "이게 바로 이 나라에서 제일 슬퍼 못 견딜 소리요"하며 "그럼 이걸 또 좀 들어 봐" 하고, 이번에는 그 이화중선의 친동생인 이중선의 육자배기를 한 가락 들려주고 나서 "또 이건 어때?"하니, "그건 좀 생기(生氣)가 있군요"하니, "그래, 그래 촉기(燭氣)가 있지?"하고, 내가 생기라고 한 말을 그 촉기라고 하는 말로 고쳤다. 나도 내가 써 먹은 생기란 말보다는 그가 쓴 촉기라는 말이 더 거기 들어맞는 것을 느꼈다. 어린 애기나 젊은 연인들의 눈 속의 기름기와 밝음이 합해진 것을 흔히 뜻하는 이 촉기─ '촉기가 번질번질한 눈'이니, '그 애는 눈에 촉기가 유난히 많다'하는 식으로 우리가 늘 써 오고 있는 이 말은 이중선의 소리의 슬픈 대로 싱싱하고 기름기 도는 음성에는 가장 잘 맞는 표현 같았다. "사람이 아무리 서럽고 비참해도 역시 촉기는 어딘가 있어야 해, 그렇지도 못하면 그 사람은 살 수도 없고 남까지도 두루 즐쿠게 돼" 영랑은 또 말했다. 영랑의 이 말들을 들으며 나는 그의 시 「모란이 피기까지는」을 비롯한 작품들을 저절로 생각해 봤다. 그러면서 그의 말한 그 '촉기'라는 것을 그의 시들과 대조해 보니, 역시 그 촉기야말로 그의 시들에도 아주 딱 잘 들어맞는 것이었다. 그의 시에는 슬픈 것이건 기쁜 것이건 간에 두루 촉기가 있다. 이것 때문에 슬픔도 그의 슬픔은 암담하지 않고 일종의 싱싱함을 지닌다. 그리고 이 촉기야말로 어떤 큰 가뭄에도 말라비틀어지지 않고 살아온 우리 민족정신의 가장 큰 힘이라는 것에 생각이 미치자, 영랑 그는 꽤나 든든한 시인인 것도 또 느끼어졌다.[32]

서정주가 회고하는 인용문에서 김영랑이 강조하는 '촉기'라는 개념은 이화중선[33]의 '소리'보다는 이중선[34]의 '소리'에서 비롯되었으며, 그것은 다시

---

32) 서정주, 「김영랑과 박용철」, 『서정주전집 5』 (일지사, 1972), pp. 118~119.
33) 한국정신문화원 편, 『한국민족문화대백과사전 18』(1991), p. 376을 중심으로 하여 이화중선(李花中仙)의 생애를 요약하면 다음과 같다. 이화중선은 부산출생으로 17세 때에 전라북도 남원군 수지면

'판소리'의 '창(唱)'을 비롯한 '조선의 음악'과 '시 정신'을 거쳐 '민족정서'로 까지 확대된다. "이러한 개념규정이 어떤 객관성을 띤다고 하기보다는 영랑 (永郎) 나름대로의 독특한 해석으로 전라도 지방에 유포되어 있는 '六字배기' 를 위시한 우리 고유 민요 속에 면면히 흐르고 있는 정조(情調)를 이렇게 말 한 것이다"35)라는 김학동의 언급에 나타나 있는 바와 같이, '촉기'는 김영랑 의 시에 나타나 있는 음악성을 집약하고 있을 뿐만 아니라 시와 음악을 비교 할 수 있고 더 나아가 시정신과 민족정서를 비교할 수 있는 근거가 된다고 볼 수 있다. '六字배기'의 특징은 6박의 느리고 긴 육자배기 뒤에 3박의 자진 육자배기를 잇대어 부르는 남도지방의 대표적인 민요로 「화초사거리」, 「흥타 령」, 「개구리타령」, 「새타령」, 「성주풀이」 등이 있다. 일반적으로 민요의 창 자(唱者)가 부를 때에는 느린 부분을 진양조에, 자진부분을 세마치에 맞추어 부르며, 먼저 제창으로 '구나에~'를 두 장단 부른 뒤에 독창으로 소리하고, 다시 제창으로 '구나에~'를 한 장단 부르게 된다. 이처럼 제창으로 받는 소 리가 독창의 메기는 소리에 비하여 짧은 것은 다른 곳에서는 흔히 볼 수 없 는 드문 예이다. 형식은 처음 두 장단의 제창을 제외하고, 독창 부분은 네 장단 단위의 구(句)가 셋이 모여 이루어져 있다. 자진부분은 처음 제창으로 '구나에야'를 한 장단 부른 뒤에 계속하여 의미 없는 입타령으로 네 장단짜 리 구를 두 귀 부르게 된다. 그 다음에 독창으로 네 장단짜리 3구를 부르게 되며 마지막 구는 끝에 제창으로 '구나에야'를 불러 네 장단을 맞추게 된다.

호곡리의 홈실박씨 문중으로 출가하여 살던 중, '협률사(協律社)'의 공연을 보고 감동받아 집을 나 와 장득주에게서 판소리를 배웠다. 그 후 서울로 올라와 송만갑과 이동백의 지도를 받아 여류명창 으로서 가장 인기 있었으며 임방울과 함께 가장 많은 음반을 녹음한 명창으로 손꼽힌다. 1940년에 는 '대동가극단(大東歌劇團)'을 조직하였고 1943년 재일교포 위문공연차 일본을 순회하던 중에 세 상을 떠난 것으로 되어 있다.

34) 이중선에 대한 자료는 그렇게 많이 남아 있지 않으며, 그 당시 『매일신보』의 기사를 참고하면 다음 과 같다. ① 1927. 4. 13. 이화중선과 함께 공연을 한다는 광고가 나와 있으며, ② 1928. 3. 25. 장안 명기명창들이 우미관에서 공연한다는 광고의 명단에 이중선이 언급되어 있고, ③ 1928. 9. 10. 악단 초유의 대음악회를 개최하는데 이화중선, 이중선 등의 이름이 올라 있다. 이렇게 볼 때에 이중선은 1920년대 말 유명한 명창이자 기생이었음을 알 수 있으며 '심청가' 중에서 '이별대목'을 특히 잘 불 렀다고 한다. 이중선에 관련되는 이러한 자료를 정리해준 정재민 교수에게 감사한다.

35) 김학동 편, 『모란이 피기까지는 : 김영랑 전집·평전』 (문학세계사, 1981), p. 239.

'구나에야'의 받는 부분이 메기는 부분에서 독립된 것이 아니라, 사설내용으로나 음악적으로나 밀접하게 연결되어 있는 것이 특징이다. 음계의 특징은 남도 특유의 꺾는 목, 평으로 내는 목, 떠는 목 등으로 되어 있다.[36]

이상에서 살펴본 바와 같이 김영랑의 시에 반영되어 있는 음악성은 남도지방의 지역어와 방언, 음악에 대한 그 자신의 취향 및 남도소리에 대한 애정에서 비롯되었다고 볼 수 있다. 그럼에도 문학과 예술의 비교연구에서 '시와 음악의 비교'는 '시와 그림의 비교'와는 달리 여러 가지 점에서 연구의 제약을 받게 된다. 후자의 경우는 해당 그림이 원본이든 복사본이든 그것을 모태로 하는 시와 함께 제시할 수 있고 설명할 수 있지만, 전자의 경우는 음악을 들 수 있는 '절대공간'과 '절대시간'의 확보, 악보의 제시와 연주 등을 필요로 할 뿐만 아니라 연주자와 독창자(합창)에 따라서 다르게 해석되고 있기 때문이다. 이렇게 볼 때에 김영랑의 시에 반영되어 있는 음악 혹은 음악성에 대한 비교연구는 시 연구자와 남도지역어에 익숙한 국어 연구자, 국악 연구자, 판소리의 창자(唱者)와 고수(鼓手) 등이 공동으로 연구할 때에 그 진면목을 규명할 수 있을 것이다.

---

36) 한국정신문화원 편, 『한국민족문화대백과사전 17』 (1991), p. 239를 참고하였으며, '六字배기'에 대한 그 외의 연구로는 한만영의 『한국민요집』 (광음문화사, 1967), 이창배의 『한국가창대계』 (홍인문화사, 1976) 등이 있다.

4. 소결론

　김영랑의 시에 대한 비교문학적 연구는 그동안 다각적인 방법으로 연구되어 왔으며, 그러한 연구범위에서 크게 벗어나지 않는 범위에서 이 글에서도 그의 시에 대한 비교문학적 연구가능성을 살펴보았다. 베를렌의 시 및 키츠의 시와 김영랑의 시의 비교연구는 '정확한 자료,' 다시 말하면, 김영랑의 시에 구체적으로 반영되어 있는 베를렌과 키츠의 시세계를 중심으로 하여 살펴보았으며, 그러한 연구는 국내외 비교문학계에서 '자료중심의 연구,' '프랑스학파의 비교연구,' '전통적인 비교문학' 등으로 명명되고는 한다. 이 글에서 두 번째로 살펴본 김영랑의 시에 나타나 있는 철학과 음악의 비교연구는 '학제간의 연구,' '다-학문적 연구,' '미국학파의 비교연구' 등으로 명명되고는 하지만, 최근의 국제 비교문학계에서는 이 두 학파의 비교연구를 분명하게 구별하지 않고 하나로 통합하여 연구하는 경향을 보이고 있다. 그럼에도 후자 쪽의 비교연구에 대해서 더 많은 관심을 보이고 있는 것이 사실이다. 따라서 김영랑의 시와 철학의 비교연구나 그의 시에 반영된 음악의 비교연구는 지속적으로 연구 가능한 영역이라고 볼 수 있으며, 이러한 연구에 의해서 김영랑의 시세계에 대한 종합적인 평가가 이루어지리라고 생각한다.

이렇게 생각하는 까닭은 그동안 김영랑의 시가 '소녀적 센티멘털리즘'이
라는 이원조(1909~1953)의 언급처럼 지나치게 폄하되기도 하였고 「모란이
피기까지는」과 같이 잘 알려진 시를 중심으로 하여 평가되어 왔기 때문이다.
이와 같은 언급이나 연구도 그 자체로서 가치 있는 것이기는 하지만, 김영랑
이 강조했던 '촉기(燭氣)'―이 용어가 서정주에 의해서 간접적으로 알려져
있기는 하지만―는 그의 시세계의 구심점으로 작용했다고 볼 수 있으며, 이
글에서 언급하지 못한 김영랑의 '후기시'에는 바로 이 정신이 강하게 작용하
고 있을 뿐만 아니라 그의 시세계의 또 다른 면모를 보여주고 있기 때문이
다. 김영랑의 후기시에 나타나 있는 시대상황과 그의 시의식의 변화 및 응전
력에 대한 비교문학적 연구도 가능하다는 점을 밝혀둔다.

제9장

이시카와 타쿠보쿠(石川啄木)의 영향과 수용

김기진, 정지용, 백석의 경우를 중심으로

1. 타쿠보쿠의 생애와 작품세계

1.1 생애[1]

이시카와 타쿠보쿠(1886~1912)는 일본 동북부의 이와테현(岩手縣) 모리오카(盛岡)의 히노토(日戸)라는 마을에서 1885년(명치18년) 10월 27일에 출생했으며, 호적에는 1886년 2월 20에 출생한 것으로 되어 있다. 그가 출생한 이 시기는 일본에서 후쿠자와 유키치(福澤諭吉, 1835~1901)가 제창했던 '탈아입구(脫亞入歐),' 즉 '아시아를 벗어나 서구로 진입하자'를 부르짖었던 격변기였을 뿐만 아니라 서구의 물질문명을 급속도로 흡수하던 시기였다. 또한 이 시기가 타쿠보쿠의 시세계에 있어서 중요한 까닭은 신분해방과 인간주의를 바탕으로 하는 개인주의 성향이 팽창하던 시기이기 때문이기도 하고 범국가적으로 서구열강을 모델로 하는 부국강병의 기치아래 모든 것이 급변하는 시

---

1) 이시카와 타쿠보쿠(石川啄木)의 생애를 정리하는 데 있어서, 石川啄木記念館의 홈페이지 http://www. takuboku.com, 福田淸人 編, 掘江信男 著,『石川啄木』(淸水書院, 1966, 1994), 吳英珍,「石川啄木文學에 나타난 韓國觀」,『日本學』제13집 (1994. 8), pp. 77~119, 岩城至德・黃聖圭 共著,『石川啄木의 명시감상 100선』(시사일본어사, 1994), 손순옥 옮김,『이시카와 타쿠보쿠 시선』(민음사, 1998)에 수록되어 있는 타쿠보쿠의 생애를 참고하여 재정리했음을 밝혀둔다. 아울러 이 모든 귀중한 자료를 필자에게 제공해주신 신근재 교수님께 감사드린다.

기이기 때문이기도 하다. 개인적으로나 국가적으로나 이처럼 급변하는 시기에 타쿠보쿠는 조쿄사(常光寺) 주지였던 아버지 이시카와 잇테이(石川一禎)의 장남으로 태어났으며, 위로 두 딸만을 두고 있던 아버지 잇테이는 타쿠보쿠를 각별히 사랑했다.

그가 태어난 이듬해인 1887년 그의 아버지가 시부타미마을(澁民村)의 호토쿠사(宝德寺) 주지로 가게 되어 가족을 따라 그곳으로 이주하였다. 이와테산(岩手山)과 히메가미산 및 키타카미강(北上江)이 있는 이곳에서 타쿠보쿠는 자신의 시적 감성을 키우게 되었고 이러한 점은 훗날 그의 시세계에 많은 영향을 끼친 것으로 알려져 있다. 병약했지만 공부를 잘하여 마을사람들로부터 '신동(神童)'이라는 소리를 들었던 타쿠보쿠는 1891년 5월 시부타미보통소학교에 입학하여 1895년 4월 졸업하였으며, 1895년 4월 모리오카보통고등소학교 고등과에 입학하였다. 이때의 심정을 타쿠보쿠는 자신의 시 「한 줌의 모래(一握の砂)」에서 "그 어릴 때의 신동이라는 이름의/ 슬픔이여/ 고향에 와서 우는 것은 그 때문이라"라고 회상하였다.

그 이후에 1898년 4월 모리오카보통중학교(1899년 4월 1일 모리오카중학교로 교명이 변경되었음)에 입학하였으며, 오카야마 하이(岡山不衣, 1885~1943), 다이치 쿄스케(金田一京助, 1882~1971) 및 1905년 결혼하게 된 모리오카여학교 학생 호리아이 세츠코(堀合節子) 등과 교류하는 한편, 다른 한편으로는 상급생이었던 노무라 오사카츠(野村長一)—그는 노무라 코도우(野村 胡堂, 1882~1963)라는 필명으로 더 잘 알려져 있다—오이카와 코시로우(及川 古志郎, 1883~1958)의 영향을 받아 문학에 뜻을 두었다. 이 시기에 타쿠보쿠는 긴타이치 가메이(金田一花明)의 지도로 '동경 신시사'에서 발행하던 잡지 『묘죠(明星)』를 구독하면서 요사노 아키코(与謝野晶子, 1878~1942)의 단가집(短歌集) 『흐트러진 머리(みだれ髮)』에 심취하였으며, '백양회(白羊會)'를 결성하여 '단가(短歌)'를 습작하기도 하였다. 그 결과 타쿠보쿠는 1901년 12월 3일부터 이듬해 설까지 『이와테일보(岩手日報)』에 「백양회영초(白羊會詠草)」 25수를 처음으로 발표하였다.

그러나 타쿠보쿠는 본격적으로 문학수업을 하기 위해서 1902년 10월 27일 중학을 중퇴하였다. 타쿠보쿠가 졸업을 얼마 남겨두지 않은 상태에서 자퇴를 한 표면적인 이유는 '본격적인 문학수업'에 있었지만, 이면적으로는 4학년 3학기말 시험과 5학년 1학기의 수학시험 등 두 번의 부정행위로 인해서 견책처분을 받았기 때문이었다. 동경으로 올라온 타쿠보쿠는 세이소쿠영어학교(正則英語學校)에 다니면서 같은 해 11월부터 요사노 뎃칸(擧謝野鐵幹, 1873~1935)의 지도를 받게 되었다. 타쿠보쿠가 문학 지도를 받은 요사노 뎃칸은 청일전쟁(1894~1895) 직후에 조선을 방문하여 애국적 기개를 강조했으며, 1899년 '신시사(新詩社)'를 결성하였고 1900년 새로운 스타일의 문예지 『묘죠(明星)』를 창간하여 '와카(和歌)'의 개혁운동을 추진함으로써 메이지시대 낭만주의 문학의 중추적 역할을 하였다. 문학수업을 위해 동경에 와서 새로운 운명을 개척하려 했지만 여러 가지 어려움을 겪게 된 타쿠보쿠는 『분가쿠카이(文學界)』의 편집원으로 취직하려 했으나 뜻을 이루지 못한데다 결핵까지 악화되어 1903년 2월 고향으로 돌아왔다. 같은 해 5월에서 6월까지 『이와테일보(岩手日報)』에 평론을 연재했으며, 11월에는 『묘죠(明星)』에 단가(短歌)를 발표하면서 '신시사동인'으로 활동하게 되었고, 이때부터 타쿠보쿠라는 필명을 정식으로 사용하기 시작하였다. 또한 같은 해 12월에는 장시(長詩) 「슈토(愁調)」를 발표하여 문단의 주목을 받기도 하였다. 그의 이 시는 미국의 바다시집이라고 할 수 있는 『파도와 물결』의 영향을 받은 것으로 알려져 있다.

1904년 1월 8일 타쿠보쿠는 호리아이 세츠코(堀合節子)와 장래를 약속한 후 1월 14일 약혼했다. 같은 해 9월에서부터 10월까지 아오모리(青森)와 오타루(小樽) 지역을 여행하였으며 오타루역장(小樽驛長)의 집에서 숙박하기도 하였다. 10월 31일 시집을 간행하기 위해서 동경에 다시 올라왔다. 1905년 1월 5일 '신시사'의 신년교례회에 참석했으며, 5월 3일 우에다 빈(上田敏, 1874~1916)이 서시(序詩)를 쓰고 요사노 투스칸(与謝野鐵幹, 1873~1935)이 발문(跋文)을 쓴 첫 시집 『동경(憧憬)』을 출판하여 천재시인이라는 명성을 얻었다. 같은 해 5월 12일 호리아이 세츠코(堀合節子)와 결혼하여 6월 4일부터 부모와 누이동생 등과 함께 같은 집에서 신혼생활을 시작했다. 이때부터 타쿠보쿠가 일가족의 생계를 책임져야 했던 까닭은 그의 아버지 잇테이가 여러 해 동안 종비를 체납하여 호토쿠사의 주지를 그만두었을 뿐만 아니라 집을 나가버려 그때부터 가족의 생계를 책임져야 했기 때문이었다. 타쿠보쿠는 모교인 시부타미 소학교의 대용교원으로 취직하여 생계를 꾸려나갔다. 그는 또 같은 해 6월부터 다른 작가들과 함께 『이와테일보(岩手日報)』에 「칸텐티(閑天地)」라는 제목으로 연재하기도 하였다. 아울러 9월 5일에는 자신이 주간·편집인이 되어 문예지 『쇼우텐티(小天地)』를 간행하였다. 이와토 헤우메이(岩野泡鳴, 1873~1920), 마사무네 하쿠툐우(正宗白鳥, 1879~1962), 오사나이 가오루(小山內薰, 1881~1828) 등 30여명의 작품을 수록하여 지방문예지로서 문단의 호평을 받았지만, 재정문제로 계속 간행하지는 못하였다.

　이와 같은 상황에서 타쿠보쿠는 1906년 2월 17일 오타루역장(小樽驛長)을 방문하여 자기 집안의 궁핍한 상황을 해결하려고 노력하기도 하였다. 4월 14일 시부타미고등소학교의 대용교원을 근무하게 되었고, 21일 징병검사를 받았지만 허약체질로 판정받아 징집을 면제받았다. 같은 해 11월 소설 「장렬(葬列)」을 집필하여 같은 해 12월 『묘죠(明星)』에 발표하였으며, 같은 달에 장녀 교코(京子)가 출생하였다. 1907년 4월 1일 홋카이도(北海道)의 신천지에서 자신의 문학적 재능을 발휘할 기회를 모색하였으며, 교직에 더 이상 머무를 수 없다고 판단하여 의원면직하였다. 타쿠보쿠가 교직을 떠난 직접적인 원인은 임시교원으로 부임한 학교에서 스트라이크를 일으켜 학교장을 전출시키고 자신도 면직되었기 때문이었다. 이처럼 자긍심과 자아에 대한 연민이 강했던 타쿠보쿠는 하코다테(函館), 삿포로(札幌), 오타루(小樽), 구시로(釧路) 등을 전전하는 한편, 다른 한편으로는 하코다테(函館)에서 문예지 『붉은 클로버』를 주재하였다. 8월에는 『하코다테일일신문(函館日日新聞)』의 임시직 기자, 9월에는『호쿠몬신보(北門新報)』의 교정부원, 9월말에는『오타루일보(小樽日報)』의 기자 등을 지냈다. 이처럼 1908년 4월 홋카이도를 떠날 때까지 350여 일 동안 타쿠보쿠는 다양한 체험을 하였으며, 이러한 체험은 훗날 그의 시세계에 그대로 반영되었다. 1908년 1월 4일 오타루시내의 '사회주의강연회'에서 당시 사회주의자였던 니시카와 고지로(西川光次郞)의 강연을 듣고 그를 만나게 되었다. 같은 해 11월에는 동경『마이니치신문(每日新聞)』에「새의 그림자(鳥影)」를 연재하였다. 6월 23일부터 25일까지 타쿠보쿠는 우리들에게 잘 알려진 그의 시「동해의 작은 섬」을 썼다. 그러나 '구시로신문사(釧路新聞社)'에 근무할 당시 자신의 상사인 주필(主筆)에 대한 불만이 표출되어 사직하고는 창작활동을 위해서 동경으로 다시 올라왔다.

1909년 1월 1일『묘성(スバル)』이 창간되어 발행인 명의로 참가하였으며, 2월에는『묘성(スバル)』에 소설「발자취(足跡)」를 발표하였고, 3월 1일『도쿄아사히신문(東京朝日新聞)』에 교정부원으로 취직하였다. 같은 해 10월 어머니 카츠와의 불화로 처 호리아이 세츠코가 모리오카(盛岡)의 친정으로 가출함으로써 타쿠보쿠는 심한 충격에 빠졌으며, 만주 하얼빈역에서 안중근 의사에 의해 이토히로부미(伊藤博文)이 암살되었다. 타쿠보쿠는 안중근 의사를 주제로 하여 자신의 시「코코아 한 잔(ココアのひと匙)」을 쓴 것으로 알려져 있다. 아울러 11월에는 평론「먹여야할 시(食ふべき詩)」를 발표하였다.

1910년 6월 본명이 덴지로(傳次郞)인 고토쿠 슈스이(辛德秋水, 1871~1911)의 '대역사건(大逆事件)'이 발생한 것을 계기로 이에 영향을 받았던 타쿠보쿠는 사회주의 사상에 심취하게 되었다. 그 결과 고토쿠 슈스이와 러시아의 사상가 피터 알렉세비치 크로포토킨(1842~1921)의 저서에 감명을 받아 사회주의 사상에 접근하여 일본의 미래를 구상하기도 하였다. 같은 해 8월 평론「시대폐색의 현상(時代閉塞の現状)」을 집필하였으며, 10월에는 장남 신이치(眞一)이 출생했지만 며칠 만에 사망했고, 같은 달에 첫 가집(歌集)『한 줌의 모래(一握の砂)』의 원고를 동문당(東文堂)에 넘겨 같은 해 12월에 출판하였다.

그의 이 '가집(歌集)'은 일상적인 생활을 3행 형식의 짧은 단가(短歌)로 형상화하여 일본 근대단가의 이정표를 마련했다는 평가를 받고 있다. 1911년까지 지속적으로 사회주의 경향의 시를 발표했다. 1911년 2월 동경대학 병원에서 '만성복막염' 수술을 받았고 6월에는 시집 『호루라기와 휘파람새(呼子と口笛)』를 출판했다.

자신의 어머니가 1912년 폐결핵으로 사망한 후 같은 해 4월 13일 타쿠보쿠 역시 폐결핵으로 26세에 사망하여 도키젠마로(土岐善麿)의 생가 아사쿠사의 동광사(東光寺)에 안장되었다. 그가 세상을 떠난 후 2개월 정도 지난 1912년 6월 14일 차녀 후사에(房江)가 유복자로 태어났다. 아울러 6월 20일 도키젠마로가 편집하고 제목을 붙인 『슬픈 장난감(悲しき玩具)』이 유고집으로 출판되었다. 1913년 5월 5일 그의 아내 호리아이 세츠코(堀合節子)도 모리오카에서 폐결핵을 사망했다.

1.2 작품세계

이시카와 타쿠보쿠의 작품세계는 크게 세 가지로 대별된다. 하나는 연작시의 형식으로 쓴 짧은 '단가(短歌)'의 세계이고 다른 하나는 '계절시'-타쿠보쿠의 시세계를 분류할 수 있는 이 명칭은 필자가 자의적으로 붙인 것임을 밝혀둔다-의 세계이고 또 다른 하나는 사회의식을 반영한 시세계이다. 사회의식을 반영한 시세계는 사회주의 운동을 말살시키기 위해서 천황제 명치정부가 음모한 1910년의 '대역사건(大逆事件)'에 연루된 고토쿠 슈스이(幸德秋水)를 비롯한 사회주의자와 무정부주의자 등 12명이 1911년 사형에 처해진 것을 그해 6월 알게 된 후의 충격에서 비롯된 것이다. 이러한 점은 '민중 속으로'라는 기치를 내건 '브나로드 운동'에 의한 억압된 민중의식과 한(恨) 및 일본이라는 자신의 조국과는 별도로 군국주의라는 국가권력에 대한 시적 응전력에서 찾아볼 수 있다. 물론 소설의 세계도 있지만, 이 글에서는 논외로 하고자 한다.

이와 같은 타쿠보쿠의 시세계와 한국 현대시의 관계에 대해서는 그동안 한국문학계에서 지속적으로 연구되어 왔으며, 일본·한국·중국·대만 등을 중심으로 1989년에 '국제타쿠보쿠학회'가 창립되어 그의 시세계를 다각적인 방법으로 조명하고 있다. 그럼에도 그의 시세계가 한국 현대시에 끼친 영향과 수용의 관계에 대한 종합적인 비교연구가 미진하다고 볼 수 있다. 타쿠보쿠의 시세계가 한국 현대시에 끼친 영향과 수용의 관계를 비교문학적으로 종합하기 위해서는 타쿠보쿠의 생애와 시세계, 그의 인도주의에서 비롯된 한국관(韓國觀), 그가 살았던 당대의 일본과 한국의 시대상황, 사회사상 및 정치현실 등 양국의 당대 현실을 살펴보는 것이 필요할 것이다.

1.2.1 단가(短歌)의 세계

우선 그의 단가의 세계는 그가 어린 시절부터 26세라는 젊은 나이에 세상을 떠날 때까지 지속적으로 애정을 가지고 썼던 분야라는 점뿐만 아니라 그의 시세계를 가장 대표하는 분야에 해당한다. 이러한 점을 보여주는 타쿠보쿠의 단가의 세계는 여러 가지로 나눌 수 있지만, 우선은 고향에 대한 그리움을 들 수 있다.

> 정들은 고향 그 사투리 그리워
> 정거장으로 붐비는 사람 속에
> 고향 말 찾아가네[2]

아버지 잇타이가 시부타미마을(澁民村)의 호토쿠사(宝德寺) 주지로 가게 되어 가족을 따라 그곳으로 이주했던 타쿠보쿠는 위에 인용된 시에서 그 마을의 그리움으로 인해 '고향 사투리'를 찾아 '정거장'에 가는 것으로 되어 있으며, 이 시에서의 정거장은 도호쿠 본선의 시발역으로 그의 고향으로 가는 우에

---

2) 岩城至德·黃聖圭 共著, 『石川啄木의 명시감상 100선』, p. 41. 이후로 별도의 언급이 없는 한, 본문에서의 '단가(短歌)'에 대한 인용은 이 책에서 인용했음을 밝혀 둔다.

노역을 의미한다. 이처럼 고향에 대한 간절한 그리움은 다음에 인용하는 시에도 잘 드러나 있다.

　　　마음 병처럼
　　　고향 그리는 생각 간절히 솟아
　　　푸른 하늘 저멀리 연기마저 슬퍼라

『묘죠(明星)』(1910. 11)에 처음 발표된 이 시는 '가을'을 노래한 단가 110수 가운데 하나로서 고향에 돌아갈 수 없는 심정을 읊었다고 볼 수 있다. 이 시의 의미를 황성규는 다음과 같이 설명하였다. "도쿄 시절 창작생활에 실패한 타쿠보쿠는 자신이 세상을 떠날 때까지 한 번도 모리오카에도 시부타미에도 돌아가지 않았다. 돌아가야 하지만 돌아갈 수 없는 향수가 '병자처럼' 타쿠보쿠의 마음을 지배하여 항상 그를 망향의 정으로 몰아세운 것이다."[3] 이와 같은 고향에 대한 그리움은 가족에 대한 그리움으로 전환되기도 하고 학창 시절에 대한 그리움으로 전환된다. 전자의 경우로는 "부모와 자식/ 동떨어진 생각에 묵묵히 앉아 마주보는 어색함/ 이 무슨 운명인가"에 반영되어 있는 가족과 가족의 격조하고 서먹한 분위기를 드러내기도 하고 "아침 일찍이/ 혼기 놓친 여동생 보내 준 편지/ 연문 같은 편지를 읽고 또 읽었었네"처럼 혼기를 놓친 여동생에 대한 걱정과 염려를 드러내기도 한다. 이처럼 가족에 대한 그리움과 연민은 우리들에게 잘 알려진 타쿠보쿠의 다음과 같은 시에 잘 나타나 있다.

　　　장난하듯이 엄마를 업어 보니
　　　너무 가벼워 참을 수 없는 눈물
　　　세 걸음 못 걸었네.

위에 인용된 단가는 그 내용으로 볼 때에 타쿠보쿠가 자신의 어머니를 직접 업어보고 너무나 가벼운 어머니의 몸무게로 인해서 눈물이 흘러 세 발짝

---

3) 岩城至德・黃聖圭 共著, 『石川啄木의 명시감상 100선』, p. 41.

도 채 걷지 못하는 것으로 되어 있다. 그러나 이 시를 쓴 시기로 볼 때에 당시의 자신의 빈곤한 처지와 어머니에 대한 그리움이 겹쳐지면서 그 그리움이 더욱 가중된 것이라고 볼 수 있다. 이러한 점에 대한 설명을 참고하면 다음과 같다.

> 『명성(明星)』 1908년 호에 처음 발표. 같은 해 6월 25일 밤 2시까지 지음. 상경 후 창작생활에 실패한 타쿠보쿠는 하코다테의 노모와 처자를 불러오지도 못하고 번민의 나날을 보내고 있었는데, 이 한 수는 그러한 환경 속에서 노래한 것으로 어머니를 그리워하는 마음이 그 주체로 되어 있다. '엄마를 업어 보니'나 '세 걸음 못 걸었네'는 모두 가상에 지나지 않으나, 부모님께 효도하고자 하는 마음 특히 어머님에 대한 애정과 그 애정을 더욱 애절하게 만드는 경제적 곤궁에 괴로워하는 작가의 슬픔이, 이 한 수의 바탕이 되고 있다.[4]

타쿠보쿠의 단가의 세계에 반영되어 있는 또 다른 특징으로는 학창시절에 대한 그리움을 노래하고 있다는 점을 들 수 있으며, 이러한 점은 그가 모리오카 중학교를 졸업하지 못하고 자퇴한 데 대한 회한과 연민에서 비롯된 것이다. "모리오카의 정들었던 중학교/ 다시 한 번만/ 발코니 그 난간에 이 몸 기대고 싶네." 다시 말하면, 정상적으로 학교생활을 마친 다른 친구들과는 달리 자신이 처해 있는 현실과 번민, 가난과 고통으로 점철되는 생활 속에서 타쿠보쿠는 아름다웠지만 끝마치지 못했던 학창시절을 자신의 시에서 못내 아쉬워하고 있다고 볼 수 있다. 이러한 점을 드러내고 있는 시로는 타쿠보쿠가 모리오카 중학교 시절 학교분위기를 쇄신하기 위한 '스트라이크'에 참여하여 당시 교내외를 떠들썩하게 했던 시절을 회상하면서 쓴 다음 시에서도 확인할 수 있다.

> 스트라이크를 다시 떠올려 봐도
> 지금은 이미 나의 피 끓지 않아
> 쓸쓸히 웃음짓네.

---

4) 岩城至德·黃聖圭 共著, 『石川啄木의 명시감상 100선』, p. 22.

이상에서 살펴본 바와 같이 가족에 대한 연민과 학창시절에 대한 그리움 외에 타쿠보쿠의 시세계의 또 하나의 특징으로는 '바다'를 들 수 있으며, 이러한 경우로는 "동해바다의 자그마한 갯바위 하얀 백사장/ 나는 눈물에 젖어/ 게와 벗하였도다"를 들 수 있다. 타쿠보쿠의 이 시는 그 자신의 시 「게에게」라는 시와 밀접하게 연관되며, 이 시의 전문을 인용하면 다음과 같다.

> 바닷물이 밀려들면 구멍으로 기어들고
> 바닷물이 빠져나가면 기어나와서
> 온종일 옆으로 걷고 있는
> 동해 바다 모래사장의
> 영리한 게야 지금 이곳을
> 운명의 파도에 휩쓸려 와서
> 마음속 김실의 등불이
> 그대 눈보다도 작게
> 꺼졌다 켜졌다 하는 아이가
> 갈 길도 모르면서, 지쳐 헤매어
> 더듬어 가는 것을 아는가 모르는가.5)

타쿠보쿠가 '바다'에 관심을 기울이게 된 계기는 그가 미국 시집 『파도와 물결』을 애독했으며 그 결과 「홋카이(北海)」라는 시를 지은 것으로 알려져 있다. "달빛에 물든 하얀 모래 위에/ 바닷물 잔잔하게 밀려오면/ 물결로 꽃피운 길다란 해안에/ 파아란 슬픔만 더욱 깊어져/ 순간과 순간 사이에 영겁을 새기고/ 떨리는 가락 속에 차가운 바다는/ 맥박친다. 초이레 달이/ 울며 사라져 가는 바다의 장관/ 아! 이 몸을 끌어안고/ 휘어잡고는 놓지 않는 북해여!"

이상에서 살펴본 '단가'는 그것이 별도의 형식으로 개별적으로 쓴 것이 아니라 일종의 연작시의 형식으로 쓴 것이 대부분이다. 이러한 점은 여러 편의 '단가'로 구성되어 있는 「나를 사랑하는 노래」, 「연기」, 「잊지 못할 사람들」, 「장갑을 벗을 때」, 「슬픈 장난감」 등에서 확인할 수 있다.

---

5) 손순옥 옮김, 『이시카와 타쿠보쿠 시선』 (민음사, 1998), p. 48. 이후로 별도의 언급이 없는 한, 본문에서의 타쿠보쿠의 시의 인용은 손순옥의 번역을 인용했음을 밝혀 둔다.

1.2.2 계절시의 세계

계절시의 세계는 '단가(短歌)'에도 반영되어 있지만 그것은 연작시에 반영되어 있는 것으로 파악하고자 한다. 여기에서 '계절시'라고 했을 때에는 한 편의 독립된 시로서 봄, 여름, 가을, 겨울 등에 관계되는 시를 의미하고자 하며, 그것은 타쿠보쿠의 시세계에서 하나의 특징에 해당한다고 볼 수 있다. 우선 봄에 관계되는 시로는 「나의 소녀도」를 들 수 있으며, 이 시의 전문은 다음과 같다.

봄비가 부슬부슬 내리는 마을
전선 위에 머물러
슬픈 듯이, 저리도록 가련히, 구슬피 울고 있는 제비

양 옆의 벽돌집은
횅한 도시의 봄날 해질녘
축축한 슬픔에 범벅되어 붉고,
한없이 이어지는 저 끝은
부슬부슬 내리는 비에 연기져 보이는데
휘늘어진 아카시아 가로수 밑을
말 없는 사람들만 서둘러 가고 있다.

그 속에 나도 섞여―
하염없이 슬퍼진다. 어린 제비
오직 한 마리 날개 비에 젖어 노래 부른다.
봄비에 저물어 가는 마을 저 위로
가엾은 제비
아, 가엾어라. 너의 길동무는 어디에 갔나
가엾고 가엾어라
나의 소녀도

봄에 관계되는 위에 인용된 시의 핵심은 마지막 연에 있으며, 그것은 비가 내리는 어느 봄날의 외적 풍경에 해당하는 '제비,' 혼자 남겨진 제비의 모습에서 서로 떨어져 있는 '나'와 '나의 소녀'의 내적 풍경을 대비시켜 놓은 점에서 그렇게 파악할 수 있다. 그럼에도 봄날에 느끼는 이러한 개인적인 분위기는 「일이 있을 듯한 봄날 해질녘」에서는 사회적인 분위기와 병치되기도 한다. 말하자면, "먼 나라에는 전쟁이 있고…/ 바다에는 난파선 위의 술잔치…"로 시작되는 이 시의 제4연은 다음과 같다.

뭔가 일이 있을 듯한—
봄날 해질녘의 마을을 억누르는
무겁게 가라앉은 불안한 공기
일이 손에 잡히지 않던 하루가 저물고,
무엇에 지쳤는지 알 수 없는 피로가 있다.

"불안한 공기/ 일이 손에 잡히지 않던 하루"에 암시되어 있는 것은 타쿠보쿠가 살았던 당시의 시대상황을 의미하기도 하고, 그러한 시대상황과는 무관하게 하루하루를 감내하면서 살아가야 하는 보통 사람들의 삶을 의미하기도 한다. 그래서 이 시는 "아, 목수의 집에서는 등불이 꺼지고,/ 목수의 아내가 서둘러 일어난다"로 끝맺고 있다. 말하자면, 불안하고 불길한 국제정세나 국내외 상황과는 무관하게 자신에게 주어진 삶을 숙명처럼 짊어지고 살아가야 하는 사람들의 삶이 반영되어 있다고 볼 수 있다.

여름에 관계되는 시로는 「여름 거리의 공포」를 들 수 있으며, 이 시의 전문은 다음과 같다.

타는 듯한 여름 태양 아래
질리어 번쩍이는 끝없는 철길
졸고 있는 엄마의 무릎에서 미끄러져 내려와
세 살박이 통통한 사내아이가
종종걸음쳐 철길을 향해 내닫고 있다.

채소 가게에는 시들어 버린 야채.
병원 창의 커튼은 드리운 채 꼼짝 않고
잠겨진 유치원 철문 아래에
흰둥개는 긴 귀를 늘어뜨린 채 널브러져 있고

모두, 한없이 쏟아지는 햇살 속에
어디라 할 것 없이, 양귀비꽃이 시들어 떨어지고,
생나무 관 틈 벌리는 지독한 여름 공기

병든 얼음장수 마누라가 배달통을 들고,
살 꺾인 양산을 받쳐 들고 문을 나서니,
골목길 여관에서 이리로 다가오는
찌는 여름날 숨막히는 각기 환자의 장례 행렬.
그것을 보고 네거리의 순경은 나오려는 하품을 애써 참고,
흰둥개는 실컷 기지개 켜며
쓰레기통 그늘로 간다.

타는 듯한 여름 태양 아래
질리어 번쩍이는 끝없는 철길
졸고 있는 엄마의 무릎에서 미끄러져 내려와
세 살박이 통통한 사내아이가
종종걸음쳐 철길을 향해 내닫고 있다.

한 여름 대낮의 풍경을 묘사하고 있는 위에 인용된 시에는 모든 것이 나
른한 모습으로 더위에 지쳐 있지만, '세 살박이 통통한 사내아이' 하나만 살
아 있는 생명체로서의 역할을 하고 있는 이러한 모습은 제3연의 '장례 행렬'
에 대비되어 있다. 다시 말하면 동일하게 반복되는 제1연과 마지막 연에서의
유일한 움직임에 해당하는 '세 살박이 통통한 사내아이'를 제외하면, 모든
것은 죽은 듯이 침잠되어 있는 셈이다. 그리고 그 어린아이의 생동감을 강조
하는 '종종걸음'으로 인해서 그 밖의 모든 요소들은 더욱 활력이 없고 더욱
지쳐 있는 모습으로 나타나 있다. 왜냐하면, '시들은 야채,' 무겁게 드리워진
'커튼,' 귀를 늘어 뜨린 채 널브러져 있는 '개,' 병들은 '얼음장수,' 애써 하품
을 참고 있는 '순경' 등 각양각색의 시적 대상들에서 어느 것 하나 활력을
찾아볼 수 있는 것은 아무것도 없기 때문이다. 따라서 강력하게 작열하는 여
름 한 낮의 태양빛을 반사하는 철길, 끝없는 철길을 향해 종종걸음으로 내달
리는 어린아이가 궁극적으로 도착하게 되는 지점은 바로 고단한 삶이자 아

무런 활력이 없는 삶뿐이라는 점이 암시되어 있다고 볼 수 있다.

　봄과 여름에 관계되는 시에서 살펴본 바와 같이 계절에 관계되는 타쿠보쿠의 시세계에서는 봄의 약동보다는 좌절과 절망을, 여름의 활력과 역동성보다는 무료하고 지친 일상을 더 많이 강조하고 있다. 이러한 점은 가을에 관계되는 시에서도 어김없이 반영되어 있다. 그리고 가을날의 쓸쓸한 분위기를 보여주는 시로는 「가을 저녁」을 들 수 있으며, 이 시의 전문을 인용하면 다음과 같다.

　　　가을 저녁의 울적함
　　　버드나무 가지는 한 가닥 한 가닥
　　　힘 없이 드리워
　　　차가운 철 난간에 입을 맞추고
　　　의자에 기댄 사내의 무릎에는
　　　눈물에 젖은 여인의 얼굴－

　　　하늘을 나는 까마귀 날개 퍼덕이는 소리를
　　　작은 기선의 기적 소리가 휘저어 놓고,
　　　멀리서 철판을 두드리는 소리,
　　　어린애는 답답한 공기에 울어대기 시작하고
　　　커다란 강물이 거꾸로 흐르는 때.

　　　방 안에는 푸르스름한 가스등 불빛이
　　　테이블 위의 빨간 장미를 검게 비추고
　　　추가 움직이지 않는 시계 속에
　　　인생의 계단을 내려오는 무겁고 무거운
　　　'시간'이라는 짐승의 숨죽인 발소리가 잠기어 있다.

　　　가을 저녁의 울적함.
　　　여공은 급료를 미리 받아 집으로 달려가고,
　　　마구간에는 말이 병들어 있다.
　　　헤어지자는 이야기가 여자를 울리고
　　　남자는 일할 곳이 없어 곤란해 하고 있다

　가을 저녁의 쓸쓸한 풍경을 묘사하고 있는 위에 인용된 시에는 그러한 정경이 외적 풍경에서 내적 풍경으로 전이되어 있다. 외적 풍경은 '버드나무 가지'와 '철 난간'의 마주침을 '입맞춤'으로 파악함으로써, 그것은 궁극적으로 의자에 앉아 있는 남녀의 모습으로 전환된다. 이러한 전환의 핵심은 청각이미지에 있다기보다는 시각이미지에 있으며, 아울러 '차가운 철 난간'에 반영되어 있는 촉각이미지에도 관계된다. 제2연에서는 하늘, 기선, 철판, 어린애, 강물 등에 의해서 가을 저녁의 여러 가지 정황이 제시되어 있지만, 그러한 정황은 모두 '소리'로 집약되어 시각이미지보다는 청각이미지를 더 강조하고 있다. 이러한 점은 까마귀 날개 소리, 기선의 기적 소리, 철판 두드리는 소리, 어린애의 울음소리, 강물이 거꾸로 흐르는 소리 등에서 확인할 수 있다. 제3연에서는 '가스등 불빛'과 '빨간 장미' 등에 의한 시각이미지와 시계의 추와 '발소리' 등에 의한 청각이미지가 결합되어 있으며, 이러한 이미지는 궁극적으로 '시간'으로 귀결된다. 그러나 그 시간은 '짐승'에 비유됨으로써, 무자비하고 냉정하게 가차 없이 우리들의 '삶'을 이끌어 가는 것으로 나타나 있다. 시간에 얹혀서 살아갈 수박에 없는 기구한 삶은 마지막 연에 구체화되어 있다. 이 부분에 등장하는 '여공'과 '남자'는 제1연에 제시되어 있는 '사내'와 '여자'에 관계된다. 이처럼 제1연에서 남자는 의자에 말없이 기대앉아 있고 여자는 그의 무릎에서 울고 있던 까닭은 '헤어지자는 이야기'로 인해서 그렇게 되었다는 점을 마지막 연에서 분명하게 설명하고 있다. 따라서 위에 인용된 시에서 타쿠보쿠는 자신을 비롯한 모든 사람들의 '운명적인 삶' 혹은 흐르는 시간에 얹혀서 살아갈 수밖에 없는 삶을 강조하였다고 볼 수 있다.

아울러 가을날에 느끼는 비애의 감정은 "가을 저녁의 조용함을 휘저어 놓고/ 하늘 저 멀이 구슬픈 소리가 건너간다"로 시작되는 「철새」에서도 찾아볼 수 있다. 그럼에도 이러한 조락(凋落)의 계절 가을에 타쿠보쿠는 '나의 아버지'에 대한 그리움을 드러내기도 하며, 이러한 점을 보여주는 「허름한 벤치」의 전문을 인용하면 다음과 같다.

낮에는 가랑잎을 앉히고
밤에는 이슬을 앉힌다.
공원 한구석 허름한 벤치

집 나가 행방을 알 수 없는 나의 아버지와
그 뒷모습이 매우 닮은 거지를 거리에서 봤을 때
처음으로 나는 이곳으로 왔다.

위에 인용된 시를 이끌고 있는 세 가지 요소는 '아버지,' '거지' 그리고 '벤치'이다. 구체적으로 "집 나가 행방을 알 수 없는 나의 아버지"라는 구절에는 호토쿠사의 주지로 있던 타쿠보쿠의 아버지 잇테이가 여러 해 동안 종비를 체납하여 주지를 그만두자마자 곧바로 집을 나가버려 '아직까지' 아무런 소식이 없는 바로 그 '아버지'에 대한 그리움이 짙게 배어 있다. 그러한 그리움과 연민을 불러일으키게 되는 또 하나의 요인은 자신의 아버지와 "그 뒷모습이 매우 닮은 거지를 거리에서 봤을 때"에 암시되어 있다. 거리에서 마주친 거지의 뒷모습에서 오래 전에 집을 나가 소식을 알 수 없는 아버지를 떠올리면서 찾아 온 곳이 바로 "처음으로 나는 이곳으로 왔다"라는 마지막 구절에 제시되어 있는 '허름한 벤치'이다. 그리고 그 벤치의 여러 가지 의미는 다시 이 시의 제1연에 암시되어 있다. "낮에는 가랑잎을 앉히고/ 밤에는 이슬을 앉힌다"에서 '가랑잎'은 어디에서 어떻게 지내는지 그 소식을 알 수 없는 아버지를, '이슬'은 그러한 아버지에 대한 그리움을, '허름한 벤치'는 어쩌면 자신의 아버지가 앉아 있다가 갔을 지도 모른다는 생각과 또다시 이 벤치로 되돌아올지도 모른다는 일종의 기대감을 암시하기도 한다. 그래서 "처음으로 나는 이곳으로 왔다"라고 끝맺고 있는 이 시에서 타쿠보쿠는 자신의 '아버지'가 생각날 때마다 반복해서 이 벤치로 되돌아오고는 했다는 점을 강조하고 있다.

위에 인용된 시에서 집을 나가 돌아오지 않는 자신의 아버지를 그리워하고 있다면, 「가을 바람 상쾌한데」라는 시에는 오랫동안 못가본 고향에 대한 절실한 그리움이 나타나 있다. "고향 하늘이 저 멀리 보고파서/ 높은 지붕에 홀로 올라갔다가/ 풀 죽어 내려온다"로 시작되는 이 시에서 타쿠보쿠는 "정들은 고향 그 처마 그리워라/ 가을 바람이 불면"이라고 자신의 심경을 토로하고 있으며, 이 시의 마지막 부분을 인용하면 다음과 같다.

> 동짓달이면
> 우뚝 선 이와테산
> 첫눈이 내려 가까이 다가 뵈던 아침 나절 그리워
>
> 늘 마주하는 산이기는 하여도
> 가을이 되면
> 산신령 계시는 듯 황송하게 보았지
>
> 이와테 야마
> 가을은 삼각형의 산자락 끼고
> 들판에 하나 가득 벌레 소리 담았네

이처럼 '이와테산' 혹은 '이와테 야마(岩手山)' 등 고향의 구체적인 지명을 제시하고 있는 위에 인용된 부분에서 시인은 고향의 가을과 풍경 및 첫눈 내리던 날의 감회를 회상하고 있다.

마지막으로 겨울에 관계되는 시로는 「겨울밤」을 들 수 있으며, 이 시의 전문은 다음과 같다.

> 소리도 없이 눈 내려 쌓이는 겨울밤
> 숲속의 외딴 집에, 늙은 그대가
> 오직 혼자 있다고 생각해 보소
>
> 그때에 난로 불은 탁탁
> 소리내며 타는데, 등줄기에 밀려오는
> 추위를 그 누가 막아 주리오
>
> 무거운 듯이 검게 드리워진 커튼의
> 뒤쪽에는 그 싸늘한 유리창, 추위에 부들부들

떨며 파랗게 질려 입을 꼭 다물 테지

그때에 그대는 눈뭉치에 가지 부러지는
소리를 들어가면서 등잔의 심지를 돋우며
스토브에 장작을 더 지피지 않겠소

　위에 인용된 겨울에 관계되는 시 「겨울밤」에는 현실이 아닌 상상, 현재가 아닌 먼 훗날, 지금의 그대가 아닌 앞으로의 그대 등을 가정(假定)하고 있으며, 제1연의 '소리도 없이,' '외딴 집,' '늙은 그대,' '오직 혼자' 등에 의해서 고적하고 외로운 모습을 전제로 하고 있다. 따라서 이 시에서의 '그대'는 다른 사람에게 관계되는 것이 아니라 시인 자신에게 관계된다고 볼 수 있으며, 그러한 점은 제2연과 마지막 연의 '그때'라는 미래의 시간대와 '생각해 보소,' '막아 주리오,' '다물 테지,' '지피지 않겠소'와 같은 종결어미 등에서 그렇게 확인할 수 있다. 다시 말하면, 제1연에 제시되어 있는 외부세계의 추운 겨울밤의 배경은 제2연의 '난로 불'에 의해서 따뜻한 실내 분위기로 전환되지만, 그러한 것이 늙어버린 '나'의 등줄기에 밀려오는 추위, 즉 외롭고 쓸쓸한 마음까지도 따뜻하게 해주지는 못할 것이라는 점이 전제되어 있다. 따라서 제3연의 '검게 드리운 커튼'과 '싸늘한 유리창,' 그리고 마지막 연의 '가지 부러지는 소리' 등은 겨울밤에 느끼는 표면적인 풍경의 묘사에 의해 인생의 마지막 순간을 암시하고 있다. 또한 마지막 연의 '등잔의 심지'를 돋우기도 하고 '스토브에 장작'을 더 지피기도 하는 행위는 우선적으로 어두운 겨울밤을 밝게 하기 위한 행위이자 추운 겨울밤을 따뜻하게 하기 위한 표면적인 행위에 관계되지만, 그 이면에는 자연적인 시간의 흐름에 따라 '늙어버린 나'를 인위적인 시간으로 되돌릴 수 없다는 점이 제시되어 있다.

　타쿠보쿠의 시 「겨울밤」에 반영되어 있는 이상과 같은 점은 W. B. 예이츠(1865~1939)의 시 「그대 늙었을 때」를 연상시키기도 하며, 예이츠의 시의 원문과 번역문을 인용하면 다음과 같다.

W. B. Yeats
"When You Are Old"

When you are old and grey and full of sleep,
And nodding by the fire, take down this book,
And slowly read, and dream of the soft look
Your eyes had once, and of their shadows deep;

How many loved your moments of glad grace,
And loved your beauty with love false or true,
But one man loved the pilgrim Soul in you,
And loved the sorrows of your changing face;

And bending down beside the glowing bars,
Murmur, a little sadly, how Love fled
And paced upon the mountains overhead
And hid his face amid a crowd of stars.[6]

윤호병 옮김
「그대 늙었을 때」

그대 늙어 머리 희고 잠이 쏟아져
난롯가에서 졸게 될 때에, 이 책을 꺼내 보세요.
그리고 천천히 읽으면서, 부드러운 눈길을 꿈꾸세요,
한 때 그대 눈이 가졌던, 그 깊은 그늘을.

얼마나 많은 이들이 그대의 밝은 모습을 사랑했고,
거짓이든 참이든 그대의 아름다움을 사랑했던가,
그러나 한 남자만 그대 순례자의 영혼을 사랑했었고,
변하는 그대 얼굴의 슬픔을 사랑했었네.

그리고 빛나는 창살 옆에 고개 숙인 채,
중얼거리세요, 조금은 슬프게, 사랑은 어떻게 달아나
높은 산위로 걸어 올랐는지를
별들의 무리 속에 그 얼굴을 감추었는지를

위에 인용된 예이츠의 시와 타쿠보쿠의 시 「겨울밤」은 시적 분위기와 내용 등에서 유사점을 발견할 수 있으며, 그러한 점은 '그대가 늙었을 때'를 전제하고 있다는 점, '겨울밤'을 배경으로 하고 있다는 점 등에서 찾아볼 수 있다.

1.2.3 사회의식의 시세계

타쿠보쿠의 시세계에서 사회의식을 반영한 시로는 「코코아 한 잔」, 「격론」, 「지붕」, 「9월 밤의 불평」 등을 들 수 있으며, '대역사건(大逆事件)' (1910)은 그의 시에 반영되어 있는 사회의식에 많은 영향을 끼친 것으로 알려져 있다.

우선 이와 같은 의미의 '대역사건'을 개관하면 다음과 같다. 1910년 5월 일본의 각 지역에서 무정부주의자들과 사회주의자들이 '메이지(明治) 일본 천

---

6) *The Collected Poems of W. B. Yeats* (New York : The Macmillan Company, 1951), pp. 40~41. 예이츠의 시 "When You Are Old"는 그의 시집 『장미』 (1803)에 처음으로 수록되었다.

황'7)을 암살하려고 계획했다는 이유를 들어 검거·기소되었으며 그 중에서 26명이 처벌당한 사건을 말하며 '고토쿠 사건(幸德事件)'이라고도 일컫는다. 처음에는 무정부주의자 미야시타 다키치(宮下太吉)와 고토쿠 슈스이(幸德秋水, 1871~1911) 등 7명을 검거하여 대역죄(大逆罪)로 기소하는 데 그쳤지만, 같은 해 6월 중순 내각에서 사건에 대한 확대 방침을 결정함으로써 9월까지 총 26명이 검거되어 형법 제73조, 즉 "천황·천황태후·황후·황태자·황태손에 대하여 해를 가하거나 가하고자 하는 자는 사형에 처한다"라는 규정을 적용 하여 재판을 받게 되었다. 일본의 재판규정에 따라 대법원에 해당하는 대심 원(大審院)만이 할 수 있었던 이 재판은 단 한 번의 재판으로 모든 것이 판결 되었을 뿐만 아니라 당시 담당검사의 취조와 예심판사의 조서 또한 유도심 문에 의해 이루어진 것으로 드러났다. 일체 비공개로 속행된 1910년 12월 10 일의 심리·재판이 있은 지 5일 만인 1910년 12월 15일 피고 26명 전원을 사형에 처한다는 구형을 내렸으며, 1911년 1월 18일 판결에서는 24명을 대역 죄로 사형에 처하고 나머지 2명은 폭발물 단속법 위반혐의로 각각 11년과 7

---

7) '메이지(明治)'(1852~1912) 일본 천황의 본명은 '무쓰히토(睦仁)'이며 교토(京都)에서 1852년 11월 3일 태어나 1912년 7월 30일 도쿄(東京)에서 생을 마감하였다. 그는 재위기간(1867~1912) 동안 일본을 도쿠가와 바쿠후(德川幕府) 중심의 봉건적인 국가체계에서 천황 친정형태의 통일된 국가로 전환시킴 으로써, 일본을 근대적인 열강체계로 변모시키는 데 성공하였다. 그는 고메이 천황(孝明天皇)의 차남 으로 태어나 1860년 황태자에 봉해졌다. 1866년 부왕이 서거하자 1867년 황위를 계승하였고, 1868년 즉위식을 거행하고 메이지(明治)라는 연호를 사용하게 되었으며, 이에 따라 그의 재위기간을 '메이지 시대(明治時代)'라고 일컫게 되었다. 그의 황위계승은 도쿠가와 바쿠후(德川幕府)가 무너지고 왕정복 고가 이루어진 시기와 일치한다. 선왕(先王) 고메이와는 달리 그는 250년간 지속되어 온 경제·문화 등의 쇄국정책을 마감하고 서구열강과 긴밀한 접촉을 재개하면서 점차 증가하는 일본의 근대화에 대한 일본국민의 요구에 호응하는 정책을 펴나갔으며, 1868년 4월 6일 공식적인 통치원칙 '5개조서 문(五個條誓文)'을 공포하였다. 여기에는 ① 널리 회의를 일으켜 제반 문제를 공론에 따라 결정한다, ② 상하(上下) 합심하여 활발하게 경륜(經綸)을 편다, ③ 문무백관으로부터 서민에 이르기까지 각기 그 뜻을 이루고 불만이 없도록 해야 한다, ④ 구래(舊來)의 누습(陋習)을 타파하고 천하의 공도(公道) 를 따른다, ⑤ 지식을 세계에 구하고 황국(皇國)의 기반을 굳건히 다진다 등이 포함되었으며, 이로써 일본의 서구화 정책에 더욱 박차를 가하게 되었다. 그의 명령에 의해서 폐번치현(廢藩置縣, 1871), 학 제공포(1872), 내각제 채택(1885), 메이지 헌법공포(1889), 의회개설(1890) 등의 조치가 이루어지기도 하였다. 또한 청일전쟁(1894~1895)과 러일전쟁(1904~1905)의 수행에도 중요한 역할을 했으며, 1910 년에는 조선을 일본의 식민지로 확정하는 칙령을 발포하기도 했다. 메이지 천황은 일본의 문화를 바 탕으로 하여 서구의 사상이나 서구적인 개혁요소를 기꺼이 수용한 일본 황실의 대표적인 인물에 해 당한다. 그는 서구식 복장과 요리를 즐겼을 뿐만 아니라 일본의 전통적인 시가(詩歌) 양식으로 10만 여 수의 시를 남기기도 하였다.

년의 유기징역에 처했다. 또한 일본 정부에서는 이러한 내용을 판결 3일 전인 1911년 1월 15일 영역(英譯)하여 각국의 공관과 해외신문에 배포함으로써 판결을 정당화시키고자 하였으며, 이러한 점은 재판이 전적으로 가쓰라 다로(桂太郎) 내각의 지휘 하에 이루어졌다는 점을 시사해준다. 1911년 1월 18일 밤 사형선고자의 반 이상이 메이지 천황의 특별사면에 의해 무기징역으로 감형되었지만, 고토쿠, 미야시타, 간노 스가(管野スガ) 등 12명은 사형판결을 받은 지 채 1주일도 안된 1911년 1월 24일에 처형되었으며, 무기징역을 받은 12명 중에서 옥에서 사망한 자는 자살 2명을 포함하여 5명이었다. 당시 미야시타, 니이무라 다다오(新村忠雄), 후루카와 리키사쿠(高河力作), 간노 스가 등 4명이 폭탄으로 메이지 천황을 암살하려 모의했다는 점을 고려한다 하더라도 고토쿠가 이 음모와 관련되어 있었는지에 대해서는 아직도 많은 의문이 있으며 나머지 21명은 사건과는 전혀 관계없는 것으로 드러났다. 그러나 이들의 범죄에 대한 재판에서는 한 사람의 증인도 출정시키지 않았고 재판기록도 남기지 않았기 때문에 사건의 진상은 종전(終戰)까지 은폐되어 있었다. 결국 이는 당시 성장하고 있던 사회주의운동을 근절시킬 목적으로 가쓰라 내각이 계획적으로 일으킨 사건이라는 견해가 지배적이며, 그 이후에 일본에서는 사회주의운동의 '겨울시대'가 시작되었다. 1961년 가석방되어 살아남은 피고 중 한 사람인 사카모토 세이마(坂本淸馬)가 모리치카 운페이(森近運平)의 유족과 함께 1963년 9월 13일 이 사건에 대한 재심청구를 서류로 제출했으나 최고재판소에서는 1967년 7월 3일 이를 기각했기 때문에 아직도 이 판결은 법적으로 유효한 것으로 되어 있다.

타쿠보쿠는 이러한 사건의 전말과 재판과정을 살펴보게 되었을 뿐만 아니라 거기에서 영향을 받아 사회주의에 관심을 가지게 되었다. 그 스스로도 자신은 사회주의자라고 말하고는 했다. 이처럼 사회주의를 동경하는 그의 시세계는 『호루라기와 휘파람』(1912)에 수록된 시에서 찾아볼 수 있다. 일본제국의 패망 이후에 공개된 타쿠보쿠의 일기, 1910년의 '대역사건'이 왜곡되었다

는 점과 그 배후에 숨겨진 진실의 규명, 그의 사회주의 사상 등에 대한 새로
운 조명에 의해서 그의 시세계를 단가(短歌) 중심의 시세계에 대한 평가에서
벗어나 사회주의 리얼리즘으로까지 재평가하는 계기를 마련하게 되었다.

2. 타쿠보쿠와 한국 현대시의 관계

타쿠보쿠의 조선에 대한 관심은 『창작』(1910. 10)에 발표된 그의 시 「9월 밤의 불평(九月の夜の不平)」에 수록된 9편의 시 중에서 여섯 번째 시에서부터 마지막 시까지에 반영되어 있으며, 해당부분을 인용하면 다음과 같다.

잊을 수 없는 표정의 얼굴이다
오늘 거리에서 경찰에 끌려가며
웃음 짓던 남자는

세계 지도 위 조선나라
검디검도록
먹칠하여 가면서 가을 바람 듣는다

누가 나에게 저 피스톨이라도 쏘아 줬으면
이토오 수상처럼
죽어나 보여줄걸

명치 43년 이 가을 내 마음은
어느 때보다 성실하여지면서
슬픔으로 가득해[8]

앞에 인용된 부분에서 "조선나라/ 검디검도록/ 먹칠하여 가면서"에 암시되어 있는 바와 같이, 그것은 한일합방(1910. 8. 29)에 대한 타쿠보쿠 자신의 암울한 심정과 조선의 멸망을 애도한 시로 평가되고 있다. 당시의 조선에 대한 그의 이러한 관심은 「코코아 한 잔」에 극대화되어 있으며, 이 시에 대한 기존의 평가는 1910년 '대역사건(大逆事件)'에 연루된 자들의 사형, 좌익 활동에 대한 불법 규정, 관련자들의 검거와 투옥 등을 고발한 시라는 견해와 급격한 사회변화를 겪어야 했던 러시아 변혁기의 무정부주의자들을 찬양한 시라는 견해가 지배적이었다. 그러나 타쿠보쿠의 시를 재구성한 오영진은 「코코아 한 잔」이 안중근(1879~1910) 의사를 흠모·찬양한 것이라는 견해를 제안하였고, 이윤기와 마에다 데쓰오(前田哲男)도 오영진의 이러한 견해를 지지하였다. 이러한 점은 마에다 교수가 이윤기에게 보낸 편지에서 확인할 수 있으며, 해당 부분을 인용하면 다음과 같다.

스물여섯 꽃다운 나이에 요절한 일본의 천재 시인 이시카와 타쿠보쿠(石川啄木)의 짧은 시들을 집중적으로 읽은 시절이 있다. 내 나이 스무 살 안팎이던 시절이다. 애간장을 녹일 듯이 슬픈 시편들이었다. 일본제국의 심상치 않던 행보를 불길해하던 이 시인이 95년 전에 쓴 시 한 수, 아직도 기억한다. "지도 위 조선 나라를/ 검디검도록/ 먹칠해가는 가을바람 듣다." 마에다 교수의 소포가 날아들다. 자국의 우경화 행보를 불길해하는 일본인들을 만날 기회가 있었다. 평화와 환경을 걱정하는 사람들이 한 배(Peace and Green Boat)를 타고 두 주일 남짓 여행한 것이다. 8월13일 도쿄의 하루미를 출항한 이 배는 광복 60주년을 맞는 날 부산에 입항했다. 부산 민주공원에서 열린 공동 기자회견, 일본의 우경화를 반대하는 '공동성명서'를 낭독하는 자리에서 나는 나의 귀를 의심하지 않으면 안 되었다. 일본인 대표인 도쿄국제대학 마에다 데쓰오(前田哲男) 교수가 바로 위의 시편, 내 마음에 오래 머물러 있던 저 시편을 읊은 것이다. 95년 전에 쓰인 이 시 한 수에, 일본의 우경화를 불길해 하는 노교수의 마음이 실려 있는 것 같아서 퍽 인상적이었다. 마에다 교수와 나는 공동 기자회견 뒤로도 며칠 함께 지내면서 한-일 관계에 대해 많은 이야기를 나누었다. 마에다 교수는, 내가 원문을 기억하지 못하는 위의 시편을 일본어로 정확하게 적어주기도 했다. 그로부터 3주 뒤, 마에다 교수가 보낸 소포가 날아들었다. 두툼했다. 일본의 출판사 신조사가 펴낸 『신조 일본 문학 앨범』 중 한 권인 『이시카와 다쿠보쿠』, 포켓

---

8) 손순옥 옮김, 『이시카와 타쿠보쿠 시선』, p. 132.

판 시집 『다쿠보쿠』, 다쿠보쿠의 시편들을 녹음한 CD 한 장. 그리고 또 있었다. 편지 한 장과 사이토 미치노리의 저서 『이토 히로부미를 쏜 사나이』도 들어 있었다. 그런데 마에다 교수의 편지 한 대목이 나의 시선을 확 잡아당겼다. "…『신조 일본 문학 앨범』 가운데 『이시카와 다쿠보쿠』의 첫 부분에 나와 있는 시 「코코아 한 스푼」은 '대역사건(大逆事件)'의 고토쿠 슈스이에게 바쳐진 것이라고 해석되어 있지만, 안중근을 마음에 그리고 있다는 설도 있습니다. 저도 그렇게 생각합니다…" 안중근 의사를 마음에 그리고 있다는 '코코아 한 스푼'은 어떤 시인가? "나는 안다, 테러리스트의/ 슬픈 마음을/ 말과 행동으로 나누기 어려운/ 단 하나의 그 마음을/ 빼앗긴 말 대신에/ 행동으로 말하려는 심정을… [중략] …/ 끝없는 논쟁 뒤/ 싸늘하게 식어버린 코코아 한 스푼 홀짝거리며/ 혀끝에 닿는 그 씁쓸한 맛으로/ 나는 안다, 테러리스트의/ 슬프고도 슬픈 마음을." '대역사건'은 또 무엇인가? 1910년, 메이지 정부가 일본 군국화에 걸림돌이 되는 무정부주의자, 사회주의자들을 '대역'으로 몰아 무더기로 제거해버린 사건이다. 위의 시편은 그들의 죽음에 대한, 사회주의 사상에 가파르게 기울어 있던 휴머니스트 이시카와의 견해 표명으로 해석되고 있었는데, 마에다 교수는 '안중근을 마음에 그리고 있다'는 견해를 지지하고 나선 것이다. 그가 보내준 책 『이토 히로부미를 쏜 사나이』도, 한국의 일본문학자 오영진 교수(동국대)가 제기한 '안중근설'을 소개하면서 그쪽에다 무게를 두고 있다. "누가 나에게 피스톨이라도 쏘아주면…" 마에다 교수가 부산에서 읊은 위의 시는 다쿠보쿠가 메이지 43년(1910)에 쓴 「9월 밤의 불평」의 한 스탠자(聯)다. 앞뒤의 스탠자를 배치하여 이 시를 다시 읽어보기로 한다. "잊을 수 없는 표정이다/ 오늘 거리에서 경찰에 끌려가면서도/ 웃던 사내는/ 지도 위 조선 나라를/ 검디검도록/ 먹칠해가는 가을바람 듣다/ 누가 나에게 피스톨이라도 쏘아주면/ 이토 (히로부미)처럼/ 죽어나 볼걸." 오영진 교수의 견해가 옳은 것 같다. 각 스탠자의 '경찰에 끌려가면서도 웃던 사내,' '조선 나라,' '이토 (히로부미)처럼'을 연결하면 '안중근 의사'라는 답이 나오는 것 같다. 마에다 교수는 만만치 않은 지출까지 감수, 많은 자료를 나에게 보내줌으로써, 95년 전에 순국한 '안중근'설을 지지해준 것이다.9)

이상에서 살펴본 바와 같이 당시의 조선에 대한 타쿠보쿠와 관심은 인간주의를 바탕으로 하는 연민과 애정으로 나타나 있으며, 특히 한국 현대시와의 관계에서 그의 영향은 김기진과 정지용 및 백석의 시에 직접적으로 또는 간접적으로 수용되어 있는 것으로 볼 수 있다.

---

9) 이윤기, 「가을바람, 코코아, 테러리스트」, 『한겨레 21』 제579호 (2005. 10. 11)를 참고할 것.

2.1 정지용의 시에 반영된 타쿠보쿠의 영향과 수용

이처럼 한반도의 정세에 대해서 남다른 애정을 가지고 있던 타쿠보쿠의 시세계가 한국 현대시에 끼친 영향과 수용의 관계는 '시대상황과 지식인의 고뇌'에서 그 유사성을 찾아볼 수 있다. 타쿠보쿠의 시 「코코아 한 잔」과 정지용의 시 「카페·프랑스」는 그러한 유사성의 비교를 가능하게 하며, 이 두 편의 시를 차례로 인용하면 다음과 같다.

<table>
<tr><td align="center">石川啄木
「ココアのひと匙」</td><td align="center">손순옥 역
「코코아 한 잔」</td></tr>
<tr><td>

われは知る、テロリストの
かなしき心を―
言葉とおこなひとを分ちがたき
ただひとつの心を、
奪はれたる言葉のかはりに
おこなひをもて語らむとする心を、
われとわがからだを敵に擲げつくる心を―
しかして、そは眞面目にして熱心なる人の常
に有つかなしみなり。

はてしなき議論の後の
冷めたるココアのひと匙を啜りて、
そのうすにがき舌触りに、
われは知る、テロリストの
かなしき、かなしき心を。

(1911. 6. 15)

</td><td>

나는 안다. 테러리스트의
슬픈 마음을―
말과 행동으로 나누기 어려운
단 하나의 그 마음을
빼앗긴 말 대신에
행동으로 말하려는 심정을
자신의 몸과 마음을 적에게 내던지는 심정을―
그것은 성실하고 열심인 사람이 늘 갖는 슬픔
인 것을.

끝없는 논쟁 후의
차갑게 식어버린 코코아 한 모금을 홀짝이며
혀끝에 닿는 그 쓸쓸한 맛깔로,
나는 안다. 테러리스트의
슬프고도 슬픈 마음을.

(1911. 6. 15)

</td></tr>
</table>

"나는 안다"라는 시대의 목격자이자 증언자로서의 역할을 하고 있는 타쿠보쿠의 시 「코코아 한 잔」의 내용에 접맥될 수 있는 정지용의 시 「카페·프랑스」는 『학조』 창간호 (1926. 6)에 처음 발표되었다. 그의 시집 『정지용시집』을 참고 하여 이 시의 전문을 인용하면 다음과 같다.

옴겨다 심은 종려(棕櫚)나무 밑에
빗두루 슨 장명등,
카페 · 프랑스에 가쟈.

이놈은 루바쉬카
또 한놈은 보헤미안 넥타이
뺏적 마른 놈이 압장을 섰다.

밤비는 뱀눈 처럼 가는데
페이브멘트에 흐늙이는 불빛
카페 · 프랑스에 가쟈.

이 놈의 머리는 빗두른 능금
또 한놈의 심장(心臟)은 벌레 먹은 장미(薔薇)
제비 처럼 젖은 놈이 뛰여 간다.

"오오 패롤(鸚鵡) 서방! 꾿 이브닝!"

"꾿 이브닝!"(이 친구 어떠하시오?)

울금향(鬱金香) 아가씨는 이밤에도
경사(更紗) 커-틴 밑에서 조시는구료!

나는 자작(子爵)의 아들도 아모것도 아니란다.
남달리 손이 희여서 슬프구나!

나는 나라도 집도 없단다.
대리석(大理石) 테이블에 닷는 내뺌이 슬프구나!

오오, 이국종(異國種)강아지야
내발을 빨아다오.
내발을 빨아다오.10)

— 정지용, 「카페 · 프랑스」 전문

---

10) 정지용, 『정지용시집』 (시문학사, 1935), pp. 46~47.

타쿠보쿠의 시세계와 정지용의 시세계의 비교를 가능하게 하는 앞에 인용된 두 편의 시는 직접적인 정확한 영향과 수용에 의한 비교보다는 '상호텍스트성'의 방법에 의한 간접적인 비교를 가능하게 한다. 다시 말하면, 시대상황, 사회주의 사상, 시대의 목격자이자 지식인으로서의 시인의 고뇌, 문화중심으로서의 카페와 그러한 카페에서의 시인의 사유세계 등에 대한 비교를 가능하게 한다. 이러한 점은 "나는 안다. 테러리스트의/ 슬픈 마음을"이라는 타쿠보쿠의 시의 첫 구절과 '카쩨 쁘랑스에 가쟈'라는 정지용의 시에서의 청유형 구절에서 그 유사성을 확인할 수 있다.

한 시대의 목격자로서 이 두 시인의 구심점은 '카페'에 있다. 변호사 카미유 데몰랭이 자코뱅당의 본거지였던 프랑스의 '카페 드 푸아'에서 1789년 7월 12일 '카페를 벗어나 혁명을!'이라고 외쳤을 뿐만 아니라 이틀 뒤인 1789년 7월 14일에는 '힘에는 힘으로 대항하자'라는 구호와 함께 파리 시민들이 바스티유 감옥을 습격하도록 함으로써 '프랑스혁명은 카페에서 시작되었다'라는 말이 비롯되었듯이, '카페'는 혁명과 논쟁의 중심에 해당한다. 이러한 점은 "끝없는 논쟁 후의/ 차갑게 식어버린 코코아 한 모금을 홀짝이며/ 혀끝에 닿는 그 씁쓸한 맛깔로,/ 나는 안다"라는 타쿠보쿠의 시의 후반부와 정지용의 시 제2연 "이놈은 루바쉬카/ 또 한놈은 보헤미안 넥타이/ 뼷적 마른 놈이 압장을 섰다"와 제3연의 "이 놈의 머리는 빗두른 능금/ 또 한놈의 심장(心臟)은 벌레 먹은 장미(薔薇)/ 제비 처럼 젖은 놈이 뛰여 간다"에서도 그러한 점을 확인할 수 있다.

"테러리스트의 마음을 나는 안다"라고 목격과 증언을 과감하게 제시하는 타쿠보쿠의 시와 "나는 나라도 집도 없단다"라고 자책하는 정지용의 시에는 그 표현의 차이점에도 불구하고 '테러리스트,' '이놈, 또 한 놈, 젖은 놈,' '뱀눈,' '뼷적 마른,' '빗두른,' '벌레먹은,' '뛰여 간다' 등에서 파악할 수 있는 바와 같이 불길한 조짐이 암시되어 있다. 차이점이 있다면 타쿠보쿠의 시에서는 "자신의 몸과 마음을 적에게 내던지는 심정을"처럼 비장감이 강조되어 있지만, 정지용의 시에서는 "남달리 손이 희여서 슬프구나!"처럼 시대적 절망감이 나타나 있다는 점을 들 수 있다.

그러나 정지용의 절망감은 우회적인 절망감에 해당하며, 그것은 그의 시의 제목 '카떼 쯔랑스'에서 확인할 수 있다. 앞에서 언급한 바와 같이 '프랑스의 카페'가 프랑스 혁명의 산실이었듯이 정지용도 '카떼 쯔랑스'에서 혁명을 꿈꾸었을 것이기 때문이다. '밤비는 뱀눈 처럼 가는'에 암시되어 있는 섬뜩한 이미지에서 '뱀눈'은 일경(日警)의 감시의 눈초리에 해당하며, "나는 자작(子爵)의 아들도 아모것도 아니란다"에서 '자작(子爵)'은 일제강점기에 조선의 관료와 지배계층에게 부여해주었던 '공후백자남(公侯伯子男)'에 해당한다. 따라서 이 시의 마지막 구절 "오오, 이국종(異國種)강아지야/ 내발을 빨아다오/ 내발을 빨아다오"에서 '이국종(異國種)강아지'는 당시 일제(日帝)로부터 작위(爵位)를 받고 일본인처럼 행세하던 조선의 관료와 지배계층에 대한 경멸적인 호칭에 해당하고, '내발'은 '자작의 아들도 아모것도 아닌' 나─정지용 자신─의 '발'이지만 지배국에 동조하지 않는 당당한 모습에 해당한다. 따라서 두 번 강조된 '내발을 빨아다오'는 일제(日帝)에 동조하는 혹은 일본인 행세를 하는 당시의 조선인 관료와 지배계층에 대한 강력한 경종과 야유의 메시지에 해당한다.

그럼에도 앞에 인용된 정지용의 시에서 "나는 자작(子爵)의 아들도 아모것도 아니란다./ 남달리 손이 희여서 슬프구나!"에는 그가 창씨개명(創氏改名)했을 당시의 심정이 반영되어 있다. 정지용의 아들 정구관과의 대담을 기록한 「노한나의 입말로 풀어쓰는 이야기 정지용」에는 정지용의 창씨개명 과정과 그 의미가 다음과 같이 설명되어 있다.

> 왜정 때 연일 정씨 송강 자손은 전부 송강을 따서 마쯔에(まつえ)라고, 송강이라고 그때 창씨를 했어요 그렇게 송강 자손이란 걸 표시하느라고 집안이 전부 그렇게 했는데, 정지용은 '그 송강 가지고는 안 된다, 그리고 그 마쯔에, 송강이라는 건 일본 사람한테도 그런 성이 있다'이거예요 일본 사람한테도 있으니까 그 뭐 쓸 수 있냐.

그래서 정지용은 창씨를 하게 되면서 대궁이라고 지었어요.

큰 대(大)자, 활 궁(弓)자를 써서 대궁(大弓)이라고 했는데, 그 대궁이라는 뜻은요 이걸 한데 붙이면 오랑캐 이(夷)자가 돼요. 이(夷)자가, 오랑캐 이자가 되는데, 동이란 말이지요. 우리 한국 사람을 중국 사람이나 다른 나라들이 동이라고 했거든. 동쪽 오랑캐라고 해서 동이, 동이다, 동이족이다 이래가지고 한국사람 부를 때 동이족으로 불렀거든. 이렇게 창씨를 하고서는 아이들을 모아놓고 그 설명을 전부 정지용이 해줬어요. 동이, 그걸 부셔가지구 대궁이라고 하는 이름을 지었다라구.

그리고 정지용은 그 대궁 글자에 이름을 외자를 써서 자기 이름을 세울 수(修)자를 썼어요. 세울 수자, 닦을 수자. 수신제가(修身齊家) 하는 수자. 그래 그 이름이 무슨 뜻이냐 하면 큰 활을 세운단 말입니다, 쏠라면 세워야 하잖아요, 그리고 큰아들은 창씨한 이름이 가득할 만(滿)자입니다.

일본말로는 오오유미 미쯔루(おおゆみ みつる)지요. 가득 찰 만인데, 그 가득 찰 만자는 활 댕기면 뚱그래지잖아요, 가득 차잖아요, 그리구 그 밑에 아이 이름은 날개 익(翼)자예요. 날개 익자, 날개 익자는 무얼 말하는고 하면 화살에 끄트머리에 날개가 달려 있잖아요. 그리고 이번에 이북에서 면회 온 막내아들은 그때 창씨한 이름이 빠를 신(迅)자예요.

그래 가족들 이름을 풀이해보면, 활을 세워서, 가득 채워서, 활에다가 깃털을 달아가지고 쏘면, 이놈이 쏜살같이 나가서 적을 맞힌다. 이거란 말이지요. 이 적이란 말은 그때 창씨할 때는 설명을 안했구만 지금 생각하면 그것이 왜놈이 아닌가하는 생각이 드는구만요.[11]

위에 인용된 증언을 바탕으로 할 때에, 정지용은 창씨개명은 했지만, 소위 말하는 '공후백자남(公侯伯子男)' 같은 작위에는 관심이 없었을 뿐만 아니라 친일파라는 민족반역자에도 끼지 않았으며, 자신의 일본식 이름에 대해서 자기 나름대로의 민족정신과 의지를 담았다고 볼 수 있다.

이렇게 볼 때에 위에 인용된 타쿠보쿠의 시에 반영되어 있는 '테러리스트' 와 정지용의 시에 반영되어 있는 '나'는 하나의 공감대를 공유하고 있으며, 그러한 공감대는 '빼앗긴 말'과 '빼앗긴 이름'에서 유사성이 나타나 있다.

---

11) 노한나, 「노한나의 입말로 풀어쓰는 이야기 정지용: 정구관씨 입말편 (2)—정지용과 창씨개명」, 『옥천신문』 제608호 (2002. 2. 9).

2.2 김기진의 시에 반영된 타쿠보쿠의 영향과 수용

타쿠보쿠의 시세계가 한국 현대시에 끼친 직접적인 영향과 수용의 관계는
김기진의 시 「백수(白手)의탄식(歎息)」에서 찾아볼 수 있으며 이 시는 타쿠보
쿠의 시 「끝없는 논쟁 후에」를 모방·전용·변용한 경우에 해당한다. 1921년
릿쿄대학(立敎大學) 재학 시에 아소 히사시(麻生久)로부터 노동운동의 중요성과
러시아 문학을 공부한 바 있는 김기진은 자신이 존경하던 나카노 니노스케
(中西伊之助)가 조선에 오자 '파스큘라(PASKYULA)'[12]와 '염군사(焰群社)'[13]를
합쳐 박영희와 함께 '조선프롤레타리아예술가동맹'(KAPF)을 조직하였다. 사
회사상에 심취했던 김기진은 박영희와의 '내용과 형식의 논쟁,' 임화와의
'예술대중화논쟁' 등을 통해서 당시의 문단에서 중심적인 역할을 하였다.
앞에서 언급한 바와 같이 김기진의 시 「백수(白手)의탄식(歎息)」에 영향을 끼
친 것으로 알려진 타쿠보쿠의 시 「끝없는 논쟁 후에」의 원문과 번역시를 인
용하면 다음과 같다.

石川啄木,
「はてしなき議論の後」

われらの且つ讀み、且つ議論を鬪はすこと、
しかしてわれら眼の輝けること、
五十年前の露西亞の靑年に劣らず。
われらは何を爲すべきかを議論す。
されど、唯一人、握りしめたる拳に卓をたたきて、
'V NAROD!' と叫び出づるものなし。

손순옥 옮김
「끝없는 논쟁 후에」

책을 읽어가며 계속하는 우리들의 논쟁
그래서 더욱 빛나는 우리들의 눈동자
50년 전의 러시아 청년에게도 지지 않는다.
우리들은 무엇을 할 것인가 논쟁한다.
그러나, 누구 하나 주먹을 굳게 쥐고 책상을 치며
'V NAROD!'를 외치는 사람은 없다.

---

12) '파스큘라'는 1923년 동경에서 귀국한 김기진과 『백조』 동인들 중에서 일부가 주축이 되어 형성된
    문학조직으로 박영희, 이익상, 이상화, 김형원, 김기진, 연학년, 안석영, 김복진 등이 참여한 문학단
    체로, 이들의 성명을 조합하여 '파스큘라'라는 명칭이 유래되었으며, '조선프롤레타리아예술동
    맹'(KAPF)이 조직되기 전까지 계급주의 문예운동의 일부를 담당하였다.
13) 신경향파 시대의 문학을 담당한 프로문학 집단의 하나에 해당하는 '염군사'는 1922년 9월 서울에서
    조직되었으며, 이적효, 이호, 김홍파, 김두수, 최승일, 심대섭(沈大燮), 김영팔, 박용대, 송영 등이 조
    직하였다. '염군사'는 정신적으로 강경파에 속해 있었으며 문예 활동을 철저하게 계급투쟁의 방편
    으로 생각했으며, 같은 무렵에 발족을 본 프로문학단체인 '파스큘라'와 대조되었다.

われらはわれらの求むるものの何なるかを知る、
また、民衆の求むるものの何なるかを知る、
しかてし、我等の何を爲すべきかを知る。
實に五十年前の露西亞の青年よりも多く知れり。
されど、唯一人、握りしめたる拳に卓をたたきて、
‘V NAROD!’ と叫び出づるものなし。

此處にあつまれる者は皆青年なり、
常に世に新らしきものを作り出だす青年なり。
われらは老人の早く死に、 しかしてわれらの遂に勝つべきを知る。
　見よ、われらの眼の輝けるを、またその議論の激しきを。
　されど、唯一人、握りしめたる拳に卓をたたきて、
‘V NAROD!’ と叫び出づるものなし。

ああ、蠟燭はすでに三度も取りかへられ、
飲料の茶碗には小さき羽虫の死骸浮び、
若き婦人の熱心に変りはなけれど、
その眼には、はてしなき議論の後の疲れあり。
　されど、なほ、唯一人、握りしめたる拳に卓をたたきて、
‘V NAROD!’ と叫び出づるものなし。

(1911. 6. 15)

우리들은 우리가 구하는 것이 무엇인지 안다,
또, 민중이 원하는 것이 무엇인지 안다,
그리고, 우리는 무엇을 해야 할지를 안다.
참으로, 50년 전의 러시아 청년보다도 많이 알고 있다.
그러나, 누구 하나 주먹을 굳게 쥐고 책상을 치며
‘V NAROD!’를 외치는 사람은 없다.

여기에 모인 이들은 모두 청년이고,
늘 세상에 새로운 것을 창출해 내는 청년들이다.
노인들은 먼저 죽고, 결국 우리네 젊은이가 승리한다는 것을 안다.
보라, 우리네 눈이 빛남을, 또 그 토론이 격렬함을,
그러나, 누구 하나 주먹을 굳게 쥐고 책상을 치며
‘V NAROD!’를 외치는 사람은 없다.

아아, 양초는 벌써 세 번이나 갈아내졌고,
음료수 잔에는 작은 날벌레가 또 있고,
젊은 부인이 정성스레 바꾸어주지만,
그 눈에는, 끝없는 논쟁 후의 피곤이 있다.
그러나, 여전히 누구 하나 주먹을 굳게 쥐고 책상을 치며
‘V NAROD!’를 외치는 사람은 없다.

(1911. 6. 15)

위에 인용된 타쿠보쿠의 시 「끝없는 논쟁 후에」로부터 상당히 많은 부분을 차용하고 있는 김기진의 시 「백수(白手)의탄식(歎息)」의 전문을 인용하면 다음과 같다.

> 카페의자(倚子)에걸터안저서
> 히고힌팔을쭘내여가며
> 우·나로ー드!라고 써들고잇는
> 60년전(六十年前)의로서아청년(露西亞青年)이눈압헤있다……
>
> Cafe Chair Revolutionist,
> 너희들의손이너머도희고나!

희고흰팔을쑵내여가며
입으로말하기는'우·나로ー드!'……
60년전(六十年前)의로서아청년(露西亞靑年)의
헛되인탄식(歎息)이 우리에게잇다ー

    Cafe Chair Revolutionist,
    너희들의손이너머도희고나!

너희들은'백수(白手)'ー
가고자하는농민(農民)들에게는
되지도못한'미각(味覺)'이라고는
조곰도, 조곰도업다는말이다

    Cafe Chair Revolutionist,
    너희들의손이너머도희고나!

아아 60년전(六十年前)의녯날,
로서아청년(露西亞靑年)의'백수(白手)의탄식(歎息)'은
미각(味覺)을죽이고서네려가서고자하든
전력(全力)을다하든 전력(全力)을다하든탄식(歎息)이엿다

    Ah! Cafe Chair Revolutionist,
    너희들의손이너머도희여!14)

        ー 김기진, 「백수(白手)의 탄식(歎息)」 전문

    타쿠보쿠의 시와 김기진의 시의 비교가능성은 이 두 편의 시에 사용된 시의 형식, 시어(詩語), 시상(詩想)의 전개 등의 유사성에서 확인할 수 있다. (1) 시의 형식이 전4연으로 되어 있다는 점과 "그러나, 누구 하나 주먹을 굳게 쥐고 책상을 치며/ 'V NAROD!'를 외치는 사람은 없다"와 "Cafe Chair Revolutionist,/ 너희들의손이너머도희고나!"라는 후렴구의 반복을 들 수 있다. (2) 시어(詩語)와 시구(詩句)의 유사성은 '露西亞の靑年/ 露西亞靑年,' '五十年前/

---

14) 김기진, 「백수(白手)의탄식(歎息)」, 『개벽』 제48호 (1924. 6), pp. 136~134.

六十年前,’ ‘V NAROD!’/ 우·나로―드!’ ‘민중(民衆)/ 농민(農民),’ ‘끝없는 논쟁 후의 피곤이 있다/ 헛되인탄식(歎息)이 우리에게잇다’ 등에서 확인할 수 있다. 여기서 주목할 점은 타쿠보쿠의 시의 ‘50년전’과 김기진의 시의 ‘60년전’에 나타나는 10년간의 시간차이 이다. 타쿠보쿠의 시는 1911년 6월 15일에 발 표되었지만 그의 시를 모방한 김기진의 시는 1924년 6월에 발표되었기 때 문에 김기진이 자신의 시에서 10여년의 시간차이를 고려한 결과에 해당한 다. (3) 타쿠보쿠의 시와 김기진의 시에서의 시상(詩想)의 전개는 청년들이 열 심히 논쟁을 하고 혁명을 이야기하지만 그것은 어디까지나 논쟁을 위한 논 쟁일 뿐이라는 점, 따라서 실제로 혁명을 실천했던 러시아 청년들의 논쟁과 는 다르다는 점을 각각의 연에서 강조하고 있다는 점을 들 수 있다. 이러한 점을 타쿠보쿠의 시에서는 “그러나, 누구 하나 주먹을 굳게 쥐고 책상을 치 며/ ‘V NAROD!’를 외치는 사람은 없다”에 의해서, 김기진의 시에서는 “Cafe Chair Revolutionist,/ 너희들의손이너머도희고나!,” “희고흰팔을쑵내여가며/ 입으 로말하기는 ‘우·나로―드!,” “헛되인탄식(歎息)이 우리에게잇다.” “전력(全力)을 다하든 전력(全力)을 다하든탄식(歎息)이엿다,” 등에 의해 암시되어 있다. 김기 진의 시는 앞에서 살펴 본 정지용의 시보다 2년여 앞서 발표된 것으로 이 두 편의 시는 ‘카페’를 배경으로 하고 있다는 점에서 서로 관련될 뿐만 아니 라 타구보쿠의 시세계에 밀접하게 관련된다. 특히 타쿠보쿠의 시「끝없는 논 쟁 후에」가 김기진의 시「백수(白手)의탄식(歎息)」에 끼친 영향은 비교문학 연 구에 있어서 ‘모방·전용·변용·발전’의 단계를 보여주는 하나의 예에 해당 한다고 볼 수 있다.

아울러 김기진이「백수(白手)의탄식(歎息)」과 함께『개벽』제48호 (1924. 6)에 발표한「화강석(花岡石)」에는 ‘인민(人民)’과 ‘역사’의 관계를 언급하고 있으며, 이 시의 전문을 인용하면 다음과 같다.

나는보고잇다―
역사(歷史)의페―지에낫하나잇는

화강석(花岡石)과갓흔인민(人民)의그림자를,

언제든지인민(人民)의 대가리우에는
별별색색(別別色色)의탑(塔)이서가지고
그것들이인민(人民)을심판(審判)하고잇엇다.

나는보고잇다―
인민(人民)의생활(生活)이 뒤흔들닐째에는
애처로웁게도탑(塔)은 부서진다는것을,

정치가(政治家)보다도 시인(詩人)보다도
쑥담을고잇는, 화강석(花岡石)과갓흔
인민(人民)이야말로 더훌늉한편이나닐넌지―

오오 역사(歷史)의페지에낫하나잇는, 화강석(花岡石)과갓흔
인민(人民)그림자를, 최후(最後)의심판자(審判者)를,
나는지금, 눈압헤놋코 생각하고잇다.[15]

― 김기진, 「화강석(花岡石)」 전문

2.3 백석의 시에 반영된 타쿠보쿠의 영향과 수용

타쿠보쿠의 시세계와 백석(1912~1963)의 시세계의 비교연구는 전자와 후자의 시가 일대일로 대응되는 경우와 시어(詩語), 시구(詩句), 시상(詩想) 등에 유사한 경우에서 찾아볼 수 있다. 직접적인 영향은 백석이 백기행(白夔行)이라는 자신의 본명을 백석(白石)이라는 필명으로 바꿀 때에 자신이 존경했던 이시카와 타쿠보쿠(石川啄木)의 성명에서 '石'자를 따와 백석(白石)으로 정했다는 점, 백석의 연인이었던 김자야(金子夜)[16]가 "백석이 팔베개를

---

15) 김기진, 「화강석(花岡石)」, 『개벽』 제48호 (1924. 6), pp. 137~138.
16) 김자야의 기명(妓名)은 김진향(1916~1999)으로 서울 관철동에서 태어나 어려서 아버지를 여의고
    할머니와 홀어머니 슬하에서 자랐다. 1932년 김수정의 도움으로 조선 권번에 들어가 기생이 되었으
    며 당시 정학계의 대부였던 금하 하규일의 지도로 여창가곡, 궁중무에 능한 가무의 명인으로 성장했
    다. 1935년 일본에 유학하던 시기에 행관이 투옥되자 면회 차 귀국하여 함흥에 일시 머물렀으며,

하고 타쿠보쿠의 시를 많이 읽어주었다"라고 회상한 점, '안식처,' '고향,' '가난한 삶,' 및 '시양식의 변화' 등의 유사성에서도 찾아볼 수 있다. '안식처'의 경우는 시인 자신이 편히 기처할 수 있는 '집'에 관계되며, 이러한 점은 타쿠보쿠의 시 「집」과 백석의 시 「흰 바람벽이 있어」, 「남신의주 유동박시봉방(南新義州柳洞朴時逢方)」 등에서 찾아볼 수 있다. 이러한 점을 찾아 볼 수 있는 타쿠보쿠의 시의 「집」의 원문과 번역문을 인용하면 다음과 같다.

石川啄木
「家」, 제3연과 제4연 후반부

今朝も、ふと、日のさめしとき、
わか家と呼ぶべき家の欲しくなりて、
顔洗ふ問もそのことをそこはかとなく思ひしが、
つとめ先より一日の仕事を了へて歸り來て、
夕餉の後の茶を啜り、煙草をのめば、
むらさきの煙の味のなつかしさ、
はかなくもまたそのことのひよっと心に浮び來る-
はかなくもまたかなしくも。

場所は, 鐵道に遠からぬ、
心おきなき故鄕の村のはづれに選びてむ。
西洋風の木造のさつばりとしたひと構へ、
高からずとも、さてはまた何の飾りのなしとても、
廣き階段とバルユンと明るき書齋…
ばにさなり、すわり心地のよき倚子も。

この幾年に幾度も思ひしはこの家のこと、
思ひし毎に少しづつ変へし間取りのさまなどを
心のうちに描きつつ、
ランプの笠の眞白きにそれとなく眼をあつむれば、

손순옥 옮김
「집」, 제3연과 제4연 후반부

오늘 아침도, 문득 눈떴을 때
우리 집이라 부를 집이 갖고 싶어져
세수하는 동안에도 그 일만 공연스레 생각했지만
일터에서 하루 일을 마치고 돌아와
저녁 후 차 한 잔 마시며, 담배를 피우노라면
보랏빛 연기처럼 자욱한 그리움
하염없이 또 집 생각만 마음에 떠오른다. -
하염없이 또 서글프게도

장소는, 기찻길에서 멀지 않은
푸근한 고향 마을 변두리 한구석 골라 본다.
서양풍의 산뜻한 목조 건물 한 채
높지 않아도, 그리고 아무 장식 없어도,
넓은 계단이랑 발코니, 볕 잘 드는 서재…
그렇다, 느낌이 좋은 안락한 의자도

이 몇 해 동안 몇 번이고 생각한 것은 집에 관한 것,
생각할 때마다 조금씩 바뀐 방 배치 등을
가슴 속에 그려보면서
새하얗게 바랜 전등갓에 시름없이 시선을 모으면

1936년 함흥 영생고보에서 영어교사로 재직하고 있던 백석을 만나게 되었다. 백석은 어느 날 『당시선집(唐詩選集)』을 읽다가 이백의 시 「자야오가(子夜吳歌)」에서 '자야'라는 이름을 지어주었다. 백석 부모의 반대로 결혼하지는 못했지만 백석은 자야와 함께 지내던 동안 여러 편의 서정시를 썼다. 서울과 함흥을 오가며 작품 활동을 하던 백석이 이북에 있는 사이 분단이 되면서 이들은 이별을 하게 되었다. 자야는 1953년 중앙대학교 영어영문학과를 만학으로 졸업했으며 말년에는 자신이 운영하던 '대원각'의 부지와 건물을 길상사 회주이자 『무소유』의 저자 법정 스님에게 시주하여 지금의 '길상사'가 되었다. 김자야와 백석의 관계는 『창작과 비평』 제16권 제1호 (1989 봄), pp. 331～349에 수록된 「백석(白石), 내 가슴 속에 지워지지 않는 이름 : 자야(子夜) 여사의 회고」에서 확인할 수 있으며, 『내 사랑 백석』 (1995)에서도 찾아볼 수 있다.

その家に住むたのしさのまざまざ見ゆる心地して
泣く兒に添乳する妻のひと間の隅のあちら向き
そを幸ひと口もとにかなき笑みものぼり來る。

さて、その庭は廣くして草の繁るにまかせてむ。
夏ともなれば、夏の雨、おのかじしなる草の葉に
音立てて降るこころよさ。
またその隅にひともとの大樹を植ゑて、
白塗の木の腰掛を根に置かむ―
雨降らぬ日は其處に出て、
かの煙濃く、かをりよき埃及煙草ふかしつつ、
四五日おきに送り來る丸善よりの新刊の
本の頁を切りかけて、
食事の知らせあるまでをうつらうつらと過ごすべく、
また、ことごとにつぶらなる眼を見ひらきて聞きほるる
村の子供を集めては、いろいろの話聞かすべく…

はかなくも、またかなしくも、
いつとしもなく、若き日にわかれ來りて、
月月のくらしのことに疲れゆく、
都市居住者のいそがしき心に一度浮びては、
はかなくも、またかなしくも、
なつかしくして、何時までも棄つるに惜しきこの思ひ、
そのかずかずの滿たされぬ望みと共に、
はじめより空しきことと知りながら、
なほ、若き日に人知れず戀せしときの眼付して、
妻にも告げず、眞白なるランプの笠を見つめつつ、
ひとりひそかに、熱心に、心のうちに思ひつづくる。

그 집에 사는 즐거움이 또렷이 보이는 듯,
우는 애 옆에 누워 젖 물리는 아내는 방 한 구석 저쪽을 향해 있고,
그것이 행복하여 입가에 속절없는 미소마저 짓는다.

그리고, 그 마당은 넓게 하여 풀이 마음껏 자라게 해야지
여름이라도 되면, 여름날 비, 저절로 자란 무성한 풀잎에
소리내며 세차게 흩뿌리는 상쾌한 기분,
또 그 한구석에 커다란 나무 한 그루 심고
하얗게 칠한 나무 벤치를 그 밑에 두어야지―
비가 내리지 않는 날은 그곳에 나가
저 연기 그윽한 향 좋은 이집트산 담배를 피우면서,
사오 일 간격으로 보내오는 마르젠(丸善)의 신간
그 책 한 페이지를 접어 놓고,
밥 먹으라고 부를 때까지 꾸벅꾸벅 졸기도 할 테지
또 모든 일 하나하나에 동그란 눈을 크게 뜨고 넋잃고 듣는
동네 꼬마애들을 모아 놓고는, 여러 가지 이야기를 들려줘야겠지…

하염없이 또 서글프게도,
어느 사이엔가, 젊은 날에 이르러
세월 사는 일에 지쳐만 한다.
도시 거주자의 분주한 마음에 한번 떠올라선,
하염없이 또 서들프레,
못내 사무쳐 언제까지고 지워 버리기 아까운 이 생각
그 많은 갖가지 못다한 바람과 함께
처음부터 덧없는 일인 것을 잘 알면서
여전히, 젊은 날 남 몰래 사랑을 속삭이던 그 시선으로
아내에게도 말 못하고, 하얗게 바랜 전등갓을 응시하고서
나 홀로 슬그머니, 또 열심히, 자꾸만 마음속에 되새겨본다.

타쿠보쿠의 시 「집」에 대응되는 백석의 시 「흰 바람벽이 있어」에서 "오늘 저녁 이 좁다란 방의 흰 바람벽에/ 어쩐지 쓸쓸한 것만이 오고 간다/ 이 흰 바람벽에/ 희미한 十五燭 전등이 지치운 불빛을 내어던지고/ 때글은 다 낡은 무명샤쯔가 어두운 그림자를 쉬이고"라는 시작부분이나 "어늬 먼 앞대 조용한 개포가의 나지막한 집에서/ 그의 지아비와 마조 앉어 대구국을 끓여놓고 저녁을 먹는다/ 벌써 어린것도 생겨서 옆에 끼고 먹는다"라고 시상(詩想)이 전개되는 부분은 타쿠보쿠가 자신의 시 「집」에서 안식처로서의 '집'을 꿈꾸는 것에 접맥된다고 볼 수 있다. 이처럼 타쿠보쿠의 시에 접맥되는 것으로 파악할 수 있는 백석의 시 「흰 바람벽이 있어」의 전문을 인용하면 다음과 같다.

오늘 저녁 이 좁다란 방의 흰 바람벽에
어쩐지 쓸쓸한 것만이 오고 간다
이 흰 바람벽에
희미한 십오촉(十五燭) 전등이 지치운 불빛을 내어던지고
때글은 다 낡은 무명샤쓰가 어두운 그림자를 쉬이고
그리고 또 달디단 따끈한 감주나 한잔 먹고 싶다고 생각하는 내 가지가지 외로
운 생각이 헤매인다
그런데 이것은 또 어인 일인가
이 흰 바람벽에
내 가난한 늙은 어머니가 있다
내 가난한 늙은 어머니가
이렇게 시퍼러둥둥하니 추운 날인데 차디찬 물에 손은 담그고 무이며 배추를 씻
고 있다
또 내 사랑하는 사람이 있다
내 사랑하는 어여쁜 사람이
어늬 먼 앞대 조용한 개포가의 나즈막한 집에서
그의 지아비와 마조 앉어 대구국을 끓여놓고 저녁을 먹는다
벌써 어린것도 생겨서 옆에 끼고 저녁을 먹는다
그런데 또 이즈막하야 어느 사이엔가
이 흰 바람벽엔
내 쓸쓸한 얼굴을 쳐다보며
이러한 글자들이 지나간다
─나는 이 세상에서 가난하고 외롭고 높고 쓸쓸하니 살어가도록 태어났다
그리고 이 세상을 살어가는데
내 가슴은 너무도 많이 뜨거운 것으로 호젓한 것으로 사랑으로 슬픔으로 가득찬다
그리고 이번에는 나를 위로하는 듯이 나를 울력하는 듯이
눈질을 하며 주먹질을 하며 이런 글자들이 지나간다
─하늘이 이 세상을 내일 적에 그가 가장 귀해 하고 사랑하는 것들은 모두
가난하고 외롭고 높고 쓸쓸하니 그리고 언제나 넘치는 사랑과 슬픔 속에 살도록
만드신 것이다
초생달과 바구지꽃과 짝새와 당나귀가 그러하듯이
그리고 또 '프랑시쓰 쨈'과 도연명(陶淵明)과 '라이넬 마리아 릴케'가 그러하듯이[17]

— 백석, 「흰 바람벽이 있어」 전문

---

17) 이동순 편, 『백석시전집』 (창작과비평사, 1987), pp. 109~110.

아울러 타쿠보쿠의 시에 접맥되는 것으로 파악할 수 있는 백석의 또 다른 시로는 「남신의주유동박시봉방(南新義州柳洞朴時逢方)」을 들 수 있으며, "어느 사이에 나는 아내도 없고, 또,/ 아내와 같이 살던 집도 없어지고,/ 그리고 살뜰한 부모며 동생들과도 멀리 떨어져서,/ 그 어느 바람 세인 쓸쓸한 거리 끝에 헤메이었다./ 바로 날도 저물어서,/ 바람은 더욱 세게 불고, 추위는 점점 더해 오는데,/ 나는 어느 木手네 집 헌 삿을 깐,/ 한 방에 들어서 쥔을 붙이었다"로 시작되는 이 시의 전문을 인용하면 다음과 같다.

어느 사이에 나는 아내도 없고, 또
아내와 같이 살던 집도 없어지고,
그리고 살뜰한 부모며 동생들과도 멀리 떨어져서,
그 어느 바람 세인 쓸쓸한 거리 끝에 헤매었다.
바로 날도 저물어서,
바람은 더욱 세게 불고, 추위는 점점 더해 오는데,
나는 어느 목수네 집 헌 삿을 깐,
한 방에 들어서 쥔을 붙이었다.
이리하여 나는 이 습내 나는 춥고, 누긋한 방에서,
낮이나 밤이나 나는 나 혼자도 너무 많은 것 같이 생각하며,
딜옹배기에 북덕불이라도 담겨 오면,
이것을 안고 손을 쬐며 재 우에 뜻없이 글자를 쓰기도 하며,
또 문밖에 나가디두 않구 자리에 누어서,
머리에 손깍지벼개를 하고 굴기도 하면서,
나는 내 슬픔이며 어리석음이며를 소처럼 연하여 쌔김질하는 것이었다.
내 가슴이 꽉 메여 올 적이며,
내 눈에 뜨거운 것이 핑 괴일 적이며,
또 내 스스로 화끈 낯이 붉도록 부끄러울 적이며,
나는 내 슬픔과 어리석음에 눌리어 죽을 수밖에 없는 것을 느끼는 것이었다.
그러나 잠시 뒤에 나는 고개를 들어,
허연 문창을 바라보든가 또 눈을 떠서 높은 턴정을 쳐다보는 것인데,
이때 나는 내 뜻이며 힘으로, 나를 이끌어가는 것이 힘든 일인 것을 생각하고,
이것들보다 더 크고, 높은 것이 있어서, 나를 내 마음대로 굴려가는 것을 생각하는 것인데,
이렇게 하여 여러 날이 지나는 동안에,

내 어지러운 마음에는 슬픔이며, 한탄이며, 가라앉을 것은 차츰 앙금이 되어 가
라앉고,
　　외로운 생각만이 드는 때쯤 해서는,
　　더러 나줏손에 쌀랑쌀랑 싸락눈이 와서 문장을 치기도 하는 때도 있는데,
　　나는 이런 저녁에는 화로를 더욱 다가 끼며, 무릎을 꿇어 보며,
　　어니 먼 산 뒷옆에 바우섶에 따로 외로이 서서,
　　어두어 오는데 하이야니 눈을 맞을, 그 마른 잎새에는,
　　쌀랑쌀랑 소리도 나며 눈을 맞을,
　　그 드물다는 굳고 정한 갈매나무라는 나무를 생각하는 것이었다.[18]

— 백석, 「남신의주유동박시봉방(南新義州柳洞朴時逢方)」 전문

　위에 전문을 인용한 백석의 두 편의 시와 타쿠보쿠의 시의 비교가능성은
백석과 타쿠보쿠가 자신들의 시에서 자신들이 거주할 '집'에 대한 '생각'을
드러내고 있다는 점에서 찾아볼 수 있다. 그럼에도 타쿠보쿠가 자신의 시에
서 일본의 전통적인 가옥이 아닌 '서양식 목조건물'을 상상하거나 명치시대
에 창업하여 서양서적이나 서양물품을 수입하여 판매하던 '마르젠(丸善)의
신간'을 구독하는 것을 상상한 것 등은 다분히 '서구 지향적'이지만, 백석의
시에서는 시적 배경이나 발상 및 시어나 시의 전개 등이 다분히 '토속적'이
라는 차이점을 들 수 있다.
　'고향'을 주제로 하는 시의 유사성 역시 타쿠보쿠의 시와 백석의 시에서
공통적으로 나타나는 현상이며, '고향'에 관계되는 타쿠보쿠의 시에서 단가
(短歌)의 연작시를 중심으로 정리하면 다음과 같다.

石川啄木, 「煙」 1, 4, 5 聯	손순옥 옮김 「연기」, 1, 4, 5 연
1	1
病ごと 思郷のこころ湧く日なり 目こあをぞらの煙かなも	마음병처럼 고향 그리는 생각 간절히 솟아 푸른 하늘 저 멀리 연기마저 슬퍼라

---

18) 이동순 편, 『백석시전집』, pp. 122~123.

                    4

ふるさとの訛なつかし
停車場の人ごみの中に
そを聽きにゆく

やまひある獸のごとき
わがこころ
ふるさとのこと聞けばおとなし

かにかくに澁民村は戀しかり
おもひでの山
おもひでの川

石をもて追はるるごとく
ふるさを出でしかなしみ
消ゆる時なし

                    5

やはらかに柳あをめる
北上の岸辺目に見ゆ
泣けとごとくに

ふるさとの山に向ひて
言ふことなし
ふるさとの山はありがたきかな

                    4

정들은 고향 그 사투리 그리워
정거장으로 붐비는 사람 속에
고향말 찾아 가네

별들은 짐승 그 모습 닮은 듯이
나의 마음도
고향 소식 들으면 절로 양순해지네

누가 뭐래도 사부타미 촌마을 못내 그리워
추억의 동산이여
추억의 개울이여

돌팔매질 쫓기어 달아나듯
떠나온 고향 그 막막한 서글픔
가실 날이 없어라

                    5

초록 물드는 키타가미 강 언덕
버드나무야 또 눈에 어른거려
나를 울리려 하네

정들은 고향 산마루 마주하니
할 말 잃어
마음속에 오로지 고맙다는 말밖에

　　타쿠보쿠의 시에 반영되어 있는 고향에 대한 그리움을 백석의 시에서 찾
아보면 「고향(故鄕)」이라는 시를 들 수 있으며, 이 시의 전문을 인용하면 다
음과 같다.

　　　　나는 북관(北關)에 혼자 앓아 누워서
　　　　어느 아침 의원(醫員)을 뵈이었다.
　　　　의원은 여래(如來) 같은 상을 하고 관공(關公)의 수염을 드리워서
　　　　먼 옛적 어느 나라 신선 같은데
　　　　새끼손톱 길게 돋은 손을 내어
　　　　묵묵하니 한참 맥을 짚더니
　　　　문득 물어 고향(故鄕)이 어데냐 한다

평안도 정주라는 곳이라 한즉
그러면 아무개 씨 고향이란다.
그러면 아무개 씨 아느냐 한즉
의원은 빙긋이 웃음을 띠고
막역지간(莫逆之間)이라며 수염을 쓴다.
나는 아버지로 섬기는 이라 한즉
의원(醫員)은 또다시 넌지시 웃고
말없이 팔을 잡아 맥을 보는데
손길이 따스하고 부드러워
고향(故鄕)도 아버지도 아버지의 친구도 다 있었다.[19]

— 백석, 「고향」 전문

　‘고향’을 주제로 하는 백석의 시 중에서 공동체의 구심점으로서의 ‘고향’
에 대한 기억과 정신적인 풍요로움을 드러내고 있는 위에 인용된 시는 객
지에서 병이 들어 위원을 찾게 된 점, 그 의원이 고향을 물은 점, 고향의
아무개와 그 의원이 알고 지낸다는 점, 백석 자신은 고향의 ‘아무개’라는
분을 아버지처럼 모신다는 점, 그래서 의원의 손길에서 고향에 대한 그리움
을 더욱 간절하게 느끼게 되었다는 점, 결과적으로 자신은 비록 ‘북관’이라
는 함경남도 어디쯤의 타향에 있지만, “고향도 아버지도 아버지의 친구도
다 있었다”라고 생각하게 되었다는 점 등으로 진행된다. 여기서 중요한 점
은 그 의원과 막역지간으로 지내고 있는 고향의 ‘아무개’를 백석이 ‘아버지
로 섬기는 이’가 누구냐 라는 점이다. 왜냐하면 그로 인해서 의원과 백석은
일종의 공감대를 형성하게 되었기 때문이다. 이러한 점으로 미루어 볼 때에
바로 그 ‘아무개’는 다름 아닌 언론사 사주(社主)였던 방응모[20](1890~?)라고

---

19) 이동순 편, 『백석시전집』, p. 75.

20) 계초(啓礎) 방응모(方應謨)는 언론인으로 평안북도 정주에서 출생하였으며, 1923년 『동아일보』 정주지
　　국을 경영하였고 1925년 평안북도 삭주군 외남면의 교동광업소(橋洞鑛業所)를 운영하여 많은 돈을 벌
　　었다. 1933년 3월 ‘조선일보사’의 경영권을 계승하여 이해 7월 자본금 30만원의 ‘주식회사’로 등기를
　　마침으로써 『조선일보』는 안정적인 경영관 사세(社勢)를 확장하는 계기를 마련하였다. 1935년 7월 현
　　재의 서울특별시 태평로에 새 사옥을 준공하였고 출판부를 신설하여 월간잡지 『조광』, 『여성』, 『소년』

파악하는 것이 지배적인 견해이다. 방응모는 백석의 아버지의 친구였으며, 백석이 일본으로 유학을 갈 수 있도록 그 비용을 보내주었을 뿐만 아니라 나중에 가난한 백석을 교정부 기자로 채용하여 도움을 주었던 인물이다.

이처럼 백석의 시에서 '고향'에 관련되는 또 다른 시로는 "호박잎에 싸오는 붕어곰은 언제나 맛이었다"로 시작되는 「주막(酒幕)」, "山턱 원두막은 뷔었나 불빛이 외롭다"로 시작되는 「정주성(定州城)」, 명절날의 풍경을 이야기체로 풀이한 「여우난골족(族)」, "녯성(城)의 돌담에 달이 올랐다"로 시작되는 「흰밤」, 돌아오지 않는 '아베'를 기다리는 「고야(古夜)」, "녯말이 사는 컴컴한 고방의 쌀독 뒤에서 나는 저녁 끼때에 부르는 소리를 듣고는 못 들은 척하였다"로 끝맺는 「고방」 등 그의 시 대부분은 '고향'에 관계된다. 이러한 점은 "대들보 위에 베틀도 채일도 토리개도 모도들 편안하니/ 구석구석 후치도 보십도 소시랑도 모도들 편아하니"로 끝맺는 「연자간」, '북관(北關),' '노루,' '고사(古寺),' '선우사(膳友辭),' '산곡(山谷)' 등의 연작시 「함주시초(咸州詩抄)」 등에서도 확인할 수 있다.

다음은 타쿠보쿠의 시와 백석의 시에 나타나는 공동체 의식과 인간주의의 유사성을 들 수 있으며 이러한 점을 보여주는 시로는 타쿠보쿠의 시 「네거리」와 백석의 시 「모닥불」을 들 수 있다. 전자가 도시중심적이고 후자가 농촌중심적이라는 차이점에도 불구하고 이 두 편의 시에는 이들 두 시인의 공동체의식과 인간주의가 잘 반영되어 있다고 볼 수 있다. 타쿠보쿠의 시 「네거리」의 제2연과 백석의 시 「모닥불」 전문을 정리하면 다음과 같다.

다음에 인용된 타쿠보쿠와 백석의 시의 공통점은 네거리를 건너는 사람들과 모닥불 주변에 모여든 온갖 유형의 존재들에 대한 열거에 있다. 이러한

등을 연이어 창간하였다. 1933년 '이심회(以心會)' — 뒤에 '서중회(序中會)'로 개칭(改稱) — 라는 장학회를 만들어 학생들에게 장학금을 지급하였다. 1936년 '동방문화학원(東邦文化學院)'을 설립하였고, 1946년 '숭문상업중학교(崇文商業中學校)'를 경영하였다. 1937년 제2회 '시국강연 경기도반'에 선임되었으며 1944년 '조선항공공업회사'의 중역으로 피선되었다. 또한 함경남도 영흥군의 조림사업, 서해안의 간척사업 등을 벌이기도 하였다. 해방 후에는 『조선일보』를 복간하여 오늘의 『조선일보』를 이룩하는 토대를 마련하였다. 1950년 7월 6일 공산군에게 납북되었다.

石川啄木, 「辻」 제2聯	손순옥 옮김, 「네거리」 제2연	백석, 「모닥불」
此處過ぐる人は、見よ、皆、 高空き日をも仰がず、 船多き海も眺めず、 ただ、人の作れる路を、 人の住む家を見つつぞ、 人とこそ群れて行くなれ。 白髯の翁も, はたや、 絹傘の若き少女も、 少年も、また、靴鳴らし 煙草吹く海産商も、 丈高き紳士も、孫を 背に負くる痩せし媼も、 酒肥り、いとそりかへる 商人も、物乞ふ兒等も、 口笛の若き給仕も、 家持たぬ憂き人人も。	이곳을 지나는 사람은 보시오, 모두, 하늘 높이 뜬 해도 우러러보지 않고, 배 많은 바다도 바라보지 않고, 오직, 사람이 만든 길을, 사람만 사는 집을 바라보며 사람만이 무리지어 간다. 흰 수염의 늙은이도, 비단 우산을 쓴 젊은 처녀도, 소년도, 또, 발소리 내며 담배를 피우는 해산물 상인도 키 큰 신사도, 손자를 등에 업은 야윈 노파도, 술 배를 하고 몹시 빼기는 상인도, 구걸하는 아이도, 휘파람부는 어린 급사도, 집 없는 불쌍한 사람도,	새끼오리도 헌신짝도 소똥도 갓 신창도 개니빠디고 너울쪽도 깊 검불도 가락잎도 머리카락도 헌 겊조각도 막대꼬치도 가외장도 닭의짖도 개터럭도 타는 모닥불 재당도 초시도 門長늙은이도 더부 살이 아이도 새사위도 갓사둔도 나그네도 주인도 할아버지도 손자 도 붓장사도 땜쟁이도 큰개도 강 아지도 모두 모닥불을 쪼인다 모닥불은 어려서 우리 할아버 지가 어미아비 없는 서러운 아 이로 불상하니도 몽둥발이가 된 슬픈 역사가 있다[21]

열거는 단순한 열거라기보다는 시인의 남다른 관찰과 시의식, 말하자면 모든 생명체에 대한 애정, 공동체의식 및 인간주의에서 비롯된 결과라고 볼 수 있다.

마지막으로 타쿠보쿠와 백석의 시에 나타나 있는 시형식의 유사성을 들 수 있다. 전자의 경우는 3행으로 된 '단가(短歌)'의 형식을 들 수 있으며 이와 대응되는 후자의 경우는 「초동일(初冬日)」의 "흙담벽에 볕이 따사하니/ 아이들은 물코를 흘리며 무감자를 먹었다// 돌덜구에 天上水가 차게/ 복숭아낡에 사리리타래가 말려갔다"처럼 2행 1연을 바탕으로 하는 짧은 시형식을 들 수 있다. 아울러 타쿠보쿠의 시와 백석의 시의 또 다른 시형식에 해당하는 정시(長詩)를 들 수 있으며, 타쿠보쿠의 경우는 「지붕(屋根)」 등에서, 백석의 경우는 '이야기시'로 평가되는 「흰 바람벽이 있어」, 「남신의주유동박시봉방」

---

21) 이동순 편, 『백석시전집』, p. 25.

외에도 「촌에서 온 아이」, 「가즈랑집」, 「넘어진 범 같은 노큰마니」, 「조당(澡塘)」 등에서 찾아볼 수 있다.

3. 소결론

　이상과 같은 타쿠보쿠의 시세계와 한국　현대시의 관계에 대해서는 그동안 한국문학계에서 지속적으로 연구되어 왔으며, 일본·한국·중국·대만 등을 중심으로 1989년에 '국제타쿠보쿠학회'가 창립되어 그의 시세계를 다각적인 방법으로 조명하고 있다. 이러한 점을 바탕으로 하여 타쿠보쿠의 시세계가 한국 현대시에 끼친 대표적인 몇 가지 경우를 중심으로 하여 살펴보았다. 그 결과 타쿠보쿠의 시 「코코아 한 잔」과 정지용의 시 「카페 프랑스」의 관계에서는 이 두 편의 시가 '카페'를 배경으로 하고 있다는 점, 타쿠보쿠의 조선에 대한 관심과 정지용의 창씨개명 과정에서 드러난 일화 등으로 미루어 볼 때에 정지용의 시가 타쿠보쿠의 시로부터 직접적인 영향을 받았다기보다는 간접적인 영향을 받은 것으로 볼 수 있다. 타쿠보쿠의 시세계가 한국 현대시에 끼친 직접적인 영향과 수용의 관계는 김기진의 시 「백수(白手)의탄식(歎息)」에서 찾아볼 수 있으며, 이 시는 타쿠보쿠의 시 「끝없는 논쟁 후에」를 모방·전용·변용한 경우에 해당한다. 끝으로 타쿠보쿠의 시세계와 백석의 시세계의 비교가능성에 대해서는 그동안 많은 연구자들이 제기해왔을 뿐만 아니라 실제로 성과도 있었다. 기존의 연구를 바탕으로 하여, '고향'에 관

계되는 시, '집'에 관계되는 시, '이야기'에 관계되는 시 등을 중심으로 살펴
보았다.

제10장

T. S. 엘리엇의 영향과 수용

김기림, 박인환, 민재식, 송욱의 경우를 중심으로

1. T. S. 엘리엇의 생애와 작품세계

미국 태생의 영국의 시인, 극작가 및 문학평론가 등으로 활동한 T. S. 엘리엇의 문학적 경향은 다분히 모더니즘적이다. 제2차 세계대전 중에 발표한 『네 개의 사중주』(1944)는 당대에 가장 위대한 시로 평가받았으며, 1948년 '메리트훈장'과 '노벨문학상'을 받았다. 그의 대표작으로는 우리들에게 잘 알려진 『황무지』(1922)를 들 수 있으며, 희곡에서의 모더니즘운동을 선도했던 『성당의 살인』(1935)과 『칵테일파티』(1949) 등이 있다. 『성당의 살인』은 토마스 베케트(1118~1170)의 죽음에 대한 것으로 그는 로마가톨릭과 영국교회에서 성인(聖人)이자 순교자로 추앙받고 있는 성직자이다. 베케트는 교회의 권리와 특권을 위해서 헨리 2세(1133~1189)와 갈등을 빚었으며 대왕 추종자들에 의해 켄터베리 성당에서 암살되었다.

『칵테일파티』는 고대 그리스의 극작가 에우리피데스(B.C. 480~B.C. 406)의 『알케스티스』를 바탕으로 한 것이다. 또한 앤드루 로이드 웨버가 곡을 붙인 뮤지컬 『캣츠』의 바탕이 된 엘리엇의 시 『늙은 주머니쥐의 고양이에 관한 책』(1939) 역시 그의 대표작에 해당한다. '주머니쥐'는 지혜의 상징하기도 하고 엘리엇의 '별명'에 해당한다고 볼 수 있으며, 이 뮤지컬에서 부르는 '메모리'는 우리들에게 가장 많이 알려진 곡에 해당한다. T. S. 엘리엇은 제1차 세계대전과 제2차 세계대전이라는 전쟁의 와중에서 20세기 문학과 문화 전반에 걸쳐 영향을 끼쳤다. 그는 시어와 문체, 운율과 형식 등을 끊임없이 실험함으로써 영시(英詩)의 발전과 세계시의 발전에 새로운 활력을 불어넣었을 뿐만 아니라 전통의 새로운 해석과 미래지향적인 문학론을 통해서 자신의 시대에는 물론 그 이후의 시대에도 가장 중심적인 역할을 하였다.

엘리엇은 호메로스(B.C. 800~B.C. 750), 버질(B.C. 70~B.C. 19), 단테(1265~1321), 셰익스피어(1564~1616), 사무엘 존슨(1709~1784), 존 던(1572~1631), 매튜우 아놀드(1822~1888), 보들레르(1821~1867), 라포르그(1860~1887), W. B. 예이츠(1865~1939), 조셉 콘라드(1857~1924), 테니슨(1809~1892), 제임스 프레이저(1854~1941), T. E. 흄(1883~1917), 에즈라 파운드(1885~1972) 등으로부터 영향을 받았을 뿐만 아니라 성서와 초창기 영국 모더니스트 운동으로부터도 영향을 받았다. 아울러 엘리엇은 예이츠, 파운드, 해롤드 하트 크레인(1899~1932), 월러스 스티븐스(1879~1955), 마리안 무어(1887~1932), 윌리엄 엠슨(1906~1984), 위스턴 휴 오든(1907~1973), 프레데릭 루이스 맥나이스(1907~1963), 에드워드 제임스 휴즈(1930~1998), 제프리 힐(1932~), 셰이머스 저스틴 히니(1932~), 밥 딜런((1941~) 등에게 영향을 끼쳤다.

1.1 생애

T. S. 엘리엇(1888~1965)은 1888년 9월 26일 미국 미주리의 세인트루이스에서 태어났다. 영국의 섬머셋 이스트 코커에서 구두제작을 하던 앤드루 엘리엇이 1670년 경 미국의 보스턴으로 이주하면서 엘리엇 가문의 미국시대가 시작되었다. 엘리엇의 할아버지 윌리엄 그린리프 엘리엇은 목사로서 1834년 하버드대학교를 졸업하자마자 보스턴에서 세인트루이스로 이주하였다. 연방주의자로서 유니테리언교도였던 엘리엇 목사는 당시 노예제도를 허용했던 미주리 주에서 반노예주의를 제창했을 뿐만 아니라 워싱턴대학교를 창설하

였고 1872년 이 대학교 총장이 되었다. 엘리엇의 아버지 헨리 웨어 엘리엇 (1843~1919)은 성공한 사업가로서 세인트루이스에 있는 회사의 회장으로 재무를 담당하고 있었으며, 그의 어머니 샬롯데 샹프 스턴스(1843~1929)는 사회사업가로서 시를 쓰기도 하였다. 엘리엇은 2남 5녀 중 막내로 태어났으며, 그때 그의 부모는 모두 44세였다. 따라서 엘리엇의 네 명의 누나들의 나이는 열한 살부터 열아홉 살까지였고 그의 형 역시 여덟 살이었다. 가족과 친구들이 단순하게 '톰'이라고만 불렸던 T. S. 엘리엇의 '토마스 스턴스'라는 이름은 외할아버지의 이름에서 비롯된 것이다.

엘리엇의 생애는 크게 전반기의 생애와 후반기의 생애로 대별되며, 전반기의 생애를 요약하면 다음과 같다. 엘리엇은 1898년부터 1905년까지 워싱턴대학교에 입학하기 위한 예비학교인 스미스아카데미에 다니면서 라틴어, 그리스어, 프랑스어, 독일어 등을 배웠다. 하버드대학교에 곧바로 진학할 수 있었지만 그의 부모는 1년간 더 준비하도록 하기 위해서 그를 보스턴 가까이에 있는 밀턴아카데미로 보냈다. 그곳에서 엘리엇은 훗날 자신의 『황무지』를 출판해 주게 될 스코필드 테이어(1889~1982)를 만났다. 1906년부터 1909년까지 하버드대학교에서 공부하는 동안에 엘리엇은 아서 시먼스(1865~1945)의 『문학에서의 상징주의 운동』(1899)을 읽게 되었고, 그로 인해서 라포르크, 랭보, 베를렌 등을 접하게 되었으며, 자신의 평생친구가 된 콘래드 에이컨(1889~1973)도 알게 되었다. 이 시기에 엘리엇은 철학가이자 시인인 조지 산타야나(1863~1952)와 비평가 어빙 배빗(1865~1933)으로부터 많은 영향을 받기도 하였다. 특히 배빗의 반낭만주의적인 태도에 심취하게 되었으며 결과적으로 F. H. 브래들리(1846~1924)와 T. E. 흄(1883~1917) 등의 사상을 전공함으로써 반낭만주의적 태도를 심화시켰다.

1909년부터 1910년까지 하버드대학교 철학과의 조교를 지냈으며, 1910년 하버드대학교에서 석사학위를 받은 후에 1910년부터 1911년까지 파리에 거주하면서 소르본대학교에서 공부하였고 이때 유럽대륙을 여행하였다. 소르본대학교에서 앙리 베르그송(1859~1941)의 철학 강의를 수강하는 한편, 다른 한편으로는 알랭 푸르니에(1886~1914)와 함께 시를 읽고는 했다. 엘리엇은 그를 통해서 프랑스어를 완전히 습득하게 되었으며 보들레르, 라포르그, 말라르메 등 상징주의 시에 통달하게 되었다. 엘리엇은 1914년 처음으로 에즈라 파운드를 만났으며, 1946년『포에트리』에 파운드의 좌파적인 정치성향과는 무관하게 그의 문학경력을 옹호하는 글을 기고했다. 외국 시인들의 작품세계에 대해서 관심을 가지고 있던 파운드는 중세 남프랑스의 음유시인인 투르바두르와 이탈리아 초기 르네상스 시인들을 선호했고, 엘리엇은 라포르그와 단테를 선호했다. 라포르그와 단테, 그리고 존 웹스터와 존 던의 영향을 받아 엘리엇은 자신의 문체를 발전시키게 되었다.

　1911년 박사과정 학생으로서 하버드대학교에 돌아온 엘리엇은 F. H. 브래들리(1846~1924), 불교, 인도철학을 배우는 한편 종교적인 텍스트를 읽기 위해서 찰스 랜먼으로부터 산스크리트어와 발리어를 공부하기도 했다.[1] 1914년 영국의 옥스퍼드대학교 머튼칼리지에서 공부할 수 있는 장학금을 받은 엘리엇은 영국으로 가기 전에 여름학기 중에 철학을 공부하기 위해서 독일의 마르부르크로 갔지만, 그때 제1차 세계대전이 발발하여 곧바로 런던을 거쳐 옥스퍼드로 갔다. 스물여섯 살이 되던 1914년 12월 하순경 엘리엇은 자신의 친구 에이컨에게 "여성들(여성사회)에게 아주 흥미를 느끼고 있다"라는 편지에서 자신이 아직도 총각이라는 점을 불평하기도 했다.[2] 머튼칼리지에서 만족하지 못했던 엘리엇은 그곳에 더 머물 것을 포기하고 테이어의 소개로 알게 된 비비언 헤이우드와 1915년 6월 26일 약식으로 결혼했다. 자신의 가족을 만나기 위해서 혼자서 짧은 기간 동안 미국을 방문했던 엘리엇은 곧바로 런던으로 돌아와 버크벡칼리지, 런던대학교 등에서 강의하는 한편 다른

---

1) Jeffry M. Perl and Andrew P. Tuck "The Hidden Advantage of Tradition : on the Significance of T. S. Eliot's Indic Studies," *Philosophy East &West*, vol. 35 no. 2 (April 1985), pp. 116~131.

2) Valerie Eliot ed., *The Letters of T. S. Eliot,* Volume 1, *1898~1922* (San Diego : Harcourt Brace Jovanovich, 1988), p. 75.

한편으로는 박사학위 논문을 완성하여 1916년 봄에 하버드대학교로 우송했다. 하버드 측에서는 그의 박사학위 논문을 접수하기는 했지만, 학위논문 후보자가 직접 논문발표를 하지 않았기 때문에 그는 박사학위를 취득하지 못했다. 그가 준비했던 학위논문은 1964년 『F. H. 브래들리의 철학에 있어서의 지식과 경험』이라는 단행본으로 출간되었다.

이 시기에 엘리엇은 조지 산타야나, 어빙 배빗, 앙리 베르그송, C. R. 랜먼, 조시어 로이스, 버트런드 러셀, 해럴드 요아킴 등을 공부했으며, 그의 아내 비비언은 엘리엇과의 신혼시절에 버트런트 러셀(Bertrand Russell)의 철자(綴字)가 좋다면서 그에게 관심을 보였다. 이러한 점으로 인해서 엘리엇 연구자들은 그녀와 러셀과의 관계를 제기하기도 했지만, 그러한 주장이 확인된 적은 없다.3) 엘리엇은 자신이 60대에 쓴 개인적인 글에서 다음과 같이 고백한 바 있다. "내가 비비언을 사랑했던 까닭은 나의 조각배를 불태워버리고 영국에 정착하고자 했기 때문이었다고 나 자신을 설득하게 되었다. 그리고 비비언은 에즈러 파운드의 영향으로 시인으로서의 나를 영국에 붙들어 두고자 했다는 점을 그녀 스스로 설득하고는 했다. 비비언에게 있어서 결혼은 불행을 가져왔고 내게 있어서 결혼은 마음의 안정을 가져왔으며 결과적으로 '황무지'를 창작할 수 있게 되었다."4)

엘리엇은 머튼을 떠난 이후에 '하이게이트스쿨'과 '로열그래머스쿨'에서 가르쳤으며 특히 하이게이트스쿨에서 가르칠 때에는 존 베처먼(1906~1984)을 가르치기도 했다. 베처먼은 나중에 영국의 시인이자 작가가 되었으며 방송에도 종사하였다. 더 많은 수입이 필요했던 엘리엇은 서평을 쓰기도 했고 야간과정에서 강의했으며, 1917년 런던의 '로이드은행'에 취업하여 외환업무를 담당했다. 1920년 8월 윈덤 루이스(1882~1957)와 함께 파리를 여행하던 중에 엘리엇은 처음으로 제임스 조이스(1882~1941)를 만나게 되었다. 그 당

---

3) Carole Seymour-Jones, *Painted Shadow : A Life of Vivienne Eliot* (Constable , 2001). p. 17.
4) Valerie Eliot ed., *The Letters of T. S. Eliot,* Volume 1, *1898~1922,* p. xvii,

시에 엘리엇의 시인으로서의 능력을 의심하고 있던 조이스의 첫인상이 상당히 거만해 보였다고 엘리엇은 말했지만, 파리에 있는 동안에 조이스를 방문함으로써 이들은 곧바로 친구가 되었다.5) 엘리엇은 1925년 로이드은행을 사직하고 '페이버앤귀어'(현재의 '페이버앤페이버') 출판사로 옮겨 이 출판사에서 평생을 보내게 되었다.

엘리엇의 후반기의 생애는 그가 1927년 미국시민의 자격을 포기하고 영국시민으로 귀화했던 시기부터 1965년 세상을 떠날 때까지의 시기에 관계된다. 그는 1927년 6월 29일 영국으로의 귀화를 신청하였고 같은 해 11월 미국시민권을 포기함으로써 영국인이 되었다. 1928년 자신의 『랜슬롯 앤드루스를 위하여』의 '서문'에서 엘리엇은 이 책의 "일반적인 관점은 문학적으로는 고전주의자, 정치적으로는 왕정주의자, 종교적으로는 영국가톨릭으로 설명될 수 있다"고 요약한 바 있다. 1932년까지 자신의 아내 비비언과의 결별을 심각하게 고려하고는 했던 엘리엇은 하버드대학교로부터 1932년부터 1933년까지 '찰스 엘리엇 노턴' 교수직 제의를 받고는 이를 수락하여 비비언 곁을 떠나 미국으로 갔으며, 1933년 영국으로 되돌아오자마자 공식적으로 비비언과 별거에 들어갔다. 자신이 미국으로 떠났던 1932년부터 비비언이 세상을 떠난 1947년까지 15년 동안 엘리엇은 단 한 번도 비비언을 만나지 않았다. 비비언은 런던의 북쪽에 있는 정신병원에서 1938년 자살을 시도하기도 했던 바로 그 병원에서 1947년 세상을 떠났지만, 법적으로 이혼하지 않았던 엘리엇은 그 당시에도 법적으로는 여전히 비비언의 남편이었다.6)

1946년부터 1957년까지 엘리엇은 자신의 친구 존 데이비 헤이워드(1905~1965)와 함께 지내게 되었다. 이 시기에 엘리엇의 글을 정리했던 헤이워드는 '자신이 엘리엇의 기록보관자'7)라고 자처했다. 그는 또 '프루프록'에 관련되

---

5) Richard Ellmann, *James Joyce* (New York : Oxford University. Press, 1982), pp. 492~495.
6) Carole Seymour-Jones, *Painted Shadow*, p. 561.
7) Lyndall Gordon, *T. S. Eliot : An Imperfect Life* (Norton, 1998), p. 455.

는 원고를 정리했으며, 이 원고는 엘리엇이 세상을 떠난 후에『젊은 시절에 쓴 시』로 출판되었다. 1957년 엘리엇과 결별한 이후에도 자신이 정리한 엘리엇의 원고를 간직하고 있던 헤이워드는 그 원고를 1965년 케임브리지 킹스 칼리지에 기증했다.

첫 번째 부인 비비언이 1947년 세상을 떠난 지 10년 후에 영국의 저널리스트이자 작가이고 방송인이었던 콜린 브룩스(1893~1959)로부터 발레리 플레처를 소개받은 엘리엇은 37세나 어린 그녀와 1957년 재혼했다. 그 당시 엘리엇은 64세였고 발레리는 27세였다.[8] 발레리는 엘리엇에게 있어서 가장 중요한 편집자였고 문학적 조언자로서『황무지 : 초원(草稿)의 복사본과 원고』(1971)와『T. S. 엘리엇의 편지 : 제1권 1896~1922』(1989) 등의 출판을 가능하게 했으며, 크리스토퍼 릭스가 엘리엇의 미발표 시를 정리하여『3월의 토끼가 꾸며낸 이야기들 : 1909~1917년의 시들』(1996)을 출판할 때에 많은 도움을 주었다. 그러나 엘리엇의 두 번째 '서간집'의 출판은 여러 가지 이유로 지연되고 있다. 발레리는 'T. S. 엘리엇 상'[9]의 상금으로 매년 15,000 파운드를 기부하고 있다.

엘리엇은 폐기종(肺氣腫)이 악화되어 1965년 1월 4일 런던에서 세상을 떠났다. 그의 건강악화는 런던시내의 탁한 공기와 흡연 그리고 기관지염과 심박급속증(心拍急速症) 등에 의한 합병증에서 비롯된 것이었다. 엘리엇이 생전에

---

8) T. S. 엘리엇은 자신이 1949년 8월 'Faber and Faber' 출판사에 근무할 당시부터 그의 비서로 일했던 플레처를 이미 잘 알고 있었다. 자신의 첫 번째 결혼식처럼 사생활이 노출되는 것을 극도로 우려했던 엘리엇은 1957년 1월 10일 당일 아침 6시 15분에 치러진 플레처와의 결혼식에서도 플레처의 부모만 참석하도록 하였다. T. S. 엘리엇과 가까운 친구였으며 전기 작가였던 조셉 치아리와 허버트 리드 등은 발레리가 T. S. 엘리엇으로 하여금 상당히 긍정적으로 원기회복을 할 수 있도록 영향을 끼쳤을 뿐만 아니라, 첫 번째 부인 비비언 헤이우드와의 결혼생활이 순탄치 않았던 엘리엇에게 있어서 발레리와의 결혼생활은 가장 행복했고 만족스러운 것이었다고 평가했다.

9) T. S. 엘리엇이 1953년에 설립하였고 시 전문 계간지 *Bulletin*을 발간하는 'The Poetry Book Society'에서 주관하는 'T. S. 엘리엇 상(賞)'은 "한 해 동안 영국이나 아일랜드에서 첫 출판된 가장 훌륭한 새 시집을 선정하여 시상(施賞)하는 것"을 목적으로 한다. 'T. S. 엘리엇 상'은 'The Poetry Book Society'의 창립 40주년과 T. S. 엘리엇을 기념하여 1993년부터 시작되었다. 수상자를 결정하는 데 있어서 그 기간이 가장 짧았던 경우로는 2007년 11월에 발간된 숀 오브라이언의 시집『물에 빠진 책』(2007)을 2008년 1월 14일에 수상작으로 발표한 경우를 들 수 있다. 영국의 'T. S. 엘리엇 상'과는 무관하게 미국의 미주리에 있는 트루먼주립대학교 출판부에서도 'T. S. 엘리엇 상'을 시상하고 있다.

원했던 대로 그의 유해는 화장(火葬)되었으며, 오랜 옛날 그의 선조들이 미국으로 이민을 떠나기 전까지 살았던 '이스트 코커'의 성 미카엘교회에 안장되었다. 이 교회에는 그를 기념하는 간단한 표지판이 있을 뿐이지만, 1967년 그의 타계 2주기를 맞아 런던의 웨스트민스터 애비에서는 시인묘역 석판에 엘리엇의 시 「네 개의 사중주」에서 인용한 "나의 시작은 끝이요/ 나의 끝은 나의 시작이리니"를 새겨 놓았다.

1.2. 작품세계

이처럼 고전주의 시에서부터 형이상학파의 시와 상징주의 시를 거쳐 모더니즘 시까지, 철학과 문학과 사상을 거쳐 대중음악까지 T. S. 엘리엇이 '받은 영향'과 '끼친 영향'은 방대할 뿐만 아니라 그의 문학세계는 오늘날에도 여전히 많은 연구의 대상이 되고 있다. 그의 문학세계는 크게 미국을 중심으로 하는 초기의 생애와 교육 그리고 그가 영국으로 귀화한 후의 후기의 생애와 작품 활동으로 나뉘며, 그의 대표시로는 『J. 알프레드 프루프록의 연가』(1917), 『제론션』(1920). 『황무지』(1922), 『할로우 맨』(1925), 『성회(聖灰)의 수요일』(1930), 『네 개의 사중주』(1945) 등을 들 수 있다.

1.2.1 초기시의 세계

T. S. 엘리엇의 작품 중에서 「J. 앨프리드 프루프록의 연가」(이 후로는 본문에서 「프루프록」으로 약칭하고자 함)는 그가 처음으로 발표한 작품으로 영어권에서 모더니즘계열의 시의 걸작으로 평가받고 있다. "그러면 가보세, 자네와 나와,/ 수술대(手術臺) 위에 에테르로 마취된 환자(患者)처럼/ 저녁이 하늘에 퍼질 무렵"으로 시작되는 이 시의 복사본을 엘리엇은 자신의 친구인 콘래드 포터 에이컨(1889~1973)에게 보여주었고, 에이컨은 이 시를 에즈라 파운드에게 전했으며, 파운드는 다시 시카고에서 시전문 잡지 『포에트리』를

1912년에 창간했을 뿐만 아니라 이 잡지의 편집책임을 맡고 있던 헬리엇 먼로(1860~1936)에게 보냈다. 파운드를 통해서 엘리엇의 이 시를 접하게 된 먼로는 그것이 시의 어느 장르에 속하는지에 대해서 확신이 없었기 때문에 1년 여 동안 발표를 늦추게 되었다.

"반쯤은 야만스러운 나라"라고 자신의 조국을 비웃으며 미국을 떠나 이탈리아의 베니스로 가서 거기에서 출판한 파운드의 첫 시집 『사그러든 불빛』(1908)에 버금가는 엘리엇의 시 「프루프록」은 문학의 개혁을 제창했던 시인들의 실험단계를 뛰어넘는 것으로 평가되고 있다(T. S. 엘리엇의 초기시에서 가장 잘 알려진 것은 물론 『황무지』(1922)이지만, 이 시에 대해서는 이 글의 마지막 항목 '한국 현대시에 반영된 T. S. 엘리엇의 영향과 수용'에서 살펴보고자 한다).

엘리엇의 초기시를 대표하는 또 다른 시로는 『제론션』이 있으며, 그의 이 시에 대해서 그로버 스미스는 "1919년의 시에 그 어떤 의미가 남아 있는 것이 있다면, 엘리엇이 찬란한 과거와 암울한 현실을 감상적으로 대조시켜 놓았다는 점을 들 수 있으며, 그의 시 『제론션』은 그러한 대조를 소멸시켜야만 하는 데 있다. 이 시에서 대조적인 것은 세속적인 유럽의 역사이며, 그것은 제론션의 삶에서 이어지고 있을 뿐만 아니라 그리스도를 통한 기대할 수 없는 구원의 약속에 해당한다. 제론션은 부패해버린 문명을 상징한다"[10]라고 파악했다. 엘리엇의 이 시에는 "조용히 창가에 쪼그리고 앉아있는 유태인"으로 대표되는 지주에 대한 설명이 포함되어 있으며, 또 다른 예로는 베니스의 몰락에 대해서 바로 그 유태인을 암시적으로 비난하는 "생쥐들은 쓰레기더미 아래에 있고/ 유태인은 대지 아래에 있네"라고 읊조리는 또 다른 인물이 등장한다. 아울러 "달걀요리" 부분에는 "붉은 눈의 청소부는 살금살금 걷고 있네/ 케티시 타운과 골더스 그린에서"라는 표현이 나오며, '골더스 그린'은 영국 교외의 대단위 유태인 거주지를 의미한다.

---

10) Grover Smith, *T. S. Eliot's Poetry & Plays : A Study in Sources & Meaning* (Chicago and London : The University of Chicago Press, 1950), p. 60.

1.2.2 후반기의 세계

이처럼 T. S. 엘리엇의 초기시에는 문명 비판적이며 사회 고발적이고 철학적 명상을 중심으로 하는 내용을 담고 있는 반면, 그의 후기시에서는 『네 개의 사중주』에서 파악할 수 있는 바와 같이 신비주의와 철학이 주조를 이루고 있다. 엘리엇에 대한 많은 연구자들과 비평가들은 대부분의 경우 그의 초기시에 역점은 두는 경향이 있지만, 엘리엇 자신을 비롯하여 그 밖의 연구자들과 비평가들은 『네 개의 사중주』를 그의 대표시로 파악하고 있으며, 이 시는 궁극적으로 엘리엇으로 하여금 1948년 '노벨문학상'을 수상하는 계기를 마련한 시이다. 『네 개의 사중주』는 「번트 노톤」(1936), 「이스트 코커」(1940), 「드라이 샐비지스」(1941), 「리틀 기딩」(1942) 등 발표연도를 달리하는 네 편의 장시(長詩)로 구성되어 있으며, 각각의 시는 모두 다섯 개의 부분으로 형성되어 있다. 이 시의 특징을 요약하는 것이 그렇게 용이하지는 않지만, 각각의 시는 제목에 암시되어 있는 바와 같이 지리적인 위치를 암시하는 것으로 시작하고 있으며, 신학적이고 역사적이며 육체적인 것 등에 나타나는 '시간'의 본질을 성찰하고 있다. 이처럼 이 시에는 신화, 철학, 기독교의 이미지와 상징 등에 대한 엘리엇 자신의 30여 년간의 연구가 집대성되어 있으며, 그가 학창시절에 의욕을 가지고 연구했던 불교에 대한 상징과 전통 또한 상당히 많이 인용되어 있다.[11]

이와 같이 다양한 철학과 사상, 종교와 상징 등이 어우러져 있는 『네 개의 사중주』를 형성하고 있는 네 편의 시는 '시간'의 본성에 대한 성찰 외에도 고전시대의 네 가지 요소에 해당하는 공기, 흙, 물, 불에도 관계된다.

「번트 노턴」은 T. S. 엘리엇이 1934년 방문했던 글로스터셔의 코츠월드 언덕에 있는 시골집으로 이 집의 장미정원은 이 시에서 공간적인 배경으로 자리 잡고 있다. 『네 개의 사중주』를 형성하고 있는 다른 세 편의 시와 마찬가

---

11) T. S. 엘리엇의 시 『네 개의 사중주』와 불교의 관계에 대해서 필자는 "서구문학에 나타난 불교의 영향과 수용," 『불교문예』 (2006. 12)에서 살펴보았으며, 필자의 이 글은 『문학과 종교의 비교』 (이종문화사, 2007) 제9장에 재수록 되어 있다.

지로 「번트 노턴」 역시 '시간'의 의미 및 그것과 인간과의 관계 그리고 시간과 종교적 구원에 대한 깊은 명상을 바탕으로 한다. 이러한 점을 보여주는 부분이 바로 이 시의 도입부분에 해당하며, 그것은 또 이 시에서 강조하는 '시간'의 의미를 가장 함축적으로 요약하고 있다. "현재의 시간과 과거의 시간은/ 아마도 미래의 시간에 나타날 것이고/ 미래의 시간은 과거의 시간에 포함되었으리./ 모든 시간이 영원한 현재라면/ 모든 시간은 되찾을 수 없으리."

'걷지 않은 길,' '열지 않은 문,' 그리고 실제로는 있지 않은 어린이들로 가득 차 있는 '장미정원' 등과 같은 공상적인 이미지에 의해서, 시인은 자신이 '경험했을 법하지만' 결코 경험한 적이 없는 사물들 앞에 스스로가 서 있는 것처럼 파악하게 되고 자기 자신이 부재하는 사물을 증언하는 무력한 존재일 뿐이라는 점을 인식하게 된다. 그런 다음 엘리엇 자신이 가장 선호했던 대상을 활용함으로써 '영원성의 의미'를 성찰하게 된다. 다시 말하면, '회전하는 바퀴의 중심은 언제나 같은 장소에 머물게 된다'라는 점을 강조하는 한편 그러한 강조에 의해서 '자전하는 세계의 정점(靜點)'이 무엇인지를 추구한다. 그럼에도 '시간'과 '움직임'으로부터 벗어날 수 없는 인간이 그러한 '정점'을 감지하지 못하는 까닭은 "과거의 시간과 미래의 시간은/ 최소한의 의식만을 허락하리라"는 사실 때문이며, 이러한 '의식'에 의해서 우리들은 영원성의 순간을 일별할 수 있게 된다.

「번트 노턴」의 제3연에서 엘리엇은 '시간'을 되돌리는 방법과 '시간' 속에서의 인간의 행동에 가치를 부여할 수 있는 방법이 무엇인지를 파악하게 되며, 그러한 방법이 바로 '세상에 대한 집착으로부터 스스로를 자유롭게 한다'라는 사실을 파악하게 된다. "바로 그 점, 정점(靜點)이 없다면,/ 무용(舞踊)도 없을 것이고/ 무감각한 감각세계도 없을 것이고/ 진공상태의 공상세계도 없을 것이고/ 지나친 정신세계도 없으리라." 엘리엇의 시 『황무지』(1922) 이후에 반복되고 있는 이러한 '시간' 개념은 기독교에서의 '가난'과 사도들의

'파견'에 관계되기도 하고 불교에서의 '돈오정신'과 '열반'에 관계되기도 한다. 이러한 이미지는 '어스름 불빛,' '혼란으로 비롯된 혼란으로 혼란해진, 시간을 숨긴 일굴들'과 같은 구절에도 반영되어 있으며, 그것은 궁극적으로 엘리엇의 런던 여행에 관계된다. 아울러 「번트 노턴」에 나타나 있는 '물'의 이미지는 그가 버밍햄의 빅토리아 광장을 가로지르는 강물에서 비롯된 것이다.

『네 개의 사중주』의 두 번째 시 「이스트 코커」에서 '이스트 코커'는 T. S. 엘리엇의 조상이 1670년 경 미국의 보스턴으로 이민을 갈 때까지 살았던 영국의 섬머셋에 있는 마을 이름으로 엘리엇은 이 마을을 방문했을 뿐만 아니라(1936~1937) 그의 유해가 이 마을의 교회에 매장되어 있는 곳이기도 하다. 엘리엇이 이곳에 묻혔다는 점을 기리는 그의 묘비명에는 「이스트 코커」에서 인용한 "나의 시작은 나의 끝이요/ 나의 끝은 나의 시작이리니"라고 새겨져 있다. 이 시의 첫 구절 "나의 시작은 나의 끝이요"는 엘리엇이 자신의 유해가 '이스트 코커'에 묻히기를 소망하는 시적 표현으로 이해될 수도 있을 뿐만 아니라 "나의 끝은 나의 시작이리니"라는 구절은 스코틀랜드 왕국을 통치했던(1542~1567) 스코트의 매리 퀸(1542~1587)이 자신의 주의표명으로 삼았던 "En ma fin est mon commencement"(나의 끝은 나의 시작이리니)과 동일한 구절이다.

엘리엇의 가족사적인 의미와 스코틀랜드의 역사적인 의미를 종합하고 있는 이와 같은 구절로 시작되는 「이스트 코커」에는 「번트 노턴」에서 강조한 바 있는 모든 것을 변화시키는 '시간'의 힘, 그러한 함으로부터 자유로울 수 없는 인간의 무력함이 반복적으로 나타나 있을 뿐만 아니라 「전도서」(제3장 1-9절)를 원용하여 그러한 사실을 우려하고 염려하는 것이 쓸모없다는 점을 강조하고 있다. 엘리엇의 이 시에 반영되어 있는 「전도서」의 내용은 다음과 같다. "무엇이나 다 정한 때가 있다. 하늘 아래서 벌어지는 무슨 일이나 다 때가 있다. 날 때가 있으면 죽을 때가 있고 심을 때가 있으면 뽑을 때가 있다. 죽일 때가 있으면 살릴 때가 있고 허물 때가 있으면 세울 때가 있다. 울 때가 있으면 웃을 때가 있고 애곡할 때가 있으면 춤출 때가 있다. 연장을 쓸 때가 있으면 써서 안 될 때가 있고 서로 껴안을 때가 있으면 그만둘 때가 있다. 모아들일 때가 있으면 없앨 때가 있고 건사할 때가 있으면 버릴 때가 있다. 찢을 때가 있으면 기울 때가 있고 입을 열 때가 있으면 입을 다물 때가 있다. 사랑할 때가 있으면 미워할 때가 있고 싸움이 일어날 때가 있으면 평화를 누릴 때가 있다. 그러니 사람이 애써 수고하는 일이 무슨 소용이 있겠는가?"

「전도서」에 나타나 있는 이러한 내용을 반영하고 있는 엘리엇의 시 구절 "세울 때도 있고/ 삶과 세대를 위한 때도 있고/ 헐렁한 유리창을 바람이 깰 때도 있고/ 들쥐가 종종걸음 치는 나무 벽을 흔들 때도 있으리"라는 이 시의 첫 번째 연 마지막 부분에 해당하는 "계절과 성좌(星座)의 시간/ 우유를 짜는 시간과 수확을 하는 시간/ 남녀가 교합하고/ 짐승들이 교합하는 그런 시"에 관계된다. 「이스트 코커」의 제2연과 제3연에는 인간의 '나약'과 '무(無)'를 절실하게 느끼는 사람들의 서글프면서도 우울한 기분이 나타나 있으며, 우리 자신에게 아무것도 남아 있지 않게 되는 것처럼 그들에게도 아무것도 남아 있지 않게 될 것이라는 점을 강조한다. 시인으로서의 엘리엇에게는 단 한 가지 도피처가 있을 뿐이며, 그것은 바로 "우리가 얻고자 희망하는 유일한 지혜는/ 굴욕의 지혜, 끝없는 굴욕일 뿐이리"에 나타나 있는 바와 같이 '굴욕의 지혜'이다. 이러한 지혜를 얻고자 하는 '희망'은 모든 희망에 반대되는 희망, 즉 "아브라함은 절망 속에서도 희망을 잃지 않고 믿어서 마침내 '네 자손은 저렇게 번성하리라.' 하신 말씀대로 '만민의 조상'이 되었습니다"(로마서, 4장 18절)에 관계되는 '희망' 이다. 그 결과 '영혼의 어둔 밤'을 지나 얻게 되는 '희망'은 바로 엘리엇이 십자가의 사도 요한의 『가르멜의 산길』을 인용하여, "자신이 있는 곳에 도달하기 위해서, 자신이 있지 않은 곳에 도달하기 위해서/ 환희가 없는 곳을 거쳐 가야만 하리라"고 강조하는 데 있다. 그의 이러한 강조수법은 그 다음의 열 개의 시행(詩行)으로 이어져 "그리고 자신이 있는 곳이 자신이 있지 않은 곳이리"라고 되어 있다. 결과적으로 「이스트 코커」는 "나의 마지막에는 나의 시작이 있으리"라고 끝맺게 된다.

　T. S. 엘리엇의 시 『네 개의 사중주』의 세 번째 시 「드라이 샐비지스」는 그의 시와 불교에서의 '시간' 개념 및 '인생무상'에 관계된다고 볼 수 있다. 엘리엇은 이 시에서 유년 시절에 가족들과 함께 머물고는 했던 매사추세츠 '케이프 안'의 북동쪽 해안에 있는 작은 바위들과 '바다'에 대한 감동을 표현하였다. 특히 세인트루이스에서 태어나 거기에서 성장한 엘리엇에게 있어서 '미시시피 강'으로 대표되는 '강'은 자신에게 익숙한 것이었지만, '대서양'으로 대표되는 '바다'는 낯설면서도 광활한 것이었다. "강은 강력하게 불어 닥친 신,/ 어느 정도 무뚝뚝하고 길들이지 않고 다루기 힘들고,/ 참을성 있는, 처음엔 국경처럼 느껴지는"이라고 시작되는 '강'에 대한 이러한 이미지는 점차적으로 망각되어 "강물의 리듬은 나타나 있어라,/ 육아실에, 4월 앞뜰에 줄지어 서 있는 가죽나무에,/ 가을식탁의 포도향기에,/ 그리고 겨울저녁 가스불빛의 동그라미 속에"라고 전혀 다르게 표현된다. 엘리엇이 미시시피 강'에 대해 느꼈던 이와 같이 친숙하면서도 다정한 이미지는 낯설면서도 난폭하기까지 한 '대서양,' 이미 이 시의 제목에 암시되어 있는바와 같이 '무모한 야만인' 같은 이미지로 전환된다. "바다는 또한 육지의 끝, 화강암/ 바다가 파고드는 것은 화강암이어라,/ 그 이전의 또 다른 창조를 암시하며 바다가 부딪치는 것은 해변이어라/… [중략] …/ 바다는 부딪치리라, 우리들의 상실에, 찢어진 그물망에,/ 망가진 새우 잡이 통발에, 죽어버린 이방인의/ 부러진 노(櫓)와 기어에"라고 '바다'의 이미지는 거칠고 난폭하게 전환된다.

　'바다'로 대표되는 이와 같은 행위에 의해서 엘리엇은 우리들 인간 위에 군림하는 세력이 무엇인지를 성찰하게 되고, 부표(浮標)와 '등대'의 종소리처럼 '시간'을 완벽하게 이해하는 것은 불가능하다는 점, 우리들의 시간이 아닌 '시간'만을 측정하고 있다는 점, '시간'은 언제나 우리들의 통제를 벗어난다는 점 등을 강조하게 되며, '운명'은 우리 자신의 손아귀에 있지 않다고 결론짓게 된다. 이러한 점으로 인해서 '바다'에서의 삶은 일상생활의 이미지와 고통으로 전환되며, 어부들이 '바다'를 통제할 수 없는 것처럼 인간도 '시간'을 통제할 수 없고 이해할 수 없다는 점이 제시되어 있다. "대양(大洋)이 아니거나/ 소모될 수 없는 대양이거나/ 과거처럼 의존할 수 없는 미래의 시간,/ 그 어떤 목적지도 없는 시간을 이해할 수 없으리." '시간'의 불투명성에 대한 이러한 성찰 다음에는 그리스도의 강림과 구원에 대한 일종의 희망과 기대가 나타나게 되지만, 세속적인 인간의 편에서 보면 여전히 시간과 삶은 고통스러운 존재일 뿐이며, '행복'은 '고통'만큼 그렇게 분명한 것도 아니고 그렇다고 해서 이 두 요소를 분명하게 파악하는 것도 용이한 일은 아니라고 엘리엇은 자신의 시에서 강조하면서, 파괴로서의 '시간'과 보존으로서의 '시간'에는 그 어떤 차이점도 없다고 결론지었다.

　기독교를 중심으로 하는 T. S. 엘리엇의 이상과 같은 '시간' 개념은 '미래'에 대한 성찰 및 인간의 행동과 삶의 태도에 대한 명상으로 이어지는 제3연에서 '시간'을 '여행'에 비유하게 되고, 이 부분에서 엘리엇은 불교와 힌두교에 대한 자신의 지식, 특히 700개의 운문으로 쓰인 '바가바드 기타'에서 비롯된 '크리슈나'를 활용하여 다음과 같이 강조하였다. "항해하고 있다고 생각하는 그대여 여행하라/… [중략] …/ 편히 살지 말고/ 여행하라, 여행자여." 이 부분에는 항해와 같은 인생에서 소망보다는 그저 끝없이 여행할 뿐이라는 무한한 '시간'의 진실성이 나타나 있다. 어부들을 위한 기도이자 인간 자체에 대한 기도로 파악할 수 있는 제4연에는 역사로서의 '과거' 및 주술(呪術)과 성좌(星座)에 의해서 신성한 '미래'를 이해하고자 하는 인간의 노력이 나타나 있다. "이 모든 것들은 평범한 것/ 기분전환과 약물, 그리고 인쇄물처럼." 이 구절에서의 '과거'는 동양의 '불교'와 서양의 '기독교'로 대표되는 종교에서의 '숙명'과 '구원'과 '현현'에 관계된다. "시간에 의해서/ 무한한 시간의 교차점을 이해하는 것은/ 성자(聖者)의 몫이리라." 일상인은 '시간'의 개념을 명확하게 이해할 수 없다는 점을 분명히 하고 있는 엘리엇의 이 시의 마지막 연은 다음과 같이 끝맺고 있다. "일시적인 전환이/(그렇게 멀리 떨어져 있는 않은 주목나무)/ 의미 있는 땅의 생명을 자라게 한다면,/ 최후에는 만족하게 되리라." 따라서 이 시에서의 '시간'에는 영원과 순간, 과거와 현재와 미래, 삶과 죽음 등이 하나로 종합되어 있다고 볼 수 있다.

마지막 시 「리틀 기딩」에서 '리틀 기딩'은 T. S. 엘리엇이 1936년에 방문했던 영국의 역사적인 명소인 헌팅던셔에 있는 마을이며 니콜라스 페라가 1626년에 설립한 종교공동체의 산실이다. 1633년 이곳을 방문했던 찰스 1세는 1646년 이곳을 다시 방문하여 이 공동체를 파괴했던 의회군대를 섬멸했다.

이와 같은 역사적인 의미를 배경으로 시작되는 「리틀 기딩」에서 엘리엇이 이곳을 방문하는 사람들에게 어떤 목적으로 오든 그 의미를 이해하는 것은 불가능하다는 점을 강조하는 까닭은 이곳에는 어떤 절대적인 '힘,' 말하자면 종교적이면서도 초월적인 공동체의 힘이 스며있다고 파악하고 있기 때문이다. "입증하기 위해서, 배우기 위해서,/ 호기심을 전달하기 위해서/ 보고하기 위해서 온 것이 아니리니./ 기도하던 사람들이 입증했던 바로 이곳에 무릎 꿇어야 하리니." 이 시의 제2연에서는 이와 같은 의미가 리듬과 내용으로 분리되어 나타나 있다. 그리고 공허한 '인간의 노력'과 모든 것에 군림하는 '죽음의 힘'으로 대별되는 이 부분에서의 '내용'은 잘 알려진 "노인의 옷자락에 떠도는 검은 재"에 집약되어 있다. 그런 다음 단테의 『신곡』에서 차용한 3행 1연으로 된 스물다섯 개의 연, 즉 단테가 '지옥'과 '연옥'과 '천국'에서 만났던 사람들에 대한 설명이 뒤이어지며, 여기에서 엘리엇은 "아! 네가 여기 있다니?"처럼 개인적인 만남을, 타인에 대한 자신의 언급을, 신비로운 만남과 이별을 언급하게 된다. 그리고 그러한 '대화'는 영원성, 인간적인 행위의 사소함, 수 세대에 걸친 은총, 의미의 무의미, 진정한 감동의 결핍 등이 "이미 해버린 것과 하고 있는 것을/ 재정립하는 고통의 분열"로 발전되고, 결과적으로 개인의 행동에 나타나는 진정한 동기가 무엇인지를 발견한 다음, '이별'이 뒤이어진다. "새벽이 밝았어라. 흉물스런 거리에서/ 그는 나를 떠났어라, 일종의 작별을 하면서,/ 경적소리 타고 사라졌어라."

「리틀 기딩」의 세 번째 부분에는 '시간' 속에 존재하면서 발전을 모색하는 '자아,' 즉 "욕망을 넘어 사랑하는 것, 그래서 자유로워지는 것,/ 미래로부터도, 과거로부터도"에 암시되어 있는 바와 같이, 모든 '시간'으로부터 '자아'를 분리시킬 것을 강조하고 있다. 아울러 '리틀 기딩'에 살고 있었던 사람들과 그들의 차이점이 무엇이었는지를 환기시키면서 그들이 어떤 정당에 소속되어 있었는지를 묻지 말고 모든 분파로부터 초월할 것을 강조하고 있으며, 이러한 점을 엘리엇은 두 번의 '장미전쟁'을 인용하여 설명하고 있다. "모든 일은 반드시 잘 되리라/ 모든 것의 태도도 반드시 잘되리라/ 동기를 순화시킴으로써/ 우리들의 간청을 바탕으로"

이 시의 네 번째 부분은 "공중에서 내려오는 비둘기"에 암시되어 있는 바와 같이, '성령(聖靈)'에 대한 신앙심을 강조하는 것으로 시작되며, 이때의 '성령'은 모든 것을 구원할 수 있는 전지전능한 힘을 의미할 뿐만 아니라 '지옥'으로 대표되는 '불'과 같은 열정에 반대되는 '사랑'을 의미하기도 한다. 인간은 이처럼 천국과 지옥, '사랑'과 '열정' 중에서 어느 쪽을 선택하는 것이 바람직한 선택인지를 암시하고 있는 이 부분은 "우리들은 다만 살아가고 있을 뿐,/ 불이나 불로 소진되어 한숨지을 뿐"이라고 끝맺고 있다.

「리틀 기딩」의 다섯 번째 부분이자 마지막 부분은 "시작이라고 불리는 것은 종종 마지막이며/ 끝맺는 것은 시작하는 것이리"라고 시작하고 있으며, 그것은 「이스터 코커」의 시작부분에 해당하는 "나의 시작은 나의 끝이리"를 환기시키기도 한다. 이 부분에서 엘리엇은 '시간'에 관계되는 우리들의 '행위,' 즉 우리들이 '마지막(끝)'이라고 불렀던 것이 또 다른 동기를 부여하는 '시작(출발)'이었다는 점 또는 '시작(출발)'이라고 불렀던 것이 또 다른 동기를 부여하는 '마지막(끝)'이라는 점을 강조하고 있다. 이러한 점을 인식하고 있는 엘리엇은 이 부분에서 '탄생'과 '죽음'은 똑같이 중요한 '순간'에 해당한다는 점, 따라서 인간은 '죽음'과 함께 '탄생'한다는 하나의 '진리'를 발견하게 된다. 이러한 발견은 궁극적으로 기독교에서의 '부활'이자 불교에서의 '윤회사상'에 관계되고, '왕관을 쓴 불의 매듭'은 다시 기독교에서의 '삼위일체'이자 불교에서의 '정화 이미지'에 관계된다. "모든 일은 반드시 잘 되리라 / 모든 것의 태도도 반드시 잘되리라/ 불의 혓바닥이 왕관을 쓴/ 불의 매듭으로 접혀질 때에/ 불과 장미는 하나가 되리라." 부활과 윤회로 대표되는 이와 같은 '시간' 이미지를 바탕으로 하고 있는 마지막 부분은 성서에서 '돌아온 탕아' 이야기에 관계되는 '귀향'이라는 위대한 정신적인 아이디어를 제시하는 것으로 끝맺고 있다. 이때의 '귀향' 이미지는 단순히 고향으로 돌아오거나 집으로 돌아온다는 점을 의미하기보다는 정신적인 출발점으로 되돌아온다는 것을 의미한다. "탐험을 멈추지는 않으리라/ 우리들의 모든 탐험의 끝은/ 처음 출발했던 곳에 도착하게 되는 것이며/ 바로 그 곳을 처음으로 알게 되리라."

이상에서 살펴본 바와 같이 T. S. 엘리엇의 시 『네 개의 사중주』에 반영되어 있는 '시간' 개념은 불교에서 강조하는 '시간' 개념과 상당히 일치한다고 볼 수 있으며, 그러한 점은 엘리엇이 자신의 이 시에서 '시간'을 서구적인 의미에서의 시간, 말하자면 직진하는 것으로서의 시간으로 파악하기보다는 하나의 원(圓)의 주변을 반복적으로 회전하고 있는 시간으로 파악하고 있는 점에서도 알 수 있다. 그리고 그에게 있어서 영원성에 관계되는 광대무변의 시간이나 순간성에 관계되는 찰나의 시간이나 모두 동일한 '시간'에 관계되며, 그것은 궁극적으로 불교의 윤회사상에 밀접하게 관계된다고 볼 수 있다.

2. 김기림의 생애와 작품세계

2.1 생애

김기림은 함경북도 종성에서 출생(1908. 5. 11)했으며 본명은 인손(仁孫)이고 호(號)는 편석촌(片石村)이다. I. A. 리처즈(1893~1979)의 이론을 도입해 모더니즘 시의 이론을 소개했으며 이러한 이론을 중심으로 시작활동(詩作活動)을 했다. 그는 보성고등보통학교(1921)에 입학한 후에 바로 중퇴하고 일본의 릿쿄(立敎)중학교에 편입했다. 그 후에 일본대학 문학예술과에 입학(1926)했고 졸업(1930)과 동시에 귀국하여 같은 해 4월 『조선일보』 기자로 근무했다.[12] 다음 해 고향에서 무곡원(武谷園)이라는 과수원을 경영했으며, 1933년 이태준(1904~1953)·정지용(1902~1950)·이무영(1908~1960)·이효석(1907~1942) 등과 함께 '구인회'[13]를 조직했다. 1942년 김기림이 고향에서 경성중

---

12) 신문기자로서의 김기림의 생애에 대해서는 조영복, 『문학기자 김기림과 1930년대 '활자-도서관'의 꿈』(살림, 2008)을 참고할 것.

13) 1933년 8월 김기림·이효석·이종명·김유영·유치진·조용만·이태준·정지용·이무영 등 중견 작가 아홉 명이 창립한 문학 친목단체로서 '구인회'라는 이름은 회원수에서 비롯된 것이다. 창립한 지 얼마 되지 않아 이종명·김유영·이효석이 탈퇴했으며 박태원·이상·박팔양이 새로 들어왔다. 그 뒤에 유치진·조용만 대신 김유정·김환태로 바뀌었으나 회원 수는 항상 아홉 명이었다. 창립

학교 영어 교사를 지낼 때에 그에게 배운 제자가 시인 김규동(1925~)[14]이다. 김기림은 1945년 가족과 함께 월남하여 중앙대학교와 연세대학교 강사를 지냈으며, 그 이후에 서울대학교 교수와 '신문화연구소' 소장을 역임했다. 아울러 제1회 '조선문학자대회'(1946. 2. 8)에서 '조선 시에 관한 보고와 금후의 방향'이라는 제목으로 연설했으며, 같은 해에 임화·김남천·이태준 등과 함께 '조선문학가동맹'에 참여하여 '시부위원회(詩部委員會)' 위원장을 맡았다. 한국전쟁 당시 납북되어 1988년에 세상을 떠난 것으로 알려져 있다.

김기림은『조선일보』(1930)에 G. W. 라는 필명으로「가거라 새로운 생활」과 평론「오후와 무명작가들―일기장에서」를 발표하면서 문단활동을 시작했다. 그는 자신이 문학을 하게 된 동기를 "우연히 신문기자였던 까닭에 출장 갔던 기행문을 쓰기 시작한 데서 비롯되었지 별다른 동기는 없었다"라고 언급했지만, "한 가지 문학을 한다는 것만은 스스로 결심했고 무엇이고 값있는 것을 만들어보겠다는 욕심을 가지고 있었다"라는 그 자신의 언급에서 파악할 수 있는 바와 같이 그는 문학에 대한 열정과 신념을 가지고 있었다. 김기림의 이러한 열정과 신념은 리리시즘의 세계보다는 모더니즘의 세계에 심취하는 계기를 마련했고, 이러한 점은 그의 시집『기상도(氣象圖)』(1936),『태양의 풍속』(1939),『바다와 나비』(1946),『새노래』(1948) 등에서 확인할 수 있다.

할 때는 친목단체임을 내세웠으나, 사실은 1920년대 우리나라 문단의 큰 흐름이었던 프롤레타리아 문학에 반대하는 순수예술을 지향했다. 이종명·김유영 등은 프롤레타리아 문학과의 공공연한 대결을 주장했지만, 이무렵 프롤레타리아 문학은 일제의 탄압이 더해짐에 따라 퇴조하고 있었다. 한 달에 2, 3회의 모임과 '문학강연회'를 가졌으며, 박태원과 이상이 중심이 되어 기관지『시와 소설』을 발간하기도 했다.

14) 자신의 은사인 김기림에 대한 김규동의 회상에 대해서는『문장 웹진』(2006. 3)에 수록된 고운기와의 대담을 참고할 것. 아울러 김규동의 시「플라워다방 : 보들레르, 나를 건져주다」도 참고할 것. 김규동의 이 시에는 1948년 문단의 풍경이 담겨 있으며, 특히 "이 '남조선' 첫 체험담을/ 김기림 선생한테 얘기하니/ 김군 친구를 아무나 사귀면 안돼요/ 차차 내가 좋은 친구를 소개할 테니/ 너무 서둘지 마시오/ 라고 훈계했다"라는 마지막 부분에는 김기림과 김규동의 긴밀한 관계가 암시되어 있다.

2.1 작품세계

T. S. 엘리엇이 김기림에게 끼친 영향관계는 김기림이 당시 일본에서 영문학을 전공했을 뿐만 아니라 그가 서구의 모더니즘과 주지주의를 1930년대에 한국문단에 소개했다는 점에서 찾아볼 수 있다. 이러한 점은 1920년대 정지용(1902~1950. 9. 26)의 활동에서도 찾아볼 수 있지만, 한국문단에 본격적으로 엘리엇을 중심으로 하는 모더니즘을 소개했다는 점에서 김기림과 엘리엇, 김기림과 한국 현대시에서의 모더니즘은 불가분의 관계에 있다.

이러한 점을 고려하여 김기림의 시집 중에서 T. S. 엘리엇의 시 『황무지』의 영향을 받은 것으로 알려진 『기상도』에서 김기림은 시의 회화성의 강조, 현대문명에 대한 통렬한 비판, 전쟁의 참혹성과 인간주의의 회복 및 서구문명의 득세와 동양문명의 소멸에 대한 우려 등을 강조하고자 했다. 『기상도』는 전4부로 구성된 424행의 장시(長詩)이다. 이러한 점은 『중앙(中央)』 3권 5호(1935. 5)에 발표된 '기상도·I'의 '아침의 표정,' '시민행렬,' '태풍의 기침,' '손'(제1보, 제2보·태풍경보, 府의 게시판), 『중앙(中央)』 3권 7호(1935. 7)에 발표된 '기상도·II'의 '만주로 향하야,' 『삼천리』 7권 11호(1935. 11)에 발표된 '기상도·III'에 '올빼미의 노래,' 『삼천리』 7권 12호(1935. 12)에 수록된 '기상도·IV'의 '차륜(車輪)은 듯는다' 등에서 확인할 수 있다. 그럼에도 이 글에서는 『김기림전집·1』에 수록되어 있는 『기상도(氣象圖)』[15]를 참고하여 전7부로 나누어 살펴보고자 한다. 이를 바탕으로 하여 김기림의 이 시를 살펴보면, 제1부 '세계의 아침'에서는 태풍전야로 태풍을 예감하지만 탈출하지 못하는 모습을, 제2부 '시민행렬(市民行列)'에서는 전쟁을 누가 원하고 있는가에 대한 여러 가지 모습의 열거를, 제3부 '태풍의 기침시간(起寢時間)'에서는 태풍이 발생하는 모습과 그것의 이미지화를, 제4부 '자최'에서는 태풍이 지나가는 모습에서 아시아의 중심이라고 할 수 있는 중국의 몰락을, 제5부 '병든

---

15) 김기림, 『기상도』, 『김기림전집·1』 (심설당, 1988), pp. 125~154.

풍경'에서는 태풍이 지나간 후의 정적(靜寂)과 고요한 모습을, 제6부 '올빼미의 주문(呪文)'에서는 태풍에 대한 화자의 내적인 독백과 심리묘사를, 제7부 '쇠바퀴의 노래'에서는 태풍 이후의 희망과 준비를 예고하고 있다. 이와 같은 시적 구조에 의해서 김기림은 자신의 이 시에서 현대문명의 소멸과 재생, 세계의 문명과 역사, 비개인적인 정서와 극적인 표현 등을 효과적으로 보여 주었다. 이러한 점은 그가 처음 이 시를 발표했을 때에 "한 개의 현대의 교향악을 계획한다"16)라고 강조한 점에서도 찾아볼 수 있다. 물론 이 시의 핵심에 해당하는 '태풍'은 서구 산업사회의 발달과 선진화된 문명에 의해서 그 근본이 뒤흔들리는 동양문화의 전통과 붕괴를 암시한다고 볼 수 있다. 따라서 이 시에서의 '태풍'은 각 부분에서 중심축으로 작용하는 한편, 다른 한편으로는 각 부분을 유기적으로 연결 짓는 역할을 하게 된다.

김기림의 시를 지탱하고 있는 기본축은 '여행'에 있다. 이러한 점은 그의 대표시에 해당하는 「바다와 나비」(1939)에서 찾아볼 수 있으며, 『여성』(1939. 4)에 처음 발표된 이 시의 전문은 다음과 같다.

아모도 그에게 수심(水深)을 일러 준 일이 없기에
힌 나비는 도모지 바다가 무섭지 않다.

청(靑)무우밭인가 해서 나려 갔다가는
어린 날개가 물결에 저러서
공주처럼 지처서 도라온다.

삼월(三月)달 바다가 꽃이 피지 않어서 서거푼
나비 허리에 새파란 초생달이 시리다.17)

— 김기림, 「바다와 나비」 전문

위에 전문이 인용된 김기림의 시에서 핵심어는 '바다'와 '나비'이며, '나비'

---

16) 『중앙』 제3권 제5호 (1935. 5), p. 104.
17) 『김기림전집 · 1』 (심설당, 1988), p. 178.

는 서구로 대표되는 문명화된 사회 또는 새로운 세계로 나아가고자 하는 당대 젊은이의 순수한 꿈과 열정을 대표하는 한편, 다른 한편으로는 '바다'―최남선의 시 「해에게서 소년에게」(1908)에서처럼 서구사회를 지향하는 근대화의 과정에서 맞부딪칠 수밖에 없는 '시련'과 '모험'의 장애물―로 대표되는 온갖 시련과 장애로 인해서 그러한 꿈과 열정을 포기하고 돌아와야만 하는 좌절과 냉혹한 현실에 대한 인식을 대표한다고 볼 수 있다. 이러한 점을 김기림은 『바다와 나비』(1946)의 '머릿말'에서 다음과 같이 언급한 바 있다.

> 1930년대를 통해서 나는 우리 시의 조류 속에서 갈래의 흐름을 물리치고 나와야 했다. 그 하나는 지나친 감상주의요 다른 하나는 봉건적 요소였다. 더 바루 말한다면 이 두 흐름의 결혼이었다. 그것이 합쳐서 집어낸 시단의 '비'근대적 '반'근대적인 분위기와 작시상(作詩上)의 풍속을 휩쓸어버리지 않고서는 '근대'라는 것에조차 우리는 눈을 뜨지 못한 시골뜨기요 반도의 개고리가 되고 말것을 두려워했다. 이 두 가지의 저기압과 불연속선을 휩쓸어 버리기 위한 가장 힘있는 무기로서는 다름아닌 지성의 태양이 필요했던 것이다. 1939년 제2차 세계대전의 발발은 벌써 피할 수 없는 '근대' 그것의 파산의 예고로 들렸으며 이 위기에 선 '근대'의 초극이라는, 말하자면 세계사적 번민에 우리들 젊은 시인들은 마조치고 말았던 것이다. … [중략] … 1945년 8월 15일까지 약 5, 6년 동안의 중단과 침묵은 다름아닌 우리 시단의 세계와 자신에 대한 2중의 커다란 고민을 품은 침묵의 표정이다. … [중략] … 대전이후에 좀처럼 상상할 수 없었던 새로운 세계가 탄생하려하고 있다. 조선은 문을 열고 이 세계와 마조서게 되었다. 이 새로운 세계 … [중략] … 가 완전히 인류의 것이 되기까지에는 아직도 여러 가지 진통이 있을는지 모른다. 그러나 먼저 여명의 전초에 눈을 뜬 사람 또 먼저 먼 기이한 발자취에 귀가 밝은 사람들의 꾸준하고도 끈직한 노력만이 참말로 이 새로운 세계의 문을 열어 제낄 수 있을 것이다.[18]

세계사적 번민에 휩싸인 당대 조선의 젊은이를 상징하는 '나비'와 그러한 나비를 유혹하지만 결국은 절망하고 만다는 근대문명을 상징하는 '바다'의 관계를 이어령은 "이 시에서의 '나비'는 '바다'(근대 문명)의 유혹에 무방비 상태로 노출된 일제 치하의 나약한 지식인의 모습과 좌절을 상징하는 것이

---

18) 김기림, 『바다와 나비』(1946)의 '머릿말'에 수록되어 있으며, 여기에서는 『김기림전집 · 1』(심설당, 1988), pp. 157~158에서 인용했다.

라 할 수 있겠다"19)라고 강조했다. 이처럼 김기림의 시가 '여행'을 중심축으로 하는 까닭은 그의 시에서 대부분의 소재가 도시, 문명, 기계, 바다, 항구, 기차 등으로 대표되는 미지의 세계에 대한 동경과 열망, 호기심과 신기함, 이국정취에 대한 심취와 탐닉 등을 나타내기 때문이다.

위의 인용문에서 파악할 수 있는 바와 같이 김기림의 시론과 평론 대부분은 모더니즘을 근간으로 하고 있으며, 이러한 점은 그가 감상주의와 낭만주의를 배격하는 것은 물론 목적성에 치우친 프로문학을 거부했다는 점에서 분명하게 나타나 있다. 김기림은 자신의 이러한 모더니즘 시론을 『조선일보』(1930. 7. 24~1930. 7. 30)에 발표한 「시인과 시의 개념」, 『조선일보』(1931. 2. 11~1931. 2. 14)에 발표한 「시의 기술·인식·현실 등 제문제」, 다시 『조선일보』(1933. 8. 9~1933. 8. 10)에 발표한 「시작(詩作)에 있어서의 주지주의적 태도」 등에서 강조했을 뿐만 아니라 『신동아』(1933. 4)에 수록된 「현대예술의 원시에 대한 욕구」에서도 강조했다. 이와 같은 글쓰기를 통해서 김기림은 감상에 호소하기보다는 지성에 호소할 것. 시의 음악성과 시간성보다는 회화성과 공간성을 강조할 것을 주장했으며, 정지용, 신석정(1907~1974), 이상(1910~1937), 김광균(1914~1993) 등의 시를 높게 평가했다.

그 이후에 김기림은 『조선일보』(1934. 11. 16)에 발표한 「신휴머니즘의 요구」와 『조선일보』(1935. 4. 20~1935. 5. 2)에 발표한 「오전의 시론」을 통해서 1930년대 중반 세계정세의 위기에서 비롯된 현대문명의 비인간성에 반대하여 '인간주의'를 강조하는 한편, 다른 한편으로는 '전체로서의 시'를 강조했다. 그가 자신의 초기 모더니즘이 문명중심의 예찬과 기교주의에 치중했다는 점을 스스로 비판하고 이를 수정하여 제창한 '전체로서의 시'에서는 사상과 기교의 통일성과 유기체적 연관성을 강조하였다. 이러한 점은 『인문평론』(1939. 10)에 발표한 「모더니즘의 역사적 위치」에 종합되어 있다.

---

19) 이어령, 「다시 읽는 한국시 : 김기림의 '바다와 나비'」, 『조선일보』(1996. 10. 22).

‘모더니즘’은 두 개의 부정을 준비했다. 하나는 ‘로맨티시즘’과 세기말문학의 말
류인 ‘센티멘탈·로맨티시즘’을 위해서고 다른하나는 경향파시의 내용편중을 위해서
였다. ‘모더니즘’은 시가 위선 언어의 예술이라는 자각과 시는 문명에대한 일정한 감
수를 기초로한다음 일정한 가치를 의식하고 씨어저야 된다는 주장우에 있다.… [중
략] …‘모더니즘’은 위선 오늘의 문명속에서 나서 신선한 감각으로써 문명이 던지는
이상을 붙잡었다. 그것은 현대의 문명을 도피할려고 하는 모-든 태도와는 달리 문명
그것속에서 자라난 문명의아들이였다. 그일은 바꾸어 말하면 우리신시사상(新詩史上)
에 비로소 도회의아들이 탄생했던것이다. 제재부터 위선 도회에 구했고 문명의 뭇면
(面)이 풍월대신에 등장했다. 문명속에서 형성되여가는 새로운 감각, 정서, 사고가 나
타났다.[20]

이와 같은 주장에 뒤이어서 김기림은 정지용을 “최초의 ‘모더니스트’”라고
정의하면서 “천재적민감으로 말의(主로) 음(音)의 가치와 ‘이메지’, 청신하고
원시적인 시각적 ‘이메지’를 발견했고 문명의 새아들의 명랑한 감성을 처음
으로 우리시에 이끌어 들였다”라고 평가했고, 신석정에 대해서는 “환상속에
서 형용사와 명사의 비논리적 결합에 의하여 아름다운 상징적인 ‘이메지’들
을 비저내고 있었다”라고 강조했으며, “시각적 ‘이메지’의 적확한 파악과 구
사에 있어서 누구보다도 뛰어난” 김광균, “신석정의 시풍을 인계하면서 더욱
조소적(彫塑的)인 깊이를 가진” 장만영(1914~1975) 등은 물론 박재륜(1910~
2001)과 조영출(1913~1993) 등을 포함하여 이들 모두를 완전하고 새로운 시
단의 ‘새시대’라고 파악했고, 이상(李箱)을 “최후의 ‘모더니스’”로 파악했다.[21]
　이처럼 당시 한국시단에 나타난 모더니즘의 역사적 위치를 정리한 김기림
은 모더니즘의 역할을 다음과 같이 결론지었다.

전체시단(全體詩壇)으로보면 그것은 그전대(前代)의 경향파와 ‘모더니즘’의 종합이
였다. 사실로 ‘모더니즘’의 말경에 와서는 경향계층의 시인사이에도 말의 가치의 발
견에의한 자기반성이 ‘모더니즘’의 자기비판과 거의 때를 같이하야 일어났다고 보인
다. 그것은 물론 ‘모더니즘’의 자극에 의한것이라고 보여질 근거가많다. 그래서 시단
의 새 진로는 ‘모더니즘’과 사회성의 종합이라는 뚜렸한 방향을 찾었다. 그것은 나아
가야할 오직 하나의 바른길이었다.… [중략] …이제 최근의 양3년은 어느시인에게

---

20) 김기림, 「모더니즘의 역사적 위치」, 『인문평론』 창간호 (1939. 10), p. 82.
21) 김기림, 「모더니즘의 역사적 위치」, 『인문평론』 창간호 (1939. 10), pp. 84~85.

있어서도 혼미였다. 새로운 진로는 발견되여야 하겠다. 그러나 그것이 어떤길이던지 간에 '모더니즘'을 쉽사리 잊어버림으로써 될일은 결코 아니다. 무슨 의미로던지 '모 더니즘'으로터의 발전이 아니면 아니된다.[22]

한국시단에 '모더니즘'을 체계적으로 소개하고 또 모더니즘 시의 발전을 위해서 노력한 김기림은 시와 언어학, 시와 심리학, 시와 사회학 등의 관계를 모색함으로써 '과학적 시'를 창출하고자 했다. 이러한 점은 '문학의 과학화'를 시도한 『문학개론』(1946), 영국과 미국의 이미지즘과 주지주의를 1930년대에 도입하여 이를 한국적 상황으로 전환했던 『시론』(1947), I. A. 리처즈의 이론을 적용한 『시의 이해』(1949) 등에서도 찾아볼 수 있다.

---

22) 김기림, 「모더니즘의 역사적 위치」, 『인문평론』 창간호 (1939. 10), p. 85.

3. 김기림의 시 「올빼미의 주문(呪文)」과 T. S. 엘리엇의 시 「J. 앨프리드 프루프록의 연가(戀歌)」의 관계

3.1 「J. 앨프리드 프루프록의 연가(戀歌)」의 세계

T. S. 엘리엇의 시 「프루프록」은 앞에서 간략하게 살펴본 바와 같이, 엘리엇으로 하여금 20세기의 가장 영향력 있는 시인으로 출발할 수 있는 계기를 마련한 시이다. 이 시는 프루프록이라는 화자가 '의식의 흐름'에 의해서 '극적 독백'을 하는 것으로 되어 있으며, 이러한 점은 로버트 브라우닝(1812~1889)이 선호했던 시적 방법에 해당한다. T. S. 엘리엇이 1910년 2월에서 1911년 7월과 8월경에 창작한 것으로 알려진 이 시는 당시 영국에 있던 에즈라 파운드가 시카고에서 발행되던 『포에트리』(1915. 6)에 1914년 10월 편지로 소개함으로써 처음으로 수록되었다. 이 때 파운드는 자신의 편지에서 T. S. 엘리엇이 탁월하다는 점, 실제로 그 스스로가 시창작에 몰두했을 뿐만 아니라 스스로를 모던화하려고 노력하고 있다는 점, 젊은 시인으로서는 유일무이하게 전망 있는 시인이라는 점[23] 등을 강조함으로써, 진정한 의미의 근대

---

23) Mertens, Richard. "Letter By Letter," *The University of Chicago Magazine* (August, 2001)을 참고할 것. T. S. 엘

적 미국시인이 출현하게 되었다는 점을 편지로 썼다. 정작 영국에서는 "절대
적으로 비정상적인 시"라는 홀대를 받아 출판되지 않았던 엘리엇의 이 시를
파운드는 "아직까지 내가 미국에서 발견할 수 있었던 가장 훌륭한 시"라고
엘리엇의 이 시를 소개했고, 몇 달 후에 『포에트리』에 수록됨으로써 세상의
빛을 보게 되었다.

　다음에 전문이 인용된 T. S. 엘리엇의 시 「프루프록」의 초고(草稿)에는 이
시의 부제(副題)가 "여인들 사이의 프루프록"으로 되어 있으며,24) 엘리엇은
자신의 이 시의 제목을 조셉 루디야드 키플링(1865~1936의 시 「하르 디알
의 연가」에서 차용했다고 언급한 바 있다.25) '프루프록'이라는 이름은 엘
리엇이 사용하던 이름과 유사할 뿐만 아니라26) '시금석'을 의미하는 독일
어 "Prüfstein"에서 비롯되었다는 견해도 있다. 또한 엘리엇이 살았던 세인
트루이스에는 가구점 '프루프록-리토 회사'가 있었으며, 이러한 점에 대해
서 엘리엇은 다음과 같이 언급했다. "이 시를 쓸 때에 어떻든 이와 같은
이름을 재발견하지도 못했고 이와 같은 이름에 익숙해 있었다는 점을 기
억하지도 못했지만, 나 자신이 그러한 이름에 익숙해 있었다는 점과 그러
한 기억을 오랫동안 망각했었다는 점을 전제해야만 할 것 같다."27)

　「프루프록」이라는 시의 제목에 나타나 있는 '프루프록'의 전후관계와 더
불어 이 시의 첫머리에 놓인 라틴어로 된 '에피그라프'는 단테(1265~1321)와
귀도 다 몬테펠트로(1223~1298)의 만남에 근거하며, 이탈리아의 군전략가이
자 우르비노의 군주였던 몬테펠트로는 말년에 수도승이 되었다. 단테의 『신
곡』(1321)에서 몬테펠트로는 교황 보니파스(1235~1303)에게 거짓 진술을 한

리엇의 시를 소개한 파운드의 편지 일부분을 원문대로 인용하면 다음과 같다. "He has actually
trained himself AND modernized himself ON HIS OWN. The rest of the promising young have done one or
the other but never both. Most of the swine have done neither. It is such a comfort to meet a man and not
have to tell him to wash his face, wipe his feet, and remember the date (1914) on the calendar."

24) T. S. Eliot, *Inventions of the March Hare*, 1st edition, ed. Christopher Ricks (Harcourt, Brace &Company, 1996), p. 39.

25) T. S. Eliot, "The Unfading Genius of Rudyard Kipling," *Kipling Journal* (March 1959), p. 9.

26) Valerie Eliot ed, *The Letters of T. S. Eliot*, vol. 1 1898~1922 (San Diego : Harcourt, Brace Jovanovich, 1988), p. 135.

27) Stephen Stepanchev, "The Origin of J. Alfred Prufrock," *Modern Language Notes*, 66 (1951), pp. 400~401.

T.S.Eliot
The Love Song of J. Alfred Prufrock

S'io credesse che mia risposta fosse
A persona che mai tornasse al monde,
Questa fiamma staria senza piu scosse.
Ma perciocche giammai di questo fondo
Non torno vivo alcun, s'i'odo il vero,
Senza tema d'infamia ti rispondo.

Let us go then, you and I,
When the evening is spread out against the sky
Like a patient etherized upon a table;
Let us go, through certain half-deserted streets,
The muttering retreats
Of restless nights in one-night cheap hotels
And sawdust restaurants with oyster-shells:
Streets that follow like a tedious argument
Of insidious intent
To lead you to an overwhelming question…
Oh, do not ask, "What is it?"
Let us go and make our visit.

In the room the women come and go
Talking of Michelangelo.

The yellow fog that rubs its back upon the window- panes,
The yellow smoke that rubs its muzzle on the window- panes,
Licked its tongue into the corners of the evening,
Lingered upon the pools that stand in drains,
Let fall upon its back the soot that falls from chimneys,
Slipped by the terrace, made a sudden leap,
And seeing that it was a soft October night,
Curled once about the house, and fell asleep.
And indeed there will be time
For the yellow smoke that slides along the street,
Rubbing its back upon the window-panes;
There will be time, there will be time
To prepare a face to meet the faces that you meet;
There will be time to murder and create,
And time for all the works and days of hands
That lift and drop a question on your plate;
Time for you and time for me,

김종길 역
「J. 앨프리드 프루프록의 연가(戀歌)」

내 만약 나의 대답이 다시 세상에 돌아갈
사람에게 하는 것이라 생각할 양이면
이 불꽃은 이젠 더 날름대지 않으리라.
하나 내 들은 바가 참일진댄
이 深淵에서 살아 돌아간 이 없으니
내 그대에게 대답할지라도 욕될 리 없으리라.

그러면 가보세, 자네와 나와,
수술대 위에 에테르로 마취된 환자처럼
저녁이 하늘에 퍼질 무렵.
밤내 잠 못 이루는 헐찍한 一泊旅館과
굴 껍질을 내놓은 톱밥 깔린 食堂에서
중얼거림이 새어나는 골목,
거의 인기척도 없는 거리를 빠져 우리 가 보세.
음흉한 의도에서 우러나오는
진저리나는 是非처럼 내닫는 거리는
압도적인 문제로 자넬 데려갈 걸세……
아 "무엇이냐"고 묻질랑 말게.
우리 가서 방문이나 하세.

방안에는 오가는 아낙네들이
미켈란젤로를 이야기하고

창유리에 등을 비비는 노오란 안개,
창유리에 주둥이를 비비는 노오란 연기는
저녁의 구석구석을 혓바닥으로 핥고는
수채에 괴인 물에 서성거리다가
굴뚝에서 떨어지는 그을음을 등에 쓰고
露臺를 끼고 돌단 갑자기 뛰어내려
아늑한 10월달 밤인 줄 알고는
한바퀴 집을 돌고 잠이 들었다.
정말 시간이야 있을 걸세.
창유리에 등을 비비면서
노오란 연기가 거리를 미끄러져 내리는 데도.
시간이야 있을 걸세,
만나는 얼굴을 만나기 위한 얼굴을 꾸미는 데도
죽이고 만들어 내는 데도 시간이야 있을 걸세,
접시 위에 한 덩이 질문을 집어서 놓는
나날의 하고 많은 솜씨와 동작에도 시간은 있을 걸세.
자네에게도 내게도 시간은 있을 걸세,
茶와 토스트를 들기 전

And time yet for a hundred indecisions,
And for a hundred visions and revisions,
Before the taking of a toast and tea.

In the room the women come and go
Talking of Michelangelo.

And indeed there will be time
To wonder, "Do I dare?" and, "Do I dare?"
Time to turn back and descend the stair,
With a bald spot in the middle of my hair —
(They will say: "How his hair is growing thin!")
  My morning coat, my collar mounting firmly to the chin,
  My necktie rich and modest, but asserted by a simple pin —
  (They will say: "But how his arms and legs are thin!")
  Do I dare
  Disturb the universe?
  In a minute there is time
  For decisions and revisions which a minute will reverse.

For I have known them all already, known them all —
Have known the evenings, mornings, afternoons,
I have measured out my life with coffee spoons;
I know the voices dying with a dying fall
Beneath the music from a farther room.
        So how should I presume?

And I have known the eyes already, known them all —
The eyes that fix you in a formulated phrase,
And when I am formulated, sprawling on a pin,
When I am pinned and wriggling on the wall,
Then how should I begin
To spit out all the butt-ends of my days and ways?
        And how should I presume?

And I have known the arms already, known them all —
Arms that are braceleted and white and bare

한 백 번 망설이고
한 백 번 살펴보고 다시 살피는 데도 아직 시간은 있을 걸세.

방안에는 오가는 아낙네들이
미켈란젤로를 이야기하고

그리고 정말 시간이야 있을 걸세,
"내가 감히," "내가 감히" 하고 의심하는 데도
내 머리 한복판의 벗어진 데를 알찐거리면서
돌아서서 층층대를 내리는 데도—
(모두들 말하겠지. "그의 머리는 어쩌면 저렇게도 빠진담!")
내 모닝 코오트, 뻣뻣하게 턱을 치받는 내 칼러,
짙으면서도 수수하지만 산뜻한 핀으로 한결 드러나는 내 넥타이—
(모두들 말하겠지. "그러나 그의 팔다리는 어쩌면 저렇게 가늘담!")
내가 감히
宇宙를 건드릴 수 있을까?
一分 동안에도 결정하고 수정할 시간은 있지,
다시 그것을 一分 동안에 뒤집어 버릴지라도

나는 이미 다 알고 난 다음, 다 알고 난 다음—
그러한 저녁도 아침도 오후도 알고 난 다음,
나는 내 생애를 커피 숟갈로 되질해 버렸지,
저쪽 방에서 들려오는 음악 가운데
들릴 듯 사라질 듯 들려오는 말소리도 알고 있지.
        그러니 어떻게 내가 감히 그럴 수 있겠는가?

그리고 나는 그러한 눈도 이미 알고 난 다음, 다 알고 난 다음—
상투적인 투로 빤히 노려보는 눈,
그리고 핀에 꽂혀 퍼덕거려져 내가 규정당할 때
내가 핀에 꽂혀 벽에 꾸물거릴 때
내가 어떻게 내 나날과 처세의 토막토막을
모조리 배앝기 시작하겠는가?
        내가 어떻게 감히 그럴 수 있겠는가?

그리고 나는 그런 팔도 이미 알고 난 다음, 다 알고 난 다음—
흰 살에 팔찌를 긴 팔,

(But in the lamplight, downed with light brown hair!)
Is it perfume from a dress
That makes me so digress?
Arms that lie along a table, or wrap about a shawl.
　　And should I then presume?
　　And how should I begin?
　　　· · · · ·
Shall I say, I have gone at dusk through narrow streets
And watched the smoke that rises from the pipes
Of lonely men in shirt-sleeves, leaning out of
windows?···

I should have been a pair of ragged claws
Scuttling across the floors of silent seas.
　　　· · · · ·
And the afternoon, the evening, sleeps so peacefully!
Smoothed by long fingers,
Asleep··· tired··· or it malingers
Stretched on the floor, here beside you and me.
Should I, after tea and cakes and ices,
Have the strength to force the moment to its crisis?
But though I have wept and fasted, wept and prayed,
Though I have seen my head (grown slightly bald)
brought in upon a platter
I am no prophet—and here's no great matter;
I have seen the moment of my greatness flicker,
And I have seen the eternal Footman hold my coat,
and snicker,
And in short, I was afraid.

And would it have been worth it, after all,
After the cups, the marmalade, the tea,
Among the porcelain, among some talk of you and
me,
Would it have been worth while
To have bitten off the matter with a smile,
To have squeezed the universe into a ball
To roll it toward some overwhelming question,
To say: "I am Lazarus, come from the dead,
Come back to tell you all, I shall tell you all"—
If one, settling a pillow by her head,
　　Should say: "That is not what I meant at all.
　　That is not it, at all."

(그러나 등불 아래선 누우런 털로 덮인!)
나를 그렇게도 빗나가게 하는 것은
옷에서 풍기는 향수(香水) 때문인가?
테이블에 놓였거나 숄에 감긴 팔
　　그렇다면 마음을 먹어볼까?
　　그러나 어떻게 나는 시작할까?
　　　· · · · ·
황혼에 좁은 골목을 가서
窓으로 내다보는 샤쓰바람의 사내들의
파이프에서 오르는 담배 연기를 나는 보았다고나 할
까?······

나는 차라리 고요한 해저(海底)를 어기적거리는
엉성한 게의 앞발이나 되었을 것을.
　　　· · · · ·
기다란 손가락에 쓰다듬어져
오후와 저녁은 포근히 잠이 들었다!
여기 자네와 내 곁에, 방바닥 위에 뻗치고 누워
잠들고···지치고···또는 꾀병을 한다.
차(茶)와 과자와 얼음을 먹은 다음
나는 그 찰나를 위기로 몰아붙일 박력을 가졌을까?
허나 나는 울고 단식하고 울고 기도했건만,
(약간 벗어진) 나의 머리가 쟁반에 놓여 들어오는 것
을 보았건만
나는 예언자도 아니요, 여기선 아닌들 어떻단 말이냐.
나는 내 갸룩한 순간이 까물거림을 보았고,
영원한 하인이 내 코오트를 들고 킥킥거림을
보았으나,
결국 나는 두려웠던 것이다.

그리고 그랬던들 결국 무슨 보람이 있었겠는가,
컵과 마머레이드와 차(茶)를 든 다음
자기(磁器)그릇 사이, 자네와 내가 조금 이야기를 주고
받는 사이에
설사 그랬던들 무슨 보람이 있었겠는가,
문제는 웃음으로 물어뜯어 버리고
우주를 뭉쳐서 공을 만들어
어떤 압도적인 문제로 굴려 간들,
"나는 라자로 죽음에서 왔노라,
그대들에 죄다 일러주러 왔노라, 죄다 일러주리라" 한들―
여자가 자기의 머리맡에 베개를 놓으면서
　　"천만에 그것은 제가 의미한 것이 아니예요.
　　천만에 그것은 아니예요"라고 말을 한다면

And would it have been worth it, after all,
Would it have been worth while,
After the sunsets and the dooryards and the sprinkled
streets,
After the novels, after the teacups, after the skirts that
trail
along the floor —
And this, and so much more? —
It is impossible to say just what I mean!
But as if a magic lantern threw the nerves in patterns
on a screen:
Would it have been worth while
If one, settling a pillow or throwing off a shawl,
And turning toward the window, should say:
   "That is not it at all,
   That is not what I meant at all."

   . . . . .

No! I am not Prince Hamlet, nor was meant to be;
Am an attendant lord, one that will do
To swell a progress, start a scene or two
Advise the prince; no doubt, an easy tool,
Deferential, glad to be of use,
Politic, cautious, and meticulous;
Full of high sentence, but a bit obtuse;
At times, indeed, almost ridiculous —
Almost, at times, the Fool.

I grow old… I grow old…
I shall wear the bottoms of my trousers rolled.

Shall I part my hair behind? Do I dare to eat a
peach?
I shall wear white flannel trousers, and walk upon the beach.
I have heard the mermaids singing, each to each.

I do not think that they will sing to me.

I have seen them riding seaward on the waves
Combing the white hair of the waves blown back

그리고 그랬던들 결국 무슨 보람이 있었겠는가.
설사 그랬던들 무슨 보람이 있었겠는가,
해 진 뒤 문간과 물 뿌린 거리를 지나온
다음,
소설과 찻잔과 방바닥을 끄는
스커트와 —
그리고 이러한 것과 더 많은 것 다음에?
내 뜻을 그대로 말하기란 불가능하지!
그러나 마치 환등(幻燈)이 스크린에 신경을 투사하듯
말할 수 있지,
허나 무슨 보람이 있었겠는가,
만약 여자가 베게를 놓으면서, 혹은 숄을 벗어던지면서
窓으로 돌아서서
   "천만에 그것은 제가 의미한 것이 아니예요
   그것은 제가 의미한 것이 아니예요"라고 말을 한다면.

   . . . . .

아니오! 나는 햄리트 왕자도 또 되라는 팔자도 아니요,
巡幸이 흥성하게 뒤나 따르고,
한두 장면 시작에만 나오고,
왕자에 간언(諫言)을 할 귀족역(貴族役), 영락없이 만만
한 연장
공손하고, 즐겨 심부름하고,
간교하고, 조심성 있고, 지나치게 꼼꼼하고,
큰소리는 하지만 좀 투미하고,
때로는 정말 거의 실없고 —
거의 때로는 어릿광대역(役).

늙어가는군…늙어가는군…
바짓가랑일 말아 올려 입어 보겠어.

머리를 뒤로 갈라 넘길거나, 감히 복숭아를 먹어낼거
나?
플란넬 바지를 입고 나는 해변을 걸어보겠어.
인어가 서로 노래 부르는 것을 나는 들었지.

그것들이 내게 노래하는 건 아닌 것 같애.

희고 검은 파도를 바람이 불 때
뒤로 불리우는 파도의 흰 머리를 빗기면서

When the wind blows the water white and black.

We have lingered in the chambers of the sea
By sea-girls wreathed with seaweed red and brown
Till human voices wake us, and we drown.

그들이 파도를 타고 바다로 가는 것을 나는 보았지.

붉고 누런 해초(海草)를 두른 바다 가시내들과
바닷방(房) 속에 머물렀다가
인간의 말소리에 놀라 깨면 우리는 익사할 따름.

죄로 여덟 번째 지옥으로 쫓겨나게 되며, 이로 인해서 단테는 율리시스를 만나게 되지만, 율리시스 역시 기만했다는 죄목으로 저주받게 된다. 이와 같은 에피그라프에 대해서 론 바너지는 프루프록의 의도성에 대한 아이러니적인 측면을 보여주는 부분으로, 이 부분에서 프루프록은 귀도처럼 자기 자신의 이야기가 말해지는 것을 결코 의도하지 않고 있지만, 엘리엇은 프루프록의 연가에 대한 자신의 견해를 드러내고 있다고 파악했다.[28]

또한 프레데릭 W. 로크는 프루프록 자신이 일종의 다-개성적인 인물로서 고통 받고 있으며 결과적으로는 『연옥』의 유추에 의해서 귀도와 단테를 구체화시키는 것으로 파악했다. 말하자면, 하나는 이야기를 전개하는 화자이고 다른 하나는 그러한 이야기를 듣는 청자로서 자신이 들은 이야기를 나중에 세상에 전파하는 역할을 하게 되는 것으로 파악한 로크는 이 시에서 귀도의 역할이 '나'에 해당하는 '프루프록'의 역할에 대응된다면, 단테의 역할은 '너/그대/자네'에 해당하는 '독자'의 역할에 대응된다고 파악했다. 이러한 점에서 로크는 "그러면 가보세, 자네와 나와"로 시작되는 이 시의 첫 구절에서처럼 독자로서의 '나'는 '프루프록'의 연가를 들은 대로 전할 수 있는 일종의 힘을 부여받게 된다고 강조했다.[29]

「프루프록」에서 그 내용을 설명하는 화자로서의 '프루프록'과 그러한 화자의 설명을 듣게 되는 독자로서의 '나'(엘리엇 자신)의 관계를 암시하는 이 시의 '에피그라프'는 단테의 『신곡』의 '연옥편'에서 "'나의 고통의 시간에 유

---

28) Ron D. K. Banerjee, "The Dantean Overview : The Epigraph to 'Prufrock,'" *Comparative Literature*, 87 (1972), pp. 962~966.
29) Frederick W. Locke, "Dante and T. S. Eliot's Prufrock," *Italian Issue*, 78 (1963), pp. 51~59.

념하나니,'/ 그런 다음 그들을 정화시키는 불속으로 그는 뛰어들었나니"
(XXVI, 147~148)를 활용하고 있으며, 또한 '지옥편'의 "나의 대답을 부여할
수 있다고 생각했다면/ 일찍이 세상으로 되돌아갈 수도 있었던 누군가에게./
이 불꽃은 더 이상 움직이지 않은 채 여전히 타오를 수 있으리./ 그러나 결
코 이 심연으로부터는/ 그 누구도 일찍이 되돌아오지 않았기에, 내가 들은
것이 진실이라면,/ 불명예의 두려움도 없이 나는 그대에게 대답하리라"
(XXVII, 61-66) 등에서도 차용하고 있다.

　T. S. 엘리엇의 시 「프루프록」의 내용을 요약하면 다음과 같다. 이 시의
화자는 청자에게 저녁거리를 같이 걷자고 제안하는 것으로 시작하고 있다.
이때의 저녁거리는 에테르로 마취된 상태에서 병원수술실의 수술대 위에 누
워 있는 환자로 비유되어 있다. 이러한 이미저리는 저녁거리가 생명력이 없
고 활기에 차있지 않다는 점을 암시하며, 화자는 청자에게 하루의 일과와 업
무가 종결된 쓸쓸한 거리를 걷게 된다. 말하자면 '헐찍한 일박여관'과 바닥
에 톱밥이 깔린 '식당'을 지나 걷게 된다. 식당에서 '톱밥'은 엎지른 음료수
와 음식을 흡수하기 위해서 사용될 뿐만 아니라 하루의 업무가 끝났을 때
쉽게 쓸어버리기 위해서 사용된다. 이처럼 초라한 배경설정은 화자에게 그
자신의 부족한 점을 일깨워주게 되고, 거리를 걷고 있는 그의 마음속에 남아
있는 이러한 이미지들은 청자로 하여금 화자에게 화자 자신의 삶에 대해서
질문하도록 유도한다. 말하자면, 화자의 삶을 상징하는 이와 같이 초라한 장
소를 왜 방문하게 되었는지, 왜 좀 더 훌륭하게 행동하지 않는지, 또는 왜
부인을 얻지 않는지 등을 질문하도록 한다.

　그럼에도 엘리엇의 이 시의 내용을 설명하는 것이 용이하지 않은 까닭은
화자로서의 '프루프록'의 내적 세계보다는 외적 세계, 이면적인 의미보다는
표면적인 의미로 인해서 이 시에서 발생하고 있는 것을 정확하게 해석하는
것은 상당히 어렵기 때문이다. 로렌스 페린은 엘리엇의 시 「프루프록」에 대
해서 이 시는 "분명히 시간의 간격을 두고 화자의 머릿속에서 발생하고 있

는 무작위적인 생각을 나타내고 있으며, 그러한 시간의 간격에서 전환적인 연결점은 논리적이라기보다는 심리적이다"[30]라고 파악했다. 이렇게 볼 때에 이 시에 사용된 문체의 선택은 어느 것이 사실적이고 어느 것이 상징적인지를 정확하게 결정할 수 없도록 하기도 한다. 「프루프록」은 표면적으로 중년 남자가 성적(性的)으로 갈등하고 있는 상황에 의존하고 있으며, 그는 무엇인가를 말하려고 하지만 그렇게 말하는 것을 두려워하게 되고 궁극적으로는 아무 말도 하지 않는 것으로 되어 있다.[31] 이와 같은 논의는 프루프록이 실제로 누구에게 말하고 있는 것인가, 그는 실제로 어디로 가고 있는 것인가, 그는 무엇을 말하고자 하는 것인가, 이 시에서의 다양한 이미지는 무엇을 지칭하는 것인가 등의 문제로 수렴된다.

우선 이 시가 누구에게 언급하고 있는 것인지가 분명하지 않은 점에 대해서 프루프록이 제3자에게 말하고 있거나[32] 독자에게 직접 말하고 있다고 보는 견해도 있고[33] 프루프록의 독백은 내적인 것이라고 보는 견해도 있다. 페린은 엘리엇의 시 「프루프록」의 첫 행의 '자네와 나'가 프루프록 자신의 본성을 두 개로 나누는 부분이라고 설명했으며, 무틀루 코넉 블레싱은 '자네와 나'가 주인공으로서의 프루프록과 시인으로서의 엘리엇 사이에 일종의 딜레마의 관계를 나타낸다고 설명했다.[34] 또한 비평가를 포함하는 많은 사

---

30) Laurence Perrine, *Literature : Structure, Sound, and Sense*, 1st edition (Harcourt, Brace &World, 1956), p. 798.

31) 이러한 논의에 대해서는 J. Hillis Miller, Poets of Reality : *Six Twentieth-Century Writers* (Cambridge, MA : The Belknap Press of Harvard University Press, 1965) ; David Spurr, *Conflicts in Consciousness : T. S. Eliot's Poetry and Criticism* (Urbana : University of Illinois Press, 1984) ; Carol Christ, "Gender, Voice, and Figuration in Eliot's Early Poetry," ed. Ronald Bush, *T. S. Eliot : The Modernist in History* (Cambridge : Cambridge University Press) ; Mutlu Konuk Blasing, *American Poetry : The Rhetoric of Its Forms* (New Haven : Yale University Press, 1987) ; John Paul Riquelme, *Harmony of Dissonances : T. S. Eliot, Romanticism, and Imagination* (Baltimor e: Johns Hopkins University Press, 1991) ; Michael North, *The Political Aesthetic of Yeats, Eliot, and Pound.* (Cambridge : Cambridge University Press, 1991) ; Roger Mitchell, *A Profile of Twentieth-Century American Poetry,* ed. Jack Myers and David Wojahan (Southern Illinois University Press, 1991) 등을 참고할 것.

32) Philip R. Headings, *T. S. Eliot.* revised ed. (Boston : Twayne Publishers, 1982), pp. 24~25.

33) T. S. Eliot "The Love Song of J. Alfred Prufrock" notes. 6/14/06. from McCoy, Kathleen ; Harlan, Judith. *English Literature from 1785* (New York : HarperCollins), 1992.

34) Mutlu Konuk Blasing, *American Poetry: The Rhetoric of Its Forms* (New Haven : Yale University Press, 1987)에서 "The Love Song of J. Alfred Prufrock"을 참고할 것.

람들은 프루프록이 시의 전개과정에서 어디로 향하고 있는지를 논의했다. 실제로 이 시의 전반부에서 프루프록은 다양한 외적 이미지들, 가령 하늘, 거리, 헐찍한 식당과 일박여관 및 안개 등의 이미지를 사용하고 있을 뿐만 아니라 "차(茶)와 토스트를 들기"와 "돌아서서 층층대를 내려오는 시간" 이전에 여러 가지 일들이 발생할 수 있는 '시간'이 있게 될 것이라는 점도 언급하고 있다. 이러한 점으로 인해서 로렌스 페린은 프루프록이 오후의 '차(茶)'를 마시러 거리를 걷고 있는 중이며, 결과적으로 그는 '압도적인 문제'가 무엇인지를 질문할 준비를 하고 있다고 강조했다. 이러한 견해와는 달리 그레드 A. 헤시모비치는 이 시에서 프루프록은 실제로 그 어디로 가고 있는 것이 아니라 자신의 마음속에서만 그렇게 하고 싶다는 점을 상상하고 있을 뿐이라고 파악했다.

「프루프록」에서 가장 의미 있는 부분은 프루프록 자신이 질문하려고 노력하고 있는 '압도적인 문제(overwhelming question)'일 것이며, 많은 사람들은 그 문제가 바로 프루프록이 자신의 로맨틱한 감정을 어느 여성에게 말하려고 노력하는 것이라는 점에 의견의 일치를 보이고는 한다. 이러한 점은 프루프록이 여성의 팔과 옷차림에 대한 다양한 이미지를 언급하고 있다는 점과 마지막 부분에서 '인어'가 자신에게 노래하지 않게 될 것을 한탄하고 있다는 점에서 그렇게 파악할 수 있다. 그러면서도 몇몇 사람들은 프루프록이 자신의 로맨틱한 감정을 표현하기보다는 무엇인가 심오한 철학적 통찰력이나 사회에 대한 환멸을 표현하고 있을 뿐만 아니라 그러한 점이 거부되는 데 대한 두려움까지도 표현하고 있는 것으로 파악하고는 한다. 특히 사회에 대한 환멸을 진술한 예로는 "나는 내 생애를 커피 숟갈로 되질해 버렸지"가 자주 거론되고는 한다. 또한 로저 미첼은 이 시가 영국의 '에드워드 왕' 시대의 사회를 비판하고 있으며, 프루프록의 딜레마는 근대사회에서 의미 있는 삶을 살아가기에는 자신이 무능력하다는 점을 나타내는 것으로 해석하기도 한다.35) 멕코이와 할랜은 "1920년대의 많은 독자들에게 있어서, 프루프록은 근대적 개인의 갈등과 무기력을 압축하고 있으며, 좌절된 욕망과 근대적 환멸을 나타낸다"고 파악했다.

이상과 같은 논의에도 불구하고 엘리엇의 이 시를 읽게 되는 독자와 비평가들은 이 시에 수없이 등장하는 이미지가 무엇을 참고하고 있으며 그 의미가 무엇을 나타내는지에 대해서 분명하게 말할 수 없다는 점을 강조하기도 한다. 예를 들면, "창유리에 등을 비비는 노오란 안개"가 사회의 몰락을 암시하는 상징에 해당한다는 견해에서부터 '곰'의 행동을 참고하고 있다는 견해까지 다양하다.[36] 또한 앞에서 언급한 바와 같이 엘리엇의 이 시에는 '의식의 흐름' 수법이 활용되고 있기 때문에, 이 시의 의미를 사실적으로 해석할 것인지 아니면 상징적으로 해석할 것이지, 어느 것이 실제적인 이미저리이고 어느 것이 무의식적인 이미저리인지 등을 결정하는 것은 그렇게 쉬운 일이 아니다.

그럼에도 일반적으로 볼 때에 T. S. 엘리엇은 자신의 시 「프루프록」에서 주인공 '프루프록'을 통해서 나이 들고 쇠약해가는 '이미저리'를 활용하고 있다. "수술대 위에 에테르로 마취된 환자처럼/ 저녁이 하늘에 퍼질 무렵," "톱밥 깔린 식당," "헐찍한 일박여관(一泊旅館)," "노오란 안개," "잠들고…지치고…또는 꾀병"을 하는 오후 등은 모두 무기력과 쇠약의 잔재에 관계되고, 자신의 머리칼과 이빨에 대한 프루프록의 다양한 관심과 "희고 검은 파도를 바람이 불 때/ 뒤로 불리우는 파도의 흰 머리를 빗기"는 인어 등은 프루프록이 늙어가고 있다는 점에 관계된다. 존 C. 포프는 「프루프록」의 '프루프록'과 도스토예프스키(1821~1881)의 소설 『죄와 벌』(1866)의 주인공 '라스코리니코프'의 관계를 비교하기도 했다. 포프에 의하면, 도스토예프스키는 "주인공 라스코리니코프를 통해서 쇠퇴해가는 도시생활에서 하층민의 숨이 막히는 고

---

35) Roger Mitchell, "On 'The Love Song of J. Alfred Prufrock," ed. Jack Myers and David Wojahan, *A Profile of Twentieth-Century American Poetry* (Southern Illinois University Press, 1991).

36) Michael North, "On 'The Love Song of J. Alfred Prufrock," *The Political Aesthetic of Yeats, Eliot, and Pound.* (Cambridge : Cambridge University Press, 1991).

통을 포착했다”고 파악했으며, 프루프록은 바로 이러한 ‘숨이 막히는 고통’
의 희생양에 해당하고 ‘쇠퇴해가는 도시생활’은 근대사회의 점진적인 소멸에
해당한다고 보았다.[37]

로렌스 페린[38]은 「프루프록」에 반영되어 있는 다른 문학작품에서 활용한
인유(引喩)를 체계적으로 정리했으며, 페린의 이러한 정리 중에서 몇 가지 경
우를 살펴보면 다음과 같다. “나날의 하고 많은 솜씨와 동작에도 시간은
있을 걸세”에서 ‘나날과 동작’은 B.C. 8세기경의 그리스 시인 헤이오드가
농경사회에 대한 묘사와 노동의 필요성을 강조한 시『노동과 나날』에 관
계된다. “들릴 듯 사라질 듯 들려오는 말소리도 알고 있지”는 셰익스피어
(1564~1616)의 『십이야(十二夜)』의 시작부분을 반영하고 있다. “(약간 벗어진)
나의 머리가 쟁반에 놓여 들어오는 것을 보았건만/ 나는 예언자도 아니요,
여기선 아닌들 어떻단 말이냐”는 세례자 요한의 ‘머리’를 암시한다.『마태
복음』(14장 1~14절)에 의하면, 헤로드의 생일날 춤을 춘 살로메의 요구에
의해 참수당한 요한의 머리는 쟁반에 담겨져 헤로드에게 전해진다. 또한
이 부분은 오스카 와일드(1854~1900)의 희곡『살로메』(1894)에도 관계된다.
“우주를 뭉쳐서 공을 만들어”는 영국 시인이자 청교도 정치가였던 앤드루
마블(1621~1678)의 시 「그의 수줍은 여인에게」의 마지막 부분에 관계된다.
“나는 라자로 죽음에서 왔노라”에서 ‘라자로’는 『루카복음』(16장)에 등장하
는 거지 ‘라자로,’ 즉 부자의 부탁에도 불구하고 그 부자의 형제들에게 지옥
에 대해 경고하기 위해 죽음의 세계로부터 삶의 세계로 되돌아갈 수 있는
허락을 받지 못했던 ‘라자로’이든가 또는『요한복음』(11장)에서 예수 그리스
도가 죽음으로부터 살려낸 ‘라자로’이든가 아니면 이 두 경우의 ‘라자로’ 모
두에 해당한다. “큰소리는 하지만”은 초오서(1340~1400)의 『캔터베리 이야
기』(1938)의 ‘프롤로그’에 나타나 있는 옥스퍼드의 시계에 대한 묘사를 떠올

---

37) John C. Pope, “Prufrock and Raskolnikov,” *American Literature*, 17 (1945), pp. 213~230.

38) Laurence Perrine, *Literature : Structure, Sound, and Sense*, 1st edition (Harcourt, Brace &World, 1956).

리게 한다.

「프루프록」의 마지막 부분에서, 프루프록은 자기 자신이 "왕자에게 간언(諫言)"하는 것을 목적으로 하는 "순행(巡幸)이 흥성하게 뒤나 따르"는 사람일 뿐이라는 점을 암시함으로써, 자신이 '햄릿 왕자'라는 바로 그 생각을 거절하게 된다. 이러한 점은 셰익스피어의 『햄릿』에 등장하는 재상 폴로니우스를 연상시키며 그는 "무엇보다도 자신에게 충실하라," "돈은 빌리지도 말고 빌려주지도 말라" 등과 같은 명언을 남겼다. 또한 "거의 때로는 어릿광대역(役)"이라고 프루프록이 주장하고 있는 점 역시 셰익스피어적인 요소를 반영하고 있다. 마지막으로 "자네와 내가 조금 이야기를 주고받는 사이에"는 에드워드 M. 피처럴드(1909~1883)가 페르시아의 오마르 카이얌(1048~1123)의 '4행시'를 영역(英譯)한 『오마르 카이얌의 4행시』의 32번 시 "열쇠를 찾을 수 없는 문이 있었습니다/ 내가 볼 수 없는 과거의 베일이 있었습니다/ 자네와 내가 조금 이야기를 주고받는 사이에/ 아마도—그런 다음 자네와 나는 더 이상 없는 것 같았습니다"에 관계된다.

3.2 「올빼미의 주문(呪文)」과 「J. 앨프리드 프루프록의 연가」의 비교

김기림의 시 「올빼미의 주문(呪文)」은 그의 시집 『기상도(氣象圖)』(1936)에 수록되어 있고, 그의 이 시에 영향을 끼친 것으로 파악할 수 있은 T. S. 엘리엇의 시 「프루프록」은 『포에트리』(1915)에 처음으로 발표되었으며, 김종길은 자신의 『20세기(世紀) 영시선(英詩選)』(1975)에 엘리엇의 이 시를 번역하여 수록했다. '새로운 감정'과 '전체성의 시론'을 강조했던 김기림은 사물과 시의 관계를 다음과 같이 파악했다. 즉 사물을 통해서 또는 사물에 대해서 시인의 마음을 노래하거나 사물의 인상과 시 자체의 구성을 위한 사물의 재구성으로 시가 사물에 대해서 가지게 되는 관계를 추구할 수 있다는 점과 사물의 재구성을 통해서 독자적이면서도 새로운 가치를 추구할 수 있다는 점 등 '시의 혁명'을 모색하였다.

　김기림의 시와 엘리엇의 시의 관계를 살펴보는 데 있어서 이 두 시인의 유사성은 시의 음악성보다는 회화성을, 청각이미지보다는 시각이미지를, 시어의 특이성보다는 일상성을 더 선호했다는 점에서도 찾아볼 수 있으며, 특히 김기림 자신의 문학적 활동이 I. A. 리처즈의 문학론을 바탕으로 하여 한국 현대시에 '모더니즘 시론'을 소개했다는 점 외에도 T. S. 엘리엇의 시세계에 밀접하게 관계된다는 점에서도 찾아볼 수 있다. 『기상도』(1936), 『태양의 풍속(風俗)』(1939), 『바다와 나비』(1946), 『새노래』(1948)와 같은 김기림의 시집 중에서, 대부분의 연구자들이 언급한 바와 같이 전부 일곱 개의 장(章)으로 형성된 일종의 장시(長詩) 형식을 취하고 있는 『기상도』는 '현대문명에 대한 비판과 풍자'를 표현한 것으로 평가되고 있다. 김기림의 이 시집은 엘리엇의 시 『황무지』(1922)에서 영향을 받은 것으로 알려져 있다. 이 두 시인이 가지고 있는 시세계의 공통점은 회화성에 바탕을 둔 시각이미지의 강조, 문명비판과 풍자 및 인간주의 정신의 강조 등을 들 수 있다. 이러한 점은 일종의 '여행시'라고 볼 수 있는 이들의 시에서 그것은 도시문명, 기계문명, 바다와 항구, 기차 등과 같은 시어(詩語) 및 그러한 시어가 암시하는 미지의 세계에 대한 호기심과 신기성, 그리고 탐험정신과 모험정신 등 이국정서에 대한 심취와 탐닉 등으로 나타나 있다.

　이처럼 도시문명에 대한 적나라한 비판과 풍자를 기본으로 하는 엘리엇과 김기림의 시에 나타나는 또 다른 공통점은 '중층묘사(中層描寫)'를 들 수 있으며, 여기서 말하는 중층묘사는 구체적인 표현과 추상적인 표현을 교차시켜 시적 주제와 이미지를 서술해나가는 방법을 의미한다. 대부분의 모더니즘 시에 나타나는 바와 같이 구체적인 표현은 시적 대상에 대한 감각적인 표현을 부여하는 것이고 추상적인 표현은 시인의 사유세계를 관념적인 언어로 표현하는 것에 해당한다. 김기림의 시에 나타나는 이와 같은 의미의 '중층묘사'는 그의 시 「올빼미의 주문(呪文)」에서 빈번하게 활용되고 있으며,　이 시의 맨 마지막 부분을 예로 들면 다음과 같다.

　　바다는 다만
　　어둠에 반란(叛亂)하는
　　영원(永遠)한 불평가(不平家)다

　　바다는 자꾸만
　　헌 이빨로 밤을 깨문다

　　위에 인용된 부분에서 '바다'를 설명하는 '영원한 불평가다'라는 추상적인 표현은 '헌 이빨로 밤을 깨문다'라는 표현에 의해서 그 구체성을 확보하게 된다. 아울러 시어의 선택에 있어서 김기림이 언어의 음악성보다는 언어의 회화성을 강조하는 것은 엘리엇의 태도에 접맥되며, 그러한 점은 '생명의 호흡이 걸려 있는 일상의 회화(會話)'가 시어로 되어야 한다고 강조한 데에서도 찾아볼 수 있다. 이와 같은 평가를 받고 있는 김기림의 시 『기상도』(1936)의 여섯 번째 시 「올빼미의 주문(呪文)」의 전문은 다음과 같다.

　　태풍은 네거리와 공원과 시장에서
　　몬지와 휴지와 캐베지와 연지(臙脂)와
　　연애의 유행을 쫓아버렸다

　　헝클어진 거리를 이 구석 저 구석
　　혓바닥으로 뒤지며 다니는 밤바람
　　어둠에게 벌거벗은 등을 씻기우면서
　　말없이 우두커니 서있는 전신주
　　엎드린 모래벌의 허리에서는
　　물결이 가끔 흰 머리채를 추어든다
　　요란스럽게 마시고 지껄이고 떠들고 돌아간 뒤에
　　테불 우에는 깨여진 잔(盞)들과
　　함부로 지꾸어진 방명록과…
　　아마도 서명(署名)만 하기 위하여 온 것처럼
　　총총히 펜을 던지고 객(客)들은 돌아갔다
　　이윽고 기억들도 그 이름들을
　　마치 때와 같이 총총히 빨아버릴게다

나는 갑자기 신발을 찾아 신고
도망할 자세를 가춘다 길이 없다
돌아서 등불을 비틀어 죽인다
그는 비들기처럼 거짓말쟁이였다
황홀한 불빛의 영화의 그늘에는
몸을 조려없애는 기름의 십자가가 있음을
등불도 비둘기도 말한 일이 없다

나는 신자의 숭내를 내서 무릎을 꿀어본다
믿을 수 있는 신(神)이나 모신것처럼
다음에는 기빨처럼 호화롭게 웃어버린다
대체 이 피곤을 피할 하루밤 주막은
'아라비아'의 '아라스카'의 어느 가시밭에도 없느냐
연애와 같이 싱겁게 나를 떠난 희망은
지금 또 어디서 복수를 준비하고 있느냐
나의 머리에 별의 꽃다발을 두었다가
거두어간 것은 누구의 변덕이냐
밤이 간 뒤엔 새벽이 온다는 우주의 법칙은
누구의 실없는 작난이냐
동방의 전설처럼 믿을 수 없는
아마도 실패한 실험이냐

너는 애급(埃及)에서 돌아온 '씨―자'냐
너의 주둥아리는 진정 독수리냐
너는 날개 도친 흰 구름의 종족이냐
너는 도야지처럼 기름지냐
너의 숨소리는 바다와 같이 너그러우냐
너는 과연 천사의 가족이냐

귀먹은 어둠의 철문 저 편에서
바람이 터덜터덜 웃나보다
어느 헝크리진 수풀에서
부엉이가 목쉰 소리로 껄걸 웃나보다

내일이 없는 칼렌다를 처다보는
너의 눈동자는 어쩐지 별보다 이뿌지 못하고나
도시 19세기처럼 흥분할 수 없는 너

어둠이 잠긴 지평선 너머는
다른 하늘이 보이지 않는다
음악은 바다 밑에 파묻힌 오래인 옛말처럼 춤추지 않고
수풀 속에서는 전설이 도무지 슬프지 않다
페이지를 번지건만 너멋장에는 결론이 없다
모퉁이에 혼자 남은 가로등은
마음은 슬퍼서 느껴서 우나
부릅뜬 눈에 눈물이 없다

거츠른 발자취들이 구르고 지나갈 때에
담벼락에 달러붙는 나의 숨소리는
생쥐보다도 커본 일이 없다
강아지처럼 거리를 기웃거리다가도
강아지처럼 얻어맞고 발길에 채어 돌아왔다

나는 참말이지 선량(善良)하려는 악마다
될 수만 있으면 신(神)이고 싶은 짐승이다
그렇건만 밤아 너의 썩은 바줄은
왜 이다지도 내몸에 깊이 친절하냐
무너진 축대의 근방에서는
바다가 또 아름다운 알음소리를 치나보다
그믐밤 물결의 노래에 취할 수 있는
'타골'의 귀는 응당 소라처럼 행복스러울게다

어머니 어머니의 무덤에 마이크를 갖어갈까요
사랑스러운 해골 옛날의 자장가를 기억해내서
병신 된 나의 귀에 불러주려우

자장가도 불을 줄 모르는 바보인 바다

바다는 다만
어둠에 반란하는
영원한 불평가다

바다는 자꾸만
헌 이빨로 밤을 깨문다[39]

— 김기림, 「올빼미의 주문(呪文)」 전문

---

39) 김기림, 「올빼미의 주문(呪文)」, 『김기림전집·시』(심설당, 1988), pp. 146~150.

김기림이 강조했던 시적 이미지의 회화성은 다분히 모더니즘에서 강조하는 시작(詩作)의 방법론에 해당하며 그가 추구했던 시어의 일상성은 당대에 성행했던 시적 음악성, 운율의식 등 청각이미지에 대한 거부이자 시적 대상에 대한 주관적인 표현보다는 객관적인 표현을 더 강조한 결과에 해당한다. 이렇게 볼 때에 김기림의 시에 반영되어 있는 '객관적인 표현'은 엘리엇이 강조했던 '객관적 상관물'에 접맥된다. T. S. 엘리엇이 「햄릿과 그의 문제점」(1919)에서 언급했던 '객관적 상관물'의 의미는 다음과 같다. 예술적인 형식으로 정서를 표현할 수 있는 유일한 방법은 '객관적 상관물'을 발견하는 것, 말하자면 어떤 특별한 정서를 공식적으로 나타낼 수 있는 일련의 사물, 정황, 사건 등을 찾아내는 데 있으며, 작가가 찾아내는 이러한 것들은 독자에게도 똑같은 정서를 불러일으킬 수 있다는 것이다. 예를 들면, 일상적인 개인의 감정이 문학작품에 그대로 나타나는 것이 아니라 표면적으로는 그러한 감정과 직접적인 관계가 없는 것처럼 보이지만 상징이나 이미지, 사상이나 사건 등에 의해서 구체화할 수 있다는 점이다. 한국문단에서 다분히 모더니즘 시인으로 평가받는 김기림의 이러한 역할을 중심으로 하여 T. S. 엘리엇의 시 『J. 앨프리드 프리프록의 연가』에 접맥되는 김기림의 시 「올빼미의 주문」의 전문은 앞에 인용된 것과 같다.

앞에 그 전문이 인용된 김기림의 시 「올빼미의 주문」의 배경으로 자리 잡고 있는 두 가지 축은 '황폐한 도시'와 '재생의 이미지'이다. 이 시의 내용으로 볼 때에 '황폐한 도시' 풍경이 시 전체의 분위기를 지배하고 있으며 맨 마지막의 '바다'는 그러한 암울한 분위기로부터 벗어날 수 있는 유일한 탈출구로 작용하고 있다. 황폐한 도시의 풍경은 전선주, 연회장, 신자(信者)의 흉내, 믿을 수 없는 신, 우주의 법칙, 동양의 전선, 실패한 실험 등에서 찾아볼 수 있고, 재생의 이미지로서의 바다는 이 시의 맨 마지막 행의 "헌 이빨로 밤을 깨문다"에서 찾아볼 수 있으며, 그 결과는 새롭게 찾아올 또는 새롭게 형성될 '아침'이다. 엘리엇의 시 「프루프록」의 주제는 이 시의 주인공인 프루프록이 여인과의 육체적인 욕망을 꿈꾸는 범죄망상으로서의 독백에 있다. 다시 말하면 육체적인 사랑을 단념할 수도 없고 실천할 수도 없는 '상황,' 일종의 상황설정에 의해서 주인공은 끊임없이 이 두 세계를 오가게 되며, 그 결과는 철저하게 차단된 우울함과 외로움으로 나타나게 된다.

이상과 같은 점을 고려하여 T. S. 엘리엇의 시 「프루프록」과 김기림의 시 「올빼미의 주문」의 유사한 구절을 단계별로 정리하면 다음과 같다.

유사점	「J. 앨프리드 프루프록의 연가」	「올빼미의 주문」
불안한 거리	o 진저리나는 (是非)처럼 내닫는 거리 o 노오란 연기가 거리를 o 해 진 뒤 문간과 물 뿌린 거리	o 헝클어진 거리(제4행)
혀, 혓바닥	o 저녁의 구석구석을 혓바닥으로 핥고는	o 혓바닥으로 뒤지며 다니는 밤바람
흰 머리칼	o 뒤로 불리우는 波濤의 흰 머리를 빗기면서	o 물결이 가끔 흰 머리채를 추어든다
극한상황	o 거의 인기척도 없는 거리	o 도망할 자세를 가춘다 길이 없다
우주적 불신	o 우주를 건드릴 수 있을까? o 우주를 뭉쳐서 공을 만들어	o 우주의 법칙은 누구의 실없는 작난이냐
냉소적 감성	o 큰소리는 하지만 좀 투미하고, 때로는 정말 거의 실없고 거의 때로는 어릿광대역(役)	o 부엉이가 목쉰 소리로 껄걸 웃나보다
음악성	o 인어가 서로 노래부르는 것을 나는 들었지	o 음악은 바다 밑에 파묻힌 오래인 옛말처럼 춤추지 않고 o 바다가 또 아름다운 알음소리를 치나보다 그 믐밤 물결의 노래에 취할 수 있는 o 사랑스러운 해골 옛날의 자장가를 기억해내서 병신 된 나의 귀에 불러주려우 o '타골'의 귀는 응당 소라처럼 행복스러울게다
단호성	o 문제는 웃음으로 물어뜯어 버리고	o 헌 이빨로 밤을 깨문다
폐쇄성	o 방안에는 오가는 아낙네들이 미켈란젤로를 이야기하고	o 요란스럽게 마시고 지껄이고 떠들고 돌아간 뒤에 테불 우에는 깨여진 잔(盞)들과 함부로 지꾸어진 방명록과…

이처럼 이 두 편의 시에서의 공통된 분위기는 현실에 대한 불안과 좌절에 있다. 그것이 김기림의 시에서는 화자가 '밤'으로 표상되는 암울한 현실에 갇혀 있고, 엘리엇의 시에서는 주인공이 아낙네들이 있는 '방'으로 표상되는 육체적 현실에서 오는 강박관념에 사로잡혀 있다.

이상에서 살펴본 바와 같이 김기림의 시 「올빼미의 주문」에는 T. S. 엘리엇의 시 「J. 앨프리드 프루프록의 연가」로부터 상당히 많은 부분이 수용된 것으로 파악할 수 있다. 이러한 점을 근간으로 하여 엘리엇의 시와 김기림의 시에 나타나는 대표적인 영향과 수용의 관계 몇 가지를 정리하면 다음과 같다.

「J. 앨프리드 프루프록의 연가」		공통점		「올빼미의 주문」	
시행(詩行)	의미		의미	시행(詩行)	
o 그러면 가보세, 자네와 나와, o 수술대 위에 에테르로 마취된 환자처럼	사랑	세계	밤	o 대체 이 피곤을 피할 하루밤 주막은 o '아라비아'의 '아라스카'의 어느 가시밭에도 없느냐	
o 밤내 잠 못 이루는 헐찍한 一泊旅館과 o 굴 껍질을 내놓은 톱밥 깔린 식당에서 o 중얼거림이 새어나는 골목, o 거의 인기척도 없는 거리를 빠져 우리가 보세	불안	거리	방황	o 헝클어진 거리를 이 구석 저 구석 o 혓바닥으로 뒤지며 다니는 밤바람	
o 방안에는 오가는 아낙네들이 o 미켈란젤로를 이야기하고 o 내가 자꾸만 딴 길로 벗어나는 것은 o 옷에서 풍기는 향수 때문인가? o 테이블에 놓였거나 숄에 감긴 팔	여인	유혹	술집	o 요란스럽게 마시고 지껄이고 떠들고 돌아간 뒤에 o 테불 우에는 깨여진 잔(盞)들과 o 함부로 지꾸어진 방명록과…	
o 나는 이미 다 알고 난 다음, 다 알고 난 다음ㅡ	자신감	연애	두려움	o 연애와 같이 싱겁게 나를 떠난 희망은 o 지금 또 어디서 복수를 준비하고 있느냐	
o 그리고 핀에 꽂혀 퍼덕거려져 내가 규정당할 때	불가능	도피	불가능	o 나는 갑자기 신발을 찾아 신고 o 도망할 자세를 가춘다 길이 없다	
o 내 머리 한복판의 벗어진 데를 알찐거리면서 o 그의 머리는 어쩌면 저렇게도 빠진담!	소심증	소극성	소심증	o 거츠른 발자취들이 구르고 지나갈 때에 o 담벼락에 달러붙는 나의 숨소리는 o 생쥐보다도 커본 일이 없다	

o (약간 벗어진) 나의 머리가 쟁반에 놓여 들어오는 것을 보았건만				o 강아지처럼 거리를 기웃거리다가도 o 강아지처럼 얻어맞고 발길에 채어 돌아왔다
o 공손하고, 즐겨 심부름하고, o 간교하고, 조심성 있고, 지나치게 꼼꼼하고, o 큰소리는 하지만 좀 투미하고, o 때로는 정말 거의 실없고 o 거의 때로는 어릿광대역(役)	비웃음	자기 비하	비웃음	o 어느 헝크리진 수풀에서 o 부엉이가 목쉰 소리로 껄걸 웃나보다
o 바다가 또 아름다운 알음소리를 치나보다 o 그믐밤 물결의 노래에 취할 수 있는 o '타골'의 귀는 응당 소라처럼 행복스러울 게다	바다	노래	인어	o 인어가 서로 노래부르는 것을 나는 들었지
o 한 백 번 망설이고 o 한 백 번 살펴보고 다시 살피는 데도 아직 시간은 있을 걸세	허약성	망상	어머니	o 어머니 어머니의 무덤에 마이크를 갖어갈까요 o 사랑스러운 해골 옛날의 자장가를 기억해내서 o 병신 된 나의 귀에 불러주려우
o 인간의 말소리에 놀라 깨면 우리는 익사할 따름	인식	현실	거부	o 바다는 자꾸만 o 헌 이빨로 밤을 깨문다
o 황혼에 좁은 골목을 가서 o 窓으로 내다보는 샤쓰바람의 사내들의 o 파이프에서 오르는 담배 연기를 나는 보았다고나 할까?……	고독	소외감	고독	o 페이지를 번지건만 너멋장에는 결론이 없다 o 모퉁이에 혼자 남은 가로등은 o 마음은 슬퍼서 느껴서 우나 o 부릅뜬 눈에 눈물이 없다

4. T. S. 엘리엇의 시 『황무지』와 한국 현대시의 관계

4.1 T. S. 엘리엇의 시 『황무지』에 나타나 있는 죽음과 환생의 의미[40]

T. S. 엘리엇은 『황무지』를 『크리테리온』(1922)에 발표했다. 정신적인 갈등으로 자신의 아내 비비언과의 결혼생활의 파탄으로 인해서 개인적으로 어려움을 겪고 있던 시기에 창작된 엘리엇의 『황무지』는 제1차 세계대전 이후 전후세대(戰後世代)의 환멸을 대표하는 것으로 평가되고는 한다. 1922년 12월 『황무지』를 단행본으로 출판하기 바로 전에 엘리엇 자신은 바로 이 시에 반영되어 있는 '절망의 비전'으로부터 일정한 거리를 두고 있었다. 그는 리처드 올딩톤(1892~1962)[41]에게 쓴 편지(1922. 11. 15)에서 "『황무지』에 대해서

---

40) 이 부분은 필자가 미국 뉴욕주립대학교(스토니브룩) 대학원에서 비교문학을 전공할 당시에 루이스 심슨 교수의 '상징주의 시의 이해'(1987년 1학기) 강좌에서 처음 발표했으며, 이를 수정·보완하여 Ho-Byeong Yoon, "The Meaning of Death and Rebirth in T. S. Eliot's The Waste Land," 『비교문학』 제14집 (1989. 12), pp. 287~300에 다시 발표했으며, 영문으로 된 이 글을 다시 수정·보완하여 여기에 수록했음을 밝혀둔다.

41) 리처드 올딩톤(Richard Aldington)은 영국의 시인·소설가·비평가·전기작가로서 본명은 에드워드 가드프리 올딩톤(Edward Godfree Aldington)이다. 그는 현대 산업문명의 위선적인 면모를 자극적이면서도 격렬한 어조로 폭로한 작품을 발표했다. 도버칼리지와 런던대학교에서 공부했으며 '이미지즘'에 관계되는 시집으로 일찍이 문단의 주목을 받은 바 있다. 그는 미국의 이미지즘 시인 힐다 둘리틀(Hilda Doolittle)―H.-D.-로 약칭하고는 한다―과 결혼했다. 그의 작품 중에서 가장 유명한 소설『영웅

언급한다면, 그것은 내가 관여하는 한 과거의 일에 해당하며 나는 지금 새로운 형식과 스타일을 추구하고 있다"라고 언급했다. 『황무지』에 반영되어 있는 분명한 모호성, 말하자면 화자, 위치 및 시간 등의 급격한 전환, 애가적(哀歌的)이기는 하지만 방대하면서도 어울리지 않는 문화와 문학에 대한 동시적인 환기 등으로 인해서, 이 시는 모더니즘 문학에 하나의 시금석으로서의 역할을 하고 있다. 같은 해에 발표된 제임스 조이스(1882~1941)의 소설 『율리시즈』(1922)에 버금가는 시로 평가되어 왔다. 엘리엇의 이 시에 반영되어 있는 잘 알려진 구절로는 "4월은 가장 잔인한 달," "한 줌 먼지 속에 두려움을 보여주리라" 및 이 시의 마지막 부분에서 산스크리트어로 '마음의 평정'을 의미하는 "샨티, 샨티, 샨티" 등을 들 수 있다.

시의 역사에서 T. S. 엘리엇의 『황무지』가 특별한 위치를 차지하고 있는 까닭은 이 시에 반영되어 있는 상상력, 신화와 전설로부터의 차용, 시적 전통의 종합, 꼼꼼한 주석(註釋) 때문이다. 산업화 사회에서 비롯되는 공해와 생태계의 파괴로 인해서 황폐해질 수밖에 없는 오늘날의 세계에서, 엘리엇의 이 시는 시인 자신이 의도했던 것보다도 훨씬 더 많은 의미를 부여하고 있다.

『황무지』의 핵심적인 이미지 중의 하나는 이 시 전체를 통해서 나타나 있는 가뭄, 건조, 부패, 붕괴 등으로 상징되는 '불모의 이미지'에 있다. 이러한 상징은 생기 없는 나무, 사막의 바위, 메마른 뼈, 텅 비어있는 물탱크, 바닥

의 죽음』(1929)을 발표했으며, 이 소설에서 그는 제1차 세계대전을 겪은 세대의 전쟁에 대한 환멸을 반영했으며 『모두가 적이다』(1933)는 그 속편에 해당한다. 『대령의 딸』(1931)에서는 상류계층의 위선과 작가들의 자만을 적나라하게 비판했기 때문에 두 곳의 대출도서관으로부터 취급을 거부당하기도 했다. 장시(長詩)「룩셈부르크에서의 꿈」(1930), 「숲속의 바보」(1925) 등에서는 현대인의 기계화를 서정적으로 온건하게 비판했다. 올딩턴은 고대 그리스 시와 라틴어로 쓰인 시를 번역함으로써 고대문명에 대한 애정을 드러내기도 했다. 그밖에 『문학연구』(1924), 『프랑스 문학 연구』(1925) 등과 같은 비평집이 있으며, 볼테르, D. H. 로렌스, 노먼 더글러스, 웰링턴의 전기도 집필하기도 했다. 말기의 저서 중에서 『아라비아의 로렌스』(1955)는 T. E. 로렌스를 신랄하게 공격한 책이다. 말년에는 구소련에서 베스트셀러 작가가 되었으며, 70회 생일도 그곳에서 지냈다. 아울러 『정열의 순례 : 앨런 버드에게 보낸 리처드 올딩톤의 편지, 1949~1962』(1975)를 출판했으며, 같은 해에 전기 『웰링턴』(1946)으로 'James Tait Black Memorial Prize'를 수상했다.

을 드러낸 우물 등에 나타나 있다. '물'은 가뭄을 해소할 수도 있지만 지나
칠 경우 또 다른 파괴를 초래할 수도 있으며, '불' 역시 정화의 역할을 하기
도 하지만 파괴의 역할을 하기도 한다. 엘리엇은 자신의 이 시에서 세상의
'황무지'[42]를 환기하기 위해서 이처럼 대립적인 '물'과 '불'의 특징과 이미지
를 효과적으로 사용했다. 노스럽 프라이는 '물'과 '불'의 세계에 대해서 다음
과 같이 언급했다. '천국의 불의 세계는 세 가지 중요한 순환적인 리듬, 즉
죽음, 소멸, 환생을 나타낸다. …물의 상징 역시 그 자체만의 순환, 즉 빗물
에서 샘물로, 샘물과 우물에서 개울과 강으로, 강에서 바다나 겨울의 눈으로,
그리고 다시 되돌아 순환하게 된다.'[43]

　『황무지』에서의 중심적인 진행과정과 이동은 죽음과 환생, 소멸과 회귀,
출현과 후퇴 및 인간의 삶의 역정 등으로 이어지고, 탄생에서 죽음까지 이어
지는 개인적인 삶에서 정체성의 지속은 죽음에서 환생으로 확장된다. 이와
같은 순환적인 패턴은 '식물 의식(儀式)'에 관계된다. 이러한 점에 대해서 엘
리엇은 「'황무지'에 관한 주(註)」에서 다음과 같이 언급했다. "이 시의 제목뿐
만 아니라 구상과 부수적인 상징의 상당부분까지도 그레일 전설에 대한 미스
제시 L. 웨스턴의 저서 『의식(儀式)에서 로망스까지』[44]에서 암시를 받았다. …
웨스턴의 저서는 우리 세대에게 심오한 영향을 끼쳤다. 나는 또 『황금가지』
를 참고했으며, 특히 이 책의 제2권에서 아도니스, 아티스, 오시리스 부분을
활용했다. 이와 같은 두 권의 저서를 잘 알고 있는 사람이라면, 나의 시에서
'식물 의식'을 참고하고 있다는 점을 즉각적으로 알 수 있을 것이다."

4.1.1 제1부 「죽은 자의 매장」의 의미

　미스 웨스턴이 '홀리 그레일'에 관련되는 이야기에 연결 지어 꼼꼼하게
연구한 '피셔 킹'의 전설은 원래 계절의 순환을 설명하기 위해 식물의 순환

---

42) Jessie L. Western, *From Ritual to Romance* (New York : Cambridge University Press, 1921), p. 23.

43) Northrop Frye, *Anatomy of Criticism : Four Essays* (Princeton : Princeton University Press, 1973), pp. 159~160.

44) Jessie L. Western, *From Ritual to Romence* (Doubleday, 1957).

에 관계되는 고대의 전설에 해당한다. 제임스 프레이저는 자신의 『황금가지』
에서 '식물 신화'의 원형(原型)을 고대로까지 추적했다. "나무의 영혼이나 일
반적으로 식물의 영혼은 나무, 가지, 꽃처럼 식물의 형식만으로 나타나게 되
든가 또는 꼭두각시나 살아 있는 사람과 결합하여 나무, 가지, 꽃처럼 동시
적으로 식물과 인간으로 나타나게 된다."45) 아도니스, 아티스, 오시리스 등
세 명의 신(神)의 죽음은 빗물을 암시한다. "물은 해골 위로 쏟아져 내렸다.
고대인들은 세상을 떠난 것의 영혼이 물로 변하고 거기에서 비를 만들어 이
모든 것들을 다시 쏟아 붓게 된다고 생각했다."46)

　　『황무지』의 제1부의 제목인 「죽은 자의 매장」에서는 '환생'의 추구와 이
시의 신비로운 특징을 암시하고 있다. 엘리엇은 겨울의 불모지를 뒤덮으며
소생하는 봄의 도래와 함께 황무지에서의 생명의 약동을 묘사했다. 생명의
시작으로서 매장의 개념은 인류의 역사만큼이나 오래된 것이다. "죽음의 신
이자 홍수와 식물의 신에 해당하는 오시리스는 고대 이집트에서 미라로 보
존된 왕을 대표하며 그의 이름은 '눈(眼)의 좌석'을 의미한다."47) 자신의 아
들에 의해서 오시리스가 생명을 되찾게 된 후에, 그 '눈'은 결과적으로 환생
에 관계되는 것은 물론 '새벽별'에도 관계된다. 해마다 4월이 되돌아오게 됨
에 따라서 '부활'의 손님은 그 자체만의 방법을 발견하게 된다.

> 4월은 가장 잔인한 달
> 죽은 땅에서 라일락을 키워내고
> 추억과 욕정을 뒤섞고
> 잠든 뿌리를 봄비로 깨운다.
> 겨울은 오히려 따뜻했다.
> 망각하기 쉬운 눈으로 대지를 덮고
> 메마른 구근(球根)으로 약간의 목숨을 대주었다.

---

45) James G. Frazer, *The Golden Bough : The Roots of Religion and Folklore* (New York : Avenel, 1981), p. 187.
46) Frazer, *The Golden Bough*, p. 16.
47) Pierre Grimmal ed., *Larousse World Mythology* (New York : Excalibur, 1981), p. 37.

앞에 인용된 『황무지』의 첫 부분에서 알 수 있는 바와 같이, 엘리엇은 계절의 순환을 적용함으로써 '4월'을 자연적인 환생 이미지로 사용했다. 그는 이와 같은 개념을 「가족의 재결합」에서 활용하고 있으며, 그러한 점은 "탄생의 순간은 죽음의 지식을/ 갖게 될 때라고 나는 믿는다"라는 부분에서 찾아볼 수 있다. '키워내기,' '뒤섞기,' '깨우기,' '덮기,' '대주기' 등과 같은 시어를 사용하고 있는 「죽은 자의 매장」의 첫 부분에는 '삶 속의 죽음'과 '죽음 속의 삶'이 암시되어 있다. 봄에 내리는 '비'는 여름에는 '소나기'로 되고 겨울에는 '눈'으로 변환되며, 이때의 '비'는 아도니스, 아티스, 오시리스의 부활을 가능하게 되는 '물'에 관계된다. 이들 세 명의 신들을 물속으로 내던졌다는 것은 "이들의 부활을 효과적으로 만드는 것, 즉 식물의 소생을 보장하는 것"48)을 의미한다.

제1부의 두 번째 부분에서는 지속적으로 '죽음'과 '환생'의 문제를 취급하고 있으며, '나무'는 인간의 '삶'을 상징하게 된다. 야생 멧돼지가 아도니스를 산산조각 냈을 때에, 그의 핏속에서 아네모네라고 불리는 한 송이 꽃이 피어나게 되고, 아티스는 죽은 후에 소나무로 변하게 되며, 오시리스는 아도니스와 아티스와 비슷하게 식물의 신(神)으로 환생하게 된다. 첫 번째 부분의 '메마른 구근(球根)'은 이 부분에서 움켜잡고 있는 '뿌리'와 동일한 것이다. "움켜잡고 있는 이 뿌리는 무엇이며,/ 이처럼 돌투성이 폐허에서 무슨 나뭇가지가 자라겠는가?" 이러한 점은 제3부의 강둑을 움켜잡고 있는 '이파리'에도 나타나 있다.

> 움켜잡고 있는 이 뿌리는 무엇이며,
> 이 자갈더미에서 무슨 가지가 자라 나오는가?
> 사람의 아들이여, 그대는 말할 수도 없고 짐작도 못하리라
> 파괴된 이미지 더미만을 알고 있을 뿐이기에, 거기엔 태양이 내려 쪼이고
> 죽은 나무는 안식처가 못되고 귀뚜라미도 위안이 되지 않나니,
> 메마른 돌엔 물소리조차 없어라.

---

48) Frazer, *The Golden Bough*, pp. 287~288.

이 붉은 바위 아래 그늘이 있을 뿐,

(이 붉은 바위 그늘로 들어오라),

그러면 무엇인가 다른 것을 보려 주리라,

아침에 그대 뒤를 따르는 그대의 그림자나

저녁에 그대를 맞으러 일어서는 그대의 그림자와는 다른 것을.

한줌 먼지 속에서 그대에게 공포를 보여 주리라.

바람은 상쾌하게

고향을 향해 불고

아일랜드의 그대여

어디서 나를 기다리고 있는가?

엘리엇은 이 시에 대한 자신의 각주(脚註)에서 위에 인용된 부분에 나타나 있는 "죽은 나무는 안식처가 못되고 귀뚜라미도 위안이 되지 않나니"에 관계되는 시행(詩行)을 성서의 「전도서」에서 차용했다고 설명했다. 그가 차용한 「전도서」의 부분은 "그래서 언덕으로 오르는 일이 두려워지고 길에 나서는 일조차 겁이 나리라. 머리는 파뿌리가 되고 양기가 떨어져 보약도 소용없이 되리라. 그러다가 영원한 집에 돌아가면 사람들이 거리로 쏟아져 나와 애곡하리라"(12장 5절)와 같다. 죽음은 삶 속에 있는 것이 아니라 한 줌 먼지 속에 있다는 점을 제시하기 위해서 엘리엇은 조지프 콘래드(1857~1924)의 단편소설 『청춘』(1898)에 나타나 있는 '삶의 열기'[49]를 '두려움'으로 대체한 것처럼 보이기도 한다. 사막에는 물이 없기 때문에 뿌리가 내릴 수 없으며, 작열하는 태양으로부터 일시적으로라도 피할 수 있는 유일한 피신처는 '붉은 바위' 뿐이다. 바위 그 자체는 생명체가 아니지만, 생명이 비롯될 수 있는

---

49) 조지프 콘래드의 단편소설 『청춘』에서 나이 든 말로는 자신이 20세에 선원이 된 것에 대해서 냉소적이지만 아쉬운 듯이 다음과 같이 설명하고 있다. "그 당시에 나는 내가 여전히 얼마나 착한 사람이었는지를 알지 못했다. 나는 내 속에 있는 두 사람, 즉 찡그린 얼굴과 절망하는 모습을 기억하고 있으며, 결코 더 이상 되돌아오지 않을 나의 청춘과 감정…내가 영원히 지속할 수 있었고 바다, 육지 그리고 모든 수단을 지속할 수 있었던 '감정'을 기억하고 있다. 기쁨, 모험, 헛된 노력…죽음으로 이끄는 우리 자신 속에 존재하고 있는 '기만적인 감정,' 세력에 대한 승리적인 확신, 한 줌 먼지 속에서의 '삶의 열기,' 삶 그 자체 앞에서… [중략] …너무나 빨리, 너무나 빨리, 해마다 추워지고, 작아지고, 소멸되고, 소멸되는 가슴 속에서의 불꽃을 기억하고 있다."

‘제1의 요소’에 해당한다. 노스럽 프라이는 ‘바위 상징’에 대해서 다음과 같이 파악했다. “생명은 우리들이 추정할 수 없는 방법에 의해서 죽은 물질로부터 비롯되는 것 같다. 바위가 죽은 물질의 이미지에 해당하는 것과 똑같이, 모든 새로운 생명은 바위에서부터 비롯되기 위해 투쟁하게 되며, 죽을 때에 다시 바위로 되돌아가게 된다.”

세 번째 부분에서 ‘익사한 페니키아 선원’과 ‘목매죽은 사람’은 각각 “그녀가 말했다/ 여기 당신의 카드가 있어요”에 암시되어 있는 바와 같이 애정 없는 죽음을 나타낸다. 익사한 페니키아 선원의 카드는 잠정적인 치료나 장님 예언자인 ‘티레시아스’[50)]의 환생에 관계된다. 자신의 이 시에 대한 엘리엇 자신의 설명에 의하면, 티레시아스는 운명적으로 되돌아올 수 없는 심연 속으로 빠져들게 되어 있다.

> 이것은 세 지팡이를 짚은 사내, 이것은 바퀴,
> 이것은 눈이 하나뿐인 상인, 그리고 아무것도 없는
> 이 카드는 그가 등에 지고 가는 그 무엇,
> 내가 볼 수 없도록 되어 있는 것.
> 익사한 사내를 찾을 수 없네요. 익사하는 두려움
> 원을 그리며 돌고 있는 수많은 사람들이 보이네요

---

50) 티레시아스(Tiresias)는 그리스의 신화에 나오는 테베의 장님 예언자이다. 호메로스의 『오디세이아』에서 그는 지하세계의 예언자로 나오며, 주인공 오디세우스는 그의 예언을 듣기 위해 지하세계로 찾아간다. 테베에서 그는 테베의 왕 라이오스와 그의 아들 오이디푸스에 관련되는 비극적인 사건에서 적극적인 역할을 맡았다. 후세의 전설은 그가 일곱(또는 아홉) 세대를 살다가 테베를 공략한 일곱 장군의 원정이 끝난 뒤에 죽은 것으로 되어 있으며, 한 번은 교미하고 있는 두 마리 뱀 가운데 암컷을 죽였기 때문에 여자의 모습으로 바뀌었지만, 수컷마저 죽이고 원래의 성(性)인 남성을 되찾았다고 한다. 그가 장님이 된 원인에 대해서는 여러 가지 설이 있다. 그가 자신의 어머니인 요정 카리클로에게서 들은 바 있는 신들의 비밀을 폭로한 벌로 장님이 되었다는 설도 있고, 헤라 여신을 화나게 했기 때문이라는 설도 있다. 헤라는 여자가 남자보다 사랑에서 얻는 즐거움이 훨씬 적다고 남편 제우스에게 주장했는데, 티레시아스가 헤라에게 맞서서 사랑은 남자보다 여자에게 열배나 더 많은 즐거움을 준다고 주장했다. 그러자 헤라는 그를 장님으로 만들었지만, 제우스가 그에게 예언 능력을 주었다는 설도 있다. 또 목욕을 하려고 옷을 벗고 있는 아테나 여신을 보았기 때문에 아테나가 그를 장님으로 만들었다는 설도 있다. 티레시아스라는 인물은 유럽문학에서 예언자이자 남녀 양성을 가진 인물로 자주 등장하고는 한다. 대표적인 예는 기욤 아폴리네르의 초현실주의 희곡 『티레시아스의 유방』(1917 초연)과 T. S.엘리엇의 『황무지』(1922) 등을 들 수 있다.

티레시아스가 지나가게 되는 하데스(저승)는 지금 이 순간에 있어서 다양한 시간과 다양한 삶을 끌어안고 있는 마음의 상태에 해당한다. '수많은 사람들' 역시 정신적인 불모상태 및 전설에서의 '부적(符籍)'에 관계되는 성배(聖杯)로서의 '그레일'에 접맥된다. 이러한 점은 타로 카드놀이의 '행운의 수레바퀴'에서 회전하든가 또는 불교에서의 '수레바퀴'를 돌리게 되는 인생에 접근하게 된다. 불교의 텍스트에 의하면, "석가모니가 자신의 첫 번째 설교를 했을 때에, 그는 수레바퀴의 법칙을 설법했으며, 이와 같은 설법은 석가모니의 최초의 어법이 전적으로 명쾌하고 합당하고 자비롭다는 점을 보여준다."[51] 불교에서 수레바퀴는 탄생, 성장, 죽음, 환생 등 인생의 '윤회사상'을 암시한다. 죽은 신이 매장되어 있는 죽은 땅에서 반복해서 피어나는 라일락은 따뜻한 4월, 회전하는 수레바퀴, '식물 의식' 등을 알고 있다. 이러한 점으로 인해서, 엘리엇은 자신의 시에서 "지난해에 그대의 정원에 심었던 시신(屍身)은/ 싹이 돋기 시작했나요? 올 해에도 꽃이 필까요?/ 혹은 갑작스러운 서리가 그 꽃밭을 방해했나요?"라고 되묻게 된다. 스테트슨이 자신의 정원에 심었던 시신(屍身)은 죽은 신(神)이다. 신의 소생, 살해당한 오시리스의 소생 등은 정신적인 소생이자 죽음의 부활에 해당한다.

4.1.2 제2부 「체스게임」의 의미

제2부 「체스게임」은 클레오파트라(B.C. 69~B.C. 30)의 영광으로 시작되고 있으며 그러한 영광을 오늘날의 불편과 절망에 대조시키고 있다. 이 두 가지 주제는 히아신스 정원의 신비로운 경험과 인생을 풍부하게 결합시켜 그것을 성취하고자 하는 노력 등에 긴밀하게 관계된다. 페니키아의 선원처럼 피셔킹 역시 '바위의 부인'의 면전에서 익사하게 되며, 이 부분은 "격자무늬 천장에 그러한 패턴을 휘저으면서"에 나타나 있는 바와 같이 수레바퀴, 인과응보(카르마), 두 번째 순환 등을 반영한다. 이 부분에서의 불모성은 히아신스 정

---

51) Grimmal, *Larousse World Mythology*, p. 256.

원에서처럼, 「체스게임」에서의 '눈멀음'은 『황무지』의 제3부에 나타나 있는 '불모성'에 연결된다. 히아신스 정원에서처럼, 「체스게임」에서의 '눈멀음'은 침묵에 관계되며, 테레우스의 죄악에 상징적으로 대응되는 피셔 킹은 침묵하게 되고 정신적으로 불구자가 된다.

> 오늘밤 제 신경이 이상해요. 그래 이상해요. 저와 함께 머물러요.
> 제게 말해줘요. 왜 절대 말하는지요. 말해 봐요.
> 무슨 생각을 하는지요? 무슨 생각을? 무슨?
> 그대가 무슨 생각을 하는지 전 결코 알지 못해요. 생각해 봐요
>
> 저는 우리들이 쥐들의 골목에 있다고 생각합니다
> 죽은 자들이 자신들의 뼈를 잃어버리게 되는.

　위에 인용된 부분에는 귀에 거슬리게 소리치는 여성의 목소리와 냉정하고 우울한 남성의 목소리의 차이점을 드러내고 있다. 그러면서도 남성의 목소리에 해당하는 "저는 우리들이 쥐들의 골목에 있다고 생각합니다/ 죽은 자들이 자신들의 뼈를 잃어버리게 되는"에 인용부호를 사용하지 않은 까닭은 그가 실제로 아무 말도 하지 않은 채 그렇게 생각하고만 있기 때문이다. 계곡에서 죽은 자가 생명의 호흡을 되찾게 되는 것은 소리와 움직임에 의해서 이며 그러한 점은 "저 소음은 무엇인가요?/ 문 아래의 바람./ 지금 저 소음은 무엇인가요? 바람은 무엇을 하고 있나요?/ 아무것도 또 다시 아무것도"에 암시되어 있다. 제1부의 불모성과는 대조적으로 제2부에서는 결혼의 불임성을 나타내고 있다. 이와 같은 상징은 성적(性的) 파탄, 흐트러진 머리카락, 체스게임, 눈멀음, 침묵 등으로 나타나 있다. 눈멀음은 후퇴와 형벌을 상징하고 그것은 또한 윤리적인 부적절성까지도 모색하게 된다. 이와 같은 정신적인 혼란의 와중에서 템페스트(태풍)에서 비롯된 출몰 이미지, 즉 "나는 기억하고 있어요/ 이러한 진주들이 그의 두 눈이라는 것을/ '그대는 살아 있나요, 죽은 건가요'/ 그대 머리에는 아무것도 없나요?"에 나타나 있는 이미지는 이 시의

제4부 「물에 의한 죽음」을 예견하고 있다.

제2부를 마감하는 마지막 시행(詩行)에는 적대적이면서도 아이러니적인 세계의 본질이 나타나 있다. 이러한 시행(詩行)에서 졸병(卒兵), 빌, 루 및 메이가 선술집에 모여 릴과 앨버트의 불행에 대한 이야기를 듣고 있다. 술집주인이 종종 이들의 이야기를 방해하기는 하지만, "제발 서둘러요 문 닫을 시간이오"라며 다급하게 외치는 술집주인의 진지하면서도 신중한 어조에는 두 번째 부분의 의미가 압축되어 있다. 이러한 외침은 이러저러한 삶의 방식으로 돌아서야 한다는 아이러니적인 경고에 해당한다.

4.1.3 제3부 「불의 설교」의 의미

동양의 전통에 속하는 제3부 「불의 설교」는 몇 가지 점에서 더 많은 장애물과 계책을 언급하고 있으며, '불의 설교'에서 석가모니는 승려에게 "육체적인 감각이나 마음을 통해서 얻은 모든 인상은 실제로 불에 대한 인상이다"[52]라고 설명했다. 석가모니는 욕정, 슬픔, 증오, 심취, 탄생, 죽음, 한탄, 불행, 비애 및 절망 등은 '불'에 의해서 불타게 된다고 설법했다. 다시 말하면, 석가모니는 모든 사람들이 물질세계를 떠나 '불'에 의한 정신세계로 들어갈 필요가 있다는 점을 강조했다고 볼 수 있다.

수많은 삶을 통해서 탄생, 고통, 부패 및 죽음 등은 물질세계에 대한 애착에서 비롯되는 결과에 해당한다. 대부분의 영혼들은 물질계에서 그 자체를 구체화하고자 하고 가질 수 있는 쾌락을 즐기고자 한다. 이와 같은 이기적인 욕망이 일련의 삶과 고통을 만들어낸다. 스스로 고통에서 벗어나기 위해서는 누구나 자신의 개인적인 욕망을 모든 생물체에 대한 애정으로 전환시킴으로써 비-애착을 실천할 수 있어야만 한다. 이와 같은 태도에 의해서만 영혼은 영원한 기쁨에 대한 그 자체의 진정한 소유를 성취할 수 있을 것이다.[53]

---

52) Robert B. Kaplan, *T. S. Eliot's Major Poems and Plays* (London : Cliffs Notes, 1965), p. 37.
53) James Weigel, Jr., *Mythology* (Lincoln : Cliffs Notes, 1965), p. 39.

제3부에서는 불신과 불모성이 질문자를 에워싸고 있을 뿐만 아니라 실제로 지배하고 있다. 수레바퀴는 계속 회전하고 있고, 계절은 지나가지만 겨울은 여전히 주도권을 잡고 있다. 여름날의 군중들이 떠난 후에 템스 강, 우중충한 운하, 가스공장 등은 낚시에 대한 기대를 저버리게 하고, 미스 웨스턴이 설명한 바 있는 "물고기를 신성한 삶의 상징으로, 불멸의 유물로 간주한다면, 우리들이 그렇게 멀리 방황하지 않아도 된다는 점에 대해서는 거의 의심의 여지가 없다"[54]에 대한 기대마저도 저버리게 한다.

종교사적으로 볼 때에 물고기는 석가모니와 예수 그리스도의 상징을 사용되었다. 대승불교의 조각품에 보면, 석가모니는 윤회의 대양에서 구원의 빛까지 물고기를 낚아 올리는 어부로 묘사되어 있다. 이러한 점에 대해서 미스 웨스턴은 다음과 같이 언급했다. "고기잡이(낚시) 행위에는 석가모니를 나타내는 인물과 그림이 있다. 이러한 행위를 상징적인 의미로 해석하지 않는다면, 그것은 궁극적으로 불교의 교리와 일치하지 않는 것으로 될 것이다."[55] 초기 기독교인들이 비밀스러운 상징으로 사용했던 두 개의 곡선을 겹쳐 그렸던 '물고기' 모습은 "하느님의 아들 우리 주 예수 그리스도"를 의미하는 그리스어 'ησοῦς Χριστὸς Θεοῦ Υἱὸς Σωτήρ'의 머리글자를 약자로 쓰면 그것이 '물고기'를 의미하는 'ἰχθύς'가 된다. 또한 『마태오복음서』에서 "그리고 빵 일곱 개와 물고기들을 손에 들고 감사를 드리신 다음 떼어 제자들에게 주시니, 제자들이 군중에게 나누어 주었다"(15장 32절)라는 구절처럼, 성서에서는 예수 그리스도가 '물고기'를 통해 종종 기적을 나타내는 것으로 되어 있다. 이처럼 기독교에서 '물고기'는 구원과 영원한 생명의 의미로 사용되고는 한다.

> 우중충한 운하에서 낚시질을 하고 있는 동안에
> 어느 겨울 저녁 가스 공장의 뒤를 돌아
> 왕이었던 내 형의 난파(難破)를

---

54) Western, *From Ritual to Romance*, p. 126.
55) Western, *From Ritual to Romance*, p. 126.

그보다 먼저 죽은 부왕(父王)을 생각하면서.
하얀 시신(屍身)들은 낮고 축축한 땅위에 발가벗겨져 있고
뼈들은 작고 낮고 건조한 다락방에 버려져 있고,
쥐의 발에만 채여 덜그럭거렸다, 해마다.

　　위에 인용된 부분에서 주인공으로서의 ‘영웅’은 배신과 비생산적인 결합으로 불타오르는 세상에서 신성한 삶을 위해 투쟁하고 있다. 영혼과 절대신의 결합은 생산적이고 축복받을 만한 결합에 해당하지만, 제3부에서는 비생산적이고 불모성의 결합을 연속적으로 제시하고 있을 뿐이다. 이 부분에는 사막에서의 필로멜(나이팅게일)을 지칭하는 것 외에는 ‘사막 이미지’가 나타나 있지 않으며, ‘템스 강’은 『황무지』 전체에서 ‘시간’의 개념을 이끌고 있다. 엘리엇이 자신의 이 시에서 ‘템스 강’을 제기하는 까닭은 이 강이 현재 런던 시내를 관통하여 흐르고 있기 때문이지만, 그것은 또한 대영제국의 왕족들이 한 세기 전에 호화유람선을 타고 떠났던 강이기도 하다. 따라서 ‘템스 강’이라는 이름은 런던시민들 뿐 아니라 런던에 간 적이 없는 먼 곳의 영국인들에게도 개인적으로 역사적으로나 영광스러운 ‘기억’으로서의 강에 해당한다. “달콤한 템스 강이여, 내가 내 노래를 마칠 때까지 조용히 흘러가라/ 달콤한 템스 강이여, 조용히 흘러가라, 나는 말하지 않으리니/ 큰 소리로나 장황하게나.” 우리들의 과거가 우리들의 현재를 결정할 수 있다면, 우리들의 현재도 우리들의 미래를 결정할 수 있다는 점을 엘리엇은 중요하게 생각했던 것 같다. ‘기억’은 부수적인 사건뿐만 아니라 오래 전의 감정까지도 되살려내어 그것을 현실로 이끌어 들이게 되며, 그렇게 함으로써 이와 같은 사건과 감정은 현재의 일부분으로 된다. 이러한 점은 엘리엇의 시 『네 개의 사중주』가 “현재의 시간과 과거의 시간”[56]으로 시작하고 있는 점에서도 찾아볼 수 있다. 따라서 ‘뼈들’과 ‘발가벗겨진 시신(屍身)들’ 사이에서 이 시의 화자는 일종의 ‘달가닥거리는 소리’를 듣게 된다. “그러나 내 등 뒤

---

56) T. S. Eliot, *Four Quartets* (New York : Harcourt Brace Jovanovich, 1971), p. 13.

로 부는 차가운 광풍 속에서 나는 듣나니/ 뼈들의 달가닥거리는 소리를, 입이 찢어지도록 낄낄거리는 소리를." 이러한 구절은 이 시의 제2부에 반영되어 있는 "죽은 자들이 자신들의 뼈를 잃어버린 곳"에 관계되기도 한다.

제3부의 중간쯤에 나타나 있는 '비현실적인 도시'는 제1부의 "비현실적인 도시/ 겨울 새벽의 갈색 안개 아래로/ 한 무리 군중들이 런던다리 위로 흘러 갔어라"의 모티프를 반복하고 있다. 또한 제1부의 마지막 부분에 나타나 있는 "거기에서 나는 내가 알고 있는 사람을 만나 그를 불러 세웠지, '스텟슨'이라고 소리치면서"라는 부분 역시 신비로운 도시의 세일즈맨인 '유게니데스 씨'에게 관계된다.

> 비현실적인 도시
> 겨울 한낮의 갈색 안개 아래로
> 스미르나 장사꾼 유게니데스 씨,
> 수염도 깎지 않은 채, 주머니 가득
> 보험료 운임 비용 포함 건포도 일람 증서를 넣고,
> 저속한 프랑스어로 내게 물었지
> 캐논 스트리트 호텔에서 점심을 하고
> 주말에는 메트로폴에서 함께 지내자고

아침에 런던다리 위를 건너가는 군중들은 '바이올렛, 시간'에 되돌아오게 된다. 바로 이 시점에서 핵심적인 인물인 티레시아스가 나타나게 되고, "나 티레시아스, 눈멀었지만, 두 개의 삶 사이에서 약동하네"에 반영되어 있는 바와 같이 그는 이 시의 모든 다른 인물들을 비추게 된다. 이처럼 티레시아스는 '황무지'에 살고 있는 주민들의 상황을 강조할 뿐만 아니라 눈이 멀기는 했지만 인간의 영혼을 알고 있는 맹인(盲人)을 상징한다. 그로버 스미스는 "티레시아스가 인식하고 있는 것은 끝없는 악의 반복, 그 자신만의 고통, 그 자신만의 죄악 등이다"[57]라고 강조했다.

제3부 「불의 설교」는 『황무지』의 중요한 전환점에 해당한다. 석가모니의

---

57) Smith, *T. S. Eliot's Poetry & Plays*, p. 88.

'불의 설교'와 성 아우구스티누스의 카르타고의 귀한 등을 종합하고 있는 것이 우연적인 것이 아닌 까닭은 이 두 성인(聖人)은 육신의 욕망을 타오르는 불로 특징지었기 때문이다. 이처럼 '불'은 제3부의 전체적인 내용을 금욕주의로, 개인의 죽음으로 종합하고 있다. '불'은 천국의 신성한 삶에 대한 문학적 원형에 해당하기 때문에, 이 시의 화자는 모든 것을 불태워버림으로써 '신성성'에 합류할 수 있게 된다.

4.1.4 제4부 「물에 의한 죽음」의 의미

네 번째 시 「물에 의한 죽음」은 『황무지』 전체를 연결 짓는 짧은 서정시에 해당하며, 그것은 또한 물이 익사로 인한 죽음을 야기하기도 하고 물이 없으면 가뭄을 야기하기도 한다는 아이러니를 제시하고 있다. 아울러 「물에 의한 죽음」은 제3부 「불의 설교」와 대조된다. 시적 자아가 '불'에 의해서 정화되어야 한다면, 이 부분에서 '물'은 어떤 목적을 가지고 있는 것인가? 물에 의한 죽음은 두 가지로 이해할 수 있을 것이다. 하나는 세례로 대표되는 일종의 죽음의식에 해당하며, 물에 잠기는 침례의식(浸禮儀式)은 개인의 죄악을 상징적으로 씻어버리게 된다. 따라서 개인은 죄악으로 죽게 되지만 정신적으로는 다시 살아나게 된다. 다산(多産)을 의미하는 출산의식 역시 이러한 아이디어를 나타낸다. 따라서 의식적(儀式的)인 의미로 볼 때에, 물에 의한 죽음은 환생의 전주곡에 해당한다. 물에 의한 죽음을 이해하기 위한 다른 한 가지는 문학적인 의미이며, 플레버스는 물에 빠진 사람으로 그의 육신은 바다에 의해서 해체되어 버린다. 그에게는 또 다른 삶에 대한 희망이 없으며, 물에 의한 그의 죽음은 환생할 수 없는 절대적인 죽음 그 자체에 해당한다. 이와 같은 의미를 지니고 있는 네 번째 시를 전문 이용하면 다음과 같다.

> 플레버스 페니키아인, 죽은 지 2주일 되었네,
> 잊었어라, 갈매기 울음소리를, 깊은 바다 물결을

이익과 손실을.

바다 아래 조류는
소곤거리며 그의 뼈를 추슬렀네. 그가 솟구쳤다 가라앉을 때
그는 노년과 청년의 단계를 겪었네.
소용돌이로 들어가면서.
이교도이건 유태인이건
오 바퀴를 잡고 바람 부는 쪽을 바라보는 그대여,
플레버스를 생각하라, 그대처럼 한때 멋있었고 키가 컸던 그 사람을.

　위에 전문이 인용된 네 번째 시 「물에 의한 죽음」은 첫 번째 시 「죽은 자의 매장」에 이미 암시되어 있다. 이러한 점을 이해하기 위해서는 "그녀가 말했다/ 여기 당신의 카드가 있어요, 익사한 페니키아 선원"이라고 말하는 소소스트리스 부인의 언급을 고려해야만 할 것이다. '물에 의한 죽음'은 실제로 페니키아인 플레버스에게 발생하게 되며, 그것은 소소스트리스 부인이 "나는 찾지 못하지요/ 교살된 사람을"이라고 말할 때에 발생하게 된다. 제4부에서 강조하고 있는 절대적인 죽음은 영혼의 죽음을 의미한다. 이러한 점에 대해서 그로버 스미스는 "생물학적인 변형의 과정에 육신의 환생이 가능하다 하더라도, 이와 같은 죽음은 영혼의 죽음에 해당한다"[58]라고 언급했다.

　영혼이 포함되지 않은 육신만의 환생을 원하는 사람은 아무도 없을 것이다. '추슬르다'라는 말에는 육체적인 하나의 형태에서 다른 형태까지 생산적인 본질의 성분을 전환시킬 수 있는 가능성이 암시되어 있다. 죽은 육신은 바로 그 뼈를 수집하여 결합함으로써 재구성될 수도 있을 것이다. 「물에 의한 죽음」에서 '죽음'은 정신적인 죽음을 의미하고, 그러한 죽음 이후에 죽은 사람은 완벽하게 이승을 떠날 수 있게 된다. 그런 다음 그들은 새로운 육신이나 새로운 식물 형식으로 다시 태어나게 되어 있다. 그럼에도 이들이 진정으로 원하는 것은 육신의 환생이 아니라 정신의 환생이다. 제4부에서는 정신적인 환생의 중요성을 강조하였다.

---

58) Grover Smith, "Observation on Eliot's 'Death by Water,'" *Accent,* VI (Summer, 1949), p. 260.

4.1.5 제5부 「천둥이 말한 것」의 의미

마지막 시 제5부의 「천둥이 말한 것」은 가뭄, 인간의 삶의 부패와 공허 등에 대한 한 편의 그림에 해당한다. 이 부분에서는 이 시의 전체적인 주제와 의미를 종교적인 어휘와 용어를 중심으로 요약하고 있을 뿐만 아니라 앞부분에서의 의미까지도 재평가하고 있다. 제5부의 첫 부분은 제1부의 내용을 다음과 같이 설명하는 것으로 시작하고 있다.

> 땀에 젖은 얼굴 위로 햇불 붉은 후에
> 정원에 서리 침묵 후에
> 돌투성이 곳에 고통 후에
> 아우성 소리와 우는 소리
> 감옥과 대궐과 먼 산 너머
> 봄의 천둥의 울림소리
> 살아있던 그는 지금 죽었네
> 살아있던 우리들은 지금 죽어가고 있네
> 조금씩 견디어내면서

사막에는 물도 없고 그 누구도 바위에 생명을 불어넣을 수는 없다. "침도 뱉을 수 없는 썩어버린 이빨의 죽은 산의 아가리"에서 확인할 수 있는 바와 같이, 죽은 사람의 해골에 남아 있는 '이빨'처럼 사막의 바위는 메말라 있을 뿐이다. 이러한 이미저리는 탄생이 아닌 죽음을 강조하지만, 이 시의 화자는 삶의 본질을 추구하기 위해서 절대신에게 접근할 수 있는 산정(山頂)에 자리 잡고 있다. '황무지'의 한 가운데에 등장하는 '매미' 역시 화자가 물방울의 환상을 기다리고 있는 일종의 괴로움에 해당하며, 이러한 점은 「전도서」의 "그래서 언덕으로 오르는 일이 두려워지고 길에 나서는 일조차 겁이 나리라. 머리는 파뿌리가 되고 양기가 떨어져 보약도 소용없이 되리라. 그러다가 영원한 집에 돌아가면 사람들이 거리로 쏟아져 나와 애곡하리라"(제12장 제5절)에 암시되어 있다. 더 나아가 이 시의 화자는 '은둔자-개똥지빠귀'—그레일 전설의 은둔자와 정신적인 구원을 상징하는—의 노랫소리까지도 모색하게 된다.

> 그리고 바위도 없고
> 바위가 있다면
> 그리고 또한 물
> 그리고 물
> 샘물
> 바위 사이 물웅덩이
> 물소리만이 있다면
> 매미도 아니고
> 그리고 마른 풀이 노래하지만
> 바위 위의 물소리
> 은둔자-개똥지빠귀가 소나무 사이에서 노래하는 곳
> 똑 또록 똑 또록 또록 또록 또록
> 그러나 물은 없어라

위에 인용된 부분에서 '소나무'는 이 시의 화자에게 참수된 신(神), 즉 죽은 후에 '소나무'로 환생한 아티스를 떠올리게 한다. "나무 위에서의 죽음은 식물의 정신의 부활이라는 새로운 형태의 부활을 나타낸다."[59] 화자는 천둥만이 있고 물은 없는 산위로 올라가지만, 천둥은 그 자체의 소리에 의해서 한줄기 비를 암시한다. 이 시에서 실제로 비가 내리는 것은 아니지만, 화자는 자신이 그렇게도 간절히 바라고 있는 비가 내리기라도 하는 것처럼 상상하고 있다. 이러한 상상을 바탕으로 하는 이 시는 전체적으로 '부활'의 장면으로 이동함으로써 종교적인 경험을 모색하게 되며, '비'—실제로 내리는 것이 아니라 상상하고 있는—는 이러한 경험을 암시한다. 황폐한 성당은 마른 뼈만이 나뒹굴고 있는 텅 빈 무덤, 천사가 없는 무덤이지만, 한 마리 수탉이 하루의 새벽을 알리게 된다.

> 산속의 이처럼 황폐한 곳에
> 희미한 달빛 속에서, 풀들이 노래하고 있네,

---

59) Frazer, *The Golden Bough*, p. 299.

무너진 무덤 너머 성당에 대해서
텅 빈 성당이 있어라, 바람의 집일뿐인.
창문도 없고, 출입문은 삐거덕 거리고,
마른 뼈들은 아무도 해칠 수 없네.
한 마리 수탉만이 지붕마루에 올라서서
꼬 꼬 꼬꼬댁 꼬 꼬 꼬꼬댁
번쩍이는 번개 속에서.
비를 몰아오는 축축한 질풍.

"꼬 꼬 꼬꼬댁 꼬 꼬 꼬꼬댁"하고 울어대는 수탉의 울음소리가 일종의 '예고'나 '부활'을 암시하는 나팔소리처럼 느껴진다면, 이러한 수탉은 "희생과 길조의 새"[60]에 해당한다고 볼 수 있다. 한 마리 수탉의 이와 같은 울음소리는 '죽은 성당'을 뛰어넘는 살아 있는 정신을 암시하는 한편, 다른 한편으로는 '황무지' 위로 비를 내리게 하는 능력도 암시한다. 이러한 점에서 위에 인용된 부분은 제5부에서 가장 중요한 의미를 지니고 있으며, 그것은 또이 시 전체를 대표하는 티레시아스의 비전을 나타내기도 한다. 이와 같은 유추의 미묘성과 중요성에 대해서 엘리엇 자신은 "티레시아스가 실제로 파악하고 있는 것은 이 시 전체의 요소에 해당한다"[61]고 강조한 바 있다. 아울러위에 인용된 부분에는 성행위의 절정과 환희가 반영되어 있기도 하다. 『황무지』에서, 티레시아스의 임무는 자신의 '젊음,' 즉 나무에 목매달아 죽은 사람처럼 사라져버린 젊음을 회복하는 데 있다. 따라서 이 시는 티레시아스의 현존에 역점을 두어 다음과 같이 끝맺고 있다.

나는 강기슭에 앉아 있었네
낚시를 하면서, 내 등 뒤로는 메마른 들판
적어도 내 땅만이라도 바로잡을 수 있을까?
런던다리는 무너져 내리고 무너져 내리고 무너져 내리고
그리고 그는 모든 것을 정화하는 불길 속에 몸을 숨기었네

---

60) Smith, *T. S. Eliot's Poetry & Plays*, p. 95.

61) T. S. Eliot, "Notes on The Waste Land," in *The Complete Poems and Plays*: 1909~1950 (New York : Harcourt, Brace and Woerk, 1952), p. 52.

나는 언제 한 마리 제비처럼 될 수 있을 것인가—오 제비 제비
황폐한 탑 속의 아키텐 왕자
이러한 편린들 나는 내 폐허를 유지해 왔네
그렇다면 분부대로 하지요. 다시 미친 히에로니모
다타. 다야드밤. 아마야타.
샨티 샨티 샨티

　위에 인용된 마지막 부분의 내용으로 볼 때에, 티레시아스는 자신이 여전히 낚시하고 있는 '신성한 삶,' 그것을 성취하려면 반드시 필요한 정화작용을 기꺼이 수용해야만 한다. 왜냐하면 "런던다리는 무너져 내리고 무너져 내리고 무너져 내리고"에 반영되어 있는 바와 같이, 런던다리의 파괴는 '비현실적인 도시,' 물질과 문명중심의 도시의 파괴를 상징하고 있기 때문이다. 티레시아스가 황폐해진 자신을 지탱하고 있는 편린들은 불신, 무신앙, 탄생, 환생에 대한 기억과 천둥의 소리에 해당한다. 이러한 편린들에 대한 그의 기억들은 육신과 정신의 욕망이 소멸되는 것을 위로하는 그 자신의 과거의 노력을 역동적으로 만들게 된다. 따라서 그러한 기억들에는 그가 자신의 내적인 삶을 통해서 대지를 새롭게 하는 4월의 역할, 즉 "4월은 가장 잔인한 달/죽은 땅에서 라일락을 키워내고"에 암시되어 있는 4월의 역할에 동참할 수 없도록 하는 모든 결정적인 경험들이 요약되어 있다. 그럼에도 티레시아스는 '불의 설교'와 '물에 의한 죽음'을 통해서 '수용'과 '체념'의 단계에 이르게 된다.
　『황무지』의 마지막 부분에는 세상에 대한 초월적인 추구가 제시되어 있다. 티레시아스의 참모습은 '겨울 눈'에서부터 초월적인 요구와 일시적인 사실 사이에서 발생할 수밖에 없는 '갈등'까지 그 모습이 반영되어 있다.『황무지』의 전체적인 의미로 볼 때에, 작은 의미로는 '환생'을, 큰 의미로는 '부활'을 가능하게 하는 것은 분명 '4월'이라는 '가장 잔인한 달'이다. 그렇게 함으로써『황무지』는 충분하고 완벽하게 순환하게 되고, 이 시에서의 이러한 '반복'은 다시 시작될 수밖에 없다. 부활의 상징으로서 라일락은 만물

이 용솟음치는 봄의 축복 속에서 피어나게 되지만, 겨울의 '눈'은 아직도 대지에 남아 있다. 봄의 '라일락'과 겨울의 '눈'은 모두 죽음으로부터 부활을 가능하게 하는 '물'에 관계된다.

4.2 박인환, 민재식, 송욱의 시에 반영된 T. S. 엘리엇의 시와 시론의 영향과 수용

4.2.1 박인환의 경우

박인환(1926~1956)과 T. S. 엘리엇과의 관계는 그의 시 「살아 있는 것이 있다면」에서 찾아 볼 수 있다. 이 시의 서두에서 박인환은 "현재의 시간과 과거의 시간은/ 거의 모두가 미래의 시간 속에 나타난다"라는 구절을 엘리엇의 시 『네 개의 사중주』에서 인용하고 있다. 박인환이 인용한 이 구절은 네 편으로 된 엘리엇의 시 『네 개의 사중주』의 첫 번째 시 「번트 노턴」에 나오는 처음 두 구절이다. 이와 같은 첫 번째 시의 주제는 공기이며, 나머지 세 편의 시의 주제는 차례로 흙, 물, 불이다. 이 첫 번째 시의 요소인 공기는 이 시에서 인간의 생각의 전개과정, 즉 기억에 대한 인간의 회상능력, 인간의 지성적인 성찰능력 및 정신적인 명상능력에 관계된다. 박인환이 부분적으로 인용하고 있는 시간에 관계되는 이 두 구절은 엘리엇의 시에서는 실제로 세 구절까지에 해당한다. 이러한 부분을 옮겨 보면 다음과 같다.

> 현재의 시간과 과거의 시간은
> 아마도 모두 미래의 시간 속에 나타나며
> 미래의 시간은 과거의 시간 속에 포함되어 있다.

이 부분에서 엘리엇은 과거, 현재, 미래라는 시간의 경험의 본질을 신중하게 언급을 하고 있으며, 이와 같은 세 가지 시간 범주는 진행으로서의 시간의 개념 및 원인과 결과로서의 사건에 관계된다. 엘리엇이 강조하는 이러한 시간의 의미를 자신의 시 「살아 있는 것이 있다면」에 적용한 박인환이 우선적으로 강조하는 것은 회상과 체험이다. 이 두 요소는 과거적인 시간의 개념으로 그것은 그의 시에서 고뇌와 저항에 관계된다. 박인환이 자신의 시에서 가장 강조하고 있는 시간은 '오늘'로 대표되는 현재이며, 그의 시 「살아 있는 것이 있다면」의 제3연은 다음과 같다.

> 한 걸음 한 걸음 나는 허물어지는
> 정적과 초연의 도시 그 암흑 속으로…
> 명상과 또다시 오지 않을 영원한 내일로…
> 살아 있는 것이 있다면
> 유형의 애인처럼 손잡기 위하여
> 이미 소멸된 청춘의 반역을 회상하면서
> 회의와 불안만이 다정스러운
> 모멸의 오늘을 살아 나간다.

위에 인용된 부분에서 '오늘'은 엘리엇의 시에서 '현재'에 해당한다. "있을 수도 있었던 일과 있었던 일은/ 한 쪽의 끝을 향하며, 그것은 언제나 현재이다"라는 엘리엇의 시구에서는 우선적으로 미묘한 언어의 모호성을 찾아 볼 수 있다. 즉, 한 쪽의 끝과 현재가 지니고 있는 의미의 이중성을 들 수 있다. 진행적인 시간의 종합으로서 '있었던 일'로서의 과거와 '있을 수도 있었던 일'로서의 과거의 잠재성은 그 결과에 해당하는 현재를 지칭한다. 그리고 그러한 현재는 바로 이와 같은 이중적인 과거에서 비롯되는 것이다. 하나의 끝으로서의 영원한 현재라는 두 번째 아이디어를 종합함으로써, 지향하고 있는 것은 현재의 순간만이 유일한 현실이라는 점과 현재의 순간에 할 수 있는 것은 언제나 우리들에게 제시되는 목적이나 의도라는 점이다.

위에 인용한 박인환의 시에서도 '오늘'은 두 가지 의미를 지니고 있다. 하나는 소멸된 청춘을 회상하는 '오늘'이고, 다른 하나는 회의와 불안으로 가득 찬 '오늘'이다. 이러한 오늘을 살아가면서 시적 자아는 '철없는 시인'이 된다. 박인환의 시 「살아 있는 것이 있다면」의 마지막 부분은 다음과 같다.

> …아 최후로 이 성자의 세계에
> 살아 있는 것이 있다면 분명히
> 그것은 속죄의 회화 속의 나녀(裸女)와
> 회상도 고뇌도 이제는 망령에게 팔은
> 철없는 시인
> 나의 눈감지 못한
> 단순한 상태의 시체일 것이다…

그리고 그러한 시인은 "속죄의 회화 속의 나녀(裸女)와/ 회상도 고뇌도 이제는 망령에게 팔은" 채 모든 것을 망각한 순수한 상태의 시인이 된다. 그러한 순수한 순간이 바로 현재이자 오늘인 것이다. 그렇다면 이 시에서의 오늘은 어떤 의미를 지니는가? 그것은 한국전쟁 이후 폐허화된 사회에서 각 개인이 가지는 존재의 의미와 관계된다. 그러한 존재는 엘리엇의 시에서 강조하는 시간의 세 요소 중에서 바로 현재의 중요성을 의미한다고 볼 수 있다.

4.2.2 민재식의 경우

박인환 외에 엘리엇의 시풍을 띤 시인으로는 민재식(1932~)의 경우를 들 수 있다. 민재식과 엘리엇의 관계는 그가 대학에서 영문학을 전공했으며 자신의 졸업논문으로 다룬 '객관적 상관물'의 기법을 자신의 시 「속죄양」에서 실험했다는 점에서 찾아 볼 수 있다. 우선 엘리엇이 말하는 '객관적 상관물'이란 무엇인가? 그것에 대해 엘리엇은 「햄릿과 그의 문제점」에서 다음과 같이 설명했다.

> 예술 형식에서 정서를 표현하는 유일한 방법은 객관적 상관물을 발견하는 것이다. 달리 말하면 그와 같은 특별한 정서의 조건이 될 수 있는 일련의 대상, 상황, 연쇄적인 사건을 발견하는 것이다. 감각적인 경험에서 종결되어야만 하는 이와 같은 외적 사실들이 부여되었을 때에, 정서는 즉각적으로 환기되는 것이다.[62]

---

62) T. S. Eliot, "Hamlet and His Problems," *The Sacred Wood : Essays on Poetry and Criticism* (New York : Methuen, 1920, 1980), p. 100.

　이상과 같은 '객관적 상관물'의 이론을 바탕으로 하여 쓰인 4부작 연작시 「속죄양」에서 민재식은 정확한 상황묘사, 대화체 기법과 주지주의적인 태도 및 극적 효과를 실험했다. 민재식의 시 「속죄양·1」의 일부분을 인용하면 다음과 같다.

지껄여도 따져도 결론 없는 이야기
문서는 미결함 속에 차곡 쌓여 있고
잘난 나라의 잘난 백성끼리
우리의 결론을 흥정하고 있다.

자랑 많은 나라에 태어났어도
우리가 이룩한 자랑은 무엇이냐
가슴은 열대인데 결론이 없고
아 아 화제가 다해버린 날의 슬픈 청년들·
조국은 개평거리냐
조국은 속죄양이냐
창을 젖치고
모두 다 바라보는 하늘가에는
훨훨 날아가는 구름이 한 폭
저 무게도 없는 구름이 한 폭만 떠 있다.

　극시(劇詩)로서의 측면이 강하게 나타나 있는 이 시의 배경은 한국전쟁에 있으며, 강대국의 흥정과 협상의 와중에서 무참하게 죽어간 한국 젊은이들의 죽음을 일상적인 대화체와 적나라한 상황묘사에 의해서 설명하고 있다. 그의 이러한 시작 기법은 마치 무대에서 공연되는 한 편의 연극을 보는 것과 같은 착각을 불러일으킨다. 말하자면 배우의 행동과 대화 및 무대 설정에 의해서 독자는 시를 읽는 것이 아니라 연극을 관람하고 있는 착각에 빠지게 된다. 이러한 극적인 효과는 「속죄양·2」의 첫 번째 시의 후반부에도 나타나 있다.

끄슬린 무덤을 돌아
화약 냄새 자욱한 골짜기를 뛰어
전우가 디딘 발자욱을 되밟고

신호탄이 넘어간 비탈을 탄다
묽은 쏘루체 두골 안 뇌수가 불이 붙어
지지지 인광으로 탄다
오리온과 마주친 눈망울에 인광이 탄다.

민재식의 시에 나타나 있는 대화기법은 엘리엇의 시에서도 자주 등장하는 기법이며, 이러한 대화기법은 독자로 하여금 시를 감상의 대상으로서가 아니라 참여의 대상으로 파악할 수 있게 하는 효과를 지닌다. 물론 여기서 말하는 '참여'라는 말은 독자가 자신이 읽고 있는 시의 현장에 뛰어드는 것을 의미한다. "독자를 관객으로 인식한다"라는 민재식 자신의 말과 같이 그의 시에는 무대, 등장인물, 짧은 대화 등이 주축을 이루고 있다. 그러나 이러한 장치는 결국 '나는 누구인가'라는 물음을 전제로 한다. 위에 인용된 시에서도 알 수 있는 바와 같이, 시인 자신은 한국전쟁 이후 한반도라는 정치무대를 중심으로 펼쳐지는 미국과 구소련으로 대표되는 세계열강의 세력다툼에서 '우리'와 '조국'은 무엇인가를 묻고 있다.

4.2.3 송욱의 경우

박인환이 단편적으로, 민재식이 체계적으로 T. S. 엘리엇의 영향을 받은 바와 같이, 엘리엇이 한국 현대시에 끼친 영향은 1930년대의 모더니즘이나 주지주의로까지 거슬러 올라간다. 그리고 그러한 영향은 해방 이후 김춘수에게로 이어진다. 그는 존재와 언어의 관계에 대해서 이렇게 파악했다.

말의 피안에 있는 것을 나는 알고 싶었다. 그 앞에서는 말이 하나의 물체로 얼어붙는다. 이 쓸모없게 된 말을 부수어 보면 의미는 분말이 되어 흩어지고, 말은 아무것도 없는 거기서 제 무능에 운다. 그것은 있는 것(존재)의 덧없음의 소리요, 그것이 또한 내가 발견한 말의 새로운 모습이다. 말은 의미를 넘어서려고 할 때 스스로 부숴진다. 그러나 부숴져보지 못한 말은 어떤 한계 안에 가둬진 말이다. 모험의 그 설레임을 모른다.

‘부숴져 버린 말’-그것이 바로 김춘수가 릴케적인 관념시에서 벗어나 T. S. 엘리엇류의 서술적인 세계로 나아가게 되는 원동력이 되었으며 그 결과가 그의 ‘타령조’이다. 이 시기의 김춘수가 릴케로부터 벗어나 엘리엇의 이론을 자신의 ‘타령조’에 접목시킴으로써 서술적인 시세계를 구축하고자 했듯이, 김수영(1921~1968)도 자신의 새로운 언어관을 바탕으로 하여 서술적인 진술의 시세계를 이룩하고자 했다. 여기서의 새로운 언어관은 김수영 특유의 배어법에 근거한다. 말하자면 그의 시어는 “어머니한테서 배운 말과 신문에서 배운 시사어의 범위” 내에서 사용되었지만, 그의 배어법에서는 이러한 일상어에 대한 특이한 어순 배열, 명령형과 의문형의 종결어미의 활용 및 동일어 반복의 리듬효과가 우선적으로 고려되었다. 그리고 그것은 언제나 정치적 현실과 무관한 것이 아니었다.

김수영의 특이한 배열법은 송욱(1925~1980)의 동음이의어의 배열법과 그 궤를 같이한다고 볼 수 있다. 그리고 그것은 두 시인에게 있어서 때로는 시인이 처한 사회에 대한 풍자로, 때로는 시인 자신의 모국어에 대한 애착과 그것의 무한한 실험으로 이어진다. 그리고 그러한 풍자와 모국어 실험은 이들로 하여금 당시의 시정신을 표현하는 데 있어서 적합한 진술의 방법으로 산문적인 진술을 선택하게 했다. 이러한 방법이 가장 효과적으로 드러난 시가 바로 송욱[63]의 『하여지향(何如之鄕)』(1961)이다. 송욱의 이 시집을 개관하면 다음과 같다.

> 1961년 ‘일조각(一潮閣)’에서 발간되었으며 전부 78편의 시가 9부로 나뉘어 수록되어 있다. 맨 앞에 시인 자신의 ‘서언(序言)’과 「어머님께」라는 권두시가 수록되어 있다. 체재로 볼 때에 특이한 점은 제7부와 제8부에만 각각 ‘하여지향(何如之鄕),’ ‘해인연가(海印戀歌)’라는 소제목이 붙어 있다는 점을 들 수 있다. 제1부에는 「장미」·「비오

---

63) 시인이자 영문학자인 송욱(宋稶)은 『문예』에 「꽃」(1953)을 추천받아 시인으로 등단했으며, 시집으로는 첫 시집 『유혹』(1954), 『하여지향(何如之鄕)』(1961), 『월정가(月精歌)』(1971), 시선집(詩選集)으로 『나무는 즐겁다』(1978), 유고집으로 『시신(詩神)의 주소』(1981) 등이 있다. 그의 작품세계는 사회의 세태와 현실의 모순에 대한 풍자적인 경향을 특징으로 한다. ‘한국일보출판문화상 저작상’ (1963), ‘서울시문화상’ (1964) 등을 수상했으며, 『시학평전(詩學評傳)』 (1963), 『문학평전(文學評傳)』 (1969), 『님의침묵-전편(全篇)해설』 (1974) 등이 있다.

는 창」·「꽃」·「금(金)」·「승려의 춤」 등 9편, 제2부에는「쥬리에트에게」·「햄릿트의
노래」·「맥크베스의 노래」·「라사로」·「유혹」 등 5편, 제3부에는「그 속에서」·「생
생회전(生生回轉)」·「실변(失辯)」·「시인」 등 7편, 제4부에는「왕소군(王昭君)」·「비
단 무늬」·「기름한 귀밑머리」 등 7편, 제5부에는「낙타를 타고」·「거리에서」·「그냥
그렇게」·「서방님께」 등 14편이 실려 있다. 제6부에는「남대문」·「홍수」·「의로운 영
혼 앞에서」·「어느 십자가」 등 4편, 제7부 '하여지향'에는 일련번호가 매겨진 연작 형
태의 시 12편, 제8부 '해인연가'에는 역시 일련번호가 매겨진 시 10편, 제9부에는「무
극설(無極說)」·「우주가족」·「삼선교」·「소요사(逍遙詞)」 등 10편이 각각 수록되어
있다. 이러한 시편들은 이 시집이 발간되기 전 10여 년간 쓴 것들을 묶은 것으로 대
체로 연대순으로 배열되어 있다. 수록작품들은 시인 자신의 풍자적 경향을 잘 드러
내고 있는데, 시인은 여기서 이 사회를 '별난 마을'로 비꼬고 있다. 또한 시속과 세
태의 이모저모도 풍자의 대상이 되고 있을 뿐만 아니라 시적 소재가 따로 있는 게
아니라는 입장을 당당하게 드러내고 있다는 점에서 전위적인 요소를 파악할 수도
있다. 그러나 이 시집의 가장 중요한 특징은 다각적으로 실험되고 있는 '말놀이'에
대한 성향이다.

산문적인 진술을 시적인 진술에 적용한 송욱의 이 시집에 대해서 유종호
는『비순수의 선언』에서 송욱의『하여지향』(1961)이 '송욱나이즈'된 엘리엇의
「황무지」라고 다음과 같이 설명했다.

　　『하여지향』을 얘기하다 보면 결국 송욱론이 됩니다. 그 연작시만 따로 떼어서 얘기
　　할 수는 없으니까요. 하니까『하여지향』을 중심으로 한 송욱론―그런 방향으로 얘기해
　　봅시다. 오늘날 한국의 시를 얘기하는데 가장 풍부한 화제를 제공해 주고 있는 분이
　　바로 송욱씨입니다. 그 분의 시는 그대로 한국 현대시를 비평하고 있는 '비평적 시'이
　　기도 합니다. 말하자면 한국 현대시의 고민이 상징되어 있어요… [중략] …한마디로
　　말하면 '산문적'인 것의 대담한 도입입니다. 그 분이 사사하고 가장 많은 영향을 받은
　　시인은 엘리어트입니다. 좀더 정확히 말씀드리면「황무지」시대의 엘리어트이지요.『하
　　여지향』이란 시제도 '송욱나이즈'된 Waste Land의 국어역이라 해도 과언이 아니예요.[64]

아울러 그는 송욱의『하여지향』이 음악성과 심미감 및 아름다움과 예술의
문제를 제기하고 있다는 점에서 비평적 시이자 '비순수의 선언'이라고 파악

---

64) 유종호,『비순수의 선언』(신구문화사, 1973), pp. 46～49.

했다. 송욱과 엘리엇의 관계에 대한 유종호의 이러한 지적 이전에도, 송욱은 자신의 '당선소감'에서 이렇게 언급했다. "전통을 풍부하게 지닌 시인이 황무지를 노래했는데 그것이 시가 된 것을 알고, 나도 전기를 찾아보았어요." 때로는 지나칠 정도로 느껴지는 과다한 비판정신과 풍자정신, 불균형한 시적 내용과 구조에도 불구하고 송욱의 시가 이 시기에 확고부동한 위치를 차지하고 있는 까닭은 그의 날카로운 지성과 남다른 언어관에서 비롯된다. 모국어에 대한 그의 신념은 거의 신앙과도 같은 것이었다. "한국어는 나의 또 하나 다른 육체이다. 나는 이 육체로서 보고 듣고 생각하고 웃고 울려고 한다. 나의 모국어는 나의 법신(法身)이다. 한국어는 나의 조국이다." 그에게 있어서 한국어는 그 자신의 말과 같이 자신을 지배하는 법칙이자 몸뚱이인 것이다. 언어에 대한 그의 이러한 집념의 밑바탕에는 엘리엇이 자리 잡고 있다. 엘리엇의 시세계를 비순수의 세계라고 정의한 송욱은 그를 가리켜 언어의 순수성에 의해서 비순수의 주제를 정확하게 다루고 있다고 평가했다. 말하자면 엘리엇은 아름다운 언어에 의해서가 아니라 정확하게 사용된 언어에 의해서 아름다움을 느낀다는 점을 강조했고, 송욱도 자신의 시에서 이러한 점을 실천했다고 볼 수 있다.

그렇다면 엘리엇의 『황무지』와 송욱의 『하여지향』은 어떤 관계를 지니고 있는가? 앞에서 이미 살펴본 바와 같이 엘리엇은 『황무지』에 대한 자신의 주석에서 이 시가 제시 L. 웨스턴의 『의식(儀式)에서 로망스까지』와 제임스 G. 프레이저의 『황금 가지』를 참고했음을 밝히고 있다. 엘리엇의 시 『황무지』는 시의 제목뿐만 아니라 이 시의 계획과 상당량의 부수적인 상징은 제시 L. 웨스턴의 그레일 전설에 관한 책 『의식에서 로망스까지』에서 암시받은 것들이다. 『황무지』의 이러한 특징은 송욱의 시 『하여지향』에도 나타나 있으며, 그의 시 「하여지향·5」는 다음과 같다.

고독이 매독처럼
여박한 8자라면

청계천변 작부를
한 아름 안아 보듯
치정 같은 정치가
상식이 병인 양하여
포주나 아내나
빛과 살붙이와
현금이 실현하는 현실 앞에서
다달은 낭떨어지!

위에 인용된 시에서 우리는 '상식이 병인 양하여'에 나타나는 인유를 파악할 수 있다. 이러한 인유의 방법은 엘리엇이 이미 자신의 시 『황무지』에서 활용한 방법으로 이에 대해서 유종호는 다음과 같이 언급했다.

'다정도 병인양'하는 고시조나 어떤 현대시인의 귀절과 대조가 되어 인유를 이루고 있다고 하겠습니다. '다정도 병인 양하여 잠 못이뤄 하노라'던 옛 사람의 행복스런 다한(多恨)이나 '다정도 병인 양하여 달빛아래 고요히 흔들리며 가노니' 하는 근대인의 풍류적 감정과 비교해 볼 때, 비상식이 횡행하는 현실 앞에서 오히려 상식을 개탄해 마지않는 현대의 생활인의 이미지가 떠오르지 않습니까.

역설과 기지 혹은 재치에 의해서 자신이 처한 현실에 대한 불안을 극복·지양하고자 하는 송욱의 노력은 다분히 T. S. 엘리엇에 접맥되어 있다. 이렇게 말할 수 있는 것은 『황무지』가 현대사회의 황폐와 현대인의 불안을 나타낸 것처럼, 『하여지향』도 불합리한 현실을 절실하게 제시하는 것을 목적으로 하고 있기 때문이다. 「외래문학 수용상의 제문제점」에서 송욱은 자신과 엘리엇과의 관계에 대해서 이렇게 언급했다. "영문과에 다니는 동안 가장 영향을 받고 좋아했던 사람은 T. S. 엘리엇, D. S. 로렌스였습니다." T. S. 엘리엇의 이러한 영향은 박인환, 민재식, 송욱으로 이어지면서 시의 영역에 대한 모험적인 확장, 정치현실에 대한 솔직한 비판과 참여, 언어에 대한 지성적인 성찰과 내면의식의 표출 등으로 나타나게 되었다.

5. 소결론

이상에서 살펴본 바와 같이 T. S. 엘리엇의 시세계와 김기림, 박인환, 민재식, 송욱 등의 시세계를 부분적으로 비교하였다. 그것이 '부분적'인 까닭은 방대한 양의 엘리엇의 시세계를 종합적으로 비교하는 것은 여러 가지로 의미 있는 일이기기는 하지만, 몇 가지 비교가능한 자료만을 중심으로 하여 그 특징을 비교하였다. 특히 한국 현대시인의 경우 김기림과 송욱은 자신들의 창작시에서 뿐만 아니라 시의 이론에서도 T. S. 엘리엇의 이론에 많이 의존했으며, 김기림은 그것을 자신의 모더니즘 시론에 적용했고 송욱은 그것을 자신의 『시학평전(詩學評傳)』(1969), 『문학평전(文學評傳)』(1975) 등에서 엘리엇을 활용하였다.

이렇게 볼 때에 앞에서 살펴본 T. S. 엘리엇과 한국 현대시의 관계는 지극히 일부분에 해당할 수밖에 없지만, 이 글에서는 그 중에서 중요하다고 생각되는 것만을 선별하여 비교하였다. 따라서 엘리엇의 시와 한국 현대시의 관계를 종합적으로 비교하기 위해서는 우선적으로 엘리엇의 시에 대한 종합적인 이해와 연구를 필요로 하며, 그런 다음에야 그의 시세계와 한국 현대시의 비교연구가 가능할 것이다.

제11장

스테펜 스펜더와 호세-마리아 드 에레디아의 영향과 수용

김기림의 시 「바다와 나비」를 중심으로

1. 스테펜 스펜더의 생애와 작품세계

1.1 '이미지 문법'의 강조

김기림의 시 「바다와 나비」에 영향을 끼친 것으로 알려진 「바다풍경」 (1946)을 쓴 스테펜 스펜더(1909~1995)의 생애와 작품세계를 살펴보면 다음과 같다.[1] 스테펜 스펜더는 영국의 시인, 소설가, 수필가이며 자신의 작품에서 주로 사회적 불평등과 계급투쟁적인 측면을 강조한 작가이다. 그는 저널리스트였던 아버지 에드워드 해롤드 스펜더와 시인이자 화가였던 어머니 바이올렛 힐다 사이에서 태어났다. 그 스스로가 '가장 점잖은 학교'라고 말하고는 했던 햄스테드의 '유니버시티 칼리지 스쿨'을 졸업한 후에 옥스퍼드에 입학했지만 졸업은 하지 않았으며(1973년 옥스퍼드대학은 그에게 명예졸업장을 수여했다) 상당기간 동안 독일에서 살았다.

대부분의 예술가는 자신의 삶을 신화적인 존재로 만들어야한다는 점을 믿고 있었던 스펜더는 이러한 점에서 D. H. 로렌스(1885~1930)를 철저하게 신

---

1) 스펜더의 시는 Michael Brett ed., *Stephen Spender : New Collected Poems 1909~1995* (London : Faber & Faber, 2004)를 참고하고, 그의 생애에 대해서는 Stephen Spender, *Stephen Spender : The Authorized Biography* (London : Viking Penguin, 2005)를 참고할 것.

봉했으며 실제로 「D. H. 로렌스의 생애와 사랑」이라는 시를 쓰기도 했다. 스펜더에 의하면, 예술가들은 어떤 사건이나 만남이나 관계 등을 비유적인 수준으로까지 전환시켜야만 하고, 그러한 것들에 대해서 보편적이면서도 개인적인 경험을 부여해야만 한다. 그렇게 함으로써, 그가 그렇게도 강조했던 '이미지 문법'을 제공할 수 있게 된다고 생각했다. 스펜더의 절친한 친구였던 W. H. 오든(1907~1973)은 그에게 많은 영향을 끼쳤으며 크리스토퍼 이서우드(1904~1986)와도 가깝게 지냈다. 그는 자신과 오든을 포함하여 '맥스폰데이'[2] 그룹이었던 루이스 맥나이스(1907~1963), C. 데이 루이스(1904~1972) 등과 함께 작품 활동을 했다. 아울러 W. B. 예이츠, 앨런 긴스버그(1926~1997), 테드 휴즈(1930~1998), 요세프 브로드스키(1940~1996), 이사이아 베를린 경(1909~1997), 메리 맥캐시(1912~ 1989), 로이 캠프벨(1901~1957), 레이먼드 챈들러(1888~1959), 딜런 토마스(1914~1953), 사르트르(1905~1980), T. S. 엘리엇(1888~1965)은 물론 '블룸스베리 그룹'[3]의 버지니아 울프(1882~1941) 등과도 교류했다.

개인적으로 처음 출판한 『아홉 가지 경험들』(1928), 이어서 출판한 『20편의 시』(1930)와 『시편』(1933)에 수록되어 있는 스펜더의 초기시는 주로 사회적인 항거에서 영감을 받았으며, 그의 이러한 확신과 주장은 1934년에 있었던 비엔나 사회주의자들의 봉기를 찬양한 장시(長詩) 「비엔나」(1934), 반-파시스트적인 극시(劇詩) 「어느 판사의 재판」(1938) 등에 잘 나타나 있다. 아울러 『정적의 한가운데』(1939), 『폐허와 비전』(1942), 『존재의 가장자리』(1949) 등을 발표했다. 소설로는 단편집 『불타는 선인장』(1936), 『지진아(遲進兒) 아들』(1940)

---

2) '맥스폰데이'(MacSpaunday)는 로이 캠프벨이 자신의 『말하는 브롱코』(1946)에서 이들 네 명의 성씨(姓氏), 즉 Louis MacNeice의 'Mac,' Stephen Spender의 'Sp,' W. H. Auden의 'au-n,' Cecil Day-Lewis의 'day'를 조합하여 만들어낸 명칭이다.

3) '블룸스베리 그룹'(Bloomsbury Group)은 케임브리지대학을 졸업한 몇몇 가까운 친구들과 지인들이 매주 저녁에 몇 차례 정도 모여 술을 마시고 담소를 나누는 사교적인 친목을 목적으로 출발했지만, 점차적으로 이들의 활동은 20세기 초반에 문학, 미학, 비평, 경제는 물론 페미니즘, 평화주의, 성적 특성 등에 많은 영향을 끼쳤다. 버지니아 울프, 존 메이너드 케인스(1883~1946), E. M. 포스터(1879~1970), 리턴 스트레이치(1880~1932) 등이 이 그룹의 중심적인 역할을 했다.

등이 있으며, 문학적이고 사회적인 비평으로는『파괴적인 요소』(1935),『자유주의로부터의 전진』(1937),『삶과 시인』(1942) 등이 있다. 특히『유럽의 목격자』(1937)에는 당시 독일에 대한 그의 관찰이 포함되어 있다. 정치적이고 사회적인 1930년대의 이러한 분위기는 그의 자서전이라고 할 수 있는『세계 속의 세계』(1951)에 집약되어 있다. 스펜더는 1929년『사원(寺院)』이라는 소설을 쓰기 시작했지만, 이 소설은 1988년까지 출판되지 않았다. 이 소설의 주제는 우연한 기회에 독일을 여행하게 된 한 젊은이가 거기에서 영국보다 훨씬 더 개방적인 '문화,' 특히 사람과 사람 사이의 관계와 '나치주의'-주인공 자신도 상당히 솔직하게 긍정하고 있는-에 대해서 놀라운 기대를 가지게 되어 아주 특별한 '문화'를 독일에서 발견하게 된다는 점에 있다. 자신의 이 소설에 대해서 스펜더는 이렇게 설명했다. "20세기 후반에 영국의 젊은 작가들은 정치보다는 검열에 더 많은 관심을 기울였다.…1929년은 바로 그 특이한 '인디언 섬머'-바이마르공화국의 마지막 해였다. 나와 내 친구들에게 있어서 독일은 검열이 없는 일종의 낙원처럼 보였으며 독일의 젊은이들은 자신들의 삶에서 예외적인 자유를 만끽하는 것처럼 보였다."4)

1.2 '스페인 내전'의 참전과 파시즘의 반대

'스페인 내전'(1936~1939)이 발발하자 '영국공산당'(CPGB) 당수였던 해리 폴리트(1890~1960)는 스펜더에게 "가서 죽어라. 우리는 스페인 내전에서 바이런5)이 필요하다"라고 말하면서 스펜더를 스페인으로 보냈다. '국제여단(國際旅團)'6)과 함께 스페인으로 간 스펜더의 임무는 영국 공산당을 위해서 스

---

4) Richard R. Bozorth, *"But Who Would Get It?" Auden and the Codes of Poetry and Desire* (1995), pp. 709~727.
5) 폴리트가 스펜더에게 비유적으로 언급한 바이런(1788~1824)은 낭만주의 시대 영국시인으로 그는 이탈리아가 오스트리아에 대항하여 전쟁할 당시에 이탈리아의 혁명조직체인 '카르보나리당' (Carbonari)-'불타오르는 숯불'을 의미-의 지역 지휘관으로 활동했다. 그 후에 바이런은 오토만제 국과의 그리스전쟁에서 그리스의 독립을 위해 싸웠으며, 이로 인해 그리스에서는 바이런을 국민영 웅으로 존경하고 있는 그는 그리스의 메솔론기에서 열병으로 세상을 떠났다.
6) '국제여단(國際旅團)'으로 번역되는 'International Brigades'는 '제3인터내셔널'이 파리에서 조직한 외

페인 내전의 상황을 관찰하고 보고하는 것이었다. 정치적으로 좌파계열이었던 스펜더는 아서 케스틀러(1905~1983) 등과 함께 『실패한 신(神)』(1949)에 수록된 자신의 글에서 공산주의에 대한 절망을 표현했다. 그가 공산주의에 절망했던 까닭은 수많은 좌익계 인사들이 배신이라고 비난한 바 있는 나치 독일과 스탈린시대 러시아 사이의 '독소(獨蘇)비밀조약'[7](1939. 8) 때문이었다. 1930년대 파시즘에 대해서 공공연하게 반대했던 자신의 동료시인 W. H. 오든, 크리스토퍼 이셔우드 등처럼 스펜더도 제2차 세계대전에 참전하지는 않았다. 그가 참전하지 못한 까닭은 대장염을 앓았던 병력(病歷), 나쁜 시력, 정맥질환, 촌충 등으로 인해 신체검사에서 'C등급'을 받았기 때문이었다. 그럼에도 그는 끈질기게 노력하여 재신검을 신청하여 'B등급'을 받았고 결과적으로 런던의 '국립소방대원'(1941~1944)으로 활동하기도 했다.

스펜더가 유태인들에 대해서 친근감을 가지고 있었던 것은 그의 어머니가 유태계였고 그가 1941년에 재혼한 두 번째 부인 나타샤[8] 역시 유태계였기

국의용군 부대로, 스페인내전(1936~1939) 동안 인민전선 정부 편에서 프란시스코 프랑코 총통이 이끄는 '팔랑헤주의자'와 맞서 싸웠다. 의용군의 약 80%는 각국에서 온 노동자들이었고 60% 정도는 공산주의자들이었으며 20%는 전쟁 중에 가담한 추가병력이었다. 최대 지원국은 약 1만 여명의 의용군을 파병한 프랑스였다. 1936년 10월 14일 스페인의 알바세테에 최초의 지원병 500명이 도착했으며 여타 지원병들과 더불어 소련군이 진주하자 전병력은 제3인터내셔널 대표의 휘하에 예속되었다. 의용군은 도합 7개 여단으로 편성되었고 대대(大隊)는 프랑스 및 벨기에의 파리 코뮌 대대, 미국의 에이브러햄 링컨 대대, 영국 대대 등 지원병의 국적에 따라 나뉘었다. 병력 규모는 한 번에 2만 명을 넘지 않았다.1936년 11월의 마드리드 포위공격은 국제여단이 참여한 가장 큰 전투였다. 향후 2년간 국제여단은 숱한 어려움 속에서도 효과적으로 전쟁을 수행했고 이들의 군사조직은 기타 공화파 군대의 본보기가 되었다. 1937년 이후 지원병 모집이 줄어들기 시작했고 행방불명자 및 탈영자들은 스페인 공산당에서 보충되었다. 1938년 말 소련이 인민전선정부에 대한 지원을 축소한 뒤, 국제여단은 공식적으로 스페인에서 철수하게 된다. 에브로 강 전투가 이들의 마지막 전투였다. 1938년 11월 15일 바르셀로나에서 지원병들의 고별 열병식이 있었다.

7) '독소(獨蘇)비밀조약'(The Molotov-Ribbentrop Pact)은 당시 소련 외무상이었던 뱌체슬라프 몰로토프(1890~1986)와 독일 외무상이었던 요아킴 폰 리벤트로프(1893~1946)가 독일과 소련이 서로 침략하지 않는다는 입장을 공식적으로 선언한 일종의 '상호불가침조약,' 즉 양국의 번영을 보장하고 양국 중에서 어느 한 쪽이 제3국의 침략을 받았을 때에는 서로 중립적인 입장을 취한다는 점을 핵심으로 하여 1939년 8월 24일 조약을 체결했다.

8) 스펜더의 두 번째 부인 나타샤(Natasha)는 1921년 런던에서 출생했으며, 영국의 작가이자 피아니스트였다. 나타샤 리트빈에게서 태어났으나 친모가 양육하지는 않았으며, 16세에 왕립음악대학을 졸업했다. 팔의 근육에 영향을 끼친 유방암으로 인해서 40대에 피아니스트로서의 역할을 포기했지만, 곧바로 음악심리학을 전공함으로써 학문의 길을 걷게 되었고 『음악과 음악가들 대백과사전』편찬에 참여하기도 했다. 1940년 스펜더의 저택에서 '디너파티'가 끝난 후에 뒷정리를 하는 과정에서 스

때문이다. 스펜더는 시릴 코놀리(1903~1974), 피터 왓슨(1908~1956)과 함께 잡지 『지평』(Horizon)을 공동 창간했으며 그 자신은 1939년부터 1941년까지 이 잡지의 편집책임자로 활동했다. 아울러 스펜더는 잡지 『조응』(Encounter)의 책임편집자로 1953년부터 1966년까지 활동했지만, 이 잡지를 발행하던 '문화자유협회'[9]가 암암리에 미국 CIA로부터 자금을 지원받았다는 사실이 드러나자 곧바로 책임편집자 자리를 사임했다. 스펜더는 잡지 『조응』의 궁극적인 자금의 원천이 어디에서 비롯되는지를 알지 못했다고 언제나 주장했다. 그는 새로운 주석을 곁들인 평론 『30년대와 그 이후』(1978) 및 데이비드 호크니의 사진과 그림을 곁들여 『중국 기행』(1982)을 발간하였다

스펜더는 미국의 여러 대학에서 강연했으며, 1954년에는 신시내티대학교에서 부여한 'Elliston Chair of Poetry'를 수락하기도 했다. 그럼에도 그는 베트남전쟁에 반대했고, 레이건 행정부의 어리석음을 비판하기도 했다. 그는 1961년 런던에 있는 그레샴 대학의 수사학과 교수가 되었고, '유네스코'를 위해서도 활동했다. 아울러 그는 1970년부터 1977년까지 '유니버시티 칼리지 런던'의 영문학과 교수를 지냈고, 그 이후에는 명예교수로 재직했으며, 영국 정부로부터 기사작위(1983)를 받기도 했다.

이처럼 한국 현대시, 특히 김기림의 시 「바다와 나비」에 영향을 끼친 것으로 알려진 스테펜 스펜더를 만났던 인상을 구상(1919~2004)은 「'펜클럽' 동경대회 통신」에서 다음과 같이 언급하였다.

펜더를 처음 만났으며 그 이후 나타샤와 스펜더는 W. H. 오든, 크르스토퍼 이셔우드, T. S. 엘리엇, 이사이아 베를린 등이 참여했던 '문학서클'에 함께 참가하고는 했다. 이들의 딸 리치에는 미국 영화배우이자 코미디언인 배리 험프리스(1934~)와 결혼했고, 리치와 험프리스의 아들 매튜는 미국의 예술가 아르쉴 고르키(1904~948)의 딸과 결혼했다. 고르키의 실제 러시아 이름은 Vostanik Manoog Adoyan이다. 정원 가꾸기에 대한 나타샤의 열정과 스펜더에 대한 글을 모아 『프로방스에서의 영국정원』(2004)이 출간되었으며 그녀 자신의 회고록은 2008년에 출간예정으로 있다.

9) '문화자유협회'(Congress for Cultural Freedom)는 1950년에 창립된 반공산주의를 옹호하는 그룹이었다. 1967년 미국 CIA가 이 그룹을 창립하는 데 관여했다는 사실이 드러나자 그 명칭을 '국제문화자유협회'(International Association for Cultural Freedom)로 잠정적으로 변경했다. 이 단체(CCF/IACF)의 활동이 절정에 달했을 때에는 35개국 이상에 영향을 끼쳤으며, '포드재단'으로부터 상당한 기금을 받기도 했다.

　이번 대회에서 인기를 독점하다시피 한 시인입니다. 옥스퍼드출신의 영국 신사로
서는 예절과 먼 사람이었습니다. 타이 한번 바로 매고 나온 일이 없고, 최종일에는
의장직을 맡았는데 사회봉을 두드리는 것도(고의인지?) 잊어버렸습니다. 회의 때만은
항상 말석에 가 앉고 연방 들락날락하여 일본 다나미에 앉으면 그대로 절반 드러눕
고 말았습니다. 전기(前記)한 스타인벡 씨나 이 친구의 무법 예절이 예술가의 애교로
보이고 허용되는 것은 칠척장구로 군계일학(群鷄一鶴)의 풍도가 보였습니다.[10]

---

10) 구상, 「‘펜클럽’ 동경대회 통신」, 『구상문학총서』 제1권, 自傳 詩文學 (홍성사, 2002), pp. 217~218.

2. 스펜더의 시 「바다풍경」과 김기림의 시 「바다와 나비」의 관계

2.1 스펜더의 시 「바다풍경」의 세계

이상과 같은 스펜더의 생애와 작품 활동에서 김기림의 시 「바다와 나비」에 영향을 끼친 것으로 알려진 그의 시 「바다풍경」을 개관하면 다음과 같다. 'M. A. S.를 기억하며' ―'M. A. S.'는 Michael A. Spender의 머리글자이다―라는 부제가 암시하듯이 세상을 떠난 자신의 동생 마이클을 기억하면서 쓴 시로, 이 시에서 스펜더는 바다의 다양한 특징을 전달하기 위해서 여러 가지 문학적 장치를 사용하고 있다. 이를 위해서 그는 인간성을 지배하는 바다의 힘과 인간성에 작용하게 되는 자연의 힘을 강조했다. 아울러 서로 다른 바다의 면모를 전달하기 위한 방법으로 '소리효과'를 극대화시키기도 했고, 파도의 움직임을 효과적으로 나타내기 위해서 어조 역시 중요한 시적 장치로 활용되기도 했다. 스펜더의 이 시에서는 분노에 차 있는 바다의 힘찬 동력으로 인해서 인간의 삶은 송두리째 사라져버리는 것처럼 보이며, 이로 인해서 죽음의 이미지는 더욱 생생하게 드러나게 된다. 이렇게 볼 때에 스펜더의 이 시에는 바다에 대한 서로 상반되는 두 가지 어조의 특징, 즉 바다를 찬양하는 힘찬 어조의 특징과 자신의 동생의 죽음에서 비롯되는 슬픔을 포효하는 바다의 파도에 전가시키고자 하는 어조의 특징이 반영되어 있다. 스펜더는 자신의 이 시에 대해서 다음과 같이 언급하였다.

> 이 시상(詩想)은 바다의 비전이다. 시인의 신념은 만일 이 비전이 명료히 기술된다면 의미 깊은 것이라는 것이다. 이 비전은 절벽 아래 펼쳐있는 바다의 비전이다. 절벽 위에는 들판, 생울타리, 집들이 있다. 말들이 소로를 따라 짐마차를 끌고 가고, 개들이 저 멀리 내지(內地)에서 짖는 소리 들리고, 종이 멀리서 울린다. 해안은 바다 위 높이서 생울타리, 장미 그리고 사람들로 실려 있는 듯하다. 태양이 해안을 반사하고 흡수하는 듯 보이는 매우 화창한 여름날에, 그때 해안 밑의 바다에서 작은 열을 지어 반짝거리는 파도는 햇볕을 잡는 하프의 현 같다. 이 현들 사이에 해안의 반사물이 놓여 있다. 나비들이 꽃을 찾아 바다 위로 날아가는데 그 파도를 나비들은 백악질(白堊質) 풍경의 들판으로 착각한다. 오늘과 같은 날, 바다에 반사된 육지는 바다 속으로 들어가는 것처럼 보인다. 마치 아틀란티스 섬처럼 바다 밑에 놓여 잇는 듯, 하프의 현들은 해경(海景)과 육경(陸景)을 융합하는 눈에 보이는 음악 같다.[11]

　이상과 같은 의미를 지니고 있는 스펜더의 시 「바다풍경」의 원문과 번역문을 인용하면 다음과 같다.

　다음에 인용된 스펜더의 시 「바다풍경」에서 알 수 있는 바와 같이, 폭염이 내려 쪼이는 여름 한낮에 바닷가에 서서 세성을 떠난 동생을 그리워하는 자기 자신의 모습을 두 마리 나비로 형상화시키고 있는 이 시에서 스펜더 자신은 자신의 마음을 하프소리에 비유하는 한편, 다른 한편으로는 때로는 침묵하고 때로는 포효하는 파도에 비유하고 있다. 이러한 비유를 더욱 효과적으로 드러내기 위한 대조적인 장치들, 가령 멀리보이는 내륙의 인간세계와 끝없이 펼쳐진 바다의 세계, 그러한 바다 위로 팔랑거리며 지그재그로

---

11) Stephen Spender, "The Making of a Poem," ed. Brewster Ghiselin, *The Creative Precess : A Symposium* (New York : New American Library, 1952), p. 116. 본문에서의 인용은 p. 124. 이재호, 「영·불시(英·佛詩)가 한국시가(詩歌)에 끼친 영향고(影響考)」, 전규태 편, 『비교문학―이론·방법·전망』 (세종출판사, 1973), p. 124에서 재인용했다. 아울러 이 글을 쓰는 데 있어서 이재호의 견해를 참고했음을 밝혀둔다.

Stephen Spender
"Seascape"

In memoriam M. A. S

There are some days the happy ocean-lies
Like an unfingered harp, below the lands.
Afternoon gilds all the silent wires
Into a burning music for eyes.
On mirrors flashing between fine-strung fires
The shore, heaped up with rose, horses, spires,
Wanders on water, walking above ribbed sand.

The motionlessness of the hot sky tires
And a sigh, like a woman's, from inland,
Brushes the instrument with shadowy hand
Drawing across its wires some gull's sharp cries
Or bell, or shout, from distant, hedged-in shires;
These, deep as anchors, the hushing wave buries.

Then from the shore, two zig-zag butterflies,
Like errand dog-roses, cross the bright strand
Spiralling over sea in foolish gyres
Until they fall into reflected skies.
They drown. Fishermen understand
Such wings sunk in such ritual sacrifice,

Recalling legends of undersea, drowned cities.
What voyagers, oh what heros, flamed like pyres
With helmets plumed have set forth from some island
And them the sea engulfed. Their eyes
Contorted by the cruel waves' desires,
Glitter with coins through the tide scarcely scanned,
While, far above, that harp assumes their sighs.

윤호병 옮김
「바다풍경」

M. A. S를 애도하면서

행복한 바다가 누워있는 날이 있지요
연주되지 않는 하프처럼, 대지 아래에는.
오후는 고요한 모든 현(鉉)을 금빛으로 빛나게 하지요
두 눈에 불타는 음악 속으로
멋지게 울리는 화염 사이 번쩍이는 거울 위로
파도로 휩싸인 바닷가는 달려가고, 휘몰아치고,
물위를 배회하지요, 갈비뼈 모양의 모래 위를 걸으면서.

미동도 하지 않는 폭염의 하늘은 지쳐버렸고
내륙으로부터의 한숨은, 여인의 한숨처럼,
그늘진 손으로 악기를 손질하지요
현을 가로질러 끌어들이면서, 몇 마리 갈매기의 날카로운 울음소리를
또는 종소리를, 또는 외침소리를, 멀리, 우리에 갇힌 복마(卜馬)들의;
이 모든 것들을, 닻처럼 깊게, 잠잠해지는 파도는 묻어버리지요.

그런 다음 바닷가로부터 지그재그로 날아오르는 두 마리 나비,
심부름 가는 들장미처럼, 밝은 끈을 가로질러 날고 있네요,
어리석은 소용돌이 속에서 바다위로 나선형 끈을 꼬면서
반사된 하늘 속으로 추락할 때까지.
두 마리 나비는 익사했지요. 어부는 알고 있지요
그러한 날개는 그러한 제례희생 속에 가라앉고 만다는 것을,

바다아래, 수몰된 도시들의 전설을 회상하면서.
항해자들, 아 영웅들, 화장용(火葬用) 장작더미처럼 불타올라
깃털 꽂힌 헬멧을 쓰고 어느 섬에서 출발했지만
바다가 그들을 삼켜버렸지요. 그들의 두 눈은
잔혹한 파도의 욕망에 일그러지고 말았지요,
물결을 통해 가까스로 알 수 있는 동전으로 빛나지만,
저 멀리, 바로 그 하프는 그들의 한숨을 가늠할 뿐이지요

날아오르는 두 마리 나비, 인간세계의 면모를 여실히 나타내는 집, 생울타
리, 말, 개 짖는 소리 등은 바다의 모습과 대조된다. 이처럼 스펜더의 시세

계를 대표하는 시 「바다풍경」에는 두 마리 나비로 비유된 형제애, 말하자면 세상을 떠난 동생과 그 동생을 그리워하는 형의 모습이 형상화되어 있다.

2.2 김기림의 시 「바다와 나비」와 스펜더의 시 「바다풍경」의 비교

김기림의 시 「바다와 나비」는 『여성』(1939. 4)에 처음 수록되었으며, 이 시의 전문을 인용하면 다음과 같다.

> 아모도 그에게 수심(水深)을 일러 준 일이 없기에
> 힌 나비는 도모지 바다가 무섭지 않다.
>
> 청(靑)무우밭인가 해서 나려 갔다가는
> 어린 날개가 물결에 저러서
> 공주(公主)처럼 지처서 도라온다.
>
> 3월(三月)달 바다가 꽃이 피지 않어서 서거푼
> 나비 허리에 새파란 초생달이 시리다.[12]

— 김기림, 「바다와 나비」 전문

김기림의 모더니즘 시세계를 대표하는 것으로 알려진 위에 인용된 시에는 문명의 세계 혹은 새로운 세계에 대한 동경, 그러한 세계를 찾아나서는 모험과 시련 및 최종적으로 겪게 되는 좌절 등이 각 연별로 나타나 있으며, 이러한 세 가지 과정의 주체는 '나비,' '바다,' '초생달' 이다. 생명체와 비-생명체, 미세조직과 거대조직의 대립 등을 통해서 시인은 현대문명의 냉혹성과 가혹성을 드러내는 한편, 다른 한편으로는 현대문명의 허구성과 위험성을 비판적으로 드러내고 있다. 다시 말하면, 개화기 지식인으로 대표되는 '나비'는 근대화와 서구화라는 허상을 좇아 '바다'를 건너고자 하지만 그것은 한낱 낭

---

12) 김기림, 『김기림전집 · 1』 (심설당, 1988), p. 174.

만적 상상일 뿐이지 현실적 인식은 아니라는 점을 들 수 있다. 개화이전의 문명의 수입은 주로 중국이라는 '대륙'에 의존하였지만, 개화이후 서구문명의 수입은 '바다'를 통해서 이루어졌다는 점을 고려할 때에, 이 시에서의 '바다'는 그러한 문명을 우선은 '일본'을 통해서 그 다음은 서구자체를 통해서 접하고자 하는 당대 젊은 지식인들, 즉 이 시에서 '나비'로 대표되는 지식인들이 반드시 넘어서야할 경계선으로 작용하고 있다고 볼 수 있다. 따라서 1930년대 한국시단에서 모더니즘 시와 이론의 선구자로 알려진 김기림은 이 시에서 자신의 이론과 정신세계를 유감없이 드러냄으로써, 모더니스트로서의 자화상을 보여 주었다.

그럼에도 김기림의 시 「바다와 나비」의 제3연에는 앞에서 살펴본 스펜더의 시 제3연이 반영되어 있다는 점에 대해서는 그동안 많은 언급이 있어왔다. 이러한 점을 고려할 때에 스펜더의 시 제3연과 김기림의 시 「바다와 나비」에서 공통적으로 나타나 있는 점은 '바다'와 '나비'이다. 광활한 '바다'의 거시적인 이미지와 왜소한 '나비'의 미시적인 이미지의 대조에 의해서 이미지의 선명성을 강조하고 있다. 이러한 의미의 바다와 나비의 관계가 나타나 있는 스펜더의 시 「바다풍경」의 제3연과 김기림의 시 「바다와 나비」의 전문을 대조하면 다음과 같다.

스펜더의 시 「바다풍경」의 제3연은 제4연의 첫 행 "바다아래, 수몰된 도시들의 전설을 회상하면서"까지 이어지며, 이 부분을 포함하는 제3연에서 '두 마리 나비'는 서로가 서로에게 의지하면서 바다 위 하늘을 날고 있다. 이러한 점은 "지그재그로 날아오르는," "나선형 끈을 꼬면서"와 같은 구절에서 확인할 수 있다. 그러나 결국은 "반사된 하늘"로 비유된 '바다' 속으로 추락하고 말게 되며, 바로 그 목격자는 다름 아닌 '어부,' 즉 나비의 날개처럼 연약한 목숨은 결국 "제례희생 속에 가라앉고 만다는 것을" 이미 알고 있는 '어부'이다. 스펜더의 시에 나타나 있는 두 마리 나비의 죽음과 바다의 무자비한 냉혹성―이러한 점은 이 시의 제4연 "바다가 그들을 삼켜버렸지요"에 암시되어 있다―은 김기림의 시에서 서구로 대표되는 문명세계를 찾아 나섰다가 그 뜻을 이루지 못하고 돌아오는 한 마리 '나비'와 그러한 나비가 반드시 극복해야할, 그러나 극복하지 못한 장벽으로서의 '바다'로 전환되어 있다. 다시 정리하면, 스펜더의 시에서는 바다 위를 날고 날다가 결국은 죽음을 맞이하게 된 나비에 의해서 동생의 죽음을 애도하고 있지만, 김기림의 시에서는 '나비'가 서구적인 근대문명을 모색하다 좌절하고 마는 모습으로 비유되어 있는 셈이다. 이와 같은 점이 드러나 있는 스펜더의 시 제3연과 김기림의 시 전문을 다시 인용하면 다음과 같다.

<table>
<tr><td>스펜더
「바다풍경」의 제3연</td><td>김기림
「바다와 나비」의 전문</td></tr>
<tr><td>그런 다음 바닷가로부터 지그재그로 날아오르는 두 마리 나비,
　심부름 가는 들장미처럼, 밝은 끈을 가로질러 날고 있네요,
　어리석은 소용돌이 속에서 바다위로 나선형 끈을 꼬면서
　반사된 하늘 속으로 추락할 때까지.
　두 마리 나비는 익사했지요 어부는 알고 있지요
　그러한 날개는 그러한 제례희생 속에 가라앉고 만다는 것을,</td><td>아모도 그에게 수심(水深)을 일러 준 일이 없기에
힌 나비는 도모지 바다가 무섭지 않다.

청(青)무우밭인가 해서 나려 갔다가는
어린 날개가 물결에 저러서
공주(公主)처럼 지처서 도라온다.

3월(三月)달 바다가 꽃이 피지 않어서 서거푼
나비 허리에 새파란 초생달이 시리다.</td></tr>
</table>

　스펜더의 시와 김기림의 시에 사용된 이미지의 전환관계를 살펴보면 다음과 같다. 스펜더의 시에서 청각이미지로 활용되고 있는 '하프'는 김기림의 시에서 시각이미지로서의 '초생달'로, '반사된 하늘'로 비유된 '바다'는 '청(青)무우밭'으로, '어부'는 '공주(公主)'로, 구체적인 '들장미'는 보편적인 '꽃'으로, '바다 아래'(제4연 첫 행)는 '수심(水深)'으로 전환되어 있다. 아울러 이러한 전환관계에서 가장 대표적이라고 볼 수 있는 '나비'를 살펴보면 다음과 같다. 우선 '나비'는 '두 마리'에서 '한 마리'로 전환되어 있으며, 스펜더의

시에서는 바다 위로 하늘 높이 날아오르다 "반사된 하늘 속"으로 비유된 바다 속으로 추락하는 것으로 되어 있지만, 김기림의 시에서는 그러한 사전행위가 생략된 채 "청(靑)무우밭"으로 비유된 바다로 내려가는 것으로 되어 있다. 또한 스펜더의 시에서는 바다에 빠져 죽는 '나비'의 익사가 "수몰된 도시들의 전설"로까지 확대되지만, 김기림의 시에서는 지치기는 했지만 살아 돌아오는 것으로 되어 있다. 또한 스펜더의 시에서의 시간은 "폭염의 하늘"에 암시되어 있는 바와 같이 '여름'에 관계되지만, 김기림의 시에서는 "3월(三月)달"로 구체화되어 있는 바와 같이 '봄'에 관계된다.

이 시에 대한 스펜더 자신의 언급처럼 스펜더의 시 「바다풍경」은 죽음의 세계와 바다의 비전을 나비와 하프에 의해 제시하고 있는 반면,[13] 김기림의 시 「바다와 나비」는 문명세계를 찾아 나서지만 절망을 안고 되돌아올 수밖에 없는 근대화시대의 욕망, 젊은이의 야심을 한 마리 '나비'로 제시하고 있다.

---

13) 스펜더의 이 시의 시적 비유에 대한 공학적인 분석에 대해서는 컴퓨터공학을 위한 시리즈로 발간된 Bipin Indurkhya, "Creativity in Interpreting Poetic Metaphor," *Computation for Metaphors, Analogy, and Agents* (Heidelberg : Springer Berlin, 1999), pp. 292~306을 참고할 것.

3. 호세-마리아 드 에레디아의 시 「꽃핀 바다」와 김기림의 시 「바다와 나비」의 관계

3.1 호세-마리아 드 에레디아의 생애와 작품세계

쿠바의 산티아고 드 쿠바 가까이에 있는 호르투나 카페예레에서 태어난 호세 마리아 드 에레디아(1842~1905)의 가계(家系)는 스페인 혈통과 프랑스 혈통을 지니고 있으며, 이러한 이유로 인해 그는 유럽적인 스페인 혈통을 특히 강조하는 '순수혈통'인 '크리올'[14] 계층에 속한다. 여덟 살이 되던 1850년

---

14) 영어로는 'Creole,' 프랑스어로는 'Créole' 등으로 번역되는 스페인어 'Criollo'는 16~18세기에 스페인인을 부모로 하여 스페인령 아메리카에서 태어난 '순수혈통'의 백인을 지칭하며, 이러한 점에서 스페인에서 태어나 아메리카 대륙에 거주하던 사람들과 구별된다. 이 말은 후에 지역에 따라 본래의 의미가 달라지면서 다양한 뜻으로 사용하게 되었다. 스페인령 아메리카에서 스페인인과 '크리올'은 법적으로는 대등했으나 '크리올'은 대체적으로 교회와 국가의 고위직에는 오를 수 없었다. 이러한 차별은 스페인 국왕의 정책에서 비롯된 것으로 국왕은 스페인인들을 편애하여 그들에게 수입이 많고 명예스러운 식민지 관직을 부여했지만, '크리올'에게는 관직에서 배제했고 상업적인 활동에 있어서도 철저하게 제약을 가했다. 특히 18세기 스페인에서 온 이주민들ー'페닌술라레스'라고 불리며 경멸적인 의미로 멕시코와 남아메리카에서는 각각 '가추피네스,' '차페토네스'라고 부르기도 했다ー이 식민지에서 사업을 벌여 성공을 거두자 '크리올' 사이에 반감이 일게 되었다. '크리올'은 천박하고 게으르다는 평판을 받고 있었으나 이러한 일반적인 평가는 교육과 실습의 기회를 비롯하여 특히 경제·정치적으로 이들이 극도로 제약을 받고 있었다는 사실을 고려하지 않은 데서 비롯된 것이다. 결국 '크리올'은 19세기 초 혁명을 일으켜 아메리카에서 스페인의 식민정권을 몰아냈다. 멕시코와 페루 등지에서 독립을 쟁취한 뒤 이들

에 그는 서인도제도에서 프랑스로 왔으며 1859년 열일곱 살이 되었을 때에 다시 프랑스로 건너와 그 이후로 프랑스에서 살았다. 그는 프랑스 북부 피카르디 지방의 우아즈에 있는 상리스에서 세인트 빈센트의 신부들로부터 고전교육을 받았으며 하바나를 방문한 후, 1860년대 후반에는 르콩트 드 릴(1818~1894)를 중심으로 프랑스와 에두아르 요아킴 코페(1842~1908), 르네-프랑수아-아르망(쉴리) 프루돔(1839~1907), 폴 베를렌(1844~1896) 등과 함께 시인 그룹을 형성하였으며 이로 인해서 '고답파'라는 명칭을 얻게 되었다. 예술의 기교적인 측면을 강조했던 '고답파'에 있어서 무엇보다도 중요한 것은 알프레드 뮈세(1810~1857)의 영향으로부터 벗어날 수 있는 '형식'이었으며, 그 결과 이들은 자신들의 작품에서 개인적인 감정과 정서의 표현을 철저하게 배제시키려고 노력하고는 했다. '진정한 시'에 대해서 드 에레디아는 이렇게 언급했다. "진정한 시는 영원한 자연과 인간성에 자리 잡고 있는 것이지 날마다의 피조물의 가슴에 자리 잡고 있는 것이 아니다." '진정한 시'에 대한 그의 이러한 주장은 곧바로 호응을 얻게 되었다. 그는 많은 작품을 쓰지도 않았고 또한 그렇게 많이 발표하지도 않았지만, 그의 소네트는 필사본으로 널리 읽히게 되었으며, 자신의 시집 『전리품』(1893)이 출판되기 이전에 드 에레디아는 이미 잘 알려진 시인이 되었다. 그의 이 시집은 그림, 음악, 조각 등의 세계를 독창적인 시세계로 창출한 것으로 평가받고 있다.

은 지배계급이 되었다. 이들은 대체로 보수적이었으며 고위 성직자, 군인, 대토지 소유자, 그리고 점차적으로 해외 투자자들과 협력하게 되었다. 최근에도 서인도제도에서는 여전히 유럽 출신 이주민의 후손을 가리킬 때 '크리올'이라는 말을 사용하고는 한다. 그러나 현재 이 말은 유럽인·아프리카인·아시아인·인도인 할 것 없이 카리브 연안의 문화를 구성하고 있는 사람들을 그 구성계층이나 선조를 가리지 않고 통틀어 일컫는 좀 더 폭넓은 의미로 쓰이고 있다. 한편 프랑스령 기니에서는 피부색과 관계없이 유럽풍의 생활방식을 따르는 사람들을 지칭하며, 이웃한 수리남에서는 아프리카 노예의 후손들을 지칭하기도 한다. 또한 미국의 루이지애나에서는 초기 프랑스와 스페인 정착민들의 후손으로 프랑스어를 사용하는 백인을 지칭하며, 프랑스어와 스페인어의 일종으로 사용되는 '물라토'-백인과 흑인 사이에서 난 혼혈-를 지칭하기도 한다. 라틴아메리카의 다른 지역에서 이 말은 다양한 의미로 사용되고는 한다. 순수한 스페인 혈통으로 그 지역에서 태어난 사람을 뜻하기도 하고, 이보다 제한적인 의미로는 스페인 출신으로 이미 식민지시대에 아메리카에 뿌리를 내려 영향력을 행사해 왔던 오래된 가문의 일원을 뜻하기도 한다. 또한 농촌의 인디언과 비교해 유럽화된 대도시의 계층만을 의미하기도 한다. 페루에서는 폭넓은 주제에 대해 재치 있고 설득력 있게 말하거나, 상황을 자기에게 유리하게 이끄는 등의 능력을 발휘하는 활발한 생활방식을 의미하는 형용사로 사용되기도 한다.

드 에레디아는 출판가 루이 드 마자드-퍼싱의 뒤를 이어 1894년 '아카데미 프랑세즈'의 회원이 되었다. 회원의 자격요건을 엄격하게 제한하는 '아카데미 프랑세즈'에서 드 에레디아가 순수작가로서 회원으로 선출되었다는 것은 그에게 상당히 영광스러운 것이었다. 그는 베르날 디아즈 델 카스티요(1492~1581)의 『뉴 스페인의 정복의 역사』, '중위 수녀'(La Monja Alférez)[15]를 취급한 토마스 드 퀸시(1785~1859)의 「스페인의 군인 수녀」 등을 번역하기도 했다.

프랑스와 코페(1842~1908)가 "소네트에 있어서 세기의 전설"이라고 언급한 바와 같이, 드 에레디아의 작품 중에서 그의 소네트는 근대문학에서 가장 탁월한 것으로 평가받고 있다. 그의 소네트는 조금의 떨림도 없이 과감하게 그린 놀라우면서도 빛나는 그림, 인간의 오랜 역사에서 특징적인 장면을 포착한 그림에 해당하는 것으로 평가받고 있다. 많은 사람들은 그의 시가 흠집

---

15) '중위 수녀' 혹은 '군인 수녀'로 더 잘 알려진 카타리나 데 에라우소(1592~1650)는 17세기 전반 스페인과 스페인령 중남미에서 반쯤은 전설적인 인물로 알려져 있다. 스페인의 바스크지방에서 군인의 딸로 태어난 그녀는 겨우 네 살에 수녀원에 들어간 후에 한 번도 바깥세상을 구경하지 못했으며, 열다섯 살 되던 해에 종신서원을 하기 바로 전 심하게 매질을 당하고는 수녀가 될 것을 포기했다. 남장(男裝)을 하고 스스로를 '프란시스코 데 로욜라'라고 자칭했던 그녀는 산 세바스티안에서 바야돌리드까지 여러 곳을 여행했으며, 빌바오에서 배를 타고 스페인령 중남미에 도착하여 '알론소 디아즈 라미레즈 데 구즈만'이라는 이름으로 군인이 되었다. 그러나 군인이었던 그녀의 오빠까지도 그녀를 알아보지 못한 것으로 알려져 있다. 마푸체 인디언과의 칠레 전쟁에 참전한 그녀는 용감한 군인, 도박꾼, 투쟁자 등으로 명성을 얻었으며, 이와 같은 경력을 인정받아 중위로 승진되었다. 수녀원에서의 생활과 군인으로서의 생활을 결합하여 '중위 수녀'(La Monja Alférez) 또는 '군인 수녀'로 알려지게 되었다. 그녀의 자서전에 따르면, 그녀가 살해한 수많은 남자들의 죽음에는 한 밤중의 격투에서 그녀가 살해한 그녀 자신의 오빠도 포함되어 있으며, 자신의 오빠가 죽고 나서야 그 사실을 알게 되었다고 고백하고 있다. 그녀는 바스크 출신의 사업가들과 함께 사업에 참여하기도 했고, 군인, 귀족, 관료 등을 살해하기도 했으며, 당시의 관습으로는 피의자를 추적하기 위해 군인들이 들어갈 수 없는 신성한 장소인 성당으로 언제나 피신하여 위기를 모면하고는 했다. 더 나아가 몇몇 여성들과의 결혼을 파기하기도 하였고, 몇 차례 사형선고를 받기도 했지만, 그 때마다 바스크족의 도움으로 칠레, 아르헨티나, 볼리비아, 페루 등으로 피신하고는 했다. 쿠츠코에서 한 남자와 결투하다가 그 남자를 살해했고 자신 또한 치명적인 부상을 입었던데 에라우소는 임종직전의 고해성사에서 자신이 남성이 아니라 여성이라는 점을 고백했다. 그러나 4개월 동안의 치료를 받고 건강을 회복한 후에는 구아마냐로 떠났다. 또 다른 역경을 모면하기 위해서 주교에게 자신이 여자라는 점을 고백했고 주교의 도움으로 수녀원에 들어가게 되었으며, 그 이후로 그녀의 이야기가 세상에 알려지게 되었다. 1620년 리마의 대주교가 그녀를 초청했으며 1624년 스페인으로 돌아왔다. 그 후에 로마와 이탈리아를 여행했으며 마침내 교황 우르반 8세(1568~1644)로부터 남장(男裝)을 해도 된다는 특면(特免)을 받게 되었다. 프란세스코 크레센죠가 그린 그녀의 초상화는 분실되었다. 그러나 지금 남아 있는 초상화는 디아고 벨라즈케즈(1599~1660)의 장인(丈人) 프란시스코 파체코(1564~1644)가 1630년에 그린 것이다. 1645년 페드로 데 우르수아 함대를 따라 '뉴 스페인'으로 향했던 그녀는 베라크루즈의 길을 따라 노새를 몰기도 하였다. '뉴 스페인'에서는 안토니오 데 에라우소라는 이름을 사용했으며 1650년 '뉴 스페인'의 쿠에트락스탈라에서 세상을 떠났다.

없이 잘 세공된 보석처럼 빛나며 완벽하고 분명한 소리의 화음을 성취했다는 점을 인정하였다. 그의 시에서 결점이 있다면, 그가 하나의 그림만을 너무 많이 시로 빚어냈다는 점과 그의 시행(詩行)은 그의 스승이었던 르콩트 드릴(1818~1894)의 시행처럼 지나치게 과장되었다는 점을 들 수 있다. 그럼에도 드 에레디아는 시의 예술을 실천했던 가장 훌륭한 시인이라고 평가받고 있다. 아울러 그는 앙드레 세니에(1692~1794)의 작품에 대한 비평집을 완성하기도 했으며, 최근에는 그의 시집을 재정리한『전리품』(2005)이 출판된 바 있다.

3.2 김기림의 시「바다와 나비」와 드 에레디아의 시「꽃핀 바다」의 비교

김기림의 시「바다와 나비」와 드 에레디아의 시「꽃핀 바다」의 영향관계에 대해서 이재호는 다음과 같이 언급했다. "나의 추측은 김기림이 완벽한 기교와 이국적 제재의 회화적 특색을 가진 소네트를 쓴 프랑스 고답파 시인 조세-마리아 드 에레디아의「꽃핀 바다」에서 인스피레이션을 얻은 것이 아닌가 느껴진다. 에리디아의 시는 일본인 우에다 빈(上田 敏)의 역시집『해조음(海潮音)』(1905)에 세 편이나 번역되어 있고, 그 후에 다른 많은 프랑스 역시집이 나와 있어, 자료 빈곤으로 확인은 못했으나 이 시가 번역 소개되었을 가능성은 배제할 수 없다."16) 그러나 필자가 확인한 바로는 우에다 빈이 자신의 역시집『해조음』17)에 수록한 드 에레디아의 시로는 그의 시집『전리품』에서 발췌하여 번역한「산호초(珊瑚礁)」(pp. 34~35),「상(床)」(pp. 36~37),「출정(出征)」(pp. 38~39) 등이 있을 뿐이다.

이러한 점을 참고하여 이 글에서 살펴보고자 하는 드 에레디아의 시「꽃핀 바다」는 그의 시집『전리품』에 수록되어 있는 '꽃'에 관계되는「세기의 꽃」18) 및「불의 꽃」19)등과 함께 수록되어 있으며, 이들 세 편의 시에서 '꽃'

---

16) 이재호,「영·불시(英·佛詩)가 한국시가(詩歌)에 끼친 영향고(影響考)」, p. 122.
17) 上田 敏,『海潮音』(東京 : 新潮社, 1905, 1952).

은 '바다,' '불,' '세기'를 각각 상징한다고 볼 수 있다. 이처럼 세 가지 의미의 꽃 중의 하나에 해당하는 '바다'의 '꽃'에 관계되는 드 에레디아의 「꽃핀 바다」의 원문과 번역문을 인용하면 다음과 같다.

<table>
<tr><td>

José-Maria de Heredia
"Floridum Mare"

La moisson débordant le plateau diapré
Roule, ondule et déferle au vent frais qui la berce;
Et le profil, au ciel lointain, de quelque herse
Semble un bateau qui tangue et lève un noir beaupré.

Et sous mes pieds, la mer, jusqu'au couchant pourpré,
Céruléenne ou rose ou violette ou perse
Ou blanche de moutons que le reflux disperse,
Verdoie à l'infini comme un immense pré.

Aussi les goëlands qui suivent la marée,
Vers les blés mûrs que gonfle une houle dorée,
Avec des cris joyeux, volaient en tourbillons;

Tandis que, de la terre, une brise emmiellée
Éparpillait au gré de leur ivresse ailée
Sur l'Océan fleuri des vols de papillons

</td><td>

이재호 옮김
「꽃핀 바다」

다채로운 들판을 넘쳐흐르는 수확은
굴르고, 물결치고, 흔드는 상쾌한 바람에 펼쳐진다.
그리고 먼 하늘에 어느 써레의 윤곽은 마치 검은
제일 기움 돛대를 앞뒤로 흔들고 들어 올리는 배인 듯

그리고 내 발 밑에서 바다는 자줏빛 서쪽까지,
푸른빛 분홍빛 보랏빛 청록색
혹은 썰물이 흩뜨리는 양(羊)처럼 흰빛,
거대한 초원처럼 무한히 녹색으로 된다.

갈매기들 또한 호수를 따라가며
황금빛 파도로 부풀은 익은 밀을 향해
즐거운 고함치며 회오리바람 속을 날아갔다.

한편 육지로부터 꿀처럼 달콤한 미풍이
흩뜨린다. 황홀한 날개들이 내키는 대로
꽃핀 바다 위에 나비들을.

</td></tr>
</table>

---

18) 「세기의 꽃」(Fleur séculaire)의 원문은 다음과 같다. "Sur le roc calciné de la dernière rampe/ Où le flux volcanique autrefois s'est tari,/ La graine que le vent au haut Gualatieri/ Sema, germe, s'accroche et, frêle plante, rampe.// Elle grandit. En l'ombre où sa racine trempe,/ Son tronc, buvant la flamme obscure, s'est nourri;/ Et les soleils d'un siècle ont longuement mûri/ Le bouton colossal qui fait ployer sa hampe.// Enfin, dans l'air brillant et qu'il embrase encor,/ Sous le pistil géant qui s'érige, il éclate,/ Et l'étamine lance au loin le pollen d'or;// Et le grand aloès à la fleur écarlate,/ Pour l'hymen ignoré qu'a rêvé son amour,/ yant vécu cent ans, n'a fleuri qu'un seul jour."

19) 「불의 꽃」(Fleurs de feu)의 원문은 다음과 같다. "Bien des siècles depuis les siècles du Chaos,/ La flamme par torrents jaillit de ce cratère,/ Et le panache igné du volcan solitaire/ Flamba plus haut encor que les Chimborazos.// Nul bruit n'éveille plus la cime sans échos./ Où la cendre pleuvait l'oiseau se désaltère;/ Le sol est immobile et le sang de la Terre,/ La lave, en se figeant, lui laissa le repos.// Pourtant, suprême effort de l'antique incendie,/ A l'orle de la gueule à jamais refroidie,/ Éclatant à travers les rocs pulvérisés,// Comme un coup de tonnerre au milieu du silence,/ Dans le poudroîment d'or du pollen qu'elle lance/ S'épanouit la fleur des cactus embrasés."

앞에 전문이 인용된 드 에레디아의 시에서는 어느 가을날의 풍경을 감각적이면서도 환상적으로 표현하고 있다. 이러한 점은 온갖 유형의 색깔들―푸른빛, 분홍빛, 보랏빛, 청록색, 흰빛, 녹색, 황금빛―과 '초원'으로 비유된 '바다' 및 그 위로 날아오르는 '나비들' 등에서 확인할 수 있다. 이렇게 볼 때에 드 에레디아의 이 시에는 전체적으로 김기림의 시 「바다와 나비」와 유사한 점이 나타나 있다고 볼 수 있다. 말하자면, 김기림의 시에서 '흰 나비'의 '하얀 색,' '청(靑)무우밭'의 '초록색,' '새파란 초생달'의 '파란색' 등의 색채 이미지, '바다' 및 '나비' 등의 공통점을 확인할 수 있기 때문이다. 그럼에도 차이점이 있다면, 드 에레디아의 시에서의 '나비들'이라는 복수형과 '익은 밀'에 암시되어 있는 '가을'이 김기림의 시에서는 '나비'라는 단수형과 '3월(三月)달'이라는 '봄'으로 전환되어 있다는 점을 들 수 있다.

4. 소결론

이재호는 이들 시인들의 생존연대를 고려하여 이들의 시의 영향관계를 '드 에레디아→스펜더→김기림'으로 이어지는 계통, '에레디아→김기림'으로 이어지는 계통, 또는 '스펜더→김기림'으로 이어지는 계통 등으로 파악한 바 있다.[20] 그럼에도 한국 현대시 연구자들은 주로 '스펜더→김기림'의 영향관계에 역점을 두어왔다. 이러한 점을 고려하여 필자는 이들 세 시인들의 시에 나타난 유사점과 차이점을 살펴보았다.

두 나라 혹은 그 이상의 문학을 비교하는 데 있어서 영향과 수용의 관계는 비교문학 연구에서 가장 기본적인 요소에 해당한다. 이러한 요소에는 직접적인 관계와 간접적인 관계로 나뉘며, 한국 현대시에 있어서 그러한 점은 주로 간접적인 관계에 해당한다. 왜냐하면 직접적인 관계는 문학의 '발신자'와 그러한 문학의 '수신자'가 직접 교류하게 되는 것을 전제로 하기 때문이다. 물론 작품에 의해서 직접 영향을 받기도 하지만, 그것은 어디까지나 간접적인 영향과 수용에 해당한다. 이러한 점을 고려하여 앞에서 살펴본, 드

---

20) 이재호, 「영·불시(英·佛詩)가 한국시가(詩歌)에 끼친 영향고(影響考)」, p. 126.

에레디아, 스펜더, 김기림의 영향과 수용의 관계를 시어(詩語)를 중심으로 정리하면 다음과 같다.

	드 에레디아 「꽃핀 바다」	스펜더 「바다풍경」	김기림 「바다와 나비」
계절	여름	가을	봄
공간	바다와 육지	바다와 육지	바다 (육지)
시간	(한낮)	오후	초저녁
대상	다수(多數)의 '나비'	두 마리 '나비'	한 마리 '나비'
이미지	시각이미지 (푸른빛, 분홍빛, 보랏빛, 청록색, 흰빛, 녹색, 황금빛)	청각이미지 (하프)	시각이미지 (청무우밭, 초생달)
형식	소네트	자유시	자유시
의미	세상을 떠난 동생을 애도	가을날의 풍경 자체	모더니즘 세계

이상에서 살펴본 바와 같이 김기림의 시 「바다와 나비」에서 멀리로는 드 에레디아의 시 「꽃핀 바다」와 가까이로는 스펜더의 시 「바다풍경」의 흔적을 찾아볼 수 있다. 그러나 이러한 영향과 수용의 관계는 더 많은 연구를 필요로 한다.

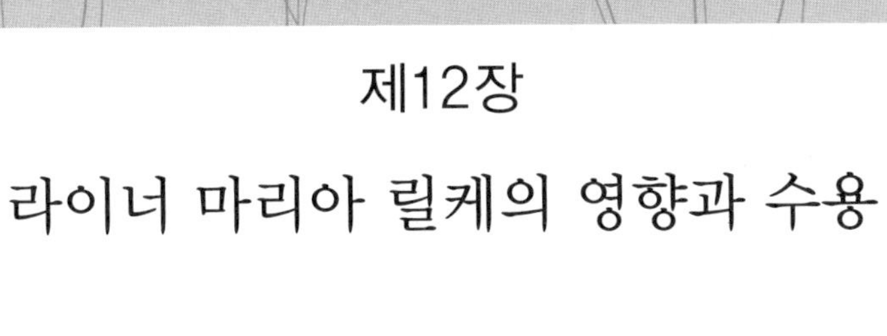

제12장

라이너 마리아 릴케의 영향과 수용

박용철, 김춘수, 김수영, 박양균의 경우를 중심으로

1. 릴케의 생애와 작품세계

체코의 프라하에서 태어나 스위스의 발몽에서 세상을 떠난 라이너 마리아 릴케(1875~1926)의 원래 이름은 르네 마리아 릴케이며 독일어권에서 20세기 최고의 시인으로 평가받고 있다. 그의 시에 자주 등장하는 '이미지'는 불신과 고독과 심각한 불안의 시대에 있어서 말로 표현할 수 없는 교감의 어려움을 나타낸다. 이러한 이유로 인해서 릴케는 전통적인 시인과 모더니즘 시인 사이에 위치하게 된다. 그의 시세계는 짧은 서정시의 세계와 서정적 산문의 세계로 나뉘며, 가장 잘 알려진 시로는 『오르페우스에게 바치는 소네트』(1922)와 『두이노의 비가(悲歌)』(1912~1922)가 있고, 많이 알려진 산문작품으로는 『젊은 시인에게 보내는 편지』와 어느 정도 그의 자서전에 해당하는 『말테의 수기』가 있다. 그는 또한 프랑스어로 400여 편의 시를 쓰기도 했다.

한국 현대시에 끼친 릴케의 시세계의 영향은 1930년대의 박용철에서부터 1950년대의 김춘수를 거쳐 오늘날까지 다양한 시인들의 시세계에 수용되어 있으며, 이에 대한 비교연구 또한 어느 정도 성과를 거두고 있다. 이러한 점을 고려하여 릴케의 생애와 작품세계 등을 전반적으로 개관하면 다음과 같다.

1.1 생애[1)]

1.1.1 살로메와의 만남과 러시아 여행

릴케는, 군대에서 제대한 후 철도원으로 일하고 있던 아버지 요제프 릴케 (1838~1906)와 프라하의 명문가 출신으로 유태인 배경을 가지고 있는 어머니 피아 엔츠(1851~1931) 사이에서 태어났다. 어머니의 유태계 배경에도 불구하고 릴케는 가톨릭적인 분위기에서 성장했다. 중상층의 상인이자 황제의 고문관의 딸인 릴케의 어머니는 성품이 까다로웠으며 자신보다 신분이 낮은 사람과 결혼한 것에 대해서 일종의 열등의식을 갖고 있었을 뿐만 아니라 상류사회를 동경한 나머지 귀부인 차림으로 다니기를 좋아했다. 1884년 남편과 헤어진 그녀는 황제의 궁에 가까운 곳에 살기 위해서 비엔나로 갔다. 릴케의 어머니 피아는 태어난 지 채 일주일도 안 되어 세상을 떠난 첫 딸에 대한 오랫동안의 슬픔에 휩싸여 있었으며, 이로 인해서 릴케의 어머니는 세상을 떠난 딸의 모습을 되찾기라도 하려는 듯이 어린 릴케에게 여자애 옷을 입혔고 그로 하여금 소녀처럼 행동하도록 요구했다.

시적으로나 예술적으로나 천부적인 재능을 가지고 있었던 릴케는 프라하의 피아리스트 경 형제가 운영하던 학교에 다닌 후에 오스트리아 장크트푈텐의 육군소년학교에 입학했다. 그리고 1886년 보헤미아 메리슈 바이스키르헨에 있는 육군사관학교에 입학하여 1891년 질병을 이유로 그만둘 때까지 3년간 다녔다. 릴케는 말년에 이 시기를 '가혹한 수난의 시기,' '공포의 입문기'라고 회상했다. 그 이후에 숙부 야로슬라프의 도움으로 1892년부터 1895년까지 대학입학시험을 준비하여 1895년 합격했다. 1895년 프라하의 카렐대학교에 입학하여 독일문학과 미술사과정에 등록했지만 가족들을 실망시키지

---

1) 릴케의 생애에 대해서는 Ingeborg Schnack, *Rainer Maria Rilke: Life and Work in Pictures —With a Biographical Introduction and Chronological Tables*, trans. Patricia Crampton (Insel Verlag, Frankfurt am Main, 1975)을 참고할 것, 이 책은 전부 78쪽으로 이루어졌으며, 전반부에서는 릴케의 생애를 간략하게 소개했고 후반부에는 릴케의 생애에 관련되는 사진이 연도별로 수록되어 있다. 아울러 Ralph Freedman, *Life of a Poet: Rilke* (Chicago : Northwestern University Press, 1998)도 참고할 것.

않기 위해 1학기 동안 법학강의를 듣기도 했다. 1896년 독일의 뮌헨으로 가게 되었고 그곳에서 대도시와 예술에 매료되었다. 이 시기에 릴케는『삶과 노래』(1894)를 출판했다

릴케는 1860년 5월 뮌헨에서 루 안드레아스-살로메(1851~1931)와 사랑에 빠졌다. 러시아 장교와 독일인 어머니 사이에서 태어난 상트페테르부르크 출신의 살로메는 당시 36세였으며, 그녀는 26세 때에 독일인 교수 프리드리히 안드레아스와 결혼한 유부녀였고 젊은 시절에는 니체로부터 청혼을 받기도 했지만 거절한 적도 있었다. 많은 곳을 여행했을 뿐만 아니라 지성적이었던 살로메와 릴케의 긴밀한 관계는 그가 살로메의 요구에 의해서 자신의 이름을 '르네'에서 좀 더 남성적인 '라이너'로 바꾸었다는 점에서도 찾아볼 수 있다. 또한 당시 22세의 릴케는 36세의 살로메로부터 연인의 감정이라기보다는 일종의 '모성애'의 감정을 갖게 되었다. 살로메는 릴케가 플로베르식 '감정교육'을 받는 데 있어서 많은 영향을 주었고 러시아를 소개해 주었을 뿐만 아니라 궁극적으로 두 번의 러시아 여향에 동행하기도 하였다. 두 번에 걸친 러시아 여행을 동행할 정도로 이들의 관계는 가까웠지만, 얼마 되지 않아 헤어졌다. 그럼에도 1897년 말 릴케는 가능한 한 살로메와 가까이 지내기 위해 그녀를 따라 베를린에 갔으며, 살로메는 릴케가 세상을 떠날 때까지 가장 중요한 후견인의 역할을 했다. 살로메는 프로이드와 함께 1912년부터 1913년까지 심리학 훈련을 받은 후에 자신의 심리학 지식을 릴케에게 전해 주기도 했다.

릴케는 1898년 몇 주간에 걸쳐 이탈리아를 여행했고, 1899년 봄에는 살로메와 그녀의 남편 안드레아스와 함께 모스크바를 여행했으며 거기에서 레오 톨스토이(1828~1910)를 만나기도 했다. 1900년 5월과 8월 사이에 살로메와 함께 러시아를 두 번째로 방문한 릴케는 모스크바와 상트페테르부르크에 들렸으며, 상트페테르부르크에서 보리스 파스테르나크의 가족과 농부시인 스피리돈 브로츠친을 만났다. 러시아는 릴케에게 말로 형언할 수는 없는 원초적

이고 종교적인 감동을 불러일으켰을 뿐만 아니라 조화롭고 강인한 '절대신'의 세계이자 '인간 공동체'이고 하나의 '대자연'이자 존재의 '우주정신'이 정제되어 있는 곳이기도 하였다. 러시아에서 받은 이러한 영감을 '진정한 시작(詩作)의 시작'이라고 파악한 릴케는 1899년부터 1903까지 전3부로 구성된 연작시『시도시집』(1905)을 완성했다. "보헤미아와 러시아가 자신의 두 고향"[2]이라고 말할 정도로 두 번의 러시아 여행에서 릴케가 받은 영감과 감동은 대단한 것이었다.

1.1.2 로댕과의 조응과 파리의 생활

1900년 가을 릴케는 보르프스베데에 있는 '아티스트콜로니'에 머물렀으며 거기에서 전형적인 표현주의 화가 파울라 모더존-베커(1876~1907)가 그의 초상화를 그렸다. 1901년 4월 이곳에서 릴케는 오귀스트 로댕에게 사사한 브레멘 출신의 젊은 여성조각가 클라라 베스트호프(1878~1954)를 만나 다음 해 봄에 결혼했으며 1901년 12월 그의 딸 루스(1901~1972)가 태어났다. 그러나 이들은 서로 자유롭게 활동하기 위해서 곧바로 헤어졌다. 이곳에서 릴케는『시도시집』제2부를 집필하기 시작하였으며, 보르프스베데의 미술가촌에 관한 책도 집필했다.

1902년 여름 독일인 출판업자의 부탁으로 조각가 오귀스트 로댕(1840~1917)에 관한 논문을 준비하기 위해서 파리를 여행했다. 처음에 파리에서 릴케는 어려운 시절을 보냈으며 이러한 점은 그의『말테의 수기』(1910) 첫 부분에 나타나 있다. 또한 모더니즘의 세계에 접하게 된 릴케는 상당히 고무되었을 뿐만 아니라 로댕의 조각과 세잔(1839~1906)의 작품에서도 많은 감명을 받았다. 얼마동안 로댕의 비서로 활동했으며 결과적으로 로댕과 그의 작품세계에 대한 긴 논문을 쓸 수 있게 되었다. 로댕과 릴케의 관계는 1906년 봄까지 지속되었으며 로댕은 릴케에게 예술적 영감을 전달하는 전통적인 개

---

2) Anna A. Tavis, *Rilke's Russia : A Cultural Encounter* (Chicago : Northwestern University Press, 1997), p. 1.

념에 첨예하게 대립되는 미술의 윤리를 가르쳐 주었고, 루브르박물관에 소장되어 있는 미술품, 샤르트르 대성당 등 파리의 모든 형상들을 새롭게 파악할 수 있는 통찰력을 부여해 주었다. 그것이 바로 '객관적 관찰'의 가치이며 릴케는 그것을 '사물시' 「표범」(1902)에서 그대로 반영하였다.

'사물시'는 릴케가 창안한 새로운 서정시의 양식으로, 물리적인 대상에서 조형적인 본질을 포착하여 한 편의 시로 형상화시킨 양식에 해당한다. 말하자면, 시각예술, 초상화, 성서이나 신화, 심지어 자연세계의 풍경까지도 화가의 묘사에 버금가게 언어로 묘사하는 것이 바로 '사물시'라고 볼 수 있다. 릴케가 자신의 『새로운 시집』(1907) 이후에 발표한 새로운 시의 형태는 그의 시가 독일의 전통적인 서정시로부터 벗어나게 되는 계기를 마련해 주었다. 자신이 사용하는 언어를 극단으로까지 추구하여 정제시키고 순화시켜 다른 예술과는 차이 나는 예술, 기존의 언어와는 다른 언어가 될 수 있도록 노력했다. 1907년 가을 세잔에 관한 편지에서 그의 화풍(畵風)을 "이름 없는 노동으로 사랑을 모두 소모하는 방법"이라고 언급한 것이나 1903년 7월 살로메에게 보낸 편지에서 자신의 이러한 방법을 "공포로부터 구체적인 대상을 제작하는 것"이라고 표현한 것은 모두 릴케 자신의 '언어연금술법'에 관계된다. 아울러 릴케는 개인적으로 보들레르(1821~1867)의 시세계로부터 간접적인 영향을 받기도 했다.

이 시기에 릴케는 『신시집(新詩集)』(1907), 『신시(新詩)의 또 다른 부분』(1908), 두 편의 「레퀴엠」(1909), 그리고 1904년부터 『말테의 수기』를 집필하기 시작했다. 1903년 봄 파리에서의 무료한 생활로부터 벗어나기 위해 이탈리아의 비아레지오로 가서 『시도시집』 제3부를 집필했다. 아울러 1903년부터 1904년까지 로마를 여행했고, 1904년 스웨덴을 방문했으며, 1906년부터 1908년까지 카프리 등을 여행했다. 또한 남프랑스, 스페인, 튀니지, 이집트 등 대부분의 지역을 여행하는 한편, 다른 한편으로는 독일과 오스트리아에 있는 자신의 친구들을 방문하기도 했다. 그러나 이 시기의 릴케에게 있어서 파리는 언제나 그의 삶의 중심지였다. 릴케에게 있어서 파리는 역사적이고 인간적이며, 지적이면서도 도전적인 분위기를 창출할 수 있는 '아름다운 풍경'을 제공해 주는 곳이면서도 인간성의 상실과 소외, 공포와 빈곤, 절망과 죽음을 제공해 주는 곳이었다.

1.1.3 제1차 세계대전과 '정신적 외상(外傷)'

1911년 10월부터 1912년 5월까지 릴케는 '마리 테레제 폰 투른 운트 탁시스' 후작부인의 저택인 두이노 성(城)에 머물면서 『두이노의 비가(悲歌)』를 집필하기 시작했지만, 오랫동안 지속된 그 자신의 창작력 위기로 인해서 거의 10년 동안 미완성의 상태로 남아있게 되었다. 독일에 머무는 동안 제1차 세계대전이 발발하자 릴케가 경악할 수밖에 없었던 까닭은 자신의 모든 것을 몰수하여 경매에 부친 파리로 돌아갈 수 없었기 때문이다. 전쟁의 와중에서 상당한 기간 동안 뮌헨에서 소일할 수밖에 없었던 릴케는 1914년부터 1916년까지 여류화가 루 알베르트-라사르(1885~1969)와 부적절한 관계를 맺었다. 1916년 초 징병통보를 받은 릴케는 비엔나에서 군대의 기본훈련을 받고 있었지만, 영향력 있는 그의 친구들이 그를 대신하여 중재에 나섬으로써 릴케는 '전쟁기록사무실'에서 근무했으며 1916년 6월 9일 제대했다. 청소년기의 군대학교에서의 공포에 대한 기억과 군복무시절의 경험으로 인한 정신적 외상(外傷)으로 인해서 릴케는 완전히 침묵하는 시인이 되었다. 또한 이 시기의 사회적 분위기로 인해서 릴케는 자신의 삶과 창작활동에 많은 지장을 받았으며, 그 결과 종전(終戰) 후에는 무기력 증세를 보이기도 했다. 그러나 1915년경부터 창작력을 회복하여 1915년 가을 『두이노의 비가(悲歌)』중에서 '제4비가'를 완성했다.

1.1.4 뮈조트 성(城)과 후견인 라인하르트

1919년 6월 11일 릴케는 뮌헨을 떠나 스위스를 여행하게 되었다. 표면적인 이유는 취리히에서 강연 요청이 있었기 때문이지만, 실제 이유는 제1차 세계대전 이후의 무질서로부터 벗어나 자신이 오랫동안 쓰지 못했던 『두이노의 비가』를 완성하고자 했기 때문이었다. 적당하고 알맞은 집필 장소를 찾지 못해 여러 가지 어려움을 겪었던 릴케는 솔리오, 로카르노, 베르크 암 이르첼 등에 머물렀다. 1921년 여름 발레 지방의 시에르 근처 론 강가에 위치한 뮈조트 성(城)에 후견인 베르너 라인하르트의 손님으로 머무를 수 있게 되었으며, 그의 후견인이 1922년 5월 이 성(城)을 구입함으로써 릴케는 무료로 장기간 머물 수 있게 되었다. 이 시기에 가장 의욕적인 창작열을 보인 릴케는 1922년 2월 『두이노의 비가』를 완성했고, 이를 전후해서 55편의 소네트가 포함되어 있는 『오르페우스에게 바치는 소네트』도 완성했다. 앞에서 언급한 바와 같이, 릴케의 작품 중에서 가장 높게 평가되는 이 두 작품에 대해서 그는 '위대한 부여(附與)'라고 회상했다.

1923년 이후부터 릴케는 점점 악화되는 건강의 문제와 씨름해야만 했고 이로 인해서 제네바 호숫가 몽트뢰 가까이에 있는 테리테의 요양원에 장기간 입원하기도 했다. 생활환경과 조건에 변화를 주어 자신의 질병으로부터 벗어나기 위해서 릴케는 1925년 1월부터 8월까지 파리에 오랫동안 체류하기도 했다. 이와 같은 여러 가지 악조건에도 불구하고 릴케는 1923년부터 1926년까지 『영묘(靈廟)』 등을 포함하여 수많은 시를 썼을 뿐만 아니라 프랑스어로 서정시를 쓰기도 했고 발레리(1871~1945)의 시를 독일어로 번역하기도 했다. 세상을 떠나기 얼마 전에 릴케의 병명(病名)은 '패혈증(敗血症)'으로 진단되었다. 그는 스위스의 발몽요양원에서 1926년 12월 29일 세상을 떠났으며, 1927년 1월 2일 스위스 비스프의 서쪽에 있는 라론 묘지에 안장되었다. 생전에 릴케는 장미가시에 찔려 발생한 패혈증으로 인해 죽게 될 것이라고 믿고는 했다. 릴케의 죽음의 원인이 된 패혈증은 1926년 가을 어느 날 자신을 찾아온 이집트의 여자 친구 니메 엘루이 베이 부인에게 주기 위해서 장미꽃을 꺾다가 그 가시에 찔린 것에서 비롯되었다. 릴케는 1926년

12월 22일 자신이 알고 지내던 베이 부인에게 "부인, 상상할 수 없을 정도로 너무나 끔찍하게 아픕니다. 의사들이 병명(病名)을 '패혈증(敗血症)'이라고 했습니다"라는 편지를 보냈다. 그리고 릴케는 1주일 뒤에 세상을 떠났다. 그의 관 위에도, 라로뉴에 있는 그의 무덤 앞에도 니메 엘루이 베이 부인이 보낸 장미꽃 다발이 놓여있었다. 평생을 장미와 함께 살아온 릴케가 선택한 그의 묘비명은 다음과 같다.

> 장미여, 오 순수한 모순이여,
> 그렇게도 수많은 눈꺼풀 아래,
> 누구의 잠도 아닌 잠이고 싶은 마음이여,

1.2 작품세계

1.2.1 '사물시'의 세계와 '서정시'의 세계

릴케의 시세계는 대략 아폴로, 헤르메스, 오르페우스 등 고대의 신들에게서 영감을 받은 것과 고전작품에서 영향을 받은 세계가 있고, 천사와 장미 및 그 자신의 개성과 창조성에서 비롯된 세계가 있다. 릴케는 고대의 신들을 자신의 시의 모티프로 활용하는 데 있어서 새로운 방법과 독창적인 해석을 적용하였다. 예를 들면, 에우리디케에 관련되는 이야기에서는 그녀를 위해 지옥으로 내려간 오르페우스에 대해서는 한 마디도 언급하지 않은 채 냉정하면서도 죽음에 현혹된 그녀 자신의 모습만을 묘사하고 있을 뿐이다. 아울러 릴케는 은유, 환유, 모순 등의 비유법을 활용하였다. 이러한 점은 그의 묘비명에서 찾아볼 수 있으며, 거기에서 '장미'는 '잠의 상징'으로 사용되었고, 장미꽃잎은 감은 눈썹에 관계되며, 깨어 있는 감각으로서 장미의 색깔, 향기, 섬세성 등도 암시되어 있다.

로댕과의 만남으로 인해서, 그리고 그의 작품세계로 인해서 릴케는 점차 '보는 세계'를 자신의 작품으로 형상화하기 시작했다. 그것이 바로 그의 시세계를 특징짓는 '사물시'의 세계로 이동용은 '사물시'로서의 릴케의 시 「표범」과 「회전목마」를 비교하면서, 폰 빌퍼르트의 견해를 인용하여 '사물시'를 다음과 같이 정리했다.3) 사물시는 주체적이면서도 순수한 서정적인 정서의 태도이자 감동적인 하나의 과정으로서의 정서의 경과를 묘사하는 시와는 반대로 하나의 대상 혹은 존재를 비개인적이면서도 대상 자체에 역점을 두는 묘사에 중점을 두는 시이다. 조각예술품을 언어적으로 이해하는 것은 물론 그것을 통해서 예술작품을 재창조함으로써 우연적이고 비본질적인 모든 것을 정화하고 아울러 대상 자체를 상징적으로 해석하는 경향을 강조함으로써 예술작품 자체의 본질과 내적 법칙에 의해 감정이입을 취급하는 시이다.4)

그 결과 릴케는 1902년 11월 자신의 시세계를 대변하는 '사물시'를 중심으로 하는 『신시집』(1907)을 발간했다. 이 시집에 수록된 첫 번째 작품 「표범」(1902)은 그의 '사물시'를 대표하는 시로 이 시의 원문과 번역문은 다음과 같다.

Rilke, "Der Panther"

Im Jardin des Plantes, Paris

Sein Blick ist vom Vorübergehn der Stäbe
so müd geworden, dass er nichts mehr hält.
Ihm ist, als ob es tausend Stäbe gäbe
und hinter tausend Stäben keine Welt.

Der weiche Gang geschmeidig starker Schritte,
der sich im allerkleinsten Kreise dreht,
ist wie ein Tanz von Kraft um eine Mitte,
in der betäubt ein großer Wille steht.

Nur manchmal schiebt der Vorhang der Pupille
sich lautlos auf—. Dann geht ein Bild hinein,
geht durch der Glieder angespannte Stille—
und hört im Herzen auf zu sein.

구기성 역, 「표범」

― 파리 식물원에서

창살들을 스쳐지남으로 해서 그의 눈초리는
지쳐버려 아무것도 더는 간직하지 못한다.
그에겐 마치 천 개의 창살만이 있고
천 개의 창살 뒤에 세계는 없는 듯하다.

작고 작은 원을 그리며 도는
유려하고 힘찬 내디딤의 사뿐한 발걸음은
커다란 의지가 그 속에 마비되어 깃들은,
어느 중심을 돌고 도는 힘의 춤과도 같다.

때로 동공의 장막이 소리도 없이
올라갈 뿐―그러면 형상이 하나 들어와선,
사지(四肢)의 긴장된 정막을 뚫고 가고―
그리고는 심장 속에서 사라져버린다.5)

---

3) 이동용, 「시각을 통한 세계인식과 존재확인: 릴케의 사물시 「표범」과 「회전목마」 비교분석」, 『독일문학』 제75집 41권 3호 (2000), pp. 88~104.

4) Gero von Wilpert, *Sachwörterbuch der Literatur* (Stuttgart 5, 1969), p. 174. 본문에서의 인용은 이동용의 언급에서 재인용했음을 밝혀둔다.

앞에 인용된 릴케의 시 「표범」은 그가 1922년 11월 6일 쓴 것으로 알려져 있다. 이 시의 주제는 대상을 있는 그대로 '보는 시'의 전형을 보여줄 뿐만 아니라 대상으로서의 '표범'을 인간처럼 생각하고 행동하는 주체로 의인화시켜 놓았다. 다시 말하면, 표범의 시선과 시적 자아의 시선 및 시인의 시선은 서로 다른 세 가지 시선에 해당하지만, 동일한 시선으로 수렴되어 결과적으로는 대상과 주체가 일치하게 된다고 볼 수 있다. 따라서 릴케의 이 시는 복잡하게 얽혀 있는 감정이입과 직관, 주체와 객체의 동질성, 감정의 객관성 등을 여과 없이 제시함으로써, 형식과 내용에 있어서 가장 전형적인 '사물시'에 해당한다는 평가를 받고 있다.

릴케의 시세계를 특징짓는 다른 하나는 고대의 신들에게 관계되는 「오래된 아폴로 토르소」를 들 수 있으며, 『신시집』(1907)에 수록되어 있는 이 시의 원문과 번역문6)은 다음과 같다.

Rilke
"Archaischer Torso Apollos"

Wir kannten nicht sein unerhörtes Haupt,
darin die Augenäpfel reiften. Aber
sein Torso glüht noch wie ein Kandelaber,
in dem sein Schauen, nur zurückgeschraubt,

sich hält und glänzt. Sonst könnte nicht der Bug
der Brust dich blenden, und im leisen Drehen
der Lenden könnte nicht ein Lächeln gehen
zu jener Mitte, die die Zeugung trug.

Sonst stünde dieser Stein enstellt und kurz
unter der Shultern durchsichtigem Sturz
und flimmerte nicht so wie Raubtierfelle;

und brächte nicht aus allen seinen Rändern
aus wie ein Stern: denn da ist keine Stelle,
die dich nicht sieht. Du mußt dein Leben ändern.

윤호병 역
「오래된 아폴로 토르소」

잘 익은 사과와 같은 눈망울이 있는
전설적인 그의 얼굴을 전혀 알지 못하지만,
그의 토르소에는 섬광이 등불처럼 여전히 빛나고 있네,
아래로 향하고는 있지만, 타오르며 빛나는

그의 두 눈빛과 함께. 그렇지 않다면 그의 우람한 가슴은
그대를 매혹시킬 수도 없었을 것이고, 조금은 굴곡진
그의 은밀한 곳을 보고 미소 지을 수도 없었으리라
정욕 넘치는 바로 그 중심부를 통해서.

그렇지 않다면 이 돌은 마모된 채 서있을 것이고
투명한 어깨선 아래로 떨어져 내려
야수의 가죽처럼 빛나지도 않으리라.

그리고 모든 부분이 별빛처럼 번쩍거리지도 않으리라,
그대를 응시하지 않는 부분은 어느 한 곳도 없으니까.
그대는 그대의 삶을 변화시켜야만 하리라.

---

5) 구기성 역, 『형상시집 외 』 (민음사, 2001), p. 122.

6) Rainer Maria Rilke, "Archaic Torso Apollo," *The Selected Poetry of Rainer Maria Rilke*, ed. and trans., Stephen Mitchell (New York : Vintage Books, 1984), pp. 62~62에서 독일어 원문과 영역(英譯)을 참고하여 필자가 번역했음을 밝혀둔다. 아울러 윤호병, 『비교문학』 (민음사, 1994), p. 295도 참고할 것.

앞에 인용된 릴케의 시의 '원문과 번역문'에 나타나 있는 바와 같이 이 시의 시적 주제는 '아폴로 토르소 상(像)'이며, 릴케는 이 상을 루브르박물관에서 관람한 것으로 알려져 있다. 거기에 소장되어 있는 '아폴로 토르소 상(像)'은 B.C. 480~B.C. 470년경에 밀레토스 섬에서 제작된 대리석 상(像)으로 초기스타일의 특징을 상당히 많이 지니고 있는 것으로 평가받고 있다. 로댕의 영향으로 쓰게 된 '사물시'의 한 특징을 보여주는 릴케의 이 시의 의미를 에설러 K. 르 귄은 「공상과학소설에서의 신화와 원형(原型)」(1976)에서 다음과 같이 파악했다.

> 진정한 신화는 수 천 년 동안 지성적인 성찰, 종교적인 환희, 윤리적인 요구와 예술적인 재생을 위한 끊임없는 원천으로 작용할 수도 있다. 진정한 신화는 이성에 의해서 파괴될 수 있는 것이 아니다. 모조품의 경우, 우리들이 그것을 바라보면 그것은 사라져버리고 만다. 금발의 영웅을 바라보면, 정말로 바라보면, 그는 쥐구멍 속으로 들어가 버리고 말 것이다. 그러나 아폴로 상을 바라보면 그도 여러분을 바라보게 된다. 시인 릴케는 50여 년 전에 아폴로 상을 바라보았고 아폴로 상은 그에게 "그대는 그대의 삶을 변화시켜야만 하리라"라고 말해주었다.[7]

아울러 베른트 야거도 릴케의 이 시에 반영되어 있는 '응시'의 문제를 제기하면서 일상인으로서의 우리들의 응시와 예술품으로서의 아폴로의 응시 및 그러한 '응시'를 시로 전환시킨 릴케의 응시 등의 관계를 다음과 같이 요약했다.

> 일터로 향하는 일상적인 생활에서 누군가가 우리 뚫어져라 바라보면서 어떤 반응을 요구하는 것처럼 보인다면 어떻겠는가? 릴케의 시 「오래된 아폴로 토르소」는 과학적인 조사, 미학적인 성찰 또는 역사적인 분석의 대상이 일상적인 생활로부터 갑작스럽게 벗어나 우리들로 하여금 또 다른 세계로 들어가라고 손짓하는 주체로 전환될 수 있는 순간, 정확하면서도 생산적인 순간을 탐구한 것이다. 릴케의 이 시는 우리들로 하여금 세속적이고 자연적인 우리들의 관심을 뛰어넘을 수 있게 하고, 자연세계를 전용하고 정복하고자 하는 사고와 행위를 뛰어넘을 수 있게 한다. 이 시에 나타나 있는 복잡한 사유

---

7) Ursula K. Leguin, "Myth and Archetype in Science Fiction" (1976), reprinted in *The Language of the Night* (1989).

의 길을 충실하게 따라가는 것은 거기에서 비롯되는 서사와 비유에서 비롯되는 바로
그 원천에 다다르게 되는 것이다. 이러한 점은 인간세계에서 발생하는 원천과 동일한
것이다.8)

자연의 상태에 그대로 있으면 하나의 돌에 불과하지만 조각으로 빚어진
'아폴로의 토르소'에는 남다른 생명력과 활력이 있을 뿐만 아니라 하나의 교
훈성까지도 있다는 점을 강조하고 있는 릴케의 이 시에서 중요한 점을 관람
객의 '응시'와 조각품의 '응시'가 서로 조응된다는 점이다. 전자의 응시에 의
해서 후자의 응시를 추론하고는 있지만 머리 부분이 없는 '토르소'이기 때문
에 그 응시는 상상에 의해서만 가능할 뿐이다. 이러한 점은 이 시의 마지막
부분에 나타나 있는 '삶의 변화'에 집약되어 있다. 이와 같은 '응시'의 상호교
감에 의해서 릴케는 자신이 새로 창안한 '사물시'의 세계를 완성했다고 볼
수 있다.

다음은 릴케의 시에서 우리에게 가장 많이 알려진 그의 시 「가을날」을 살
펴보고자 하며, 이 시는 그의 『형상시집(形象詩集)』(1902)에 수록되어 있다. 이
시기에 27세인 릴케는 독일의 예술잡지로부터 로댕의 전기를 써달라는 부탁
을 받고 당시 62세의 로댕을 만나기 위해 파리로 갔다. 따라서 로댕과의 만
남으로 인해서 그의 시가 '사물시'로 변모되기 전의 시세계를 보여주는 대표
적인 시라고 볼 수 있으며, 이 시의 원문과 번역문은 다음과 같다.

다음에 인용된 시에서 릴케는 신의 세계와 인간의 세계, 신의 섭리와 인간
의 실존 혹은 존재의 문제를 제기하고 있으며, 그것은 궁극적으로 사유의 원
형(原型)으로서의 절대고독과 그것에 대한 사려 깊은 성찰에 접맥된다. 이러한
점은 제1연에서 신의 섭리에 의한 계절의 순환에 의해서 여름에 이어 찾아온
가을의 모습에서 찾아볼 수 있으며, 그것은 '해시계'에 의해서 시간의 촉박성
으로 전환된다. 말하자면 '너무 길었던 여름'에 뒤이어지는 '가을'이 순간적

---

8) Bernd Jager, "Rilke's 'Archaic Torso of Apollo' : Concerning the encounter with a work of art," *Journal of Phenomenological Psychology* (Spring 2004). p. 1.

Rilke, "Herbsttag"

송영택 역, 「가을날」

Herr: es ist Zeit. Der Sommer war sehr groß.
Leg deinen Schatten auf die Sonnenuhren,
und auf den Fluren laß die Winde los.

Befiehl den letzten Früchten voll zu sein;
gieb ihnen noch zwei südlichere Tage,
dränge sie zur Vollendung hin und jage
die letzte Süße in den schweren Wein.

Wer jetzt kein Haus hat, baut sich keines mehr.
Wer jetzt allein ist, wird es lange bleiben,
wird wachen, lesen, lange Briefe schreiben
und wird in den Alleen hin und her
unruhig wandern, wenn die Blätter treiben.

주여, 때가 왔습니다 여름은 참으로 길었습니다
해시계 위에 당신의 그림자를 얹으십시오
들에다 많은 바람을 놓으십시오

마지막 과실을 익게 하시고
이틀만 더 남국의 햇볕을 주시어
그들을 완성시켜, 마지막 단맛이
짙은 포도주 속에 스미게 하십시오

지금 집이 없는 사람은 이제 집을 짓지 않습니다
지금 고독한 사람은 이후로도 오래 고독하게 살아
잠자지 않고, 읽고, 그리고 긴 편지를 쓸 것입니다
바람에 불려 나뭇잎이 날릴 때, 불안스러이
이리저리 가로수 길을 헤맬 것입니다[9]

으로 사라질 수 있다는 점이 암시되어 있다. 따라서 제2연에서 두 번 강조하고 있는 '마지막'이라는 말은 우선적으로 '과실'에 관계되고 다음은 '단맛'에 관계되지만, 그것을 가능하게 하는 것은 가을의 짧은 '햇볕'이다. 따라서 제3연에서는 그 짧은 햇볕마저도 소멸하게 될 '겨울'을 암시하고 있다. 이러한 점을 다시 정리하면 1연에서는 신의 은총과 자비의 세계를, 2연에서는 모든 것들의 성숙과 완성을, 제3연에서는 고독과 구원의 세계를 강조하고 있다고 볼 수 있다.

1.2.2 『두이노의 비가(悲歌)』와 『오르페우스에게 바치는 소네트』의 세계

릴케의 시세계를 특징짓는 대표적인 장시(長詩) 『두이노의 비가(悲歌)』(이후

---

9) 이 시를 번역한 청서당(聽黍堂) 송영택(1933~)은 부산 출생으로 서울대학교 독문과를 졸업했다. 1951년 천상병, 김재섭 등과 함께 동인지 『신작품』을 발간했으며, 『신작품』(1952. 3)에 시 「가을·2」를, 『문예』에 「소녀상(少女像)」(1953. 1)이 추천되었고, 『현대문학』에 추천 완료되어 문단에 등단했다. 그의 초기시 「소녀상(少女像)」 전문은 다음과 같다. "이 밤은/ 나무잎이 지는 밤이다.// 생각할수록 다가오는 소리는/ 네가 오는 소리다./ 언덕길을 내려 오는 소리다.// 지금은/ 울어서는 안된다./ 다시 가만히 어머님을 생각할 때다.// 별이 나를 내려다 보듯/ 내가 별을 마주 서면/ 잎이 진다. 나무잎이 진다.// 멀리서/ 또 가까이에서…"

로는 『두이노』로 약칭함)와 『오르페우스에게 바치는 소네트』(이후로는 『오르페우스』로 약칭함)의 세계를 요약하여 정리하면 다음과 같다. 릴케는 이러한 두 편의 장시에서 인간이 존재할 수 있는 방법의 변용이라는 문제에 대해서 남다른 성찰을 함으로써, 그러한 것을 극복할 수 있는 한 가지 방법으로 비가시적인 대상을 시적 대상으로 전환시켰다. 『두이노』에서는 비가시적인 존재인 '천사'가 그 자체의 완전한 모습으로 등장하지만 불안하고 불완전한 현실에서의 인간세계를 가늠하는 척도로 작용할 뿐이지 인간의 구원의 문제에 대해서는 철저하게 거리를 유지하고 있다. 아울러 『오르페우스』에서도 '오르페우스'는 우리들에게 인생무상을 극복할 수 있는 하나의 가능성을 제공했으며, 어떻게 존재하고 어떻게 살아가야 하는지를 설명했다.

릴케의 『두이노』는 열 개의 '비가'로 구성되어 있다. 1912년 릴케는 두이노에 있는 성(城)으로 '마리 테레제 폰 투른 운트 탁시스 호엔로에'(1855~1934) 후작부인을 방문하였으며, 거기에서 마주치게 된 절벽 가까이를 걷고 있을 때에 자신을 부르는 어떤 목소리를 듣게 되었고 거기에서 영감을 받아 자신의 열 개의 '비가'를 쓸 수 있는 게 되었다고 언급한 바 있다. 이 때 그가 들은 목소리는 『두이노』의 첫 행 "내가 지상에서 소리친다 하더라도, 천사의 계열 중에서 어느 누가 내게 귀를 기울일 것인가?"에 반영되어 있다. 자기 자신의 '절망'과의 투쟁으로 인해서 지연되었던 이 시는 릴케가 프랑스남부의 포도주 생산지로 알려진 '론 벨리'를 방문했던 1922년 2월에 완성되었으며, 우리들에게 가장 잘 알려진 '제1비가' 첫 부분의 원문과 번역문은 다음과 같다.

릴케에게 있어서 '천사'는 그가 어떤 '대상'을 자신의 시로 전이시키는 데 있어서 '구체적인 것'에서 '추상적인 것'으로, '대상-보기'에서 '대상-생각하기' 혹은 '대상-상상하기'로 전환시킬 수 있는 계기가 되었다. 이러한 점은 또 그의 시세계의 변모과정에 대해서 일반적으로 명명(命名)하고는 하는 '보는 작업'에서 '마음의 작업'으로 전환되는 계기가 되었다. 따라서 위에서 살펴본 '사물시'와는 다른 시세계라고 볼 수 있는 '내면화 세계'를 이끌고 있

Rilke, *Duino Elegy,* "The First Elegy" 시작부분	김재혁 역, '제1비가' 시작부분
Wer, wenn ich schriee, hörte mich denn aus der Engel Ordnungen? und gesetzt selbst, es nähme einer mich plötzlich ans Herz: ich verginge von seinem stärkeren Dasein. Denn das Schöne ist nichts als des Schrecklichen Anfang, den wir noch grade ertragen, und wir bewundern es so, weil es gelassen verschmäht, uns zu zerstören. Ein jeder Engel ist schrecklich.[10]	내가 이렇게 소리친들, 천사의 계열 중 대체 그 누가 내 목소리를 들어줄까? 한 천사가 느닷없이 나를 가슴에 끌어안으면, 나보다 강한 그의 존재로 말미암아 나 스러지고 말 텐데. 아름다움이란 우리가 간신히 견디어내는 무서움의 시작일 뿐이므로 우리 이처럼 아름다움에 경탄하는 까닭은, 그것이 우리를 파멸시키는 것 따윈 아랑곳하지 않기 때문이다. 모든 천사는 무섭다.

는 대상이 바로 '천사'라고 볼 수 있으며, 『두이노』에서 '천사'는 이 시의 전체에 고루 등장할 뿐만 아니라 가장 중요한 시적 주체로서의 역할을 하고 있다. 예를 들면, 유한(有限)과 무한(無限), 현실과 초월, 지상과 천상(天上) 등의 이 항대립에서 '천사'는 후자의 전형으로 제시되어 있다. 릴케는 자신의 이 시를 통해서 '천사'가 유한한 존재로서의 인간이 도달하고자 하는 열망의 대상이라는 점을 강조하고 있다. 이렇게 볼 때에 릴케의 시에 등장하는 '천사'는 구원의 대상으로서의 천사, 혹은 로마노 과르디니[11](1885~1968) 대주교가 강조했던 바와 같이 전지전능한 절대신의 세계를 암시하는 천사라고 볼 수 있다.

『두이노』와 더불어 가장 많이 알려진 릴케의 시 『오르페우스』는 릴케가 자신의 딸 루스의 친구였던 베라 욱카마 크누프(1900~1919)를 추모하면서 쓴 것으로 알려져 있다. 이 시에는 전반부에 26편, 후반부에 29편 등 모두 55편

---

10) Rainer Maria Rilke, Duion Elegies "The First Elegy," *The Selected Poetry of Rainer Maria Rilke*, ed. and trans., Stephen Mitchell (New York : Vintage Books, 1984), p. 150.

11) 신학자, 종교철학자, 사회평론가인 로마노 과르디니(Romano Guardini) 대주교는 1885년 이탈리아 베로나에서 출생했다. 튀빙겐대학과 뮌헨대학에서 화학과 경제학을 공부했고 프라이부르크 대학과 튀빙겐대학 및 마인츠대학에서 신학을 공부했다. 마인츠 주교좌성당에서 1910년 사제서품을 받았으며, 프라이부르크대학에서 박사학위를 취득했다. 본대학교에서 교의신학을 강의했을 뿐만 아니라 베를린대학, 튀빙겐대학, 뮌헨대학 등에서 종교철학과 기독교적 세계관 등을 강의했다. 그는 교회론을 비롯하여 신학의 모든 분야에 관심을 기울이는 한편, 다른 한편으로 교육학, 문학, 철학, 문화연구 등에도 관심을 기울였다. 저서로는 『근세의 종말』, 『권력』 등 100여권이 있다. 국내에는 전헌호 역, 『불완전한 인간과 힘 』(1999) 등이 소개되었다.

의 소네트가 수록되어 있지만, 이들 소네트는 일련의 일정한 경향을 보이면서도 서로 다른 형식을 취하고 있다. 소네트 형식을 취하고 있기 때문에 처음 두 연은 각각 4행으로 되어 있고 마지막 두 연은 각각 3행으로 되어 있으며, 앞의 두 연에 사용된 각운(脚韻)은 일반적으로 'abab cdcd'나 'abba cddc'를 취하고 있으며, 뒤의 두 연은 'eef ggf efg efg'나 'efg gfe'를 취하고 있다.

이러한 배경을 가지고 있는 『오르페우스』에서 그 대상이 되는 '오르페우스'를 살펴보면 다음과 같다. 오르페우스는 트로이카의 왕 오이아그로스와 칼리오페 사이에서 태어난 아들로(일설에는 아폴론의 아들이라고도 함) 아폴론으로부터 하프를 배워 그 명수가 되었다. 그가 연주하면 목석(木石)이 춤을 추고 맹수도 얌전해졌다고 한다. 아르고호(號)의 원정에 참가하여 하프를 타서 폭풍을 잠재우고, 안테모에사 섬에서 마녀 세이렌들의 요사스런 노래를 하프 연주로 물리침으로써 배의 안전을 도모하였다. 그는 님프의 하나인 에우로디케를 아내로 맞아 극진히 사랑했으나, 그녀는 한 청년에게 쫓겨 도망하던 중 독사에게 발목을 물려 죽었다. 이를 슬퍼한 오르페우스는 아내를 찾아 명계(冥界)로 내려가 하프 솜씨를 발휘하여 그의 연주에 감동한 명계의 왕 하데스로부터 아내를 데리고 돌아가도 좋다는 허락을 받아냈다. 그러나 지상에 돌아갈 때까지는 아내를 돌아보지 말라는 약속을 어긴 탓으로, 에우리디케는 다시 명계로 사라진다. 오르페우스는 아내의 죽음을 슬퍼한 나머지, 다른 여자들을 돌보지 않은 탓으로 트라키아 여인들의 원한을 사 죽음을 당하고 시체는 산산조각이 되어 하프와 함께 강물에 던져졌다. 하프는 하늘로 올라가 성좌(星座)가 되었고, 오르페우스는 신들의 사랑을 받은 영웅들의 사후 안식처인 엘리시온이라는 곳에서 하프를 타며 사람들을 즐겁게 해주었다고 한다. 이 전설은 유럽의 음악과 문예에 풍부한 소재를 제공하였다. 또 그는 영혼의 불멸을 주장하는 비교(秘教)인 오르페우스교(教)의 창시자로 알려져 있으며, 이 비교는 후세의 시인이나 철학자들에게 많은 영향을 끼쳤다.

릴케의 시 『오르페우스』의 대부분은 릴케가 스위스의 뮈조트 성에 머물

때인 1922년 2월 2일부터 5일까지 아주 짧은 기간에 쓴 것으로 알려져 있다. 나머지 부분은 2월 이후에 쓴 것으로 이 시기에 그는 또 『두이노』를 쓰기 시작했다. 『오르페우스』의 내용은 릴케의 전형적인 특징이라고 할 수 있는 '고도의 비유'를 반영하고 있다. 릴케가 '리라의 신'으로 지칭하고 있는 오르페우스의 모습은 또 다른 신화적 인물인 다프네와 함께 이 시에서 여러 차례 반복적으로 나타난다. 이 시에는 또 성서의 '에서'―이삭의 장남이지만 죽 한 그릇 때문에 자신의 동생 야곱에게 상속권을 팔아넘긴 인물―에 관계되는 부분도 나타나 있고, 동물, 상이한 문화적 배경을 가진 사람들, 시간, 죽음 등도 나타나 있다. 릴케는 "베라는 이 시의 전체를 지배하고 관장하는 인물이다"12) 라고 강조했지만, 베라는 이 시에서 단 한 번 등장할 뿐이다.

이상과 같은 배경과 의미를 지니고 있는 릴케의 시 『오르페우스』의 제1부의 첫 번째 '소네트'의 원문과 번역문은 앞과 같다.

<table>
<tr><td>

Rilke, *Die Sonette an Orpheus*
Erster Teil, Das 1. Sonett

</td><td>

『오르페우스에게 바치는 소네트』
제1부, 첫 번째 소네트

</td></tr>
<tr><td>

Da stieg ein Baum. O reine Übersteigung!
O Orpheus singt! O hoher Baum im Ohr!
Und alles schwieg. Doch selbst in der Verschweigung
ging neuer Anfang, Wink und Wandlung vor.

Tiere aus Stille drangen aus dem klaren
gelösten Wald von Lager und Genist;
und da ergab sich, daß sie nicht aus List
und nicht aus Angst in sich so leise waren,

sondern aus Hören. Brüllen, Schrei, Geröhr
schien klein in ihren Herzen. Und wo eben kaum
eine Hütte war, dies zu empfangen,

ein Unterschlupf aus dunkelstem Verlangen
mit einem Zugang, dessen Pfosten beben,-
da schufst du ihnen Tempel im Gehör.

</td><td>

한 그루 나무 솟아오르나니! 오 순수한 승화여!
오르페우스는 노래하나니! 귓속의 치솟은 나무여!
모든 곳은 적막하지만, 이 침묵 속에서도
변화와 새로운 시작이 가까이에 있나니.

침묵의 창조물이 출현했어라, 분명한
구속의 숲으로부터, 굴로부터, 은신처로부터지.
부끄러움으로부터가 아니어라, 침묵은 그들만의 것.
그 어떤 두려움의 암시로부터도 아니지

그저 귀 기울이는 것이어라. 울부짖음과 포효는
그들의 가슴 속에 잠잠해 졌어라. 그곳엔
그 열정을 귀담아 들을 오두막 한 채도 없어라.

오랜 어둠으로 음산하게 지어진
앞뒤로 위태롭게 엮인 하나의 신전을
그들을 경청하기 위해 지었어라.13)

</td></tr>
</table>

---

12) "Letter to Gertrud Ouckama Knoop,"(1923. 4. 20). Edward Snow trans. and ed., *Sonnets to Orpheus by Rainer Maria Rilke*, bilingual edition (New York : North Point Press, 2004)에서 재인용했음을 밝혀둔다.

릴케의 『오르페우스』에 대한 로버트 헌트의 설명을 요약하면 다음과 같다. 릴케가 『두이노』의 후반부를 집필할 때에 동시에 집필한 『오르페우스』는 그 자신이 소네트의 '적은 적갈색의 항해'라고 언급했던 바와 같이 위대한 작품에 대한 어두운 돛대를 찬양한 것이라고 볼 수 있다. 다시 말하면 『두이노』가 각운을 무시한 자유로운 형식을 취하고 있다면, 『오르페우스』는 밝고 분명한 노래, 초월적인 것에서부터 취급하기 어려운 것까지 이르는 어조에서의 울림을 강조하고 있다고 볼 수 있다.

1.2.3 예술론의 세계

릴케가 처음 파리에 왔을 때에는 여러 가지 여건으로 어려움을 겪었으며, 그러한 경험을 종합한 것이 그의 『말테의 수기』 이다. 그는 또 로댕의 조각에 깊은 인상을 받았을 뿐만 아니라 세잔의 그림에도 관심을 보이게 되었다. 아울러 로댕의 비서로 일한 경험을 바탕으로 하여 『로댕론』(1902~1907)을 집필하게 되었다. 말하자면 로댕의 조형예술의 원리를 통해서 릴케는 자신의 시세계를 새롭게 변화시킬 수 있는 계기를 마련하였고 특히 로댕이 말하고는 했던 끊임없이 부단하게 진행되는 '작업'이라는 말은 릴케의 『로댕론』에서 가장 빈번하게 등장하고는 한다.[14]

릴케의 생애부분에서 언급했던 바와 같이 릴케가 로댕을 만났던 것은 1902년이며, 그때 그는 27세였고 로댕은 62세였다. 그 이후 1906년까지 로댕의 집에 머물면서 그가 작업하는 광경을 직접 목격했다. 특히 「칼레의 시민」, 「발자크」, 「입맞춤」, 「지옥의 문」과 같은 제작과정을 지켜보았던 릴케는 자신의 『로댕론』에서 그러한 작업과정을 구체적으로 언급하게 되었고 그에 대한 해

---

13) 이 부분은 로버트의 헌터(Robert Hunter)가 1993년에 영역(英譯)한 것을 참고하여 필자가 번역한 것임을 밝혀둔다.

14) 장미영 역, 『보르프스베테·로댕론』 (책세상, 2000) ; 안상원 역, 『릴케의 로댕』 (도서출판 미술문화, 1998) ; 이희재 역, 『로댕 : 신의 손을 가진 인간』 (시공디스커버리총서, 1997) 등을 참고했음을 밝혀둔다.

석을 하게 되었으며, 무엇보다도 자신의 시세계를 새롭게 변모시킬 수 있는 계기를 마련하였다. 그래서 릴케는 이 모든 것을 종합하여 "이 위대한 예술가를 그처럼 위대하게 만든 것이 무엇인지 언젠가는 깨닫게 되리라. 그가 온전히 혼신의 힘을 다해 자기 연장의 미천하고 엄격한 본질 속에 몰입하는 것 외에는 어떤 것도 바라지 않았던 한 사람의 노동자였다는 사실을 말이다…바로 이 인내를 통해 그는 삶을 얻게 되었다"15)라고 결론지었다.

릴케의 예술론에서 『로댕론』과 더불어 가장 많이 언급되는 『세잔론』16)은 릴케가 세잔과 그의 그림세계에 대해서 쓴 편지들을 릴케의 부인 클라라가 모아 엮은 책이다. 감수성 예민한 시인으로서 로댕을 통해 조형예술의 독특한 아름다움에 대해서 탁월한 통찰력을 가지게 된 릴케는 그러한 감식안을 바탕으로 하여 '현대회화'의 아버지라고 불리는 세잔의 그림과 그 세계 및 색상과 구도 등을 예리하고 치밀하게 편지형식으로 표현하였다. 그의 이 글은 다음과 같은 편지에서부터 시작하고 있다.

> …보는 것과 일하는 것―여기서 이 둘은 얼마나 다른지 모르오. 그 밖의 다른 곳에서는 보고 생각하지요 나중에―, 여기서는 그들이 거의 똑같은 하나라오. 다시 돌아왔어요. 그야 놀라운 일도, 진기한 일도, 충격적인 일도 아니지요. 더구나 잔치를 벌여야 할 경우도 아니고요. 축제라면 벌써 방해가 되었을 테니까 말이오. 그러나 여기서는 이런 행사가 당신과 더불어 훨씬 멀리 퍼져 나가며, 모든 것에 이르고 모든 것의 한복판을 꿰뚫고 나가며, 크고 작은 사물들을 통과하게 된다오. 마치 누군가가 저기 서서 명령을 내리듯, 고가의 모든 사물들이 줄을 지어 스스로 정렬을 하는 거요. 그리고 무엇이 존재하든 모두가 무릎을 꿇고 당신을 위해 기도하는 것처럼 철저하게 그리고 절박하게 존재하고 있는 거요….17)

위의 편지는 '케 볼테로 호텔에서' 1907년 6월 3일 월요일에 쓴 것으로 되어 있으며, "다시 돌아왔어요"라는 말에는 릴케가 10개월가량 떠나 있다가

---

15) 장미영 옮김, 『보르프스베데·로댕론』, p. 226.
16) 이 글에서 필자는 홍동선 역, 『그 영혼의 푸른 불꽃 : 릴케가 쓴 세잔느 예술의 비밀』 (책세상, 1987)을 참고했음을 밝혀둔다.
17) 홍동선 역, 『그 영혼의 푸른 불꽃』, p. 41.

나흘 전에 파리로 돌아왔다는 점이 암시되어 있다. 이렇게 시작된 릴케의 편지는 1907년 10월 18일에 쓴 편지에서 "나는 세잔느가 회화에서 이룩한 그 굉장한 진보에 상응하는 방향으로 내가 어느 정도 발전했는지를 말할 수는 없었소"[18]라고 세잔의 그림에서 받은 자신의 감동을 강조하고 있다.

릴케가 그토록 감동을 받았던 세잔의 그림세계는 그의 후반기에 하나의 모티프가 되었던 '생트-빅투아르 산'을 주제로 하는 일련의 그림과 전 생애를 통해서 그린 그 자신의 자화상으로 나뉜다. 그의 자화상의 세계는 '생트-빅투아르 산'을 주제로 하는 그림만큼이나 다양하며, 이와 같이 다양한 자화상의 특징을 간략하게 정리하면 다음과 같다. 1858~1861년에 그린 자화상은 머리가 짧고 얼굴을 찌푸리고 있으며 깔끔하게 다듬은 콧수염과 함께 깔끔하게 면도를 하고 있다. 1865~1868년에 그린 자화상은 턱수염을 기르고 앞머리가 벗겨지고 무엇인가 깊은 생각에 잠긴 채 분명히 자신의 오른쪽을 돌아보고 있다. 1873~1875년에 그린 자화상은 모자를 쓰고 수염을 길게 길렀고 어깨너머까지 머리를 늘어트리고 있으며 조금은 마른 모습을 하고 있다. 이 시기에 그린 또 다른 자화상은 상당히 벗겨진 머리에 깔끔하게 다듬은 수염 및 릴케가 "믿을 수 없는 강렬성"이라고 언급한 바 있는 그런 모습을 하고 있다. 1877~1879년에 그린 자화상은 수염이 좀 더 짧게 잘려 있고 좀 더 잘 다듬어졌으며 융통성 있게 접을 수 있는 흰 모자를 쓰고 있다. 이처럼 다양한 세잔의 자화상에서 릴케가 감동을 받은 특징으로는 벗겨진 머리, 깔끔하게 다듬은 수염, 강렬한 인상 등을 들 수 있다.[19]

---

18) 홍동선 역, 『그 영혼의 푸른 불꽃』, p. 94.

19) Hugh J. Silverman, *Textualities : Between Hermeneutics and Deconstruction* (New York : Routledge, 1994), chap. 15 를 참고할 것. 실버만은 제15장에서 '자화상의 가시성'과 그 특징을 메를로퐁티의 이론과 세잔의 자화상을 중심으로 살펴보았다. 이 책은 필자가 『텍스트성과 문학이론』으로 번역하여 근간될 예정으로 있음을 밝혀둔다.

2. 릴케와 한국 현대시의 관계

릴케의 시세계의 특징으로는 직관의 세계와 영적인 세계, 구체적인 사물시의
세계와 '천사'를 중심으로 하는 고독의 세계, 종교적 신비주의와 절대신의 세계
등 여러 가지로 파악할 수 있다. 또한 시의 세계뿐만 아니라 예술론의 세계와 서
간문의 세계 등 릴케의 문학세계가 한국 현대시에 끼친 영향은 다양하다고 볼
수 있다. 이러한 점은 릴케의 시세계와 한국 현대시의 비교가능성을 제시한 필자
의 『문학이라는 파르마콘』[20]과 그러한 영향과 수용의 관계를 가장 종합적으로
연구한 김재혁의 『릴케와 한국의 시인들』[21]에서 찾아볼 수 있다. 그 외에도 많
은 연구자들이 그동안 개별적인 논문을 통해서 릴케와 한국 현대시인의 관계를
연구한 결과를 정리하면, 릴케의 시는 박용철(1904~1938), 윤동주(1917~1945), 김
현승(1913~1975), 김춘수(1922~2004), 김수영(1921~1968), 박양균(1924~1990), 이
성복, 김기택 등의 시세계에 영향을 끼친 것으로 알려져 있다. 아울러 릴케의 시
의 특징에 해당하는 가을, 고독, 천사 등을 중심으로 하여 한국 현대시와 비교한

---

20) 윤호병 『문학의 파르마콘 : 문학연구에서 문화연구까지』 (국학자료원, 1998). 8년이 지난 후에 그 내
　　용을 대폭 수정·보완하여 '완전개정판' 『문학이라는 파르마콘 : 문학연구에서 문화연구까지』 (새
　　미, 2006)로 재판되었다. 릴케와 한국 현대시인의 관계에 대해서는 제4장을 참고할 것.
21) 김재혁, 『릴케와 한국의 시인들』 (고려대학교출판부, 2006).

경우로는 진순애의 「릴케의 '가을날'의 한국적 변용」[22]을 들 수 있다.

이와 같은 기존의 연구를 중심으로 하여 릴케의 시세계가 한국 현대시에 끼친 영향을 살펴보면 다음과 같다.

2.1 박용철의 시론에 반영된 릴케의 『말테의 수기』의 영향과 수용

박용철(1904~1938)이 릴케로부터 받은 영향과 수용은 크게 시의 세계와 시론의 세계로 나누어볼 수 있으며, 전자에 대해서 김재혁은 「새로 발굴된 박용철의 원고 'R. M. 릴케의 서정시'」[23]와 「박용철의 릴케 문학 번역과 수용에 관한 연구」[24]에서 심도 있게 논의한 바 있다. 아울러 그의 시론은 A. E. 하우스만(1859~1936)의 「시(詩)의명칭(名稱)과성질(性質)」[25]의 번역을 통해서 시론 자체의 명확성을 강조한 경우와 릴케의 『말테의 수기』[26]를 근간으로 하는 시창작의 방법과 이론을 강조한 경우로 나뉜다. 또한 『용아 박용철의 예술과 삶』[27]에는 '박용철의 예술,' '박용철의 삶'이 조명되어 있으며, 박용철의 미발표 서간문

---

22) 진순애, 「릴케의 '가을날'의 한국적 변용」, 『우리말글학회』 (2001. 12), pp. 297~317.
23) 김재혁, 「새로 발굴된 박용철의 원고 'R. M. 릴케의 서정시' : 초벌 번역원고를 통해 본 박용철의 번역태도」, 『문학사상』 제386호 (2004. 12), pp. 158~176.
24) 김재혁, 「박용철의 릴케 문학 번역과 수용에 관한 연구 : 릴케의 문학이 박용철의 창작에 미친 영향을 중심으로」, 『독일문학』 제46권 제1호 (2005. 3), pp. 24~45.
25) 박용철 역, 「시(詩)의명칭(名稱)과성질(性質)」, 『박용철전집·평론집』 (동광당서점, 1940), pp. 51~75. 박용철이 번역한 A. E. 하우스만의 「시의명칭과성질」은 이 글의 부제(副題)에 나타나 있는 바와 같이 하우스만이 1933년 5월 9일 케임브리지대학에서 개최한 '레슬리 스티븐 기념강연'에서 강연한 것이다. 박용철이 번역한 이 글은 『문학』 제2호 (1934)에 처음으로 수록되었음을 밝혀둔다.
26) 현재까지 우리나라에서 번역된 『말테의 수기』를 번역자의 성명 순으로 정리하면 다음과 같다. 강두식 역 (정음사, 1958), 계용묵 역 (보문각, 1958), 김문주 옮김 (홍신문화사, 1992), 김용민 옮김 (책세상, 2000), 김원 옮김 (하서출판사, 2001), 김인환 옮김 (동서문화사, 1987), 김주원 역 (지성출판사, 1982), 김형길 옮김 (청림출판, 1989), 김혜경 옮김 (혜원출판사, 1995), 박환덕 역 (문예출판사, 1973), 반광식 역 (일신서적출판사, 1994), 배기욱 역 (세종출판사, 1972), 서영희 역 (왕문사, 1972), 손재준 역 (서문당, 1976), 송영택 역 (삼성출판사, 1974), 심영미 옮김 (예림당, 2004), 염무웅 역 (동서문화사, 1977), 원강희 옮김 (삼성기획, 1994), 유한준 옮김 (대일출판사, 2002), 윤수천 옮김 (지경사, 2007), 윤현주 옮김 (일신서적공사, 1987), 이상근 역 (서한사, 1980), 이주형 옮김 (계원출판사, 1977), 이준서·공혜경 공역 (고려원미디어, 1996), 장기욱 역 (대양서적, 1974), 정강석 역 (대양서적, 1976), 조철제 옮김 (마당, 1982), 최명 옮김 (학원사, 1990), 한은교 옮김 (세진출판사, 1977), 홍성훈 옮김 (청목사, 1989). 아울러 김창준, 『말테의 수기 연구』 (월인, 2003)가 있음을 밝혀둔다.
27) 류복현 편, 『용아 박용철의 예술과 삶』 (전남 광주 광산문화원, 2002).

도 수록되어 있다.

이상과 같은 점을 참고하여 여기에서는 박용철의 시론 「시적변용(詩的變容)에대해서」[28]에 반영된 릴케의 『말케의 수기』의 「단 한 편의 시를 위하여」의 영향과 수용을 살펴보고자 한다. 우선 박용철의 시론의 부제(副題)에 암시되어 있는 바와 같이 그의 시론은 다름 아닌 '서정시'에 있으며 그것도 서정시가 나아갈 '고고한 길'을 강조하는 데 있다. 아울러 그의 이 시론은 적어도 1970년대까지 제도교육에서 하나의 전형으로 활용되었다는 점에서 한국 현대시세계에서 그것이 끼친 영향은 간과할 수 없을 정도로 큰 것이었다.

그의 문단활동에서 거의 마지막 시기에 발표한 「시적변용에대해서」는 한국 현대시의 역사에서 하나의 이정표가 되었을 뿐만 아니라 서정시에 대한 체계적인 이론을 수립했다는 평가를 받고 있다. 박용철의 이러한 역할은 『시문학』 창간호(1930. 3)의 「후기(後記)」에서 "우리는시(詩)를 살로색이고 피로쓰듯 쓰고야만다. 우리의시(詩)는 우리의살과매침이다"[29]라는 그 자신의 언급의 연장선사에 놓인다. 아울러 1930년대 후반의 전체적인 분위가 서구 모더니즘의 영향으로 이미지즘과 주지주의 등이 팽대하던 시기엔 발표한 그의 「시적변용에대해서」는 '서정시'의 위상을 재정립하고 그 영역을 확대하는 계기가 되었다. 말하자면 모더니즘 계열에서 강조하는 시의 '현대성'에 대응되는 리리시즘 계열에서 강조하는 시의 '서정성'을 강화했다고 볼 수 있다. 따라서 박용철의 리리시즘 시론은 김기림의 모더니즘 시론, 임화의 리얼리즘 시론과 더불어 당대는 물론 오늘날에도 현대시의 세 가지 큰 흐름에서 하나의 축을 형성해 놓은 것과 같다. 박용철의 「시적변용에대해서」에 영향을 끼친 것으로 알려진 릴케의 『말테의 수기』에서 가장 많은 영향을 받은 부분의 원문과 번역문을 정리하면 다음과 같다.

---

28) 박용철, 「시적변용(詩的變容)에대해서 : 서정시(抒情詩)의고고(孤高)한길」, 『삼천리문학』 신춘호 (1938. 1), pp. 129~135.
29) 박용철, 「후기(後記)」, 『시문학』 창간호 (1930. 3), p. 39.

…Ach, aber mit Versen ist so wenig getan, wenn man sie früh schreibt. Man sollte warten damit und Sinn und Süßigkeit sammeln ein ganzes Leben lang und ein langes womöglich, und dann, ganz zum Schluß, vielleicht könnte man dann zehn Zeilen schreiben, die gut sind. Denn Verse sind nicht, wie die Leute meinen, Gefühle (die hat man früh genug),—es sind Erfahrungen. Um eines Verses willen muß man viele Städte sehen, Menschen und Dinge, man muß die Tiere kennen, man muß fühlen, wie die Vögel fliegen, und die Gebärde wissen, mit welcher die kleinen Blumen sich auftun am Morgen. Man muß zurückdenken können an Wege in unbekannten Gegenden, an unerwartete Begegnungen und an Abschiede, die man lange kommen sah,—an Kindheitstage, die noch unaufgeklärt sind, an die Eltern, die man kränken mußte, wenn sie einem eine Freude brachten und man begriff sie nicht (es war eine Freude für einen anderen—), an Kinderkrankheiten, die so seltsam anheben mit so vielen tiefen und schweren Verwandlungen, an Tage in stillen, verhaltenen Stuben und an Morgen am Meer, an das Meer überhaupt, an Meere, an Reisenächte, die hoch dahinrauschten und mit allen Sternen flogen,—und es ist noch nicht genug, wenn man an alles das denken darf. Man muß Erinnerungen haben an viele Liebesnächte, von denen keine der andern glich, an Schreie von Kreißenden und an leichte, weiße, schlafende Wöchnerinnen, die sich schließen. Aber auch bei Sterbenden muß man gewesen sein, muß bei Toten gesessen haben in der Stube mit dem offenen Fenster und den stoßweisen Geräuschen. Und es genügt auch noch nicht, daß man Erinnerungen hat. Man muß sie vergessen können, wenn es viele sind, und man muß die große Geduld haben, zu warten, daß sie wiederkommen. Denn die Erinnerungen selbst sind es noch nicht. Erst wenn sie Blut werden in uns, Blick und Gebärde, namenlos und nicht mehr zu unterscheiden von uns selbst, erst dann kann es geschehen, daß in einer sehr seltenen Stunde das erste Wort eines Verses aufsteht in ihrer Mitte und aus ihnen ausgeht.[30]

아, 자신의 생애에서 너무 일찍 시를 쓰게 될 때에, 한 편의 시를 쓰게 되는 경우는 거의 없을 것이다. 전 생애를 통해서 감각과 감미로움을 기다려야하며, 가능하다면 아주 오랫동안 기다려야만 하며, 그런 다음, 바로 그 마지막 순간에 열 줄의 좋은 시를 쓰게 될 수도 있을 것이다. 왜냐하면 시는 사람들이 생각하는 것처럼 그저 단순한 감정(어떤 사람은 그러한 감정을 일찍 가질 수도 있다)이 아니기 때문이다—시는 경험이다. 단 한 편의 시를 위하여, 많은 도시들, 많은 사람들, 많은 것들 보아야만 하고, 동물들을 이해해야만 하고, 새들이 어떻게 날고 있는지를 느껴야만 하고, 작은 꽃들이 아침에 피기 시작할 때에 그 몸짓을 알아야만 한다. 알지 못하는 이웃들의 거리를, 예기치 못했던 만남을, 오랫동안 예상해 왔던 이별을, 돌이켜 생각할 수 있어야만 하고, 아직도 설명할 수 없는 신비로운 어린 시절의 날들을, 기쁨을 주셨지만 그것을 받아들이지 않아서 (그 기쁨은 부모님 자신의 기쁨이 아닌 누군가 다른 사람을 위한 기쁨이었다—) 마음 상하게 해드렸던 부모님을 돌이켜 생각할 수 있어야만 하고, 그렇게도 수없이 심각하면서도 힘들었던 변화와 함께 그렇게도 이상하게 시작되었던 어린 시절의 질병들을, 침묵뿐인 감금된 방에서의 날들을, 바닷가에서의 아침을, 바다 그 자체를, 바다를, 전 속력으로 달려 모든 별들과 함께 날아다녔던 여행에서의 밤을 돌이켜 생각할 수 있어야만 한다—그리고 이 모든 것을 생각할 수 있는 것만으로는 충분하지 않다. 각각의 밤이 모든 다른 밤과 서로 다른 수많은 사랑의 밤에 대한 기억을, 진통으로 괴로워하는 여인의 비명소리에 대한 기억을, 이제 막 출산을 마치고 자신을 닫은 채 잠들어 있는 파리하고 창백한 소녀에 대한 기억을 가지고 있어야만 한다. 그러나 또한 죽어가는 사람 곁에도 있어야만 하고, 창문이 열린 방안에서 죽은 사람 곁에도 그리고 흩어지는 흐느낌 곁에도 앉아 있어야만 한다. 그리고 기억하는 것만으로는 충분하지 않다. 그러한 기억들이 너무 많을 때에는 그러한 기억들을 망각할 수도 있어야만 하고, 그러한 기억들이 다시 돌아올 때까지 끈기 있게 기다릴 수도 있어야만 한다. 기억 그 자체는 중요하지 않기 때문이다. 그러한 기억들이 우리들의 바로 그 피 속에 용해되고, 눈짓과 몸짓이 되고, 이름 없는 것이 되어 마침내 더 이상 우리 자신과 구별할 수 없는 것이 되었을 때—바로 그 때에만 아주 희귀한 시간에 한 편의 시의 맨 처음 말이 그러한 기억의 한가운데에서 발생하게 되고 비롯될 수 있는 것이다.[31]

---

30) Stephen Mitchell ed. and trans., *The Selected Poetry of Rainer Maria Rilke*, p. 90.

31) 이 부분의 번역은 독일어 원문과 스테펜 미첼의 영역(英譯)을 참고하여 필자가 번역한 것임을 밝혀둔다.

앞의 인용문에서 "시는 경험이다"라는 말은 박용철의 「시적변용에대해서」
에서 "우리의 모든 체험(體驗)은 피가운대로 용해(溶解)한다. 피가운대로, 피가
운대로 한낮 감각과 한가지 구경과, 구름가치 떠올랏든 생각과, 한근육(筋肉)
의 움지김과, 읽는 시(詩)한줄, 지나간 격정(激情)이 모도 피가운대 알아보기어
려운 용해(溶解)된 기록을 남긴다"로 전환되어 있다. 이어서 박용철은 "독일
의시인 라이네르·마리아·릴케는 「브릭게의 수기(手記)」에서 다음과가치 말
햇다"고 언급하면서, 릴케의 『말테의 수기』를 인용하였다.

> 사람은 전생애(全生涯)를 두고 될수잇스면 긴 생애(生涯)를 두고 참을성잇게 기다
> 리며 의미(意味)와 감미(甘味)를 모이지 아니하면 아니된다. 그러면 아마 최후(最後)
> 에 겨우 열줄의 조흔시(詩)를 쓸수잇게 될 것이다. 시(詩)는 보통 생각하는것가치 단
> 순히 감정(感情)이 아닌것인다. 시(詩)는 체험(體驗)인 것이다. 한가지 시(詩)를 쓰는데
> 도 사람은 여러도시(都市)와 사람들과 물건들을 봐야하고, 즘생들과 새의 나라감과
> 아츰을 향해 피여날때의 적은 꽃의 몸가짐을 아라야한다 모르는 지방(地方)의길, 뜻
> 하지안앗든 맛남, 오래전부터 생각든 리별, 이러한것들과 지금도 분명치안흔 어린시
> 절로 마음가운대서 돌아갈수가 잇어야한다.
> 이런것들을 생각할수잇는것만으로는 넉넉지안타 여러밤의 사랑의 기억(하나가 하
> 나와 서로 다른) 진통(陣痛)하는 여자(女子)의 부르지즘과, 아이를 나코 했슥한 잠든
> 여자의 기억을 가저야한다 죽어가는 사람의 곁에도 잇어봐야하고, 때때로 무슨소리
> 가 들리는방에서 창을 여러노코 죽은 시체를 직혀도봐야한다. 그러나 이러한 기억을
> 가짐으로도 넉넉지안타 기억이 이미 만하진때 기억을 이저버릴수가 잇서야한다. 그
> 러고 그것이 다시 도라오기를 기다리는 말할수업는 참을성이 잇서야한다 기억(記憶)
> 만으로는 시(詩)가아닌 것이다 다만 그것들이 우리속에 피가되고 눈짓과 몸가짐이
> 되고 우리자신(自身)과 구별할 수 없는 일흠없는 것이 된다음이라야―그때에라야 우
> 연히 가장 귀한시간에 시(詩)의 첫말이 그 한가운대서 생겨나고 그로부터 나아갈수
> 잇는 것이다.32)

위의 인용부분은 앞에서 인용한 릴케의 언급을 그대로 반영하고 있으며,
이를 바탕으로 하여 박용철은 "시인(詩人)은 진실로 우리다운대서 자라난 한
포기 나무다"라고 결론지었을 뿐만 아니라 그 의미를 '영감(靈感)'의 문제로

---

32) 박용철, 「시적변용에대해서」, pp. 130~131.

확대시켰다. "영감(靈感)이 우리에게 와서 시(詩)를 잉태(孕胎)시키고는 수태(受胎)를 고지(告知)하고 떠난다. 우리는 처녀(處女)와가치 이것을 경건(敬虔)히 밧드러 길러야한다. 조금이라도 마음을 노키만하면 소산(消散)해버리는 이것은 귀태(鬼胎)이기도 하다 완전(完全)한 성숙(成熟)이 이르럿슬 때 태반(胎盤)이 회동그란이 돌아떠러지며 새로운 창조물(創造物) 새로운 개체(個體)는 탄생(誕生)한다."33) 릴케의 『말테의 수기』의 수기에서 비롯된 박용철의 이와 같은 견해는 정지용이 강조하는 '시의 유기적 통일의 원리'34)를 가능하게 하였다. "시(詩)가 시(詩)로서 온전히 제자리가 돌아빠지는것은 차라리 꽃이 봉오리를 머금듯 꾀꼬리 목청이 제철이트이듯, 아기가 열달을 차서 태반(胎盤)을 돌아 탄생(誕生)하듯 하는것이니, 시(詩)를 또 한가지 다른 자연현상(自然現象)으로 돌리는것은 시인(詩人)의 회피(廻避)도 아니요, 무책임(無責任)한 죄(罪)로 다스릴 법(法)도 없다…이러한 시적 기밀(詩的機密)에 첨가(添加)하야…시(詩)가 충동(衝動)과 희열(喜悅)과 능동(能動)과 영감(靈感)을 기달려서 겨우 심혈(心血)과 혼백(魂魄)의 결정(結晶)을 얻게 되는 것이므로…"35)

릴케의 『말테의 수기』의 영향과 수용을 그대로 반영하고 있는 박용철의 「시적변용에대해서」의 마지막 부분에는 랭보(1854~1891)에게 관계되는 다음과 같은 부분을 찾아볼 수 있다. "시인(詩人)으로나 거저 사람으로나 우리게 가장 중요(重要)한 것은 심두(心頭)에 한점(點) 경경(耿耿)한 불을 길르는 것이다. 라마고대(羅馬古代)에 성전(聖殿)가운대 불을 정녀(貞女)들이 지키든것과가치 은밀(隱密)하게 작열(灼熱)할수도잇고 연기(煙氣)와 화염(火焰)을 품으며 타오를수도잇는 이무명화(無名火)…시인(詩人)에게 잇서서 이불기운은 그의 시(詩)에 압서는 것으로 한 선시적(先詩的)인 문제(問題)이다."36) 여기에서 박용철이 강조하고 있는 '시인-불기운'의 관계는 김영랑이 그 이전에 강조했던 '촉기정신

---

33) 박용철, 「시적변용에대해서」, p. 132.
34) 정지용, 「시의 옹호」, 『문장』 통권5호(1939. 6), pp. 124~125.
35) 정지용, 「시와 발표」, 『문장』 통권9호(1939. 10), pp. 189~190.
36) 박용철, 「시적변용에대해서」, p. 135.

(燭氣精神),' 즉 "같은 슬픔을 노래부르면서도 그 슬픔을 딱 한데 싱그러운 음색의 기름지고 생생한 기운…오랜 동안의 우리 민족의 역경살이 속에서 우리 시정신들이 많이 지나치게 설움에 짓눌려 있었던 것들을 생각하고 반성해 볼 때, 역경살이 속에서는 참으로 귀하고 힘센 보화"37)에 해당한다. 이처럼 김영랑의 '촉기정신'에 접맥되는 박용철의 '시인-불기운'은 랭보가 강조했던 '시인-불도둑'에 관계된다. "시인은 진정으로 불도둑이다. 시인은 인간성과 동물성에 관계된다. 그는 자신의 창조세계를 느낄 수 있고 어루만질 수 있고 들을 수 있도록 만들어야 한다. 자신의 창조세계가 형태를 지니고 있으며 형태를 부여하고 무형태라면 무형태를 부여해야 한다."38) 랭보의 '시인-불도둑'에서 비롯된 박용철의 '시인의 정신-불기운'에 관계는 다시 윤동주(1917~1945)의 시 「간(肝)」으로 이어진다.

> 바닷가 햇빛 바른 바위 위에
> 습한 간(肝)을 펴서 말리우자.
>
> 코카서스 산중(山中)에서 도망해 온 토끼처럼
> 둘러리를 빙빙 돌며 간을 지키자.
>
> 내가 오래 기르는 여윈 독수리야!
> 와서 뜯어 먹어라, 시름없이
>
> 너는 살찌고
> 나는 여위어야지, 그러나
>
> 거북이야
> 다시는 용궁(龍宮)의 유혹에 안 떨어진다.
>
> 프로메테우스 불쌍한 프로메테우스
> 불도적한 죄로 목에 맷돌을 달고
> 끝없이 침전(沈澱)하는 프로메테우스39)

---

37) 서정주, 「영랑의 일」, 『현대문학』 제96호, pp. 228~229.
38) Rimbaud, "Letter du voyant," *Oeuvres complétes* (Montréal : Valiquette, 1943), p. 222.

1941년 11월 29일 연희전문학교 졸업반 때 쓴 작품으로 알려진 이 시의마지막 부분의 '프로메테우스'와 '불도적한 죄' 및 '침전' 등은 제우스로부터 불을 훔쳐 인류에게 전해준 죄로 평생토록 독수리에게 간을 쪼아 먹히는 형벌을 받은 프로메테우스의 인간주의 혹은 박애주의에 관계되며, 그 핵심이 바로 '불도적'에 해당한다. 또한 윤동주의 경우는 그의 시 「별헤는 밤」의 "'프랑시쓰·잠' '라이넬·마리아·릴케' 이런 시인의 이름을 불러봅니다"[40]에서 릴케와의 접맥가능성을 찾아볼 수 있다.

이상에서 살펴본 바와 같이, 릴케의 『말테의 수기』와 밀접한 관계를 가지고 있는 박용철의 「시적변용에대해서」는 한국 현대시의 이론, 특히 서정시의 이론에서 중요한 역할을 했으며, 그가 강조했던 '시인-불기운'은 랭보의 '시인-불도둑'에 접맥되는 한편, 다른 한편으로는 김영랑의 '촉기정신'에도 접맥될 뿐만 아니라 윤동주의 시세계로까지 이어진다고 볼 수 있다.

2.2 김춘수의 시에 반영된 릴케의 영향과 수용

해방 이후 릴케의 시와 시론에서 가장 강한 영향을 받은 시인은 누구나 지적하는 바와 같이 김춘수일 것이다. 『현대시학』(1976. 1)에 수록된 「두 번의 만남과 한 번의 헤어짐」에서 김춘수는 자신과 릴케와의 조응을 구체적으로 언급하고 있다. 그가 릴케를 처음 접하게 된 것은 그의 나이 18세 때인 1940년 늦가을에 동경 고서점에서 구입한 일역(日譯)된 릴케의 시집에서 「사랑은 어떻게」라는 시를 읽었을 때이다. 이때의 감동을 그는 이렇게 적고 있다. "이 시는 나에게 하나의 계시처럼 왔다. 이 세상에 시가 참으로 있구나! 하는 그런 느낌이었다. 릴케를 통하여 나는 시를(그 존재를) 알게 되었고, 마침내 시를 써보고 싶은 충동까지 일게 되었다. 이것이 릴케와의 첫 번째 만남이다."[41] 김춘수에게 그토록 강렬한 감동을 전해 주었던 릴케의 시 「사

---

39) 윤동주, 「간(肝)」, 『하늘과 바람과 별과 시』 (정음사, 1948), pp. 58~59.
40) 윤동주, 「별헤는 밤」, 『하늘과 바람과 별과 시』, p. 40.

랑은 어떻게」의 원래 제목은 「사랑하라」이며, 한 개의 부분이 두 개의 연으
로 되어 있는 이 시는 전부 22개 부분으로 되어 있는 상당히 긴 시에 해당
한다. 일역(日譯)된 릴케의 시집에서 김춘수가 읽고 감동을 받아 시인이 되고
자 했던 릴케의 시 「사랑은 어떻게」는 이 시의 첫 부분이며, 해당부분의 원
문과 번역문을 정리하면 다음과 같다.

<table>
<tr><td>Rilke, "Lieben"</td><td>「사랑은 어떻게」</td></tr>
<tr><td>

Und wie mag die Liebe dir kommen sein?
Kam sie wie ein Sonnen, ein Blütenschnein,
Kam sie wie ein Beten!—Erzähle:

Ein Glück löste leuchtend aus Himmeln sich los
und hing mit gefalteten Schwingen groß
an meiner blühenden Seele⋯42)

</td><td>

사랑은 어떻게 너에게로 왔던가
햇살이 빛나듯이
혹은 꽃눈보라처럼 왔던가
기도처럼 왔던가
—말하렴!

사랑이 커다랗게 날개를 접고
내 꽃피어 있는 영혼이 걸렸습니다.

</td></tr>
</table>

　위에 인용된 시에서 간과할 수 없는 점은 원문에 있는 'und'가 번역문에
는 생략되어 있다는 점이다. 이 시의 첫머리에 놓인 '그리고' 정도로 번역될
수 있는 'und'는 다음에 진행되는 이 시의 내용이 그 이전에 있었던 '그 무
엇'에 대한 설명이거나 또는 설명을 생략한 것에 해당한다는 점을 암시한다.
물론 '그리고' 이전의 의미가 무엇인지 정확하게 알 수는 없지만, 시의 내용
으로 볼 때에 그것은 어떤 '대상'과의 이별 또는 추구하던 것을 성취하지 못
한 상태 정도로 추정할 수 있을 것이다. 어떻든 1940년 일본 동경의 고서점
에서 마주친 릴케의 시 「사랑은 어떻게」로 인해서 시인의 길을 걸었던 김춘
수는 63년이 지난 2003년에 발표한 자신의 시 「그리움이 언제 어떻게 나에
게로 왔던가」에서 바로 그 릴케의 시를 다음과 같이 다시 활용하였다.

　　나의 다섯 살은

---

41) 김춘수, 「두 번의 만남과 한 번의 헤어짐」, 『의미와 무의미』 (문학과지성사, 1976), p. 25.
42) Rainer Maria Rilke, "Lieben," *Rilke Werke* (Insel-Verlag, 1955), p. 88.

햇살이 빛나듯이 왔다.
나의 다섯 살은
꽃눈보라처럼 왔다.
꿈에
커다란 파초잎 하나가 기도하듯
나의 온알몸을 감싸고 또 감싸주었다.
눈 뜨자
거기가 한려수도인 줄도 모르고
발 담그다 담그다 너무 간지러워서
나는 그만 남태평양까지 가버렸다.
이처럼
나의 나이 다섯 살 때
시인 라이나 마리아 릴케가 나에게로
왔다갔다.[43]

— 김춘수, 「그리움이 언제 어떻게 나에게로 왔던가」 전문

이렇게 볼 때에 릴케의 시 「사랑은 어떻게」는 김춘수의 시세계에 있어서 처음부터 마지막까지 하나의 중심축으로 작용했다고 볼 수 있다. 위에 인용된 시에서 '다섯 살'은 김춘수가 시인으로서의 첫출발을 하게 되는 것을 암시하고 마지막 구절 '왔다갔다'는 그가 시인으로서의 활동을 마감하게 되는 것을 암시한다. 김춘수는 이 시를 발표한 후 1년여 뒤인 2004년 11월 29일 세상을 떠났기 때문이다.

김춘수가 두 번째로 릴케를 접하게 된 것은 해방 이후 1946년에 다시 릴케의 초기시와 『말테의 수기』를 읽었을 때이다. "8·15해방을 맞았다. 그 흥분으로 해방의 한 해를 보내고, 46년경에 비로소 나는 또 마음의 여유를 얻어 릴케를 다시 읽게 되었다. 릴케의 초기시와 「말테의 수기」는 새로운 감동을 다시 불러일으켜 주었다. 나는 또 시를 쓰게 되었다."[44] 릴케의 『말테

---

43) 김춘수, 「그리움이 언제 어떻게 나에게로 왔던가 」, 『현대시학』 통권 408호 (2003. 3), p. 58. 김춘수의 이 시는 김춘수, 『달개비꽃』 (현대문학사, 2004), pp. 136~137에 수록되어 있다.

의 수기』에는 박용철과 릴케와의 관계에서 살펴본 「한 편의 시를 위하여」
와 함께 「얼굴」, 「공포」, 「새 사육자」, 「입센」, 「성자의 유혹」, 「방탕한 아
들」 등과 같은 글들이 포함되어 있다. 그러나 김춘수는 자신의 나이 40이 가
까워졌을 때인 1962년경부터 릴케를 멀리하기 시작했다. 그 이유를 그는 이
렇게 적고 있다. "나는 릴케와 같은 기질이 아니라는 것을 깨닫게 되었고, 특
히 그의 관념과잉의 후기시는 납득이 잘 안 가기도 했지만, 나는 너무나 신
비스러워서 접근하기조차 두려워졌다. 나는 일단 그로부터 헤어질 결심을 하
고, 지금까지 그를 늘 먼발치에 둔 채로 있다."[45] 이때의 '지금'은 물론 이러
한 언급을 했던 1976년 1월에 해당한다.

김춘수의 이러한 언급을 요약하면 그의 초기시는 다분히 릴케적이라고 할
수 있다. 그리고 그의 시에서 우리는 '릴케'라는 말이 간접적으로 언급되는
경우와 직접적으로 제시되는 경우로 나누어 볼 수 있다. 릴케라는 말이 간접
적으로 언급되는 한 가지 예로는 그의 시 「꽃을 위한 서시」를 들 수 있다.
"둑이 끊긴 듯 한꺼번에 관념의 무진기갈이 휩쓸어 왔다. 그와 함께 말의 의
미로 터질 듯이 부풀어 올랐다"라는 김춘수 자신의 언급처럼 그는 '자신의
관념을 담을 유추를 찾아야만 한다'는 명제의 강박관념에 시달리게 된다. 이
를 위해서 그는 서구의 '관념철학,' '플라토니즘,' '이데아,' '비재(非在),' '선험
세계' 등을 모색하게 되었으며, 그 결과가 바로 「꽃을 위한 서시(序詩)」 이다.
"이 시를 탈고했을 때 마침 마산에 들른 평계 이정호에게 보였더니 무릎을
탁 쳐주었다. 비로소 자네의 시가 나왔다는 치하의 말을 해주었다. 그러나
끝의 한 행은 너무도 릴케의 수사를 닮고 있어 불안하다는 첨언을 잊지 않
았다. 시인이 되는 것이 참 어렵기도 하구나. 하는 것이 그 때의 내 감회였
다"라고 김춘수는 자신의 「시인이 된다는 것」 말미에서 이와 같이 언급했다.
「꽃을 위한 서시」에는 그의 초기시의 특징이라고 할 수 있는 릴케류의 관

---

44) 김춘수, 「두 번의 만남과 한 번의 헤어짐」, p. 25.
45) 김춘수, 「두 번의 만남과 한 번의 헤어짐」, pp. 25~26.

넘시, 시인이라는 소명의식의 모색, 존재의 탐구, 성숙한 시세계의 모색이 나타나 있다. 이렇게 말할 수 있는 근거는 그 자신이 아류의 티를 벗고 자기 나름의 길을 열게 된 것, 그것이 바로 릴케류의 관념시라는 점, 꽃을 소재로 하는 10여 편의 시로 인해서 스스로 습작기를 벗어났다는 시원한 감회를 가지게 되었다는 점, 50년대 초에 자신이 애착을 갖는 시가 바로 이러한 시라는 점 등을 강조하고 있기 때문이다.

평계 이정호가 말하는 마지막 구절 "…얼굴을 가리운 나의 신부여"는 왜 릴케의 수사를 닮고 있는 것인가? 릴케는 우리가 산에 가서 가져오게 되는 것은 꽃이나 돌이나 새나 산 그 자체가 아니라 '꽃,' '새,' '돌,' '산'이라는 말뿐이라고 강조했다. 말하자면 대상에 대한 명칭은 명칭일 뿐이지 실체는 아니라는 점이다. 그것은 명명행위와 그것의 지칭대상이 일치하지 않기 때문이다. 그 자체만으로도 신비스러운 존재이지만 얼굴을 가리고 있어서 더욱 신비스러운 존재인 '신부'는 하나의 대상으로 그것은 명명되자마자 혹은 발견되자마자 다시 미지의 대상으로 전환되어 버리게 된다. 언어로서 포착 불가능한 대상, 그렇다고 해서 부르지 않을 수도 없는 대상은 명명되어지는 순간 언어의 영역을 벗어나 버리고 만다. 언어의 영역에서 벗어난 곳이 바로 제2연의 '존재의 흔들리는 가지 끝' 이다. 이 구절은 김춘수의 시론에 해당한다고 할 수 있는 그의 시 「나목(裸木)과 시(詩)」에도 암시되어 있다. 대상을 정확하게 포착할 수 없는 언어 능력의 한계를 제시하고 있는 김춘수의 시 「꽃을 위한 서시」는 릴케가 말하는 고독의 정신에 관계된다. 『두이노의 비가』의 '첫 번째 비가'에서 릴케는 이렇게 외치고 있다.

내가 지상에서 소리친다 하더라도 천사의 계열 중에서 어느 천사가 나의 외침을 들을 수 있을 것인가? 그 중에서 한 천사가 나를 갑자기 껴안는다 하더라도 나는 이미 그 놀라운 존재에 말문이 막혀 버릴 것이다. 아름다움은 두려움의 시작일 뿐이다. 그러한 두려움을 우리들은 여전히 그저 견디어 낼 수 있을 뿐이다. 그것은 우리들을 솔직하게 경멸하고 우리들을 전멸시키기 때문에 우리들은 그저 놀라게 될 뿐이다. 모든 천사는 두려운 존재이다.

릴케에게 있어서 '나의 외침'을 들어 줄 수 있는 천사의 존재가 두려운 존재인 것처럼, 김춘수에게 있어서도 대상을 발견하고자 하는 행위와 발견될 수 없는 대상은 모두 두려운 존재에 해당한다. 왜냐하면 이 두 가지는 모두 명명행위에 의해 연관되어 있으며, 명명행위 그 자체가 이미 두려운 존재이기 때문이다. 지상에서 릴케가 고독한 외침을 계속하면 할수록 천사는 그만큼 더 멀어지게 마련인 것처럼, 김춘수의 시에서도 명명의 대상은 명명행위가 계속되면 될수록 그만큼 더 멀어질 뿐이다.

김춘수의 시에서 '릴케'라는 말이 직접적으로 등장하는 경우는 그의 시 「기(旗)」와 「릴케의 장(章)」을 들 수 있다. 전자에서는 전쟁에서의 죽음의 순간에 쓰러져 가는 무명용사들의 이름과 릴케를 병치시켜 놓았으며 후자에서는 신과 죽음과 부활의 문제를 제시하였다. 전쟁과 죽음의 문제를 언급한 「기」의 후반부는 다음과 같다.

> 기를 위하여 훈장도 없이 용맹하던 사람들은 쓰러져 갔다.
> 쓰러진 사람들을 불러 보아라.
> 가슴같이 부풀은 하늘의 저기,
> 그들 무명의 전사들의 아름다운 이름을 불러 보아라.
>
> 지금은
> 저마다 가슴에 인(印)찍어야 할 때,
> 아! 1926년, 노을빛으로 저물어 가는
> 알프스의 산령에서 외로이 쓰러져 간 라이너·마리아·릴케의 기여.

— 김춘수, 「기(旗)」의 후반부

전반부와 후반부로 이루어진 「기(旗)」에서 후반부는 개인적이고 방어적이고, 피동적이고 좌절적이며, 성찰의지와 종전(終戰)에 관계된다. 위에 인용된 시의 전반부는 집단적이고 공격적이고, 능동적이고 희망적이며, 상승의지와 개전(開戰)에 관계된다. 전쟁에서 쓰러져 간 무명용사와 릴케의 사이에는 어떤 상관성이 있으며, 이 시에서의 '1926년'은 릴케에게 있어서 어떤 의미를 지니고 있는가? 릴케는 1926년 12월 29일 패혈증(敗血症)으로 세상을 떠났다. 릴케의 죽음에 대해서는 인게보그 슈나크의 『라이너 마리아 릴케』[46]에서 상세하게 언급했다. 특히 슈나크는 릴케의 죽음이 '패혈증'에 의한 것이었다는 점을 강조하고 있다. 신과 인간과의 합일을 위하여, 종교와 구원의 일체화를 위하여 "알프스의 산령에서 외로이 쓰러져 간…릴케의 기"는 고독한 개인의 죽음에 관계된다. 그리고 전쟁에서의 싸움은 '죽음의 불가피성'을 전제로 한다. 로버트 F. 와이어는 자신이 편저한 『문학 속의 죽음』에서 죽음의 불가피성을 이렇게 설명했다. "죽음을 성찰할 수 있는 장치로서 문학을 활용함으로써, 시인이나 극작가나 소설가는 우리 모두가 그렇게도 무시하고자 하는 '죽음의 불가피성'을 적나라하게 드러내게 된다. 그렇게 함으로써 우리로 하여금 인간의 존재 의미와 개인적인 삶의 단명성 및 우리 모두를 기다리고 있는 불가피한 사건, 곧 죽음을 대비하여 바람직한 준비를 하게 한다."[47]

　자신의 초기시에서 신과 죽음의 문제에 부딪칠 때에 김춘수 자신은 거의 언제나 릴케를 찾아 나선다. 그 대표적인 예가 「릴케의 장(章)」이다. 이 시에 대한 시인의 애착은 상당한 것이어서 『김춘수 전집 · 1 시』를 참고하면 알 수 있듯이 그는 이 시를 여러 차례에 걸쳐 개작하게 된다.[48] 크게 두 부분으로 나뉘는 이 시는 제1행부터 제12행까지 전반부에서는 신의 문제를 취급하였고 제13행부터 마지막 제23행까지 후반부에서는 죽음과 부활의 문제를

---

46) Ingeborg Schnack, *Rainer Maria Rilke : Life and Work in Pictures —With a Biographical Introduction and Chronological Tables,* trans. Patricia Crampton (Insel Verlag, Frankfurt am Main, 1975).

47) Robert F. Weir, ed., *Death in Literature* (New York: Columbia University Press, 1980), p. 3.

48) 김춘수, 『김춘수전집 · 1 시』(도서출판문장, 1986), p. 158에서 김춘수는 이 시에 대한 개작과정을 다음과 같이 설명하고 있다. ·『부다』 p. 30에 재수록. ·시집 『꽃의 소묘』에는 "어떤 몸짓의 날개를 치며…"가 "나래를"로 되어 있었다. ·『민(民)』에는 제목이 「가을 저녁」으로 되어 있고 부제가 「릴케의 장(章)」인데, 이는 필자 자신이 고친 것임. ·『꽃의 소묘』와 『부다』에서는 14행과 17행 사이의 2행이 "패배(敗北)와 살의(殺意)의 전장(戰場)에서/ 한 개의 심장(心臟)이 살아나는 것을,"로 되어 있었으나, 『민(民)』에서부터 "피우고 있는 것을,/ 죽어간 소년(少年)의 등 위에서/ 또 하나 작은 심장(心臟)이 살아있다는 것을,"로 고쳤다.

취급하였다. 그리고 두 번에 걸쳐 사용된 "라이너·마리아·릴케,/ 당신의 눈은 보고 있다"라는 구절은 그 각각의 부분을 목격하고 증언하는 역할을 한다.

세계(世界)의 무슨 화염(火焰)에도 데이지 않는
천사(天使)들의 순금(純金)의 팔에 이끌리어
자라가는 신(神)들,
어떤 신(神)은
입에서 코에서 눈에서
돋쳐나는 암흑(暗黑)의 밤의 손톱으로
제 살을 핥아서 피를 내지만
살점에서 흐르는 피의 한 방울이
다른 신(神)에 있어서는
다시없는 의미(意味)의 향료(香料)가 되는 것을,
라이너·마리아·릴케,
당신의 눈은 보고 있다.
천사(天使)들이 겨울에도 얼지 않는 손으로
나무에 꽃을 피우고 있는 것을,
죽어간 소년(少年)의 등 뒤에서
또 하나의 작은 심장(心臟)이 살아나는 것을,
라이너·마리아·릴케,
당신의 눈은 보고 있다.
하늘에서
죽음의 재는 떨어지는데,
이제사 열리는 채롱의 문(門)으로
믿음이 없는 새는
어떤 몸짓의 날개를 치며 날아야 하는 가를,

— 김춘수, 「릴케의 장(章)」 전문

    첫 번째 부분에 등장하는 무수한 신은 유일신론에 관계되는 것이 아니라 범신론에 관계된다. 그것은 두 번의 러시아 여행에서 릴케가 파악한 바 있는 러시아인들의 신앙심과도 같은 것이다. 릴케는 신과 인간 및 종교와 구원의 문제를 중요하게 생각했고 또 강조했던 시인이다. 박찬기는 『독일문학사』에서 신과 인간의 관계에 대한 릴케의 입장을 다음과 같이 파악했다.

신과 종교에 대한 릴케의 사상은 특히 두 번의 러시아 여행에서 그 기초가 이루어진 것이었다. 톨스토이의 영향이 컸으며 자신의 내부적인 고독감과 지성인의 고민이 순박한 러시아아적 신앙과 신에 대한 친밀감으로 변전될 수 있었다. 소박과 겸허, 그것이 그들 러시아인들의 특색이었으며 그로 인하여 오히려 무례할 만큼 인간의 신과의 거리가 단축되는 것이다. 릴케는 그 경험을 다음과 같이 말했다. '각자는 어두움에 차서 마치 산과 같았고 머리끝까지 겸허하여 자신을 비하하는 데 티끌만큼도 두려움이 없었다. 따라서 경건했다.' 신은 높이 군림하는 초월적인 신이 아니고, 각자 앞에 있는, 개개의 물건 속에 내재하는, 그리하여 함께 생성 유전하는 신인 것이었다.[49]

유일신을 바탕으로 하는 기독교적 세계관에 젖어 있던 릴케에게 있어서 러시아인들의 범신론은 상당히 충격적이었던 것만큼이나 신비로우면서도 경건하게 보였던 것이다. 누구나의 마음속에 내재하는 신―그것은 물상화 된 신 혹은 각각의 개인만큼이나 수다한 개인적인 신이라고 볼 수 있다. 위에 제시된 김춘수의 시의 첫 번째 부분은 바로 릴케의 이와 같은 범신론의 문제를 취급하고 있다. 두 번째 부분에 나타나는 죽음과 부활의 문제도 앞에서 인용한 바 있는 생성유전으로서의 신의 역할에 의존한다. 겨울나무에 피우는 꽃과 죽은 소년에게서 되살아나는 심장은 죽음이 그 자체로 끝나는 것이 아니라 또 다른 삶의 시작이라는 점을 강조한다.

이상에서 살펴본 바와 같이 김춘수의 초기시에 끼친 릴케의 영향은 절대적인 것이었다. 그 자신의 말과 같이 릴케의 시 「사랑은 어떻게」와 그의 소설 『말테의 수기』는 대략 6년 정도를 사이에 두고 두 번에 걸쳐 김춘수의 시작활동(詩作活動)에 영감을 제시해 주었다. 이러한 영감을 바탕으로 하여 김춘수는 존재의 의미를 탐구하는 일련의 관념시를 발표했던 것이다. 그리고 그러한 존재탐구에서 그는 신, 죽음, 부활의 문제를 객관성 있게 취급했다. 끝으로 김춘수의 시집 『쉰한 편의 비가(悲歌)』[50](2002)는 내용과 형식에 있어

---

49) 박찬기, 『독일문학사』 (일지사, 1976), p. 458

서 릴케의 시집 『두이노의 비가(悲歌)』에 접맥된다고 볼 수 있으며, 그의 이 시집과 릴케의 시세계에 대한 비교가능성을 암시하기도 한다.

2.3 김수영의 시에 반영된 릴케의 시 『오르페우스에게 바치는 소네트』의 영향과 수용

릴케와 김수영(1921~1968)의 관계는 김수영이 자신의 시 「미인」을 쓰게 된 배경 및 릴케의 시 『오르페우스에게 바치는 소네트』—김수영은 『올페우스에 바치는 송가(頌歌)』로 표기하였다—와의 관계를 설명하고 있는 「반시론」에 잘 나타나 있으며, 그의 시 「미인」의 전문은 다음과 같다.

미인(美人)을 보고 좋다고들 하지만
미인(美人)은 자기 얼굴이 싫을 거야
그렇지 않고야 미인일까

미인이면 미인일수록 그럴 것이니
미인과 앉은 방에선
무심코
따놓은 방문이나 창문이
담배연기만 내보내려는 것은
아니렷다.[51]

― 김수영, 「미인」 전문

위에 인용된 시를 쓸 때의 배경에 대해서 김수영은 자신의 부인의 친구 Y 여사―세련되고 교양있는 미인―와 함께 화식집 2층에서 회식을 했다는 점, 자신이 피운 담배연기가 자욱해지자 Y여사가 북창문을 살며시 열어놓았다는 점, 담배연기가 미안해서 자신이 일어나 그 창문을 더 많이 열어놓았다는 점, 그리고 집에 돌아와 단숨에 7행의 단시(短詩)를 지었다는 점, 다 쓰고 나

---

50) 김춘수, 『쉰한 편의 비가(悲歌)』 (현대문학사, 2002).
51) 김수영, 「미인」, 『김수영전집·2 산문』 (민음사, 1981), p. 263.

서 운산(運算)을 해보니 자신이 창문을 연 것은 담배연기 때문이 아니라 Y여
사의 천사같은 훈기를 내보내려고 했기 때문이라는 점 등을 알게 되었으며,
'창문―담배·연기―바람'을 생각하면서 릴케의 『오르페우스에게 바치는 소
네트』의 제3장이 떠올랐다고 언급하였다.52) 김수영이 언급한 제3장의 내용
을 이 시의 원래의 순서대로 다시 정리하면 다음과 같다.

<table>
<tr><td>

Rilke, *Die Sonette an Orpheus,*
(III) Ein Gott…

</td><td>

김수영이 인용한 부분

</td></tr>
<tr><td>

Ein Gott vermags. Wie aber, sag mir, soll
ein Mann ihm folgen durch die schmale Leier?
Sein Sinn ist Zwiespalt. An der Kreuzung zweier
Herzwege steht kein Tempel für Apoll.

Gesang wie du ihn lehrst, ist nicht Begehr,
nicht Werbung um ein endlich noch Erreichtes;
Gesang ist Dasein. Für den Gott ein Leichtes.
Wann aber sind wir ? Und wann wendet er

an unser Sein die Erde und die Sterne?
Dies ists nicht, Jüngling, daß du liebst, wenn auch
die Stimme dann den Mund dir aufstößt, ― lerne
vergessen, daß du aufsangst. Das verrinnt.
In Wahrheit singen, ist ein andrer Hauch.
Ein Hauch um nichts. Ein Wehn im Gott. Ein
Wind.

</td><td>

노래는 욕망이 아니라는 것을 곧 알게 될 것이다.
그것은 급기야는 손에 넣을 수 있는 사물에 대한
애걸이 아니라는 것을 알게 될 것이다.
노래는 존재다. 신으로서는 손쉬운 일이다.

하지만 우리들은 언제 존재할 수 있겠는가?
그리고 우리들은 언제 신의 명령으로
대지와 성좌로 다시 돌아갈 수 있게 되겠는가?
젊은이들이여, 그것은 뜨거운 첫사랑을 하면서

그대의 다문 입에 정열적인 목소리가
복받쳐오를 때가 아니라. 배워라.
그대의 격한 노래를 잊어버리는 법을.
그것은 아무짝에도 소용없는 것이다.
참다운 노래가 나오는 것은 다른 입김, 아무것도
바라지 않는 입김. 신의 안을 불고 가는 입김.
바람.

</td></tr>
</table>

　　위에 인용된 릴케의 시에서 김수영이 가장 감동을 받은 부분은 마지막 연
으로 그것은 이 부분에 나오는 '바람' 때문이다. 이 바람은 시인 자신이 내
뿜은 담배연기를 내보내는 역할을 할 뿐만 아니라 그 자신이 미인에게서 느
낀 어떤 훈기까지도 내보내는 역할을 한다. 김수영이 릴케의 시에서 느낀
'바람'의 역할과 의미는 하이데거(1889~1976)의 「릴케론」에 잘 요약되어 있
다. 이 글에서 하이데거는 헤르더(1744~1803)의 「인류의 역사철학적 고찰」을

―――――――――――――――――――――――――――

52) 김수영, 「반시론」, 『김수영전집·2 산문』, p. 261을 참고하여 요약했음을 밝혀둔다.

참고하여 '바람'을 다음과 같이 '신의 입김'에 비유하였다. "우리들의 입김은 다른 사람들의 영혼 속에서 세계의 회화가 되고, 우리들의 사상과 감정의 기본형이 된다. 인간이 일찍이 지상에서 생각하고, 바라고, 행한 인간적인 일, 또한 앞으로 행하게 될 인간적인 일, 이러한 모든 일은 한줄기의 나풀거리는 산들바람에 달려 있다. 왜냐하면 만약에 이런 신적인 입김이 우리들의 신변에서 일지 않고 마법의 음색처럼 우리들의 입술 위에 감돌지 않는다면 우리들은 필경 모두가 아직도 숲 속을 뛰어다니는 동물에 지나지 않을 것이기 때문이다."[53]

　　김수영은 자신의 시를 릴케의 시에 비추어 설명하면서 "내가 읊은 「미인」은 릴케의 천사만큼은 되지 못했을망정, 그다지 천한 미인은 아니 되었다"라고 생각한다고 회고했다. 그러나 앞에서 언급한 다른 시인들과는 달리 김수영에게 있어서 릴케는 직선적인 시간의 흐름을 따르는 것이 아니라 역행적인, 그의 말을 빌리면 반어적인 것이다. "나의 릴케는 내려오면서 만난 릴케가 아니라 셰익스피어의 부근을 향해 더듬어 올라가는 릴케다. 그러니까 상당히 반어적인 릴케가 된 셈이다. 그 증거로 나의 「미인」의, 검정 미니스커트에 까만 망사 나이롱 양말을 신은 스타일이 얼마나 반어적인가." 릴케의 시는 김수영에게 일종의 반어적인 영향을 끼쳤고, 김수영은 그것을 자신의 「반시론」으로 발전시켰다. "이 시의 맨 끝의 '―아니렷다'가 반어이고, 동시에 이 시 전체가 반어가 돼야 한다. Y여사가 미인이 아니라는 의미의 반어가 아니라, 천사같이 아름답다는 것을 강조하기 위한 반어이고, 담배연기가 '신적'인 '미풍'이라는 것을 위한 반어이다. 그리고 나의 이런 일련의 배부른 시는 도봉산 밑의 돈사 옆의 날카롭게 닳은 부삽 날의 반어가 돼야 할 것이다. 그럴 때 우리의 시에서는 남과 북이 서로 통일된다." 말하자면 김수영의 반시론은 시론의 조화로운 활성화를 위한 반시론이며, 그것은 또 하이데거의 「릴케론」을 바탕으로 하고 있다. 자신의 시 「미인」의 배경과 그 의미 등을

---

53) 김수영, 「반시론」, 『김수영전집 · 2 산문』 p. 262에서 재인용했음을 밝혀둔다.

설명하면서 김수영이 릴케의 시 『오르페우스에게 바치는 소네트』의 제3부를 인용한 것은, 릴케가 추구했던 '천사,' 즉 절대신이 사라진 시대에 인간을 구원할 수 있는 또 다른 존재를 모색하고자 했기 때문이다. 그 결과 김수영은 릴케의 의도에 접맥될 수 있는 하나의 방법으로 자신의 시 「미인」을 「반시론」의 후반부에서 설명하게 되었으며, 그 이론적인 근간으로 일본어로 번역된 하이데거의 「릴케론」을 참고했다고 볼 수 있다.

김수영은 「반시론」의 결론 부분에서 '반시론의 반어'는 두 개의 상반되는 세계의 대립에 근거한다고 강조했다. 귀납법과 연역법, 내포와 외연, 비호와 무비호, 유심론과 유물론, 과거와 미래, 남과 북, 시와 반시, 릴케와 브레히트 사이의 싸움이 반시론의 언어가 되어야 한다고 파악했다. 따라서 그의 반시론은 그의 시적 모티브와 관련된다. 부단한 자기 변신, 말하자면 자유 추구와 소시민적 비애의 세계, 사랑과 혁명의 세계, 적에 대한 증오와 자기 탄식의 세계로의 변화 등을 통해서, 김수영은 한국시의 현대성을 모색했다고 볼 수 있다. 그리고 그의 이러한 현대성의 추구는 다음과 같은 그의 '언어관'에 바탕을 둔다. "언어는 원래가 최고의 상상력이지만 언어가 이 주권을 잃을 때는 시가 나서서 그 시대의 언어의 주권을 회수해주어야 한다. 그런 의미에서 모든 시간의 언어는 언어가 아니다. 그것은 잠정적인 과오다. 수정될 과오 이 수정의 작업을 시인이 해야 하는 것이다. 그래서 최고의 상상인 언어가 일시적인 언어가 되어서 만족할 수 있게 해야 한다."[54]

2.4 박양균의 시와 전봉건의 시에 반영된 릴케의 영향과 수용

박양균의 시 「꽃」에 대해서 전봉건은 그의 서정성이 자연발생적인 서정이라기보다는 객관적 현실의 의미의 서정, 곧 비평의 서정이라고 파악한 바 있다. 전봉건은 또 박양균의 비평의 서정이 언어에 대한 두 가지 인식에서 비롯

---

54) 김수영, 「가장 아름다운 우리말 열 개」, 『김수영전집 · 2 산문』 (민음사, 1981), p. 282.

된다고 파악한 후, "하나는 서정이 본래 지니는 농도 짙은 감수성의 작용으로 되는 감각적 인식에 의한 사물의 본질 발굴이고, 또 하나는 그 비평성의 작용으로 되는 논리적 인식에 의한 사물의 객관적 파악이다"라고 결론지었다.

전봉건의 이러한 평가를 받고 있는 박양균의 시 「꽃」에는 "그 신은 나에게 침묵으로 답하리라"는 릴케의 시구가 인용되어 있다. 릴케에게 있어서 '나'는 궁극적으로 러시아 수도사이자 릴케 자신에게 해당하며 이러한 '나'의 기도와 '신'의 침묵의 관계는 그의 『기도시집』에 잘 나타나 있다. 제1부 「수도사 생활의 서」, 제2부 「순례의 서」, 제3부 「가난과 죽음의 서」로 이루어진 이 시집에서의 시적 주체는 러시아 수도사이다. 이 수도사는 예술적이고 종교적인 릴케의 삶의 태도와 과제를 대변해 주는 존재로서 "단순한 성직행위에 머물기보다는, 골방에 칩거하면서 비잔틴 양식에 따라서 성화를 그리는 종교화가로서 예술가이기도 하다."[55] 박양균의 시 「꽃」의 서두에 인용된 릴케의 구절, "그 신은 나에게 침묵으로 답하리라"에서의 '침묵'은 바로 릴케의 다음 구절에 대응된다. "밤이면 밤마다 나는 기도합니다./ 신이여, 그저 몸짓으로 커가며 존재하는/ 벙어리가 되어주소서./ 꿈속의 정신이 독려하여/ 침묵의 무거운 총합을/ 이마와 산에다 새겨놓는/ 벙어리가 되어주소서." 릴케에게서 혹은 릴케 시에서 침묵의 중요성을 차용한 박양균의 시 「꽃」의 전문은 다음과 같다.

사람이 사람과 더불어 망한
이 황량(荒凉)한 전장(戰場)에서
이름도 모를 꽃 한 송이
뉘의 위촉(委囑)으로 피어났기에
상냥함을 발돋움하여 하늘과 맞섬이뇨

이 무지한 포성(砲聲)과 폭음(爆音)과
고함(高喊)과 마지막 살육(殺戮)의 피에 젖어
그렇게 육중한 지축(地軸)이 흔들리었거늘

---

55) 김재혁 옮김, 『기도시집』 (세계사, 1992), p. 169.

너는 오히려 정밀(精密)속 끝없는
부드러움으로 자랐기에
가늘은 모가지를 하고
푸르른 천심(天心)에의 길 위에서
한점 웃음으로 지우려는가

— 박양균, 「꽃」 전문

　위에 인용된 박양균의 시의 특징은 전쟁의 비극적 참혹성과 그러한 참혹성을 바탕으로 하여 피어난 한 송이 꽃의 순수성을 대비시키는 데 있다. 이 두 가지 관계는 시인 자신이 「육교를 위한 시론」에서 강조하는 '육교'에 의해서 가능해진다. "육교다…나는 분명 그것이 하나의 관념으로서가 아니라 목전에 실존하는 교량을 찾는데 그 많은 아우성을 갈라놓고 차가운 옛 빙하의 흐름에서처럼 오들오들 떨며 열병에서 살았다. 그것은 마치 전통과 비약과의 갈등이기도 한 것이다." 박양균의 시에서의 이중 이미지 혹은 관념의 이중성은 서로 상반되는 대립관계에 있는 것이 아니라 서로 보충되는 보완관계에 있다고 볼 수 있다. 위에 인용된 시에서 '꽃'은 "상냥함을 발돋움하여 하늘과 맞섬이뇨"에서처럼 지상과 천상을 연관 짓는 대행체로서 작용한다. 마치 "어느 겁쟁이가 당신에게 물었을 때/ 당신은 침묵 속으로 깊이 빠져들었습니다"라는 릴케의 시구처럼 '꽃'은 지상과 천상을 말없이 연관 지어 주는 매개체가 된다.

　전쟁으로 폐허화된 공간에서 피어난 한 송이 꽃이 반드시 '장미꽃'일 필요는 없지만 적어도 그 의미로 볼 때에 그것은 장미꽃이어야만 한다. 릴케의 시에서의 '장미꽃'이 "일상의 삶과는 다른 삶에 대한 동경을 표현하는 이미지를 지닌 예술가적 자기실현의 상징"인 것처럼, 박양균의 시에서도 '꽃'은 "시인 자신의 완전한 변용을 통한 익명성에 대한 추구"와 합치되고 있기 때문이다. 릴케의 시에 나타나는 익명성은 "장미여, 오 순수한 모순이여,/ 그렇

게도 수많은 눈꺼풀 아래,/ 누구의 잠도 아닌 잠이고 싶은 마음이여"라는 그
의 묘비명에서 파악할 수 있는 바와 같이 '장미'는 "이름 모를 잠이 고픈 마
음"과 등가관계에 있으며, 박양균의 시에서의 익명성은 "이름도 모를 꽃 한
송이/ 뉘의 위촉으로 피어났기에"처럼 '꽃'은 '뉘의 위촉'과 등가관계를 형성
한다. 이와 같은 릴케적인 익명성은 박양균의 시의 한 가지 특징으로 볼 수
있다. 그의 시 「창」에서의 "누구의 구원으로도 어쩔 수 없는 이 암흑에서…
나는 당신을 부정하면서도 당신의 구원을 기다리고 있는 것입니다"와 「다리
위에서 I」에서의 "나는 시간의 위촉에서 벗어나 무한을 향해 손을 들어본다"
처럼, 당신이나 무한은 구체적인 대상이나 명칭이라고 볼 수 없기 때문이다.
그러나 그러한 것들이 지니고 있는 의미는 물론 신이나 구원자 또는 영원한
안식처 등으로 파악될 수 있다. 이러한 대상을 추구하는 자신의 시적 태도를
박양균은 다음과 같이 설명하였다.

> 회한(悔恨)의 눈물을 목 가득히 삼키고 있노라면 뜨거움이 뭉클하여짐을 우리는
> 가끔 느끼게 된다. 언어 이전의 포효(咆哮) 같은 절실(切實)함이 하나의 소리로서 발
> 할 때 그것을 일러 절규(絶叫)라고도 한다. 인간에의 신뢰로써 이 절규(絶叫)를 말할
> 때 그것은 애정으로써 서로를 찾는 소박(素朴)한 인간(人間)의 생태(生態)다. 서로 미
> 워하기 까지 하는 인간들이 또한 서로 사랑하지 아니치 못함은 얼마나 큰 배반(모순)
> 이겠는가. 이 배반(背反)을 디디고 그제야 스스로의 위치(位置)를 다짐하여 보기도 한
> 다. 자아(自我)의 실존(實存)을 의식(意識)하는 것이다.56)

전봉건은 자신의 연작시 「은하를 주제로 한 봐리아시옹」의 두 번째 시에
서 라이너·마리아·릴케를 직접적으로 언급하고 있다. 「라이너·마리아·릴
케에 대하여, 전쟁과」라는 제목에 나타나 있는 바와 같이 전봉건에게 있어서
릴케는 곧 전쟁이라는 등식이 성립한다. 그에게 있어서 전쟁의 극한상황과
인간적인 서정성은 구도의 시인, 기도의 시인, 장미의 시인, 고독의 시인으로

---

56) 박양균, 「작가는 말한다 : 육교(陸橋)를 위한 시론(詩論)」, 김종문 편, 『전시 한국문학선 : 시편(詩篇)』
   (국방부 정훈국, 1955).

일컬어지는 릴케에 의해서만 정신적인 교감을 성취하게 된다. 이 시에서 릴케는 두 번 언급된다. 한 번은 전반부에 나타나 있는 바와 같이 시적 자아의 현실적 존재에 대한 물음이고, 다른 한 번은 후반부에 나타나 있는 바와 같이 시적 자아의 시적 존재에 대한 물음이다. 전반부에서 시적 자아는 "무수한 실의와 실념이 가시/ 돋친 철조망을 드리운 이 거리"에 암시되어 있는 절망의 늪에서 바라보는 밤하늘의 별은 바로 자기 자신, 곧 '허위의 나'라고 결론지은 후 다음과 같이 묻고 있다. "그러면/ 라이너 · 마리아 · 릴케/ 당신은 누구인가/ 그러면 나는 누구인가."

시적 자아의 현실적 존재는 릴케가 어떠한 존재이냐에 따라서 결정된다. 그런 다음 전봉건은 전쟁의 철저한 파멸성과 그것으로 인한 무의미성 및 인간이 갖게 되는 공포와 전율 그리고 인간성의 상실을 가슴 아파한다. 그것이 바로 후반부에 나타나 있는 "포탄은 나리고, 쏟아지고, 나는 외인부대라는 필립하사와 껌을 씹으며 장난을 치며/ 찢어 헤쳐진 사월의 파편 속에 인간을 사냥하고 그러나 포연이/ 걷히었다 뭉키는, 걷히는 바위틈에 꿈처럼 은하처럼 하나 핀 진달래로 하여"라는 부분이다. 인간성이 상실될 수밖에 없었던 시대에 릴케는 시적 자아로 하여금 인간답게 살 수 있도록, 말하자면 태양을 느끼게 해주었고 휘파람을 불게 해주었다.

> …하나 핀 진달래로 하여 더 가까이 태양을 느낀
> 새처럼
> 내가 휘파람을 불게 한
>
> 라이너 · 마리아 · 릴케
> 단 한사람 장미의 가시에 찔리어서 죽은 수목과 같이
> 자라나는 목소리의 당신은 누구일까
> 오늘 시를 쓰는 나는 무엇일까[57]

릴케의 죽음은 장미와 무슨 관계를 지니는 것일까? 그것은 1926년 10월

---

57) 전봉건, 「은하를 주제로 한 봐리아시옹」, 정한모 · 김용직 편, 『한국현대시요람』 (박영사, 1974). p. 900.

초순경에 스위스 뮈조트 성에서 발생한 사건에 관계된다. 자신을 찾아 온 이집트의 여자 친구 니메 엘루이 베이 부인과 산책을 하던 중에 그 부인에게 주기 위해서 장미를 꺾던 릴케는 그 가시에 찔리게 되고 그로 인해서는 그는 '패혈증'에 걸려 급기야는 죽음에까지 이르게 된다. 위에 인용된 시에서 '릴케'는 죽음 그 자체라기보다는 죽음을 딛고 일어서는 새로운 삶의 표상을 의미한다. "죽은 수목과 같이 자라나는 목소리의 당신"에서의 '당신'은 물론 릴케이고 죽은 수목은 시인이 시를 쓰는 이유가 된다. 그러한 릴케에 대해서 전봉건은 「당선소감」에서 "존경하는 라이너·마리아·릴케의 '익으라 나무와 같이'라는 구절만은 잊지 않을 것입니다"라고 강조했다. 아울러 자신이 시를 쓰는 이유에 대해서 전봉건은 「시작 노트」에서 다음과 같이 설명했다. "시인이 시를 쓰는 것은 무엇보다도 먼저 자기 자신에게 이유와 가치를 주려는 일이다. 돌멩이가 공기 속에서 생명을 얻어 지니듯이, 그러니까, 시인은 항상 이유와 가치를 지니려는 돌멩이다."

3. 소결론

이상에서 살펴본 바와 같이 릴케의 시와 시론은 1930년대에 한국 현대시에 소개된 이래 1950년대에 이르러 상당히 많은 영향을 끼쳤다고 볼 수 있다. 특히 한국전쟁이라는 동족상잔의 비극과 극한상황 및 철저한 파괴를 거치면서 인간성이 말살되어가던 시기에 릴케의 시와 시론은 한국 현대 시인들에게 하나의 생명수로 작용했다고 볼 수 있다. 그것이 때로는 존재의 문제로, 때로는 구원의 문제로, 때로는 인간성 회복의 문제로 나뉘기는 했지만, 이 모든 문제는 실존주의라는 커다란 범주 속에 종합될 수 있다. 전쟁과 실존과 시의 문제를 언급할 때에 독일에서는 제2차 세계대전의 여파가 거론되듯이, 우리들에게는 그것이 언제나 한국전쟁과 관련지어 거론된다. 따라서 1930년대에 서정시론을 중심으로 소개된 릴케의 시와 시론은 1950년대에는 실존주의 시론 혹은 인간주의 시론으로 전환되었다고 요약할 수 있다. 아울러 김수영에게 있어서는 릴케의 시와 시론이 이러한 계열과는 다르게 반시론으로 나아가는 촉진제 역할을 했다.

비교문학의 새로운 발전을 위하여
결론을 대신하여

1. 비교문학의 정의와 연구영역의 확대

　비교문학에 대한 정의는 크게 세 가지로 대별된다. 하나는 비교문학을 자국문학의 일부분으로 파악하는 경우이다. 여기서 '자국문학'이라고 할 때에 그것은 물론 '한국문학'을 의미하지만, 외국문학의 경우는 그것이 자국문학에 해당한다. 그렇다고 해서 한국에 거주하는 한국어가 모국어인 한국인으로서의 외국문학자가 자신의 전공분야를 '자국문학'이라고 하고 한국문학을 '외국문학'이라고 하는 것은 여러 가지 문제점을 야기할 수밖에 없다. 또한 자국어로 쓰기는 했지만, 자국이 아닌 외국에서 자국어로 쓰인 문학을 자국문학에 포함시킬 것인지에 대한 문제 역시 많은 논란을 야기하고 있으며, 이 문제는 아직도 해결되지 않고 있다. 예를 들어 과거 프랑스 식민지였던 아프리카의 어느 나라에서 프랑스어로 쓴 작품을 프랑스문학으로 볼 것인지, 스페인의 식민지였던 중남미의 어느 나라에서 스페인어로 쓴 문학을 스페인문학으로 볼 것인지 등에 대한 문제를 고려할 수 있다. 또한 '이민문학'이라고 별도의 영역으로 연구하기도하지만, 한국에서 외국으로 이민을 간 작가가 자신의 모국어인 한국어로 작품을 쓴 경우와 이민을 간 그 나라의 언어로 작품을 쓰기는 했지만 그 주제나 내용이나 배경이 '한국적'일 때에 그러한 문학을 자국문학인 '한국문학'에 포함시킬 수 있는지에 대한 문제를 들 수 있다. 이처럼 '자국문학'이라는 말에는 미해결의 문제가 포함되어 있다.

그럼에도 비교문학이라고 했을 때, 그것은 '자국문학'으로서의 한국문학의 한 분야로 보는 것이 일반적인 견해이며, 이때에는 언제나 자국문학이 중심이 되어 외국문학과의 비교를 전제로 하며, 비교문학은 자국문학의 발전에 기여해야 한다는 점을 들 수 있다. 자국문학으로서의 한국문학이 배제된 채, A라는 외국문학과 B라는 외국문학을 비교하는 것은 한국에서의 비교문학의 발전을 위해서는 그렇게 바람직한 비교가 되지 못한다고 볼 수 있다. 예를 들면, 에즈러 파운드를 통해서 일본의 '노〔態〕'를 접하게 된 W. B. 예이츠가 자신의 희곡에서 이러한 점을 고려했을 때에 그것은 자국문학으로서의 아일랜드문학과 외국문학으로서의 일본문학을 접맥시킴으로써 양국 문학의 비교 가능성을 열어놓았지만, 그의 이러한 희곡은 한국문학과는 무관한 것에 해당한다. 따라서 비교문학을 자국문학으로서의 한국문학에 포함시킬 경우, 그것은 한국 고전시가, 한국 고전산문, 한국 현대시, 한국 현대소설 등과 대등한 관계를 유지할 수 있을 뿐만 아니라, 한국문학에 반영된 외국문학의 영향과 수용의 관계를 비교하는 것이라고 볼 수 있다.

다른 하나는 비교문학을 독자적인 연구영역으로 파악하는 경우로 이러한 점은 외국대학의 교과과정과 학과목에서 찾아볼 수 있다. 다시 말하면, 비교문학을 특수한 학문영역으로 파악하기보다는 일반적이고 보편적인 의미의 '문학'의 한 영역으로 파악하여 자국문학의 세계화와 국제화를 연구하는 경우에 해당한다. 예를 들면, 『오비드』가 서구문학에 끼친 영향과 수용, 셰익스피어의 『햄릿』이 끼친 세계문학에서의 영향과 변용, 괴테의 『파우스트』가 끼친 문학, 연극, 광고, 만화 등에서 영향과 변용, '프로메테우스 신화'가 끼친 '방사선적'인 영향과 수용 등을 들 수 있다.

또한 비교문학을 독자적인 연구영역으로 파악할 때에 그것은 서구문학, 러시아문학, 중남미문학, 아프리카문학, 인도문학, 중동문학, 일본문학, 중국문학 등 비교문학에 관계되는 국제학계에서 관심을 가지고 있는 문학에서는 효과적인 영역에 해당하지만, 그 외의 문학에서는 관심에서 벗어나 소홀해질 수밖에 없다. 말하자면, 일본의 전통시형식인 '하이쿠'의 경우는 미국의 중고등학교에서 선택과목으로 개설되어 있기도 하고 문화센터에서 하이쿠에 대한 강의가 개설되어 있기도 한 점을 들 수 있다. 그럼에도 한국의 전통시형식인 '시조'는 그것이 한국문학 자체에서도 현대화되어 그 정통성을 상실한 상태일 뿐만 아니라 그러한 시조형식에 대해서 외국에서 관심을 가지고 있지 않기 때문이다. 한국문학의 세계화를 위해서 그리고 노벨문학상 수상을 위해서 한국문학 연구자들이나 관련단체 및 정부부서에서 노력하고는 있지만, 아직은 성숙한 단계에 이르지 못한 상태라고 볼 수 있다.

비교문학의 정의에 관계되는 마지막 경우로는 비교의 영역을 확장하여 문학과 타 분야를 비교하는 것을 의미하며, 여기에는 언어·예술·건축·문화·철학 등이 포함되는 것은 물론 정치·사회·경제·종교·과학 등 비교가능한 모든 영역이 포함된다. 예술의 경우를 살펴보면 문학작품에 반영되어 있는 그림·음악·조각·무용·연극·퍼포먼스 등을 들 수 있다. 한국 현대시에 반영되어 있는 김정희의 그림 「세한도」나 반 고흐의 그림 등은 문학과 그림의 비교를 가능하게 하며, 음악의 경우는 현대시를 가곡으로 작곡한 경우를 들 수 있다. 이때 유의할 점은 가곡의 가사를 위해서 쓰인 노랫말을 시로 볼 것인지의 문제이다. 문학작품과 조각의 비교가능성은 릴케의 시 「오래된 아폴로 토로소」에서 찾아볼 수 있으며, 무용의 경우는 W. B. 예이츠가 자신의 시 「학동(學童)들 사이에서」에서 언급한 "무용과 무용수를 어떻게 구별할 수 있을 것인가?"에 관계된다. 문화의 경우로는 전통문화와 이질문화, 청소년문화와 노년문화 등을 들 수도 있고, 지배문화와 피지배문화, 백인문화와 유색인문화, 서구문화와 비-서구문화, 기독교문화와 비-기독교문화, 남성문화와 여성문화 등을 들 수도 있다. 문학과 철학의 관계는 우선적으로 문학이론의 비교에 관계된다. 이러한 점은 전통적으로 문학이론이 철학이론에서 비롯되었기 때문이기도 하고, 한국에는 개설되어 있지 않지만, 문학이론 학과가 개설되어 있는 외국의 경우 대부분의 교수진이 철학전공자라는 점에서도 확인할 수 있다. 또한 구조주의이론에서 알 수 있는 바와 같이 언어학 이론 역시 비교문학에서 중요한 영역에 해당한다. 건축의 경우는 문학작품에 반영되어 있는 특정한 건축물, 말하자면 서정주의 시 「광화문」에서 확인할 수 있다.

　문학과 정치의 비교는 한국의 제도교육에서 이미 익숙해 있는 영역으로 그러한 점은 일제강점기에 발표된 한용운의 시 「님의 침묵」에서의 '님,' 김 영랑의 시 「모란이 피기까지는」에서의 '모란' 등의 의미를 조국의 해방이나 광복 등의 의미로 해석하는 경우에서도 찾아볼 수 있고, 특히 심훈의 시 「그 날이 오면」에서 확인할 수 있다. 한용운의 시나 김영랑의 시에 대한 해석이 시대상황을 고려하여 그렇게 해석하는 것에 해당한다면, 심훈의 시의 경우는 그것이 분명하게 시대정신과 정치현실을 반영한 것이라고 볼 수 있다. 오늘의 한국 현대시에서는 김남주의 시, 박노해의 시 등에서 정치적인 압박과 자유의 쟁취, 지배계층으로서의 고용주의 횡포와 피지배계층으로서의 노동자로서의 고단한 삶을 찾아볼 수 있다. 문학과 사회의 경우는 시인들이 경험했던 사회적인 현실과 분위기를 자신들의 작품에 반영하고 있다는 점을 들 수 있으며, 프랑스 상징주의 시인들에 해당하는 베를렌과 랭보 등이 당시의 지배적인 분위기였던 '파리코뮌'에 참여했거나 경험했던 점에서 파악할 수 있다. 또한 한국사회에서 일반적으로 '해방공간'이라고 명명되는 1945년부터 1950년까지 좌익과 우익이 정치에서는 물론 문학에서도 첨예하게 대립되었던 시기에 쓰인 문학작품에서도 그러한 사회의식을 찾아볼 수 있으며, 그러한 대립의식과 사회의식을 객관적인 입장에서 파악한 시로는 김규동의 시 「플라워 다방」을 들 수 있다. 또한 1960년대 이후 경제개발, 농어촌의 현대화, 선진국으로의 도약, 도시의 개발, 물질문명의 발달 등으로 인한 사회적인 현상으로 인해서 기억으로만 존재하는 서울의 '명동'과 오늘의 변화된 모습을 대조시키고 있는 강민의 시 「명동, 추억을 걷는다」에서도 그러한 점을 찾아볼 수 있다. 또한 문학과 종교의 경우로는 일반적으로 언급하고는 하는 정지용, 구상, 김남조, 홍윤숙, 성찬경, 유경환 등의 시세계와 가톨릭, 박두진과 김현승의 시세계와 개신교, 조지훈의 시세계와 불교 등에서 찾아볼 수 있으며, 소설의 경우로는 황순원의 소설과 성서, 김동리의 소설과 토속신앙 등에서 확인할 수 있다.

한국 비교문학계에서는 아직 그 중요성을 파악하지 못하고 있지만 국제 비교문학계에서는 상당히 많이 활성화되어 있는 연구영역 중의 하나가 바로 문학이론의 비교와 번역이론이다. 전자의 경우를 예로 들어보면, 구조주의 이론과 후기구조주의 이론의 유사점과 차이점, 모더니즘 이론으로서의 문학과 문학이론으로서의 모더니티, 모더니즘의 발전과 도시풍경의 변화, 이론을 위한 문학과 문학을 위한 이론 등 다양하게 전개되고 있는 점을 볼 수 있다. 그러나 무엇보다도 이상과 같은 문학과 타 영역의 비교에서 언제나 중요한 점은 '문학'이 중심이 되어야 한다는 점이다. 이러한 사실을 소홀히 할 때에 비교문학은 그 본래의 의미를 상실하고 비교의 대상이 되는 문학을 강조하기보다는 문학 외적인 요소를 더 강조하게 되기 때문이다.

2. 비교문학의 연구방법론의 변화

비교문학의 연구방법은 전통으로 프랑스적인 방법과 미국적인 방법으로 대별된다. 전자의 경우는 발신자, 전신자, 수신자의 관계를 명확하고 정확하게 파악하는 것을 전제로 하며 영향과 수용의 관계를 분명하게 제시할 수 있는 자료를 바탕으로 한다. 이때의 '자료'에는 동일하거나 유사한 구절, 시적 발상과 분위기의 유사성 등이 포함된다. 이와 같은 프랑스적인 비교문학의 방법은 한국 비교문학의 초기 활동에서 중점적으로 적용되어 비교문학 연구의 바탕을 마련하였다. 이러한 점은 19세기 프랑스의 연구자들이 '자국문학'에 해당하는 프랑스문학사를 기술하는 과정에서 자국의 문학작품에 반영되어 있는 외국적인 기원과 영향 및 자국의 문학작품이 외국의 문학작품에 끼친 영향, 다시 말하면 '받은 영향'과 '끼친 영향'에 대한 실증주의적인 방법을 적용하여 연구하는 데에서 비롯되었다. 따라서 프랑스적인 비교문학의 방법은 '영향의 비교'에 대한 구체적인 인과관계에 역점을 두었다고 볼 수 있다.

이와 같은 프랑스적인 비교문학의 연구방법은 적어도 1940년대까지 그 영향력을 유지했지만 미국을 중심으로 하는 신비평의 방법론이 대두되면서 새로운 전환점을 마련하게 되었다. 신비평은 물론 작품 외적인 요소에 의해서 문학작품의 의미를 해석하기보다는 작품 내적인 요소에 의해서 문학작품의 의미를 해석하는 것을 강조하는 비평의 한 분야이며, 여전히 지금도 이러한 방법이 활용되고는 한다. 다시 말하면, 신비평가들 사이에서는 비교문학의 연구방법이 문학작품의 내적인 요소보다는 전기적(傳記的)이거나 문학 외적인 요소에 지나치게 의존하여 문학과 문학을 비교해왔다는 점을 비판하면서 문학의 진정한 가치와 의미를 '자국문학'에만 한정하는 것보다는 세계문학과의 관련성을 모색하여 문학적 공통성을 지향해야 한다는 점을 강조하였다. 아울러 이러한 점을 성취하기 위해서는 영향과 수용의 직접적인 관계를 입증할 수 있는 자료에 충실하여 그것을 바탕으로 두 나라의 문학을 비교하는 것도 중요하지만, 간접적인 영향과 수용 또는 시대적으로 볼 때에 전혀 무관한 것처럼 보이는 두 나라의 문학에 반영되어 있는 유사성을 비교하는 것이 더욱 바람직하는 점을 강조하였다. 그 결과 미국적인 비교문학의 방법이 대두하게 되었으며, 그것은 시대적인 전후관계로 볼 때에 반드시 영향과 수용의 관계가 없다하더라도, 두 개 이상의 문학작품에서 유사성이 발견될 때에 비교할 수 있다는 점을 전제로 하며, 더 나아가 문학과 타 분야의 비교까지도 강조하는 것에 관계된다. 물론 최근의 국제 비교문학계의 동향은 비교문학의 방법론이 프랑스적이냐 아니면 미국적이냐를 구분하기보다는 '비교 가능한 것'은 비교문학의 대상으로 될 수 있다는 견해가 지배적이다. 이렇게 볼 때에, 한국 비교문학계에서도 국제 비교문학계의 이러한 경향의 추이에 맞추어 최근에는 비교 가능한 영역을 확대하는 추세에 있다.

이처럼 대립적인 두 학파간의 경쟁은 비교문학의 연구를 활성화시킬 수 있는 계기를 마련하기도 하였으나, 1955년 '국제비교문학회'가 창립되고 그 이후에 여러 나라에서 자국의 '비교문학회'가 창립되면서—'한국비교문학회'는 1959년 6월에 창립되었다—60년대부터는 절충과 통합에 의해서 보편적 의미의 연구방법을 모색하기 시작하였다. 따라서 영향과 수용에 치중해 있던 프랑스적인 실증주의 중심의 방법론에 문학작품의 내적 현상으로서의 '미학성'을 중심으로 하는 '일반문학'으로서의 방법론을 접목시켜, 새로운 비교문학 방법론이 대두되었다. 비교문학의 연구방법론의 변화와 연구영역의 확대는 국제 비교문학계의 추세로서, 최근에는 '경계 허물기' 혹은 '경계파괴'로까지 나아가고 있다. 이러한 점은 북반구와 남반구, 서양과 동양, 서구와 비-서구 등의 경계를 허물어버림으로써, 지구공동체가 '하나'라는 인식이 대두되는 점에서도 찾아볼 수 있다. 아울러 흔히 제3세계라고 했을 때에 바로 그 '제3세계'라는 말의 근거가 어디에 있는 것인지에 대한 부단한 모색과 탐구에서도 확인할 수 있다. 따라서 '중심은 더 이상 중심이 아니다'라는 데리다의 말처럼, 중심은 그 어디에도 없을 수도 있고 또 그 어디에도 있을 수도 있다는 점을 들 수 있다. 이러한 견해는 궁극적으로 문화연구 혹은 문화의 비교연구로 나아가게 되었다.

3. 앞으로의 발전과 전망

한국 비교문학이 발전하기 위해서는 우선적으로는 다양한 외국어 구사능력의 중요성을 들 수 있다. 이러한 점은 '국제비교문학회' 회장을 역임한 일본의 가와모토가 아시아에서의 진정한 비교문학자는 "중국어, 일본어, 한국어에 능통하는 것은 물론 영어와 프랑스어에도 능통해야한다"라고 강조한 점에서도 찾아볼 수 있다. 대부분의 한국 비교문학자들은 한국어와 영어, 한국어와 프랑스어, 한국어와 일본어, 한국어와 중국어 등 두 개의 언어에는 능통하지만, 세 개 이상의 언어에는 의사소통에 어려움을 겪고 있는 것이 사실이기 때문이다.

다음은 한국 비교문학의 활성화를 위해서는 대학원 과정뿐만 아니라 학부과정에도 비교문학 전공과정이 개설되어야 한다는 점을 들 수 있다. 한국 비교문학계의 오랜 숙원에도 불구하고 전공과정 개설이 늦어지는 까닭은 인문학의 총체적인 위기와 정부차원의 인식부족 때문일 것이다. 따라서 학부에서의 전공과정 개설은 정부관계부서와의 긴밀한 협조체계를 형성하는 것이 급선무이며, 한국어에 능통한 외국학자들의 영입 또한 중요하다고 사료된다. 아울러 다양한 분야에 걸쳐 국공립 연구소는 물론 사설 연구소가 개설되어 있지만 '비교문학 연구소'는 그 어디에도 없다는 점을 들 수 있다. 또한 앞에서 제시한 '비교문학'에 관계되는 다양한 학회의 배타성이 배제되어야 할 것이다. 여기서 말하는 '배타성'은 비교문학 관계 학회가 '동문' 위주와 '동일한 학문' 위주로 형성되어 있으며 학회 상호 간의 교류가 철저하게 배제되어 있다는 점을 의미한다. 그러한 배타성을 극복하는 것은 '국제비교문학회'에 관여하는 것은 물론 비교문학에 관계되는 다양한 '국제학회'에 관여하게 될 때에 한국 비교문학은 진정한 의미에서의 새로운 도약을 할 수 있을 것이다.

아울러 비교문학에 관계되는 여러 학회간의 상호교류가 활성화되어야 한다. 이러한 점은 '한국비교문학회'를 비롯하여 '세계문학비교학회,' '국제비교한국학회,' '한국동서비교문학회,' '한국문학과 종교학회,' '영미문화학회,' '한국번역학회,' '한일비교문학연구회,' '국제비교민속학회,' '한국동유럽발칸학회' 등 인접학문에 관련되는 비교문학회가 있음에도 불구하고 자의적이든 타의적이든 상호교류가 차단되어 소통이 쉽지 않다는 점이다. 이러한 점은 물론 여러 가지 요인이 개입되어 있기 때문이다. 국제 비교문학계의 예를 들어보면, 우리들이 알고 있는 비교문학에 관련되는 학회가 '국제비교문학회' 뿐만이 아니라 '국제현대어문학총연합회'(FILLM)를 비롯하여 여러 학회가 있다는 점에 주목할 필요가 있으며, 이들 국제학회에서는 부단하게 상호교류하고 있다는 점을 들 수 있다.

아울러 비교문학은 비교문학자의 영역이라는 점을 분명하게 인식할 필요가 있다. 따라서 양적인 팽창보다는 내실 있는 연구에 역점을 두어야 하며, 비교문학이 어느 특정 문학연구자의 전유물로 전락해서는 안 될 것이다. 외국어의 소통문제가 중요하다 하더라도 '비교문학'의 '비교'보다는 '문학'에 더 역점을 두어야 하며, 비교문학이 문학연구의 한 갈래라는 점을 분명하게 인식해야만 한다. 그렇지 못할 때에 비교문학은 그저 '비교'하는 것으로 만족할 수밖에 없을 것이다. 이렇게 말할 수 있는 까닭은 다-학문의 시대, 학제간의 교류의 시대, 문화-글로컬리즘의 시대에 부응할 수 있는 가장 설득력 있고 가장 좋은 방법이 바로 비교문학이기 때문이다.

韓國 比較文學의 世界化를 위한 試金石으로서의 正典[*]
― 文學의 比較에서 文學의 社會性·近代性 比較까지

愼根縡 著, 『日韓近代小說の比較硏究』(明治書院, 2006)를 읽고

[*]이 글은 東國大學校 日本學硏究所, 日本學 제26輯 (2007. 12), pp. 183~191에 수록되었던 것을 재수록했음을 밝혀둔다.

1. 韓日比較文學의 緊密性

多學問的이고 多文化的인 現今의 時代에 있어서 比較文學의 位相과 역할은 그 어느 시대보다 더 重要하고 더 긴요하다고 볼 수 있다. 比較文學의 위상과 역할이 이처럼 중요하고 긴요한 이유는 國際比較文學界의 研究방향이 自國文學 중심의 獨自性, 孤高性, 特殊性보다는 外國文學과의 聯關性, 比較性, 普遍性을 더 강조하고 있기도 하고, 尖端科學의 발전과 國際化時代에 있어서 自國文學 중심의 比較文學 연구는 說得力을 상실하고 있기 때문이기도 하다. 이와 같은 時代的 요청과 흐름에도 불구하고 比較文學의 命題는 언제나 문학과 문학의 比較研究, 문학과 예술의 비교연구, 文學理論의 비교연구로 집약되고는 한다. 최근에는 많은 研究者들이 自敍傳, 傳記, 傳記寫眞集, 移民文學, 自國語로 쓰인 外國文學 등을 政治·社會·經濟·文化와 관련지어 研究함으로써, 比較文學의 領域을 深化·확대시키기도 하지만, 그것은 어디까지나 앞에서 강조한 比較文學 研究의 세 命題 중의 하나에 해당한다.

이러한 점에서 愼根縡 敎授의 『日韓近代小說の比較研究』(明治書院, 2006)는 比較文學研究에 있어서 가장 핵심적인 영역에 대한 緻密한 分析과 研究일 뿐만 아니라, 일본과 한국의 近代小說을 당대의 '近代意識'과 '社會變化'를 근간으로 하여 비교하고 있다는 점에서 그 중요성을 찾아볼 수 있다. 한국 近代文

學의 形成에 있어서 일본의 近代文學 또는 近代日本을 통한 西歐文學과 西歐社會의 영향과 受用은 부정할 수 없는 사실이며 그러한 점을 우리는 近代詩의 경우 上田敏과 金億, 三木露風와 黃錫禹, 石川啄木와 金基鎭 등의 關係에서, 文化의 경우 朝鮮文化의 重要性을 인식했던 藤塚鄰과 柳宗悅 등의 熱情에서, 小說의 경우 著者의 『日韓近代小說の比較研究』에서 일목요연하게 정리한 末廣鐵腸과 具然學, 尾崎紅葉과 趙重桓, 德富蘆花와 鮮于日 및 金宇鎭 등에서 찾아볼 수 있다.

한국 近代小說의 形成期에 있어서 求心點으로서의 發信者의 역할을 하고 있는 일본 近代小說과 그것으로부터 영향을 받아 受信者의 역할을 하고 있을 뿐만 아니라 韓國小說의 現代化를 위한 試金石을 마련한 한국 近代小說의 면모를 著者의 안내를 따라 『日韓近代小說の比較研究』에 전개되어 있는 '길'을 걷다보면 다음과 같은 몇 가지 중요한 里程標와 指示방향을 만나게 된다.

2. 文學의 社會的 役割과 近代性의 重要性

著者의 『日韓近代小說の比較研究』에 제시되어 있는 세 갈래 '길'은 각기 다른 방향을 지향하고 있지만 그러한 指向點은 궁극적으로 韓日近代小說의 比較研究로 수렴된다. 이러한 점은 「はじめに」의 첫 부분의 다음과 같은 言及에서 확인할 수 있다.

> 韓國近代文學の成立を論ずる場合に, 日本近代文學との關係, とくに翻案小說の影響を排除することは出來ない。本書は, 韓國近代初期の翻案小說の社會的・美學的實態を明かすために, 日韓近代小說の比較文學的考察を試みた。ことに, 兩國の近代小說に表れている近代意識の影響を明らかにすることに力を注いだ。具體的な比較方法として, 對比が可能な翻案小說を對象にした。(p. 1)

이처럼 분명한 目的과 방법을 근저로 하여 출발한 『日韓近代小說の比較研究』는 상당한 분량만큼이나 상세하고 면밀한 '序論'에서 이 책을 읽게 될 독자에게 하나의 案內圖를 마련해 주고 있으며, 그러한 안내도는 '問題の提起'

‘研究の目的と必要性,’ ‘研究の對象と方法,’ ‘日韓の近代初期の狀況,’ ‘近代小
說と近代意識’ 등에 의해 전개되어 있다. 이러한 要素 중에서 특히 주목할
부분은 ‘日韓の近代初期の狀況’과 ‘近代小說と近代意識’이며, 그것은 著者가
『日韓近代小說の比較研究』에서 그 범위를 文學과 文學의 일차적인 단순한
比較研究로만 限定시킨 것이 아니라 比較研究의 범위를 社會的 要因과 近代
性의 意識 및 歷史的 背景과 領域으로까지 深化・확대시켜놓았다는 점에서
그 중요성과 의의를 찾아볼 수 있다. 이러한 점은 發信者로서의 일본近代文
學과 受信者로서의 한국近代文學에 대한 기존의 比較研究와는 상당한 差異
가 있으며, 궁극적으로 兩國間의 比較文學 研究의 발전적 가능성을 제시하고
있다. 이러한 가능성은 近代社會로 진입하는 社會的 격동기에 대한 다음과
같은 言及에 반영되어 있다.

> 近代小說とは, つぎのようないくつかの ‘近代性’を基準にして定義されることがで
> きよう. まず, 歷史的に近代に屬する作品はいわゆる ‘近代小說’といえる. 大體日本
> においては明治維新以後,　韓國は甲午改革(1894年)以後の小說がこれに該當する. (p.
> 21)

　　일본의 明治維新과 한국의 甲午改革을 近代社會로 진입하는 계기가 되었다
고 파악하는 한편 다른 한편으로는 그것이 바로 近代性으로 나아가는 계기가
되었다는 점을 강조하고 있는 위의 引用文에서 중요한 점은 물론 ‘近代性’이
다. 西歐社會에서의 근대성은 佛蘭西의 大革命과 英國의 産業革命에서 비롯된
市民意識의 성장과 經濟發展의 인식을 바탕으로 하며 그것이 東洋社會에 椄木
되었을 때에는 우선적으로 西歐化에 관계되고 다음은 民族意識의 강조와 先進
强國의 지향에 관계된다. 이러한 점은 궁극적으로 일본과 한국의 近代文學에
있어서 가장 핵심적인 要素에 해당한다는 점을 導入部에서 著者는 다음과 같
이 강조하였다.

> 文學的世界は, 客觀的事物の現象としての世界でなく一人,一社會あるいは人間全
> 體が持つ意識構造を意味する. 實在する世界でなく作家なりの世界觀によって架空的
> に飾られた,總體的な有機的表象としての世界なのである. したがって,文學作品を可

能・唯一の創造的世界であると定義するのである。このような点を前提にした場合，'文學に反映された近代意識の探求'はその他の異なる分野， 即ち政治史・經濟史・社會史などで行われている近代化の研究と區別される。あくまでも文學世界に現れた近代意識が研究の焦点になり，作家を中心とした當代の人人の意識構造の内部において，創造的に摸索された近代意識が論議の對象となるのである。(p. 30)

3. 文學의 比較와 文學의 社會性・近代性 比較

이상과 같은 案內圖를 따라 『日韓近代小說の比較研究』에서 가장 중요한 論旨에 해당하는 文學의 社會的 역할과 近代性이라는 울창한 密林에 들어서면, 거기에는 相異하면서도 하나로 통합되는 세 개의 길—풍성한 果實樹들이 길 양쪽에 늘어서 있는—이 곧게 뻗어 있다. 하나는 『雪中梅』를 중심으로 하는 末廣鐵腸과 具然學의 '길'이고, 다른 하나는 尾崎紅葉의 『金色夜叉』와 趙重桓의 『長恨夢』의 '길'이며, 또 다른 하나는 德富蘆花의 『不如歸』와 鮮于日의 『杜鵑聲』과 金宇鎭의 『榴花雨』의 '길'이다. 이와 같이 열려져 있는 '길'이 相異하다는 것은 그것이 단일한 比較에서 중첩적인 比較로 나아가기 때문이고, 그 '길'이 하나로 統合된다는 것은 이러한 세 개의 길이 궁극적으로는 原作을 근간으로 하는 翻案小說로 수렴되기 때문이다. 그리고 이러한 세 가지 '길'은 原作, 翻案作, 構成, 人物, 時間과 空間, 近代意識, 近代的 文體와 小說美學, 小括 등의 순서로 짜여 있어서, 그 각각의 길은 변별적이면서도 統合的인 면모를 유지하고 있다.

따라서 독자는 첫 번째 길에 해당하는 第一章의 『雪中梅』를 중심으로 하는 原作者 末廣鐵腸의 小說과 翻案作者 具然學의 小說에 대한 一對一의 比較에서 그 근간을 마련하고 있는 近代意識과 小說美學에서 그 의미를 간단명료하게 파악할 수 있게 된다. 특히 圖表로 정리하여 原作과 翻案作의 類似點과 差異點을 일목요연하게 제시하고 있는 第一章의 『雪中梅』의 人物對比(p. 51)와 地名對比(p. 56), 第二章의 『金色夜叉』와 『長恨夢』의 人物對比(p. 118)와 葛藤관계(p. 120) 및 '會社設立數의 推移'(p. 126), 第三章의 『不如歸』와 『杜鵑聲』과 『榴花雨』의 對照表(p. 208) 등은 『日韓近代小說の比較研究』에서 돋보이는 部分이

자 독자로 하여금 韓日양국의 近代小說의 관계를 요약적으로 파악할 수 있다는 점에서 그 중요성을 확인할 수 있다. 아울러 第一章에서 近代意識의 요소를 政治, 言論 制度, 新女性, 經濟, 風俗 등으로 나누어 原作과 翻案作을 항목별로 比較하였을 뿐만 아니라 文體와 小說美學으로까지 확대시켜 비교한 점은 지금까지의 比較文學研究와는 그 軌를 달리한다고 볼 수 있으며, 이러한 점은 '小括'(pp. 98~102)에서 확인할 수 있다. 특히 第一章의 마지막 부분에서 翻案作에 대한 다음과 같은 評價에 주목할 필요가 있다.

翻案作『雪中梅』の文體は，全體的な文脈において原作を翻譯することに最も比重がおかれ，翻譯の文脈と翻案者による添加の文脈との間に緊密な連繫性が不足しているように受けとられる。文體における漢文調は原作の優雅な古典的雰圍氣をそのまま生かそうとしたことに因っているにせよ，知性ある品格を文章の餘韻を通して蘇らせることができていないようである。文體は事件の展開にだけ重きを置き，生身の人間を描寫し，それを新しく創造してみせるという努力にはおろそかであったといえる。それにもかかわらず，『雪中梅』の翻案においては，過渡期的な形ではあるが韓國語の文體における言文一致に，それなりに寄與した功を見過ごすことはできない。(pp. 101-102)

第一章에서의 이상과 같은 比較研究는 第二章에서 原作『金色夜叉』와 翻案作『長恨夢』에 의한 좀 더 복잡하고 다양한 '길'이 전개되어 있으며, 그러한 다양성은 題目과 人物의 변화 뿐만 아니라 因習의 打破, 自由戀愛 및 資本主義 등에 대한 강조에서도 확인할 수 있다. 특히 資本主義에 대한 부분은 그것이 近代社會로 진입하는 社會的 계기와 近代性의 원동력으로 작용하게 되었다는 점에서 原作과 翻案作에서 중요한 要因이 되며, 이에 대해서 著者는 다음과 같이 강조하였다.

資本主義という側面から，作品に充滿している拜金思潮は，資本主義精神の擴散を見せている證據である。とくに高利貸の論理と精神は，初期プロテスタントの資本主義精神の追求と一脈通ずるところがある。但し，資本主義精神の肯定的機能よりは否定的機能において，より廣く受容されたという点が物足りなさとして殘る。これは，植民地下において隷屬狀態に陷った當時の經濟構造と密接な關連があることを見落してはならない。(p. 180)

첫 번째 '길'에 해당하는 第一章에서 『雪中梅』를 중심으로 原作과 翻案作을 一대一로 비교하였다면, 두 번째 '길'에 해당하는 第二章에서는 原作 『金色夜叉』와 翻案作 『長恨夢』의 영향과 受容의 비교를 심화·확대시켰으며, 마지막 '길'에 해당하는 第三章에서는 이러한 多樣性과 變化性을 집대성하였다. '集大成'이라고 파악할 수 있는 이유는 原作과 翻案作에 대한 一대多의 比較뿐만 아니라 女權, 基督敎, 國家, 社會, 地理, 合理主義 등 당시에는 물론 현재에도 민감한 사안들을 國內外政勢—小說 內的으로나 小說 外的으로—를 근간으로 하여 체계적이면서도 설득력있게 비교하고 있기 때문이다. 第三章에서의 이와 같은 각각의 論旨는 지금까지의 논지를 종합하는 한편 다른 한편으로는 저자가 『日韓近代小說の比較研究』에서 가장 심도있게 論議하여 제시하고 있는 '近代性'의 問題로 수렴되며, 그러한 점을 '要約と結論'에서 확인할 수 있다.

'要約と結論'에서 가장 빛나는 부분은 原作과 翻案作을 중심으로 하여 韓日 양국의 '近代性'의 문제를 整理한 부분이며, 그것은 다시 '政治意識の近代性,' '金錢意識の近代性,' '女性の自我意識,' '國家意識の近代性' 등으로 細分化되어 있다. 近代性에 있어서 政治意識은 市民意識의 대두와 民主社會의 구현에 의한 西歐化의 지향을, 金錢意識은 産業社會와 資本主義 社會의 모색을, 女性의 自我意識은 최근의 女性自身의 발견과 正體性의 확립 및 女權伸張運動을, 國家意識은 西歐的 의미의 國家形成 및 최근의 文化世邦主義—Globalism과 Localism을 결합한 新造語 Glocalism—를 강조하게 된다. 특히 國家意識의 近代性의 중요성은 저자의 다음과 같은 言及에서 확인할 수 있다.

> 國家意識は, 國際社會において自由と進步を推進し自國の發展と利益を追求する自存·自立·自强の路線を守るときに穩當な方向として評價される。たとえ戰爭の場合でも, 相手國の侵略によって, 自存を守らねばならぬときにはじめて正當性が與えられる。しかし, 共存の原則を自ら違反して, 自國の利益のため相手國を侵略したり, 他民族を抑壓する行爲を鼓舞し讚えあげたりする場合には, 國家意識というよりは侵略主義といわねばならぬであろう。このような觀点から日淸戰爭および日露戰爭についての性格規定には, 歷史學から依然として論爭の余地があるといえよう。(p. 304)

위의 引用文에서 중요한 부분은 '自存·自立·自强'이며, 그것은 당시나 현재나 모든 國家의 最大目標에 해당하지만, 第二次 世界大戰 전에는 분명한 領土의 擴張에 관계되고 終戰 후에는 분명한 文化의 擴張에 관계된다는 점에서 差異가 있다. 이러한 차이는 또한 近代主義와 後期近代主義의 차이이자 特徵에 해당하며, 그것은 궁극적으로 들뢰즈(G. Deleuze)가 강조하는 再領土化의 槪念으로 수렴된다.

4. 結論

國內外 比較文學界에서 比較文學에 관련되는 學會, 團體, 硏究者는 수없이 많으며, 그만큼 比較文學에 관한 硏究論文과 著書 또한 量的으로 增加一路에 있다. 그럼에도 比較文學의 眞正性과 正體性을 확인할 수 있는 硏究論文이나 著書는 그렇게 많지 않다. 그 이유는 學際間의 교류와 硏究增進 및 硏究領域의 확대라는 大義名分에도 불구하고 比較文學이 제도적으로 정착되지 못했기 때문이기도 하고, 정착되었다 하더라도 大學 內的으로 고착되어 있을 뿐이지 大學間의 교류를 他意的이라기보다는 自意的으로 차단시켜 놓았기 때문이기도 하다.

이러한 점에서 著者의 『日韓近代小說の比較硏究』는 이 분야에 關心을 가지고 있는 硏究者들에게 하나의 警鐘을 울려줄 것이고 自省의 機會를 마련해 줄 것이다. 그것은 이 著書가 韓國 比較文學이 止揚하고 指向해야할 것이 무엇인지를 분명하게 提示하고 있기 때문이다. 아울러 이 著書에 제시되어 있는 정확한 資料分析과 整理, 영향과 受容에 대한 치밀한 對比와 比較, 文學의 比較를 넘어선 文學의 社會性과 近代性의 探究 등을 現今의 한국 比較文學界는 自省하는 마음과 겸허한 자세로 받아들여야 할 것이다. 더 나아가 國內에서 出版된 것이 아니라 外國(日本)에서 外國語(日本語)로 출판된 이 著書가 韓國 比較文學의 位相을 외국에 전파하는 선구자적 역할을 하고 있다는 점을 認知해야 할 것이다. 이러한 인지의 중요성을 著者는 「あとがき」에서 다음과 같이 강조하였다.

韓國の近代小說が，日本の近代小說から少なからぬ影響を受けたということは否めない。その一つの例が，日本の小說の翻譯および翻案であるといえよう。(中略) 小說の構成と文體，主題と人物，時間と空間の類似性ならびに差異だけでなく，當代の兩國人の考え方をはじめ，その思想および小說の美學について具體的に比較を試みようという意圖からであった。(pp. 324-25)

몇 년 전 어느 學會에서 우연한 기회에 뵙게 된 후 筆者에게 精神的으로 또 學問的으로 많은 激勵를 해 주시는 愼根縡 敎授께서는 力著『日韓近代小說の比較研究』(2006) 외에도『韓日近代文學의 比較研究』(1995),『新日本文學의 理解』(2001) 등 著書와『'甘え'の構造』(1986),『日本社會の構造』(1990),『續甘え'の構造』(2006) 등 飜譯書를 통하여 韓國文學과 日本文學의 比較 및 日本社會와 日本文化의 眞正性과 正體性을 소개하는 데 있어서 선도적인 역할을 하고 있다. 著者에게『日韓近代小說の比較研究』를 日本에서 출간한 것을 늦었지만 祝賀드리며, 더욱 康健하시기를 祈願하면서 글을 마친다.

■ 참고문헌

■잡지·신문

『개벽』 제5호(1920. 11), 제6호(1920. 12), 제7호(1921. 1), 제14호(1921. 8), 제26호(1922. 8), 제48호(1924. 6), 제52호(1925. 10).

『국어국문학』 제106호(1991. 12. 31).

『금성』 창간호(1923. 1), 제2호(1924. 1), 제3호(1924. 5).

『독일문학』 제46권 제1호 (2005. 3).

『동아일보』(1946. 12. 10).

『문장』 통권 제5호(1939. 6), 제1권 제6호(1939. 7), 통권9호(1939. 10), 제1권 제11호(1939. 12).

『문장 웹진』(2006. 3).

『문학사상』 제7호(1973. 5), 제24호(1974. 9). 제386호(2004. 12).

『미네르바』 통권 30호(2008. 5).

『비교문학』 제22집(1997. 12).

『삼천리문학』 창간호(1935. 1), 신춘호(1938. 1).

『소년』 제1년 제1권 (1908. 11).

『시문학』 창간호(1930. 3), 제2호(1930. 5).

『시인부락』 제2호(1936. 12).

『옥천신문』 제608호(2002. 2. 9). 제633호(2002. 8. 9).

『우리말글학회』(2001. 12).

『인문평론』 창간호(1939. 10).

『자유문학』(1956. 2).

『장미촌』 창간호(1921. 5).

『조선일보』(1939. 5. 20, 24), (1940. 2. 27), (1936. 2. 23~2. 29), (1996. 10. 22).

『중앙』 제3권 제5호(1935. 5).

『창조』 제8호(1921. 1), 제9호(1921. 6).

"

『태서문예신보』(1918. 9. 26~1919. 2. 17).
『페허』 창간호(1920. 7), 제2호(1921. 1).
『학지광』 제5호(1915. 5. 2).
『한겨레 21』 제579호(2005. 10. 11).
『한국민족문화대백과사전 17』(1991).
『해외문학』 창간호(1927. 1).
『현대시학』 통권 408호 (2003. 3).

■국내서 단행본 및 번역서

강우식, 『한국 상징주의 시 연구』, 문화생활사, 1987.
구기성 역, 『형상시집 외 』, 민음사, 2001.
김기림, 『김기림전집 · 1』, 심설당, 1988.
김 동, 『한국문학의 비교문학적 연구』, 일조각, 1972.
김동명, 『하늘』, 문응사, 1948.
김동욱 역(반 티겜), 『비교문학』, 신양사, 1959.
김병철, 『한국근대번역문학사연구』, 을유문화사, 1975.
______, 『한국근대서양문학이입사연구』, 을유문화사, 1980.
김소월, 『진달내꼿』, 매문사, 1925.
______, 『초혼 : 소월시전집』, 박영사, 1958.
김수영, 『김수영전집 · 1 시』, 민음사, 1981.
______, 『김수영전집 · 2 산문』, 민음사, 1981.
김 억, 『오뇌의 무도』, 광익서관, 1921.
______, 『해파리의 노래』, 조선도서, 1923.
김영랑, 『영랑시집』, 시문학사, 1935.
김윤식, 『한국현대시론비판』, 일지사, 1975.
김재혁, 『릴케와 한국의 시인들』, 고려대학교출판부, 2006.
김재혁 옮김, 『기도시집』, 세계사, 1992.
김종문 편, 『전시 한국문학선 : 시편(詩篇)』, 국방부정훈국, 1955.
김창준, 『말테의 수기 연구』, 월인, 2003.
김채수, 『영향과 내발(內發)』, 태진출판사, 1994.
김춘수, 『의미와 무의미』, 문학과지성사, 1976.
______, 『김춘수전집 · 1 시』, 도서출판문장, 1986.
______, 『달개비꽃』, 현대문학사, 2004.

______, 『쉰한 편의 비가(悲歌)』, 현대문학사, 2002.

김태준, 『비교문학산고』, 민족문화문고간행회, 1985.

김학동, 『비교문학론』, 새문사, 1984.

김학동 편, 『모란이 피기까지는 : 김영랑 전집·평전』, 문학세계사, 1981.

김학동 외 편, 『문예사조』, 새문사, 1986.

김학수 옮김, 『투르게네프 산문시』, 민음사, 1975.

류복현, 『용아 박용철의 예술과 삶』, 전남 광주 광산문화원, 2002.

민족정경문화연구소 편, 『친일파군상』, 여강출판사, 1948.

박목월·조지훈·박두진, 『청록집』, 삼중당, 1986.

박종화, 『흑방비곡』, 조선도서, 1923.

박찬기, 『독일문학사』, 일지사, 1976.

서정주, 『화사집』, 한성도서주식회사, 1941.

______, 『서정주전집 5』, 일지사, 1972.

손순옥 옮김, 『이시카와 다쿠보쿠 시선』, 민음사, 1998.

송 욱, 『하여지향』, 일조각, 1961.

시문학사편찬, 『박용철전집』, 동광당서점, 1940.

안상원 역, 『릴케의 로댕』, 도서출판 미술문화, 1998

오영진, 「石川啄木文學에 나타난 韓國觀」, 『日本學』 제13輯 (1994. 8).

유종호, 『비순수의 선언』, 신구문화사, 1973.

윤동주, 『하늘과 바람과 별과 시』, 정음사, 1949.

윤영애 옮김, 『악의 꽃』, 문학과지성사, 2003.

윤호병, 『비교문학』, 민음사, 1994.

______, 『아이콘의 언어 : 비교문학 연구의 확대와 심화를 위한 모색』, 문예출판사, 2001.

______, 『네오-헬리콘 시학 : 서정성에서 현대성까지』, 현대미학사, 2004.

______, 『문학이라는 파르마콘 : 문학연구에서 문화연구까지』, 새미, 2006.

______, 『한국 현대 시인의 시세계 : 리리시즘에서 모더니즘까지』, 국학자료원, 2007.

______, 『문학과 종교의 비교 : 한국 현대시에 반영된 종교의 영향과 수용』, 이종문화사, 2007.

윤호병 편역. 『시적 영향에 대한 불안』, 고려원, 1991.

윤호병 옮김 (마샬 버만), 『현대성의 경험 : 견고한 모든 것은 대기 속에 녹아버린다』, 현대
    미학사, 1994.

______ (마크 에드먼드선), 『문학과 철학의 논쟁 : 플라톤에서 데리다까지』, 문예출판사, 2000.

______ (차비바 호제크, 패트리시어 파커 편), 『서정시의 이론과 비평 : 신비평을 넘어서』,
    대미학사, 2003.

이경선, 『한국문학논고』, 일조각, 1976.

이동순 편,『백석시전집』, 창작과비평사, 1987.

이상섭 옮김(테니슨),『눈물이, 부질없는 눈물이』, 민음사, 1975.

이어령,『한국작가전기연구』, 동화출판공사, 1980.

이유영 역(바이스슈타인),『비교문학』, 홍성신서. 1981.

이윤기 옮김(진 쿠퍼),『그림으로 보는 세계 문화 상징 사전』, 까치, 1994.

이창룡,『비교문학의 이론』, 일지사, 1990.

이창배,『한국가창대계』, 홍인문화사, 1976.

이하윤 편역,『실향(失香)의 국화(菊花)』, 시문학사, 1933.

이하윤 역시,『이하윤 譯詩 불란서시선』, 수선사, 1948.

이혜순,『비교문학 Ⅰ·Ⅱ』, 중앙출판사, 1980.

이혜순 편,『비교문학』, 문학과지성사, 1985.

이희재 역,『로댕 : 신의 손을 가진 인간』, 시공디스커버리총서, 1997.

장만영·박목월 공저,『영랑시감상』, 박영사, 1959.

장미영 역,『보르프스베테·로댕론』, 책세상, 2000.

전규태 편,『비교문학—이론· 방법· 전망』, 세종출판사, 1973.

전규태 역(귀야르),『비교문학』, 정음문고, 1973.

정규복,『한중문학비교의 연구』, 고려대학교출판부, 1987.

정지용,『정지용시집』, 시문학학, 1935.

정태용,『한국현대시인연구·기타』, 어문학, 1976.

정한모,『한국 현대시문학사』, 일지사, 1974.

정한모·김용직 편,『한국현대시요람』, 박영사, 1974.

조동일,『한국문학과 세계문학』, 지식산업사, 1991.

조영복,『문학기자 김기림과 1930년대 '활자-도서관'의 꿈』, 살림, 2008.

조지훈,『시와 인생』, 박영사, 1959.

최재서 편,『해외서정시집』, 인문사, 1938.

한국문인협회 편,『신문학60년대표작전집』제1권, 정음사, 1968.

한기련,『이시카와 다쿠보쿠의 슬픔과 한』, 월인, 1999.

한만영,『한국민요집』, 광음문화사, 1967.

황동규 옮김(바이런),『순례』, 민음사, 1974.

홍동선 역,『그 영혼의 푸른 불꽃 : 릴케가 쓴 세잔느 예술의 비밀』, 책세상, 1987.

황석우,『자연송』, 조선시단사, 1929,

황성규 옮김,『슬픈 장난감』, 한국문원, 1996.

黃聖圭·岩城至德 共著,『石川啄木의 명시감상 100선』, 시사일본어사, 1994.

■ 외국서 단행본

福田淸人 編·掘江信男 著, 『石川啄木』, 淸水書院, 1966.
上田敏 譯, 『海潮音』, 新潮社, 1905.
愼根縡, 『日韓近代小說の比較硏究』, 明治書院, 2006.
Adam, Antoine. *The Art of Paul Verlaine*. trans. Carl Morse. New York : New York University Press, 1963.
Adams, Hazard ed. *Critical Theory since Plato*. New York : Harcourt, 1971.
Allt, Peter and Russel K. Alspach ed., *The Variorum edition of the Poems of W. B. Yeats* . New York : Macmillan, 1957.
Altholz, Josef L. *The Mind and Art of Victorian England* . 1976.
Arendt, Hannah ed. *Illuminations : Waler .Benjamin*. New York : Chocken Books, 1955.
Bakhtin, Mikhtail. *The Dialogic Imagination : Four Essays*, ed. Michael Holquist, trans. Caryl Emerson and Michael Holquist. Austin : University of Texas Press, 1981.
Balakian, Anna. *The Symbolist Movement : A Critical Appraisal*. New York : Random House, 1967.
Blasing, Mutlu Konuk. *American Poetry : The Rhetoric of Its Forms*. New Haven : Yale University Press, 1987.
Bloom, Harold. *The Anxiety of Influence : A Theory of Poetry*. London : Oxford University Press, 1973.
Brett, Michael ed. *Stephen Spender : New Collected Poems 1909-1995*. London : Faber & Faber, 2004.
Eliot, T. S. *The Complete Poems and Plays: 1909-1950*. New York : Harcourt, Brace and Woerk, 1952.
______. *The Sacred Wood : Essays on Poetry and Criticism*. New York : Methuen, 1971.
______. *Four Quartets*. New York : Harcourt Brace Jovanovich, 1971.
______. *Inventions of the March Hare*, 1st edition, ed. Christopher Ricks. Harcourt, Brace & Company, 1996.
Eliot, Valerie ed. *The Letters of T. S. Eliot, Volume 1, 1898~1922*. San Diego : Harcourt Brace Jovanovich, 1988.
Ellman, Richard. *The Identity of Yeats*. New York : Oxford University Press, 1975.
______. *James Joyce*. New York : Oxford University Press, 1982.
Foster, R. F. *W. B. Yeats : A Life—The Apprentice Mage*, vol. I. New York : Oxford University Press, 1997.
Frazer, James G. *The Golden Bough : The Roots of Religion and Folklore*. New York : Avenel, 1981.
Freedman, Ralph. *Life of a Poet : Rilke*. Chicago : Northwestern University Press, 1998.
Fridliand, V. G. ed. *I. S. Turgenev v vospominaniiakh sovremennikov*. Moscow : Pravda, 1988.
Frye, Northrop. *Anatomy of Criticism : Four Essays*. Princeton : Princeton University Press, 1973.
Galliot, Marcel. *Baudleaire : Les Fleurs du Mal*. Paris: Librairie Marcel Didier, 1961.
Ghiselin, Brewster ed. *The Creative Precess : A Symposium*. New York : New American Library, 1952.
Gordon, Lyndall. *T. S. Eliot : An Imperfect Life*. Norton, 1998.

Grimmal, Pierre ed. *Larousse World Mythology*. New York : Excalibur, 1981.

Headings, Philip R. *T. S. Eliot*. revised ed. Boston : Twayne Publishers, 1982.

Hilton, Timothy. *Keats and His World*. Thames & Hudson, 1971.

Hyslop, Lois Boe. *Baudelaire : Man of His Time*. Yale University Press, 1980.

Ivry, Benjamin. *Arthur Rimbaud*. Bath, Somerset : Absolute Press, 1998.

Kaplan, Robert B. *T. S. Eliot's Major Poems and Plays*. London : Cliffs Notes, 1965.

Knapp, Bettina. *Maurice Maeterlinck*. Thackery Publishers : Boston, 1975.

Laage, Karl Ernst. *Theodor Storm : Biographie*. Heide : Boyens, 1999.

Lagarde, André & Laurent Michard. *XIXe SIÈCLE : Les Grands auteurs français du programme*. vol. 5. Paris : Les éditions bordas a Paris, 1966.

Lloyd, Rosemary. *Baudelaire's Lliterary Criticism*. London : Cambridge University Press, 1981.

MacCarthy, Fiona. *Byron : Life and Legend*. John Murray, 2002.

McGann, Jerome ed. *Byron : The Complete Poetical Works*, ed. with Introduction, Apparatus, and Commentaries. 7 vols. Clarendon Press, The Oxford English Texts series, 1980-1993.

MacIntyre, C. G. trans. *Paul Verlaine : Selected Poems*. Berkeley : University of California Press, 1948.

Mitchell, Stephen ed. and trans. *The Selected Poetry of Rainer Maria Rilke*. New York : Vintage Books, 1984.

Myers, Jack and David Wojahan ed. *A Profile of Twentieth-Century American Poetry*. Southern Illinois University Press, 1991.

North, Michael. *The Political Aesthetic of Yeats, Eliot, and Pound*. Cambridge : Cambridge University Press, 1991.

Parsons, Eugene. *Poems of Alfred Lord Tennyson*. New York : Thomas Y. Crowell Company, 1900.

Paulin, Tom. *The Poems of William Blake*. Routledge, Taylor & Francis, 2002.

Perrine, Laurence. *Literature : Structure, Sound, and Sense*. Harcourt, Brace &World, 1956.

Peschel, Enid Rohdes. *Four French Symbloist Poets: Baudelaire, Rimbaud, Verlaine, Mallarmé*. Athens : Ohio University Press, 1981.

Richardson, Joanna. *Baudelaire*. New York : St. Martin's Press, 1994.

Rilke, Rainer Maria. *Rilke Werke*. Insel-Verlag, 1955.

Rimbaud, Arthure. *Oeuvres complétes*. Montréal : Valiquette, 1943.

Robb, Graham. *Rimbaud*. New York : W. W. Norton &Cop, 2000.

Rosenthal M. L. ed. *Selected Poems and Two Plays of William Burtler Yeats*. New York: Collier, 1966.

Rousseau, Leon. *The Dark Stream*. Jonathan Ball Publishers : Cape Town, 1982.

Schnack, Ingeborg. *Rainer Maria Rilke : Life and Work in Pictures—With a Biographical Introduction and Chronological Tables*, trans. Patricia Crampton. Insel Verlag : Frankfurt am Main, 1975.

Scudder, Horace Elisha ed. *The Complete Poetical Works of John Keats*. Boston : Riverside Press, 1899.

Seymour-Jones, Carole. *Painted Shadow : A Life of Vivienne Eliot*. Constable, 2001.

Silverman, Hugh J. *Textualities : Between Hermeneutics and Deconstruction*. New York : Routledge, 1994.

Smith, Grover. *T. S. Eliot's Poetry & Plays : A Study in Sources & Meaning*. Chicago and London : The University of Chicago Press, 1950.

Snow, Edward trans. and ed. *Sonnets to Orpheus by Rainer Maria Rilke, bilingual edition*. New York : North Point Press, 2004.

Spender, Stephen, *Stephen Spender : The Authorized Biography*. London : Viking Penguin, 2005.

Starkie, Enid. *Baudelaire*. New York : New Directions, 1958.

Stauffer, Donald. *The Golden Nightingale*. New York : MacMillan, 1949.

Tavis, Anna A. *Rilke's Russia : A Cultural Encounter*. Chicago : Northwestern University Press, 1997.

Todorov, Tzvetan. *Mikhail Bakhtin : The Dialogical Principle*, trans. Wlad Godzich. Minneapolis : University of Minnesota Press, 1984.

Verlaine, Paul, *Poèèmes saturniens*(1866). trans. C. G. MacIntyre, *Paul Verlaine: Selected Poems*. Berkeley : University of California Press, 1948.

Verriest, Léon. *L'Évolution de la Littérature Français*. New York : Harper & Row, Publishers, 1936.

Weigel Jr., James. *Mythology*. Lincoln : Cliffs Notes, 1965.

Weir, Robert F. ed. *Death in Literature*. New York : Columbia University Press, 1980.

Western, Jessie L. *From Ritual to Romance*. New York : Cambridge University Press, 1921.

Yeats, W. B. *Mosada : A Dramatic Poem*. Dublin : Sealy, Bryers & Walker, 1886.

______. *Autobiography of William Butler Yeats*. New York : Collier Books, 1916.

______. *The Cutting of an Age*. London : MacMillan, 1919.

______. *A Vision*. New York : Macmillan, 1937.

______. *The Collected Poems of W. B. Yeats*. New York : Macmillan, 1951.

______. *The Wanderings of Oisin and Other Poems*. London : Kegan Paul, Trench & Company, 1889.

■ 찾아보기

인 명

저자 **윤호병**

약력 육사(학사, 1973), 서울대(학사, 1977) 및 뉴욕주립대학교(스토니브룩) 대학
      원(1986) 비교문학 전공. 문학평론가. 현재 추계예술대학교 교수.
저서 비교문학(1994), 문학이라는 파르마콘(1998), 현대시의 아포리아(1999), 아
      이콘의 언어(2001), 네오-헬리콘 시학(2004), 현대시의 아가니페(2005) 외
      10여 권
역서 포스트모더니즘(1992), 현대성의 경험(1994), 데리다와 해체주의(1998), 문
      학과 철학의 논쟁(2000), 서정시의 이론과 비평(2003) 외 10여 권

문학과 문학의 비교

2008년 8월 15일 1판 1쇄 인쇄
2008년 8월 25일 1판 1쇄 발행

지은이 • 윤 호 병
펴낸이 • 한 봉 숙
펴낸곳 • 푸른사상사

저자협의
인지생략

등록 제2-2876호
서울시 중구 을지로3가 296-10 장양B/D 701호
대표전화 02) 2268-8706(7) 팩시밀리 02) 2268-8708
메일 prun21c@yahoo.co.kr / prun21c@hanmail.net
홈페이지 //www.prun21c.com

ⓒ 2008, 윤호병

ISBN 978-89-5640-638-1-93800
값 37,000원

☞ 21세기 출판문화를 창조하는 푸른사상에서는 좋은 책 만들기에 노력하고 있습니다.